KB149357

魯迅 루쉰전집

5

루쉰전집 5권 이이집 / 삼한집

초판1쇄 발행 _ 2014년 2월 15일
지은이 · 루쉰 | 옮긴이 · 루쉰전집번역위원회(홍석표, 김하림)

펴낸곳 · (주)그린비출판사 | 등록번호 · 제313-1990-32호
주소 · 서울시 마포구 동교로 17길 7, 4층(서교동, 은혜빌딩) | 전화 · 702-2717 | 팩스 · 703-0272

ISBN 978-89-7682-230-7 04820 978-89-7682-222-2(세트)
이 도서의 국립중앙도서관 출판시도서목록(CIP)은 서지정보유통지원시스템 홈페이지(http://seoji.nl.go.kr)와 국가자료공동목록시스템(http://www.nl.go.kr/kolisnet)에서 이용하실 수 있습니다.(CIP 제어번호: CIP2014001176)

1927년 11월 광화대학(光華大學)에서 강연하러 가는 길. 루쉰은 1927년 10월 광저우에서 상하이로 온 후 여러 차례 학교 강연에 응했다.

루쉰은 1927년 1월부터 9월까지 광저우에 머물렀다. 그림은 자오옌녠(趙延年)의 판화로 1927년 4월 광저우 중산대학 시절 학생 구금에 대해 정부 당국에 항의하는 장면(위)과 학생들을 가르치는 장면(오른쪽).

1928년 10월에 출판된 『이이집』(而已集). 이 문집은 루쉰이 1927년에 쓴 잡문 29편을 수록하고 있고, 1926년에 쓴 한 편의 부록을 더하였다.

1932년 9월에 출판된 『삼한집』(三閑集). 이 문집은 루쉰이 1927~1929년에 쓴 잡문 34편을 수록하고 있고, 1932년에 쓴 「루쉰 저서 및 번역서 목록」을 더하였다.

루쉰은 『당송전기집』(唐宋傳奇集) 머리말을 쓴 다음 날인 1927년 9월 11일 광저우에서 쉬광핑, 장징싼(蔣徑三)과 함께 사진을 찍었다.

1927년 10월 4일 상하이에 도착한 루쉰이 동료들과 함께 찍은 사진. 왼쪽 위부터 시계방향으로 쑨푸시(孫福熙), 린위탕(林語堂), 쑨푸위안(孫伏園), 루쉰, 쉬광핑, 저우젠런(周建人).

『당송전기집』은 루쉰이 교열하고 편집한 책으로 총 9권이다.

쉬샤(許霞; 쉬광핑)가 번역하고 루쉰이 교정보고 서문을 쓴 뮐렌(Hermynia Zur Mühlen)의 『어린 피터』(小彼得).

루쉰이 번역하여 1929년 출판한 루나차르스키(Anatoly Lunacharsky)의 『예술론』.

러우스(柔石)가 번역하여 1930년 9월 출판한 루나차르스키의 『파우스트와 도시』(浮士德與城). 루쉰은 이 책의 편집을 도우며 「후기」를 쓰고 「작자 약전」을 번역했다.

루쉰전집

5

이이집 而已集
삼한집 三閑集

루쉰전집번역위원회 옮김

gB
그린비

| 일러두기 |

1 이 책은 중국에서 출판된 『魯迅全集』 1981년판과 2005년판(이상 北京: 人民文学出版社) 등을 참조하여 번역한 한국어판 『루쉰전집』이다.

2 각 글 말미에 있는 주석은 기존의 국내외 연구성과를 두루 참조하여 옮긴이가 작성한 것이다.

3 단행본·전집·정기간행물·장편소설 등에는 겹낫표(『 』)를, 논문·기사·단편·영화·연극·공연·회화 등에는 낫표(「 」)를 사용했다.

4 외국의 인명이나 지명, 작품명은 〈국립국어원〉에서 펴낸 '외래어 표기법'에 근거해 표기했다. 단, 중국의 인명은 신해혁명(1911년) 때 생존 여부를 기준으로 현대인과 과거인으로 구분하여 현대인은 중국어음으로, 과거인은 한자음으로 표기했으며, 중국의 지명은 구분을 두지 않고 중국어음으로 표기하는 것을 원칙으로 했다.

『루쉰전집』을 발간하며

루쉰을 읽는다, 이 말에는 단순한 독서를 넘어서는 어떤 실존적 울림이 담겨 있다. 그래서 루쉰을 읽는다는 말은 루쉰에 직면直面한다는 말의 동의어가 되기도 한다. 그런데 루쉰에 직면한다는 말은 대체 어떤 입장과 태도를 일컫는 것일까?

2007년 어느 날, 불혹을 넘고 지천명을 넘은 십여 명의 연구자들이 이런 물음을 품고 모였다. 더러 루쉰을 팔기도 하고 더러 루쉰을 빙자하기도 하며 루쉰이라는 이름을 끝내 놓지 못하고 있던 이들이었다. 이 자리에서 누군가가 이런 말을 던졌다. 『루쉰전집』조차 우리말로 번역해 내지 못한다면 많이 부끄러울 것 같다고. 그 고백은 낮고 어두웠지만 깊고 뜨거운 공감을 얻었다. 그렇게 이 지난한 작업이 시작되었다.

혹자는 말한다. 왜 아직도 루쉰이냐고. 이에 대해 우리는 이렇게 대답할 수밖에 없다. 아직도 루쉰이라고. 그렇다면 왜 루쉰일까? 왜 루쉰이어야 할까?

루쉰은 이미 인류의 고전이다. 그 없이 중국의 5·4를 논할 수 없고 중국 현대혁명사와 문학사와 학술사를 논할 수 없다. 그는 사회주의혁명 30년 동안 누구도 건드릴 수 없는 성역으로 존재했으나 동시에 사회주의 이데올로기의 금구를 타파하는 데에 돌파구가 되었다. 그의 삶과 정신 역정은 그가 남긴 문집처럼 단순하지만은 않다. 근대이행기의 암흑과 민족적 절망은 그를 끊임없이 신新과 구舊의 갈등 속에 있게 했고, 동서 문명충돌의 격랑은 서양에 대한 지향과 배척의 사이에서 그를 배회하게 했다. 뿐만 아니라 1930년대 좌와 우의 극한적 대립은 만년의 루쉰에게 선택을 강요했으며 그는 자신의 현실적 선택과 이상 사이에서 끝없이 방황했다. 그는 평생 철저한 경계인으로 살았고 모순이 동거하는 '사이주체'間主體로 살았다. 고통과 긴장으로 점철되는 이런 입장과 태도를 그는 특유의 유연함으로 끝까지 견지하고 고수했다.

한 루쉰 연구자는 루쉰 정신을 '반항', '탐색', '희생'으로 요약했다. 루쉰의 반항은 도저한 회의懷疑와 부정否定의 정신에 기초했고, 그 탐색은 두려움 없는 모험정신과 지칠 줄 모르는 창조정신에서 비롯되었다. 또한 그의 희생정신은 사회의 약자에 대한 순수하고 여린 연민과 양심에서 가능했다.

이 모든 정신의 가장 깊은 바닥에는 세계와 삶을 통찰한 각자覺者의 지혜와 존재하는 모든 것들에 대한 허무 그리고 사랑이 있었다. 그에게 허무는 세상을 새롭게 읽는 힘의 원천이자 난세를 돌파해 갈 수 있는 동력이었다. 그래서 그는 굽힐 줄 모르는 '강골'强骨로, '필사적으로 싸우며'(쩡자掙扎) 살아갈 수 있었다. 그랬기에 '철로 된 출구 없는 방'에서 외칠 수 있었고 사면에서 다가오는 절망과 '무물의 진'無物之陣에 반항할 수 있었다. 그는 자신을 둘러싼 모든 것과 대결했다. 이러한 '필사적인 싸움'의 근저에는 생명과 평등을 향한 인본주의적 신념과 평민의식이 자리하고 있다. 이것이 혁명인으로서 루쉰의 삶이다.

우리에게 몇 가지 『루쉰선집』은 있었지만 제대로 된 『루쉰전집』 번역본은 없었다. 만시지탄의 감이 없지 않지만 이제 루쉰의 모든 글을 우리말로 빚어 세상에 내놓는다. 게으르고 더딘 걸음이었지만 이것이 그간의 직무유기에 대한 우리 나름의 답변이 될 수 있기를 희망해 본다.

번역저본은 중국 런민문학출판사에서 출판된 1981년판 『루쉰전집』과 2005년판 『루쉰전집』 등을 참조했고, 주석은 지금까지의 국내외 연구성과를 두루 참조하여 번역자가 책임해설했다. 전집 원본의 각 문집별로 번역자를 결정했고 문집별 역자가 책임번역을 했다. 이 과정에서 몇 년 동안 매월 한 차례 모여 번역의 난제에 대해 토론을 벌였고 상대방의 문체에 대한 비판과 조율의 과정을 거쳤다. 그러므로 원칙상으로는 문집별 역자의 책임번역이지만 내용상으론 모든 위원들의 의견이 문집마다 스며들어 있다.

루쉰 정신의 결기와 날카로운 풍자, 여유로운 해학과 웃음, 섬세한 미학적 성취를 최대한 충실히 옮기기 위해 노력했지만 많이 부족하리라 생각한다. 독자 제현의 비판과 질정으로 더 나은 번역본을 기대한다. 작업에 임하는 순간순간 우리 역자들 모두 루쉰의 빛과 어둠 속에서 절망하고 행복했다.

2010년 11월 1일

한국 루쉰전집번역위원회

| 루쉰전집 전체 구성 |

- 1권 _ 무덤(墳) | 열풍(熱風)
- 2권 _ 외침(吶喊) | 방황(彷徨)
- 3권 _ 들풀(野草) | 아침 꽃 저녁에 줍다(朝花夕拾) | 새로 쓴 옛날이야기(故事新編)
- 4권 _ 화개집(華蓋集) | 화개집속편(華蓋集續編)
- 5권 _ 이이집(而已集) | 삼한집(三閑集)
- 6권 _ 이심집(二心集) | 남강북조집(南腔北調集)
- 7권 _ 거짓자유서(僞自由書) | 풍월이야기(准風月談) | 꽃테문학(花邊文學)
- 8권 _ 차개정잡문(且介亭雜文) | 차개정잡문 2집 | 차개정잡문 말편
- 9권 _ 집외집(集外集) | 집외집습유(集外集拾遺)
- 10권 _ 집외집습유보편(集外集拾遺補編)

• 11권 _ 중국소설사략(中國小說史略) | 한문학사강요(漢文學史綱要)

• 12권 _ 고적서발집(古籍序跋集) | 역문서발집(譯文序跋集)

• 13권 _ 먼 곳에서 온 편지(兩地書) | 서신 1

• 14권 _ 서신 2

• 15권 _ 서신 3

• 16권 _ 서신 4

• 17권 _ 일기 1

• 18권 _ 일기 2

• 19권 _ 일기 3

• 20권 _ 부집

• 삼한집(三閑集)

1927년

1928년

1929년

이이집 而已集

『이이집』(而已集)은 루쉰이 1927년에 쓴 잡문 29편을 수록하고 있으며, 1926년에 쓴 1편을 부록으로 더하고 있다. 1928년 10월에 상하이(上海)의 베이신서국(北新書局)에서 초판이 나왔다.

제사[1)]

이 반년 동안에 나는 또 많은 피와 눈물을 보았지만
내게는 잡감雜感만 있었을 따름而已이다.

눈물이 마르고, 피는 없어졌다.
도살자들은 유유자적 또 유유자적하면서
쇠칼을 사용하기도, 무딘 칼을 사용하기도 한다.
그렇지만 내게는 '잡감'만 있었을 따름이다.

'잡감'마저도 '마땅히 가야 할 곳으로 던져넣어 버릴' 때면
그리하여 '따름'而已만이 있을 따름이다.

이 여덟 줄 글은 1926년 10월 14일 밤에, 그 해 그때까지의 잡감집을 엮은 뒤 말미에 쓴 것이며, 지금 이를 1927년의 잡감집 제사로 삼는다.

1928년 10월 30일, 루쉰이 교감을 마치고 적다

주)

1) 원제는 「題辭」이며, 루쉰이 『화개집속편』(華蓋集續編)을 엮은 후에 쓴 것으로 다른 곳에 발표된 적이 없으며, 이 문집에 처음 수록되었다.

1927년

황화절의 잡감[1]

황화절[2]이 가까워졌으니 글이라도 좀 써야겠다. 그렇지만 이 제목으로 글을 쓰라면 실로 이전의 과거시험에서 '대공책'[3]과 비슷하다. 왜냐——말하자니 스스로도 부끄럽거니와——황화절이라는 이 세 글자가 물론 무슨 뜻인지를 알고 있지만, 황화강黃花岡에서 전사한 전사戰士들에 대해 그 이름뿐만 아니라 그 숫자조차도 모르고 있기 때문이다.

논의를 잘 펼치기 위해 자료를 좀 찾을 요량으로 부득이 『사원』辭源[4]을 들추어 보았다. 책 속에 있기는 했지만, 그저 이 정도였다.

> **황화강黃花岡**. 지명이며 광동성廣東城 성북문城北門 바깥 백운산白雲山 기슭에 위치하고 있다. 청나라 선통宣統 3년 3월 29일에 혁명당 수십 명이 총독 관아를 습격했으나 성공하지 못하고 죽어서 이곳에 함께 묻혔다.

간략하게 대강 서술되어 있어 내가 알고 있는 것과 큰 차이가 없었기에 내게 전혀 도움이 되지 않았다.

또한 17년 전 3월 29일의 정황에 대해 좀 알고 싶었으나 그것을 목격한 노인을 갑자기 찾을 수도 없었다. 다른 곳—베이징, 난징, 나의 고향과 같은 곳—의 실례로부터 짐작건대, 당시에는 일부는 몹시 애석해했을 것이고, 일부는 통쾌해했을 것이고, 일부는 아무 생각도 없었을 것이고, 일부는 술을 마시거나 차를 마실 때의 이야깃거리로 삼았을 것이다. 그리고는 사람들에게 바로 잊혀졌을 것이다. 오랫동안 압박받은 사람들은 압박받을 때는 고통을 참을 수밖에 없지만, 다행히 해방되고 나면 즐길 줄만 알 뿐이며 비장극悲壯劇은 기억 속에 오래 머무르지 못하는 것이다.

그러나 3월 29일의 사건은 특별하다. 당시에는 비록 실패했지만 10월에 곧 우창武昌에서 봉기가 일어났고 이듬해에 중화민국이 들어섰다. 그리하여 이들 실패한 전사戰士들은 당시에도 혁명 성공의 선구자가 되었으며, 비장극이 막을 내리려는 순간에는 해피엔딩의 결말을 다시 더해 주었다. 이는 우리들에게 아주 경사스런 일인바, 황화절을 기념할 때면 곧바로 알 수 있을 것이라고 나는 생각한다.

나는 오랫동안 북방에 있었기 때문에 아직 황화절 기념행사를 직접 경험해 보지 못했다. 그렇지만 중산中山 선생[5]의 기념일은 그래도 경험한 적이 있다. 학교에서는 저녁이면 연극을 보러 오는 사람들이 정말로 많았다. 밟아 올라서는 바람에 의자가 몇 개나 부러질 정도로 대단히 떠들썩했다. 이 실례로부터 추측건대, 황화절 역시 틀림없이 대단히 떠들썩할 것이리라.

3월 12일 그날 저녁 나는 떠들썩한 곳에서 혁명가의 위대함을 더욱 깊이 느꼈다. 연애가 성공했을 때 사랑하던 한 사람이 죽으면 살아 있는 이에게 줄 수 있는 것은 슬픔뿐이라고 나는 생각한다. 그렇지만 혁명이 성공했을 때 혁명가는 죽어서도 살아 있는 사람들에게 해마다 떠들썩함을 줄 수 있으며, 심지어 기쁨과 격려를 줄 수 있다. 유독 혁명가만이 살아서든 죽어서든 사람들에게 행복을 줄 수 있다. 사랑이라는 점에서는 동일하지만 결과는 이렇게 다르다. 바로 그렇기 때문에 오늘날 청년들 중에 연애와 혁명의 충돌로 고민하는 사람들이 많은 것이다.

이상에서 말한 이른바 '혁명이 성공했다'라는 것은 일시적인 일을 두고 한 말이며, 사실은 '혁명은 아직 성공하지 않은 것'[6]이다. 혁명은 끝이 없다. 만일 세상에 정말로 어떤 '지선至善의 경지'가 있다면, 이 인간세상은 그와 동시에 딱딱하게 굳어 버린 그 무엇이 될 것이다. 그렇지만, 중국에는 수많은 전사들의 정신과 피와 살로 길러 낸, 확실히 이전에 없었던 행복의 꽃과 과일이 자라나게 되었으며 점점 더 커져 갈 희망도 있다. 만일 그렇지 않다면, 그것은 지속적으로 길러 주는 사람들은 적은데 감상하거나 꽃을 꺾거나 과실을 따먹는 사람들이 오히려 너무 많기 때문이다.

나는 선열들의 '하늘에 있는 넋'을 위로하기 위해 사람들이 모두 날마다 통곡하고 눈물을 흘려야 한다고 말하는 것은 결코 아니다. 1년 중에 하루만 그들을 기억하면 된다. 그러나 광둥의 지금 상황을 가지고 논하자면, 사람들이 기념일을 대하는 방법을 좀 고쳐야겠다고 나는 생각한다. 황화절은 아주 떠들썩한데, 하루 동안의 떠들썩함은 물론 괜찮다. 떠들썩하다가 피로해지면 돌아가서 한잠 푹 자면 된다. 그렇지만 이튿날 원기가 회복되면 반드시 해야 할 하루 일과를 열심히 해야 한다. 이는 당연히 수고스럽겠지만, 어쨌든 치명적인 총탄을 맞는 것보다는 훨씬 나을 것이다. 하물며 이것 역시 후대 사람들을 위해 행복의 꽃과 과일을 길러 낸다고 할 수 있음에랴.

3월 24일 밤

주)

1) 원제는 「黃花節的雜感」이며, 1927년 3월 29일 광저우(廣州) 중산대학(中山大學) 정치훈육부(政治訓育部)에서 엮어 간행한 『정치훈육』(政治訓育) 제7기 '황화절 특집'(黃花節特別)에 처음 발표되었다.
2) 1911년 4월 27일(음력 3월 29일), 동맹회(同盟會)의 지도인물인 황싱(黃興), 자오성(趙聲) 등이 광저우에서 무장봉기를 일으켜 양광총독아문(兩廣總督衙門)을 공격했으나 결과적으로 실패했다. 사건 후 열사(烈士)의 시체 72구가 모아져 광저우 시 교외 황화강(黃花岡)에 합장되었다. 민국이 성립된 후 양력 3월 29일을 혁명선열기념일로 정했는데, 일반적으로 황화절(黃花節)이라 불렀다.
3) 한대(漢代) 이후 과거시험 때 정사(政事)나 경의(經義)와 관련된 문제를 제목으로 삼아 응시자에게 서면으로 각자의 의견을 진술하게 했는데, 이것을 대책(對策)이라 한다. '대공책'(對空策)이란 구체적인 의견 없이 공론(空論)만 한바탕 늘어놓을 뿐이라는 뜻이다.
4) 『사원』(辭源)은 중국어(漢語)의 말뜻 및 그 기원과 변천을 설명하고 있는 사전이며, 루얼쿠이(陸爾奎) 등이 편찬하여 1915년 상우인서관(商務印書館)에서 출판하였다.
5) 중산(中山) 선생은 쑨중산(孫中山, 1866~1925)이다. 이름이 원(文), 자가 이셴(逸仙)이고, 광둥 샹산(香山; 지금의 중산中山) 사람이며, 중국의 민주혁명가이다. 1925년 3월 12일에 병으로 베이징에서 서거했다.
6) '혁명은 아직 성공하지 않은 것'이라는 말은 쑨중산이 동지들에게 유언으로 남긴 말이다. 그는 『국민당주간』(國民黨週刊) 제1기(1923년 11월 25일) 「서문」에서 "혁명은 아직 성공하지 않았다. 동지들은 계속 노력해야 한다"라고 말했다.

중국인의 얼굴[1)]

사람은 대개 눈에 익지 않은 것을 만나게 되면 그것이 기괴하다고 여기게 된다. 기억건대, 내가 처음 서양인을 만났을 때 서양인은 얼굴이 너무 하얗고 머리털이 너무 노랗고 눈동자 색이 너무 엷고 코가 너무 높다고 느꼈다. 비록 이유를 분명하게 말할 수는 없었지만, 종합컨대 얼굴 생김새가 이래서는 안 된다고 생각되었다. 중국인의 얼굴에 대해서는 조금도 이의가 없었다. 말하자면, 잘생기고 못생긴 구별은 있지만 모두 괜찮다는 것이다.

우리의 옛사람들은 우리 중국인의 얼굴 생김새를 결코 소홀히 다루지는 않은 것 같다. 주周나라의 맹가孟軻는 눈동자를 보고 마음이 바른지 바르지 않은지를 판단했고,[2)] 한漢나라 때에는 『관상』[3)] 24권이 있었다. 나중에는 이런 놀이를 즐기는 사람들이 많아졌다. 구분하자면 두 파가 있었다고 할 수 있다. 하나는 얼굴을 보고 지혜로운가 어리석은가, 현명한가 불초한가를 알아내는 부류이고, 다른 하나는 얼굴을 통해 과거, 현재, 미래의 융성과 쇠퇴를 알아내는 부류이다. 그리하여 천하가 어수선해지고 이로부터 쓸데없는 일이 많아졌으니, 많은 사람들이 전전긍긍 자신의 얼굴을 연구하게 되었다. 짐작건대 이런 사람들과 아가씨들 덕에 거울이 발명됐을 것이다. 그런데 근래에는 전자의 일파에 대해서는 연구하는 사람이 그리 많지 않으며, 베이징과 상하이 등지에서 작당을 부리고 있는 것은 모두 후자의 일파뿐이다.

나는 여태껏 서양인만 주의해 왔다. 주의해 온 결과, 그들의 피부는 아무래도 너무 거칠게 보였고, 솜털도 하얀색이어서 마음에 들지 않았다. 피부에 항상 붉은 반점이 있는 것은 색깔이 너무 하얗기 때문인데, 도리어 우리의 황색이 낫다고 생각했다. 특히 마음에 들지 않는 것은 붉은 코다. 때로는 그야말로 이제 막 녹으려는 양초처럼 마치 촛농으로 떨어지려는 듯 아슬아슬해 보이는데, 역시 잘 드러나지 않고 비교적 안전하게 보이는 황색 인종의 그것만 못하다. 요컨대, 얼굴 생김새는 아무래도 이래서는 안 되는 것이다.

나중에 나는 서양인이 그린 중국인을 보고서야 그들도 우리의 얼굴 생김새에 대해 아주 무례하게 대한다는 것을 알았다. 그것은 『천방야담』 또는 『안데르센 동화』에 나오는 삽화인 듯한데,[4] 지금은 그다지 선명하게 기억나지는 않는다. 머리에는 꽃 깃털을 드리운 붉은 술 모자를 쓰고, 외가닥 변발이 공중에 휘날리고, 조회朝會 때 신는 신발朝靴은 하얀 바닥이 대단히 두꺼웠다. 그러나 이것들은 모두 만주인이 우리에게 가져다준 것이다. 그러나 눈 꼬리가 올라가고 입을 벌려 이를 드러내고 있는 것은 우리 본래 얼굴 생김새이다. 그렇지만 그 당시 실제로는 전혀 그렇지 않은데 외국인들이 일부러 우리를 조롱하기 위해서 유달리 과도하게 묘사한 것이라고 생각했다.

그러나 그 이후로 중국의 일부 사람들의 얼굴 생김새에 대해 나도 점차 일종의 불만을 느끼게 되었다. 그것은 다름 아닌, 그들이 흔치 않는 구경거리나 화려한 여인을 보거나 마음이 홀리는 말을 들을 때 아래턱이 천천히 처지면서 입을 딱 벌리게 된다는 점이다. 이것은 마치 정신적으로 무언가 부속품이 부족한 듯이 그야말로 고상해 보이지 않는다. 인체를 연구하는 학자들의 말에 따르면, 한쪽은 위턱뼈에 붙어 있고 다른 한쪽은 아래턱뼈에 붙어 있는 '교근'咬筋은 힘이 대단히 세다고 한다. 우리가 어렸을 때 호두를 먹고 싶으면, 반드시 그 껍질을 문틈에 끼어 깨뜨려야 했다. 그러나 어른들은 치아만 좋으면 교근을 한번 수축하여 호두를 물어 깨뜨릴 수 있었다. 이렇게 센 힘을 가진 근육이 이따금 무겁지도 않은 자신의 아래턱조차 건사하지 못하니, 구경하는 데 정신이 팔려 있을 때에는 그렇다고 하더라도 어쩐지 그리 체면이 서지 않는 일이라고 여겨졌다.

일본의 하세가와 뇨제칸[5]은 풍자적인 글을 잘 짓는 사람이다. 작년에 나는 그의 수필집 『고양이·개·사람』을 본 적이 있다. 그 속에는 중국인의 얼굴에 대해 말한 글이 한 편 들어 있었다. 대의는 이랬다. 처음 중국인을 보면 일본인 또는 서양인에 비해 얼굴이 어쩐지 무언가 좀 모자라는 듯이 느껴진다. 오랜 시간이 지나 보는 데 익숙해지면 이런 얼굴로도 이미 충분하며 전혀 부족하지 않다고 느끼게 된다. 오히려 서양인 부류의 얼굴을 보면 좀 넘치는 듯이 보인다는 것이었다. 이 넘치는 부분에 대해 그는 그다지 아름답지 않은 이름, 즉 야수성獸性이라는 이름을 부여했다. 중국인의 얼굴에는 이것이 없으니 사람일 텐데, 그렇다면 넘치는 부분을 더하면 아래와 같은 수식이 될 것이다.

사람 + 야수성 = 서양인

그는 중국인을 칭찬하고 서양인을 배척함으로써 일본인을 비꼬는 목적을 달성했으니 당연히 중국인의 얼굴에 이 야수성을 찾아볼 수 없게 된 것이 본래 없었기 때문인지 아니면 이젠 제거되었기 때문인지를 더 이상 말할 필요가 없었을 것이다. 그러나 만일 나중에 제거된 것이라면, 점점 깨끗해져서 인성만 남게 된 것인가, 아니면 점점 유순해진 데 불과한 것인가. 들소가 집소가 되고 멧돼지가 돼지가 되고 늑대가 개가 되면 야성은 사라졌지만, 방목인에게만 기쁨을 가져다줄 뿐 그 자신에게는 전혀 이로울 것이 없다. 사람은 사람일 뿐이므로 다른 것들이 더 잡다하게 끼어들지 않으면 당연히 더없이 좋다. 그러나 부득이하다면, 다소 야수성을 띠는 것이 더 낫지 않을까. 오히려 아래와 같은 수식에 들어맞는다면 별로 재미가 없지 않을까.

사람 + 가축성 = 어떤 종류의 사람

중국인의 얼굴에 정말로 야수성을 드러내는 표시가 있느냐 없느냐 하는 문제에 대한 토론은 잠시 그만두기로 하자. 나는 요즘 중국인들이 이상적으로 생각하는 옛사람과 지금사람의 얼굴에서 나타나는 두 가지 넘치는 부분을 말하고자 한다. 광저우에 도착하자마자 광저우는 내가 있다가 온 샤먼廈門보다 훨씬 넉넉하다고 느꼈는데, 영화만 하더라도 대부분이 '국산영화'로서 고대의상도 있고 유행의상도 있었다. 영화는 '예술'이므로 영화예술가는 이런 두 종류의 넘치는 부분을 더 보태어 놓았던 것이다.

고대의상의 영화도 전통극을 보는 것에 못지않게 볼만하다고 할 수 있었다. 적어도 꽹과리와 북 소리가 사람의 귀를 먹게 하지는 않으니까.

'스크린'에서는 어느 때 어느 시대인지 알 수 없는 옷차림을 한 인물들이 천천히 움직이는데, 얼굴은 옛사람과 마찬가지로 죽을상을 하고 있었다. 왜냐하면 생동적으로 보이기 위해서 구식 연극배우의 멍청한 모습을 더 보탤 수밖에 없었기 때문이다.

유행의상을 입은 인물들의 얼굴은, 청나라 광서光緖 연간에 상하이의 오우여의 『화보』[6]를 본 적이 있는 사람이라면 그 표정이 대단히 비슷하다고 여길 것이다. 『화보』에 그려진 것은 대체로 건달들이 재물을 갈취하는 것이거나 또는 기녀들이 질투하는 것이므로 얼굴 생김새가 모두 교활하다. 이 정신은 지금까지도 변하지 않은 것 같은데, 국산영화에 나오는 인물들은, 작자가 착한 사람이나 호걸로 간주했다고 하더라도 미간에는 어쩐지 상하이 조계지洋場식의 교활함을 띠고 있는 것이다. 그렇게 하지 않으면 착한 사람이나 호걸조차도 될 수 없는 모양이다.

듣자 하니, 국산영화가 많은 것은 화교들로부터 환영을 받아 이익을 볼 수 있기 때문이라고 한다. 새로운 영화가 한편 나오면 늙은이들은 아이들을 데리고 가서 그들에게 가리키면서 이렇게 말한다. "봐라, 우리 조국 사람들은 저렇단다." 광저우에서도 환영을 받고 있는 듯한데, 주야 네 번 상영에 관객들이 자리를 가득 메우고 있음을 항상 볼 수 있다.

광저우는 지금도 상하이와 마찬가지로 이렇게 그들의 취미를 길러 주고 있는 것이다. 애석하게도 영화가 상영되면 전등을 반드시 꺼 버리므로 나는 사람들의 아래턱을 볼 수가 없었다.

4월 6일

주)

1) 원제는 「略論中國人的臉」이며, 1927년 11월 25일 베이징의 『망위안』(莽原) 반월간 제2권 제21·22기 합간(合刊)에 처음 발표되었다.
2) 『맹자』(孟子) 「이루상」(離婁上)에는 다음과 같은 말이 나온다. "맹자가 말했다. '사람을 관찰하는 데에는 그의 눈동자를 살펴보는 것보다 더 나은 방법이 없다. 왜냐하면, 눈동자는 그 사람이 가진 악(惡)을 숨길 수 없기 때문이다. 마음이 바르면 눈동자가 맑고 밝으며, 마음이 바르지 못하면 눈동자가 흐리고 어둡다. 그 사람이 말하는 것을 들을 때, 그의 눈동자를 주의해서 살펴본다면, 그가 어디에 숨길 수 있겠느냐?'"(孟子曰: 存乎人者, 莫良於眸子, 眸子不能掩其惡. 胸中正, 則眸子瞭焉; 胸中不正, 則眸子眊焉. 聽其言也, 觀其眸子, 人焉廋哉)
3) 『관상』(相人)은 관상술을 언급한 책으로서 『한서·예문지』(漢書·藝文誌)의 '수술'(數術) 류에 보이며, 작자는 미상이다.
4) 『천방야담』(天方夜談)은 『천일야화』(아라비안 나이트)를 말하며 고대 아라비아의 민간 설화집이다. 안데르센(H. C. Andersen, 1805~1875)은 덴마크의 동화작가이다. 여기서 말한 삽화는 당시 미국의 호튼 미플린(Houghton Mifflin) 회사에서 출판한 안데르센 『동화집』에 나오는 「꾀꼬리」이다.
5) 하세가와 뇨제칸(長谷川如是閑, 1875~1969)은 일본의 비평가, 작가이다. 저서로는 『일본의 성격』(日本的性格), 『현대사회비판』(現代社会批判) 등이 있다. 『고양이·개·사람』(猫·狗·人; 원제는 犬·猫·人間)은 일본의 가이조사(改造社)에서 1924년 5월에 출판되었으며, 그 속에 「중국인의 얼굴 및 기타」라는 글이 있다.
6) 오우여(吳友如, ?~1893)는 이름이 유(猷; 또는 가유嘉猷라고도 함), 자가 우여(友如)이며, 장쑤(江蘇) 위안허(元和; 지금의 우현吳縣) 사람이고 청말(淸末)의 화가이다. 인물과 세태(世態)를 잘 그린 것으로 유명하다. 그가 주편한 『점석재화보』(點石齋畫報)는 순간(旬刊)으로 1884년에 창간되어 1898년에 정간되었는데, 상하이의 『선바오』(申報)에 맞춰 발행되었다.

혁명시대의 문학[1)]

—4월 8일 황푸군관학교[2)]에서의 강연

오늘은 바로 이 '혁명시대의 문학'이라는 것을 제목으로 몇 마디 이야기를 하고자 합니다. 이 학교로부터 여러 차례 초청받았지만, 나는 그때마다 이런저런 핑계로 오지 않았습니다. 무엇 때문이었을까요? 제군들이 나를 초청한 것은 내가 소설 몇 편을 지은 문학가라서 나로부터 문학을 들으려 한다고 생각했기 때문입니다. 사실 나는 결코 그런 사람이 아니며 아무것도 모릅니다. 내가 처음 정식으로 배운 것은 채광이었으니 나더러 석탄 캐는 일에 대해 말하라고 하면 아마 문학을 이야기하는 것보다는 좀더 쉬울 것입니다. 물론 나 자신의 기호 때문에 문학 책도 늘 보아 왔습니다만, 결코 제군들에게 말해 줄 유익한 무언가를 깨달은 것은 아닙니다. 게다가 요 몇 년 사이에는 스스로 베이징에서 얻은 경험으로 인해 지금까지 알고 있던, 이전 사람들이 말한 문학에 관한 논의에 대해 점점 회의를 품게 되었습니다. 그때는 학생들을 총으로 쏘아 죽이던 시절이었으니[3)] 문장검열도 엄격했는데, 나는 이렇게 생각했습니다. 문학, 문학 하지만, 이것은 가장 쓸모없는 것이요, 힘없는 사람이 이야기하는 것이라고 말입니다. 실력 있는 사람은 결코 입을 열지 않고 사람을 죽이며, 압박받는 사람은 몇 마디 말을 하거나 몇 글자를 쓰게 되면 곧 죽임을 당합니다. 설사 다행히 죽임을 당하지 않고 날마다 고함치고 괴로움을 호소하고 불평을 털어놓는다 하더라도 실력 있는 사람은 여전히 압박하고 학대하고 살육하니 그들을 당해 낼 수 없습니다. 이러니 문학이 사람들에게 무슨 이익이 있겠습니까?

자연계에서도 마찬가지입니다. 매가 참새를 잡을 때, 아무 소리도 내지 않는 쪽은 매이며 짹짹거리는 것은 참새입니다. 고양이가 쥐를 잡을 때, 아무 소리도 내지 않는 쪽은 고양이이며 찍찍거리는 것은 쥐입니다. 결과적으로 입만 열 줄 아는 것이 입을 열지 않는 쪽에게 잡아먹혀 버립니다. 문학가는 잘만 하면 몇 편의 문장을 지어서 당시에 칭찬을 받을 수도 있고 아니면 여러 해 동안 헛된 명성을 얻을 수도 있습니다.──예컨대, 한 열사의 추도회가 열린 뒤 열사의 업적에 대한 이야기는 간데없고, 사람들은 도리어 누구의 애도시가 잘되었는가 하여 그것을 전송傳誦합니다. 이는 그야말로 매우 적합한 사업입니다.

그러나 이곳 혁명 지방의 문학가들은 문학이 혁명과 크게 관계가 있다고 말하기를 좋아하는 것 같습니다. 예컨대, 문학을 이용하여 선전하고 고무하고 선동하여 혁명을 촉진하고 혁명을 완성할 수 있다는 것입니다. 그렇지만 이러한 글은 무력합니다. 왜냐하면 좋은 문예작품은 여태껏 다른 사람의 명령을 받지 않았고, 이해利害를 고려하지 않았고, 자연스레 마음에서 흘러나온 것이기 때문입니다. 만약 먼저 제목을 내걸고 글을 짓는다면 그것은 팔고문[4]과 무엇이 다르겠으며, 가치 없는 문학이 사람을 감동시킬 수 있느냐 없느냐는 말할 필요조차 없습니다. 혁명을 위해서는 '혁명인'이 있어야 하며, '혁명문학'은 급하지 않습니다. 혁명인이 만들어 내는 것이라야 비로소 혁명문학입니다. 그래서 생각건대, 혁명이야말로 글과 관계가 있습니다. 혁명시대의 문학은 평상시의 문학과 다릅니다. 혁명이 도래하면 문학은 곧 색깔을 바꿉니다. 그러나 대혁명은 문학의 색깔을 바꿀 수 있지만 소혁명은 그렇지 않습니다. 소혁명은 혁명이라고도 할 수 없으므로 문학의 색깔을 바꿀 수는 없습니다. 이곳에서는 '혁명'이라는 말을 귀에 못이 박히도록 들었지만, 장쑤와 저장浙江에서는 혁명이라는 두 글자를 언급하면 듣는 사람 모두 몹시 두려워하고 말하는 사람도 몹시 위험합니다. 사실 '혁명'은 결코 희한한 것이 아닙니다. 그것이 있기 때문에 사회가 개혁될 수 있고 인류도 진보할 수 있습니다. 아메바로부터 인류에 이르고 야만으로부터 문명에 이를 수 있었던 것은 바로 한시도 혁명이 아닌 때가 없었기 때문입니다. 생물학자는 우리에게 "인류와 원숭이는 크게 다르지 않으니, 인류와 원숭이는 사촌지간이다"라고 말하고 있습니다. 그러나 왜 인류는 인간이 되었으며, 원숭이는 끝내 원숭이인가요? 이는 원숭이가 변화를 거부했기 때문입니다——원숭이는 네 발로 걷기를 좋아했습니다. 아마도 일어서서 두 발로 걸으려고 시도한 원숭이도 있었을 것입니다. 그러나 많은 원숭이들이 "우리 조상들은 줄곧 기어왔으니 일어서서는 안 돼"라고 말하고는 물어 죽였을 것입니다. 그들은 일어서려고 하지 않았을 뿐만 아니라 말하려고도 하지 않았습니다. 왜냐하면 그들은 수구守舊적이었기 때문입니다. 그러나 인류는 그렇지 않아서 마침내 일어섰고, 말을 했으며, 결국 승리했습니다. 지금까지도 끝나지 않았습니다. 그래서 혁명은 결코 희한한 것이 아닙니다. 지금까지 멸망하지 않은 민족은 모두 매일 혁명에 노력하고 있습니다. 비록 종종 소혁명에 지나지 않지만 말입니다.

대혁명은 문학에 어떤 영향을 미칠까요? 대략 세 시기로 나누어서 말할 수 있습니다.

(1) 대혁명이 일어나기 전에 모든 문학은 대체로 갖가지 사회현상에 대한 불만과 고통으로 인한 괴로움을 호소하고 불평을 털어놓는데, 세계 문학에서 이런 종류의 문학은 적지 않습니다. 그러나 괴로움을 호소하고 불평을 털어놓는 문학은 혁명에 대해 어떤 영향도 미치지 못합니다. 왜냐하면 괴로움을 호소하고 불평을 털어놓아도 전혀 힘이 없으므로 압박하는 사람들은 여전히 상관하지 않기 때문입니다. 쥐가 비록 찍찍하고 외쳐도, 가령 아주 좋은 문학을 외쳐도 고양이는 전혀 거리낌 없이 쥐를 먹어 버립니다. 그래서 괴로움을 호소하고 불평을 털어놓는 문학만 존재할 때, 이 민족은 여전히 희망이 없습니다. 왜냐하면 괴로움을 호소하고 불평을 털어놓는 데 지나지 않기 때문입니다. 예를 들어, 사람들이 소송을 걸었을 때, 패소한 쪽이 억울함을 호소하는 전단을 뿌리는 때가 되면, 상대방은 그가 더 이상 소송을 제기할 힘이 없으며 일이 이미 해결되었다는 것을 알게 됩니다. 그래서 괴로움을 호소하고 불평을 털어놓는 문학은 억울함을 호소하는 것과 같으며, 압박자는 이에 대해 오히려 마음을 놓아도 된다고 느낍니다. 어떤 민족은 괴로움을 호소하는 것이 쓸데없기 때문에 괴로움조차도 호소하지 않는데, 그들은 곧 침묵의 민족으로 변하고 점점 더 쇠퇴해 갑니다. 이집트, 아랍, 페르시아, 인도는 아무런 소리도 없습니다. 반항성反抗性이 풍부하고 힘이 있는 민족은 괴로움을 호소하는 것이 쓸데없다는 것을 곧 깨달아서 슬픈 소리哀音가 노호怒號로 바뀝니다. 노호의 문학이 일단 출현하면 반항이 곧 도래합니다. 그들은 이미 몹시 분노하고 있으며, 그래서 혁명이 폭발하는 시대와 가까운 문학은 매번 분노의 소리를 띠고

있습니다. 그들은 반항하고 복수하려 합니다. 러시아혁명이 일어날 때, 바로 이런 종류의 문학이 있었습니다. 그러나 폴란드처럼 예외도 있었으니, 일찍부터 복수의 문학[5]이 있었지만 그 나라의 광복은 유럽대전[제1차 세계대전]에 의존했던 것입니다.

(2) 대혁명의 시대가 도래하면 문학이 없어지고 소리가 없어집니다. 왜냐하면 사람들은 혁명의 물결에 휩싸여 외침으로부터 방향을 돌려 행동으로 들어서고 혁명에 바빠서 문학을 언급할 여유가 없어지기 때문입니다. 또 다른 측면이 있으니, 그 시기에는 민생이 힘들어서 먹을 빵조차도 구하기 어려우니 어찌 문학을 언급할 마음이 있겠습니까? 수구적인 사람들은 혁명의 물결로부터 공격받고 화가 치밀어 올라 더 이상 그들의 문학을 노래할 수 없게 됩니다. 어떤 사람은 "문학은 가난하고 괴로울 때 쓰여지는 것이다"라고 말합니다만, 실은 꼭 그렇지는 않아서 가난하고 괴로울 때면 틀림없이 문학작품은 없어집니다. 저는 베이징에 있을 때, 돈이 떨어지면 여기저기 돈을 빌려야 했으므로 한 글자도 쓰지 못했습니다. 월급이 지급되었을 때에야 비로소 앉아서 글을 쓸 수 있었습니다. 바쁠 때에도 틀림없이 문학작품은 없습니다. 짐꾼은 반드시 짐을 내려놓아야 글을 쓸 수 있습니다. 인력거꾼도 반드시 인력거를 내려놓아야 글을 쓸 수 있습니다. 대혁명시대에는 무척 바쁘고, 동시에 무척 곤궁합니다. 이쪽 사람들과 저쪽 사람들이 투쟁하면서, 무엇보다 먼저 현대사회의 상태를 바꾸지 않으면 안 되므로 글을 쓸 시간도 마음도 없습니다. 그래서 대혁명시대의 문학은 잠시 적막으로 돌아가지 않을 수 없습니다.

(3) 대혁명이 성공한 후에 사회적 상태가 안정되고 사람들의 생활이 여유가 있게 되면, 이때에 또다시 문학이 나타납니다. 이때의 문학은 두

가지가 있습니다. 한 가지 문학은 혁명을 찬양하고 혁명을 칭송하는 것입니다.—혁명을 구가謳歌합니다. 왜냐하면 진보적인 문학가는 사회개혁과 사회진보를 생각하여 구사회의 파괴와 신사회의 건설이 모두 의미 있다고 느껴, 구제도의 붕괴를 기뻐하는 동시에 새로운 사회 건설을 구가합니다. 또 다른 문학은 구사회의 멸망을 애도하는 것—만가挽歌—이며, 역시 혁명 후에 있을 수 있는 문학입니다. 어떤 사람들은 이를 '반혁명反革命의 문학'이라고 여기는데, 나는 이렇게 큰 죄명을 씌울 필요는 없다고 생각합니다. 혁명이 비록 진행되고 있지만 사회적으로 구인물은 여전히 매우 많으며 결코 일시에 신인물로 변할 수 없고 그들의 가슴속에는 구사상과 낡은 것으로 가득 차 있습니다. 점차 변하는 환경이 그들의 모든 것에 영향을 미치기 때문에 그들은 편안했던 옛날을 회상하며 구사회를 몹시 그리워하고 연연해합니다. 이 때문에 예스럽고 고리타분한 말을 내뱉게 되어 이런 문학을 낳게 됩니다. 이런 문학은 모두 슬픈 곡조를 띠고 그들의 마음속 불편을 표현하는데, 한편으로는 새로운 건설의 승리를 보고, 다른 한편으로는 낡은 제도의 멸망을 보게 되니, 그래서 만가를 부르는 것입니다. 그러나 옛날을 그리워하고 만가를 부르는 것은 이미 혁명이 이루어졌음을 나타내 줍니다. 만약 혁명이 이루어지지 않고 구인물이 득세하고 있다면 만가를 부르지는 못할 것입니다.

그렇지만 중국에는 이런 두 가지 문학—구제도에 대한 만가와 신제도에 대한 구가—이 없습니다. 왜냐하면 중국혁명은 아직 성공하지 않았으며 경계지대에 놓여 있어 혁명에 여념이 없는 시기이기 때문입니다. 하지만 구문학은 여전히 매우 많으니, 신문지상의 글은 거의 전부가 구식입니다. 생각건대, 이는 중국혁명이 사회에 큰 개혁을 가져오지 않았고 수구적인 인물에게 큰 영향을 끼치지 않았으며, 옛사람들이 여전히 세상으로부터 초연하다는 것을 보여 줍니다. 광둥의 신문에 실리는 문학은 모두 낡은 것이고 새로운 것이 거의 없으니, 광둥 사회 역시 혁명의 영향을 받지 않았다는 것을 증명합니다. 새로운 것에 대한 구가도 없고 낡은 것에 대한 만가도 없으니 광둥은 여전히 10년 전의 광둥입니다. 이럴 뿐만 아니라 더욱이 괴로움을 호소하지도 않고 불평을 털어놓지도 않습니다. 단지 노동조합이 시위에 참가하는 것을 볼 수 있는데, 이것은 정부가 허락한 것이니 압박 때문에 반항한 것이 아니요, 임금의 명을 받든 혁명에 불과합니다. 중국 사회는 개혁이 없었기 때문에 옛날을 그리워하는 애사哀詞도 없고 참신한 행진곡도 없습니다. 오직 소련에서만 이 두 가지 문학이 생산되었습니다. 그들의 구문학가는 외국으로 도망했고, 그들이 만든 문학은 대부분 멸망을 조상弔喪하고 낡은 것을 애도하는 애사입니다. 새로운 문학은 바야흐로 나아지려고 애쓰고 있으니, 위대한 작품이 아직 없다 하더라도 새로운 작품이 이미 적지 않습니다. 그들은 이미 노호의 시기를 벗어나서 구가의 시기로 이행하고 있습니다. 건설을 찬미하는 것은 혁명이 진행된 이후의 영향 때문인데, 앞으로의 상황이 어떻게 될지 현재로서는 알 수 없지만, 추측건대 아마 평민문학平民文學이 될 것입니다. 왜냐하면 평민의 세계는 혁명의 결과이기 때문입니다.

현재 중국은 당연히 평민문학이 없으며, 세계에도 아직 평민문학이 없습니다. 모든 문학은, 노래든 시든, 대개 상등인上等人에게 보여 주기 위한 것입니다. 그들이 먹고 배부르면 편안한 의자에 누워 그것을 받쳐 들고 봅니다. 한 재자才子가 집을 나갔다가 한 가인佳人을 만나고, 두 사람이 아주 좋아지면 한 못난 사내가 나타나 훼방을 놓아 차질이 빚어지지만 결국은 해피엔딩으로 끝이 납니다. 이런 것을 보고 있노라면 정말 편안합니다. 아니면 상등인은 얼마나 재미있고 즐거운지, 하등인은 얼마나 우스운지를 이야기하는 것입니다. 몇 년 전 『신청년』新青年이 몇 편의 소설을 게재했는데, 죄인이 한지寒地에서 생활하는 것을 묘사했습니다. 어느 대학교수[6]가 보고서 불쾌하게 생각했는데, 왜냐하면 그들은 이런 하류인下流人을 보고 싶어 하지 않았기 때문입니다. 만약 시가에서 인력거꾼을 묘사하면 그것은 하류 시가가 됩니다. 희극에서 범죄 사건을 다루면 곧 하류 희극이 됩니다. 그들의 희극 속 등장인물은 재자가인이 있을 뿐입니다. 재자는 상원에 급제하고 가인은 일품一品부인에 봉해지는데, 재자가인 본인들도 아주 즐겁거니와 상등인은 읽으며 매우 즐거워하며, 하등인도 어쩔 수 없어서 그들과 함께 즐거워할 수밖에 없습니다. 현재에 평민 ── 노동자 · 농민 ── 을 소재로 삼아서 소설을 짓고 시를 짓는 사람이 있는데, 우리는 그것을 평민문학이라 부릅니다만, 이것은 진정한 평민문학이 아닙니다. 왜냐하면 평민은 아직 입을 열고 있지 않기 때문입니다. 이것은 바깥사람이 옆에서 평민의 생활을 보고서 평민의 말투를 빌려 말하고 있는 것입니다. 현재 문인은 다소 가난하다 하더라도 노동자 · 농민보다는 넉넉합니다. 그렇기 때문에 돈이 있어 책을 읽을 수 있고 글이 있을 수 있습니다. 언뜻 보기에는 평민이 말한 것 같지만 사실은 그렇지 않습니다. 이것은 진정한 평민소설이 아닙니다. 평민이 노래 부르는 산타령山歌이나 들타령野曲을 현재에도 짓는 사람이 있으며, 이는 평민의 소리라고 여겨지고 있습니다. 왜냐하면 백성들이 노래 부르는 것이기 때문입니다. 그러나 그들은 간접적으로 고서古書의 영향을 크게 받았으며, 그들은 시골 신사紳士들이 밭 3천 무를 가진 데 대해 탄복해 마지않아 매번 신사들의 사상을 가져다 자신들의 사상으로 삼고, 신사들이 오언시와 칠언시를 늘 읊으니 이 때문에 그들이 노래 부르는 산타령과 들타령은 대부분 오언 또는 칠언입니다. 이것은 격률의 측면에서 말한 것이며, 구상과 의미 면에서도 아주 진부한 것이어서 진정한 평민문학이라고 부를 수는 없습니다. 현재 중국의 소설과 시는 도저히 다른 나라와 비교할 수 없기 때문에 별수 없이 문학이라 부르기는 하지만, 혁명시대의 문학이라고 말할 수 없을뿐더러 평민문학이라고 말하기는 더욱 어렵습니다. 현재의 문학가는 모두 지식인입니다. 만약 노동자·농민이 해방되지 않아서 노동자·농민의 사상이 지식인의 사상 그대로라면, 반드시 노동자·농민이 진정한 해방을 얻을 때를 기다려야 하며, 그런 다음에야 비로소 진정한 평민문학이 있습니다. 어떤 사람은 중국에 이미 평민문학이 있다고 말합니다만, 사실은 그렇지 않습니다.

제군들은 실제로 싸우는 사람이며 혁명의 전사입니다. 현재에는 아직 문학을 부러워하지 않는 것이 좋겠다고 나는 생각합니다. 문학을 배우는 것은 전쟁에 도움이 되지 않습니다. 기껏해야 군가를 한 편 지어 혹시 아름답게 씌어졌다면 전쟁을 하다 쉬는 틈에 보면 재미있는 정도입니다. 좀 멋지게 이야기한다면, 버드나무를 심어 크게 자라면 짙은 그늘이 해를 가려 주어 농부가 정오까지 밭을 갈다가 나무 아래 앉아서 밥을 먹으며 쉴 수 있는 것과 같습니다. 중국의 현재 사회상황은 실제적인 혁명전쟁이 있을 뿐이므로 한 수의 시로써 쑨촨팡[7]을 놀라 달아나게 할 수 없으며 한 대의 대포라야 쑨촨팡을 몰아낼 수 있습니다. 당연히 문학이 혁명에 대해 위대한 힘을 갖고 있다고 여기는 사람이 있겠지만 나 개인적으로는 회의를 느끼고 있습니다. 문학은 아무래도 일종의 여유의 산물로서 한 민족의 문화를 표시할 수 있다는 것이 도리어 진실입니다.

사람은 대개 자신이 현재 하고 있는 일에 대해 만족하지 못하는가 봅니다. 저는 그동안 몇 편의 글을 썼을 뿐인데도 이렇게 신물이 납니다. 그런데 총을 잡고 있는 제군들은 오히려 문학 강연을 듣고 싶어 하잖아요. 저로서는 오히려 대포소리를 듣고 싶습니다. 대포소리는 아마 문학의 소리보다는 훨씬 더 듣기 좋을 듯싶습니다. 저의 연설은 이것으로 그칩니다. 끝까지 들어준 제군들의 후의에 감사드립니다.

주)

1) 원제는 「革命時代的文學」이며, 이 글의 기록 원고는 1927년 6월 12일의 광저우 황푸(黃埔)군관학교에서 출판한 『황푸 생활』(黃埔生活) 주간(週刊) 제4기에 처음 발표되었다. 본집에 수록될 때 루쉰이 수정했다.
2) 쑨중산(孫中山)이 국민당을 개조한 후 창립한 육군군관학교로 광저우 황푸에 있었고 1924년 6월에 정식 개학했다. 1927년 4월 12일 장제스(蔣介石)의 4·12정변 이전에는 국공합작(國共合作)의 학교로서 저우언라이(周恩來), 예젠잉(葉劍英), 윈다이잉(惲代英), 샤오추뉘(蕭楚女) 등 여러 공산당 인물들이 이 학교의 중책을 맡았었다.
3) 1926년에 일어난 3·18사건을 가리킨다.
4) 팔고문(八股文)은 명청(明淸)시대 과거시험제도가 규정한 일종의 공식화된 문체(文體)이다. '사서'(四書), '오경'(五經) 중의 문구나 명제를 사용해서 매 편을 파제(破題), 승제(承題), 기강(起講), 입수(入手), 기고(起股), 중고(中股), 후고(後股), 속고(束股) 여덟 개 부분으로 구성한다. 뒤의 네 부분은 주체(主體)이며 매 부분은 서로 대구를 이루는 두 개의 단위(股) 글이 있는데, 도합 여덟 개 단위이므로 팔고문(八股文)이라 한다.
5) 19세기 상반기 폴란드 애국시인 미츠키에비치(Adam Mickiewicz), 수오바츠키(Juliusz Słowacki) 등의 작품을 가리킨다. 당시 폴란드는 러시아, 오스트리아, 프로이센 삼국에 의해 분할지배를 받고 있었는데, 제1차 세계대전이 끝난 후 1918년 11월에 독립했다.
6) 여기서 말한 대학교수는 둥난대학(東南大學) 교수 우미(吳宓)를 가리킨다. 루쉰은 『이심집』(二心集) 「상하이 문예의 일별」(上海文藝之一瞥)에서 이렇게 말했다. "당시 우미 선생은 글을 발표하여, 왜 하류사회를 묘사하기 좋아하는 사람들이 있는지 도무지 알 길이 없다고 한 적이 있습니다."
7) 쑨촨팡(孫傳芳) 군대의 주력부대는 1926년 겨울에 장시(江西)의 난창(南昌)·주장(九江) 일대에 있었으며, 북벌군(北伐軍)에 의해 섬멸되었다.

『노동문제』 앞에 쓰다[1]

아직도 기억난다. 작년 여름 베이징에 살고 있을 때 장워취안 군을 만났고 그가 이런 의미의 말을 하는 것을 들었다. "중국인들은 모두 타이완을 잊어버린 듯합니다. 어느 누구도 그다지 언급하지 않고 있습니다."[2] 그는 타이완의 한 청년이었다.

나는 당시 큰 충격을 받은 듯이 고통스러웠다. 그러나 입으로는 오히려 이렇게 말했다. "아니네. 그런 지경까지는 아니네. 다만 본국이 너무 문드러져서 내우외환이 대단히 많아 스스로를 돌볼 겨를이 없고, 그래서 타이완에 관한 일들을 잠시 놓아둘 수밖에 없네……."

그러나 어려움에 처해 있던 타이완 청년들은 오히려 중국 일을 잠시라도 놓아두지 않았다. 그들은 항상 중국 혁명의 성공을 희망했고 중국의 개혁을 도왔다. 스스로는 아직 학생으로 있지만 중국의 현재와 장래에 이익이 되는 것이라면 언제나 힘을 다하고자 했다.

장슈저 군은 내가 광저우에 있을 때 만난 사람이다. 우리는 몇 차례 이야기를 나누었으며, 그는 이미 『노동문제』[3]를 중국에 번역하여 내가 짧은 서문이라도 좀 써주기를 희망한다는 것을 알았다. 나는 서문을 잘 쓰지도 못하며 서문 쓰기를 찬성하는 것도 아니다. 하물며 노동문제에 대해서는 아는 것이 하나도 없으니, 입을 열 자격조차도 없는 것이다. 내가 책임 있게 말할 수 있는 것은 장張군이 중일中日 두 나라의 언어에 대단히 정통하여 번역문이 틀림없이 매우 믿을 만하다는 점뿐이다.

그러나 가능하다면 이번에 이 번역본 앞에 몇 마디 말을 꼭 쓰고 싶다. 나는 비록 노동문제를 모르지만 역자가 유학하는 가운데 그래도 민중을 위해 애쓴 노력과 성의를 느낄 수 있기 때문이다.

나는 이 몇 마디 말로 내 개인적인 감격을 표현할 수 있을 뿐이다. 그러나 이러한 노력과 성의를 독자들도 반드시 느낄 수 있을 것으로 믿는다. 이것이야말로 그 어떤 서문보다도 더 힘이 있을 것이다.

1927년 4월 11일

루쉰이 광저우 중산대학에서 적다

주)

1) 원제는 「寫在『勞動問題』之前」이며, 『국제노동문제』라는 책에 처음 게재되었고, 제목은 「『국제노동문제』의 짧은 머리말」(『國際勞動問題』小引)이었다.

2) 타이완(臺灣)은 1894년 청일전쟁 후 일본에 점령되었으며, 1945년 항일전쟁 승리 후에 수복되었다. 이 글에 나오는 장워취안(張我權)은 장워쥔(張我軍, 1902~1955)으로서 타이베이(臺北) 반차오(板橋) 사람이다. 당시 베이징사범대학(北京師範大學) 국문과 학생이었다. 타이완 국적을 지닌 학생들과 함께 『소년 타이완』(少年臺灣)을 창간했고, 신문화를 선전하고, 타이완의 글과 시, 소설을 평론하는 글을 많이 썼다. 루쉰은 1926년 8월 11일 일기에 "장워쥔이 와서 타이완의 『민보』(民報) 네 권을 주고 갔다"라고 썼다

3) 장슈저(張秀哲)는 타이완 사람이다. 당시 광저우 링난대학(嶺南大學)에 재학하고 있었으며, 다른 사람들과 함께 『타이완을 잊지 말자』(毋忘臺灣)라는 책을 저술하기도 했다. 『노동문제』의 원제는 『국제노동문제』(國際勞動問題)이며, 일본의 아사리 준지로(淺利順次郎)가 지었다. 장슈저의 번역본은 1927년에 광저우의 국제사회문제연구사(國際社會問題研究社)에서 출판되었으며, 장웨청(張月澄) 역(譯)으로 서명되어 있다.

홍콩에 관한 간략한 이야기[1]

금년 1월 중에 나는 홍콩에 한 번 다녀왔다.[2] 넘어져 다친 다리가 완전히 회복되지 않아 거리를 한가롭게 거닐 수 없어 연설이 끝나자마자 곧장 돌아왔기 때문에 홍콩에 대한 인상이 아주 흐릿하고 또 진작 잊어버렸다. 오늘 『위쓰』 137기에 천장 선생의 통신[3]을 보고서야 갑자기 기억이 나서 분위기를 돋우고자 몇 마디 말하고자 한다.

내가 강연하러 갔을 때[4] 그 일을 주관한 사람은 아마 갖가지 곤란을 겪었겠지만 나는 그다지 잘 알지 못한다. 알고 있는 것이라면, 우선 퍽 많은 간섭을 받았고, 중간에 반대자가 사람들을 풀어 입장권을 긁어모아 감추어 놓고 다른 사람들이 가서 듣지 못하게 만들었다는 점이다. 나중에는 강연원고도 신문에 게재할 수 없었는데, 절충한 결과 많은 부분을 삭제하고 고쳐 써야 했다.

그렇지만 내 강연은 정말로 '늙은 서생의 평범한 이야기'였으며, 더욱이 칠팔 년 전부터 '늘 하던 이야기'였다.

광저우에서 홍콩으로 갈 때 배에서 재미있는 일이 있었다. 어찌된 영문인지 내 이름을 알고 있던 선원 한 사람이 대단히 나를 염려했다. 그는 내가 홍콩에 가게 되면 단정하기는 어렵지만 아마도 모해를 당할 것이라고 여겼다. 내가 멀리 광둥으로 달려와서 학생들을 가르치고 있으니 이유 없이 횡사橫死하면 그 — 광둥 사람의 하나 — 도 미안하게 생각할 것이었다. 그리하여 그는 도중 내내 나를 위해 계획을 세워 주었는데, 상륙을 금지할 때는 어떻게 몸을 빼는지, 부두에 도착하여 붙잡히게 될 때는 어떻게 피신하는지를 알려 주었다. 부두에 도착한 후 금지당하지도 않았고 붙잡히지도 않았으나, 그는 여전히 마음을 놓지 않고 헤어질 때도 거듭 당부하면서 만약 위험에 처하면 어떤 곳으로 피신해야 하는지를 일러 주었다.

나는 비록 우습다고 생각하기는 했지만 진심으로 그의 호의에 감사를 드리며, 그의 진지한 얼굴 표정을 기억하고 있다.

3일 후 평안하게 홍콩을 빠져나왔지만, 국수國粹를 공격했기 때문에 몇몇 사람들의 미움을 샀다. 지금 회상해 보면 우리 같은 사람들은 그다지 위험하지 않았을 것이다. 그렇지만 홍콩은 아무래도 위험한 길 중 하나이다. 다음의 작은 일로써 증명할 수 있다. 즉, 오늘 홍콩의 『순환일보』[5]에는 다음과 같은 두 가지 자질구레한 사건이 실렸다.

▲ 천궈陳國가 우후 가燕湖街 157호에서 면바지 하나를 훔쳤다고 고발되었는데 어제 사사史司에 의해 열두 대의 등나무줄기 매질 판결을 받았다.

▲ 어제 저녁 깊은 밤, 스탕쪼이[6]에 양복을 입은 두 남자가 …… 영국 경찰에게 몸수색을 당했다. 양복을 입은 그 남자는 영어로 대응했다. 그 영국 경찰은 아랑곳하지 않았고 오히려 ㅁㅁㅁ라고 경고했다. 그리하여 쌍방은 실랑이를 벌이며 경찰서로 갔다.……

첫번째 사건은 우리가 한눈에 보아 알 수 있는데, 중국인들은 아직도 거기서 등나무줄기 매질을 당하고 있는 것이다. '사'司는 당연히 '번사'藩司·'얼사'臬司[7]의 '사'司로서 관명官名이며, 사史는 성姓으로서 영국인이다. 홍콩 신문에 이른바 '정부'政府, '경사'警司라고 하는 것은 종종 영국을 가리키는 말인데, 익숙하지 않은 사람은 오해하기 쉬우니 상하이처럼 '포방'捕房이라 하여 확실하게 구분하는 것이 더 낫다.

두번째 사건은 '몸수색'으로 인한 다툼인데, 홍콩에서는 흔히 볼 수 있는 일이다. 그러나 세 개의 네모 칸은 무엇인지 모르겠다. 무엇 때문에 기피한 것인가? 아마도 좋은 일이 아닐 것이다. 이 □□□는 양복과 영어 때문에 생긴 것 같은데, 영국 경찰은 이 두 가지를 혐오한 것이다. 이것은 주인의 언어요 복장이 아닌가. 안지추가 선비어를 배우고 비파를 타면 생존할 수 있다고 여겼던 시대는[8] 이미 지나간 것이다.

홍콩에 있을 때 고등교육을 받은 모군某君을 만났다. 그는 억울한 일을 당하여 영국 관청에 해명을 했고 영국 관청은 할 말이 없었으나 그래도 그는 졌다고 자술했다. 그때 마지막으로 가혹한 훈계를 하나 얻었는데, 그것은 "어쨌든 당신이 잘못한 거요. 왜냐하면 내가 당신의 잘못이라고 말했기 때문이오!"라는 것이었다.

책을 가지고 다니는 사람도 곤란하다. 왜냐하면 자칫 조심하지 않으면 '위험문건'으로 지적받을 수 있기 때문이다. 이 '위험'의 정의가 어떠한지 나는 자세히 알지 못한다. 요컨대 일단 혐의가 있으면 번거로워지는 것이다. 사람을 먼저 가두어 놓고 책을 가져가 영문으로 번역하고, 번역을 다한 후 비로소 심판한다. 그런데 이 '영문으로 번역하는' 일이 무서운 것이다. 기억건대, 몽고인이 '중하[9]에 들어와 주인노릇을 할' 때 재판은 통역을 이용했다. 어느 스님이 빚을 받으려고 고소를 했는데, 채무자가 통역관과 협의하여 그의 소장訴狀을 스스로 분신焚身을 원한다는 것으로 고쳐 버렸다. 관리는 잘 상의했고, 그리하여 이 스님은 곧 뜨거운 불 속으로 넣어졌다.[10] 내가 가서 강연할 때 역시 우연히 원元나라를 언급했었는데, 듣자하니 'X사司'가 불쾌해했다고 한다. 그들은 확실히 중국의 경사經史를 연구하고 있는 것이다.

그런데 원나라를 언급하자 '정부'의 'X사'가 불쾌하게 여겼을 뿐만 아니라 일부 '동포들'도 기뻐하지 않았다. 나는 온당하지 못하다는 것을 진작에 알고 있었으니 결국 응보를 받아야만 했다. 과연, 나는 '학자'를 조심스레 피해야 했으므로 중산대학으로부터 나온 후,[11] 그쪽의 『공상보』[12]에 내가 '청당'淸黨[13] 때문에 이미 달아났다고 게재되었다. 나중에는 『순환일보』에서 '문학을 이야기한다'라는 이름으로 나의 일을 언급하면서 내가 원래 '『천바오 부간』의 특약 저술가'[14]였지만 지금은 '한커우漢口에 도착했다'[15]라고 말했다. 나는 이러한 선전이 좀 위험하다는 것을 알고 있다. 그 이유인즉, 내가 처음에는 연구계硏究系의 좋은 친구였으나 지금은 공산당과 같은 길을 걷는 사람同道이라는 것이다. 비록 '총을 맞고 길거리에서 죽는' 데 이르지는 않더라도 아마 이익이라고는 전혀 없을 것이며, 운이 없으면 이 때문에 갇히게 될 수도 있는 것이다. 이에 편지 한 통을 써서 바로잡는다.

6월 10일, 11일 이틀의 「순환세계」에 실린 쉬단푸徐丹甫 선생의 「베이징 문예계의 파별」이라는 글을 보았습니다. 사람들은 각자 자신의 안목, 생각, 수단을 가지고 있습니다. 각자 자신의 것을 고집하더라도 나는 쓸데없이 말참견하고 싶지는 않습니다. 그러나 그중에서 나와 관계되는 세 가지 사항은 내가 비교적 잘 알고 있으므로 다음과 같이 고쳐 달라고 요청할 수 있겠지요.

첫째, 나는 지금까지 『천바오 부간』의 '특약 저술가'를 맡은 적이 없었습니다.

둘째, 천다베이가 공격을 받은 후에도 나는 결코 투고를 멈추지 않았습니다.[16]

셋째, 나는 지금 여전히 광저우에 있으며, 결코 '한커우에 도착하지' 않았습니다.

편지를 보낸 날로부터 오늘까지 계산해 보니 꼭 한 달이 되었는데 실린 것 같지는 않다. 이는 "어쨌든 당신은 이런 사람이오. 왜냐하면 내가 당신은 이런 사람이라고 말했기 때문이오"인 것이다. 다행히도 내지內地의 『위쓰』가 있다. 그렇지 않다면, '열두 대의 등나무줄기 매질', '□ □ □'에 대해 그 괴로움을 어디 가서 호소할 것인가!

나는 지금도 가끔 배에서 만난 그 광둥 친구가 기억난다. 비록 신경이 과민하기는 하지만 아마 무병신음無病呻吟은 아닐 것이다. 그는 경험이 많았다.

'샹장香江(홍콩, 즉 샹강香港의 듣기 좋은 이름일 것이다)에서 국수國粹와 같은 것은 확실히 크게 그리고 특별히 진흥되고 있다. 6월 25일자 『순환일보』에 실린 「어제 오후 독헌부督憲府의 다과회」라는 기사를 보라. 내용은 이렇다.

(상략) 라이지시賴濟熙 태사太史가 즉석에서 연설했는데, 대략 이런 내용이었다. 대학당의 한문漢文 전공專科은 대단히 중요하고, 중국의 구도덕은 국수와 관계되므로 소홀히 다룰 수 없으며, 만약 철저하게 진행하지 않으면 심히 애석한 일이다. (중략) 저우서우천周壽臣 작사爵士 역시 연설에서 한문은 마땅히 현세에 중시되어야 하고 또 한문 전공科學이 중요하여 국가와 개인의 영욕과 관계있다고 말했다. 나중에 독헌獨憲은 화어華語로 연설했는데, 대략 이런 내용이었다. 화인華人이 만약 한문이 통하지 않으면 가장 애석한 일이며, 만약 화인으로서 중국어와 영어 모두에 통달하면 이후로 중영中英 감정이 틀림없이 더욱 조화로울 것이다. 그래서 대학의 한문이라는 전공科은 대단히 중요하여 등한시해서는 안 되는 것이다 운운했다. (하략)

나는 또 신문에서 '진 제군'金制軍[17]의 국수에 관한 연설을 한 편 본 것이 기억났다. 광둥말을 사용한 것인데, 보노라니 꽤 힘이 들었으며, 이 '진 제군'은 전청[18]의 유로遺老이며 유로의 주장은 천편일률적이겠거니 여기고 그것에 상관하지 않았다. 지금 천장辰江 선생의 통신을 보고 비로소 이 '진 제군'은 원래 '홍콩 총독'港督 진원타이金文泰이며 대영국大英國 사람임을 알았다. 대경실색하여 얼른 달려가서 옛 신문을 펼쳐보았다. 운이 좋아 6월 28일의 이 『순환일보』에서 찾을 수 있었다. 이것은 중국 국수가 진흥되지 않을 수 없는 철증鐵證이며, 장래 '중국 국학 진흥사'의 귀중한 사료이므로 조금도 삭제하거나 줄이지 않고, 광둥 친구에게 오자의 교정을 부탁하여(그러나 말미의 사구집四句集 『문선』文選구는 '진 제군'이 도대체 어떤 뜻으로 한 말인지 어림짐작할 수 없었기 때문에 감히 함부로 고치지는 않았음)

아래에 오려붙이고 간략한 주석을 덧붙인다. 『위쓰』 기자가 국학의 전도를 중시하여 인쇄에 넘겨주기를 바라며, 그 후의에 감사한다.

▲6월 24일 독원督轅 다과회 진 제군의 연설문

여러 선생님들, 중문학업中文學業을 높이는 데 저우周 작신爵紳, 라이賴 태사가 지금 최선을 다하고 있으니 제가 더 이상 말할 필요가 없습니다. 나는 이 일에 대해서 하지 않으면 안 되는 세 가지 원인이 있다고 생각하는데, 지금 여러분들과 이야기를 나누고 싶습니다. 〈첫째〉는 중국인들은 자기 소국의 학문에 만전을 기해야 한다는 점입니다. 홍콩 지방에는 화인華人 주민이 대다수를 차지하며, 홍콩대학 학생 중에서도 화인 자제가 가장 많습니다. 만약 이 대학에서 헛되이 외국 학문科學 · 문자文字에 치중하고 중국의 역대로 전해져 오던 대도굉경大道宏經에 대해 도리어 등한히 하고 대수롭지 않은 학업으로 간주한다면, 이것이 어찌 대단히 유감스런 일이 아니겠습니까! 그래서 홍콩의 중국 주민들을 위해서, 대학의 중국 학생들을 위해서 이 전공은 운영하지 않을 수 없습니다. 〈둘째〉는 중국인은 마땅히 국고國故를 정리해야 한다는 것입니다. 중국 사물과 문장은 원래 지극히 귀중한 가치를 가지고 있습니다. 그렇지만 문자가 지나치게 심오하고 이해하기 어려워서 학자 집안의 자제와 타고난 재능이 뛰어난 사람 이외에 그 심오한 뜻을 이해할 수 있는 사람은 실로 매우 적습니다. 이런 이유 때문에 최근 중국학자들은 이미 〈국고정리整理國故〉의 목소리를 더욱 높이고 있습니다. 홍콩 지방은 중국 대륙과 일의대수一衣帶水의 관계에 놓여 있습니다. 만약 오늘날 제창되고 있는 중국학과中國學科를 설립 · 완전하게 하여 장래에 학문이 뛰어난 사람들을 모집하고 여태까지의 어려웠던 점을 모두 일일이 정리하여 후생 학자들을 위해 수월한 길을 열어 줄 수 있다면, 어찌 지극히 위안되는 일이 아니겠습니까! 그래서 중국이 나라 빛國光을 발양發揚하기 위해서 이 전공科을 더욱 운영하지 않을 수 없습니다. 〈셋째〉는 중국의 도덕과 학문을 세계에 보급해야 한다는 것입니다. 중국이 문호를 개방한 이후 화인들 중에 언어문자를 배워서 통역을 맡는 사람들이 줄을 잇고 있지만, 외국인이 한학漢學에 정통하거나 중국인이 외국 학문에 정통하여 중국 언어문자를 사용하여 각국의 수준 높은 학술을 번역 소개할 수 있는 사람은 여전히 매우 적습니다. 이것이 어찌 외국인과 중국의 해외유학생들이 화국華國의 문장을 배우고 싶어 하지 않기 때문이겠습니까! 중국의 언어문자가 과학방법으로 정리·완비되지 않았기 때문일 뿐입니다. 여기 모인 두 반 사람들에게 〈멀리 바라볼 뿐 가까이 갈 수 없다〉와 같은 탄식을 품게 할 뿐입니다. 만약 홍콩대학에 〈화문학계華文學系〉가 성립되어 건전하게 발전하면 이전의 모든 어려움이 이로부터 점차 해소될 것입니다. 지금 학문을 탐구하는 중외[19] 사람들이 틀림없이 문전성시를 이루어 다투어 스스로 갈고 닦을 것이며, 중외 감정도 당연히 더욱 짙고 촉촉해질 것이니 어떤 서먹함도 없을 것입니다. 그래서 중국 학문이 세계에 미치게 하기 위해서라도 이 전공은 운영하지 않을 수 없습니다. 여러 선생님들, 기억건대, 10여 년 전에 중국에 외국유학생 한 반이 있었으며, 그들은 중국 학문을 깊이 연구하려고 〈『한풍잡지』漢風雜誌〉를 낸 적이 있습니다. 이 잡지의 책 표지에는 사구집 문선구文選句의 제사題辭가 있었으며, 대단히 감동적이었습니다. 저는 이를 가져다 여러분들에게 제공하고 싶으며, 또한 여러분이 사구 제사의 뜻을 실행하기를 바랍니다. 〈홍콩대학 문과, 화문계〉

에 대해 힘껏 도울 것이며 성공할 수 있도록 끝까지 노력할 것입니다. 사구의 제사는 이렇습니다. 〈옛날을 그리워하는 마음 오랫동안 품고, 옛날을 생각하는 그윽한 감정 드러내어, 선조들의 심오한 정신을 빛내고, 대한의 하늘 소리 드높인다.懷舊之蓄念, 發思古之幽情, 光祖宗之玄靈, 大漢之發天聲〉

간략한 주석:
여기서의 괄호(〈 〉)는 간혹 굽은 갈고리曲鉤를 대신하여 사용한 것임. 작신爵紳은 작위가 있는 신사인 듯한데, 그 자세한 것은 알 수 없음. 呢 = 這(이것). 而家 = 而今(지금). 嘅 = 的(~의, ~것), 系 = 是(~이다), 唔 = 無·不(~아니다). 嘵 = 了(완료를 나타내는 어기사). 同埋 = 和(~와, 그리고). 咩 = 呢(어기사). 啫 = 呵(감탄사). 唔噲有乜野 = 不會有什麽(어떤 ~도 있을 수 없다). 嚟 = 來(방향보어). 過 = 給(~에게). 話 = 說(말하다).

주석을 마치니 감개를 드러내지 않을 수 없다. 『한풍잡지』를 나는 미처 읽어 보지 못했다. 그러나 나는 한 가지 옛일을 기억하고 있다. 전청 광서 말년에 일본의 도쿄에서 유학하고 있었는데, 직접 그것을 본 적이 있다. 그때 유학생들 중에는 혁명 사상을 품은 사람들이 많았고, 이른바 혁명이라고 하는 것은 실은 종족혁명으로서 국토를 이족異族의 손에서 빼앗아 옛 주인에게 되돌려 주는 것이었다. 행동으로 옮기는 것 이외에 어떤 사람들은 신문을 운영했고, 어떤 사람들은 옛 책을 베꼈다. 베낀 것은 대체로 중국에 없던 금서禁書였고, 담고 있는 내용은 대체로 명말청초의 상황에 관한 것으로서 청년들에게 정신이 바짝 들게 만들었다. 한참만에 책 한 권이 인쇄되어 나왔으며, 『후베이 학생계』[20]의 특별호였으므로 이름을

『한성』이라고 했다. 그 겉표지에는 사구의 고어古語가 쓰여 있었는데, 이렇다. "옛날을 그리워하는 쌓인 마음 표현하고, 지난 일을 생각하는 깊은 마음 드러내며, 선조들의 심오한 정신 빛내고, 하늘 찌르는 대한의 소리 떨치자!" 攄懷舊之蓄念, 發思古之幽情, 光祖宗之玄靈, 振大漢之天聲!

분명히 이것은 우리로 하여금 한족漢族 번영의 시대가 현재의 상황과 비교하여 어떠한가를 생각하게 하는 것이다—반드시 '옛것을 되찾아야'光復舊物 한다는 것이다. 좀더 노골적으로 말하면 '배만'排滿인 것이다. 이를 밀고 나가면 바로 '배외'排外가 된다. 뜻하지 않게 20년이 지난 후 마침내 홍콩대학에서 국수를 보존하여 "중외 감정도 당연히 더욱 짙고 촉촉하게 해야 한다"라는 표어로 바뀐 것이다. 나는 정말로 이 사구로 되어 있는 '『문선』구 모음'集『文選』句이 뜻밖에 외국인에 의해 인용될 것이라고는 생각지도 못했다.

이런 감개는 지금의 중국에서는 드러내고자 해도 다 드러내지 못할 수도 있다. 아무래도 재미있는 일 하나를 이야기하여 끝을 맺으며 '여흥'餘興으로 삼는 게 좋겠다. 충위 선생이 『일반』이라는 잡지(목록에는 독일獨逸이라고 되어 있음)에서 나의 소설을 비평하면서 이렇게 말했다. "작자의 필치는…… 또한 익살스런 맛이 꽤 많으며, 그래서 많은 소설들은 사람들이 보아 웃음을 자아낸다고 느낄 뿐이다. 바꾸어 말하면, 바로 이런 이유 때문에 적어도 독자들에게 인생에 대한 인식을 많이 감소시킨다."[21] 슬프나니, 그저 "느낌일 뿐"이리라! 그러나 내게도 확실히 이러한 병폐가 있어서 무슨 일이든지 진지하게 할 수가 없다. 감개만 하더라도 끝까지 다 드러내려고 하지 않는다. 나로서도 당연히 나만의 고충이 있는 것이다. 일년 내내 감개를 드러내는데, 그것이 거짓이라면 어찌 무의미하지 않겠는가? 만약 진짜라면 나는 벌써 분개하다 죽었을 것이니 어찌 더 의견이 있을 수 있겠는가. 살아 있으면서 '열사'라는 이름으로 불리려고 하는 것은 어쨌든 쉬운 일은 아니라고 나는 생각한다.

내가 재미있다고 여겨 소개하고 싶은 것도 일종의 광고에 불과하다. 홍콩 신문에는 특별한 광고가 꽤 많은데, 다음의 것이 가장 기이하다. 내가 『순환일보』를 보던 첫날 바로 제1면에서 보았던 것인데, 그후로 매일 눈에 띄었고,[22] 눈에 띌 때마다 생각해 보았지만 오늘까지도 납득할 수 없는 것은 어찌된 일인가.

홍콩 성城 위후이餘蕙의 글 판매
런허人和여관에서 위후이의 병련屛聯 · 방폭榜幅 판매

홍콩대련香港對聯 홍콩칠율香港七律
홍콩칠절香港七絶 청산칠율靑山七律
적해대련荻海對聯 적해칠절荻海七絶
화지칠절花地七絶 화지칠율花地七律
일본칠절日本七絶 성경오절聖經五絶
영황칠절英皇七絶 영태자시英太子詩
희자칠절戱子七絶 광창대련廣昌對聯
삼금육십원三金六十員
오금오십원五金五十員
칠금사십원七金四十員
족자는 곱절

런허여관의 주인이 삼가 알림
소점小店은 홍콩 상환上環 하이방海傍의 문패門牌 118호에 있음

7월 11일, 광저우 둥디東堤에서

주)

1) 원제는 「略談香港」이며, 1927년 8월 13일 『위쓰』(語絲) 제144기에 처음 발표되었다.
2) 루쉰은 1927년 2월 18일에 홍콩에 가서 강연을 가졌고, 20일에 광저우로 돌아왔다. 본문에서 말한 '1월'은 '2월'이라 해야 옳다.
3) 천장(辰江) 선생의 통신은 『위쓰』 제137기(1927년 6월 26일)에 실렸으며, 제목이 「황인서원을 이야기하다」(談皇仁書院)였다. 그는 루쉰이 홍콩에서 강연회를 갖는다는 소식을 듣고 통신의 말미에서 이렇게 말했다. "지난달 루쉰 선생은 샤먼대학(厦門大學)으로부터 중산대학으로 옮겼으며, 어느 단체의 초청으로 청년회에 가서 연설을 했다.…… 이틀간의 연설 내용은 모두 구문학에 대한 일종의 혁신에 관한 이야기들이었는데, 보아 하니 아주 평범한 것이었다(루쉰 선생께서는 나의 이러한 평가에 대해 용서해 주기 바란다). 그러나 홍콩 정부는 그가 와서 연설한다는 소식을 듣고는 얼른 모 단체의 사람을 시켜 물어보게 했는데, 왜 루쉰 선생을 초청하여 강연을 갖는지, 무슨 의도가 있는지를 물었다."
4) 루쉰은 홍콩청년회에서 두 차례 강연을 가졌다. 2월 18일 저녁에 「소리 없는 중국」(無聲的中國)이라는 제목으로 강연했고, 2월 19일에 「진부한 곡조는 이미 다 불렀다」(老調子已經唱完)라는 제목으로 강연했다. 두 편의 강연원고는 나중에 각각 『삼한집』(三閑集)과 『집외집습유』(集外集拾遺)에 수록되었다.
5) 『순환일보』(循環日報)는 홍콩에서 출판되던 중국어 신문이며, 1874년 1월 왕타오(王韜)에 의해 창간되었고, 대략 1947년에 정간되었다. 이 신문은 「순환세계」(循環世界) 등의 부간(副刊)을 열었다.
6) 스탕쭈이(石塘嘴)는 홍콩의 한 지명이다.
7) 명청시대에 한 성(省)의 재정과 민정을 관장하던 포정사(布政使)를 번사(藩司)라고 부르며, 속칭 번대(藩臺)라고 한다. 한 성의 옥송(獄訟)을 관장하던 안찰사(按察使)를 얼사(臬司)라고 부르며, 속칭 얼대(臬臺)라고 한다.
8) 안지추(顔之推, 531~?)는 자가 개(介)이고, 랑예(瑯琊) 린이(臨沂; 지금의 산둥山東 린이臨沂) 사람이며, 북제(北齊)의 문학가이다. "선비어(鮮卑語)를 배우고 비파를 탄다"와 관련된 그의 말은 그가 지은 『안씨가훈』(顔氏家訓) 「교자」(敎子)에 나온다. "제나라 조정에 어느 한 사대부가 있어 늘 나에게 이렇게 말했다. '나에게는 아들놈이 하나 있어요. 나이가 이미 17세가 되었고 서소(書疏)를 상당히 이해하고 있지요. 그에게 선비어를 가르치고 비파를 타게 하니 능통하고 싶어 하는데, 이로써 공경(公卿)을 섬기면 총애하지 않을 사람이 없을 것이므로 대단히 중요한 일입니다.' 나는 그때 굽어보며 대답하지 않았다. 사람들이 아들을 교육하는 방법은 이토록 다르구나! 만약 이런 일로써 경상(卿相)에 이른다 하더라도 너희들은 그렇게 하기를 바라지 않는다." 안지추는 북제의 '어느 한 사대부'의 말을 기술한 것이며 또한 반대를 표시했으니 그 자신의 의견은 아니다. 루

쉰은 나중에 「「헛방」의 오류 수정」(「撲空」正誤; 『풍월이야기』准風月談에 수록)이라는 글에서 이를 설명한 적이 있다.

9) 중하(中夏)는 중원(中原), 즉 중국을 가리킨다.

10) 스님이 불태워졌다는 이야기는 송대(宋代) 이심전(李心傳)의 『건염이래계년요록』(建炎以來系年要錄) 권18에 나온다. 건염 2년 12월에, "금(金)나라 사람이 중원에 들어온 후 한족 땅을 다스리는 곳에서는 모두 통사(通事; 통역 담당자)를 두었는데, 그들은 고하귀천을 불문하고 터무니없이 뇌물을 받아 사람들이 심히 괴로웠다. 부자가 동전 수만 관(貫; 동전 일천 문의 꾸러미를 가리킴)을 스님에게 연체하여 스님이 그를 고발했는데, 통사가 뇌물을 받고 거짓으로 '하늘에서 오랫동안 비가 내리지 않아 이 스님이 분신하여 하늘을 감동시키고자 합니다'라고 말했다. 연경(燕京)의 유수(留守; 수도를 지키는 관리의 벼슬 이름) 니초합(尼楚哈)이 이를 허락했다. 스님이 고함을 질렀으나 사실을 밝히지 못하고 결국 불태워져 죽었다." 또 송대 홍호(洪皓)의 『송막기문』(松漠紀聞)에 금나라의 '은주가 대왕'(銀珠哥大王)에 관한 이야기 한 토막(則)이 있는데, 연경의 어느 부자 스님이 빚을 받는 이야기가 기록되어 있으며, 내용이 이와 비슷하다.

11) '학자'는 구제강(顧頡剛) 등을 가리킨다. 루쉰의 일기에 따르면, 루쉰은 1927년 3월 29일에 중산대학에서 바이윈로(白雲路)의 바이윈루(白雲樓) 26호 2층으로 이사했다.

12) 『공상보』(工商報)는 『공상일보』(工商日報)이며, 홍콩의 신문으로서 1925년 7월에 창간되었다.

13) 1924년 1월 쑨중산(孫中山)은 광저우에서 국민당 제1차 전국대표대회를 개최하여 '연소(聯蘇), 연공(聯共), 부조농공(扶助農工)'의 3대 정책을 확정하였다. 공산당원이 개인 자격으로 입당할 수 있도록 국민당을 개조하였고, 국공합작으로 반제반봉건 혁명통일전선을 형성했다. 그러나 1927년 봄 북벌군(北伐軍) 세력이 창장(長江) 하류에 미치자 장제스는 혁명을 배반하고 상하이에서 '4·12'정변을 일으켰다. 또한 이른바 '청당'(淸黨) 결의안을 공포하여 공산당원과 국민당 내 쑨중산의 3대 정책을 옹호하던 좌파 인사들을 체포·구금했다. 국민당 쪽에서는 이를 '청당운동'(淸黨運動)이라고 부른다.

14) 루쉰은 『천바오 부간』(晨報副刊)을 위해 자주 원고를 썼지만, 결코 '특약 저술가'는 아니었다.

15) 1927년 7월 15일 이전에 왕징웨이(汪精衛)를 우두머리로 하는 우한(武漢) 국민당정부는 여전히 '공산당과의 분리'를 정식으로 결정하지 않고 공개적으로 난징 장제스 정부와 합류하고 있었는데, 당시의 우한은 여전히 국공합작 혁명정부의 소재지였다.

16) 천다베이(陳大悲)는 저장 항현(杭縣; 지금의 위항餘杭) 사람이며, 화극(話劇)에 종사하던 사람이다. 1923년 8월 『천바오 부간』에서 연속적으로 그가 번역한 영국 골즈워디(John Galsworthy)의 극본 『충우』(忠友)를 실었다. 9월 17일 천시잉(陳西瀅)은 『천바오 부간』에 「골즈워디의 행운과 악운—천다베이 선생이 번역한 『충우』를 읽고」라는

글을 발표하여, 번역문의 오류를 지적했다. 쉬단푸는 「베이징 문예계의 파벌」(北京文藝界之分門別戶)이라는 글에서, 루쉰은 이로 말미암아 『천바오 부간』에 투고하던 일을 그만두었다고 했는데, 이는 루쉰이 천다베이의 『천바오 부간』 투고를 반대한다는 의미가 된다.

17) 제군(制軍)은 청대 지방의 최고 장관인 총독(總督)에 대한 존칭이다. 진 제군은 홍콩 총독 진원타이(金文泰) 곧 클레멘티(Sir Cecil Clementi-Smith, 1840~1916)를 가리킨다.

18) 신해혁명 이후에 청나라를 가리킬 때 보통 전청(前淸)이라는 말을 사용했다.

19) 중외(中外)는 중국과 외국을 함께 가리킨다.

20) 『후베이 학생계』(湖北學生界)는 청말 일본에 유학하던 후베이 학생들이 만든 월간이다. 1903년(청 광서 29년) 1월에 도쿄(東京)에서 창간되었고, 제4기부터 『한성』(漢聲)이라는 이름으로 고쳤다. 같은 해 윤5월에 또 '윤월증간'(閏月增刊) 1책(冊)을 엮어 『구학』(舊學)이라고 했는데, 속표지 뒷면에 상술한 『문선』의 구절이 인쇄되어 있다.

21) 충위(從予)는 판중윈(樊仲雲)이고, 저장 성현(嵊縣) 사람이다. 그는 당시 상우인서관의 편집을 담당했고 항일전쟁 시기에는 친일행각을 했다. 여기에 인용된 글은 그가 『일반』(一般) 제3호(1926년 11월)에 발표한 평론 「방황」(彷徨)이라는 단문(短文)에 나온다. 『일반』은 상하이 입달학회(立達學會)가 주관하던 월간이며, 1926년 9월에 창간되어 1927년 12월에 정간되었다. 카이밍서점(開明書店)에서 발행했다.

22) 이 광고는 연속해서 1927년 7월 5일부터 20일까지 홍콩의 『순환일보』에 게재되었다.

독서 잡담
—7월 16일 광저우 즈융중학에서의 강연[1]

즈융중학 선생님들이 내게 강연을 한 번 해달라는 부탁이 있었기에 오늘 여기 와서 제군들을 만나게 되었습니다. 그렇지만 나는 이야기할 것이 별로 없습니다. 문득 학교는 책 읽는 곳이라는 생각이 떠올랐으므로 책읽기에 관해 자유롭게 말하겠습니다. 이는 강연이라고 할 것도 없이 나 개인적인 의견으로서 제군들에게 참고로 제공하고자 합니다.

책읽기란 간단하게 그냥 책을 가져다 읽는 것을 말합니다. 그러나 사실은 그렇게 간단하지만은 않습니다. 적어도 두 종류가 있습니다. 하나는 '직업적인 책읽기'이고, 하나는 '취미로서의 책읽기'입니다. 이른바 직업적인 책읽기란, 예컨대 학생은 진학을 위해, 선생은 수업을 위해 책을 펴보지 않으면 다소 위험이 뒤따르게 되는 그것입니다. 여기에 앉아 있는 제군들 중에도 틀림없이 이러한 경험을 했을 것이라고 나는 생각합니다. 어떤 사람은 수학을 싫어하고 어떤 사람은 박물博物[2]을 싫어합니다만, 배우지 않을 수 없습니다. 그렇지 않으면 졸업을 할 수 없고 진학을 할 수 없고 장래의 생계에도 지장을 줍니다. 나 자신도 이와 같습니다. 선생이기 때문에 때로는 보기 싫어하는 책을 보지 않으면 안 됩니다. 만약 그렇게 하지 않으면 아마도 오래지 않아 곧 밥그릇에 지장이 있을 것입니다. 우리는 습관적으로 책읽기를 말하면 곧 고상한 일로 생각합니다. 사실 이러한 책읽기는 목공이 도끼를 갈고 재봉사가 바늘과 실을 다루는 것과 아무런 차이가 없으니, 결코 고상한 일이 아니며 때로는 더욱 고통스럽고 불쌍한 일입니다. 하고 싶은 일은 도무지 하지 못하게끔 하고, 하고 싶지 않은 일은 도리어 하지 않으면 안 됩니다. 이것은 직업과 취미가 일치될 수 없기 때문에 생긴 일입니다. 만일 사람들이 하고 싶은 일을 할 수 있고, 그러면서도 각자 밥을 먹을 수 있다면 얼마나 행복하겠습니까. 그러나 현재의 사회에서는 그렇게 할 수 없으니, 책 읽는 사람 대부분은 억지로 하거나 고통이 수반되는 직업적인 책읽기를 하고 있습니다.

이번에는 취미로서의 책읽기에 대해 말해 봅시다. 그것은 자신이 원해서 하는 것으로서 억지로 하지 않으며 이해관계에서도 벗어나 있습니다. ─ 생각건대, 취미로서의 책읽기는 도박을 하듯이 밤낮을 가리지 않고 연속적으로 하고, 때로는 경찰서에 붙잡혀 가더라도 풀려나면 또 하는 듯이 해야 합니다. 제군들은 진짜 도박하는 사람의 목적은 돈을 따는 데 있는 게 아니라 재미로 하는 데 있다는 것을 알아야 합니다. 도박이 얼마나 재미있는가 하는 것은 나로서는 문외한이어서 잘 알지는 못합니다. 그러나 도박을 좋아하는 사람들의 말을 듣자 하니, 도박의 묘미는 한 장씩 한 장씩 패를 쥘 때마다 변화가 무궁하다는 데 있다는 것입니다. 모든 취미로서의 책읽기에서 책을 손에서 떼놓을 수 없는 원인도 바로 이와 같다고 나는 생각합니다. 그런 사람은 매 페이지마다 깊은 재미를 맛보게 될 것입니다. 당연히 정신을 확장시킬 수 있고 지식을 증대시킬 수 있겠지만 이것들은 오히려 따질 게 못 됩니다. 만일 따지게 된다면 돈을 따려는 목적으로 하는 도박꾼과 같아져서 이것은 도박꾼 중에서도 하등에 속하는 것입니다.

그렇지만 내 뜻은 결코 제군들이 반드시 퇴학을 해서 자기가 보고 싶은 책을 보아야 한다고 말하는 것은 아닙니다. 이러한 때는 아직 도래하지 않았으며, 아마도 결국은 도래하지 않을 것입니다. 기껏해야 장래에 사람들에게 하지 않으면 안 되는 일에 대해 비교적 많은 흥미를 유발하도록 방도를 세울 수 있다는 것입니다. 내가 지금 말하려는 것은, 책을 보기 좋아하는 청년들은 본분 이외의 책, 즉 과외課外의 책을 볼 수 있어야 하고, 과내課內의 책만을 껴안고 있어서는 안 된다는 것입니다. 그러나 오해하지 말아야 할 것은, 내가 결코, 예컨대 국문國文 수업시간에 서랍 속에서 『홍루몽』과 같은 책을 몰래 보아야 한다고 말하는 것은 아니라는 점입니다. 내가 말하고자 하는 것은 꼭 해야 할 학교 공부를 다 한 다음 여가를 이용하여 갖가지 책을 볼 수 있어야 한다는 것입니다. 설령 본업과 전혀 상관없다 하더라도 널리 읽어야 합니다. 예컨대, 이과理科를 배우는 사람은 꼭 문학책을 보고 문학을 배우는 사람은 꼭 과학책을 보아서 다른 쪽에서 연구하는 것이 도대체 무엇인지를 알아야 합니다. 이렇게 해야만 다른 사람과 다른 일에 대해 더 깊이 이해할 수 있습니다. 현재 중국에는 큰 병폐가 하나 있습니다. 그것은 바로 사람들이 대체로 자신이 배우고 있는 분야가 가장 좋고 가장 훌륭하고 가장 긴요한 학문이라고 여기며, 다른 것은 모두 쓸모가 없고 언급할 것이 못 되며, 언급할 것이 못 되는 것을 하는 사람들은 장래에 마땅히 굶어 죽어야 한다고 생각하는 것입니다. 사실 세상은 그처럼 간단하지 않으며, 학문은 모두 각자 쓸모가 있으며 무엇이 최상인지를 확정하기는 매우 어렵습니다. 다행히 각양각색의 사람들이 있습니다. 가령 세상 사람들이 모두 문학가라서 가는 곳마다 '문학의 분류'나 혹은 '시의 구조'를 말한다면 그것은 너무 재미없는 일일 것입니다.

그렇지만 이상에서 말한 것은 부수적으로 얻은 효과이며, 취미로서의 책읽기에서는 당연히 그런 것들은 결코 따지지 않을 것입니다. 마치 공원을 거니는 것처럼 자유롭게 거닐고, 자유롭게 거닐기 때문에 힘이 들지 않고, 힘이 들지 않기 때문에 재미를 느끼게 됩니다. 만약 책 한 권을 손에 들고서 온통 마음속으로 '나는 책을 읽고 있어!' '나는 공부하고 있어'라고 생각한다면, 쉽게 피로해져서 흥미가 감소되거나 괴로운 일로 변할 것입니다.

보아 하니 요즘 청년들 중에는 흥미를 위해 책을 읽는 사람들이 있으며, 나도 항상 책읽기에 관해 갖가지 질문을 받게 됩니다. 이 기회에 내가 생각했던 바를 좀 말하고자 합니다. 그러나 나는 다른 분야의 책들은 잘 알지 못하므로 문학에 관한 것으로 제한하겠습니다.

첫째, 사람들은 종종 문학文學과 글文章을 분명히 구분하지 못한다는 점입니다. 심지어 이미 비평문을 쓰기 시작한 사람들도 이러한 병폐를 면치 못합니다. 사실 거칠게 말하면, 이것은 구분하기 쉽습니다. 글의 역사와 이론을 연구하는 사람은 문학가이며 학자입니다. 시를 짓거나 희곡과 소설을 짓는 사람은 글을 짓는 사람으로서 예전에는 소위 문인이며 지금은 이른바 창작가입니다. 창작가는 문학사와 이론을 전혀 상대하지 않아도 무방하고, 문학가 역시 한 구절의 시를 지을 수 없어도 무방합니다. 그렇지만 중국 사회에는 큰 오해가 있어서, 소설 몇 편을 지으면 곧 소설개론을 이해한다고 여기고 신시新詩 몇 구절을 지으면 시의 원리를 말해야 한다고 생각합니다. 나도 소설을 지으려는 청년을 만나면 우선 소설작법과 문학사를 사서 보라고 말하기도 했습니다. 내가 보기에는, 설령 이런 책을 신물나게 보았다고 하더라도 창작과는 아무런 관계가 없는 것 같은데도 말입니다.

실제로 지금 몇몇 글 쓰는 사람 중에는 교수를 하는 사람도 더러 있습니다. 그러나 이것은 중국에서는 창작으로는 돈이 되지 않아서 생계유지가 되지 않기 때문입니다. 듣자 하니 미국의 약간 이름난 사람의 경우 중편소설 한 편당 시가로 2천 달러라고 합니다. 중국에서는 어떨까요? 다른 사람의 경우는 알지 못하고 내 단편소설의 경우, 대형서점에 보내면 매 편마다 20위안元을 받았습니다. 당연히 책을 가르친다거나 문학을 강의해야 하는 등 다른 일을 찾아야 하는 것입니다. 연구는 이지理智를 사용해야 하고 냉정해야 하는 것이지만 창작은 감정이 필요하고 언제나 열을 내야 하는 것입니다. 그래서 냉정했다 열을 냈다 하므로 머리가 어지럽게 됩니다.—이것도 직업과 취미가 일치할 수 없어서 오는 괴로움입니다. 괴로움은 그렇다고 하더라도 결과적으로는 아무것도 해내지 못합니다. 세계문학사를 펼쳐 보아 그런 사람들 중에 교수를 겸직한 사람이 거의 없다는 것이 그 증거입니다.

또 하나의 나쁜 점이 있으니, 그것은 선생이 되면 꺼리는 점이 있다는 것입니다. 교수는 교수로서의 체면이 있어서 하고 싶은 말을 다 털어놓을 수는 없습니다. 이에 대해서 어떤 사람은, 그러면 당신은 하고 싶은 말을 다 털어놓으면 될 것이지 왜 그렇게 조심하는 거요, 라고 반박할지도 모르겠습니다. 그렇지만 이것은 사전事前에 하는 무책임한 말이며, 일단 일이 터지면 부지불식간에 그도 여러 사람들과 함께 공격하려고 할 것입니다.

그리고 교수 자신조차 아무리 스스로 대범하다고 여기더라도 무의식적으로는 언제나 체면을 차리지 않을 수 없습니다. 그래서 외국에서는 '교수소설'敎授小說이라는 것이 결코 적지 않습니다만, 훌륭하다고 말하는 사람이 그다지 많지 않으며, 오히려 사람을 귀찮게 하는 현학적인 점이 없지 않습니다.

그래서 저는 문학을 연구하는 것과 글을 쓰는 것은 각기 다른 일이라고 생각합니다.

둘째, 나는 늘 이런 질문을 받습니다. "문학을 하려면 무슨 책을 보아야 합니까?" 이것은 사실 정말 대답하기 어려운 문제입니다. 예전에도 몇몇 선생들이 청년들을 위해 커다란 도서목록[3]을 열거한 적이 있습니다. 그러나 내가 보기에 그건 아무 쓸모도 없는 것입니다. 왜냐하면 그건 모두 도서목록을 만든 선생 자신이 보고 싶어 한 것이거나 아니면 굳이 볼 필요도 없는 것이라고 나는 생각하기 때문입니다. 만일 옛것을 다루고자 한다면 오히려 그나마 장지동의 『서목문답』[4]을 열심히 읽어서 단서를 더듬는 게 낫다고 생각합니다. 만일 새롭게 문학을 연구한다면, 먼저 각종 작은 책자, 예컨대 혼마 히사오[5]의 『신문학개론』, 구리야가와 하쿠손[6]의 『고민의 상징』, 보론스키 등의 『소련의 문예논전』[7]과 같은 것들을 보고, 그런 다음 스스로 여러 번 생각하고 책을 읽어 나가야 합니다. 문학의 이론은 산수처럼 2×2는 반드시 4가 되어야 한다는 것과는 달라서 주장이 아주 엇갈립니다. 『소련의 문예논전』처럼 러시아의 두 파의 논쟁이 그런 것입니다. 부수적으로 한 마디 덧붙이고자 합니다. 근래에 듣자 하니 러시아 소설도 읽는 사람이 그다지 많지 않으며, '러'라는 글자만 보아도 깜짝 놀라는 듯합니다. 사실 소련의 새로운 창작의 경우 소개하는 사람도 없으며,

지금 번역되어 나온 몇몇 책도 모두 혁명 전의 작품이고 이들 책의 작자들도 모두 그쪽에서는 이미 반혁명으로 간주되고 있습니다. 문예작품을 볼 경우, 우선 잘 알려진 몇 종의 선본選本을 보아 그중에서 누구의 작품을 자신이 가장 보고 싶은지를 생각하고 그런 다음 그 작가의 전집專集을 보고, 그런 다음 문학사에서 그의 사적史的 위치를 보아야 합니다. 좀더 상세하게 알고자 한다면 그 사람에 대한 전기 한두 권을 보면 대략 이해할 수 있습니다. 오로지 다른 사람에게 가르침을 청한다면 각자의 기호가 달라서 아무래도 잘 맞지 않을 것입니다.

셋째, 비평에 관한 일을 몇 마디 말하겠습니다. 현재 출판물이 너무 많기 때문에 ―사실 이렇다 할 무언가가 있겠습니까마는, 독자들은 너무 혼란스럽기 때문에 비평을 갈망하며, 비평가도 그 바람에 생겨난 것입니다. 비평이라는 것은 독자에게, 적어도 비평가와 취향이 비슷한 독자에게는 쓸모가 있습니다. 그러나 중국의 현재 상황은 잠시 따로 보아야 할 것 같습니다. 종종 어떤 사람은, 비평가가 창작에 대해 살리고 죽이는 권한을 가지고 있고 문단의 최고 지위를 차지하고 있다고 잘못 생각하여 갑자기 비평가로 변신하며, 그의 영혼에 칼을 내겁니다. 그러나 자신의 관점이 주도면밀하지 않을까 두려워 주관성을 강조하고, 때로는 자신의 관찰을 다른 사람들이 중시하지 않을까 하여 또 객관성을 강조합니다. 때로는 자신이 글을 쓰는 이유가 오로지 동정에 있다고 말하면서 때로는 교열자를 한 푼의 가치도 없다고 매도합니다. 대부분 중국의 비평문은 보면 볼수록 모호한데, 만약 진짜로 여긴다면 궁지에 빠지게 될 것입니다. 인도 사람들은 진작부터 알고 있었으니, 아주 일반적인 비유가 하나 있는데, 내용은 이렇습니다. 한 노인과 아이가 나귀 한 마리에 물건을 싣고 팔러 나갔는데, 물건을 다 팔고는 아이는 나귀를 타고 돌아오고 노인은 뒤따라 걸어 오고 있었다고 합니다. 그러자 길 가던 사람이 아이를 꾸짖으면서 철딱서니 없이 노인을 걷게 한다고 했습니다. 그들은 곧 위치를 바꾸었고, 이번에는 다른 사람이 이를 보고 노인에게 마음이 모질다고 말했습니다. 노인은 얼른 아이를 안아서 안장에 태웠고, 그러자 이번에는 그들이 동물에 대해 참혹하다고 말했습니다. 그래서 모두 내렸습니다. 얼마 걷지 않았는데, 또 어떤 사람이 그들을 비웃으면서 이미 있는 나귀 등을 비워 두고 타지 않으니 바보라고 말했습니다. 그리하여 노인은 아이에게 탄식하면서, 우리는 이제 두 사람이 나귀를 메고 가는 방법밖에 남지 않았구나 하고 말했다고 합니다.[8] 책을 읽든 글을 짓든 만약 주위 사람들의 이야기를 너무 많이 들으면 그 결과란 종종 나귀를 메고 가는 꼴이 될 것입니다.

그렇지만 나는 결코 사람들이 비평을 보지 말아야 한다고 주장하는 것은 아닙니다. 다만 비평을 읽고 난 뒤 원서를 보면서 스스로 사색하고 스스로 주인이 되어야 한다는 것을 말한 것입니다. 다른 책을 보는 것도 마찬가지여서 여전히 스스로 사색하고 스스로 관찰해야 합니다. 만약 책만 보면 책궤로 변하며, 설령 재미있다고 느끼더라도 그 흥미는 사실 이미 점차 굳어지고 있으며 점차 죽어가고 있는 것입니다. 내가 종전에 청년들이 연구실로 들어가 몸을 숨기는[9] 것을 반대한 것도 바로 이런 뜻이었는데, 지금까지도 일부 학자들은 여전히 이 말을 나의 한 가지 죄상으로 여기고 있습니다.

듣자 하니 영국의 버나드 쇼(Bernard Shaw)[10]는 이런 의미의 말을 한 적이 있습니다. 세상에서 가장 쓸모 없는 것이 독서가이다. 그는 다른 사람의 사상예술을 볼 수 있을 뿐 자신을 사용하지 않기 때문이다. 이는 뇌를 남에게 말달리도록 내맡긴다고 한 쇼펜하우어(Schopenhauer)[11]의 말 바로 그것입니다. 비교적 나은 것은 사색가입니다. 왜냐하면 자신의 생활력을 사용할 수 있기 때문입니다. 그러나 공상에 빠지기 마련이므로 더 나은 것은 관찰가입니다. 그는 자신의 눈으로 세상이라고 하는 이 살아 있는 책을 읽습니다.

분명히 그렇습니다. 실제적인 경험은, 보고 듣고 공상하는 것보다 아무래도 더 확실합니다. 나는 예전에 말린 여지荔枝, Lychee, 통조림 여지, 해묵은 여지를 먹어 본 적이 있고, 또 이로부터 싱싱한 좋은 여지를 추측해 본 적이 있습니다. 이번에 먹어 보니 내가 추측한 것과 달랐습니다. 광둥에 와서 직접 먹어 보지 않았다면 영영 몰랐을 것입니다. 그러나 나는 쇼가 말한 내용에 대해 그래도 양다리 걸치는 주장을 펴 보겠습니다. 쇼는 아일랜드 사람으로서 주장에 다소 극단적인 데가 있습니다. 만일 광둥 시골로부터 경험이나 수련이 없는 사람 하나를 찾아서 그를 상하이로부터 베이징 또는 다른 곳까지 가게 한 다음 그가 관찰하여 얻은 것에 대해 물으면, 아마도 매우 제한적일 것이라고 나는 생각합니다. 왜냐하면 그는 관찰력을 수련하지 않았기 때문입니다. 그래서 관찰하려면 먼저 사색과 책읽기를 거쳐야만 합니다.

종합컨대, 나의 뜻은 아주 간단합니다. 우리는 자발적으로 책을 읽어야 합니다. 즉 취미로서의 책읽기를 해야 하며 다른 사람에게 가르침을 청하는 것은 대체로 소용이 없습니다. 다만 우선 골고루 책을 읽고 그런 다음 자기가 좋아하는 비교적 전문적인 한 분야 혹은 여러 분야를 선택하여 들어가는 게 좋습니다. 그러나 전문적인 책읽기도 병폐가 있으므로 반드시 실사회와 접촉해서 읽은 책이 살아 있도록 해야 합니다.

주)______

1) 원제는 「讀書雜談—七月十六日在廣州知用中學講」. 이 글의 기록 원고는 루쉰의 교열을 거친 후 1927년 8월 18, 19, 22일 광저우 『국민일보』(國民日報)의 부간 「현대청년」(現代青年) 제179, 180, 181기에 처음 발표되었다. 후에 1927년 9월 16일 『베이신』(北新) 주간 제47·48기 합간에 다시 게재되었다. 즈융중학(知用中學)은 1924년 9월 광저우의 즈융학사(知用學社 ; 공산당원인 비레이畢磊 등이 조직한 단체)가 만든 학교이다.
2) 당시 중학교에 개설된 교과목으로서 동물, 식물, 광물 등의 내용을 포함하고 있었다.
3) 여기서 말한 '도서목록'은 후스(胡適)의 「최저한도의 국학 서목」, 량치차오(梁啓超)의 「국학 입문서 요목(要目)과 그 독법(讀法)」 및 우미(吳宓)의 「서양문학 입문 필독서목」 등을 가리킨다. 이들 도서목록은 모두 1923년에 만들어졌다.
4) 『서목문답』(書目答問)은 장지둥(張之洞)이 쓰촨(四川) 정런(政任)에서 지은 것으로 1875년(청 광서 원년)에 완성했다.
5) 혼마 히사오(本間久雄, 1886~1981)는 일본의 문예이론가이며, 와세다대학(早稻田大學) 교수를 지냈다. 『신문학개론』(新文學概論)은 장시천(章錫琛)의 중국어 번역본이 있으며, 1925년 8월 상우인서관에서 출판되었다.
6) 구리야가와 하쿠손(厨川白村, 1880~1923)은 일본의 문예평론가이다. 미국에 유학했으며, 귀국한 후 교토제국대학(京都帝國大學) 교수를 지냈다. 『고민의 상징』(苦悶の象徵)은 그의 문예논문집이다.
7) 『소련의 문예논전』(蘇俄的文藝論戰)은 런궈전(任國楨)이 편역했고, 여기에는 1923년부터 1924년까지 소련의 보론스키(Александр Константинович Воронский) 등이 문예 문제에 관해 쓴 논문 4편을 수록하고 있다.
8) 여기에 소개된 비유는 인도의 어느 책에 나오는지 미상이다. 『이솝우화』에 같은 내용의 이야기가 있다.
9) '5·4' 이후 후스는 청년학생들에게 반드시 "연구실로 들어가" "국고(國故)를 정리해야 한다"고 호소했다. 루쉰은 이것은 현실투쟁으로부터 청년들을 이탈시키려는 것이라고 여기고 여러 차례 반박하는 글을 썼다. 『무덤』 「천재가 없다고 하기 전에」 등의 글 참조.
10) 버나드 쇼(George Bernard Shaw)가 주장한 '독서가, 사색가, 관찰가'에 관한 내용은 어느 저작에 나오는지 미상이다. 영국 철학자 칼라일(Thomas Carlyle)이 비슷한 말을 했는데, 이는 루쉰이 번역한 일본의 쓰루미 유스케(鶴見祐輔)의 『사상·산수·인물』(思想·山水·人物, 1924)에 있는 「여행에 대해」(說旅行)에 나온다.
11) "뇌를 남에게 말달리도록 내맡긴다"라는 말은 쇼펜하우어의 「독서와 서적」에 나오는 다음의 말을 가리키는 것 같다. "우리는 글을 읽을 때 다른 사람이 우리를 대신해서 생각한다. 우리는 그 사람의 마음의 과정을 반복할 뿐이다. …… 책을 읽을 때 우리의 뇌는 이미 자신의 활동지가 아니다. 이것은 다른 사람의 사상의 전쟁터가 된다."

통신[1)]

샤오펑小峰 형

몇 호의 『위쓰』를 받고서 『루쉰이 광둥에서』[2)]라는 광고를 보게 되었습니다. 나에 관한 글 등이 그 속에 모두 모아져 있다는 내용이었습니다. 나중에 본 또 다른 광고에서는 아예 '루쉰 지음'이라고까지 바꾸어 놓았습니다. 이런 일은 바람직하지 않다고 생각합니다.

내가 중산대학에 간 본래의 뜻은 글을 가르치려는 것에 불과했습니다. 그런데도 일부 청년들이 환영회를 크게 열었습니다. 나는 심상치 않다는 것을 알고 우선 첫번째 연설에서 나는 '전사'戰士나 '혁명가'가 절대 아니라는 것을 분명히 밝혔습니다. 만약 내가 '전사'나 '혁명가'라면 반드시 베이징, 샤먼에서 분투해야 할 것입니다. 그러나 나는 '혁명의 후방'[3)]인 이곳 광저우로 숨어 왔으니 바로 '전사'가 아니라는 증거가 됩니다.

뜻밖에 주석인 모 선생[4)] — 그는 그때 위원이었음 — 이 나를 이어 연설을 하면서, 이것은 내가 너무 겸허해서 그런 것이고 나의 과거 사실을 볼 때 확실히 전투자戰鬪者요 혁명자革命者라고 말했습니다. 그리하여 강당의 짝짝 하는 한바탕 박수소리로 나는 '전사'라는 것이 확정되었습니다. 박수를 친 다음 사람들은 모두 흩어졌으니 누구를 향해 사양하겠습니까? 나는 이를 악물고 '전사'라는 간판을 짊어지고 방으로 들어올 수밖에 없었는데, 나의 동향사람 추근[5] 여사를 떠올리자 짝짝 하는 손뼉은 나를 죽도록 후려치는 것이었습니다. 나도 정말이지 '싸우다 죽을' 수밖에 없겠지요?

어찌할 방법이 없으니 그냥 내버려 둘 수밖에 없지요. 그렇지만 괴로웠습니다! 방문하는 사람, 연구하는 사람, 문학을 이야기하는 사람, 사상을 정탐하는 사람, 서문을 써 달라 책제목을 써 달라는 사람, 연설을 요청하는 사람 등 호들갑에 울지도 웃지도 못하는 지경입니다. 내가 특히 두려워하는 것은 연설입니다. 그것은 날짜가 정해지면 늦출 수 없기 때문입니다. 한 무리 청년들이 때가 되면 몰려와서 조르고 압박하여 납치하듯이 데리고 나갑니다. 말하는 내용은 대개 특정한 제목이 있어야 하는 것입니다. 제목을 정해 놓고 글을 쓰는 것은 내가 가장 잘하지 못하는 부분입니다. 그렇지 않았으면, 나는 청나라에서 진작에 수재秀才가 되었을 것입니다. 그렇지만 부득이하여 기승전결을 취하지 않을 수 없고 무대에 올라 몇 마디 말을 합니다. 나 스스로는 상례를 갖고 있으니, 기껏해야 10분을 넘기지 않는다는 것입니다. 그러나 마음은 여전히 편치 않습니다. 사전이든 사후든 나는 늘 친한 사람들에게 탄식하면서 "뜻하지 않게 '혁명의 발원지'에 와서 결국 양팔고洋八股[6]를 했을 뿐입니다"라고 말합니다.

또 다른 측면은, 내가 발표하는 것들, 그것이 강의든 연설이든 모두 직접 경험한 것이라는 점입니다. 그러나 그때는 너무 바빠서 어떤 때는 원고를 보지 않았을 뿐만 아니라 인쇄되어 나온 뒤에도 보지 않았습니다. 이번에 책으로 만들어졌다는 것을 나도 오늘에야 알게 되었는데, 도대체 어찌된 일인지, 그 속에 어떤 것들이 있는지를 도무지 알지 못하겠습니다. 지금 나도 쓸데없는 말로 어지럽힐 생각은 없습니다만, 여러 해 동안 사귄 우리의 우정을 생각해서 그대가 나를 위해 아래에 열거한 세 가지 사항을 잘 실행해 주기를 바랍니다.

첫째, 책 속의 나의 연설, 글 등을 모두 삭제할 것.

둘째, 광고에 나오는 저자의 서명을 정정할 것.

셋째, 이 통신을 『위쓰』에 발표할 것.

이렇게 한다면 다른 사람이 편집한 다른 사람의 글만 남게 되니, 나는 당연히 안심하며 만족할 것이고 더 이상 할 말도 없을 것입니다. 그런데, 또 한 가지 측면이 있습니다. 『루쉰이 광둥에서』를 보니 루쉰이 광둥에서 있었던 일을 충분히 알 수 있는 것은 아닙니다. 뒷쪽에 몇십 쪽의 백지를 더 보태야 비로소 '루쉰이 광둥에서'라고 이름할 수 있을 것이라고 나는 생각합니다.

나의 올 한 해의 처지를 회상해 보면, 때로는 무척 재미있었다고 생각합니다. 샤먼에서는 도착했을 땐 고요했으나 나중엔 아주 시끌벅적했으며, 광둥에서는 도착했을 땐 아주 시끌벅적했으나 나중에는 고요했습니다. 가운데가 불룩하고 양끝이 뾰족하여 마치 올리브 열매橄欖와 같았습니다.[7] 나에게 가령 작품이 있다면 이 제목을 붙이는 것이 가장 좋겠지만, 애석하게도 궈모뤄[8] 선생이 앞질러 먼저 사용해 버렸습니다. 다행히 나에게 그런 제목을 붙일 만한 작품도 없습니다.

그 당시 나에 관한 글은 많았던 것 같습니다. 아직도 기억하건대, 매번 글 한 편이 등재되어 나오면, 모 교수는 넋이 나간 듯이 나에게 "또 당신을 치켜세우고 있군요! 보셨나요?"라고 말했습니다. 나는 언제나 고개를 끄덕이면서 "봤습니다"라고 말했습니다. 이렇게 이야기하다 보면, 그는 으레 "서양에서 문학은 여인들만 보는 것이지요"라고 말했습니다. 나도 고개를 끄덕이면서 "아마 그럴 겁니다"라고 말했습니다. 그러면서 마음속으로는 전사와 혁명가라는 허울 좋은 이름을 머지않아 제거해야겠다고 생각했습니다.

그때의 상황으로 보건대, 사실 나의 '종이로 만든 가짜 모자'[9]를 똑똑히 식별할 수 있었던 재자才子들은 충분히 화낼 만했습니다. 그러나 그때의 상황은 달리 원인이 있었지만, 절실한 일이 아니므로 잠시 언급하지 않겠습니다. 지금 말하려는 것은 신문에 발표된 것, 즉 한때의 정황에 관한 것입니다. 지금은 벌써 가짜 모자가 없어졌는데도 애석하게도 신문에는 그것이 전혀 실리지 않았습니다. 하지만 나는 광둥에 있는 루쉰 자신이기에 알고 있으며, 그래서 약간의 글을 써서 나를 증오하는 선생들의 마음을 가라앉히고자 합니다.

첫째, '전투'와 '혁명'은 얼마 전부터 거의 '교란'으로 고쳐 쓰는 경향이 있어 이제는 대략 그것으로부터 벗어날 수 있게 되었습니다. 그러니 옛 직함은 이미 제거된 듯합니다.

둘째, 나더러 서문을 써 달라고 부탁했던 책은 이미 구실을 만들어 되레 가져갔습니다. 간행물에 실린 내가 쓴 책제목도 이미 철회되었습니다.

셋째, 신문에서는 내가 이미 달아났다고 말했고, 또는 내가 한커우漢口에 도착했다고 말했습니다. 편지를 써서 바로잡았으나 받아들이지 않았습니다.

넷째, 어느 한 신문에서는 '루쉰'이라는 두 글자가 신문에 등장하지 않도록 무척 애를 쓰고 있는데, 이는 두 종류의 신문에 게재된 동일한 기사를 비교해 보면 알 수 있습니다

다섯째, 어느 신문에서는 이미 나에게 '잡감가'雜感家라는 또 다른 직함을 확정해 주었습니다.[10] "가장 큰 장점은 바로 그의 예리한 필치에 있으며 그밖에 달리 부를 만한 것이 없다"라고 비평했습니다. 그런데 그는 우리가 『현대평론』現代評論과 같이 일해 보기를 희망했습니다. 왜 그랬을까요? 그는 말하길, "왜냐하면 두 파의 사상을 자세히 살펴보면 처음부터 그다지 큰 구별이 없기 때문이"라는 것입니다(지금 비로소 나는 이 글이 상하이의 「학등」[11]이라는 잡지에 전재轉載되었다는 것을 알았다. 원래 이랬으니 그도 그럴 수밖에 없는 것이다. 다 쓴 뒤에 추가로 주석을 붙인다).

여섯째, 어느 한 학자는 이미, 나의 글이 자신을 해쳐서 나를 관청에 넘길 것이니 우선 나에게 "잠시 월粤[12]을 떠나지 말고 재판을 기다려라"라고 명한다고 말했습니다.

아아, 인형仁兄, 이 어찌 가능한 일이겠습니까! 오색 깃발 아래의 '철창과 도끼의 맛'을 벗어났는데, 청천백일青天白日 아래에서 또 '오랏줄의 걱정'[13]이 있게 되었습니다. "공자가 가로되, '그의 죄가 아니다'라고 했습니다. 그래서 그의 아들이 아내를 맞이하게 되었습니다." 아마 이런 요행한 일은 없을 것이니, 아아, 슬프도다!

그러나 그것은 사실 아무것도 아닌 것이며, 이상에서 말한 것은 진실로 '잔병의 신음소리'입니다. 내가 이렇게 분명히 밝혀 두려고 한 까닭은, 사람들이 오해하여 내가 높은 곳에서 '사상혁명'을 지휘하고 있다고 생각하지 말아 줄 것을 바라는 데 지나지 않습니다. 더욱이 몇몇 청년들이 내

가 왜 최근에 입을 열지 않을까 하고 이상하게 여기고 있기 때문입니다. 보시다시피 더 입을 열었다가는 영원히 "월을 떠나지 말고 심판을 기다려야" 하지 않겠습니까? 속담에 "시비는 오로지 입을 많이 열기 때문이며, 번거로움은 모두 억지로 나서기 때문이다"라는 말이 있습니다. 바로 이것을 가리키는 것입니다.

내가 겪은 일들은 전부 사회적으로 인지상정의 일이므로 나는 전혀 어떠한 느낌도 가지지 않습니다. 내가 비애를 느끼는 것은 나와 함께 온 몇몇 학생들이 지금까지도 들어갈 학교를 찾지 못하고 좌절하고 떠돌고 있다는 점입니다. 한 마디 더 보태자면 그것은 그들 모두 공산당도 아니요 친공파親共派도 아니라는 점입니다. 그들이 고생하는 원인은 바로 나와 알고 지낸다는 데 있습니다. 그래서 그중 한 사람은 자신의 동향 친구에게 "자네는 이후에 자네가 루쉰의 학생이라는 것을 더 이상 말하지 말아야 해"라는 충고를 받은 적이 있습니다. 듣자 하니 모 대학에서는 더욱 가혹해서 『위쓰』를 보면 '위쓰파'로 불리고 나를 알면 '루쉰파'로 불리게 된다고 합니다.

이 정도면 이미 충분하니 정인군자正人君子 무리의 마음을 가라앉힐 수 있을 것이라고 나는 생각합니다. 그러나 또 한 마디 더 밝혀 둘 것은 나를 대하는 일부 사람들의 태도에 관한 것입니다. 이외에, 나를 잊어버리고자 하면서도 지금까지 여전히 나와 왕래하고 또 나에게 글과 강연을 부탁하는 사람이 가끔은 있다는 점입니다.

『위쓰』는 내가 여전히 즐겨 보고 있는데, 그나마도 나의 적막을 깨뜨려 줄 수 있습니다. 그러나 내가 보기에는 그중에서 일부 남쪽에 관한 의논은 다소 거리감이 있는 듯합니다. 예컨대, 한번은 '정인군자'의 남하南下

를 꽤 이상하게 여긴 듯한데, 잡지 『현대』가 이곳에서는 판로가 아주 넓다는 것을 전혀 모르고 있습니다. 거리가 너무 멀리 떨어져서 그러니, 나무랄 수도 없습니다. 내가 샤먼에 있을 때는 단지 공산당이라는 하나의 총체적인 이름만 알고 있었지만 이곳에 온 이후 비로소 그 속에서 CP와 CY[14]의 구분이 있다는 것을 알게 되었습니다. 근래에 이르러서야 공산당이 아니면서 무슨Y 무슨Y[15]라고 부르는 것도 한 종류에 그치지 않는다는 것을 알게 되었습니다. 스스로 정통이라고 여기면서 사상을 감독하기 좋아하는 어떤 단체[16]가 있지 않을까 하는 생각이 들기도 합니다. 나도 감독을 받는 축에 드는 모양인데, 이따금 꼬치꼬치 캐묻는 방문자가 있으면 종종 바로 그들이 아닌지 의심을 합니다. 그러나 확실히 그런지 그렇지 않은지는 전혀 짐작할 수 없으며, 설령 진짜라 하더라도 나 역시 이유를 설명할 수 없습니다. 왜냐하면 그 이유들이 대부분 내가 들어 보지 못한 것이기 때문입니다.

이상은 푸념이라 할 수 있습니다. 그러나 정인군자는 이번에 나에게 이렇게 심문할 수 있을 것이라고 생각합니다. "당신은 고통을 알았겠지요? 당신은 회개하겠습니까?" 아마도 정인군자뿐만 아니라 나에 대해 호감을 가지고 있는 사람들도 모두 물을 것입니다. 나의 인형仁兄, 당신도 아마 그중 한 사람일 것입니다. 나는 당장 이렇게 대답할 수 있습니다. "조금도 괴롭지 않고 조금도 후회하지 않습니다. 게다가 오히려 아주 재미있는 걸요."

터키 닭[17] 볏처럼 색깔의 변화를 '재판을 기다리는' 틈에 자유롭게 감상하면 실로 재미있을 것입니다. 당신은 알고 있나요? 일군의 정인군자, '구퉁孤桐 선생'을 존경하고 있는 천위안陳源 교수, 즉 시잉西瀅조차도 공리

정의公理正義의 여인숙인 둥지샹東吉祥 골목胡同을 내버리고 청천백일기 아래로 가서 '일하게' 되었다는 사실 말입니다. 『민보』의 광고에서 내 이름 위에 '권위'라는 두 글자를 사용하자 당시 천위안 교수는 얼마나 조롱했던가요.[18] 이번에 나는 『한담』[19]의 출판 광고를 보았는데, 내용인즉, "이 문예비평계의 권위를 알고 싶으면——특히 『한담』을 읽지 않을 수 없다!"라는 것이었습니다. 이를 보고 나는 정말 득의양양해졌습니다. 보아 하니 그 사람은 "그대는 솥 안으로 들어가게"라고 말할 필요도 없이 스스로가 기어 들어간 꼴입니다.

그러나 그 광고에서는 또 '학계의 악당'學棍이라고 불린 적이 있는 루쉰을 언급했는데, 이번에는 상당히 존경하는 뜻으로 '선생'이라 부르면서 의외로 이 '문예비평계의 권위'와 나란히 했으니, 오히려 확실히 나에게는 적지 않은 타격을 준 것입니다. 나는 즉각 깨달았습니다. 아아, 가슴 아프도다, 또다시 나무판에 못 박혀 '문예비평계의 권위'를 위해 광고를 해준 것이다. 두 개의 '권위'가 있으니, 하나는 가짜요 하나는 진짜이며, 하나는 '권위'에 의해 조롱당한 '권위'요 하나는 '권위'를 조롱한 '권위'입니다. 아아!

평안하기를 기원합니다. 나는 잘 있습니다.

9월 3일, 루쉰

주)

1) 원제는 「通信」이며, 1927년 10월 1일 『위쓰』 제151기에 처음 발표되었다.

2) 『루쉰이 광둥에서』(魯迅在廣東)는 중징원(鐘敬文)이 편집한 것으로, 여기에는 루쉰이 광

저우에 도착한 후 다른 사람들이 루쉰에 관해 쓴 글 12편과 루쉰의 강연 기록 원고 3편, 잡문 1편이 수록되어 있다. 1927년 7월 상하이 베이신서국(北新書局)에서 출판되었다.

3) 1926년 7월 국민혁명군이 광둥으로부터 출사(出師)하여 북벌(北伐)에 나섰는데, 당시 광둥을 '혁명의 후방'이라고 불렀다.

4) 국민당의 정객 주자화(朱家驊)를 가리킨다. 그는 당시 중산대학위원회 위원(실제로 교무를 주관했음)을 맡았다. 1927년 1월 25일 중산대학 학생들의 루쉰 환영대회에서 그는 그 기회를 빌려 연설을 했다.

5) 추근(秋瑾, 1877~1907)은 자가 선경(璿卿), 호가 경웅(競雄)이고, 감호여협(鑒湖女俠)으로 서명하기도 했다. 저장 사오싱(紹興) 사람이다. 1904년 일본에 유학했으며, 이 전후로 광복회(光復會), 동맹회에 가입했다. 1906년 봄에 귀국했다. 1907년 사오싱에서 다퉁사범학당(大通師範學堂)을 주관했으며, 광복군을 조직하고 서석린(徐錫麟)과 함께 저장과 안후이(安徽)에서 동시에 봉기를 일으킬 준비를 했다. 서석린의 봉기가 실패한 후 그녀는 7월 13일에 청 정부에 체포되어 이튿날 새벽 처형되었다.

6) 당시 서양물이 든, 틀에 박힌 문장을 빗대어서 부르던 말이다.

7) 가운데가 불룩하고 양끝이 뾰족하다는 것은 시작과 말로가 모두 비참하다는 것을 비유한다. 올리브(橄欖)나무의 열매는 길이가 3~4cm의 길쭉한 둥근 모양으로 푸른색이며, 한방에서 약재로 쓰고 씨로는 '올리브유'라는 기름을 짠다.

8) 궈모뤄(郭沫若)의 『감람』(橄欖)은 소설산문집이며, 1926년 9월 창조사(創造社)에서 출판되었다.

9) '종이로 만든 사싸 보자'는 가오창훙(高長虹)이 루쉰을 매도하며 한 말이다.

10) 홍콩의 『순환일보』를 가리킨다. 인용문은 1927년 6월 10, 11일 이 신문의 부간 「순환세계」에 게재된 쉬단푸의 「베이징 문예계의 파벌」이라는 글에 나온다.

11) 「학등」(學燈)은 상하이 『시사신보』(時事新報)의 부간이다. 1918년 3월 4일 창간되어 1947년 2월 24일에 정간되었다. 『시사신보』는 당시 연구계(硏究系)의 신문이었다.

12) 웨(粵)은 광둥성(廣東省)의 다른 이름이다.

13) 『논어』 「공야장」(公冶長)에 이런 내용이 있다. "공자가 공야장에 대하여 '아내를 맞이할 만하다. 비록 감옥에 갇힌 일은 있지만 그의 죄는 아니었다'라고 말하고 자기 딸을 그에게 시집보냈다."(子謂, '公冶長, 可妻也; 雖在縲絏之中, 非其罪也.' 以其子妻之) 공야장(公冶長)은 공자의 제자이다. 오랏줄의 원문은 '누설'(縲絏)이며, 누설(縲紲)이라고도 한다. 옛날 죄인을 묶던 검은색 새끼줄이다.

14) CP는 영어 Communist Party(공산당)의 약어이며, CY는 영어 Communist Youth(공산주의청년단)의 약어이다.

15) '무슨Y 무슨Y'는 국민당의 어용 청년조직을 가리킨다. 'L.Y.'는 '좌파청년단'이며, 'T.Y.'는 '삼민주의 동지사(同志社)'이다.

16) 이른바 '사적파'(士的派; 또는 '수적당'樹的黨이라고 부름)를 가리키며, 국민당 우파인 '쑨원주의학회'(孫文主義學會)가 조종한 광저우 학생계의 한 단체이다. '사적'(士的)은 영어 stick(지팡이, 몽둥이)의 음역이다.

17) 터키 닭은 칠면조이다. 머리 부분에 붉은색 볏(肉冠)이 있고, 목 아래에 붉은색 육판(肉瓣; 꽃잎 모양의 것)을 드리우고 있다. 수탉은 부채처럼 날개와 꼬리를 펴는 버릇이 있는데, 그때 볏과 육판이 붉은색에서 남빛으로 변한다.

18) 『민보』는 1925년 7월 베이징에서 창간되었으며, 얼마 지나지 않아 펑계(奉系) 군벌(軍閥) 장쭤린(張作霖)에 의해 폐간되었다. 천시잉은 1926년 1월 30일 『천바오 부간』에 발표한 「즈모에게」(致志摩)에서 루쉰을 조롱하며 이렇게 말했다. "한번은 어느 신문사의 탐방기자가 우리를 '문사'(文士)라고 일컫지 않았겠어? 루쉰 선생은 그 명칭을 듣고서 비웃었지. 그런데 나중에 어느 신문에서 매일매일 그를 '사상계의 권위자'라고 치켜세우자 그는 비웃을 수 없었지."

19) 『한담』(閑話)은 천시잉이 『현대평론』(現代評論)의 전문 칼럼 '한담'(閑話)에 발표한 글을 모은 것인데, 78편의 글이 수록되어 있다. 『시잉 한담』(西瀅閑話)이라고 제목을 붙였으며 1928년 3월에 상하이의 신월서점(新月書店)에서 출판되었다.

유형 선생에게 답함[1)]

유형[2)] 선생

당신의 여러 가지 이야기를 오늘 『베이신』[3)]에서 보았습니다. 당신의 나에 대한 바람과 호의를 알 수 있어 당신에게 감사드립니다. 지금 나는 간략하게 몇 마디 답신을 올리며, 또한 당신과 의견이 엇비슷한 제위諸位에게 부치고자 합니다.

나는 아주 한가롭습니다. 결코 글을 쓸 여유조차 없는 지경은 아닙니다. 그러나 내가 주장을 펼치지 않은 지는 꽤 오래되었지만, 그래도 작년 여름에 결정한 것이며 예정한 침묵 기간은 2년입니다. 나는 세월은 그다지 중요하지 않다고 보며, 때로는 그것을 어린애 놀이처럼 여깁니다.

그러나 지금 침묵하는 원인은 이전에 침묵하려 결정했던 원인과는 다릅니다. 왜냐하면 샤먼을 떠날 때 사상이 이미 좀 변했기 때문입니다. 이 변화의 경과를 말하자면 너무 번거로우므로 잠시 덮어 두기로 합니다. 나중에 발표할 수 있기를 바랍니다. 다만 최근에 대해 말하자면, 큰 원인

중 하나는 바로 내가 공포를 느끼게 되었다는 점입니다. 더욱이 이런 공포는 여태껏 경험해 보지 못한 것으로 느껴집니다.

나는 아직까지 이 '공포'를 자세하게 분석하지는 않았습니다. 우선 직접 살펴보고 확신한 것 한두 가지를 말하고자 합니다.

첫째, 나의 망상이 무너졌습니다. 나는 지금까지 종종 낙관적인 생각이 있어서 청년들을 압박하고 살육하는 사람은 대체로 노인이라고 생각했습니다. 이러한 노인이 점점 죽게 되면 중국은 비교적 생기 있어질 것이라고 생각했습니다만, 이제는 그렇지 않다는 것을 알게 되었습니다. 청년을 살육하는 사람은 오히려 거의 청년들인 듯하며, 그들은 다시 만들어 낼 수 없는 개별의 생명과 청춘에 대해 전혀 소중히 여기지 않습니다. 만약 동물에 대해서라면 "천하의 온갖 생물을 마구 죽이는"[4] 격입니다. 무엇보다 승리자의 득의에 찬 필치, 즉 "도끼로 갈라 죽이다"……라든지, "총검으로 난자하여 죽이다"……라는 것을 볼까 두렵습니다. 나는 사실 급진적인 개혁론자가 결코 아니며, 사형을 반대한 적도 없습니다. 그러나 능지처참과 멸족에 관해서는 대단히 증오하고 비통해한다는 것을 표현한 적이 있으며, 20세기 사람들에게는 정말 있어서는 안 되는 일이라고 여깁니다. 물론 도끼로 가르고 총검으로 난자하는 것을 능지처참이라고 말하지는 않습니다. 그러나 우리는 탄알 하나로 사람의 뒤통수를 쏠 수는 없을까요? 결과는 마찬가지로 상대의 죽음입니다. 그러나 사실이 사실인즉, 피의 유희가 이미 시작되었으며, 주인공은 또 청년이요 더욱이 득의에 찬 낯빛을 하고 있습니다. 현재 벌써 이 유희의 결말은 보이지 않고 있습니다.

둘째, 나는 내가 어떤 사람인지를 알았습니다. 어떤 사람인가? 나는 한동안 그 이름을 확정하지 못했습니다. 중국은 역대로 사람을 잡아먹는 연회를 베풀어 왔으며 잡아먹는 사람도 있고 잡아먹히는 사람도 있었다고 나는 말한 적이 있습니다. 잡아먹힌 사람도 사람을 잡아먹은 적이 있고, 잡아먹고 있는 사람도 잡아먹히게 될 것입니다.[5] 그런데 나는 지금 나 자신도 연회를 베푸는 데 일조하고 있다는 것을 발견했습니다. 유형 선생, 당신은 내 작품을 보았겠지요. 질문을 하나 던지겠습니다. 내 작품을 본 후 당신은 마비되었나요, 아니면 정신이 또렷해졌나요? 당신은 의기소침해졌나요, 아니면 생기발랄해졌나요? 만약 느낀 것이 후자라면 나의 자아비판은 절반이 실증된 것입니다. 중국의 연회석에는 '취하'[6]라는 새우 요리가 있는데, 새우가 신선하면 신선할수록 먹는 사람은 더욱 기쁘고 통쾌합니다. 나는 이 요리의 조수 역할을 맡고 있는 것입니다. 온순하지만 불행한 청년들의 뇌를 맑게 하고 그의 감각을 민감하게 하여 그들이 재앙을 당했을 때 곱절의 고통을 느끼게 하고, 동시에 그를 증오하는 사람들에게 이 싱싱한 고통을 감상하며 특별한 향락을 얻도록 해주었던 것입니다. 저는 이런 상상을 해봅니다. 공산당토벌군이든 혁명가토벌군이든 만약 반대당의 유식자, 예컨대 학생과 같은 사람을 체포하게 되면 틀림없이 노동자 또는 기타 무식자보다도 훨씬 심하게 형벌을 가할 것이라고 말입니다. 무엇 때문일까? 한층 예민하고 미세한 고통의 표정을 볼 수 있어서 특별한 즐거움을 얻을 수 있기 때문입니다. 가령 나의 가설이 틀리지 않다면, 나의 자아비판은 완전히 실증되는 것입니다.

그래서 결국 침묵하게 된 것입니다.

만약 다시 천위안 교수 따위들과 농담을 하자면 그것은 쉬운 일입니다. 어제도 그런 글을 좀 썼습니다.[7] 그렇지만 부질없으며, 나에겐 그들이 문제조차 되지 않는다고 생각합니다. 그들은 사실 기껏해야 새우 반 마리를 먹거나 새우를 담근 식초를 몇 모금 마시는 데 지나지 않습니다. 하물며 그들은 이미 가장 존경하는 '구퉁 선생'과 헤어져서 청천백일기 아래에 모여 혁명을 하게 되었다고 하니 말입니다. 생각건대 청천백일기가 오랫동안 꽂혀 있으면 아마 '구퉁 선생'도 혁명하러 올 것입니다. 모두 호호탕탕 혁명을 하게 되었으니 문제가 되지 않을 것입니다.

문제는 오히려 나 자신의 낙오에 있습니다. 또 다른 사정이 하나 더 있습니다. 그것은 바로 내가 이전에 '도필'刀筆을 놀린 데 대한 벌이 지금 내려지는 것 같다는 것입니다. 모란을 심은 사람은 꽃을 얻고 남가새를 심은 사람은 가시를 얻는 게 당연한 법이니 나는 전혀 원망이 없습니다. 그러나 불만스러운 것은 이러한 벌이 좀 무거운 듯하다는 점이며, 그리고 서글픈 것은 몇몇 동료와 학생들을 연루시킨다는 점입니다.

그들은 무슨 죄 때문일까요? 바로 늘 나와 왕래를 하고 결코 나를 비난하지 않았기 때문입니다. 이런 사람들은 지금 '루쉰당' 또는 '위쓰파'로 불리고 있는데, 이것은 '연구계'[8]와 '현대파'가 선전하여 이룬 대성공입니다. 그래서 최근 1년 동안 루쉰은 이미 "사방의 변방으로 추방당하는"[9] 것이 당연시되었습니다. 말하지 않아 모르시겠지만, 제가 샤먼에 있을 때 나중에는 사방 이웃이라고는 하나 없는 양옥집으로 이사할 수밖에 없었습니다. 내 곁에 있는 것은 책뿐이었고 깊은 밤 아래층에서는 '우우' 하는 야수의 울음소리가 들렸습니다. 그러나 나는 고요함을 두려워하지 않았으며, 게다가 나를 찾아와서 이야기를 나누는 학생들도 있었습니다. 그러고는 두번째의 공격이 닥쳤습니다. 방에 있던 세 개의 의자 중에서 두 개를 옮겨 가면서, 어떤 선생의 도련님이 와 있으니 가져다 써야겠다는 것이었습니다. 이때 나는 대단히 분개하여 "만약 그의 손자 도련님이라도 오면 나는 바닥에 앉아야 합니까? 안 됩니다"라고 말했더니, 옮겨 가는 것을 그만두었습니다. 다시 세번째의 공격이 닥쳤습니다. 어느 한 교수가 미소를 지으며 "또 명사名士의 성질을 부리시는군요"라고 말했습니다.[10] 샤먼의 금령은 명사라야 한 개 이상의 의자를 가질 수 있다는 것 같았습니다. '또'라는 것은 내가 늘 명사의 성질을 부린다는 것을 빗댄 것인데, 『춘추』 필법[11]을 선생도 대개 알고 있을 것입니다. 네번째 공격도 있었습니다. 내가 떠날 때였습니다. 어떤 사람이 내가 떠나는 까닭은, 첫째 마실 술이 없었기 때문이고, 둘째 남들의 가족이 오는 것을 보고 마음이 편치 않았기 때문이라고 했습니다.[12] 이것도 저번에 있었던 '명사의 성질'에 근거한 것입니다.

이것은 한 가지 작은 일에 자유롭게 생각이 미친 데 불과합니다. 그러나 바로 이 일단으로써 당신도 내가 겁을 먹고 감히 입을 열지 못한 사정이 있었구나 하고 양해할 수 있을 것입니다. 당신은 내가 취하가 되는 것을 바라지 않는다는 것을 알고 있습니다. 내가 다시 싸워 나가면 아마도 '몸과 마음이 병들게'[13] 될 것입니다. 그렇지만 '몸과 마음이 병들면' 또 사람들에게 조소를 당할 것입니다. 물론 이런 것들은 중요하지 않습니다. 그러나 내가 일부러 취하가 될 필요야 없지 않겠습니까?

그렇지만 내가 이번에 가장 큰 행운으로 여기는 것은 끝내 공산당으로 취급되지 않았다는 점입니다. 어느 한 청년이, 두슈[14]가 『신청년』을 꾸리고 있을 때 내가 거기에 글을 발표한 적이 있다는 사실을 알고는 내가 공산당이라는 것을 실증하려 한 적이 있습니다. 그러나 즉시 또 다른 청년에 의해 뒤집혔는데, 그때에는 두슈조차도 공산을 말하지 않았다는 것을 그는 알고 있던 것입니다. 한발 물러나서는 '친공파'로 몰려고 했으나 결국은 성공하지 못했습니다. 만약 내가 중산대학을 나오자마자 즉시 광저우를 떠났다면, 친공파에 포함되었을지도 모릅니다. 그러나 떠나지 않았으니, '달아났다'느니 '한커우에 도착했다'느니 하여 신문에서 한바탕 소동이 있었지만, 사실 그렇지 않았습니다. 내가 '분신법'分身法을 쓴다고 말하는 사람이 없는 걸 보면, 세상은 어쨌든 희망이 있습니다. 지금은 아무런 직함도 없게 된 듯합니다만 '현대파'의 말에 따르면, 나는 '위쓰파의 우두머리'입니다. 그들이 두번째 공격을 하지 않는다면, 그것은 아마 생명과 아무런 직접적인 관계가 없거나 그다지 중요하지도 않을 것입니다. 만약 '주인공'인 탕유런처럼 또 '모스크바의 명령'[15] 따위를 말한다면, 그야 다소 심상치 않은 일이겠지요.

붓이 미끄러져서 말이 더욱 멀어졌으니, 얼른 '낙오'의 문제로 되돌아가겠습니다. 생각건대, 유형 선생, 당신은 아마 일찍이 내가 중국에는 감히 '반역자를 애도하는 조문객'[16]이 없다는 것을 탄식한 것을 보았을 것입니다. 지금은 어떠합니까? 당신도 보았듯이, 이 반년 동안 내가 언제 한마디 말이라도 했던가요? 설령 내가 강당에서 내 생각을 공표公表했다고 할지라도, 설령 그때는 내 글을 발표할 곳이 없었다고 할지라도, 설령 내가 그 전부터 말을 하지 않았다고 할지라도, 이를 모두 나의 변명으로 삼을 수는 없습니다. 종합하여 말하면, 지금 만약 "아이들을 구하자"와 같은 너무나 평온한 주장을 다시 펼친다면, 나 자신조차도 공허한 헛소리로 들릴 것입니다.

그리고 내가 이전에 사회를 공격한 것도 사실은 부질없는 일이었습니다. 사회는 내가 공격하고 있다는 것을 몰랐으며, 만약 알았다면 나는 벌써 죽어서 시체 묻을 곳도 찾지 못했을 것입니다. 사회의 일개 분자인 천위안 따위를 공격했다가 어떻게 되었나요? 그러니 하물며 4억 명에 대해서야 말해 무엇하겠습니까? 내가 생명을 부지할 수 있었던 것은 그들 대다수가 글자를 몰라 내용을 알지 못했기 때문인데, 마치 화살 하나가 바다에 떨어진 것처럼 나의 말도 전혀 효력이 없었던 것입니다. 그렇지 않았다면, 몇몇 잡감이 목숨을 앗아 갔을 것입니다. 민중이 악을 징벌하려는 마음은 결코 학자와 군벌에 못지않습니다. 근래에 나는, 조금이라도 개혁성을 띤 주장이 사회와 무관하다면 '쓸데없는 말'로 여겨져 남을 수 있겠지만, 만일 효험을 드러내면 제창자는 대체로 고통을 맛보거나 죽임의 화를 당하게 된다는 것을 깨달았습니다. 옛날이나 지금이나 중국이나 외국이나 그 도리는 한가지입니다. 목전의 일처럼 우즈후이[17] 선생에게도 일종의 주의가 있지 않습니까? 그런데 그가 세상 사람들로부터 분개를 사지도 않으면서도 "타도하라, …… 엄단하라"라고 크게 부르짖을 수 있는 것은, 바로 공산당이 공산주의를 이십 년 후에 실현하고자 하지만 그의 주의는 오히려 수백 년 뒤에나 가능할 것이어서 쓸데없는 말에 가깝다고 생각되기 때문입니다. 사람이 어찌 십여 세대 이후의 까마득한 손자 시대의 세계를 멀리서 참견할 여유와 취미를 가지고 있겠습니까?

이미 말을 많이 했으니 결말을 지어야겠습니다. 나는 냉소와 악의가 전혀 없는 선생의 태도에 감사하며 그래서 성실하게 답신을 올립니다. 물론 절반은 이를 빌려 불평을 털어놓은 것입니다. 그러나 내가 밝혀 두고자 하는 것은, 위에서 한 말 속에 전혀 겸허함이 담겨 있지 않다는 점입니다. 나는 나 자신을 잘 알고 있습니다. 나는 다른 사람을 해부하는 것보다 더 사정없이 나 자신을 해부합니다. 뱃속 가득 악의를 품은 이른바 비평가들이 있는 힘을 다해 수색했으나 나의 진짜 병증을 찾아내지 못했습니다. 그래서 이번에 스스로에 대해 말을 좀 했습니다. 물론 일부분에 지나지 않으며 많은 부분은 여전히 숨겨 놓았습니다.

나는 아마도 이제부터 더 이상 할 말도 없을 것이라고 생각합니다. 공포가 지나간 다음에 무엇이 닥쳐올지 나로서는 알 수 없지만, 아마도 좋은 것은 아닐 것으로 보입니다. 그러나 나도 나 자신을 스스로 도와주고 있으며, 옛 방법 그대로입니다. 하나는 마비요, 하나는 망각입니다. 한편으로는 몸부림치면서 이후로 점점 엷어질 '담담한 핏자국 속에서'[18] 무언가 좀 찾아내어 종잇조각에 쓰고자 합니다.

9월 4일, 루쉰

주)

1) 원제는 「答有恒先生」이며, 1927년 10월 1일 상하이의 『베이신』 주간 제49·50기 합간에 처음 발표되었다.
2) 유헝(有恒)은 스유헝(時有恒, 1905~1982)이며, 장쑤 쉬저우(徐州) 사람이다. 그는 북벌(北伐)에 참가한 적이 있으며 당시에는 상하이에서 떠돌고 있었다. 1927년 8월 16일 『베이신』 주간 제43·44기 합간에 「이 시절」(這時節)이라는 제목의 잡감을 발표했으며, 거기에 루쉰을 언급한 말이 나온다. "맹목적인 사상 행위에 대해 공격을 가하는 루쉰 선생 등의 글을 오랫동안 보지 못했다." "현재 국민혁명이 들끓는 시점에서 우리는 루쉰 선생의 일체의 창작을…… 읽고 읽어서 우리에게 새로운 길을 알려 주는 인식으로 삼아야 한다." "우리는 루쉰 선생이 나서 주기를 간절히 바란다.…… 왜냐하면 아이들을 구하는 것이 긴요하기 때문이다." 루쉰은 이에 이 글을 써서 회답한 것이다.
3) 『베이신』(北新)은 종합잡지로서 상하이 베이신서국(北新書局)에서 발행되었으며, 1926년 8월에 창간되었다. 처음에는 주간(週刊)이었으며, 1927년 11월 제2권 제1기부터 반월간으로 바뀌었고 1930년 12월 제4권 제24기까지 나오고 정간되었다.
4) "천하의 온갖 생물을 마구 죽이는"(暴殄天物)이라는 말은 『상서』(尙書) 「무성」(武成)에 나온다. "지금 상왕(商王) 주(紂)가 무도하여 천하의 온갖 생물을 마구 죽이고 온 백성을 학대하고 있다."(今商王受(紂)無道, 暴殄天物, 害虐蒸民) 당대(唐代) 공영달(孔穎達)의

소(疏)에 의하면, '천물'(天物)은 인간을 포함하지 않는 "천하의 온갖 생물, 즉 새, 짐승, 풀, 나무"(天下百物, 鳥獸草木)를 가리킨다.

5) 사람을 잡아먹는 연회에 관한 이야기는 『무덤』 「등하만필」(燈下漫筆)의 제2절 참조.

6) '취하'(醉蝦)는 장쑤·저장 등지에서 산 새우를 식초, 술, 간장 등을 섞어 만든 소스에 집어넣어 날것으로 먹는 요리이다.

7) 이 글 다음에 나오는 「'대의'를 사양하다」를 말한다.

8) '연구계'(研究系)가 운영하던 『시사신보』의 부간 「학등」에는 「베이징 문예계의 파벌」이라는 글이 실렸고, 그 글에서 '현대파'와 맞서는 것은 '위쓰파'라고 했으며, 또 '위쓰파'는 루쉰을 '위주로' 한다고 말했다. '현대파'는 바로 현대평론파를 가리키며, 그들은 루쉰을 '위쓰파의 우두머리'라고 불렀다. 이 문집의 「'우두머리'를 제거하다」 참조.

9) "사방의 변방으로 추방당하는"(投諸四裔)이라는 말은 『좌전』(左傳) '문공(文公) 18년'에 보이며, 다음과 같다. "순임금이 요임금의 신하가 되어, 사문(四門)에서 외교사절을 맞이했고, 네 흉족(凶族)을 내쫓았다. 즉, 혼돈(渾敦)·궁기(窮奇)·도올(檮杌)·도철(饕餮)을 사방 변방으로 추방함으로써 도깨비를 제어했다."(舜臣堯, 賓於四門; 流四凶族 : 渾敦·窮奇·檮杌·饕餮, 投諸四裔, 以禦螭魅)

10) 구제강을 가리키는데, 그는 1926년 샤먼대학 교수였다. 루쉰은 1926년 9월 30일 쉬광핑(許廣平)에게 보낸 편지에서 이렇게 말했다. "이곳에 초빙받은 교수는 나와 젠스(兼士; 즉 선젠스沈兼士) 이외에 주산건(朱山根; 구제강을 가리킴)도 있어요. 이 사람은 천위안의 일파인데, 나는 진작 알고 있었어요.…… 그는 이미 나를 배척하기 시작했으며, 나를 '명사파'(名士派)라고 말하니 웃깁니다."(『먼 곳에서 온 편지』兩地書 48에 보임)

11) 『춘추』(春秋)는 춘추 시기 노(魯)나라 역사서이며 공자(孔子)가 편찬한 것으로 전해진다. 과거의 경학가들은 그것의 매 글자마다 모두 '포'(褒)와 '폄'(貶)의 '미언대의'(微言大義)가 담겨 있다고 여겼으며, 그것을 '춘추 필법'이라 불렀다.

12) 여기서는 천완리(陳萬裏; 즉 톈첸칭田千頃), 황젠(黃堅; 즉 바이궈白果) 등이 퍼뜨린 유언비어를 가리킨다.

13) '몸과 마음이 병들게'(身心交病)라는 말은 가오창훙이 루쉰을 비웃으면서 한 말이다.

14) 천두슈(陳獨秀, 1879~1942)는 자가 중푸(仲甫)이며 안후이 화이닝(懷寧) 사람이다. 베이징대학 교수를 지내면서 『신청년』 잡지를 주관했고, '5·4'시기 신문화운동을 주창한 주요 인물이다. 1921년 중국공산당이 성립된 후 당의 총서기를 맡았다. 제1차 국내혁명전쟁 후기에 우경노선을 취했고, 그후 취소주의자(取消主義者)가 되어 트로츠키파의 관점을 받아들였으며, 1929년 11월에 당에서 제명되었다.

15) 탕유런(唐有壬, 1893~1935)은 후난(湖南) 류양(瀏陽) 사람이다. 당시 『현대평론』에 자주 기고하던 사람이다. 이후 국민당 정부의 외교부 차장을 역임했다. 1926년 5월 12일 상하이의 소형 신문 『징바오』(晶報)는 「현대평론이 매수되었는가?」라는 짧은 뉴스

를 실었는데, 거기에서 『현대평론』이 돤치루이(段祺瑞)의 보조금을 받았다는 것을 폭로한 『위쓰』의 글을 인용한 적이 있다. 이에 탕유런은 곧 같은 달 18일 『징바오』에 서신을 보내 강력하게 해명하고, 또 날조하여 이렇게 말했다. "『현대평론』이 매수되었다는 소식은 러시아 모스크바에서 기원한다. 작년 봄에 나의 한 친구가 모스크바에서 편지를 보내와 나에게 알리면서 요사이 중국인들에게 널리 알려진 『현대평론』은 돤치루이가 운영하는 것이며 장스자오(章士釗)의 손을 거쳐 매월 3천 위안의 보조금을 지급받는다고 말했다. 당시 우리는 듣고서 공산당이 날조한 상투적인 수단에 불과하여 이상할 것도 없다고 여겼다." 『징바오』가 이 편지를 발표할 때 「현대평론의 주인공 탕유런이 본보에 보내온 편지」(現代評論主角唐有壬致本報書)라고 제목을 달았다.

16) '반역자를 애도하는 조문객'은 『화개집』 「이것과 저것」(這個和那個)의 제3절 '앞장서기와 꼴찌'를 참조. 여기서 말한 '반역자'는 구제도의 반역자를 가리킨다.

17) 우즈후이(吳稚暉)는 스스로를 무정부주의자라고 일컬었으며, 1926년 2월 사오퍄오핑(邵飄萍)에게 보낸 편지에서 이렇게 말한 적이 있다. "적화(赤化), 즉 이른바 공산(共産)은 실로 3백 년 이후의 일이다. 그것보다 훨씬 더 진보한 것을 무정부주의라고 하는데, 그것은 더욱이 3천 년 이후의 일이다." 1927년 3월 말~4월 초에 그는 장제스의 취지를 받들어 국민당중앙감찰위원회에 「공산당원이 당과 국가를 모반한 사건의 진상 조사」(糾察共産黨員謀叛黨國案), 「공산당원의 모반사건에 대한 조사처벌 요청」(請查辦共産黨分子謀叛案)을 제출했으며, 공산당원과 혁명군중을 '타도하고' '엄격히 다스릴' 것을 주장했다.

18) 1926년 3월 18일 베이양군벌(北洋軍閥) 돤치루이 정부가 청원하던 애국학생들과 시민들을 총살한 후 루쉰은 산문시 「빛바랜 핏자국 속에서」(淡淡的血痕中; 『들풀』野草에 수록)를 지어 죽은 이들을 애도했다.

'대의'를 사양하다[1)]

나는 작년부터 정인군자들인 '구퉁 선생'에게 미움을 사서 사방팔방 난관에 부딪히게 되었는데, 베이징에서 달아난 후 말없이 조용히 지낼 수밖에 없었고, 1년이 지났다. 정인군자들이 이 '학계의 악당'을 잊어버렸겠지 하고 여겼다.—하하, 결코 그렇지 않았다.

인도에는 타고르라는 사람이 있다. 이 타고르는 진단震旦[2)]에 온 적이 있으며, 이름을 축진단竺震旦이라고 고쳤다. 이 축진단이 『신월집』이라는 책을 지은 바 있고, 이 때문에 진단에서는 신월사[3)]라는 것이 생겼고—그 사이의 일은 나로서는 잘 모른다—지금은 또 신월서점이라는 것이 생겼다. 이 신월서점에서 출판하는 책 중에 『한담』이라는 것이 있어, 이 『한담』의 광고에는 아래와 같은 몇 구절이 있다.

> …… 루쉰 선생(위쓰파의 우두머리)이 무기로 들고 있는 대의大義와 그의 전략은 『화개집』을 읽어 본 사람이라면 틀림없이 이미 알고 있을 것이라고 생각한다. 그러나 현대파의 의기義旗와 그 주장主將—시잉 선생의

전략에 대해서는 우리는 아직 잘 모른다.……

'파'든 '우두머리'든 이런 시호는 정말 두렵다. 머지않아 또 누군가는 이렇게 꾸짖을 것이다. 갑은 말한다. "보라! 루쉰은 결국 우두머리라고 불리게 되었다. 천하에 이런 우두머리도 있단 말인가?" 을은 말한다. "그는 오로지 허영을 좋아한다. 사람들이 그를 우두머리라고 부르니 그는 얼굴 가득 기쁨을 감추지 못한다. 내가 직접 눈으로 보았으니 말이다."

그러나 이것은 내가 신물이 나도록 가르침을 받은 교훈이니 전혀 신기할 것도 없다. 이제야 신선하고 황공하다고 느끼는 것은 갑자기 귀중한 '대의'를 억지로 내 손에 쥐어 주고 큰 깃발을 세워 주면서 나를 '현대파'의 '주장'과 맞세워 놓았다는 점이다. 내가 일찍이 말한 바 있듯이, 공리와 정의는 모두 정인군자들에게 빼앗겼으므로 나에겐 이미 아무것도 없다.[4] 대의라고 했던가. 그것이 원기둥인지 아니면 타원형인지조차도 모르는데 나더러 어떻게 '무기로 들고 있다'고 하는가?

'주장'의 경우는 당연히 '의기'가 있어야 체면이 설 것이다. 그렇지만 나에겐 버젓이 내세울 만한 것이 없다. '파'가 되지도 못할 뿐만 아니라 '우두머리'도 아니었으며 '대의'를 '무기로 든' 적도 없었다. 더욱이 '전략'을 사용하지도 않았다. 왜냐하면 내가 광고를 보기 이전에는 시잉 선생이 '현대파'의 '주장'이라는 것을 알지도 못했기 때문이다——나는 언제나 그를 졸개로 여겼을 뿐이다.

내가 나 자신에 대해 알고 있는 것은 이런 것이다. 생각건대, '구퉁 선생'은 아직 살아 있으니 나를 '학계의 비적', '학계의 악당', '도필리'刀筆吏라고 부른 사람이 있었다는 것을 '현대파'도 꼭 잊었다고는 할 수 없을 것이다. 지금 갑자기 '루쉰 선생'을 '대의'자로 가정하고 있지만 광고를 위한 것일 따름이다.

오호라, 루쉰, 루쉰, 얼마나 많은 광고가 그대의 이름을 빌려 행해지고 있는가!

9월 3일

주)

1) 원제는 「辭"大義"」이며, 1927년 10월 1일 『위쓰』 제151기에 처음 발표되었다.
2) 진단(震旦)은 고대 인도에서 중국을 부르던 별칭이다. 진(震)은 진(秦)의 음으로부터 온 것인데, '진토'(秦土), 즉 '진나라 땅'을 의미하는 산스크리트어 치나스타나(Chīnasthāna)를 중국인이 한자어로 옮긴 것이다.
3) 신월사(新月社)는 영미(英美)에 유학한 지식인들이 중심이 된 문학적·정치적 단체이며, 1923년에 베이징에서 성립되었다. 이름은 인도 시인 타고르의 『신월집』(新月集)으로부터 취했다. 주요 성원은 후스, 쉬즈모(徐志摩), 천시잉, 원이둬(聞一多), 량스추(梁實秋), 뤄룽지(羅隆基) 등이다. 이 단체는 1926년 여름 베이징의 『천바오 부간』의 지면을 빌려 『시간』(詩刊; 주간) 11기를 내었고 신격률시(新格律詩) 창작을 제창했다. 1927년에 이 단체의 성원이 대부분 남하하여 상하이에서 신월서점을 설립했고, 1928년 3월에 종합잡지 『신월』 월간을 발간하여 '영국식' 민주정치를 선양했다.
4) '공리'(公理)와 '정의'(正義)는 현대평론파 천시잉 등이 여사대(女師大) 학생들을 억압하던 장스자오·양인위(楊蔭榆)를 지지할 때 늘 사용하던 말이다. 1925년 11월 말 여사대 학생들이 투쟁에서 승리하여 학교로 돌아와 수업을 재개할 때 천시잉, 왕스제(王世傑) 등은 다시 이른바 '교육계 공리유지회'(敎育界公理維持會)를 조직하여 여사대의 복교(復校)를 반대하고 장스자오가 또 다른 여자대학(女子大學)을 설립하는 데 지지했다. 루쉰은 『화개집속편』 「새로운 장미」(新的薔薇)에서 이렇게 말한 바 있다. "공리(公理)는 단 하나뿐이다. 그런데 이것은 그들이 벌써 가져가 버렸다고 한다. 그래서 이제 나에겐 아무것도 없다."

‘만담’을 반대하다[1]

나는 여태껏 『위쓰』에 대해 치켜세운 적이 없지만, 오늘은 자제하지 못하고 ‘확실히 사랑스럽다’라고 몇 마디 말하려고 한다. 정말로 『위쓰』가 『위쓰』인 까닭이다.

나 같은 ‘세상물정에 밝은 늙은이’[2]는 이젠 못쓰겠다. 감히 말하지 못하기도 하고 말하고 싶어 하지 않기도 하고 말하지 않으려고도 하고 말할 필요가 없다고 여기기도 하니 말이다. 이럴 바에는 그 시간에 과자나 먹는 게 나을 것이다. 하지만 『위쓰』에는 언제나 실정도 모르고 어리석은 주장을 펴는 사람이 있으니, 교육당국에게 교육을 이야기하는 「교육 만담」[3]이 그중 하나이다.

“더불어 말을 해서는 안 될 사람인데도 그와 함께 말을 하는” 것은 바로 “안 되는 것을 알면서도 그걸 하는” 것인바,[4] 틀림없이 이런 사람이 있어야 세계는 적막하지 않을 것이다. 이 점에 대해 나는 탄복해 마지않는다. 그러나 아마 ‘세상물정에 밝고’ 괴팍하기 때문이겠지만, 어찌된 영문인지 탄복 속에는 얼마간 비방이 담겨 있고 약간의 비통함도 끼어들어 있다. 쉬徐 선생은 내가 잘 아는 사람이므로, 거듭 숙고하여 마침내 그에게 약간의 의견을 말하기로 결정했다. 이런 식견은 내가 친히 십이여 년간 관료 생활을 하면서 한 다스 이상의 총장[5]을 목도하면서 지속적으로 얻은 것이니, 가벼이 말하려는 것이 아니다.

'교육당국'에 대해 교육을 이야기한 근본적인 잘못은 '교육당국'이라는 네 글자에 대해 역점을 잘못 두어 그것이 '교육'을 처리하려 한다고 여긴 데 있다. 실상은 그렇지 않아, 대체로 '당국' 노릇을 하고 있는 것이다.

이것은 과거의 사실을 이용해 증명할 수 있다. '당국'에 중점을 두고 있기 때문에—

첫째, 학교의 회계원이 교육총장이 될 수 있다.

둘째, 교육총장이 갑자기 내무총장內務總長으로 바뀔 수 있다.

셋째, 사법司法, 해군총장海軍總長이 교육총장을 겸임할 수 있다.

듣자 하니 어느 한 총장이 나서서 취임한 것은 모 회사가 등기를 해야 하는데 표결할 때 찬성표가 하나 더 필요해서 이전의 직업으로 되돌아왔다[6]는 것이다. 그런데 그와 교육을 이야기한 사람도 있었다. 나는 정말 이런 어리석은 사람들을 한 움큼 잡아내어 강제로 그들의 집으로 돌려보내 아내와 함께 차나 마시라고 하고 싶다.

그러니 교육당국은 십중팔구 '당국'에 뜻이 있지만 어떤 경우에는 뜻이 결코 '당국'에 있지 않기도 하다.

이때 어떤 사람은 이렇게 물을 것이다. "대체 그는 왜 그런 행동을 하는 걸까요?"

그러면 나는 발끈 화를 내면서 이렇게 말한다. "그게 바로 그가 '당국'에 있다는 것이지요! 좀더 노골적으로 말하면 바로 '관리노릇을 하는 것'

做官이지요! 그렇지 않다면 무엇 때문에 '노릇을 하다'做라고 하겠습니까?"

내가 이처럼 철저한 학식學識을 얻은 것은 역시 쉬운 일이 아니다. 그래서 약간은 학자의 거만한 태도가 불가피하니 쉬 선생은 용서해 주시기 바란다. 이하는 내가 이 학식을 얻게 된 역사를 약술한 것이다.—

내가 목도한 한 다스 이상의 총장 중에서 두 사람의 경우 부하직원이 진정서 올리는 것을 좋아했다. 그래서 순종적인 부하직원은 계속해서 많은 진정서를 올렸지만 오랜 시간이 지나도 결과가 감감무소식이었다. 그 당시 나는 지금처럼 총명하지 않아서 마음속으로 '이렇게 많은 진정서 중에서 취할 만한 것이 하나도 없는 것이겠지, 아니면 볼 겨를이 없기 때문이겠지' 하였다. 그러나 회상해 보면, 내가 '배알'上去(이것은 전문적인 술어로서 소관小官이 대관大官을 뵙는 것을 말함)할 때 확실히 그는 바르게 앉아서 진정서를 보고 있었다. 이야기를 나누는 중에 "나는 진정서를 읽으러 가야 해요", "나는 어제 저녁 진정서를 읽었어요" 하는 말들을 늘 들을 수 있었다. 그렇다면 도대체 어떻게 된 일인가?

어느 날 나는 마침 진정서가 놓인 그의 탁자 옆을 비켜지나 문지방을 넘어서는데, 어찌된 영문인지 갑자기 성령의 계시를 받아 문득 크게 깨닫게 되었다.—

오! 원래 그의 '관리노릇 하는 과정표'에 '진정서 보기'라는 항목이 하나 있었다. '보아야' 하기 때문에 '진정서'가 필요했던 것이다. 왜 '진정서'를 보아야 하는가? '관리노릇을 하는' 일부이기 때문이다. 이것뿐이다. 이와 다른 것을 과분하게 바란다면, 나 자신의 어리석음이리라!

'내게 한줄기 빛이 도래했으니', 이때 이후로 나는 스스로 꽤 총명하다고 생각하게 되었으며, 노련한 관료에 가까워진 것이다. 나중에 '구통 선생'으로부터 결국 제거당했으니, 그것은 또 다른 일이다.

'진정서 보기'와 '교육 처리하기'는 동일한 일에 속하여 모두 글자의 표면적인 뜻에 따라서만 해석해야 한다. 만약 더 높은 또는 더 깊은 바람과 요구가 있다면, 세상일에 어두운 사람이 아니면 본분을 지키지 않는 사람이다.

나는 다음과 같은 경고를 한 마디 덧붙이고자 한다. 만일 좀 멋진 당국을 만난다면 아마 '만담 보기'도 일종의 '노릇 하기'做――'교육에 관심 갖기'라고 이름을 붙일 수 있겠음――로 간주될 수 있겠지만, '교육'과는 관계없는 것이다.

9월 4일

주)

1) 원제는 「反“漫談”」이며, 1927년 10월 8일 『위쓰』 제152기에 처음 발표되었다.
2) '세상물정에 밝은 늙은이'는 가오창홍이 루쉰을 조롱하던 말이다.
3) 「교육 만담」(敎育漫談)의 원제는 「교육 만어」(敎育漫語)이며, 쉬쭈정(徐祖正; 당시 베이징대학 교수)이 썼는데, 1927년 8월 13일, 20일 『위쓰』 제144, 145기에 게재되었다. 1927년 8월 베이양정부(北洋政府)를 주무르던 펑계 군벌 장쭤린은 교육계에 대한 통제를 강화하기 위해 베이징의 6개 국립학교를 합병하여 '경사대학'(京師大學)을 만드는 일을 강행하여 교육계의 불만을 샀다. 쉬쭈정의 글은 이 사건에 대한 의견을 제시하고 있다.
4) “더불어 말을 해서는 안 될 사람인데도 그와 더불어 말을 하는”(不可與言而與之言)이라는 말은 『논어』 「위령공」(衛靈公)에 나온다. “더불어 말을 해서는 안 될 사람인데도 그와 더불어 말을 하면 실언을 하게 된다.”(不可與言而與之言, 失言) 이는 공자의 말이다. “안 되는 것을 알면서도 그걸 하는”(知其不可爲而爲之)이라는 말은 『논어』 「헌문」(憲問)에 나오며, 당시 성문지기가 공자를 평가하며 한 말이다.
5) 1912년 2월부터 1926년 7월까지 루쉰이 교육부에서 근무하던 기간 전후로 교육총장 또는 대리총장을 역임한 사람은 모두 27명이나 된다. 차이위안페이(蔡元培), 판위안롄(範源濂), 류관슝(劉冠雄; 해군총장 겸), 천전셴(陳振先; 농림총장 겸), 둥훙이(董鴻禕; 대

리), 왕다셰(汪大燮), 옌슈(嚴修), 탕화룽(湯化龍), 장이린(張一麐), 장궈간(張國淦), 쑨훙이(孫洪伊), 푸쩡샹(傅增湘), 위안시타오(袁希濤; 대리), 푸웨펀(傅嶽芬), 치야오산(齊耀珊; 농상총장 겸), 저우쯔치(周自齊), 황옌페이(黃炎培), 탕얼허(湯爾和), 펑윈이(彭允彝), 황푸(黃郛), 이페이지(易培基), 왕주링(王九齡), 장스자오(章士釗; 사법총장 겸), 마쥔우(馬君武), 후런위안(胡仁源), 왕셴후이(王憲惠), 런커청(任可澄) 등이다.

6) "이전의 직업으로 되돌아왔다"(再作馮婦)라는 말은 『맹자』「진심하」(盡心下)에 나오는 이야기에서 유래한다. "옛날 진(晉)나라에 풍부(馮婦)라는 사람이 있었는데, 호랑이를 맨손으로 잘 때려잡았으나, 나중에는 점잖은 사람이 되었다. 그가 야외로 나갔더니, 많은 사람들이 호랑이를 쫓고 있었다. 그런데 호랑이는 산모퉁이를 등진 채 딱 버티고 있으니, 어느 누구도 감히 다가가지 못했다. 풍부가 지나가는 것을 보고는 사람들이 달려가서 그를 맞이해 왔다. 풍부는 팔을 걷어붙이고 수레에서 내렸다. 많은 사람들은 기뻐했지만 선비들은 그를 비웃었다."(晉人有馮婦者, 善搏虎, 卒爲善士. 則之野, 有衆逐虎, 虎負嵎, 莫之敢攖; 望見馮婦, 趨而迎之. 馮婦攘臂下車, 衆皆悅之; 其爲士者笑之) 후인들은 옛일에 다시 종사하는 것을 "다시 풍부가 되다"(再作馮婦)라고 일컫게 되었다.

'자연 그대로의 유방'을 우려하다[1]

『순톈시보』에, 베이징의 비차이辟才 골목에 있는 여부중女附中의 주임인 어우양샤오란歐陽曉瀾 여사가 단발한 여학생의 시험 응시를 불허하자, 그들 중에 많은 학생들이 망연자실하며 탄식했다고 한다.[2] 그렇다, 일이 언제나 이렇게 되고야 만다. 그녀는 다른 사람이 될 수 없는 것이다. 다만 천족天足[3]을 한 여학생들은 그나마 시험에 응시할 수 있었으니, 그래도 희망이 있다는 생각이 든다. 그렇지만 '새로움'을 싫어하는 것이 좀 지나치지 않은가.

남녀 할 것 없이 모두 이 전생으로부터 원한에 사무친 두발의 고통을 받아야 했으니, 명말明末 이래의 옛 자취를 보면 알 수 있다.[4] 나는 청말에 변발 때문에 여러 가지 고통을 받았고,[5] 그래서 나는 여자가 단발하는 것에 찬성하지 않았다. 베이징의 변발은 위안스카이袁世凱의 명령을 받들어 자르게 된 것이지만,[6] 결코 단순한 명령이 아니라 그 뒤에는 칼도 숨겨져 있었을 것이다. 그렇게 하지 않았다면, 지금도 도시 가득 사람들이 변발을 늘어뜨리고 있을 것이다. 여자의 단발도 역시 마찬가지여서 어쨌든 황제

(혹은 다른 명칭이라도 괜찮음)가 사람들에게 자르도록 명령을 내려야만 성사된다. 물론, 그렇게 하더라도 많은 사람들이 여전히 기뻐하지 않겠지만, 감히 자르지 않을 수는 없을 것이다. 1년 또는 반년이 지나면 그 까닭도 잊어버린다. 2년이 지나면 사람들이 여자는 장발을 해서는 안 된다고 여기는 세상이 될 수 있다. 이때에는 장발한 여학생이 곧 '망연자실하며 탄식하는' 우려가 있을 것이다. 일부 사람만이 몇 가지 이유를 대면서 무언가 좀 고치려 한다면 언제나 성공하지 못한다.

하지만 지금의 힘 있는 사람 중에 여자의 단발을 주장하는 사람도 있으나 애석하게도 기반이 튼튼하지 않다. 동일한 곳에 갑이 들어오면 을이 떠나고, 병이 들어오면 갑이 떠나고, 갑은 짧은 것을 요구하고 병은 긴 것을 요구하고, 긴 사람은 자르고 짧으면 죽인다. 요 몇 년 동안은 청년들, 특히 여성들의 수난 시기인 것 같다. 신문의 기사에 따르면, 어떤 곳에서 단발을 고취했는데, 나중에 다른 군대가 쳐들어왔고 단발한 여자를 보자 유유히 머리털을 뽑고 두 유방을 잘라내기도 했다…… 고 한다. 이러한 형벌은 남자의 단발이 이미 전국적으로 공인되었음을 증명하는 것이다. 여인은 따라 배워서는 안 된다. 두 유방을 없애는 까닭은, 여인으로 하여금 더욱 남자를 닮게 하여 함부로 남자를 배워서는 안 된다는 점을 경고하려는 데 있는 것이다. 이런 예에 비하면, 어우양샤오란 여사는 아직 그다지 가혹한 것은 아니리라.

금년에 광저우에서는 여학생들이 젖가슴을 졸라매는 것을 금하고 위반자에겐 은전 오십 원의 벌금을 내도록 했다. 신문에서는 이것을 '천유운동'[7]이라고 불렀다. 어떤 이는 판쩡상[8]에게 명령을 내리도록 하지 못한 것이 유감이라고 여겼다. 공문상에는 '가시연밥'鷄頭肉[9] 등의 글자가 보이지 않는데, 아마도 문인학사들의 마음에 들지 않았나 보다. 이외에 신문에 실린 것은 교태를 부리는 글, 우스갯소리들뿐이다. 생각건대, 이러할 따름이며, 이 따름이 영구하리라.

나도 '기杞나라 사람의 하늘이 무너질 것에 대한 우려'[10]가 있어서 장래에 중국의 학생 출신 여성은 아마도 젖 먹이는 능력을 잃어 집집마다 유모를 고용해야 할 것이라고 생각한 적이 있다. 그러나 젖가슴을 졸라매는 것만을 공격하는 것은 효과가 없다. 첫째는 사회사상을 개량해서 유방에 대해 비교적 대범해야 한다. 둘째는 의복을 개량하여 상의를 치마 속으로 집어넣도록 해야 한다. 치파오旗袍와 중국의 짧은 상의短衣는 모두 젖가슴의 해방에 적합하지 않았다. 왜냐하면 흉부 이하가 들어 올려져 불편하고 보기에도 좋지 않았기 때문이다.

또 하나의 큰 문제가 있으니, 유방을 크게 소홀히 하면 범죄로 간주되어 시험에 응시할 수 있는가 없는가 하는 것이다. 우리 중국은 중화민국이 성립되기 이전에는 '사민四民의 대열에 들지 않는'[11] 자에게만 시험을 불허했다. 이치대로 말하자면, 여자가 단발하면 남녀의 구별을 잃어 죄가 있고, 자연 그대로의 유방은 남녀의 구별을 강화시켜 주어 당연히 공이 있다. 그러나 세상의 많은 일들은 말로 다 다툴 수는 없는 것이다. 황제의 명령이 필요하거나 칼을 휘둘러야 할지도 모르겠다.

그렇게 하지 않으면, 이미 '단발범'短髮犯이 있었으니, 이밖에 '천유범'天乳犯이 더해지고 '천족범'天足犯도 생길 것이다. 오호라, 여성의 몸은 굴곡이 너무 많아 인생이 정말 고달프다.

우리가 만약 혁신이나 진화 따위를 이야기하지 않고 안전만을 염두에 둔다면, 여학생의 신체는 장발, 가슴 졸라매기, 반전족(전족을 했다가 다시 푼 것을 가리키며, 일명 문명족文明腳이라고도 함)이 가장 좋다고 나는 생각한다. 왜냐하면 나는 북쪽으로부터 남쪽에 이르기까지 여러 지역을 경험하면서 간판과 기치가 아무리 달라도 이 같은 여인을 적대시하는 곳이 있다는 것을 여태껏 들어 보지 못했기 때문이다.

9월 4일

주)

1) 원제는 「憂'天乳'」이며, 1927년 10월 8일 『위쓰』 제152기에 처음 발표되었다.
2) 『순톈시보』(順天時報)는 일본 제국주의자가 베이징에서 운영한 중국어 신문이다. 1927년 8월 7일 이 신문은 「여부중(女附中)이 단발한 여학생의 입학을 거절하다」라는 소식을 실었는데, 그중 일부 내용은 이렇다. "시청(西城)의 비차이(辟才) 골목에 있는 여부중의 주임인 어우양샤오란(歐陽曉瀾) 여사는 교장이 된 이후 이 학교 학생들의 학업에 대해 진지하게 독려하고 지도했을 뿐만 아니라 이 학교 학풍이 여사의 엄격한 정돈에 의해 날로 선량하게 되었다. 최근 소식에 따르면, 이 학교는 이번에 신입생 응시모집에서 단발한 여학생이 신청하러 가면 일률적으로 시험자격을 거절했으며, 이 때문에 단발한 일반 여학생들은 대부분 망연자실 탄식했다고 한다."
3) 천족(天足)은 전족에 상대되는 뜻으로 '자연 그대로의 발'을 의미한다.
4) 청나라 통치자가 한인(漢人)들에게 강제로 머리를 깎고 변발을 늘어뜨리도록 했던 일을 가리킨다. 1644년(명나라 숭정崇禎 17년, 청나라 순치順治 원년)에 청나라 병사가 관내로 들어와 베이징에 수도를 정한 뒤 즉각 머리를 깎고 변발을 늘어뜨리도록 명령을 내렸는데, 각지 한인들의 반대에 부딪히고 정세가 안정되지 않아 중지되었다. 이듬해 5월 난징을 공격하여 점령한 후 다시 엄격한 체발령(剃髮令)을 내리고 포고한 후 열흘 이내로 시한을 두었다. "모두 머리를 깎도록 하는데, 준수하는 자는 우리나라의 백성이요 주저하는 자는 명령을 거역하는 적과 같다." 만약 "이미 평정된 곳의 백성들이 여전히 명나라 제도를 보존하고 본조(本朝)의 제도를 따르지 않는다면 죽음을 면치 못할 것이다." 이 일은 한인들의 광범한 반항을 불러일으켰으며, 많은 사람들이 살해되었다.
5) 루쉰은 청말 일본에 유학할 때 변발을 잘랐는데, 쉬서우창(許壽裳)의 『망우 루쉰 인상기』(亡友魯迅印象記)의 기록에 따르면, 그것은 1902년(청 광서 28년) 가을과 겨울 사이였다고 한다. 그는 1909년(선통 원년) 귀국한 이후 변발이 없다는 이유로 여러 가지 고

통을 겪었다. 『차개정잡문』(且介亭雜文) 「아프고 난 뒤 잡담의 남은 이야기」(病後雜談之餘)와 『차개정잡문말편(末編)』 「타이옌(太炎) 선생으로 인하여 생각나는 두어 가지 일」(因太炎先生而想起的二三事)을 참조.

6) 1912년 3월 5일 난징임시정부는 "인민들은 일률적으로 변발을 자른다"라는 명령을 전국에 내렸다. 동년 11월 초 위안스카이가 베이징에서 내린 명령문에서도 "단발은 민국(民國)의 정령(政令)과 관계되므로 정부가 어찌 경시할 수 있겠는가" 등의 말이 있다.

7) 1927년 7월 7일 국민당 광둥정부위원회 제33차 회의에서 민정청장(民政廳長) 대리 주자화가 제의한, 여자의 가슴 졸라매기를 금지하는 법안을 통과시켰다. 그 규정은 이렇다. "3개월 이내 시한으로 전(全) 성(省)의 여자들은 일률적으로 가슴 졸라매기를 금지한다.…… 만약 시한을 넘긴 뒤 여전히 가슴을 졸라매고 있으면 조사를 거쳐 확실하면 50위안 이상의 벌금으로 처벌한다. 만약 위반자가 스무 살 이하라면 그 집 가장을 처벌한다."(1927년 7월 8일 광저우 『국민신문』國民新聞에 보임) 7월 21일 명문화된 법령으로 시행되자 일부 신문에서도 대대적으로 고취하면서 그것을 '천유운동'(天乳運動)이라고 불렀다. '천유운동'이란 '자연 그대로의 유방 지키기 운동'이라는 말로 풀 수 있다.

8) 판쩡샹(樊增祥, 1846~1931)은 후베이(湖北) 언스(恩施) 사람이며, 청 광서 때 진사(進士)였고, 장쑤 포정사(布政使)를 역임했다. 그는 많은 '염체시'(艶體詩; 화려한 애정시의 일종)를 지었으며 전고(典故)와 대구(對句)로 기교를 과시했다. 그가 벼슬할 때 처리한 판결문서에도 경박한 어구가 많다.

9) '계두육'(鷄頭肉)은 가시연밥(일종의 수생식물의 열매)의 다른 이름이다. 송대(宋代) 유부(劉斧)의 『칭쇄고의』(靑瑣高議) 전집(前集) 권6 「여산기」(驪山記)에 이런 기록이 있다. "어느 날, 양귀비가 목욕을 하고 나왔는데, 거울을 보며 분을 잘 바르고 허리와 허벅지를 두르고 젖가슴 하나를 살짝 드러내었다. …… (황제가) 귀비의 젖가슴을 가리키며 '부드럽고 따스하여 방금 껍질을 벗겨낸 가시연밥이로구나'라고 말했다."

10) '기(杞)나라 사람의 하늘이 무너질 것에 대한 우려'(杞天之慮)는 양인위가 '기나라 사람이 하늘이 무너질까 근심하다'(杞人憂天)라는 고사성어를 가지고 만든 말이다.

11) 과거에는 이른바 '타민'(惰民), '악적'(樂籍), 배우, 관청의 심부름꾼 등을 모두 천민으로 여겨 그들을 이른바 '사민'(四民; 즉 사士, 농農, 공工, 상商) 밖으로 배척하고 과거시험에 응시하는 것을 금지했다.

'우두머리'를 제거하다[1]

최근 2년 동안 나는 베이징에서 '정인군자'로부터 내몰려 바닷가까지 달아났다. 그후 또 '학자' 무리로부터 내몰려 또 다른 바닷가까지 달아났다. 그후 또 '학자' 무리로부터 내몰려 오후에야 해가 드는 이층까지 달아났다. 온몸에 땀띠가 여지처럼 생기도록 부지런히 일하고 숨을 죽이고 있었는데, 그러면 죄를 면할 수 있을 것으로 여겼다.[2] 아아, 그래도 부족했다. 어느 한 학자가, 9월 중에 광저우로 와서 교수를 하는 한편 나와 소송을 제기할 작정이니 나더러 미리 떠나지 말고 여기서 '재판을 기다려라'라고 했다.

오색 깃발 아래서, 청천백일기 아래서 마찬가지로 화개운華蓋運을 만나[3] 불운이 눈앞에 닥쳤구나 했지만, 꼭 그렇지만은 않았다. 어찌된 영문인지 나도 모르는 사이에 '문예계'에서 지위가 높아졌다. 내 말을 믿지 못하겠으면, 천위안 교수 즉 시잉의 『한담』 광고가 증거가 될 것이다. 절록節錄하면 재미가 없을 것이므로 그대로 오려붙인다.—

쉬단푸 선생은 「학등」에서 이렇게 말했다. "베이징은 신문학의 발원지로서 뿌리가 깊고 튼튼하며 마침내 전국 문예계의 주도권을 단단히 잡고 있다." 도대체 무엇이 베이징 문예계인가? 사실대로 말하면 1, 2년 전의 베이징 문예계는 바로 현대파와 위쓰파가 교전하던 장소이다. 루쉰 선생(위쓰파의 우두머리)이 무기로 들고 있는 대의와 그의 전략은 『화개집』을 읽어 본 사람은 틀림없이 이미 알고 있을 것이라고 생각한다. 그러나 현대파의 속내와 그 주장—시잉 선생의 전략에 대해서는 우리는 아직 잘 모른다. 현재 우리가, 특히 시잉 선생과 상의하여 『한담』을 선집하여 전문저작으로 인쇄하니, 문예계의 연혁에 유념하는 사람이라면 꼭 저마다 먼저 보고 싶어 할 것이라고 생각한다.

그렇지만 『한담』을 단순히 연혁으로 여긴다면 이 또한 잘못이다. 생각건대—

시잉 선생의 필치를 감상하는 사람,

시잉 선생의 사상을 연구하는 사람,

이 문예비평계의 권위를 알고자 하는 사람은—

무엇보다 『한담』을 읽지 않을 수 없을 것이다!

이것은 흡사 '시철'詩哲 쉬즈모 선생의 글인 듯하며, 적어도 '시철'류流의 '필치'이다. 그래서 이처럼 의기양양하며 나조차도 한 권 사고 싶다. 그러나 나 자신을 생각하자 또 머뭇거리게 되었다. 2, 3년이면 그리 오래된 것도 아니다. '정인군자'에 의해 '학계의 비적'으로 지목되고, 나를 '승냥이와 호랑이에게 내던지겠다'고 했던 것을 기억한다. 잡감雜感을 쓰면서 때때로 이 시잉 선생을 언급했던 것도 기억한다. 나중에 마침내 『화개집』

한 권이 나온 것도 실제 사실이다. 그렇지만 나는 '베이징 문예계'가 있었다는 것과 내가 '위쓰파의 우두머리'가 되어 '대의'를 무기로 들고 이 '문예계'에서 '현대파의 주장主將'과 교전을 했다는 것은 모르겠다. 비록 이 '베이징 문예계'라는 말은 이미 쉬단푸 선생에 의해 「학등」에서 확정되어 은연중에 흔들릴 수 없게 되었지만, 나 자신이 뚜렷한 전적戰績을 세웠다고 말해지는 데 대해서는 여우한테 홀린 듯 도무지 영문을 모르겠다.

현대파의 문예에 대해서는 여태껏 나는 주의하지 않았으며, 『화개집』에서도 언급한 적이 없다. 다만 어느 여사가 '비어즐리'Aubrey Beardsley의 그림을 절취했을[4] 때 『위쓰』에(『징바오 부간』京報副刊일지도 모른다) 누군가가 몇 마디 말한 바 있으며, 나중에 '현대파'의 말투를 보니 마치 이 말은 내가 쓴 것으로 여기는 것 같았다. 지금 정중하게 밝혀 두거니와 그것은 내가 아니다. 양인위 여사에게 패배를 당한 이후로 모든 여사에 대해서 감히 죄를 짓지 못했다. 여사에게 미움을 사면 쉽게 '신사'의 '의협지심'義俠之心을 불러일으켜서 '지명수배'를 당할지도 모르기 때문에 더 이상 입을 열지 않았다. 그래서 나는 현대파의 문예와 조금도 관계가 없었다.

하지만 기어코 운수대통하여 '우두머리'로 치켜세워졌고, 또한 듣자하니 현대파의 '주장'과 '베이징 문예계'에서 교전을 했다고 한다. 이 얼마나 멋진 일인가. 원래는 몰래 희색을 띠며 묵인하고 사양하지 말아야 하며, 오히려 과분하다고 생각해야 한다. 하지만 나는 근래에 사람들로부터 제멋대로 높여지기도 하고 낮춰지기도 하지 않았던가. 문득 '권위자'가 되었다가, 문득 '권위자'를 불허하고 '선구자'만 허용했다.[5] 문득 다시 '청년들의 지도자'로 바뀌었다. 갑은 '청년 반역자의 영수'[6]라고 말했고, 을은 또 조소하며 '흥흥흥' 하고 말했다. 나는 조금도 꿈쩍하지 않았으니 예전

그대로인데, 이미 몇 차례 이름이 냉온을 오르락내리락 했다. 사람들이 나를 안줏거리 삼아 제멋대로 말하는 것은 그래도 괜찮다. 하지만 가장 두려운 것은 광고를 위해 치켜세우고 광고를 위해 조롱하는 것이다. 그야말로 고약 판매대에 걸려 있는 죽은 뱀의 껍질과 같은 것이다. 그래서 이번에 비록 현대파로부터 추봉追封을 받았지만 이 '우두머리'의 영예에 대해서는 또 한 번 공개적으로 사양할 수밖에 없다. 그렇지만 매번 이렇게 하지는 않을 것이다. 내게 이런 한가한 시간은 많지 않기 때문이다.

등 뒤에 '의기'義旗를 꽂은 '주장'이 싸움에 나서면, 상대는 당연히 좀 그럴듯한 사람이 맞선다. 우리는 어느 연의演義소설에서나 "적장은 이름을 대라! 나의 보검은 무명의 장수를 베지는 않는다!"라는 말을 항시 보게 된다. 주장이 '교전'交戰을 펼치려고 나를 '우두머리'로 치켜세운 것은 아마 '부득이해서'일 것이다. 하지만 나는 결코 그렇지 않아서 그런 허세를 부리지 않는다. 발바리든 악취 나는 변소든 모두 몇 차례 침을 뱉을 것이며, 꼭 등에 다섯 개의 끝이 뾰족한 깃발五張尖角旗(의기?)을 꽂은 '주장'이 무대에 나서야만 나의 '도필'刀筆을 움직이는 것[7]은 아니다. 가령 누군가가 변소를 공격하는 내 글을 보고서 그것이 나의 강적이라고 여기면서 그 냄새가 분명하지 않다고 하여 다시 코로 냄새를 맡는다면 그것은 내가 책임질 일이 아니다. 아마도 이를 예로 삼아 광고할 사람이 있을 것이므로 폐를 끼치지 않기 위해 덧붙여 분명히 밝혀 두는 바이다.

시잉 선생의 '필치', '사상', '문예비평계의 권위'에 대해서는 당연히 꼭 '감상해야' 하며, '연구하고' 또한 '알아야' 하는 것이다. 다만 애석하게도 그런 것을 '감상'……하고자 하여도 현재로서는 『한담』 한 권뿐이다. 그러나 우리 '주장'의 일체 '문예' 중에서 가장 멋진 것은 도리어 『천바오 부간』에 게재된, 즈모 선생에게 주는, 태반은 루쉰을 매도하는 그 편지라고 나는 생각한다. 그것은 열 올라서 쓴 것이므로[8] 이미 신사의 검은 양복을 벗어 던지고 진상을 다 드러내 놓고 있다. 그리고 『한담』과 비교하면 전혀 다른 태도를 보이고 있으니, 양자 중에서 하나는 허위임을 증명해 준다. 이것도 '연구'……해야 한다. 시잉 선생의 '필치' 등등의 좋은 점을 말이다.

그렇지만 이 편지 속에서도 분별해서 보아야 할 것이 있다. 예컨대, "즈모,…… 앞에는 자욱한 엷은 안개 속에 아득히 가려 있는 목적지가 있다네"[9] 따위와 같은 것이다. 내가 보기에, 사실은 결코 이런 '목적지'가 없으며, 만일 있다고 하더라도 전혀 '아득한' 것은 아니다. 이것은 열이 그다지 높지 않기 때문이며, 만일 90도 정도까지 오르면, 생각건대 '아득한' 것조차도 모두 말끔히 쓸어져 순수하게 될 가망이 있다.

9월 9일, 광저우

주)

1) 원제는 「革"首領"」이며, 1927년 10월 15일 『위쓰』 제153기에 처음 발표되었다.
2) 루쉰은 1926년 8월 베이징을 떠나 샤먼에 도착하여 샤먼대학 교수를 맡았다. 하지만 그곳에서 갈등이 생겨 1927년 1월 다시 광저우로 옮겨 중산대학 교수를 맡았다. 또 그곳에서 갈등이 생겨 사직하고 거처를 옮기게 되었다. 본문에서 첫번째 '바닷가'는 샤먼을 가리키고, 두번째 '바닷가'는 광저우를 가리킨다.
3) 『화개집』 「제기」(題記) 참조.
4) 어느 여사란 링수화(凌叔華)를 가리킨다.
5) '권위자'는 『민보』의 광고 중에 루쉰을 일컫던 말이다. "'권위자'를 불허하고 '선구자'만 허용하다"라는 말은 가오창훙의 말을 비꼬아서 한 말이다. 가오창훙은 「1925년 베이징출판계 형세지장도」(1925年北京出版界形勢指掌圖)에서 이렇게 말했다. "권위자가 무

은 소용이 있는가? 루쉰을 헤아려 보면, 그는 이 공명(空名)을 껴안고 실제에는 도움이 되지 않는다." 그리고 '광풍사(狂飈社) 광고'(1926년 8월 『신여성』新女性 월간 제1권 제8호에 보임)에서 또 그들은 "사상계의 선구자 루쉰과…… 합작하여 『망위안』을 창간했다"라고 말했다.

6) 1925년 9월 4일 『망위안』 주간 제20기에 메이장(徽江)이 루쉰에게 보낸 편지가 실렸는데, 거기에 '청년 반역자의 영수'라는 말이 나온다. 천시잉은 1926년 1월 30일 『천바오 부간』에 발표한 「즈모에게」에서 루쉰을 풍자하여 이렇게 말했다. "이가 '청년 반역자의 영수'란 말인가?" "이가 중국 '청년 반역자의 영수'라면, 중국 청년 반역자도 대충 무엇인지 알겠군."

7) 남을 공격하는 글을 쓴다는 뜻이다.

8) 천시잉은 「즈모에게」의 말미에서 "어제 밤에 또 다른 한 편의 글을 쓰느라 잠을 늦게 잤고, 오늘은 열 오르는 것 같다"라고 말했다.

9) 천시잉은 「즈모에게」에서 이렇게 말한 바 있다. "즈모,…… 나는 항상 우리가 현재 걷고 있는 것은 좁고 험난한 작은 길이라고 생각하네. 왼쪽에는 끝없이 넓은 진창구덩이가 있고, 오른쪽에도 끝없이 넓은 모래가 있고, 앞에는 자욱한 엷은 안개 속에 가려 있는 목적지가 있다네."

‘격렬’을 말하다[1)]

서적과 잡지를 들고 ‘샹장’香江을 지나면 ‘위험한 글’로 비쳐져 ‘철창부월[2)]의 맛’을 경험할 위험이 있다는 것을 나는 「홍콩에 관한 간략한 이야기」에서 이미 언급했다. 그러나 어떤 것이 ‘위험한 글’인지 몰랐기 때문에 늘 마음에 걸렸다. 무엇 때문인가? 상하이보안회에서 언급한 것처럼 “중국에 원기가 너무 부족한 것”[3)]이 염려되어서가 아니라, 이기적인 생각으로 나 자신이 홍콩을 지나게 될지도 모르므로 반드시 유념해야 했기 때문이다.

금년은 청년들이 유달리 쉽게 죽는 해인 듯하다. “천 리 밖이면 풍습이 다르고, 백 리 밖이면 습속이 다른 법이다.” 여기서는 평범한 것으로 여겨지는 것이 저쪽에서는 끓는 기름에 손가락을 지지는 듯이 과격한 것으로 간주된다. 오늘은 정당한 것이 내일이면 범죄로 바뀌어 등나무줄기로 볼기를 맞는다. 만약 청년이 시골에서 처음 왔다면 틀림없이 시달리며 어찌할 바를 모르고 지금은 이러한 제도가 유행하고 있나 보다라고 여길 것이다. 나로서는 재작년에 이미 마흔다섯 살이 되었고,[4)] 이미 ‘몸과 마음이 병들어서’ 그렇게까지 생명을 소중하게 여기며 우환을 예방하려고 애쓸 필요가 없을 것 같기도 하다. 하지만 이것은 남들의 의견이고, 나로서는 그래도 고생하고 싶지는 않다. 감히 바라건대, '신시대의 청년'들이 양해해 준다면 다행이겠다.

그래서, 유념하고 또 유념했다. 과연 '하늘이 스스로 돕는 자를 도와서' 오늘 『순환일보』에서 뜻밖에 참고자료를 좀 얻었다. 사건은 이랬다. 광저우 즈신학교執信學校의 한 학생이 홍콩을 통과하다가(!) "젠사쭈이尖沙嘴 부두에서 157호 중국인 검사원으로부터 짐을 수색당했고, 그 나무상자木杠(삼가 주를 달자면 상자箱임) 안에서 격렬한 글이 담긴 서적 일곱 권을 수색하여 찾아내었다. 내역을 보면, 즈신학교에서 인쇄·발행한 『선전대강』宣傳大綱 6권과 『침탈중국사』侵奪中國史 1권이었다. 이 격렬한 글들은 이미 화민華民이라 서명한 번역자에 의해 발췌·번역되었는데, 어제 정오에는 롄連 검찰관의 신문에 그가 회부되어 격렬한 글·서적을 소지한 죄로 기소되었다.……" 신문을 베끼자니 너무 번거로우므로 그 대략을 말한다. 요지는, '발췌 번역' 때에 보증금 오백 위안을 내고 밖으로 나왔으며, 나중에 피고가 그 책은 친구의 부탁으로 가지고 있었다고 진술했으므로 "가볍게 판결하여 이십오 위안의 벌금을 부과하고 책을 몰수하여 불태웠다"라는 것이었다.

즈신학교는 광저우의 번듯한 학교이며, '청당'清黨이 있은 뒤인지라 『선전대강』은 삼민주의를 벗어나지 않았을 것이 분명하지만, '젠사쭈이'에 이르러서는 '격렬한' 것으로 되었으니 정말 두려운 일이다. 다만 우방에 대해 감히 '침탈'이라는 문구를 사용했으니 확실히 좀 '격렬하다'고 하지 않을 수 없다. 왜냐하면 우리를 위해 '국수를 보존해 주고' 있는 우방의 은혜를 잊어버렸으니까. 하지만 '침탈'이라는 글자 앞에는 또 다른 글자가 있었을 것이나 기자는 감히 쓰지 못했던 것이다.

나는 원元나라에 대해 여러 차례 언급했는데, 오늘 밤 생각해 보니 아주 정확하지는 않았다. 원나라는 중문中文 서적에 대해 이렇게까지 주의를 기울이지는 않았던 것이다. 이 점에 대해서는 오히려 청나라를 모범으로 내세워야 할 것이다. 청나라는 여러 차례 '필화사건'[5]을 일으켜 반역자들을 대대적으로 살육했을 뿐만 아니라 송宋나라 사람들이 쓴 '격렬한 글'에 대해 세심하게 삭제하고 고쳐 놓았다. '복고'에 열심인 동포나 '복고'를 지지하는 우방이 본보기로 받들 만하다.

청나라 사람이 송나라 사람의 책을 고친 데 대해 나는 『모정객화』茅亭客話를 예로 들었던 적이 있다. 그러나 이 책은 『임랑비실총서』琳瑯秘室叢書 속에 들어 있는데,[6] 현재 시가로는 매 부部 사십 위안이나 하므로 부자가 아니면 어찌 구할 수 있겠는가? 근래에는 달리 한 부가 나왔는데, 상우인서관에서 찍은 『계륵편』鷄肋編이며, 송나라 장계유莊季裕가 지은 것으로 한 권에 오십 전이다. 우리는 이 책을 통해 청대의 문란각文瀾閣 판본과 원대의 필사본이 어떻게 다른가를 알 수 있다.[7] 지금 아래와 같이 몇 단락을 뽑아 본다.

> 연燕 땅의……여자들은……동짓달에 괄루栝蔞를 얼굴에 바르고,……봄날 따스해지면 씻어내는데, 오랫동안 바람과 햇빛에 손상을 입지 않아 백옥처럼 하얗다. 지금 중국의 부녀자들은 다른 나라 풍습에 완전히 오염되어 있지만 한당漢唐의 화친지계和親之計에 굴복당하지는 않고 있다. (청나라 사람은 '지금 중국' 이하의 글자를 고쳐 '그 풍습이 남방과 다름이 이와 같다'라고 했다.)[8]

예로부터 병란이 생기면 군읍郡邑이 불태워지기도 했는데, 도적이 아무리 포학하다 하더라도 반드시 거처할 곳이라도 있어야 했으므로 틀림없이 남아 있는 집이 있었다. 정강靖康 이후에 금나라金虜가 중국을 침략하여 능욕했는데, 노숙하는 특이한 풍속異俗이 있어서 지나간 곳이면 모조리 불태워졌다. 예컨대, 곡부曲阜의 선성先聖[공자를 가리킴—역자]의 옛집은 노魯나라 공왕共王 이후에 증축한 것이다. 왕망, 동탁, 황소, 환온의 무리는 거짓으로라도 유학을 숭상했으므로 감히 침범하지는 않았다. 금나라 오랑캐에 이르러서는 드디어 잿더미가 되었다. 그 초상을 향해 손가락질하면서 "저자가 오랑캐에게도 임금이 있다라고 말한 놈인가"라고 꾸짖었다. 이 같은 중원의 재앙은 서계書契 이래로 없었던 것이다. (청대의 개정본에는 크게 다르게 되어 있다. 즉 "공자의 집은 오늘날 선원僊源에 있으니 노나라 성안의 귀덕문歸德門 내궐리內闕裏에 있다. …… 한나라가 중기에 점차 쇠미해지자 도적이 창궐하여 서경전西京殿, 미앙전未央殿, 건장전建章殿은 모두 파괴되었지만 영광전靈光殿만이 우뚝하게 홀로 남아 있게 되었다. 오늘날 그 유적지는 더 이상 찾아볼 수 없다. 그런데 선성의 옛집은 최근에 또 병란으로 인해 불타 버렸으니 정말 탄식할 일이로다.")[9]

책을 베끼는 일은 너무 번거로우므로 더 이상 베끼지는 않겠다. 그러나 우리가 두번째 단락을 보면 상하이보안회가 간절히 바라던 '규칙을 잘 지키자'라는 도리[10]를 쉽게 깨달을 수 있다. 즉, 원문은 다소 격분한 데가 있어서 '격렬하지'만 개정본에는 '정말 탄식할 일이로다'라고 했으니 '규칙을 잘 지킨' 것이다. 왜 그런가? 격분하면 장대를 치켜들고 달려들 가능성이 있지만, '정말 탄식하는 것'이라면 어리둥절해져서, 설령 전국이 한

곁같이 탄식하더라도 그 결과는 탄식하는 데 지나지 않아 '치안'에는 추호도 지장을 주지 않기 때문이다.

하지만 나는 청년들에게 한 가지 경고를 하고자 한다. 우리는 이후에 '정말 탄식하는' 글만을 쓰면 안전할 수 있다고 생각하지 말아야 한다는 점이다. 나는 아직 새로운 예를 잘 연구해 보지 않았지만, 청대의 과거 예를 보더라도 탄식을 허락한 것은 바로 고인古人을 우대하려는 데 대한 것이었으며 그 당대 사람에게는 적용되지 않았던 것이다. 왜냐하면 노예가 모두 탄식하면, 비록 큰 해는 없다 하더라도 주인이 보기에 어쨌든 언짢기 때문이다. 반드시 러셀[11]이 칭찬했던 항저우의 가마꾼처럼 늘 히죽히죽 웃어야 하는 것이다.

하지만 나는 스스로를 위해 몇 마디 해명을 해두고자 한다. 비록 '히죽히죽'에 대해 비난의 뜻微詞이 좀 있는 듯하지만, 결코 '계급투쟁'을 고취하려는 의도가 있는 것은 아니다. 왜냐하면 이 글을 항저우의 가마꾼이 볼 리 없다는 것을 알고 있기 때문이다. 하물며 '반역자'亂黨만이 그런 것이 아니라 '빨갱이를 토벌하는'討赤 군자들諸君子도 히죽히죽 웃으며 가마를 메려 하지는 않을 것이니, 가마 메는 일이 고역임에 틀림없음에랴.

현재의 서적은 종종 '격렬'하고, 고인의 서적도 선을 넘어선 부분이 없지 않았다. 그렇다면, 중국을 위해 '국수를 보존하는' 자는 어떻게 할 것인가? 나로서는 그다지 알지 못한다. 단지 마카오澳門에서 '시를 모집하고' 있다는 것을 알 뿐이다. 도합 7,956수가 모아졌고 '장샤궁江霞公 태사'(쿵인孔殷)[12]의 검토 평가'를 거쳐 이백 명이 뽑혔다는 것이다. 일등으로 뽑힌 시는 이렇다.

남중南中에 음악소리 잦음은 날마다 화려한 연회 때문 ○○○

양시良時에 베푼 후한 마음 항상 보답을 받도다 ○○○

능송陵松의 장편대작이 눈부신 문채 뿌리고 ○○○

백년의 부귀영화 함께 빛나도다 ○○○

南中多樂日高會 ○○○ 　　良時厚意願得常 ○○○

陵松萬章發文彩 ○○○ 　　百年貴壽齊輝光 ○○○

이것은 홍콩의 신문을 그대로 베낀 것인데, 동그라미를 세 개씩 그린 것은 원본 그대로이며, 아마도 숨김을 나타내는 동그라미가 아닌가 생각한다. 이 시는 아마도 일종의 '격'格, 즉 '감자격'嵌字格[13] 따위인 듯하지만, 나는 문외한이라 더 말하지 않는 게 좋겠다. 내게 도움이 된 것은 장래의 '국수'는 시사詩詞와 변문騈文이 정통이 될 것임을 문득 깨닫게 해주었다는 점이다. 사학史學 등등은 아마 발달하지 않을 것이다. 가령 연구한다 하더라도 먼저 박학한 노학자로부터 한바탕 수정작업을 거쳐야 할 것이다. 유독 시사와 변문은 폐단이 적을 수 있다. 그래서 변문의 입신入神의 대가인 라오한샹[14]이 죽자 일본인도 그에 대해 개탄을 금치 못했으며 '미치광이들'狂徒은 또 욕을 얻어먹게 되었다.

일본인이 베이징에서 변문에 탄복하고 '진 제군'金制軍은 홍콩에서 '국고를 정리했는데', 그들의 중국 애호와 중국 멸망에 대한 걱정은 극진하다 할 수 있다. 그렇지만 이금厘金을 폐지하고 관세를 높이는[15] 데 대해 사람들이 모두 찬성하지 않은 것은 무엇 때문이었겠는가? 아마 이금은 국수이고 관세는 국수가 아니기 때문이리라. '정말 탄식할 일이다'!

오늘은 중추절이라 둥근 달이 맑디맑고, 탄식을 마치고도 잠이 오지 않는다. '모음 시'를 다시 읊조리니 그 뜻을 헤아릴 수 없고, 원고지에 여백이 있기에 '장사궁 태사'의 평어를 초록하여 독자들에게 그 좋은 점을 모두 알리려 한다. 그러나 문장부호는 내가 임의로 더한 것이다.——

감사의 글謝啓이라는 제목으로 된 스물여덟 글자의 짤막한 것이다. 고시 19수 속의 글자를 사용했는데, 그 안의 글자로만 한정하여 전부 짜 넣었다. 첫 구와 둘째 구는 부賦이고, 셋째 구는 흥興이고, 말구는 흥이면서 비比이다. 발걸음이 빠르지만 정돈되어 있고, 무거운 것을 가볍게 들어 올리듯 전혀 힘이 들지 않는다. 마음이 순정하여 욕심이 없고 상서로움이 끝이 없다. 참으로 교묘함이 넘치고 난해함이 가중된다. 그 태식胎息[16]의 고고高古함, 의의意義의 순수함, 격조의 차분함에 이르면, 여러 해 동안 침식을 잊고 한나라·위나라 고시를 읽지 않고서는 이러한 경지에 쉽게 도달하지 못할 것이다.

9월 11일, 광저우

주)______

1) 원제는 「談"激烈"」이며, 1927년 10월 8일 『위쓰』 제152기에 처음 발표되었다.
2) '철창부월'(鐵窓斧鉞)은 감옥에 갇히거나 형벌을 받게 됨을 비유한다.
3) 1927년 여름 상하이 공공조계(公共租界)의 영국 당국은 매판과 서양인 앞잡이를 부추겨서 이른바 '상하이보안회'(上海保安會)라는 이름을 빌려 제국주의의 이익을 보호하는 전단과 그림을 뿌렸다. 그중 한 그림에서, 한 학생이 높은 곳에 서서 큰소리로 "제국주의를 타도하자!"라고 외치고, 그 밑에 있던 군중들은 모두 반대를 표시하는데, 그중 한 노동자가 입을 크게 벌리고 "중국은 원기가 너무 부족해, 이젠 어쩔 수 없을 정도로 망가졌어!"라고 외친다.

4) 가오창홍은 「1925년 베이징출판계 형세지장도」에서 이렇게 말했다. "루쉰은 작년에 마흔다섯 살에 불과한데, …… 스스로 노인이라고 부르니, 이것은 정신이 타락한 것이다!" '몸과 마음이 병들어서' 및 '신시대의 청년'이라는 말도 모두 가오창홍의 이 글에 나온다.

5) 청대 강희(康熙), 옹정(雍正), 건륭(乾隆) 등의 시기에 필화사건을 크게 일으켜 한족들의 반청사상(反淸思想)을 일소했다. 강희 2년(1663)의 '장정롱(莊廷鑨) 『명사』(明史) 필화사건', 강희 50년(1711)의 '대명세(戴名世) 『남산집』(南山集) 필화사건', 옹정 10년(1732)의 '여류량(呂留良)·증정(曾靜)의 필화사건', 건륭 20년(1755)의 '중조(中藻) 『견마생시초』(堅磨生詩鈔) 필화사건', 건륭 43년(1778)의 '서술기(徐述夔) 『일주루시』(一柱樓詩) 필화사건' 등은 그중에서도 가장 유명한 대형 필화사건이었다.

6) 『모정객화』(茅亭客話)는 송대 황휴복(黃休復)이 지은 것이고, 『임랑비실총서』(琳瑯秘室叢書)는 청대 호정(胡珽)이 교정하여 간행한 것이다.

7) 『계륵편』(鷄肋編)은 『임랑비실총서』 중에 수록되어 있으며, 영원(影元) 초본(鈔本)을 교정한 문란각본(文瀾閣本)이다. 여기서는 하경관(夏敬觀)이 임랑비실본(琳瑯秘室本)에 의거해 교감하고 찍은 책을 가리키며, 1920년 7월에 출판되었다. 문란각(文瀾閣)은 청대 건륭 연간에 편찬된 사고전서(四庫全書)를 수장하고 있던 칠각(七閣) 중 하나이며, 항저우(杭州) 시후(西湖) 구산(孤山) 부근에 있고 건륭 49년(1784)에 세워졌다.

8) 원문은 "燕地 …… 女子 …… 冬月以栝蔞塗面, …… 至春暖方滌去, 久不爲風日所侵, 故潔白如玉也. 今使中國婦女, 盡汚於殊俗, 漢唐和親之計, 蓋未爲屈也"이며, 청나라 사람이 고친 부분의 원문은 "其異於南方如此"이다.

9) 원문은 "自古兵亂, 郡邑被焚毁者有之, 雖盜賊殘暴, 必賴室廬以處, 故須有存者. 靖康之後, 金虜侵凌中國, 露居異俗, 凡所經過, 盡皆焚爇. 如曲阜先聖舊宅, 自魯共王之後, 但有增葺. 莽卓巢溫之徒, 猶假崇儒, 未嘗敢犯. 至金寇, 遂爲煙塵. 指其像而詬曰, '爾是言夷狄之有君者!' 中原之禍, 自書契以來, 未之有也"이며, 청대에 개정한 내용의 원문은 "孔子宅在今懲源故魯城中歸德門內闕裏之中. …… 遭漢中微, 盜賊奔突, 自西京未央建章之殿, 皆見隳壞, 而靈光巋然獨存. 今其遺址, 不復可見. 而先聖舊宅, 近日亦遭兵爇之厄, 可嘆也夫"이다.

10) 1927년 7월에 상하이 공공조계 '공부국'(工部局)이 가옥세를 늘리도록 명령을 내리자 시민들의 반항에 부딪혔다. 조계 당국의 어용인 '상하이보안회'는 곧 「규칙을 잘 지키자」(循規蹈矩)라는 전단을 뿌렸는데, 그 내용은 이렇다. "규칙을 잘 지키자"라는 것은 "가정과 나라를 다스리는 만고불변의 명언이니, 그렇게 하지 않으면 곳곳에서 탈선하는 행동들이 연출되어 가정이 가정답지 못하고 나라가 나라답지 못하게 될 것이다."

11) 러셀(Bertrand Russell, 1872~1970)은 영국의 철학자이다. 1920년 10월 중국에 와서 강연한 적이 있으며, 시후(西湖)를 유람했다. 그가 항저우의 가마꾼이 '늘 히죽히죽 웃었다'라고 칭찬한 말은 그의 『중국문제』(中國問題)라는 책에 나온다. 그 책에서 몇몇

중국의 가마꾼은 쉴 때 "이야기하면서 웃고 있었는데, 아무런 걱정도 없는 듯했다"라고 말했다.

12) 장샤궁(江霞公, 1864~1951) 태사(太史)는 장쿵인(江孔殷)이며, 자는 사오취안(少泉), 호는 샤궁(霞公)이고, 광둥 난하이(南海) 사람이다. 청말에 한림(翰林)이었기 때문에 태사라고 부른 것이다. 그는 당시 광둥군벌 리푸린(李福林)의 막료였으며, 광저우, 홍콩, 마카오 등지에서 늘 유로(遺老)의 태도로 복고운동을 추진했다.

13) 옛날 구시(舊詩) 또는 대련(對聯)을 짓던 사람이 몇 개의 특정한 글자(예컨대, 인명, 지명 또는 성어)를 순서에 따라 각각 각 구의 동일한 위치에 사용했는데, 이를 '감자격'(嵌字格)이라고 한다.

14) 라오한샹(饒漢祥, 1876~1927)은 자가 미썽(宓僧)이며, 후베이 광지(廣濟) 사람이다. 청말의 거인(擧人)이며 민국 초기에 리위안훙(黎元洪)의 비서장을 역임했다. 그가 지은 전보 통신문은 모두 변문으로 된 진부한 문장이었다. 그는 1927년 7월에 세상을 떠났는데, 그 달 29일에 『순톈시보』의 일본 기자는 글을 지어 애도했고, 그중에 이런 구절이 있다. "라오(饒)의 문장은 오늘날 일반 백화(白話) 문학가들에게 멸시되고 있는데, 사실 사장(詞章)은 본래 국수에 속하며 라오는 이미 그 운용이 입신(入神)의 경지에 이르렀다. 어떤 미치광이들은 국수를 깔보고 있지만, 아는 사람이라면 라오의 죽음에 대해 하늘이 문단에 재앙을 내렸구나 하고 탄식하지 않을 수 없을 것이다."

15) 이금(厘金)은 청대 함풍(鹹豊) 연간에 생긴 지방의 화물통과세이다. 1925년 10월 된치루이 정부는 영국, 미국, 일본 등을 초청하여 베이징에서 이른바 '관세특별회의'를 개최하여 중국이 이금을 폐지하고 수입세를 높이는 등의 문제에 대해 토론했다. 각국 대표들은 대부분 이금의 폐지를 중국의 관세 자주를 승인하는 조건으로 내걸면서, 이금의 폐지 이전에 수입 세율을 높이는 것을 반대했다. 그들이 회의에서 이금 폐지를 제기했던 까닭은 관세를 높이려는 중국정부의 요구를 저지하려는 데 있었다. 왜냐하면 당시 중국에는 군벌이 할거하고 있어 중국정부가 근본적으로 이금을 폐지할 수 없다는 것을 그들이 분명히 알고 있었기 때문이다.

16) 태식(胎息)은 태아처럼 코와 입을 쓰지 않고 호흡하는 도가(道家)의 수련술이다.

『위쓰』를 압류당한 잡감[1)]

아래 이야기는 『위쓰』(147기)의 「수감록 28」[2)]을 보았기 때문에 쓴 것이다.

최근 반년 동안 내가 받아 보고 있는 간행물 중에 『베이신』 이외에는 빠짐없이 갖추고 있는 것이 하나도 없었다. 예컨대 『망위안』, 『신생』,[3)] 『가라앉은 종』[4)]이 다 그렇다. 일본어로 된 『사문』斯文만 하더라도, 거기서 언급하고 있는 것이 모두 한학漢學이고 말미에 『서유기전기』西遊記傳奇가 부록으로 덧붙여 있어서[5)] 연의演義와 비교할 생각으로 내게 꼭 필요한 것이었지만, 제2호는 빠지고 제4호부터는 소식이 묘연했다. 『위쓰』는 내가 받지 못한 것이 도합 여섯 책인데, 나중에 대부분 시중의 서점에서 구입하여 보충했지만 126기와 143기는 끝내 살 수 없었고 지금까지도 내용이 도대체 어떠한지를 모른다.

이들 받지 못한 간행물은 유실된 것인가 아니면 몰수된 것인가? 두 가지 다 가능한 일이라고 생각한다. 몰수한 곳이 베이징, 톈진인가, 아니면 상하이, 광저우인가? 각처에서 모두 가능하리라고 생각한다. 몰수한 이유에 대해서는 그야 알 수 없는 일이다.

내가 꼭 확실히 알고자 하는 것은 다음과 같은 몇 가지 사건이다. 『망위안』도 1기를 압류당했는데, 이것은 그래도 거기에 러시아 작품의 번역이 들어 있었기 때문이라고 말할 수 있다. 그때는 '러'라는 글자만 보아도 놀라기에 충분했으니 당연히 시대와 내용을 고려할 겨를이 없었다. 그러나 웨이충우의 『군산』[6]도 압류당했다. 이 시집은 '적'赤에 대해 언급하지 않았을 뿐 아니라 '백'白에 대해서도 언급하지 않았으며, 바로 작자의 나이처럼 '청'青에 관한 것이었지만 결국 우체국에 감금되었다. 리진밍 선생은 일찍이 편지를 띄워 『열화집』[7]을 내게 보내면서 한 권은 서점을 통해 부치고 그래도 안심이 안 되어 스스로가 직접 또 한 권을 부쳤다고 말했다. 그러나 지금까지 반년이 흘렀지만 한 권은 아직 도착하지 않았다. 생각건대, 십중팔구는 몰수되었을 것이다. 왜냐하면 불火 색깔이 '붉은'赤 데다 '열'烈 자까지 있으니 당연히 통과될 리가 없기 때문이다.

『위쓰』 132기를 내가 받았을 때에는 출판된 지 6주가 지난 것이었고, 겉표지에는 '압류'라는 녹색의 큼직한 두 글자가 씌어 있었다. 열어 보니 거기에는 「과과인의 창세기」猓猓人的創世記, 「무제」無題, 「적막 찰기」寂寞劄記, 「살원수」撒園荽, 「쑤만수蘇曼殊와 그의 친구들」이라는 글이 실렸는데, 금령을 어긴 것 같지는 않았다. 나는 곧바로 「독자의 편지를 그대로 싣다」來函照登난을 보았다. '사랑으로 인해 죽다'情死느니 '사랑 때문에 살해하다'情殺느니 하는 것들이라 대수롭지 않아서 목하 이런 일들은 상관하지 않았다. 이제 「한화습유」閑話拾遺 부분만 남았다. 이번 호에는 그 부분이 특히 적어서 도합 두 편뿐이었다. 하나는 일본에 관한 이야기로서 금령을 어긴 것 같지는 않았다. 다른 하나는 '청당'의 잔혹한 수단을 알리는 편지가 왔지만 『위쓰』는 이 시점에서 싣고 싶지 않다라는 내용이었다. 설마 이 글 때문이란 말인가? 싣지 않았는데도 왜 또 안 된다는 것인가? 영문을 모를 일이다. 그렇지만 왜 '압류'했다가 다시 내놓아 주었는가? 이 역시 영문을 모를 일이다.

이렇게 영문 모를 일이 생긴 근원은 검열하는 사람에게 달려 있다고 나는 생각한다.

중국은 근래에 어떤 일이 생기면 우선 우편물을 검열한다. 검열하는 사람은 때로는 단장團長 또는 구장區長인데, 논문과 시가詩歌 따위에 관해서 말을 나눌 만한 상대가 못 된다. 하지만 그가 설령 지식인이라 하더라도 마찬가지여서 말이 잘 통하지 않는다. 특히 이른바 혁명이 진행되는 곳에서는 더욱 그렇다. 단순명쾌한 혁명훈련에 습관이 되어서 기름이 물 위로 떠오르듯이 모든 혁명정신을 끌어올려야 하지만 영양분을 증가시킬 생각조차 못하고 있다. 그래서 이전에는 간행물의 표지에 삽이나 곡괭이를 들고 있는 노동자를 그리고 글 속에서 '혁명! 혁명!', '타도! 타도!'라고 하면 순풍에 돛단 듯이 좋은 것으로 간주되었다. 지금은 젊은 군인이 깃발을 들고 말을 탄 그림을 그리고 그 안에 '엄금! 엄금!'[8]이라고 해야만 죄를 면할 수 있다. '풍자', '유머', '한담' 따위들은 그야말로 아직 격에 어울리지 않는다. 격에 어울리지 않는 것으로부터 나아가 부질없는 것으로 되었으며, 그 결과 아닌 게 아니라 다소 엉망진창이 되어 누구도 영문을 모르게 되었다.

또 다른 측면이 있다. 하루 종일 간행물을 검열하다 보면 조금 지나 머리가 어지러워지고 눈이 아른거리고, 그러다 보면 싫증이 나고 화가 나고, 그리하여 간행물이란 대부분 가증스럽고――특히 잘 이해가 안 되는 경우에는 더욱 심하다――엄금하지 않을 수 없다고 느낀다. 기억건대, 책의 가장자리를 도련刀鍊하지 않는 데 대해 나도 그를 조장하는 데 한몫을 한 사람이다. 당시에는 정말이지 아무런 악의도 없었다. 나중에 팡쥐안쭝 선생이 통신(『위쓰』 129호에 보임)에서 도련을 하지 않고 책 장정을 하는 사람은 그토록 가증스럽다고 말한 것을[9] 보고서 나도 모르게 뱃속 가득 억울함을 느꼈다. 그러나 자세히 생각해 보면, 팡 선생은 도서관의 직원인 듯한데, 그렇다면 그는 흥미를 느끼지 못하는 도련하지 않은 책을 늘 잘라내야 하고, 그러다 마침내 화가 나서 도련하지 않을 것을 주장하는 무리들에 대해 욕설을 퍼붓지 않을 수 없었으니, 조금도 이상한 일이 아니다. 검열원도 이 예와 같아서 시간이 오래 지날수록 화가 치밀게 마련이다. 처음에는 좀 상세하게 보겠지만, 나중에는 『열화집』도 두렵고 『군산』도 의심스럽다――가장 믿을 만한 길, 즉 압류만 남게 된다.

2개월 전일 것이다. 어느 우체국에서 압류한 간행물이 너무 많아 놓아둘 곳이 없어 모조리 불태웠다는 신문 기사를 본 적이 있다. 나는 그때 그 속에는 틀림없이 내 것도 몇 권 들어 있겠거니 하여 몹시 마음이 쓰라렸다. 오호 애재라! 나의 『열화집』이여. 나의 『서유기전기』여. 나의…….

도련하지 않는 데 관한 몇 마디 불평을 덧붙이고자 한다. 나는 이전에 베이징에서 책 출판에 참여했을 때, 나 혼자서 대수롭지 않은 세 가지 조그마한 개혁을 정하고 시도해 보고자 했다. 첫째, 속표지에 나오는 책이름과 저자의 서명을 대칭으로 써넣는 것을 타파하는 것이다. 둘째, 매 쪽마다 첫 줄 앞에 몇 줄의 공백을 남겨 두는 것이다. 셋째, 도련하지 않는 것이다. 지금 그 결과를 보면, 첫번째의 것은 이미 향로와 촛대 식으로 회복되었다. 두번째의 것은 때때로 아무리 당부를 해도 인쇄에 임박해서는 일꾼들이 끝내 '번개처럼' 손도 쓸 수 없게 첫 줄의 글자를 종이 가장자리로 옮겨 놓았다. 세번째의 것은 가장 일찍 공격을 받았는데, 얼마 후 나는 곧 조건부로 항복했다. 리李 사장[10]과 약속하여 다른 것은 상관하지 않겠지만 나의 역서와 저서는 계속 끝까지 도련하지 않도록 해야 한다고 했다. 하지만 지금은 도대체 어떻게 되었는가? 사장이 나에게 보내오는 다섯 권 혹은 열 권은 지금까지도 확실히 도련하지 않은 것이다. 그러나 서점에서는 가장자리의 '너덜거림'이 전혀 없는 4면이 말끔한 『방황』 따위를 발견했다. 결국에는 그들이 철저하게 승리한 것이다. 그래서 내가 사회를 개혁하려고 한다거나 사회개혁과 관련이 있다고 말한다면, 그것은 너무나 억울한 일이다. 나는 벌써 얼떨떨해져서 침상에 누워 담배——차이펑彩鳳 상표——를 피우고 있다.

본론으로 돌아가자. 간행물이 잠시 구박을 받는 것은 검열관 때문만이 아니라 공부하는 청년들도 마찬가지가 아닐까라고 생각한다. 앞서 이미 말했듯이 혁명이 있는 곳의 글은 단순명쾌하여 '혁명! 혁명!' 해야 하며, 이것이 바로 '혁명문학'인 것이다. 어느 정기간행물에 실린 한 편의 글을 본 적이 있다. 그 글 말미에 작자의 설명이 덧붙어 있었는데, 자신의 글이 혁명을 언급하지 않았으니 독자들에게 미안하고 미안하다[11]라고 하는 내용이었다. 그러나 '청당' 이후로 이 '단순명쾌함' 이외에 일종의 신경과민이 더 늘었다. '명'命은 당연히 '혁'革해야 한다. 그렇지만 또 너무 혁革해서는 안 된다. 너무 혁하면 과격에 가깝고, 과격은 공산당에 가까워 '반혁명'으로 변하게 된다. 그래서 현재의 '혁명문학'은 완고頑固라는 일종의 반혁명과 공산당이라는 일종의 반혁명 사이에 놓여 있다.

그리하여 또다시 문제가 발생했다. 즉 '혁명문학'은 이 두 종류의 위험물 사이에 자리 잡고 있어서 어떻게 순수함——즉 정통을 유지할 것인가? 그러니 필연적으로 적화赤化에 가까운 사상과 글 및 장래에 적화로 기울 우려가 있는 사상과 글을 방지해야 한다. 예컨대, 예교禮敎에 대한 공격과 백화白話는 바로 적화로 기울 우려가 있는 것이다. 왜냐하면 공산파는 일체의 구舊사물을 무시하며, 백화는 『신청년』에서 시작되었고 『신청년』은 천두슈가 운영한 것이기 때문이다. 베이징 교육부가 백화를 금지한다는 소식을 오늘 들었는데,[12] 『위쓰』에는 틀림없이 몇 마디 감개의 말이 있을 것이라 예상된다. 하지만 나는 정말이지 아무런 느낌이 없다. 사상과 글이 도처에서 질식하고 있으니, 몇 마디 백화白話니 흑화黑話니 하는 것은 이젠 아무런 관계도 없다고 생각한다.

그러면 풍월을 말하고 여인을 말하면 어떻겠는가? 물론 안 된다. 이것은 '불혁명'不革命이다. '불혁명'은 비록 무죄이지만 옳지 않은 것이다!

지금 남쪽에서는 '혁명문학'이라는 작은 외나무다리만 남았고, 그래서 외부에서 온 많은 간행물들이 통과하지 못하고 모두 풍덩풍덩 떨어지고 만다.

그러나 이 단순명쾌함과 신경과민의 상태는 사실 대부분 지휘도指揮刀의 지휘에 따라 이동하고 있는 것이다. 그러나 이때 칼끝의 움직임은 무질서하여 종잡을 수 없다. 방향이 일정하게 정해진 뒤에는 아마 좀 나아질 수 있을 것이리라. 그렇지만 '좀 나아지는' 데 지나지 않으며, 내부 뼈대는 아마 질식을 벗어나지 못할 것이다. 왜냐하면 이것은 선천적인 유전이기 때문이다.

이전에 우연히 신문에 실린 위다푸鬱達夫 선생을 매도하는 글을 보았다.[13] 그의 『홍수』[14]에 실린 한 편의 글이 나쁜 의도를 품고 한커우漢口를 치켜세웠다는 내용이었다. 나는 얼른 가서 『홍수』를 사서 보았다. 내용인즉, 낡은 방식으로 영웅을 숭배하는 것은 이제 현대 조류와 부합하지 않는다고 했을 뿐, 어떤 악의도 발견할 수 없었다. 이것은 눈빛의 예리함 면에서 지금의 청년문학가와 아주 다르다는 것을 증명해 준다. 그래서 『위쓰』의 영문 모를 실종은 다분히 우리 자신의 영문 모를 일이거니와 위에서 검열관 운운했지만 오히려 허구적인 변명일지도 모르겠다.

145호 이후로는 여기서 전부 받아 보았으니, 상하이에서만 압류를 당한 것 같다. 가령 진짜 압류를 당했다고 하더라도 어쩌면 오히려 우吳 선생과 무관하다고 생각한다. '타도……타도……엄금……엄금……'이라는 말은 진실로 그 어르신이 친필로 쓴 것이니 약간은 책임이 있겠지만 행동은 대부분 그가 직접 한 것이 아니다. 중국에서는 모든 잘나가는 사람猛人(광둥에서 늘 사용하는 말이며, 그 속에는 유명한 사람, 재능 있는 사람, 부자 이 세 종류를 포함한다)은 이러한 운명을 가지고 있다.

어떤 종류의 사람이든지 간에 일단 잘나가는 사람이 되면 '잘나감'의 정도에 상관없이 주변에는 언제나 물샐틈없이 둘레를 에워싸는 사람들이 있다고 생각한다. 그 결과, 안에서는 그 잘나가는 사람이 점차 우매해져서 꼭두각시에 가까워지는 경향이 생긴다. 밖에서 다른 사람들이 보는 것은 결코 그 잘나가는 사람의 진상이 아니라 에워싼 사람을 통해 굴절되어 나타난 환영幻影이다. 어떻게 일그러지는가 하는 데 대해서는 에워싸고 있는 자들이 프리즘인가, 아니면 볼록렌즈인가, 아니면 오목렌즈인가에 따라 달라진다. 가령 우리가 어떤 기회에 우연히 잘나가는 사람 가까이에 다가갈 수 있다면 이때 에워싸고 있는 자들의 얼굴과 언동이 다른 사람들을 대할 때와 어떻게 다른지를 볼 수 있을 것이다. 우리는 바깥에서 이 잘나가는 사람의 측근이 엉터리에다 교만방자한 것을 보고는 그 잘나가는 사람은 이런 인물을 좋아하는구나 하고 생각하기 쉬운데, 뜻밖에도 사실은 전혀 그렇지 않다. 잘나가는 사람이 보기에 그 사람은 가냘프고 얌전하며 대단히 사랑스럽고, 그야말로 말할 때는 더듬거리고 이야기를 나눌 때는 얼굴을 붉힌다. 솔직히 한 마디 하자면, 말재주 없는 '세상물정에 밝은 늙은이'조차도 가끔 옆에서 봤을 때 결코 나쁜 사람으로 느끼지 못했다.

그러나 그와 동시에 제멋대로의 지시와 지나친 아첨이 생겨나서 재수 없는 인물이나 간행물이나 식물이나 광물은 재앙을 당하게 된다. 하지만 잘나가는 사람은 거의 알지 못하는 것이다. 베이징의 과거사를 조금이라도 알고 있는 사람이라면 위안스카이가 황제 노릇을 할 때의 일을 틀림없이 기억하고 있을 것이다. 신문을 보겠다고 하자 에워싸고 있던 사람들이 신문조차 따로 찍어서 그에게 보여 주었는데, 민의는 전부 추대하고 있고 여론은 한결같이 찬성하고 있다는 것이었다.[15] 차이쑹포[16]가 윈난에서 봉기를 일으키자 그제야 아이쿠 하고 놀라며 연달아 만두를 이십여 개를 먹고도 스스로 알지 못했다. 하지만 이 연극도 막을 내리고 위안袁공도 용을 타고 승천[17]했다.

에워싸고 있던 사람들은 그리하여 이미 쓰러진 이 큰 나무를 떠나서 또 다른 새로운 잘나가는 사람을 찾아 나섰다.

나는 일찍이 「에워싸는 데 대한 새로운 이론」包圍新論이라는 글을 한 편 지을 생각을 했었다. 우선 에워싸는 방법을 서술하고 그 다음으로 중국에서는 영원히 옛길을 걷게 되는 까닭이 바로 에워싸는 데 있다는 것을 논할 작정이었다. 왜냐하면 잘나가는 사람에게는 비록 흥망성쇠가 있지만 에워싸는 사람은 영원히 같은 사람이기 때문이다. 그 다음으로 잘나가는 사람이 만약 포위에서 벗어날 수 있다면 중국인의 절반이 구제된다는 것을 논할 생각이었다. 결말은 포위를 벗어나는 방법에 관한 것이다.—그렇지만 끝내 좋은 방법을 생각해 내지 못했고, 그래서 이 새로운 이론에 대해 감히 붓을 들 수 없었다.

애국지사와 혁명청년들은 내가 기획에 게을러서 목차만 정하고 글은 쓰지 않았다고 생각하지 말길 바란다. 나는 사색에 사색을 거듭해 왔으며 두 가지 방법을 생각해 내기도 했지만 반복해서 생각해 보니 모두 소용이 없었다. 첫째, '청도'清道[18]를 먼저 하지 못하게 하고 잘나가는 사람이 직접 바깥으로 나와서 바깥 상황을 본다. 그렇지만 '청도'를 하지 않더라도 사람들이 잘나가는 사람을 만나면 대체로 먼저 본연의 모습을 바꾸어 버리므로 더 이상 진상을 볼 수 없게 된다. 둘째, 몇몇 한정된 사람들에게 에워싸이지 않고 각양각색의 인물들을 널리 받아들이는 것이다. 그렇지만 시간이 오래 지나면 마침내 한 무리가 승리하며, 이 최후의 승리자의 에워싸는 힘이 가장 강대해지므로 결국에는 예로부터 있었던 운명, 즉 용을 타고 승천하는 운명이 된다.

세상일은 나선형과 같다. 그런데 『위쓰』는 금년에 특별히 남방에서 장애를 만났으니 새로운 상황을 만난 듯한데, 이는 또 무슨 이유 때문인가? 이 점에 대해서는 쉽게 해답을 줄 수 있겠다고 생각한다.

'혁명은 아직 성공하지 않았다'라는 말은 이곳에서 늘 볼 수 있는 표어이다. 그러나 내가 보기에 이것은 이미 겸손의 말이 되어 버린 것 같다. 후방 사람들 대부분은 마음속으로 '혁명은 이미 성공했다' 또는 '성공이 임박했다'라고 여긴다. 이미 성공했거나 성공이 임박한 이상 자기도 혁명가요 중국의 주인공이므로 일체에 대해 당연히 참여할 권리와 의무를 갖는다. 간행물은 비록 하찮은 것이지만 당연히 감시할 대상이다. 적화에 기울 우려가 있는 것은 말할 것도 없거니와 불길한 말을 하면, 다분히 '반혁명'反革命의 분위기를 풍긴다고, 적어도 사람들에게 불쾌감을 준다고 말할 수 있다. 그런데 『위쓰』는 번번이 시류에 편승하지 않으려는 고약한 성미가 있으면서도 이따금 실종失蹤을 당하는 것은 대개 그것이 대수롭지 않은 것이기 때문일 것이다.

9월 15일

주)______

1) 원제는 「扣絲雜感」이며, 1927년 10월 22일 『위쓰』 제154기에 처음 발표되었다.
2) 『위쓰』 제147기(1927년 9월 3일)의 「수감록(隨感錄) 28」은 치밍(豈明; 즉 저우쭤런周作人)이 쓴 「광영」(光榮)이다. 그 내용인즉, 『위쓰』 제141기에 우즈후이가 '청당'(淸黨)을 제의하여 이분자(異分子)를 잔인하게 죽인 것을 질책하는 「우공은 어떠한가」(吳公如何)라는 글이 실렸고, 이 때문에 그 기(期) 이후의 『위쓰』가 남방에서 모두 압류당하게 되었다는 것이다.
3) 『신생』(新生)은 문예주간으로 베이징대학 신생사(新生社)가 편집 발행했는데, 1926년 12월에 창간되어 1927년 7월에 제21기까지 발행하고 정간되었다.
4) 『가라앉은 종』(沉鐘)은 문예간행물로서 천중사(沉鐘社)가 편집했다. 1925년 10월 베이징에서 창간되었고, 처음에는 주간으로 10기만 내었다. 이듬해 8월에 반월간(半月刊)으로 고쳤고, 휴간(休刊)과 복간(復刊)을 거쳐 1934년 2월에 34기까지 내고 정간되었다. 주요 작자로는 린루지(林如稷), 펑즈(馮至), 천웨이모(陳煒謨), 천샹허(陳翔鶴), 양후이(楊晦) 등이 있다. 여기서는 반월간을 가리킨다.
5) 『사문』(斯文)은 월간으로 일본에서 출판된 한학(漢學) 잡지이며 사쿠 미사오(佐久節)가 엮었고, 1919년 1월에 도쿄에서 창간되었다. 이 잡지는 1927년 1월 제9편 제1호부터 『서유기잡극』(西遊記雜劇; 전기傳奇가 아님)을 연재했다. 『서유기잡극』은 현존 본(本)에는 원나라 오창령(吳昌齡)의 찬(撰)으로 적혀 있으나 실제로는 원말명초에 양눌(楊訥; 자가 경현景賢)이 지었으며 총 6권이다.
6) 『군산』(君山)은 웨이충우(韋叢蕪)가 지은 장시(長詩)이며, 1927년 3월 베이징 웨이밍사(未名社)에서 출판되었다.

7) 리진밍(黎錦明, 1905~1999)은 후난 샹탄(湘潭) 사람이며, 소설가이다. 『열화』(烈火)는 그의 단편소설집(책이름에는 집集자가 없음)이며, 1926년 상하이 카이밍서점에서 출판되었다.

8) 「엄금! 엄금!」(嚴辦! 嚴辦!)은 광저우의 이른바 '혁명문학사'(革命文學社)에서 출판한 『이렇게 하자』(這樣做) 순간(旬刊) 제3·4기 합간(1927년 4월 30일)의 표지그림이며, 이후의 각 기에 계속 사용되었다.

9) 도련을 하지 않은 책 장정에 관한 팡취안쭝(方傳宗)의 통신은 『위쓰』 제129기(1927년 4월 30일)에 실렸다. 그는 그 글에서, 도련을 하지 않은 책 장정은 루쉰에게 있어서는 작품의 "내용이 천박하여 그것을 가리기 위한 것이요", 독자에 대해서는 "2백여 쪽이나 되는 책을 십여 분 동안 잘라내야 하는 손실을 입게 하는 것이니", 그래서 도련을 하지 않은 책 장정을 반대한다고 말했다. 통신에 따를 때, 그는 당시 푸젠성(福建省)의 어느 학교 도서관 직원임을 알 수 있다.

10) 리(李) 사장은 베이신서국의 운영자 리샤오펑(李小峰)을 가리킨다.

11) 『이렇게 하자』 제7·8기 합간(1927년 6월 20일)에 협자(俠子)라고 서명된 「동풍」(東風)이라는 글이 실렸는데, 그는 글 말미에 덧붙인 '부가설명'에서 이렇게 말했다. "이 혁명의 화염이 불타오르고 있는 이 시점에서 우리가 갈망하는 문학은 당연히 혁명의 문학이고, 평민의 문학이다. 졸작 「동풍」을 이 혁명 간행물에 싣는 것은 본래 잘못된 일이다.…… 독자들의 지적과 양해를 바란다."

12) 1927년 9월 베이양정부 교육부는 백화문 사용 금지령을 발표하여 백화문을 사용하는 것은 "그냥 저속한 것을 유행하게 만들어 사문(斯文; 문아하고 고상한 글)을 죽이는 꼴이다"라고 말하고, "모든 국문(國文) 과목은 어떤 강의록 또는 교과서를 편찬하든지 더 이상 백화문체를 사용할 수 없으며, 획일적으로 국학을 중시할 것을 밝힌다"라고 명령을 내렸다.

13) 위다푸가 공격받은 글은 그가 『홍수』(洪水) 반월간 제3권 제29기(1927년 4월 8일)에 발표한 「방향전환의 도중에」(在方向轉換的途中)이다. 이 글의 요지는 "우리의 현재 혁명운동을 파괴할 수 있는 가장 위험한 것"으로 생각한 '봉건시대의 영웅주의'를 공격하는 데 있었다. 이 글에는 다음과 같은 단락이 있다. "현재의 이러한 세계조류에 처해서 우리가 알아야 할 것은, 단지 하나둘의 영웅에 기대어 민중에게 지시하고, 민중을 이용하는 것은 절대로 안 될 일이라는 점이다. 진정으로 시대의 급무를 잘 아는 혁명의 지도자는 한 걸음도 민중과 떨어지지 않고, 민중의 이해관계를 이해관계로 여기고, 민중의 적을 적으로 여기고, 모든 일에 민중의 지휘를 따르고, 민중의 명령에 복종해야 하는 것이다. 만약 한둘의 영웅이 이것은 현실에 맞지 않는 말이라고 여긴다면, 당신들 개인의 독재적인 고압정치가 얼마나 지속될 수 있을지 한번 지켜보라." 쿵성이(孔聖裔)는 『이렇게 하자』(這樣做) 제7·8기 합간에 「위다푸 선생은 그만두라」(郁達

夫先生休矣!)라는 글을 발표하여 이렇게 공격했다. "위다푸 선생의 논조가 결국 중국 공산당이 우리의 고생하며 공을 세운 장제스 동지를 공격하는 논조, 즉 무슨 영웅주의니, 개인 독재의 고압정책이니 하는 것일 줄은 전혀 꿈에도 생각지 못했다." "위다푸 선생! 당신은 지금 공산당의 도구가 되어 우한 쪽으로 달려가서 관직에 오르고 돈을 벌고자 특별히 공산당에게 아첨하려는 것인가?" 쿵성이는 광둥 우화(五華) 사람이다. 1927년 2월에 『광저우 민국일보』(廣州民國日報)에 「공산당 퇴출 공고」(退出共産黨啓事)를 싣고 공개적으로 국민당에 참가했으며, 동년 3월에 『이렇게 하자』 순간을 창간했다.

14) 『홍수』(洪水)는 창조사의 간행물 중 하나로서 1924년 8월 상하이에서 창간되었다. 처음에는 주간으로 1기만 나왔으나 1925년 9월에 복간되면서 반월간으로 바뀌었고, 1927년 12월에 36기까지 나오고 정간되었다.

15) 위안스카이는 1916년 1월 1일에 연호를 '홍헌'(洪憲)이라 고치고 스스로 '중화제국'(中華帝國)의 황제라고 칭했는데, 3월 22일까지 81일간 제제(帝制)를 시행했다. 그가 특별 인쇄된 신문을 보았다는 것은 거궁전(戈公振)의 『중국보학사』(中國報學史)에서 인용한 『호암잡기』(虎庵雜記)에 근거한다. "샹청(項城; 위안스카이를 가리킴)은 베이징에서 상하이의 각 신문들을 구해 읽었는데, 량스이(梁士詒)와 위안나이콴(袁乃寬) 등이 먼저 훑어보고 나서 제제를 반대하는 내용이 있으면 모두 추대한다라는 글자로 바꾸어 다시 찍게 했으며, 매일 이런 과정을 거친 후에 바쳤다."

16) 차이쑹포(蔡松坡, 1882~1916)는 이름이 어(鍔)이며, 후난 사오양(邵陽) 사람이다. 신해혁명 시기에 쿤밍(昆明)에서 봉기했고, 윈난(雲南) 도독(都督)을 역임했다. 1915년 12월에 윈난에서 '호국군'(護國軍)을 조직하여 위안스카이를 토벌했다. 후에 일본에서 병으로 사망했다.

17) 봉건시대에 황제가 죽으면 '용을 타고 승천하다'라고 했는데, 서거하다는 뜻이다. 『사기』 「봉선서」(封禪書)에서 "황제(黃帝)는 수산(首山)에서 구리를 캐고, 형산(荊山) 아래에서 솥을 주조했다. 솥이 완성되자, 용이 수염을 늘어뜨리고 황제를 맞았다. 황제가 용에 올라타고 군신과 후궁 등 70여인이 함께 따르자 용이 드디어 올라갔다."

18) 봉건시대에 제왕이나 관리가 드나들 때 먼저 길을 청소하고 행인을 금하도록 명했는데, 이것을 '청도'(淸道)라고 한다.

'공리'의 소재[1)]

광저우에 있는 어느 한 '학자'가 "루쉰의 말은 이미 다 끝났으니, 『위쓰』를 꼭 볼 필요는 없다"라고 말했다. 이것은 진실이며, 나의 말은 이미 다 끝났다. 작년에 한 말을 금년에도 적용하고, 아마 내년에도 적용할지 모른다. 하지만 그것을 십 년, 이십 년 뒤까지 적용하는 데 이르지 않기를 간절히 바란다. 만약 그렇게 된다면 중국은 정말로 끝장이다. 나로서는 자만할 수 있겠지만 말이다.

공리公理와 정의正義를 모두 '정인군자'들에게 빼앗겼으니 나에겐 이미 아무것도 없다. 이것은 내가 작년에 한 말이며, 금년에도 분명 여전하다. 그렇지만 아무것도 없다 하더라도 나는 여전히 찾고 있다. 가난뱅이가 은전銀錢을 잊을 리 없는 것처럼 말이다.

말도 다 끝나지 않았다. 금년에 나는 뜻밖에 공리가 어디에 있는지를 발견하게 되었다. 어쩌면 발견했다기보다는 단지 실제 증명했다고 말할 수 있을 것이다. 베이징 중앙공원에는 흰 돌로 만든 패방[2)]이 있어 그 위에는 '공리 전승'公理戰勝이라는 네 글자가 큼직하게 새겨져 있지 않은

가? ── 예스(Yes), 바로 이거다.

이 네 글자의 의미는 '공리 있는 자가 싸워 이긴다'는 것이며, 또한 '싸워 이긴 자에게 공리가 있다'는 것이다.

돤 집정[3]은 호위병이 있고 정권을 장악한 '구퉁 선생'은 청원하는 학생들에게 총을 쏘아 물리쳤으니 승리한 것이다. 그리하여 둥지샹東吉祥 골목의 '정인군자'들의 '공리'가 왕성해졌다. 애석하게도 돤 집정이 은퇴하고 '구퉁 선생'이 '하야한' 뒤 ── 오호라, 공리 역시 시들해졌다. 어디로 갔는가? 총포가 투호投壺와 싸워 이겼으니,[4] 아아, 있었다, 남쪽에 있었다. 그리하여 남하하고, 남하하고, 남하했다…….

그리하여 '정인군자'들은 또다시 오랫동안 헤어져 있던 '공리'와 상면한 것이다.

『현대평론』의 일천 원 보조금 사건에 대해 나는 여태껏 말참견하지 않았지만, '주장'主將이 역시나 나를 안으로 끌어들여 한바탕 욕설을 퍼부었는데,[5] 아마 나를 '우두머리'라고 여긴 까닭일 것이다. 말을 해도 욕을 먹고 말을 하지 않아도 욕을 먹을 바에는 아예 삼가 되받아쳐 묻노니, 자칭 '현대파'라고 하는 당신네들은 금년에 재빨리 계책을 바꾸어 달리 운동을 하고 있으니 새로운 전승자의 보조금을 받았는가?

또 한 가지 묻노니, '공리'는 한 근에 얼마인가?

주)______

1) 원제는 「"公理"之所在」이며, 1927년 10월 22일 『위쓰』 제154기에 처음 발표되었다.
2) 패방(牌坊)은 무엇을 기념하기 위해 세우는 문짝 없는 문을 가리킨다.

3) 돤(段) 집정(執政)은 돤치루이를 가리킨다. 다음에 나오는 "청원하는 학생들에게 총을 쏘아 물리쳤다"는 것은 1926년 돤치루이가 호위병에게 명령하여 애국학생들에게 발포하게 한 3·18사건을 가리킨다.

4) 국민혁명군이 북벌(北伐)을 통해 군벌인 쑨촨팡(孫傳芳)과 싸워 이긴 것을 가리킨다.

5) 여기서 '주장'(主將)은 천시잉을 가리킨다. 『현대평론』은 창간할 때 장스자오를 통해 돤치루이 정부의 보조금 1천 위안을 받았는데, 『맹진』(猛進)·『위쓰』는 이 사건을 폭로했다. 천시잉은 『현대평론』 제3권 제65기(1926년 3월 6일)의 「한담」에서 해명하면서 넌지시 루쉰을 공격했다.

밉살죄[1]

이것은 일종의 새로운 '처세술'이다.

법률상의 많은 죄명은 모두 교묘한 말이며, 한마디로 개괄하면 '밉살죄'라고 할 수 있다.

예를 들어, 어떤 사람이 누군가 밉살스럽다고 느껴 그에게 골탕을 먹이려고 한다면 다음과 같은 방법이 있다. 만약 광저우에서 '청당' 이전이라면 암암리에 그 사람은 무정부주의자라고 선전하면 된다. 그러면 공산청년들도 당연히 그 사람은 '혁명을 반대하니' 유죄이다라고 말할 것이다. 만약 '청당' 이후라면 그 사람을 CP 또는 CY라고 말하면 된다. 증거가 없으면 '친공파'라고 고발하면 된다. 그러면 청당위원회[2]는 당연히 그 사람은 '혁명을 반대하니' 유죄이다라고 말할 것이다. 더 이상 어찌할 수 없을 때는 다른 사유를 찾아서 법률에 호소할 수밖에 없다. 그러나 이것은 비교적 번거롭다.

나는 이전에 언제나 사람은 죄가 있기에 총살을 당하고 감옥살이를 한다고 생각했다. 지금에야 그중 많은 경우는 우선 사람들로부터 '밉살스럽다'고 여겨졌기 때문에 마침내 죄를 짓게 되었다는 것을 알게 되었다.

많은 죄인의 경우 '밉살스런 사람'으로 불려야 할 것이다.

9. 14.

주)

1) 원제는 「可惡罪」이며, 1927년 10월 22일 『위쓰』 제154기에 처음 발표되었다.

2) 청당위원회(淸黨委員會)는 장제스 국민당이 공산당 사람과 국민당 내 쑨중산(孫中山)의 3대 정책을 옹호하는 좌파 인사들을 진압하기 위해 설립한 기구이다. 1927년 5월 5일 국민당 중앙집행위원회 상무위원회 및 각 부장 연석회의에서 결정하여 덩쩌루(鄧澤如) 등 7인을 파견하여 중앙청당위원회(中央淸黨委員會)를 조직했다. 5월 17일에 난징에서 정식으로 성립되었고, 각 성(省)에서도 그 전후로 그 하부 기구가 구성되었다.

'예상 밖으로'[1]

유형 선생은 『베이신 주간』에서 내가 왜 말을 하지 않는지 의아하게 여겼는데, 나는 이미 편지를 보내어 공개적으로 답변했다. 그런데 말하지 않은 내용이 하나 더 있다. 이것 역시 일종의 새로운 '처세술'이다.

나의 잡감은 항상 욕설을 담고 있다. 그런데 나의 욕설이 욕먹는 자에게 대체로 유리하다는 사실을 금년에 발견했다.

그걸 가져다 광고로 삼는 경우는 명백하니 두말할 필요도 없다. 다른 경우가 있다.

1. 세상에는 나를 밉살스럽게 여기는 사람이 많으므로, 나에게 욕을 얻어먹은 자가 나를 밉살스럽게 여기는 자를 움직여서 나의 잡감을 펼쳐놓고는 그들의 '난보'蘭譜[2]로 삼고 "서로 읽고 웃으며 거리낌이 없게"[3] 된다. '우리는 한패'인 것이다.

2. 가령 누군가가 일을 했는데 당연히 잘될 리가 없는 경우, 내가 입을 열어 한마디 하면 그는 오히려 나에게 죄를 뒤집어씌울 수 있다. 예컨대, 학교를 운영하면서 교원을 소집해도 모이지 않으면 이것은 루쉰이 나

쁜 말을 했기 때문이라고 말한다. 학생들이 약간의 소동을 피우면 역시 루쉰이 나쁜 말을 했기 때문이라고 말한다. 그 자신은 오히려 깨끗한 것이다.

나는 예수를 믿지 않는데 어찌 다른 사람을 대신해서 십자가를 짊어지겠는가?

하지만 "강산은 고치기 쉽고, 본성은 바꾸기 어려운" 법이니, 아마 나중에는 입을 열어야 할 것이다. 그러나 '새로운 방법'을 고안해 냈다. 이전부터 언급해 온 '주장'主將 인물 이외에 새로운 사람의 경우에는 전부 그 사람의 진짜 이름을 말하지 않고, 단지 '어떤 사람', '모 학자', '모 교수', '모 군'이라고 부르는 것이다. 이렇게 하면 당사자는 그걸 이용할 때 적어도 약간의 정력을 기울여 먼저 설명을 덧붙이지 않겠는가.

'욕'은 결코 좋은 것이 아니라고 여기겠지만, 일부 사람들에게는 유리한 것이다. 인류는 어쨌든 무서운 존재이다. 즉 사람을 물어 죽일 수 있는 독사를 상인들은 술에 담가 '삼사주'三蛇酒니 '오사주'五蛇酒니 하여 팔아먹을 수 있다.

이런 방법은 정말이지 '교전'交戰보다 더 무서워서 나는 감히 잡감을 쓰지 못할지도 모른다. 하지만 한 번 더 시도해 보노니, '감히 잡감을 쓰지 못할' 잡감을 쓴다.

주)

1) 원제는 「"意表之外"」이며, 1927년 10월 22일 『위쓰』 제154기에 처음 발표되었다. '예상 밖으로'(意表之外)라는 말은 린수(林紓)의 글에서 뜻이 잘 통하지 않는 어구로 인용한 것이다.

2) 옛날 친구가 의기투합하여 형제의 결의를 맺을 때 가계(家系)를 적은 책을 주고받아 증거로 삼았는데, 이것을 금란보(金蘭譜)라고 부르고 줄여서 난보(蘭譜)라고 부른다. 『주역』(周易) 「계사전상」(繫辭傳上)에 나오는 "두 사람이 마음을 함께하면 그 날카로움은 쇠를 끊고, 마음을 함께해서 하는 말은 그 향기가 난초와 같다"(二人同心, 其利斷金; 同心之言, 其臭如蘭)에서 의미를 취한 것이다.

3) "서로 읽고 웃으며 거리낌이 없게"(相視而笑, 莫逆於心)라는 말은 『장자』(莊子) 「대종사」(大宗師)에 나온다.

새 시대의 빚 놓는 방법[1]

또 하나의 새로운 '처세술'[2]이 있다.

이전에 나는 언제나 채권자가 되는 사람은 반드시 돈이 있어야 한다고 생각했는데 최근에야 그럴 필요가 없다는 것을 알게 되었다. '새 시대'에서는 일종의 정신적 자본가가 있다.

당신이 만약 중국은 사막과 같다라고 말하면 이 자본가는 기회를 틈타 다가와서는 자칭 샘물이라고 한다. 당신이 사회는 냉혹하다고 말하면 그는 스스로 뜨겁다고 말한다. 당신이 주위는 암흑이라고 말하면 그는 스스로 태양이라고 말한다.

아! 세상의 허울 좋은 간판을 다 가져가 버렸다. 가져간 것뿐이겠는가. 그는 또 당신을 촉촉하게 적셔 주고, 따뜻하게 해주고, 빛을 비춰 줄 것이다. 왜냐하면 그는 샘물이고, 뜨거우며, 태양이기 때문이다!

이것은 일종의 은총이다.

이뿐만이 아니다. 당신이 약간의 재산을 가지고 있다면 그것은 그가 당신에게 하사한 것이다. 왜 그런가? 만약 그가 공산共産을 제창하면 당신의 재산은 곧장 몰수되어 공유화될 것이지만, 그가 제창하지 않았으므로 당신은 지금의 재산을 가질 수 있게 되었기 때문이다. 그러니 당연히 그가 당신에게 하사한 것이다.

만약 당신에게 아내가 있다면 마찬가지로 그가 당신에게 하사한 것이다. 왜 그런가? 그는 천재이며 혁명가로서 많은 여성들이 오체투지五體投地할 만큼 흠모하기 때문이다. 그가 '오너라'라고 한마디 말하면 모두가 잽싸게 달려오는데 당신의 아내도 당연히 그 속에 포함되어 있다. 그러나 그가 '오너라'라고 말하지 않으므로 당신이 지금의 아내를 가질 수 있는 것이다. 그러니 당연히 그가 당신에게 하사한 것이다.

이것도 일종의 은총이다.

또 이뿐이랴! 그는 당신이 있는 곳으로 올 때마다 동정同情을 한 묶음씩 가지고 온다! 백 번이면 백 묶음이다—당신이 만약 모른다면 그것은 당신에게 정신적인 눈이 없기 때문이다—일 년이 지나면 이자에 이자를 더해 이삼백 묶음이 된다…….

아아! 이것 또한 일종의 은총이다.

그러므로 결산을 해야 한다. 이런 엄청난 자본으로 영혼 하나를 살 수 없겠는가? 그러나 혁명가는 겸손하여 당신에게 약간의 보답, 즉 가끔 사용할 수 있도록 요구할 뿐이다—사실은 사용한다고 할 수 없고 '도와주는 것'일 따름이다.

만약 목숨을 바쳐 '돕지' 않으면 당연히 죄악이 극도에 이른다. 우선 배은망덕의 죄를 천하에 널리 알린다. 게다가 이것뿐 아니라 여러 가지 죄악이 더해져 장부에 기록하며, 일단 선포하고 나면 당신은 '지위도 명예도 잃게 된다'. '지위도 명예도 잃고' 싶지 않다면 한 가지 길밖에 없다. 그것은 바로 얼른 '도와줌'으로써 속죄하는 것이다.

그렇지만 나는 불행하게도 '새 시대의 신청년들' 신변에 이런 많은 장부가 숨겨져 있으며, 그들 스스로는 '지위도 명예도 잃는 데' 대해 이토록 엄청난 두려움을 품고 있음을 보았다.

그리하여 또 하나의 새로운 '처세술'을 얻는다. 즉, 문을 걸어 잠그고, 술병을 잘 채우고, 가죽지갑을 단단히 거머쥔다. 이는 도리어 나에게 어느 정도 윤택함, 빛과 열을 잘 보존해 줄 것이다——나는 물질적인 것만을 보는 것이다.

9. 14.

주)

1) 원제는 「新時代的放債法」이며, 1927년 10월 22일 『위쓰』 제154기에 처음 발표되었고, 원래 제목은 「'새 시대'의 빚쟁이 피하는 방법」("新時代"的避債法)이었다.
2) '처세술' 및 본문에 나오는 몇 가지 어구는 모두 가오창훙의 말에서 인용한 것이다. 가오창훙은 1924년 12월부터 루쉰을 알게 된 이후 루쉰으로부터 많은 지도와 도움을 받았으나 1926년 하반기부터는 비방을 하기 시작했다. 그는 『광풍』(狂飈) 제5기(1926년 11월)에 발표한 「1925년 베이징출판계 형세지장도」에서 루쉰을 '세상물정에 밝은 늙은이'(世故老人)라고 매도했다. 제6기(1926년 11월)의 「—에게」(給—)라는 시에서 스스로를 태양에 비유하여 "만일 내가 태양이라면, 나는 저 밤의 별을 질투하리라"라고 했고, 제9기(1926년 12월)의 「중화의 제일 시인을 소개하다」(介紹中華第一詩人)에서 "연애 면에서 내가 비록 남을 질투한 것 같지만, 사실은 내가 오히려 남에게 양보한 것이다"라고 했다. 제10기(1926년 12월)의 「시대의 운명」(時代的命運)에서는 "내가 루쉰 선생에게 가장 큰 양보를 했는데, 사상 면에서가 아니라 생활 면에서이다"라고 했고, 또 루쉰과 "사상 면에서의 전투 시기가 있었는데", 자기가 사용한 '전략'은 '동정'이었다고 했다. 「지장도」에서 루쉰과 "백여 차례 이상 만났다"라고 한 그는 제14기(1927년 1월)의 「나는 화석의 세계에서 벗어 나왔다」(我走出了化石的世界)에서도 "루쉰은 몸과 마음이 병들었을 뿐만 아니라 지위도 명예도 잃게 될 것이다!"라고 했다. 그래서 본문에서 '태양', '애인', '동정', '일백 번 왔다' 등의 말을 사용한 것이다. 그밖에 '도움', '새 시대의 신청년' 등도 가오창훙이 자주 사용하던 어휘이다.

위진 풍도·문장과 약·술의 관계
—9월 사이 광저우 하기학술강연회에서의 강연[1)]

오늘 내가 말하고자 하는 것은 칠판에 씌어 있는 이런 제목의 내용입니다.

중국문학사 연구는 정말 쉽지 않습니다. 옛것을 연구하자면 자료가 너무 적고, 오늘날 것을 연구하자면 자료가 또 너무 많습니다. 그래서 지금까지도 중국에서는 비교적 완전한 문학사가 아직 나오지 않았습니다. 오늘 말하려는 주제는 문학사의 일부분이며, 역시 자료가 너무 적어서 연구하려면 곤란한 점이 매우 많습니다. 왜냐하면 우리가 어느 한 시대의 문학을 연구하려면 적어도 작자의 환경, 경력 그리고 저작을 알아야 하기 때문입니다.

한말漢末·위초魏初의 시대는 아주 중요한 시대입니다. 문학 분야에 중대한 변화가 일어났습니다. 당시에는 바로 황건[2)]과 동탁[3)]의 큰 난이 일어난 뒤이고 또 당고의 화[4)]가 있은 뒤인데, 이때 조조[5)]가 나타났습니다. ―그런데 우리는 조조를 언급하면 손쉽게 『삼국지연의』[6)]를 연상하고 더욱이 무대 위에서 갖가지 색깔로 얼굴을 칠한 간신을 떠올릴 것입니다. 그러나 이것은 조조를 관찰하는 진정한 방법이 아닙니다. 현재 우리가 역사를 다시 보면 역사상의 기록이나 논단은 때로는 지극히 믿을 것이 못되며 믿을 수 없는 곳이 매우 많습니다. 왜냐하면 통상적으로 우리가 알고 있듯이 어느 조대朝代의 연대가 좀 길면 그중에 틀림없이 훌륭한 사람이 많을 것이고, 어느 조대의 연대가 좀 짧으면 그중에는 훌륭한 사람이 거의 없을 것이기 때문입니다. 왜 그런 것일까요? 연대가 길면 역사를 짓는 사람이 그 조대 사람이므로 당연히 그 조대의 인물을 치켜세울 것이고 연대가 짧으면 역사를 짓는 사람이 다른 조대 사람이므로 다른 조대 인물을 아주 자유롭게 헐뜯기 때문입니다. 그래서 진秦나라에서는 대체로 역사 기록에서 훌륭한 인물이 거의 없습니다. 조조도 역사적인 연대가 상당히 짧은데, 당연히 다음 조대 사람들로부터 욕을 얻어먹는다는 통례를 벗어나지 못했습니다. 사실 조조는 매우 능력 있는 사람으로서 적어도 영웅입니다. 나는 비록 조조와 한패는 아니지만 어쨌든 언제나 그에게 대단히 탄복합니다.

그 시대의 문학을 연구하는 것은 현재로서는 비교적 쉬워졌습니다. 왜냐하면 이미 누군가가 작업을 해놓았기 때문입니다. 문집 분야에서 청대 엄가균이 집록한 『상고, 삼대, 진한, 삼국, 진, 남북조 문文 전집』이 있습니다.[7] 그중에 여기서 사용할 수 있는 것은 『전한문』全漢文, 『전삼국문』全三國文, 『전진문』全晉文입니다.

시 방면에는 딩푸바오가 집록한 『한, 삼국, 진, 남북조 시 전집』이 있습니다.[8] ── 딩푸바오는 의사인데, 지금도 살아 있습니다.

이 시대에 관한 문학평론 집록은 류스페이가 편한 『중국중고문학사』가 있습니다.[9] 이 책은 베이징대학의 강의록입니다. 류 선생은 이미 죽었으며, 이 책은 베이징대학에서 출판되었습니다.

위에 나오는 세 종류의 책은 우리의 연구에 아주 큰 도움이 됩니다. 이 시대의 문학이 확실히 이채롭다는 것을 우리가 알아볼 수 있도록 해줄 것입니다.

오늘 나의 강연에서는, 만일 류 선생의 책에서 이미 상세하게 다룬 것은 내가 좀 소략하게 다루고 반대로 류 선생이 소략하게 다룬 것은 내가 좀 상세하게 다루려고 합니다.

동탁 이후에 조조가 권력을 독점했습니다. 그가 통치하면서 나타난 첫번째 두드러진 특색은 바로 형명刑名을 숭상하는 것이었습니다. 그는 법을 엄격하게 세웠습니다. 큰 난이 있은 후인지라 사람들은 모두 황제가 되고 싶어 했고 모두 반란을 일으키고 싶어 했기 때문에 그렇게 하지 않을 수 없었습니다. 조조는 스스로 "만약 내가 없었다면 얼마나 많은 사람들이 왕과 황제를 칭하게 되었을지 모를 일이다"[10]라고 말한 바 있습니다. 이 말은 결코 거짓말이 아닙니다. 이러한 이유 때문에 문학 분야에 영향을 미쳐 청준清峻——글이 간략하고 엄격하다는 뜻이다——의 풍격이 생겼습니다.

이밖에 또 하나의 특색이 있는데, 그것은 바로 통탈通脫입니다. 그는 왜 통탈을 숭상했을까요? 당연히 당시의 기풍과 대단히 큰 관계가 있습니다. '당고의 화'가 있기 이전에 모든 당의 사람들이 스스로 청류清流라고 불렀는데, 그렇지만 '청'을 지나치게 말하다 보니 고집이 되어 버렸습니다. 그래서 한말에 이르러 청류의 행동이 때로는 대단히 우스꽝스러워지기도 했습니다.

예를 들어, 어느 유명한 사람이 있었는데, 보통 사람이 그를 방문하면 먼저 몇 마디 말을 시키고 만약 그 말이 잘 맞지 않으면 그에게 바깥에 나가 앉으라고 하거나 심지어 거절하고 만나 주지 않는 등 거만하게 굴었습니다.

또 이런 사람이 있었습니다. 그는 그의 매형과 사이가 나빴는데, 한번은 그가 누님 집으로 가서 밥을 먹은 후 누님에게 밥값을 치를 작정이었습니다. 누님이 받지 않으려 하자 그는 문을 나온 후 그 돈을 길거리에 던져 버리고 지불한 것으로 쳤습니다.[11)]

개인이 이렇게 성질을 부린다면 대수롭지 않겠지만, 만약 나라와 천하를 다스릴 경우 이렇게 집요한 성질을 부린다면 무슨 꼴이 되겠습니까? 그래서 이러한 병폐를 깊이 알고 있던 조조가 나서서 이러한 습성을 반대하고 통탈을 힘껏 주창했습니다. 통탈은 구애받지 않는다는 뜻입니다. 이러한 주창이 문단에 영향을 미쳐 말하고 싶은 대로 말하는 문장이 다량 생산되었습니다.

더욱이 사상이 통탈한 뒤 고집을 제거했고, 드디어 이단과 외래의 사상을 충분히 수용할 수 있게 되었습니다. 그래서 공교孔教 이외의 사상이 끊임없이 들어왔습니다.

총괄하면, 한말·위초의 문장은 청준하고 통탈하다고 말할 수 있습니다. 조조 자신 역시 문장 개조의 창시자입니다. 다만 애석하게도 그의 문장은 전해지는 것이 아주 적습니다. 그는 담이 매우 컸고, 문장은 통탈로부터 많은 힘을 얻었는데, 문장을 지을 때 조금도 거리낌이 없었고 쓰고 싶은 대로 썼습니다.

그래서 조조는 인재를 널리 구할 때도 불충불효도 상관없으니 재능만 있으면 괜찮다[12)]라고 말했습니다. 이것은 다른 사람이라면 감히 말할 수 없는 것이었습니다. 조조는 시를 지으면서 "정강성은 술을 권하다 땅에 쓰러져 숨이 끊어졌다"[13]라고 썼습니다. 그는 당시와 그리 멀지 않은 시기의 사실을 끌어들였는데, 이것도 다른 사람은 감히 사용할 수 없는 것이었습니다. 또 한 가지가 있었습니다. 예를 들어 사람이 죽을 때 항상 유서를 썼는데, 이것은 명인名人들 사이에서 대단히 유행하던 일이었습니다. 본래 당시의 유서는 일정한 격식이 있었고, 또 죽은 후에는 어디어디에 묻어라 한다거나 누구누구 명인의 묘 옆에 묻어라 하는 내용이었습니다. 조조는 그렇지 않아서 그의 유서는 격식에 얽매이지 않았을 뿐만 아니라, 내용도 남겨 놓은 의복과 기녀들을 어떻게 처리할 것인가 하는 문제에 대해 언급한 것이었습니다.[14]

육기陸機는 비록 "후대 왕들에게 비방을 남겨 주었는가"라고 비평했지만[15] 나는 그가 어쨌든 영리한 사람이라고 생각합니다. 그는 스스로 문장을 지을 수 있었고 또 수완도 있어서 천하의 방사方士·문사文士들을 모두 끌어모아 그들이 도처를 돌아다니면서 소란을 피우지 못하게 했습니다. 그래서 그의 장막 안에는 방사와 문사들이 특별히 많았습니다.

효문제孝文帝 조비[16]는 장자로서 아버지의 과업을 계승하여 한漢의 권력을 찬탈하고 제위에 올랐습니다. 그도 문장을 좋아했습니다. 그의 동생 조식,[17] 그리고 명제明帝 조예[18]도 모두 문장을 좋아했습니다. 그렇지만 이때에 이르러 통탈한 것 이외에 화려함이 더해졌습니다. 조비는 『전론』典論을 저술했는데, 현재 산실되어 완질完帙은 아니지만 그 속에서 "시부詩賦는 화려해야 하고", "문장은 기氣를 위주로 한다"라고 말했습니다. 『전론』의 부스러기 단편들은 당송唐宋의 유서類書 속에 남아 있으며, 한 편의 완전한 「논문」論文은 『문선』[19] 속에서 볼 수 있습니다.

나중에 일반 사람들은 조비의 견해를 아주 못마땅하게 생각했습니다. 조비는 시부詩賦에 교훈을 깃들일 필요는 없다고 말하고, 시부에 교훈을 깃들인다는 당시의 견해에 반대했습니다. 최근의 문학 관점으로 보건대 조비의 시대는 '문학의 자각시대'라고 부를 수 있으며, 또는 최근에 말하고 있는 예술을 위한 예술(Art for Art's Sake)의 일파와 같은 것입니다. 그래서 조비가 지은 시부는 매우 훌륭하며, 더욱이 그는 '기'氣를 위주로 했기 때문에 화려함 이외에 장대함이 더해졌습니다. 귀납하면, 한말위초의 문장은 '청준, 통탈, 화려, 장대'하다고 말할 수 있습니다. 문학적 의견 면에서 조비와 조식은 표면적으로는 다른 것 같습니다. "조비는 글은 천고에 이름을 남길 수 있다"[20]라고 말했습니다. 그러나 "자건子建(조식의 자)은 글은 소도小道로서[21] 논할 게 못 된다"고 말했습니다. 내 의견으로 볼 때, 자건은 본심에 어긋나는 주장을 펼친 것입니다. 여기에는 두 가지 원인이 있습니다. 첫째, 자건은 글을 잘 지었기 때문입니다. 대부분의 사람은 자신이 한 일에 만족하지 않고 남들이 한 일을 흠모하게 되는데, 자건은 글을 잘 지었으므로 감히 자신의 글을 소도라고 말할 수 있었던 것입니다. 둘째, 자건의 활동 목표는 정치 분야에 있었는데, 정치 분야에서 그다지 뜻을 얻지 못했으므로[22] 마침내 글은 쓸모가 없다고 말한 것입니다.

조조, 조비 이외에 다음의 일곱 사람이 있었습니다. 공융孔融, 진림陳琳, 왕찬王粲, 서간徐幹, 완우阮瑀, 응창應瑒, 유정劉楨이 그들인데, 모두 글을 잘 써서 후세에 '건안 칠자'[23]로 불렸습니다. 일곱 사람의 글은 전해지는 것이 매우 적어서 현재 판단하기 매우 어렵습니다. 그러나 대개는 '강개', '화려'를 벗어나지 않을 것입니다. 화려는 조비가 주장한 것이며, 강개는 천하가 크게 혼란한 때에 친척과 친구들이 난리통에 대단히 많이 죽어 글을 짓는 데 비량悲涼, 격앙 그리고 '강개'를 띠지 않을 수 없었기 때문입니다.

칠자 중에서 공융이 특별했으니, 그는 오로지 조조에게 말썽을 부리기 좋아했습니다. 조비의 『전론』에 공융을 논한 것이 있는데, 이 때문에 그도 '건안 칠자'의 한패에 포함되었습니다만, 사실은 옳지 않습니다. 그는 아주 다른 사람입니다. 그렇지만 당시에 그의 명성은 대단했습니다. 공융은 글을 지을 때 비꼬는 필치를 즐겨 사용했고, 조비는 그에 대해 불만이 매우 많았습니다. 공융의 글도 지금 전해지는 것이 매우 적은데, 그의 글 전부를 보면, 우리는 그가 결코 다른 사람에 대해 그다지 크게 비꼬지 않았고 다만 조조에 대해서만 그렇게 했다는 것을 알 수 있습니다. 예를 들어, 조조가 원씨袁氏 형제를 격파하자 조비는 원희袁熙의 아내 견씨甄氏를 가져다 자기 것으로 삼았습니다. 그러자 공융은 조조에게 편지를 써서 이전에 무왕武王이 주紂를 정벌하고 달기妲己를 주공周公에게 주었다고 말했습니다. 조조가 그 이야기의 출처가 어디인지 묻자 그는 요즘의 상황을 옛날에 적용하면 아마도 그때에도 이랬을 것이라고 말했습니다. 또 예를 들어, 조조는 금주를 주장하면서 술은 나라를 망하게 할 수 있으니 금지하지 않을 수 없다고 말했습니다. 그러자 공융은 그를 반대하면서, "여인 때문에 나라가 망한 경우도 있는데 왜 혼인은 금지하지 않는가" 하고 말했습니다.[24)]

사실은 조조도 술을 마셨습니다. "어떻게 시름을 덜 것인가? 오직 두강杜康밖에 없다"[25)]라는 그의 시구를 보고 알 수 있습니다. 어째서 그의 행위는 주장과 모순될까요? 이건 다름이 아니라 조조는 사무를 보는 사람이라서 그럴 수밖에 없었기 때문입니다. 공융은 방관자였으므로 자유로운 말을 쉽게 할 수 있었습니다. 조조는 그가 번번이 자기를 반대하자 나중에 구실을 붙여 그를 죽였습니다.[26)] 그가 공융을 죽이게 된 죄상이 불효였던 것 같습니다. 왜냐하면 공융은 다음의 두 가지를 주장했기 때문입니다.

첫째, 공융은 어머니와 아들의 관계는 병에 물건을 담는 것처럼 병 속에서 물건을 쏟아 버리면 어머니와 아들의 관계는 끝이 난다고 주장했습니다. 둘째, 가령 천하에 기근이 들었을 때 먹을 것이 좀 있다면 부친에게 드리겠는가, 그렇지 않겠는가? 공융의 답변은 이랬습니다. "만약 부친이 좋은 사람이 아니라면 차라리 남에게 주겠습니다."—조조는 그를 죽일 생각이었으므로 기꺼이 이런 주장을 불충불효한 근거로 삼아 그를 죽였습니다. 만약 조조가 살아 있다면 우리는 그에게, 처음 인재를 구할 때는 '불충불효도 상관없다'라고 말해 놓고 왜 나중에 불효라는 이름으로 사람을 죽이는가? 하고 물을 수 있습니다. 그렇지만 사실은 설령 조조가 다시 태어난다 하더라도 감히 그에게 물을 사람이 없을 것입니다. 우리가 만약 그에게 묻는다면 아마 그는 우리도 죽일 것입니다!

공융과 함께 조조를 반대한 사람으로는 니형[27]이라는 사람도 있었는데, 나중에 황조黃祖에게 피살되었습니다. 니형의 문장도 훌륭했으니, 그는 공융과 더불어 일찍부터 '기를 위주로 해서' 문장을 썼던 사람입니다. 따라서 여기서 우리는 또, 한대의 문장이 점차 강대해진 것은 시대가 그렇게 만든 것이지 조조 부자의 공로 때문만은 아니라는 것을 알 수 있습니다. 그러나 화려하고 아름답게 된 것은 조비가 제창한 공로입니다.

이렇게 해서 명제 때에 이르면 문장 면에서 중대한 변화가 생겨났는데, 하안[28]이 등장했기 때문입니다.

하안은 명성도 매우 높았고 지위도 매우 높았으며, 『노자』와 『역경』을 연구하기 좋아했습니다. 그는 어떤 인물이었을까요? 그 진상을 현재로서는 알기 매우 어렵고 조사하기도 매우 어렵습니다. 그는 조씨曹氏 일파의 사람이었으므로 사마씨司馬氏는 그를 매우 싫어했으며, 그래서 그들은 하안에 대해 대단히 불만스럽게 기록해 놓고 있습니다. 이 때문에 여러 가지 전설이 생겨났습니다. 어떤 사람은 하안은 얼굴에 분을 발랐다고 말하고, 또 어떤 사람은 그가 본래 하얀 얼굴로 태어난 것이며 분을 바른 것은 아니라고 말했습니다.[29] 그러나 하안이 분을 발랐는지 분을 바르지 않았는지 도대체 나로서도 알 길이 없습니다.

그러나 하안에게 두 가지 사건이 있었다는 것을 우리는 알고 있습니다. 첫째, 그는 공담空談을 좋아했으니 공담의 창시자입니다. 둘째, 그는 약 복용을 좋아했으니 약 복용의 창시자입니다.[30]

이밖에 그는 명리名理도 이야기하기 좋아했습니다. 그는 몸이 좋지 않았기 때문에 약을 복용하지 않을 수 없었습니다.

그가 먹은 것은 보통의 약이 아니었습니다. 일종의 '오석산'五石散이라고 부르는 약입니다.

'오석산'은 일종의 독약으로서 하안이 먹기 시작했습니다. 한대에는 사람들이 감히 먹지를 못했는데, 하안은 아마 약처방을 약간 고쳐서 먹기 시작했던 것 같습니다. 오석산의 원료는 대개 석종유石鍾乳, 석유황石硫黃, 백석영白石英, 자석영紫石英, 적석지赤石脂 등 다섯 종류의 약입니다. 이밖에도 아마 다른 종류의 약도 좀 들어 있었을 것입니다. 그러나 지금은 누구도 그것을 먹고 싶어 하지 않을 것이므로 그것을 자세하게 연구할 필요가 없다고 생각합니다.

책을 통해 보면, 이 약은 아주 좋아서 허약한 사람이 먹으면 튼튼해질 수 있다고 합니다. 이런 이유 때문에 하안은 돈이 있었으므로 먹기 시작했고, 사람들도 따라서 먹었습니다. 그때에 오석산의 해악은 청말의 아편의

해악과 같아서 약을 먹는가 그렇지 않은가를 보고서 부자인지 그렇지 않은지를 구분했습니다. 지금 수대의 소원방이 지은『제병원후론』[31] 속에서 일부를 볼 수 있습니다. 이 책에 따르면 이 약을 먹는다는 것은 대단히 번거로운 일인데, 가난한 사람은 먹을 수 없고, 가령 먹은 후에 자칫 조심하지 않으면 독사毒死하게 된다는 것을 알 수 있습니다. 처음 먹었을 때는 아무렇지도 않지만 나중에 약의 효과가 뚜렷해지면 '산발'散發이라고 부릅니다. 만약 '산발'이 없으면 해로움만 있고 이익은 없습니다. 이 때문에 먹은 후에 가만히 있어서는 안 되고 길을 걸어야만 하며, 길을 걸어야 '산발'할 수 있으므로 길을 걷는 것을 '행산'行散이라고 부릅니다. 예를 들어 우리가 육조六朝시대 사람들의 시를 보면, "성곽 동쪽으로 가서 행산했다"至城東行散라는 구절이 나오는데 바로 이것을 뜻합니다. 나중에 시인들이 그 이유를 알지 못하고 '행산'은 걸어서 가는 것을 뜻하는 것으로 여겨서 약을 복용하지 않고도 '행산'이라는 두 글자를 시어로 사용했으니 이 얼마나 우스운 일입니까.

걸음을 걷고 난 후 온몸에서 열이 나고 열이 난 후에는 또 오한이 납니다. 보통 오한이 나면 옷을 더 많이 입고 더운 것을 먹어야 합니다. 그러나 약을 먹은 후의 오한은 꼭 상반되게 해야 합니다. 즉, 옷을 적게 입고, 차가운 것을 먹고, 차가운 물을 몸에 끼얹어야 합니다. 만약 옷을 많이 입거나 더운 음식을 먹으면 영락없이 죽게 됩니다. 이 때문에 오석산을 일명 한식산寒食散이라고도 합니다. 굳이 차갑게 먹지 않아도 되는 것이 있다면 그것은 술입니다.

오석산을 먹은 후에 옷은 헐렁하게 입어야 하고 차가운 물을 몸에 끼얹어야 합니다. 차가운 음식을 먹어야 하고, 더운 술을 마셔야 합니다. 이렇게 본다면, 오석산을 먹는 사람이 많으면 두터운 옷을 입는 사람이 적어집니다. 예를 들어 광둥에서 이것을 제창한다면 1년 뒤에는 양복을 입는 사람이 없어질 것입니다. 피부에서 열이 나기 때문에 딱 맞는 옷을 입을 수 없습니다. 살갗이 옷에 쓸리는 것을 예방하기 위해 헐렁한 옷을 입지 않으면 안 됩니다. 지금 많은 사람들은 진대晉代 사람들이 가벼운 갖옷에 느슨한 허리띠를 매고 헐렁한 옷을 입은 것은 당시 사람들의 고상함의 표현으로 생각하고 있지만 사실은 그들이 약을 먹어 그랬다는 것을 모르고 있습니다. 명인들이 모두 약을 먹고 헐렁한 옷을 입고 있으니 약을 먹지 않은 사람들도 명인들을 따라서 옷을 헐렁하게 입게 되었습니다.

그리고 약을 먹은 뒤에 피부가 닳기 쉽고 가죽신을 신기도 불편했기 때문에 가죽신과 버선을 신지 않고 나막신을 신었습니다. 그래서 우리가 진대 사람의 화상畵像이나 그때의 문장을 보면 옷이 헐렁하고 가죽신을 신지 않고 나막신을 신은 사람이 나오는데, 틀림없이 매우 편안하고 매우 표일飄逸하다고 생각할 것입니다. 그렇지만 사실 그 사람의 마음은 무척 고통스러울 것입니다.

게다가 살갗이 쉽게 상하기 때문에 새 옷을 입을 수 없고 헌옷을 입어야 하며 옷도 늘 빨 수가 없습니다. 씻지 않기 때문에 이도 많아집니다. 그래서 문장에서 이의 위상이 매우 높습니다. "이를 잡으며 이야기하다"[32] 라는 말은 당시에 미담으로 널리 알려지기까지 했습니다. 예를 들어 제가 오늘 여기서 강연을 하면서 이를 잡는다면 그다지 좋은 일은 아닐 것입니다. 그러나 그때에는 대수롭지 않았으니 습관이 다르기 때문입니다. 이것은 바로 청대에 아편을 피우는 것을 권장했기 때문에 두 어깨가 불쑥 솟은 사람을 보아도 이상하게 여기지 않은 것과 같습니다. 지금은 그래서는 안 됩니다. 만약 다수의 학생들이 어깨가 '한 일'一 자 모양이 된다면 우리는 아주 이상하게 여길 것입니다.

이밖에 오석산을 복용한 상황과 기타 여러 가지 사실을 볼 수 있는 책으로는 갈홍의 『포박자』[33]가 있습니다.

동진東晉 이후로는 거짓된 사람이 매우 많아졌으니 길가에 넘어져 자면서 '산발'하고 있다고 말하여 부자임을 과시하려 했습니다.[34] 이는 곧 청대에 공부讀書를 숭상했기 때문에 사람들이 입술에 먹을 바름으로써 방금 글자를 쓰다가 나왔다는 것을 보이려고 했던 것과 같습니다. 따라서 생각건대, 옷이 헐렁하고, 나막신을 신고, 머리를 풀어헤치는 등등은 나중에 그것을 본받아 약을 먹지 않고도 따라하기 시작했는데, 이론적인 주장과는 전혀 무관한 것이었습니다.

또 '산발'할 때에는 배가 고파서는 안 되기 때문에 차가운 음식을 먹고 또한 다그쳐 먹어야 하기 때문에 때를 가리지 않고 하루에도 수없이 먹어야 합니다. 그 영향으로 인해 진대에 와서 "상중에 있어도 예를 지키지 않는다"라는 데까지 이르렀습니다.──원래 위진魏晉 때에는 부모에 대한 예가 매우 번거로웠습니다. 예를 들어 누군가를 방문하려고 하면 방문하기 전에 반드시 먼저 그 사람의 부모와 조부모의 이름자를 알아보고 그 이름에 나오는 글자의 사용을 피해야 합니다. 그렇게 하지 않아 그 이름자를 입 밖으로 말하게 되었을 때 만일 그의 부모가 죽었다면 주인은 대성통곡할 것이고[35]──부모가 생각났으므로──그러면 대단히 난처하게 될 것입니다. 진대의 예禮로서 상중일 때는 밥을 많이 먹지도 않고 술을 마셔도 안 되기 때문에 야위게 됩니다. 그러나 약을 먹은 후에는 생명이 달렸으므로 이것저것 고려할 필요도 없이 퍼먹을 수밖에 없었습니다. 그래서 "상중에 있어도 예를 지키지 않게" 되었던 것입니다.

상중에 있을 때 술을 마시고 고기를 먹는 것은 부자와 명사들이 제창하고 만민萬民이 모두 그것을 따랐으며, 결국 이러한 이유 때문에 사회에서는 이런 사람을 존칭하여 명사파名士派라고 불렀습니다.

오석산을 먹는 것은 하안부터 시작되었으며, 그와 뜻을 같이한 사람인 왕필과 하후현[36] 두 사람도 하안과 마찬가지로 약 복용의 창시자입니다. 그들 세 사람이 제창하고 많은 사람들이 그들을 따라 했습니다. 그들 세 사람은 모두 문장을 쓸 수 있었는데, 하후현의 작품이 많이 전해지지 않은 것을 제외하면 왕필과 하안 두 사람의 문장은 그래도 현재 우리가 볼 수는 있습니다. 그들은 모두 정시正始 연간에 태어났기 때문에 '정시의 명사'[37]라고 부르기도 합니다. 그러나 이러한 습관의 말류末流는 약만 먹을 줄 알거나 거짓으로 약을 먹은 척했을 뿐 문장을 쓰지는 못하는 것이었습니다.

동진 이후로는 문장을 쓰지 않고 청담으로 흘렀는데, 『세설신어』[38]라는 책에서 엿볼 수 있습니다. 그 속에는 공론空論이 많고 문장은 적은데, 앞의 세 사람과 비교하면 훨씬 떨어집니다. 세 사람 중에서 왕필은 20여 세에 죽었으며, 하후현과 하안 두 사람은 모두 사마의[39]에게 살해되었습니다. 그들 두 사람은 조조와 관계가 있었기 때문에 죽임을 당하지 않을 수 없었는데, 조조가 공융을 살해한 것과 마찬가지로 불효를 구실로 죄명을 씌웠습니다.

두 사람이 죽은 후 비평가들은 대부분 그가 위나라와 관계가 있다고 하여 그를 매도했는데, 사실 하안이 욕을 얻어먹을 만한 이유는 바로 그가 약 먹기를 처음 시작한 사람이기 때문입니다. 이러한 오석산 복용의 풍조는 위, 진으로부터 시작되어 수, 당에 이르기까지도 이어지고 있었습니다. 당나라 때 '해산방'解散方,[40] 즉 오석산을 해독하는 약처방이 있었던 것으로 보아 약을 먹는 사람이 여전히 있었다는 것을 증명할 수 있습니다. 그렇지만 그 수효가 좀 줄어들었을 뿐입니다. 당나라 이후로 먹는 사람이 없어졌는데, 그 원인은 아직 잘 알려져 있지 않지만, 대개는 아편과 마찬가지로 그 폐해가 많고 이익이 적었기 때문이겠지요.

진晉의 명인 황보밀[41]이 『고사전』高士傳이라는 책을 지었는데, 우리는 그가 매우 고결하다고 생각합니다. 그러나 그는 오석산을 복용했으니, 오석산을 먹은 후의 고통을 스스로 말한 한 편의 글이 있습니다. 약 효과가 나타날 때 자칫 조심하지 않으면 생명을 잃을 수 있으며 적어도 엄청난 고통을 받게 되고 발광하기도 합니다. 본래 총명하던 사람이 이 때문에 바보가 될 수도 있습니다. 그래서 약의 성질을 잘 알고 해독할 줄 알아야 하며 집안 사람들도 약의 성질을 잘 알지 않으면 안 됩니다. 진대 사람들은 대부분 성미가 괴팍하고 거만하고 광적이고 성격이 불같이 급했는데, 아마 약을 복용했기 때문일 것입니다. 예를 들어, 파리가 성가시게 군다고 하여 검을 뽑아 들고 내쫓기도 했습니다.[42] 그리고 말하는 것도 흐리멍덩하게 해야 좋다고 여겼으며, 때로는 완전히 미치광이와 다를 바 없었습니다. 그러나 진대에는 더욱이 멍청한 것을 좋다고 여기는 사람도 있었는데, 이것도 대개는 약을 복용했기 때문입니다.

위말魏末에 하안 등 그들 이외에 한 무리가 새로 나타나서 '죽림명사'竹林名士라고 불렀습니다. 그들은 일곱 사람이었으므로 '죽림칠현'[43]이라고 부르기도 했습니다. 정시의 명사들은 약을 복용했고, 죽림의 명사들은 술을 마셨습니다. 죽림의 대표는 혜강[44]과 완적[45]입니다. 그러나 어쨌든 죽림의 명사들은 순수하게 술만 마신 것은 아닙니다. 혜강은 약의 복용도 겸했습니다. 완적은 오로지 술만 마신 사람의 대표입니다. 그러나 혜강은 술도 마셨으며, 유령[46]도 여기에 포함되는 사람입니다. 그들 일곱 사람 대부분이 구舊예교에 반항한 사람입니다.

이 일곱 사람은 성미가 각기 달랐습니다. 혜강과 완적 두 사람의 성미가 가장 강했습니다. 완적은 만년에 이르러 성격을 원만하게 고쳤고, 혜강은 시종 대단히 괴팍했습니다.

완적은 젊은 시절 자기를 방문하는 사람에 대해 청안青眼과 백안白眼으로 구분하여 대했습니다.[47] 백안은 대개 완전히 눈동자를 보이지 않게 하는 것인데, 오랫동안 연습을 해야만 그렇게 할 수 있습니다. 청안은 나도 할 줄 알지만 백안은 잘 할 줄 모릅니다.

나중에 완적은 결국 "인물의 옳고 그름을 비평하지 않은"[48] 데까지 이르렀지만 혜강은 전혀 고치지 않았습니다. 그 결과 완적은 천수로 생을 마칠 수 있었지만 혜강은 결국 사마씨의 손에 의해 죽임을 당했으니 공융·하안 등과 마찬가지로 불행하게 살해당한 것입니다. 이것은 아마 약을 먹고 술을 먹고의 차이 때문인 것 같습니다. 약을 먹으면 신선이 될 수 있었고 신선은 세인을 하찮게 볼 수 있었던 것입니다. 술은 마셔도 신선이 될 수 없었기 때문에 두루뭉술하게 지냈을 것입니다.

그들의 태도를 보면, 대체로 술을 마셨을 때는 옷을 입지 않고 모자도 쓰지 않았습니다. 만약 평시에 이러한 모습을 보면 우리는 예의가 없다고 말하겠지만 그들은 달랐습니다. 상중일 때 전례에 따라서 반드시 흐느껴 운 것도 아닙니다. 아들이 아버지를 대할 때 아버지의 이름을 부를 수 없었습니다만, 죽림명사의 일파 사람들 사이에서는 아들이 아버지의 이름과 호를 부를 수 있었습니다.[49] 예부터 전해 내려오는 예교를 죽림명사들은 받아들이지 않았던 것입니다. 예컨대, 유령은—누구나 알고 있듯이 그는 「주덕송」이라는 글을 지은 적이 있습니다—과거에 규정된 세상의 도리를 승인하지 않았습니다. 이런 일이 있었습니다. 어느 날 손님이 그를 보았는데, 그는 옷을 입고 있지 않았습니다. 사람들이 그에게 힐문하자 그는 천지가 나의 집이고 집은 나의 옷이니 그대들은 어째서 나의 바지 속으로 들어왔는가, 라고 말했습니다.[50] 완적에 이르러서는 더욱 심해졌습니다. 그는 상하고금上下古今을 가리지 않고 모두 인정하지 않았는데, 「대인선생전」[51]에는 이런 말이 있습니다. "천지가 분해되어 육합[52]이 열리고, 별들이 떨어지고 해와 달이 기우는데, 내가 하늘로 솟아오른들 무엇을 그리워할 것인가?" 그의 뜻은 천지와 신선이 모두 무의미하여 일체가 필요치 않다는 것입니다. 그래서 그는 술에 깊이 빠지게 되었습니다. 그렇지만 그에게는 또 다른 하나의 원인이 있었습니다. 바로 그가 술을 마신 것은 그의 사상으로 말미암은 것일 뿐만 아니라 태반은 환경 때문입니다. 그때 사마씨가 이미 왕위 찬탈을 생각하고 있었고 완적의 명성이 매우 높았기 때문에 그는 발언하기가 대단히 어려웠습니다. 술을 많이 마시고 발언을 적게 하지 않을 수 없었으며, 설령 발언을 잘못했다고 하더라도 술 취한 구실로 사람들로부터 양해를 구할 수 있었습니다. 한번은 사마의가 완적을 찾아가 사돈관계를 맺고자 했으나 '완적이 2개월 동안 계속 취해 있는 바람에 말을 걸 기회가 없었다'[53]는 것만 보아도 알 수 있습니다.

완적은 문장과 시를 잘 지었습니다. 그의 시문은 비록 강개격앙되어 있지만 은근하여 숨은 뜻이 많았습니다. 이미 송대의 안연지[54]는 이해할 수 없다고 말했으니, 우리가 지금 그의 시를 이해하기 더욱 어려운 것은 당연합니다. 그도 시에서 신선을 말하고 있지만 그는 사실 믿지 않았습니다. 혜강의 논문은 완적보다 더욱 훌륭해서 사상이 신선하고 종종 옛날의 구설舊說과 반대되는 것이었습니다. 공자는 "배우고 때로 익히면 기쁘지 아니한가?"라고 말했습니다. 혜강이 쓴 「자연호학론에 대한 반박」[55]에서는 오히려 사람은 배우기를 좋아하지 않는다고 했습니다. 가령 사람이 일을 하지 않고도 밥을 먹을 수 있으면 편한 대로 한가롭게 노닐면서 독서를 좋아하지 않을 것이며 지금 사람들이 배움을 좋아하는 것은 습관과 어쩔 수 없는 상황으로 말미암은 것이라고 했습니다. 그리고 관숙管叔과 채숙蔡叔[56]은 주공周公을 의심하여 은殷나라 백성을 이끌고 반란을 일으켰기 때문에 죽임을 당했으며 줄곧 나쁜 사람으로 인식되어 왔습니다. 그러나 혜강이 지은 「관채론」管蔡論에서는 역대로 전해져 내려오는 의미를 반대하고 이 두 사람은 충신이며 그들이 주공을 의심한 것은 지역이 너무 멀리 떨어져 있어 소식이 잘 전달되지 않았기 때문이라고 했습니다.

하지만 가장 많은 사람들의 주의를 끌었을 뿐만 아니라 생명의 위험을 가져다준 것은 「산거원에게 보내는 절교의 편지」與山巨源絶交書에 나오는 "탕왕과 무왕을 비난하고 주공과 공자를 멸시한다"라는 구절이었습니다. 사마의는 이 문장으로 인해 혜강을 죽였습니다.[57] 탕왕·무왕·주공·공자를 비난하고 멸시하는 것은 지금 시대라면 대수롭지 않은 일이지만 당시에는 관계가 적지 않았습니다. 탕왕과 무왕은 무력으로써 천하를 평정한 사람이며, 주공은 성왕成王을 보좌한 사람이고, 공자는 요·순을 받들어 모셨고 요순은 천하를 선양禪讓한 사람입니다. 혜강은 모두 나쁘다고 말했으니 사마의더러 왕위를 찬탈할 때 어떻게 하란 말입니까? 아무런 방법이 없지요. 이 점에서 혜강은 사마씨의 대사大事에 직접적인 영향을 끼쳤으며, 이 때문에 죽임을 당하지 않을 수 없었습니다. 혜강이 피살된 것은 그의 친구 여안呂安의 불효不孝가 혜강에까지 연루되었기 때문인데, 죄상은 조조가 공융을 죽인 것과 비슷합니다. 위진 때에는 효로써 천하를 다스렸으니, 불효하면 죽이지 않을 수 없었습니다. 왜 효로써 천하를 다스려야 했을까요? 그것은 천위[58]를 선양에 의해, 즉 교묘한 수단과 힘으로 빼앗았기 때문입니다. 만약 충忠으로써 천하를 다스린다면 그들의 근거지는 매우 불안정해지고 일 처리도 까다로워지고 입론도 어렵게 됩니다. 그래서 반드시 효로써 천하를 다스리려 하는 것입니다. 그러나 만일 불효만을 행했다면 사실 그 당시에도 아주 대수로운 일은 아니었습니다만 혜강에게 치명적인 점은 의론을 펼친 데 있습니다. 완적은 그와 달라서 윤리와 관계되는 말을 그다지 많이 하지 않았으며 그래서 결말도 달랐습니다.

그러나 위진 시기에 사람들이 모두 다 큰 소매의 너른 도포를 입고 모두 술을 마신 것은 아닙니다. 반대하는 사람도 매우 많았습니다. 문장 면에서 우리는 배위裴頠의 「숭유론」崇有論,[59] 손성孫盛의 「노자는 대현이 아님을 논함」[60]을 볼 수 있는데, 이들이 왕필과 하안 등을 반대한 것입니다. 역사적 사실에서 볼 때, 하증何曾은 사마의에게 완적을 죽이라고 여러 차례 건의했으나[61] 사마의는 그의 말을 듣지 않았는데, 이것은 완적이 술을 마셔서 시국과 관계가 적었기 때문입니다.

그렇지만 후인들이 혜강과 완적을 매도하기 시작하자 사람들도 덩달아 매도하면서 지금까지 이어져 와 천육백 년이나 되었습니다. 계찰季札은 "중국의 군자는 예의에는 밝지만 사람의 마음을 아는 데는 둔하다"[62]라고 말했습니다. 이것은 확실합니다. 대체로 예의에 밝으면 틀림없이 사람의 마음을 아는 데는 둔합니다. 그래서 고대에 많은 사람들이 억울함을 크게 당했습니다. 예컨대, 혜강과 완적의 죄명은 줄곧 그들이 예교를 파괴했다는 것이었습니다. 그러나 나 개인적인 소견으로, 이 판단은 잘못된 것입니다. 위진시대에 예교를 신봉한 사람들을 보면 겉으로는 아주 괜찮은 것 같지만 실제로는 예교를 파괴했고 예교를 믿지 않았습니다. 표면적으로는 예교를 파괴한 자들이 실제로는 오히려 예교를 승인하고 예교를 너무 믿었습니다. 왜냐하면 위진 시기에 이른바 예교를 신봉한 것은 그를 통해 사리私利를 채우기 위한 것으로서 그 신봉도 우연히 신봉한 데 지나지 않기 때문입니다. 예컨대, 조조가 공융을 죽이고 사마의가 혜강을 죽인 것은 그들이 불효와 관계가 있었기 때문입니다만, 실제로 조조와 사마의가 유명한 효자라도 된단 말입니까? 그저 이러한 명분을 빌려 자기를 반대하는 사람에게 죄를 덮어씌운 것일 따름입니다. 그리하여 성실한 사람은 이렇게 이용하는 것은 예교를 모독하는 것이라고 여겨 불평이 대단했고, 어찌할 수 없게 되자 격분해서 예교를 언급하지 않고 예교를 믿지 않고 심지어는 예교를 반대했습니다. ── 그러나 사실은 겉으로 드러나는 태도에 지나지 않았고 그들의 본심은 오히려 귀중한 보배처럼 예교를 떠받들고 믿는 마음이 조조와 사마의보다 훨씬 더 집요했던 것 같습니다. 이제 이해하기 쉬운 비유를 하나 들겠습니다. 예컨대, 어느 군벌軍閥이 있었는데, 북방 ── 광둥 사람들이 말하는 북방과 제가 늘 말하는 북방의 경계는 약간 다른데, 저는 늘 산둥, 산시山西, 즈리直隷, 허난 따위를 북방이라 부릅니다 ── 에서 그 군벌은 이전에 국민당을 압박했지만 나중에 북벌군의 세력이 커지자 즉시 청천백일기를 걸어 올리고 자기는 이미 삼민주의를 믿고 있었으며 총리의 신도라고 말했습니다. 이렇게 하고도 부족해서 총리를 기념하는 주간週間을 만들었습니다. 이때 진짜 삼민주의의 신도들은 가야 할까요, 가지 말아야 할까요? 가지 않으면 군벌 쪽에서는 사람들에게 삼민주의를 반대한다고 죄를 덮어씌워 사람을 죽일 수 있습니다. 그러나 그의 세력 아래에 있는 이상 달리 방법이 없으며, 총리의 진짜 신도들은 오히려 삼민주의를 언급하지 않거나 사람들이 거짓으로 능청스럽게 말하는 것을 듣고는 마치 삼민주의를 반대하는 듯한 모양으로 이맛살을 찌푸릴 것입니다. 그래서 저는 위진 시기에 이른바 예교를 반대한 사람들은 많은 경우 아마도 이와 같았을 것이라고 생각합니다. 그들은 오히려 세상물정에 어두운 선비로서 예교를 보배처럼 대했던 사람들입니다.

그리고 또 하나의 실증實證이 있습니다. 자신의 언론, 사상, 행위가 스스로 훌륭하다고 생각하는 사람이라면 누구나 천하의 다른 사람들, 자신의 친구조차도 그렇게 하기를 바랄 것입니다. 그러나 혜강과 완적은 그렇지 않아 다른 사람들이 자신을 모방하는 것을 바라지 않았습니다. 죽림칠현 중에서 완함阮鹹은 완적의 조카로서 마찬가지로 술을 마셨습니다. 완적의 아들 완혼阮渾도 죽림칠현의 일원이 되고자 할 때 완적은 오히려 "우리 집안에는 이미 아함阿鹹이 있어 충분하니" 들어올 필요가 없다고 말했습니다.[63] 가령 완적이 스스로 행위가 옳다고 여겼다면 그의 아들을 거절하지 말았어야 할 것입니다. 그렇지만 완적이 자신의 아들을 거절한 것으로 볼 때 결코 자신의 방식을 옳다고 여기지 않았음을 알 수 있습니다. 혜강의 경우는 그의 「절교의 편지」를 보면 그의 태도가 매우 거만하다는 것을 알 수 있습니다. 한번은 그가 집에서 쇠를 두들기고 있었는데[64] ── 그는 성격상 쇠를 두들기는 것을 매우 좋아했습니다 ── 종회가 찾아왔는데도 그는 쇠를 두들기면서 종회를 아랑곳하지 않았습니다.[65] 종회는 멋쩍어서 돌아가지 않을 수 없었습니다. 그때 혜강이 그에게 "무얼 듣고 와서 무얼 보고 가시오?"라고 물었습니다. 종회는 "들은 것이 있어 왔다가 볼 것을 보고 가오"라고 대답했습니다. 이것 역시 혜강이 살해된 화근의 하나였습니다. 그러나 그가 그의 아들에게 써준 「가계」家誡[66] ── 혜강이 피살되었을 때 아들이 겨우 열 살이었다고 하니 이 문장을 썼을 때 그의 아들은 만 열 살이 되지 않았습니다 ── 를 보면 완전히 딴 사람으로 느껴집니다. 그는 「가계」에서 아들에게 사람 됨됨이를 가르치면서 매사에 신중해야 할 것이라며 조목조목 교훈을 써 놓았습니다. 그중 한 부분에서는, 상관의 집에 자주 가지 말고 유숙도 하지 말며 상관이 손님을 전송하러 나왔을 때 뒤에 처지지 말라고 하면서 그렇게 되면 장래에 상관이 나쁜 사람을 처벌할 때 몰래 밀고한 혐의를 받을 수 있기 때문이라고 했습니다. 또 한 부분에서는, 연회 때에 논쟁하는 사람이 생기면 옆에서 비평하지 말고 당장 자리를 떠나라고 하면서 두 사람 사이에 반드시 옳고 그름이 있어 비평하지 않자니 꼴불견이고 비평하자니 갑이 옳고 을이 그르다고 해야 하므로 한쪽으로부터 미움을 사지 않을 수 없기 때문이라고 했습니다. 또 누군가가 술을 마시라고 권하면 마시고 싶지 않더라도 단호하게 사양하지는 말고 반드시 온화하게 술잔을 받아 들어야 한다고 했습니다. 우리는 이를 보면서, 그토록 오만한 사람인 혜강이 아들에 대해서는 이토록 범속하도록 가르쳤으니 정말 신기할 노릇이라고 느낄 것입니다. 이 때문에 우리는 혜강도 스스로 자신의 행동에 대해 만족하지 않았음을 알 수 있습니다. 그래서 한 사람의 언행을 비평한다는 것은 정말 어렵습니다. 사회적으로 아들이 아버지를 닮지 않으면 '불초하다'라고 말하고 나쁜 일로 여깁니다만, 의외로 세상에는 자기 아들이 자기를 닮기를 바라지 않는 아버지도 있습니다. 사실 그들이 난세에 태어난 탓에 어쩔 수 없이 이러한 행동을 할 수밖에 없었던 것이지 결코 그들의 본심에서 우러난 태도는 아니었기 때문입니다. 그러나 또 이로부터 위진 시기에 예교를 파괴한 사람들은 실제로는 대단히 고집스럽게 예교를 믿었다는 것을 알 수 있습니다.

하안, 왕필, 완적, 혜강 무리들은 그들의 명성과 지위가 높았기 때문에 일반 사람들이 따라 배우기 시작했는데, 따라 배운 것은 표면적인 것이었을 뿐 그들의 실제 속마음은 알지 못했습니다. 겉으로 드러난 그들의 언행만을 따라 배웠기 때문에 사회적으로 의미 없는 공담과 음주가 많았습니다. 많은 사람들이 실없는 공담과 음주만 할 뿐 일할 힘이 없었으며, 그것이 정치에 영향을 미쳐 전혀 내용 없는 '허장성세'空城計 놀이를 하게 되었습니다. 문학 분야에서도 역시 그러하여 혜강과 완적은 술을 마셔도 문장을 쓸 수 있었지만, 나중에 동진東晉에 이르러서는 공담과 음주의 풍조가 그대로 있었으나 혜강과 완적의 작품처럼 장편대작은 없었습니다. 유협[67]은 "혜강은 마음을 스승 삼아 논의를 펼쳤고, 완적은 기를 떨쳐서 시를 썼다"라고 했습니다. 이처럼 '마음을 스승 삼는 것'師心과 '기를 떨치는 것'使氣이 바로 위말魏末 진초晉初의 문장의 특색입니다. 정시명사와 죽림명사의 정신이 멸한 후에는 감히 마음을 스승 삼고 기를 떨치는 작가도 없어졌습니다.

동진에 이르러서는 기풍이 변했습니다. 사회사상은 많이 평정해졌고, 각처 모두에 불교의 사상이 스며들었습니다. 다시 진말晉末에 이르러 난리도 겪을 대로 겪었고 찬탈도 볼 대로 보았으므로 문장 역시 더욱 온화해졌습니다. 온화한 문장을 대표하는 사람으로는 바로 도잠[68]이 있습니다. 마음 내키는 대로 술 마시고 걸식하고, 기쁠 때면 담론하고 문장을 썼으니 걱정과 원망이 없었던 것이 그의 태도입니다. 그래서 오늘날 그를

'전원시인'이라고 부르는 사람이 있는데, 그는 대단히 온화한 전원시인입니다. 그는 대단히 가난하면서도 마음은 매우 평안했으니, 그의 태도는 따라 배우기가 쉽지 않았습니다. 집안에 늘 쌀이 떨어졌고, 그러면 다른 사람 집 문앞에서 구걸했습니다. 그는 너무 가난한 나머지 손님이 왔는데도 신을 신발조차 없어서, 그 손님이 하인의 신발을 가져다 그에게 주자 발을 내밀어 신었다고 합니다. 비록 현실은 이처럼 궁핍했으나 조금도 개의치 않고 여전히 "동쪽 울타리 밑에 심은 국화를 따면서 태연히 남산을 바라보았습니다." 이러한 태도는 정말이지 흉내조차 내기 쉽지 않습니다. 너무 가난해서 누더기 옷을 입고서도 여전히 동쪽 울타리 밑에서 국화를 따면서 고개를 들어 무심히 남산을 바라보았으니 이 얼마나 초연합니까. 요즘 돈 있는 사람들이 조계租界에 살면서 꽃 가꾸는 사람을 고용하여 수십 통의 화분에 국화를 심어 놓고 시를 써서 가을날 국화를 감상하면서 "도팽택陶彭澤의 시를 본받아서"라고 하며 스스로는 도연명의 고아한 풍치에 어울린다고 여기지만 내가 보기에는 그다지 닮지 않았습니다.

도잠이 진말에 처한 상황은 공융이 한말에, 혜강이 위말에 처한 상황과 비슷하여 조대朝代가 바뀌는 시기였습니다. 그러나 그는 강개하고 격앙된 어떤 표현도 하지 않아서, 널리 '전원시인'이라는 명칭을 얻었습니다. 그러나 『도집』陶集에는 「술을 말하다」라는 글이 한 편 있는데, 당시의 정치를 언급한 것입니다.[69] 이렇게 보면 그는 세상일에 대해서 결코 잊어버리거나 냉담하지 않았으며, 단지 그의 태도가 혜강과 완적에 비해 훨씬 초연하여 사람들의 주목을 끌지 않았음을 알 수 있습니다. 그리고 또 하나의 원인이 있는데, 앞서 말한 바와 같이 습관입니다. 당시 술을 마시는 풍조가 계속 이어져 내려왔기 때문에 누가 봐도 이상하게 느끼지 않게 되었으며, 또한 한위진漢魏晉을 거쳐 오면서 시대가 짧으면서 변화가 격심하여 이젠 볼 대로 보아 커다란 감흥이 없어졌으니 도잠이 공융과 혜강에 비해 온화한 것은 당연한 일입니다. 예를 들어, 북조北朝의 묘지墓誌를 보면 관직이 올라간 것을 종종 상세하게 기록해 놓았는데, 더 자세히 보면 그는 이미 두세 조대를 거쳤습니다. 그러나 당시에는 전혀 이상하게 생각되지 않았던 것 같습니다.

내 의견으로는 설령 이전 시대의 사람이라 하더라도 그의 시문이 완전히 정치를 초월한 이른바 '전원시인', '산림시인'은 존재하지 않는다고 생각합니다. 인간세상을 완전히 벗어난 사람도 없었습니다. 세상을 벗어나면 당연히 시문도 없습니다. 시문도 사람의 일이니 시가 있는 이상 세상일에 정을 떼지 못하고 있음을 알 수 있습니다. 예컨대, 묵자墨子는 겸애兼愛를 주장했고, 양자楊子는 위아爲我를 주장했습니다.[70] 묵자는 당연히 책을 저술해야 합니다만, 양자는 반드시 저술하지 말아야 하니 이렇게 해야 '나를 위하는 것'爲我이 됩니다. 왜냐하면 책을 써서 남들에게 보여 주면 그건 '남을 위한 것'爲人이 되기 때문입니다.

이로부터 알 수 있는 바와 같이, 도잠은 어쨌든 속세를 초월할 수 없었으며, 또한 조정의 정사에 마음을 두고 있었고 '죽음'도 잊어버릴 수 없었습니다. 이것은 그의 시문에 종종 언급되어 있습니다.[71] 다른 관점에서 도잠을 연구해 본다면, 아마도 기존의 설명과 다른 인물이 될 수 있을 것입니다.

한말로부터 진말에 이르는 문장의 일부 변화와 약·술의 관계는 내가 아는 바로는 대체로 이와 같습니다. 그러나 나는 학식이 부족한 데다 상세히 연구도 하지 않았는데, 이렇게 덥고 비 오는 날에 여러분의 많은 시간을 써 버렸으니 대단히 미안하게 생각합니다. 이제 이 제목의 강연은 이것으로 마치겠습니다.

주)

1) 원제는 「魏晉風度及文章與藥及酒之關係—九月間在廣州夏期學術演講會講」이며, 이 글의 기록 원고는 1927년 8월 11, 12, 13, 15, 16, 17일 광저우 『국민일보』의 부간 「현대청년」 제173~178기에 처음 발표되었다. 개정원고는 1927년 11월 16일 『베이신』 반월간 제2권 제2호에 발표되었다.
   광저우 하기학술강연회는 국민당정부 광저우 교육국이 주관했는데, 1927년 7월 18일 광저우 시립사범학교 강당에서 개막식이 거행되었다. 루쉰은 부제에서 이 강연이 '9월 사이'에 열린 것으로 표현했으나 사실은 7월 23일, 26일에 열렸다.
2) 황건(黃巾)은 동한(東漢) 말엽에 쥐루(巨鹿) 사람 장각(張角)이 이끈 농민봉기군을 가리킨다. 한나라 영제(靈帝) 중평(中平) 원년(184)에 봉기가 일어났는데, 참가자들은 모두 누런 수건을 머리에 두르고 있었으므로 '황건군'(黃巾軍)이라고 불렀다. 그들은 "푸른 하늘은 이미 죽었고, 누른 하늘이 바야흐로 일어선다"(蒼天已死, 黃天當立)라는 구호를 내걸고 성읍(城邑)을 공격 점령하고 관부(官府)를 불태웠는데, 십여 일 사이에 전국이 호응하여 동한 정권에 심각한 타격을 주었다. 나중에 관군에 의해 진압되었다.
3) 동탁(董卓, ?~192)은 자가 중영(仲穎)이며, 룽시(隴西) 린타오(臨洮; 지금의 간쑤甘肅 민현岷縣) 사람이다. 동한 말 영제(靈帝) 때 병주(幷州) 주목(州牧; 지방장관)이 되었으며, 영제가 죽은 후 외척의 우두머리인 대장군 하진(何進)이 환관에 대항하기 위해 그에게 병사를 이끌고 조정으로 들어와 도와줄 것을 요청했는데, 그는 뤄양(洛陽)에 도착한 후 곧 소제(少帝; 유변劉辯)를 폐위하고 헌제(獻帝; 유협劉協)를 옹립하고 스스로 승상이 되어 조정의 정치를 독단했다. 헌제 초평(初平) 원년(190)에 산둥·허베이(河北) 등지의 군벌 원소(袁紹), 한복(韓馥) 등이 동탁과 정권을 다투기 위해 연합하여 병사를 일으키자 다급한 나머지 헌제를 데리고 창안(長安)으로 천도하고 스스로 태사(太師)가 되었으나, 나중에 왕윤(王允), 여포(呂布)에 의해 살해되었다. 그는 뤄양을 떠날 때 궁전, 창고, 민가를 불태워 2백 리 내를 전부 폐허로 만들어 버렸다. 그가 살해된 후 그의 부장(部將) 이각(李傕), 곽사(郭汜) 등이 다시 창안을 공격하여 방화, 약탈, 살인을 일삼아 백성들의 피해가 극심했다.
4) 동한 말엽 환관이 정권을 농단하여 정치가 혼란스럽고 백성들이 고통스러웠다. 일부 비교적 정직한 관료와 태학생(太學生)들이 서로 소식을 전하여 조정의 정치를 논의하

고 환관집단의 죄악을 폭로했다. 한나라 환제(桓帝) 연희(延熹) 9년(166)에 환관이, 사예교위(司隷校尉) 이응(李膺), 태복(太僕; 왕명을 전달하던 일을 담당한 관리) 두밀(杜密) 및 태학생의 영수인 곽태(郭泰)·가표(賈彪) 등이 결탁하여 반란을 일으키고 있다고 무고했다. 환제는 즉시 이응, 범방(範滂) 등을 체포하여 투옥시켰는데, 2백여 명이 연루되었다. 그후 또 영제(靈帝) 건녕(建寧) 2년(169), 희평(熹平) 원년(172), 희평 5년(176)에 세 차례나 그 당인(黨人)을 체포하여 죽이고, 명을 내려 각 주군(州郡)에 있던 당인과 관련된 문하생·부하 관리·부자·형제 중에서 벼슬하고 있는 사람은 모조리 면직하고 감금했다. 영제 중평(中平) 원년(184)에 이르러 황건의 봉기가 일어나자 명을 내려 그들을 사면시켰다. 이 사건을 역사에서는 '당고의 화'(黨錮之禍)라고 부른다.

5) 조조(曹操, 155~220)는 자가 맹덕(孟德)이며, 패국(沛國) 차오(譙; 지금의 안후이 하오현亳縣) 사람이다. 20세에 효렴(孝廉)에 천거되어 한나라 헌제 때 승상(丞相)의 관직에 오르고 위왕(魏王)에 봉해졌다. 그가 한나라를 찬탈한 후에 무왕(武王)으로 추존되었다. 그는 정치가, 군사가이며, 시인이었다. 그와 그의 아들 조비(曹丕), 조식(曹植)은 모두 문사(文士)를 초청하기 좋아하고 문학을 장려했는데, 당시 문단의 지도적인 인물이었다. 후대 사람들은 그의 시문을 엮어 『위무제집』(魏武帝集)을 만들었다.

6) 『삼국지연의』(三國志演義)는 장편소설 『삼국연의』(三國演義)를 가리키며, 원말명초의 나관중(羅貫中)이 지었다. 이 책에서는 조조가 '간사한 영웅'으로 묘사되어 있다.

7) 엄가균(嚴可均, 1762~1843)은 자가 경문(景文), 호가 철교(鐵橋)이며, 저장 우청(烏程; 지금의 후저우湖州) 사람이다. 청나라 가경(嘉慶) 때에 거인이 되었고, 건덕교유(建德教諭)를 역임했다. 그는 가경 13년(1808)부터 당나라 이전의 문장을 수집하기 시작하여 이십여 년에 걸쳐 『상고, 삼대, 진한, 삼국, 육조 문 전집』(全上古三代秦漢三國六朝文)을 완성했다. 이 책은 작자 3천4백여 명을 수록하고 시대별로 나누어 15집(集)으로 편집했는데, 도합 746권을 헤아린다. 얼마 후 그의 동향(同鄉) 사람 장학위(蔣壑爲)가 편목(編目) 103권을 만들고 원서의 제목이 책 전체를 포괄하지 못한다고 여겨서 책의 이름을 『상고, 삼대, 진한, 삼국, 진, 남북조 문 전집』(全上古三代秦漢三國晉南北朝文)이라고 고쳤다. 원서는 1894년(광서 20년)에 황강(黃岡) 왕육조(王毓藻)가 광저우에서 간행했다.

8) 딩푸바오(丁福保, 1874~1952)는 자가 중후(仲祜)이며, 장쑤 우시(無錫) 사람이다. 청말에 장인남청서원(江陰南菁書院)에서 배웠고, 경사대학당과 역학관(譯學館)의 교습(教習; 교사에 해당함)을 역임했다. 나중에 의학을 배웠으며 일본에 가서 의학을 고찰하고 귀국한 후 상하이에서 의학서국(醫學書局)을 열었다. 그가 편집한 『한, 삼국, 진, 남북조 시 전집』(全漢三國晉南北朝詩)은 작가 7백여 명을 수록하고 시대에 따라 11집으로 분류하고 있는데, 도합 54권을 헤아린다.

9) 류스페이(劉師培, 1884~1919)는 자가 선수(申叔)이며, 장쑤 이정(儀征) 사람이다. 1907년 일본에서 동맹회에 가입했고, 나중에 청나라 양강총독(兩江總督) 돤팡(端方)의 막료

가 되었다. 민국(民國) 후에 양두(楊度), 쑨위쥔(孫毓筠) 등과 함께 주안회(籌安會)를 조직하고 위안스카이가 제제(帝制)를 실행하는 것을 도왔다. 그의 『중국중고문학사』(中國中古文學史)는 그가 민국 초기에 베이징대학 교수로 있을 때 엮은 강의록이며, 나중에 『류선수 선생 유서』(劉申叔先生遺書)에 수록되었다.

10) 『삼국지 · 위서』(三國志 · 魏書) 「무제기」(武帝紀)에 배송지(裴松之)가 『위무고사』(魏武故事)를 인용하여 붙인 주석을 보면, 조조가 한나라 헌제 건안(建安) 15년(210)에 '자명본지'(自明本志; 원래 의도를 스스로 밝힌다는 뜻) 명을 내려 자신은 결코 한나라를 찬탈할 의도가 없었다고 밝혔다. 여기에는 "가령 나라에 짐이 없었더라면 얼마나 많은 사람들이 황제를 칭하게 되었을지, 얼마나 많은 사람들이 왕을 칭하게 되었을지 모를 일이다"(設使國家無有孤, 不知當幾人稱帝, 幾人稱王!)라는 말이 나온다.

11) 『태평어람』(太平御覽) 권425에서는 사승(謝承)의 『후한서』(後漢書)를 다음과 같이 인용하고 있다. "범단은 누님이 아파서 문병을 갔는데, 누님이 음식을 내놓았다. 단은 자형과 사이가 좋지 않아 2백 전(錢)을 남겨 두고 나왔고, 누님이 사람을 시켜 따라와 돌려주자 단은 어쩔 수 없이 받았다. 마을의 꼴 베는 아이들이 서로 화내며 '네가 청고(淸高)하다고 말하지만 어찌 범사운(範史雲)처럼 내 요리를 훔치지 않는다고 말하겠는가?'라고 말하는 소리가 들려 왔다. 단은 이 말을 듣고 '나의 보잘것없는 뜻이 아이들의 입에 오르내리고 있으니 힘쓰지 않을 수 없다'라고 말하고는 결국 돈을 던져 버리고 떠났다." 범단(範丹, 112~185)은 범염(範冉)이라고도 하며, 자가 사운(史雲)이고 후한(後漢) 때 천류(陳留) 와이황(外黃; 지금의 허난河南 치현杞縣) 사람이다.

12) 조조는 건안 15년(210) · 22년(217)에 훌륭한 인재를 구할 것을 명하였고, 또 건안 19년(214)에는 관리에게 명하여 선비를 뽑는데 '결함'이 있다 하더라도 거부하지 말며 재능에 따라 인재를 등용할 것을 강조했다. 『삼국지 · 위서』「무제기」에 기록되어 있는 건안 15년의 명령의 내용은 이렇다. "아직 천하가 평정되지 않았으니 지금이야말로 훌륭한 인재를 급히 구할 때이다.…… 만약 청렴한 선비라야만 등용할 수 있다면 제(齊)나라 환공(桓公)이 어찌 패업(霸業)을 이룰 수 있었겠는가! 지금 삼베옷을 입고 있으나 고귀한 자질(玉)을 갖추고 위수(渭水) 가에서 고기를 낚고 있는 강태공 같은 사람이 없겠는가? 형수를 훔치고 돈을 받았다고 무함당하면서 때를 만나지 못하여 잘 알려지지 않은 진평(陳平) 같은 사람이 없겠는가? 너희들은 나를 도와 미천하지만 재덕(才德)을 겸비한 사람을 잘 찾아서 재능만 있으면 내가 등용할 수 있도록 천거하라." 그리고 배송지는 주석에서 왕심(王沈)의 『위서』(魏書)에 기록된 22년의 명령을 인용했는데, 그 내용은 이렇다. "오늘날 천하에 덕성이 뛰어난 사람으로 민간에 숨어 있는 경우가 없겠는가? 과감하고 용감하여 결사적으로 적과 싸울 수 있고, 낮은 벼슬이지만 재능이 뛰어나고 자질이 특별하여 장군이나 군수를 맡을 수 있고, 명성이 깨끗하지 않고 비웃음을 사는 행실이 있거나 어질지 못하고 불효하지만 나라를 다스리고 병사를

지휘할 수 있는 기술이 있으면 하나도 빠뜨리지 말고 아는 자를 모두 천거하라."

13) "정강성은 술을 권하다 땅에 쓰러져 숨이 끊어졌다"(鄭康成行酒伏地氣絶)라는 말은 『삼국지·위서』「원소전」(袁紹傳)의 배송지의 주석에서 인용한 『영웅기』(英雄記)에 기록된 「동탁가」(董卓歌)에 나온다. 그 내용은 이렇다. "덕행이 완전하다 하나, 변고가 평범하기 어렵다네. 정강성은 술을 권하다 땅에 쓰러져 숨졌고, 곽경도(郭景圖)는 뽕나무밭에서 목숨이 끊어졌지." 정강성(鄭康成, 127~200)은 이름이 현(玄), 자가 강성이고, 베이하이(北海) 가오미(高密; 지금의 산둥 가오미高密) 사람이며, 동한 때 경학가이다. 그는 문하생을 모아 가르쳤고, 건안 연간에 대사농(大司農)의 관직에 임명되었으나 얼마 후에 죽었다. 그가 생존한 시대는 조조에 비해 이십여 년이 앞선다.

14) 조조의 유서는 『삼국지·위서』「무제기」 및 기타 고서(古書)에 흩어져 보이는데, 엄가균이 이를 모아 한 권으로 엮어 『전삼국문』에 수록했다. 그중에 다음과 같은 말이 나온다. "나의 비첩과 기녀들은 모두 부지런히 힘썼으므로 동작대(銅雀臺)에 보내어 후하게 대해 주어라.…… 남은 여자하인들은 여러 부인들에게 나누어 줄 것이며……여러 첩들 가운데 할 일이 없는 사람은 신발 끈 만드는 법을 배워 팔게 할 것이다. 내가 받았던 인수(印綬)는 모두 잘 보관해 두고 남은 옷가지는 따로 보관하되 보관할 수 없는 것은 형제들에게 나누어 주어라."

15) 육기(陸機, 261~303)는 자가 사형(士衡)이고, 우군(吳郡) 화팅(華亭; 지금의 상하이 쑹장松江) 사람이며, 진대(晉代) 시인이다. 육손(陸遜)의 손자이며, 오(吳)나라에 있을 때는 아문장(牙門將)이 되었고, 진나라 때는 상국참군(相國參軍)·평원내사(平原內史) 등의 관직을 역임했으며, 나중에 청두(成都)의 왕(王) 사마영(司馬穎)에 의해 피살되었다. 그가 조조를 평하여 한 말은 소통(蕭統)의 『문선』 권60 「위 무제를 추모하는 글」(弔武帝文)에 나온다. "저 갖옷과 인수는 어디에 두었기에, 세상 비방을 후세 왕들에게 남겨 주었던가." 당대(唐代) 이선(李善)은 주석에서 "갖옷과 인수는 하잘것없는데 무엇 때문에 간직해 두었다가 공연히 후대 왕들로부터 비방을 받게 되었는가라는 뜻이다"라고 했다.

16) 조비(曹丕, 187~226)는 자가 자환(子桓)이고, 조조의 둘째아들이다. 사실 조조의 장자는 이름이 앙(昂)이고, 자가 자수(子修)인데, 조조를 따라 장수(張綉)를 징벌하다가 전사했다. 그래서 일반적으로 조비가 조조의 장자로 알려지게 되었다. 건안 25년(220) 한나라 헌제를 폐위하고 스스로 황제에 오르니 그가 위(魏) 문제(文帝)이다. 그는 문학을 좋아하여 창작하는 이외에 평론에도 뛰어나서 『전론』(典論)을 지었다. 이 글은 『수서』(隋書) 「경적지」(經籍志)에 5권이라고 기록되어 있으나 유실되고 엄가균(嚴可均)의 『전삼국문』(全三國文)에 1권이 일문(佚文)으로 집록되어 있다. 그중 「논문」(論文)편에는 각종 문체의 특징을 언급하고 있는데, "상주문(奏議文)은 우아해야 하고, 서론문(書論文)은 조리가 있어야 하고, 명뢰문(銘誄文)은 사실을 중시해야 하고, 시(詩)와 부(賦)

는 아름다워야 한다"라고 했다. 또 문기(文氣)를 논하면서 "글은 기(氣)를 위주로 하고 기의 청탁은 문체에 맞아야 하니 억지로 해서 되는 것이 아니다"라고 했다.

17) 조식(曹植, 192~232)은 자가 자건(子建)이며, 조조의 셋째아들이다. 동아왕(東阿王)에 봉해졌고 나중에 진왕(陳王)에 봉해졌으며, 죽은 후 사(思)라는 시호를 얻어 후세에서는 진사왕(陳思王)이라 불렸다. 그는 건안시대의 주요 시인이었으며, 그의 저작은 청대 정안(丁晏)이 엮은 『조집전평』(曹集詮評)에 모두 수록되었다.

18) 조예(曹叡, 204~239)는 조비의 아들로서 자가 원중(元仲)이며 위나라 명제(明帝)이다.

19) 『문선』(文選)은 남조(南朝)의 양(梁)나라 소명태자(昭明太子) 소통이 편선한 것이다. 진한(秦漢)으로부터 제양(齊梁)에 이르기까지의 시문(詩文)을 뽑아 놓은 것인데, 도합 30권이고 중국 최초의 시문총집이다. 당대 이선이 주석을 달고 60권으로 나누었다. 조비의 『전론』「논문」은 『문선』 52권에 나온다.

20) 조비의 『전론』「논문」에 다음과 같은 내용이 있다. "대개 글은 나라를 다스리는 큰 사업이며 영원히 썩지 않는 훌륭한 일이다. 수명은 때가 되면 다하고 영화와 쾌락은 자기 일신에 그치므로 이 둘은 반드시 일정한 한도가 있지만 글은 영원무궁하다. 이 때문에 옛날의 저자는 자신을 한묵(翰墨)에 기탁하여 편적(篇籍)에 뜻을 드러내었으니, 역사책에서 칭찬을 받지 못하고 대단한 권세를 누리지 못해도 그 명성은 당연히 후세에 전해지는 것이다."

21) 조식의 「양덕조에게 보내는 편지」(與楊德祖(修)書)에 다음과 같은 내용이 있다. "사부(辭賦)는 소도(小道)로서 진실로 대의(大義)를 드날리거나 후세에 자랑할 것이 못 된다. 옛날 양자운(揚子雲)은 이전 왕조에서 무신이었으나 호걸이라고 하지 못할 것이다. 내 비록 덕이 높지 못하지만 제후의 지위에 있으니 있는 힘을 다해 나라를 위해 바치고 백성들에게 은혜를 베풀어 영세(永世)의 업을 세우고 금석(金石)의 공을 남길 것이다. 어찌 헛되이 한묵으로써 공적을 삼고 사부로써 군자가 되겠는가!"

22) 조식은 일찍부터 문재(文才)로써 조조의 사랑을 받았는데, 조조는 여러 차례 그를 태자로 삼으려고 했다. 조식도 양수(楊修), 정의(丁儀), 정이(丁廙) 등과 결탁하여 도움을 받으며 조조 앞에서 조비와 총애를 다투었다. 그러나 그는 나중에 자유분방하고 자부심이 강한 성격 때문에 조조의 환심을 잃고 마침내 왕위를 계승하지 못했다. 조비가 즉위한 뒤로 그는 항상 시기를 받았으므로 웅재(雄才)를 펼칠 수 없다고 느꼈다. 명제 때 또 그가 병사를 이끌고 오(吳)나라와 촉(蜀)나라를 정벌하여 공업(功業)을 세울 수 있기를 바란다는 내용의 상소를 여러 차례 올렸으나 그의 요구는 실현되지 못했다.

23) '건안 칠자'(建安七子)라는 명칭은 조비의 『전론』「논문」에 처음 나온다. "오늘날의 문인으로는 노국(魯國)의 공융 문거(孔融文擧), 광릉(廣陵)의 진림 공장(陳琳孔璋), 산양(山陽)의 왕찬 중선(王粲仲宣), 베이하이의 서간 위장(徐幹偉長), 천류(陳留)의 완우 원유(阮瑀元瑜), 루난(汝南)의 응창 덕련(應瑒德璉), 둥핑(東平)의 유정 공간(劉楨公幹)이

있다. 이 칠자(七子)는 학식이 깊고 문사 면에서 답습한 것이 없으며 모두 준마를 타고 천리를 가는데 발맞추어 내달리고 있다." 후대 사람들은 이에 근거해 공융 등을 '건안 칠자'라고 불렀다.

공융(孔融, 153~208)은 노국(魯國; 오늘날 산둥 취푸曲阜) 사람이며, 한나라 헌제 때 북해상(北海相)·태중대부(太中大夫)를 역임했다. 진림(陳琳, ?~217)은 광링(廣陵; 지금의 장쑤 장두江都) 사람이며, 사공(司公; 조조曹操)의 군모제주(軍謀祭酒)를 역임했다. 왕찬(王粲, 177~217)은 산양 가오핑(高平; 지금의 산둥 쩌우현鄒縣) 사람이며 승상(조조)의 군모제주·시중(侍中)을 역임했다. 서간(徐幹, 171~217)은 베이하이(지금의 산둥 웨이팡濰坊의 서남쪽) 사람이며, 사공의 군모제주, 오관장(五官將; 조조)의 문학(文學)을 역임했다. 완우(阮瑀, ?~212)는 천류 웨이스(尉氏; 지금의 허난 웨이스尉氏) 사람이며, 사공의 군모제주를 역임했다. 응창(應瑒, ?~217)은 루난(지금의 허난 루난汝南) 사람이며, 승상연속(丞相掾屬)·오관장문학(五官將文學)을 역임했다. 유정(劉楨, ?~217)은 둥핑 사람이며, 승상연속을 역임했다.

24) 조비는 『전론』「논문」에서 공융의 글을 논평하여 이렇게 말했다. "공융은 글의 격조가 높고 기묘하여 남들보다 뛰어나다. 그렇지만 입론이 분명하지 않고 논리가 뚜렷하지 않으며 장난기가 뒤섞여 있었다. 그의 장점은 양웅(揚雄)·반고(班固)와 비슷했다." '건안 칠자' 중에서 진림 등은 모두 조조 문하의 속관(屬官)이었으나 공융만이 예외였다. 나이 면에서 그는 나머지 여섯 사람에 비해 약 열 살 이상 많았고 또한 가장 먼저 세상을 떠났으니 세대가 달랐다. 그는 조씨 부자의 작품에 응대하지도 않았으며 항상 조조를 풍자했다. 『후한서』「공융전」(孔融傳)에는 이렇게 기록하고 있다. "조조가 업성(鄴城)을 공략했을 때 원씨(袁氏) 부녀자들이 많은 욕을 보았는데, 조조의 아들 조비는 몰래 원희(袁熙; 원소袁紹의 아들)의 아내 견씨(甄氏)를 첩으로 삼았다. 공융은 이에 조조에게 편지를 써서 '주(周)나라 무왕(武王)이 주왕(紂王)을 정벌할 때 달기(妲己)를 주공(周公)에게 선물로 주었다'라고 했다. 조조는 그 뜻을 깨닫지 못하고 후에 어느 경전에 나오는가라고 물었다. 대답하되 '오늘날의 일로써 그것을 헤아려보면 당연히 그러했을 것이다'라고 했다.…… 그때 기근이 들고 전쟁이 일어나자 조조는 금주령(禁酒令)을 내렸고 공융은 여러 번 편지를 띄워 논쟁했는데, 모욕적인 언사가 많았다." 당대(唐代) 장회태자(章懷太子; 이현李賢)의 주석에서 공융이 조조와 금주령에 관해 논쟁한 글을 인용했는데, 그중에 "하(夏)나라·상(尙)나라 역시 여인 때문에 천하를 잃었는데, 오늘날 혼인을 금지하지 않았다. 그런데 유독 술만 금지하는 것은 곡식이 아까워서 그런 것이 아닌가 한다"라는 등의 말이 있다.

25) "어떻게 시름을 덜 것인가? 오직 두강밖에 없다"(何以解憂? 惟有杜康)라는 구절은 조조의 「단가행」(短歌行)에 나온다. 두강(杜康)은 주대(周代) 사람으로 술을 잘 만들었다고 전해진다.

26) 조조가 공융을 살해한 경위에 관해서는 『후한서』「공융전」에서 이렇게 말하고 있다. "조조는 오랫동안 공융을 몹시 싫어하던 차에 치려(郗慮)가 마침내 승상의 군모제주인 로수(路粹)더러 거짓으로 공융의 죄상을 꾸며 아뢰도록 했다. 다음과 같은 죄상이었다. '…… (공융이) 이전에 백의(白衣) 니형(禰衡)과 더불어 함부로 이렇게 지껄였습니다. 아버지가 자식에 대하여 무슨 정분이 있겠는가. 그 본의를 말하자면 실은 정욕에서 생겨난 것일 뿐이다. 자식이 어머니에 대하여 또한 무슨 보답을 할 것인가. 이를테면 병(瓶) 안에 물건을 담아 두었던 것처럼 쏟아내면 그만인 것이다. …… 이것은 대역무도한 것이므로 마땅히 중벌을 내려야 합니다.' 이 글이 올려지자 공융을 투옥하고 목을 베어 효시했다." 또 『삼국지 · 위서』「최염전」(崔琰傳)의 주석에서 손성(孫盛)의 『위씨춘추』(魏氏春秋)를 인용했는데, 거기에 조조가 공융의 죄상을 선포하는 명령문을 이렇게 기록하고 있다. "핑위안(平原)의 니형은 공융의 논리를 전수받아서 부모와 자식 간에는 정분이 없으니 마치 옹기 속에 담겨 있던 물건과 같은 것이라고 여겼다. 또 만약 기근을 만났더라도 아버지가 현명하지 못하면 차라리 다른 사람을 부양하겠다고 말했다. 공융은 천도(天道)를 어기고 윤리를 어지럽혔으니 그를 죽여 길거리에 내버렸지만, 때늦은 감이 있다."

27) 니형(禰衡, 173~198)은 자가 정평(正平)이고, 핑위안 반(般 ; 지금의 산둥 린이臨邑) 사람이며, 한말의 문학가이다. 그는 재주를 믿고 벼슬을 하지 않았고, 성격이 강직하고 자부심이 강했으며, 공융 · 양수(楊修)와 우정이 돈독했고 누차 조조를 모욕했다. 그의 문명(文名)이 매우 높았기 때문에 조조는 그를 살해하고자 했으나 꺼리는 바가 있어 그를 유표(劉表)에게 보냈다. 나중에 그는 또 유표를 모욕했으므로 다시 강하태수(江夏太守) 황조(黃祖)에게 보내졌고, 마침내 황조에 의해 살해되었다. 그의 나이 스물여섯 살이었다.

28) 하안(何晏, ?~249)은 자가 평숙(平叔)이고, 난양(南陽) 완(宛 ; 지금의 허난 난양南陽) 사람이다. 조조의 사위이다. 제왕(齊王) 조방(曹芳) 때 조상(曹爽)이 정권을 잡아 그를 이부상서(吏部尙書)로 기용했으며, 나중에 조상과 함께 사마의에게 피살되었다. 『삼국지 · 위서』「조상전」(曹爽傳)에서는 그가 "어려서 재주가 뛰어나 이름이 널리 알려졌고, 노자 · 장자의 말을 좋아했으며, 『도덕론』(道德論) 및 여러 가지 문부(文賦) 등 저술 수십 편을 지었다"라고 했다.

29) 하안이 분을 발랐다는 이야기는 『삼국지 · 위서』「조상전」의 주석에서 인용한 어환(魚豢)의 『위략』(魏略)에 나온다. "하안은 멋을 내기 좋아하는 성격이었는데, 어딜 가나 흰 분이 그의 손을 떠나지 않았으며 길을 가다가도 몸맵시를 살폈다." 그러나 진대 사람 배계(裴啓)가 지은 『어림』(語林)에는 이런 내용이 있다. "(하안은) 몸매가 아름답고 얼굴색이 대단히 희었는데, 위나라 문제는 그가 분을 바른 것이 아닌가 하고 의심했다. 후에 어느 한여름 날에 그를 불러다가 뜨거운 떡국을 먹였는데, 너무 더워 땀을 줄줄

흘렸다. 이에 하안이 붉은 옷소매로 땀을 닦으니 얼굴색이 하얗고 깨끗했다. 문제는 그제야 얼굴이 하얗다는 것을 믿게 되었다."

30) 하안이 약을 복용했다는 이야기는 『세설신어』(世說新語) 「언어」(言語)에 기록되어 있다. "하평숙(何平叔 ; 즉 하안)은 '오석산(五石散)을 복용하면 병을 고칠 수 있을 뿐만 아니라 정신이 맑아지고 기분이 좋아진다'라고 말했다." 유효표(劉孝標)는 주석에서 진승상(秦丞相 ; 진승조秦承祖라고 해야 옳음)의 『한식산론』(寒食散論)을 인용하여 이렇게 말했다. "한식산(寒食散 ; 오석산)의 약방문이 한대에 나왔지만 복용하는 사람이 적어서 잘 전해지지 않았다. 위나라 상서(尙書) 하안이 처음으로 신기한 효험을 얻게 되자 세상에 크게 유행하여 복용하는 사람이 끊이지 않았다." 또 수대(隋代) 소원방(巢元方)의 『제병원후론』(諸病源候論) 권6의 「한식산발후」(寒食散發候)편에서 이렇게 말했다. "황보(밀)(皇甫謐)에 의하면, 한식약(寒食藥)은 누가 만들었는지 세상에 알려지지 않았는데, 화타(華佗)라고 말하는 사람도 있고 중경(仲景 ; 장기張機)이라고 말하는 사람도 있다.…… 근세에는 상서 하안이 노래와 색을 좋아하여 비로소 이 약을 복용하게 되었다. 마음이 즐거워지고 체력이 강해졌다. 경사(京師 ; 수도를 가리킴)에서는 모두들 전수했다.…… 하안이 죽은 후 약 복용자가 더욱 많아져서 그치지 않았다."

31) 소원방(巢遠方)은 수대 사람이며, 양제(煬帝) 때 태의박사(太醫博士)를 역임했으며 대업(大業) 6년에 왕명을 받들어 『제병원후론』 50권을 편찬했다. 한식산의 복용법과 해독법은 이 책의 권6 「한식산발후」편에 나온다.

32) "이를 잡으며 이야기하다"(捫虱而談)라는 말은 왕맹(王猛)의 고사이다. 왕맹(325~375)은 자가 경략(景略)이고, 베이하이 쥐(劇 ; 지금의 산둥 서우광壽光) 사람이며, 화산(華山)에 은거했다. 『진서』(晉書) 「왕맹전」(王猛傳)에서 이렇게 말했다. "환온(桓溫)이 관내(關內)로 들어오니 왕맹이 베옷을 입고 그를 찾아갔다. 왕맹은 세상일을 이야기하면서 이를 잡으며 말했는데, 옆에 사람이 없는 듯이 했다."

33) 갈홍(葛洪, 약 283~363)은 자가 치천(稚川)이고 호가 포박자(抱樸子)이며, 쥐룽(句容 ; 지금의 장쑤 쥐룽句容) 사람이다. 진나라 혜제(惠帝) 때 복파장군(伏派將軍)에 임명되고 관내후(關內侯)를 하사받았다. 『진서』 「갈홍전」(葛洪傳)에서 그는 "사람됨이 꾸밈없고 소박하여 영리(榮利)를 좋아하지 않았으며 …… 전적(典籍)을 두루 읽었고 무엇보다 신선의 보양법을 좋아했다"라고 했다. 그가 지은 『포박자』(抱樸子)는 도합 8권이며, 내외(內外) 두 편(篇)으로 나누어져 있는데, 내편은 신선방약(神仙方藥)을 논했고, 외편은 시정인사(時政人事)를 논했다. 오석산의 복용 방법에 관한 기록은 이 책의 내편에 나온다.

34) 거짓으로 오석산을 먹었다고 하는 이야기는 『태평광기』(太平廣記) 권247에 후백(侯白)의 『계안록』(啓顔錄)을 인용한 기록에 나온다. "후위(後魏)의 효문제(孝文帝) 때 여러 왕들과 귀족대신들은 대부분 오석산을 복용했는데, 이를 석발(石發)이라 불렀다.

이에 부귀하지 않은 사람도 열이 나면 오석산을 복용하여 열이 난다고 하는 경우가 있었다. 그때 사람들은 그렇게 거짓으로 부귀한 체하는 것을 싫어했다. 어떤 사람이 저잣거리에 누워서 열이 난다고 뒹굴며 구경꾼들을 불러들였다. 같이 왔던 친구가 나무라니 '나는 석발하고 있네'라고 대답했다. 친구는 '자네는 언제 오석산을 먹었기에 오늘 석발하는가?'라고 말했다. '나는 어제 사온 쌀 속에 돌이 있어 그것을 먹었더니 오늘 석발하네'라고 대답했다. 사람들은 모두 크게 웃었다. 그후로 석발한다고 말하는 자가 적어졌다."

35) 휘자(諱字)를 듣고 대성통곡한 이야기는 『세설신어』「임탄」(任誕)에 기록되어 있다. "환남군(桓南郡; 환현桓玄)이 태자세마(太子洗馬)를 맡으라는 부름을 받고 갈대섬(荻渚)에 배를 대었다. 왕대(王大; 왕침王忱)가 오석산을 먹은 후 술이 조금 취하여 환현을 보러 왔다. 환현이 술을 내놓았으나 찬 것은 마실 수 없다고 하여 여러 번 하인들에게 데운 술(溫酒)을 가져오라고 시켰다. 그러자 환현이 눈물을 흘리며 오열하자 왕대가 떠나려 했다. 환현은 손수건으로 눈물을 닦으며 왕대에게 '우리 집의 휘자를 범한 것을 어찌 그대 탓으로 돌리겠소'라고 말했다. 왕대는 탄식하며 '영보(靈寶; 환현의 어릴 때 부르던 이름)는 높은 벼슬에 올랐기 때문이로군'이라고 말했다. 환현의 아버지 이름은 온(溫)인데, 왕대가 하인들에게 데운 술, 즉 '온주'(溫酒)를 가져오라고 하는 말을 듣고 환현은 흐느껴 울었던 것이다.

36) 왕필(王弼, 226~249)은 자가 보사(輔嗣)이며, 위나라 산양(지금의 허난 자오쭤焦作) 사람으로 왕찬(王粲)의 족손(族孫)이다. 『삼국지 · 위서』「종회전」(鍾會傳)에서 이렇게 말했다. "왕필은 유도(儒道)를 논하기 좋아하고 언변이 뛰어났으며, 『역』과 『노자』에 주석을 달았고, 상서랑(尙書郎)이 되었다."
하후현(夏侯玄, 209~254)은 자가 태초(太初)이고, 패국 차오 사람이다. 『삼국지 · 위서』「하후상전」(夏侯尙傳)에서 이렇게 말했다. "하후현은 젊어서부터 이름이 알려졌고, 약관의 나이에 산기황문시랑(散騎黃門侍郎)이 되었다.…… 정시(正始) 연간 초에 조상(曹爽)의 정사를 보좌했다. 하후현은 조상의 고모의 아들이다. 연이어 산기상시(散騎常侍), 중호군(中護軍)의 벼슬을 했다. 얼마 후 정서장군(征西將軍)이 되어 옹주(雍州) · 양주(涼州)의 여러 군사를 통솔했다." 조상이 사마의에게 살해된 후 그 역시 사마사(司馬師)에게 살해되었다.

37) 『세설신어』「문학」(文學)의 '원언백(袁彦伯)이 『명사전』(名士傳)을 짓다'라는 조목 아래에 양(梁)나라 유효표(劉孝標)가 이렇게 주석을 달았다. "굉(宏; 언백彦伯의 이름)은 하후태초(夏侯太初), 하평숙(何平叔), 왕보사(王輔嗣)를 '정시의 명사'(正始名士)라고 했다. 완사종(阮嗣宗), 혜숙야(嵇叔夜), 산거원(山巨源), 향자기(向子期), 유백윤(劉伯倫), 완중용(阮仲容), 왕준중(王濬仲)을 죽림의 명사(竹林名士)라고 했다." 정시(正始, 240~249)는 위나라 폐제(廢帝; 폐출된 황제)인 제왕(齊王) 조방(曹芳)의 연호이다.

38) 『세설신어』(世說新語)는 남조의 송나라 유의경(劉義慶)이 편찬했다. 내용은 동한으로부터 동진(東晉)에 이르는 사이의 일반적인 문사(文士)·학사(學士)의 언담(言談)·풍모(風貌)·일사(軼事) 등을 기록해 놓은 것이다. 남조의 양나라 유효표가 지은 주석이 있다. 오늘날 전하는 책은 도합 3권 36편이다. 유의경(403~444)은 펑청(彭城; 지금의 장쑤 쉬저우) 사람이며, 송나라 무제(武帝) 유유(劉裕)의 조카이다. 그는 임천왕(臨川王)이라는 작위를 이어받았고, 남연주(南兗州)의 자사(刺史)를 역임했다.

39) 사마의(司馬懿, 179~251)는 자가 중달(仲達)이며, 허네이(河內) 원현(溫縣; 지금의 허난 원현溫縣) 사람이다. 처음에는 조조의 주부(主簿; 문서관리와 사무를 담당하던 벼슬 이름)였다가 위나라 명제 때는 대장군(大將軍)이 되었다. 제왕(齊王) 조방이 즉위한 후에 그는 국정(國政)을 독단했다. 사후에 그의 첫째아들 사마사(司馬師)가 대장군이 되었고, 또 그가 죽자 둘째아들 사마소(司馬昭)가 대장군이 되었는데, 그는 날마다 왕위 찬탈을 도모했다. 함희(鹹熙) 2년(265)에 사마소의 아들 사마염(司馬炎)이 위나라를 대신하여 황제로 칭하고 진(晉) 왕조를 세웠다. 하후현은 사마사에 의해 살해되었는데, 루쉰은 사마의라고 잘못 알고 있었다.

40) 『당서』(唐書) 「경적지」(經籍志)에는 서숙화(徐叔和)가 편찬한 『해한식산방』(解寒食散方) 13권이 수록되어 있고, 『신당서』(新唐書) 「예문지」(藝文志)에는 서숙향(徐叔向)이 편찬한 『해한식방』(解寒食方) 15권이 수록되어 있다.

41) 황보밀(皇甫謐, 215~282)은 자가 사안(士安)이며, 안딩(安定) 차오나(朝那; 지금의 간쑤甘肅 핑량平涼) 사람이다. 진나라 초기에 누차 조정에서 불렀으나 나아가지 않았다. 『고사전』(高士傳), 『일사전』(逸士傳), 『현안춘추』(玄晏春秋) 등을 지었다. 『진서』 「황보밀전」의 기록에 따르면, 그가 사마염에게 올린 상소문에서 오석산을 먹어서 생긴 여러 가지 고통을 이렇게 기술했다. "신(臣)은 행실이 나쁘고 도(道)의 취미에 빠졌나이다.…… 또 한식약을 절도를 어기며 복용하여 그 독해(毒害) 때문에 지금까지 7년 동안 고생했나이다. 한겨울에 발가벗고 얼음을 먹어도 덥고 답답했고, 게다가 기침까지 하여 학질에 걸린 것 같기도 하고 상한(傷寒)에 걸린 것 같기도 했으며, 숨이 차고 다리가 붓고 사지가 시큰거리고 무거웠나이다. 이제 허약해져서 목숨을 살려 달라고 고함을 질렀더니, 부모형제는 보고 나가 버렸고 처자식은 영원히 이별하겠다고 했나이다."

42) 검을 빼들어 파리를 내쫓았다는 이야기는 『삼국지·위서』 「양습전」(梁習傳)의 주석에서 인용한 『위략』(魏略)에 나온다. "(왕)사(王思)는 또 성미가 급했다. 붓을 잡고 글을 쓰는데, 파리가 붓끝에 모여들자 내쫓았고, 다시 모여들고 내쫓기를 거듭했다. 사는 화가 나서 벌떡 일어나 파리를 내쫓았으나 내쫓지를 못하자 붓을 땅에 내동댕이치고 짓밟아버렸다." 청대 장영(張英) 등이 엮은 『연감류함』(淵鑒類函) 권315 「편급」(褊急)문(門)에 기록된 왕사의 이야기에는 "왕사가 벌떡 일어나 검을 빼들고 파리를 내쫓았다"라는 말이 있지만 인용한 책이름을 분명히 밝히지 않았다. 왕사(王思)는 지인(濟陰;

지금의 산둥 딩타오定陶) 사람이며, 정시 연간에 대사농(大司農)이 되었다.

43) 『삼국지 · 위서』「왕찬전」(王粲傳)에 혜강(嵇康)의 약력이 부기되어 있는데, 배송지(裴松之)의 주석에서 『위씨춘추』를 인용하여 이렇게 말했다. "혜강이 허네이의 산양현에 살고 있을 때,…… 천류의 완적, 허네이의 산도(山濤), 허난의 향수(向秀), 완적(阮籍)의 조카 함(鹹), 랑예(琅琊)의 왕융(王戎), 페이(沛)의 유령(劉伶)과 사이가 좋았으며 죽림(竹林)에서 놀아 그들을 '칠현'(七賢)이라 불렀다." 『세설신어』「임탄」에도 그에 관한 이야기 한 토막(則)이 있는데, 일곱 사람은 "항상 죽림에 모여 마음껏 놀았으므로 세상에서는 '죽림칠현'이라 불렀다"라고 했다.

44) 혜강(嵇康, 223~262)은 자가 숙야(叔夜)이며, 초국(譙國) 즈(銍 ; 지금의 안후이 수현宿縣) 사람이며, 시인이다. 『진서』「혜강전」(嵇康傳)에서 이렇게 말했다. "혜강은 어려서 고아가 되었고 기이한 재주가 있어 출중했다.…… 배움에 스승의 가르침이 필요 없었고 널리 읽어 통하지 않는 것이 없었으며, 오랫동안 노자 · 장자를 좋아했다. 위나라의 종실(宗室)과 혼인을 맺었고, 중산대부(中散大夫)에 임명되었다. 항상 심성을 도야하고 약을 복용했으며, 거문고를 타고 시를 읊는 것으로 즐거워했다.…… 혜강은 이치를 논하는 데 뛰어났을 뿐만 아니라 글을 짓는 데도 능했는데, 그의 고매한 정취는 소탈하고 심원했다." 그의 저작은 현재 『혜강집』(嵇康集) 10권으로 보존되어 있으며, 루쉰의 교정본이 있다.

45) 완적(阮籍, 210~263)은 자가 사종(嗣宗)이며, 천류 웨이스 사람이며, 완우(阮瑀)의 아들이고 시인으로 혜강과 이름을 나란히 했다. 위나라에서 벼슬하여 종사중랑(從事中郎), 보병교위(步兵校尉)가 되었다. 『진서』「완적전」에서 그는 "여러 책을 널리 읽었고, 특히 노자 · 장자를 좋아했다. 술을 좋아하고 소리를 잘했으며, 거문고를 즐겨 탔다"라고 했다. 또 "완적은 본래 세상을 구제할 뜻이 있었으나 위진 교체기에 천하에 변고가 많아 명사(名士) 중에 명을 다한 사람이 적었으므로 그는 세상일에 참여하지 않고 마침내 늘 술에 취해 있었다"라고 했다. 그의 저작은 현재 『완적집』(阮籍集) 10권에 보존되어 있다.

46) 유령(劉伶)은 자가 백윤(伯倫)이며, 패국(지금의 안후이 수이시濉溪) 사람이다. 위나라에 벼슬하여 건위참군(建威參軍)이 되었다. 성격이 방종하고 술을 좋아했으며 작품으로는 「주덕송」(酒德頌)이 있는데, 이에 빗대어 이렇게 말했다. 대인선생(大人先生)은 "멈춰 있을 때는 술잔을 만지고 움직일 때는 술독을 챙겼으며, 오직 술에만 힘쓰고 다른 일은 몰랐다." "귀개공자(貴介公子) 진신처사(搢紳處士)"가 그의 면전에서 "예법을 설명하는데", 그는 "술독을 안고 술을 부어 마셨고, 구레나룻을 쓰다듬고 다리를 뻗기도 했으며, 누룩을 베고 술지게미를 깔고 누워 근심걱정 없이 즐거움이 그지없었다."

47) 완적이 청안(青眼)과 백안(白眼)으로 구분하여 사람을 대했다는 이야기는 『진서』「완적전」에 나온다. "완적은 또 청안과 백안으로 사람을 대할 줄 알았는데, 속된 예법에

얽매인 사람을 보면 백안으로 대했다." 그의 어머니가 죽자 "혜희(嵇喜)가 조문하러 왔고, 완적이 백안으로 대하자 혜희는 불쾌해하며 가 버렸다. 혜희의 동생 혜강(嵇康)이 그 소식을 듣고 술과 거문고를 가지고 찾아가니 완적은 무척 기뻐하며 청안으로 대했다. 그리하여 예법을 숭상하는 사람들은 모두 그를 원수처럼 싫어했다.

48) "인물의 옳고 그름을 비평하지 않은"이라는 말은 『진서』「완적전」에 나온다. "완적은 비록 예교(禮敎)에 구속되지 않았지만, 말은 심원하고 인물의 옳고 그름을 비평하지 않았다."

49) 진대에는 아들이 아버지의 이름을 부르는 예가 흔히 있었다. 예컨대, 『진서』「호모보지전」(胡毋輔之傳)에는 이런 내용이 있다. "보지(輔之)가 한창 술을 마시고 있는데, 겸지(謙之; 보지의 아들)가 훔쳐보다가 사나운 목소리로 '언국(彦國; 보지의 호), 연로하신 분이 그렇게 하시면 안 됩니다! 나를 떼어놓고 말입니다'라고 말했다. 보지가 기뻐 웃으며 불러들여 함께 마셨다." 또 「왕몽전」(王蒙傳)에 이런 내용이 있다. "왕몽(王蒙)의 자는 중조(仲祖)인데,…… 인물이 잘생겨서 자주 거울을 들여다보다가 그의 아버지의 자를 부르며 '왕문개(王文開)가 이런 아들을 낳았군!'이라고 말했다."

50) 유령이 손님에게 벌거벗은 모습을 보여 주었다는 이야기는 『세설신어』「임탄」에 기록되어 있다. "유령은 항상 술을 마구 마시고 대범했으며, 때로는 옷을 벗고 알몸으로 방 안에 있었는데, 사람들이 보고 비웃었다. 유령이 '나는 천지를 집으로 삼고 집을 옷으로 삼는데, 그대들은 어째서 나의 바지 속에 들어왔는가?'라고 말했다." 유효표는 주석에서 등찬(鄧粲)의 『진기』(晉紀)를 인용했는데, 내용이 대동소이하다.

51) 「대인선생전」(大人先生傳)은 완적이 '대인선생'의 입을 빌려 자신의 포부를 서술한 글이다. 여기서 인용한 세 구는 '대인선생'이 지은 노래이다.

52) 육합(六合)은 우주를 가리킨다.

53) 완적이 술을 핑계로 혼인을 거부한 이야기는 『진서』「완적전」에 기록되어 있다. "문제(文帝; 사마소이며, 루쉰은 사마의라고 잘못 알고 있었음)가 처음 무제(武帝; 즉 사마염)를 위해 완적에게 구혼하려 했으나 완적이 60일 동안 취해 있는 바람에 말을 꺼내지 못하고 그만두었다."

54) 안연지(顔延之, 384~456)는 자가 연년(延年)이며, 랑예 린이 사람이며, 남조의 송나라 시인이다. 관직은 금자광록대부(金紫光祿大夫)에 이르렀다. 『문선』 권23의 완적의 「영회」(詠懷) 시 다음에 붙어 있는 이선의 주석에서 안연지의 다음과 같은 말을 인용하고 있다. "사종(嗣宗; 즉 완적)은 어지러운 왕조에서 벼슬을 하면서 항상 비방과 화를 당할까 봐 근심했으며, 그래서 그가 지은 시에는 매번 삶을 걱정하는 한탄의 소리가 담겨 있었다. 비록 뜻이 풍자하는 데 있었지만 글이 몹시 은유적이어서 오랜 세월이 지나자 사람들은 그 뜻을 헤아리기 어려웠다. 그래서 대략적인 뜻만 거칠게 밝히고 심오한 뜻은 생략해 버렸다."

55) 「자연호학론에 대한 반박」(難自然好學論)은 혜강(嵇康)이 장막(張邈; 자가 요숙遼叔)의 「자연호학론」(自然好學論)을 반박하며 지은 논문이다.
56) 관숙(管叔)과 채숙(蔡叔)은 주나라 무왕의 두 형제이다. 『사기』 「관채세가」(管蔡世家)에서 이렇게 말했다. "무왕이 은나라 주왕(紂王)을 정벌하여 천하를 평정한 뒤 형제들을 공신으로 봉했다. 그리하여 숙선(叔鮮)은 관(管)에 봉하고 숙도(叔度)는 채(蔡)에 봉하여 두 사람이 주왕의 아들 무경록부(武庚祿父; 록부는 무경의 이름)를 보좌하고 은나라 유민을 다스리게 했다. 숙단(叔旦)을 노(魯)에 봉하고 주나라를 보좌하게 했는데, 주공(周公)이라 했다.…… 무왕이 죽자 성왕(成王)이 어려서 주공 단(旦)이 왕실을 도맡았다. 관숙과 채숙이 주공은 성왕에게 불리한 일을 한다고 의심하여 무경을 끼고 난을 일으켰다. 주공 단은 성왕의 명을 받들어 무경을 토벌하고, 관숙은 죽이고 채숙은 풀어주며 귀양보냈다." 혜강의 「관채론」(管蔡論)에서는 관숙과 채숙을 위해 변호하면서 이렇게 말했다. "관숙과 채숙은 모두 가르침을 따르고 의로움을 위해 죽었으며 충성스런 마음이 불타올랐다.…… 주공은 정치를 유린하면서 조정의 제후들을 따르게 했다.…… 관숙과 채숙은 가르침을 따랐지만 포부를 달성하지 못하고 마침내 큰 변고를 당해 뜻을 이루지 못했다. 충성스런 마음으로 왕실을 생각했다. 마침내 직언(直言)하며 무리를 일으켜 나라의 우환을 없애고자 했다."
57) 산거원(山巨源)은 '죽림칠현'의 한 사람인 산도(山濤, 205~283)이며, 허네이 화이(懷; 지금의 허난 우즈武陟) 사람이다. 그는 위나라 원제(元帝; 조환曹奐)의 경원(景元) 연간에 사마소에 의탁하여 선조랑(選曹郎) 벼슬을 지냈고, 나중에 그 자리를 그만두면서 혜강이 맡도록 천거하려 하자 혜강이 편지를 써서 거절하면서 그와 절교하겠다고 표시했다. 그 편지에서 예법(禮法)의 속박을 받지 않겠다고 하면서 "매번 탕왕(湯王)과 무왕(武王)을 비난하고 주공(周公)과 공자를 멸시했는데, 민간에서는 금지되어 있지 않지만 이 일이 밖으로 드러나면 세상 예교에서 용납되지 않을 것이다"라고 말했다. 나중에 혜강은 친구 여안(呂安) 사건에 연루되었고, 종회(鍾會)가 그 기회를 틈타 사마소를 움직여 그를 살해하게 했다. 『삼국지·위서』 「왕찬전」의 주석에서 『위씨춘추』를 인용하여 혜강이 살해된 과정을 이렇게 서술하고 있다. "대장군(사마소)이 일찍이 혜강을 등용하고자 했다. 혜강은 세상과 거리를 두겠다고 주장한 데다 공자를 잘 따르지도 않으면서 허둥(河東)으로 피신했는데, 혹자는 세상을 피한 것이라고 했다. 산도가 선조랑 벼슬자리에 자신을 이을 사람으로 혜강을 천거하자 혜강은 답신을 보내어 거절했고, 그 편지에서 속류와 어울릴 수 없다고 말하고 탕왕과 무왕을 비난했다. 대장군은 그 말을 듣고 격노했다. 처음에 혜강은 둥핑(東平)의 여소(呂昭) 아들 여손(呂巽) 및 여손의 아우 여안과 친교가 깊었다. 종회와 여손이 여안의 아내 서씨(徐氏)를 겁탈하고 여안이 불효하다고 무고하여 투옥시켰다. 여안이 혜강을 증인으로 내세우자 혜강은 의리를 저버리지 않고 그 일을 자세히 밝혔다. 여안 역시 성격이 무척 강직하여 세상

을 구제할 지력(志力)을 품고 있었다. 이 때문에 종회는 대장군에게 권유하여 그를 제거하도록 했는데, 결국 여안과 혜강을 살해했다. 혜강은 형(刑)을 앞에 두고도 태연자약하게 거문고를 타면서 '아름다운 소리도 이제 끝이로구나!' 하고 탄식했다. 그 당시 슬퍼하지 않은 사람이 없었다." 혜강을 살해한 사람은 사마소인데, 루쉰은 사마의라고 잘못 알고 있었다.

58) 천위(天位)는 황제의 자리를 가리킨다.

59) 배위(裴頠, 267~300)는 자가 일민(逸民)이며, 허둥 원시(聞喜; 지금의 산시 원시聞喜) 사람이다. 진나라 혜제 때 국자제주(國子祭酒)가 되었고 우군장군(右軍將軍)을 겸했으며, 상서좌부사(尙書左仆射)로 승진했다가 나중에 사마윤(司馬倫; 조왕趙王)에 의해 살해되었다. 『진서』「배위전」(裴頠傳)에서 이렇게 말했다. "배위는 세속의 방탕함을 몹시 우려하고 유술(儒術)을 존중하지 않았다. 하안과 완적은 본디 세상에 이름이 높았으나 언사가 가볍고 예법을 준수하지 않았으며, 헛되이 녹봉만 축내고 총애만 탐하며 일은 하지 않았다. 왕연(王衍)의 무리는 명성이 성대하고 지위와 세력이 높았으나 사물에 대해 직접 살피지 않고 서로 모방만 했으므로 풍교(風敎)가 점차 쇠미해졌고, 이에 「숭유」(崇有)의 논(論)을 지어 그 폐단을 해석했다."

60) 손성(孫盛, 306~378)은 자가 안국(安國)이며, 타이위안(太原) 중두(中都; 지금의 산시 핑야오平遙) 사람이다. 환온참군(桓溫參軍)을 역임했고, 관직은 급사중(給事中)에 이르렀다. 저작으로는 『위씨춘추』, 『진양추』(晉陽秋) 등이 있다. 그의 「노자는 대현이 아님을 논함」(老子非大賢論)은 당시 청담가(淸談家)들이 종주(宗主)로 받들던 노담(老聃; 즉 노자)을 비평한 것인데, 노담 자신의 말을 사용하여 그의 학설이 자기모순에 빠져 있고 실제에 부합하지 않는다는 것을 증명하고 이로써 노담이 대현(大賢)이 아니라고 단정하고 있다.

61) 하증(何曾, 197~278)은 자가 영고(穎考)이며, 진국(陳國) 양샤(陽夏; 지금의 허난 타이캉太康) 사람이다. 사마염이 위나라를 찬탈하자 하증이 그에게 제위에 오르도록 권했으므로 사마염은 그 공을 인정하여 그를 태위(太尉)에 임명하고 공작(公爵)에 봉했다. 『진서』「하증전」(何曾傳)에서 이렇게 말했다. "당시(위나라의 고귀향공高貴鄕公이 즉위한 초년)에 보병교위인 완적은 재주를 품고 있었으나 방종하여 상중에도 예를 지키지 않았다. 하증이 문제(文帝; 루쉰은 사마의로 잘못 알고 있었음) 앞에서 완적을 질책하면서 '경은 방종하고 예를 어겼으며 세속을 파괴한 사람이다. 지금은 충현(忠賢)이 집정하고 있어 명(名)과 실(實)을 종합적으로 따져 보건대, 경과 같은 무리는 오래가지 못할 것이다'라고 말했다. 이어 문제에게 '공(公)께서는 바야흐로 효도로써 천하를 다스리는데, 듣자 하니 완적은 중한 상(모친상)중에서도 술을 마시고 고기를 먹었나이다. 사예(四裔)에 귀양 보내어 화하(華夏)를 더럽히지 않도록 해야 마땅하나이다'라고 말했다. 문제가 '이 사람은 병 때문에 그러는데, 그대는 나를 위해 참을 수 없겠는가!'라고

말했다. 하증은 다시 증거를 들며 간절하게 말했다. 문제는 그의 말을 듣지는 않았지만 당시 사람들은 그를 경외(敬畏)했다."

62) "예의에는 밝지만 사람의 마음을 아는 데는 둔하다"(明於禮義而陋於知人心)라는 두 구절은 『장자』「전자방」(田子方)에 나온다. "온백설자(溫伯雪子)가 제나라로 가는 도중에 노나라에서 묵게 되었고, 노나라 사람 중에 그를 만나 보고자 하는 자가 있었다. 그러자 온백설자는 '안 되오. 내가 듣기로 노나라 군자는 예의에는 밝지만 사람의 마음을 아는 데는 둔하다고 하니, 나는 만나 보고 싶지 않소'라고 말했다." 당대 성현영(成玄英)은 온백은 자가 설자이고 춘추 시기에 초(楚)나라 사람이라고 주해(注解)했다. 루쉰은 계찰(季劄)이라고 잘못 알고 있었다.

63) 완적이 아들이 자기를 본받지 말기를 바란 이야기는 『진서』「완적전」에 나온다. "(완적의) 아들 혼(渾)의 자는 장성(長成)이며, 아버지를 닮아 어려서부터 거침이 없고(通達) 사소한 예절에 얽매이지 않았다. 완적은 타일러 '중용(仲容)이 이미 우리와 같은 패가 되었으니 너는 그럴 필요가 없다'라고 말했다." 『세설신어』「임탄」에도 이 이야기가 기록되어 있다. 완함(阮鹹)은 자가 중용이고, 완적의 형 완희(阮熙)의 아들이다.

64) 대장일을 하고 있었음을 가리킨다.

65) 혜강이 종회를 푸대접한 이야기는 『진서』「혜강전」에 나온다. "혜강은 성격이 특이하고 대장일을 좋아했다. 그의 집에는 무성한 버드나무 한 그루가 있고 격수(激水 ; 흐름이 빠른 물)가 그 둘레를 두르고 있었는데, 여름날이면 그 아래에 앉아 대장일을 했다." 또 이런 내용이 있다. "처음 혜강은 가난하여 늘 향수(向秀)와 함께 큰 나무 아래서 대장일을 하며 살아갔다. 영천(潁川)의 종회는 귀공자였는데, 재주가 있고 말주변이 있는 것을 믿고 일부러 그를 찾아갔다. 혜강은 대장일을 계속하면서 거들떠보지도 않았다. 한참만에 종회가 떠나려 하자 혜강이 '무얼 듣고 와서 무얼 보고 가시오?'라고 말했다. 종회는 '들은 것이 있어 왔다가 볼 것을 보고 가오'라고 말했다. 이리하여 종회는 혜강을 미워하게 되었다."

종회(鐘會, 225~264)는 자가 사계(士季)이고, 잉촨(潁川) 창서(長社 ; 지금의 허난 창거長葛) 사람이다. 사마소의 중요한 참모로서 관직은 좌도(左徒)에 이르렀다. 위나라 상도향공(常道鄕公) 경원(景元) 3년(262)에 진서장군(鎭西將軍)에 임명되었고 이듬해에 병사를 이끌고 촉(蜀)을 정벌하였으며, 촉을 평정한 후 모반을 꾀하다가 살해되었다.

66) 「가계」(家誡)는 『혜강집』에 나온다. 루쉰이 예로 든 몇 단락의 원문은 다음과 같다. "군자는 행실을 바르게 하려면 옳은 것을 가늠하여 깊이 생각한 후에 행하도록 마음을 써야 한다.…… 윗자리에 있는 사람에 대해서는 존경하기만 하면 될 것이지 지나치게 친밀해서는 안 되며, 찾아갈 때도 있겠지만 너무 자주 찾아가서는 안 된다. 여러 사람이 함께 있을 때는 홀로 뒤처져서도 안 되며 또한 그 집에 묵어서도 안 된다. 그렇게 해야 하는 까닭은, 윗사람은 바깥일을 묻기 좋아하고 때로는 고발사건을 처리하기도 하

는데, 원한을 품은 자가 너를 두고 이러쿵저러쿵 말하면 스스로 모면할 수 없기 때문이다.…… 만약 술자리에서 사람들이 언쟁이 붙는 것을 보고 그 형세가 심각하게 돌아가면 지체할 것 없이 그곳을 떠나야 한다. 그것은 싸움이 있을 징조이기 때문이다. 거기에 앉아 보고 있으면 반드시 시비곡직(是非曲直)이 생길 것이고, 만약 말하지 않을 수 없게 되면 반드시 어느 한쪽 편이 옳다고 말해야 할 것이다. 옳지 않은 쪽에서는 스스로 곧다고 말하며 자기를 굽다고 말하는 것은 상대를 감싸 주는 것이라고 여기면서 원망하고 증오하는 감정이 생길 것이다. 혹은 심한 모욕을 당하게 될 것이다.…… 또 신중히 하여 말을 많이 하지 말 것이며, 남에게 술을 많이 권하더라도 자기는 마시지 말아야 한다. 남이 자기에게 술을 권하면 조금도 거역하지 말고 즉시 받아들어야 한다."(루쉰의 교정본에 의거함) 혜강의 아들의 이름은 소(紹)이고 자가 연조(延祖)이며, 『진서』「혜소전」(嵇紹傳)에서 그는 "열 살 때 고아가 되었다"라고 했다.

67) 유협(劉勰, 약 465~약 532)은 자가 언화(彥和)이고, 난둥(南東) 완(莞 ; 지금의 장쑤 전장鎭江) 사람이며, 남조 양(梁)나라의 문예이론가이다. 보병교위를 역임했고, 만년에는 출가했다. 저작으로는 『문심조룡』(文心雕龍)이 있다. 여기서 인용한 두 구절은 이 책의 「재략」(才略)편에 나온다.

68) 도잠(陶潛, 약 372~427)은 이름이 연명(淵明)이라고도 하며, 자가 원량(元亮)이고, 쉰양(潯陽) 차이쌍(柴桑 ; 지금의 장시 주장九江) 사람으로 진대(晉代) 시인이다. 펑쩌(彭澤) 현령을 지냈고, 당시 정치의 암흑과 관계(官界)의 허위에 대해 불만을 품고 관직을 사임하고 물러났다. 작품집으로는 『도연명집』(陶淵明集)이 있다. 양대(梁代) 종영(鍾嶸)이 『시품』(詩品)에서 그를 "고금(古今)에서 은일(隱逸) 시인의 시조이다"라고 불렀다. '5·4' 이후에는 또 사람들이 '전원시인'(田園詩人)이라 불렀다. 그는 「걸식」(乞食)이라는 시에서 이렇게 말했다. "굶주림에 쫓기는 발걸음, 어디로 가야 할지 모르겠구나. 걸음이 닿는 대로, 문을 두드리며 어눌한 말 건네누나. 주인도 내 뜻을 알아주니, 푸대접은 아니겠지. 화목하게 온종일 이야기 나누며, 주는 술잔 다 비웠지.…… 술잔을 받아들고 무엇으로 감사할 것인가, 황천에 가서라도 은혜 보답하리." 또 남조 송나라 단도난(檀道鸞)의 『속진양추』(續晉陽秋)에서는 이렇게 말했다. "장저우(江州) 자사(刺史) 왕홍(王弘)이 연명을 찾아가니 신발이 없길래 시종의 신발을 벗겨 그에게 주었다. 왕홍이 수하들에게 팽택(彭澤 ; 도연명을 가리킴)에게 신발을 지어 주라고 말하자, 수하들이 신발의 크기를 재어 보자고 했고, 연명은 사람들 앞에 발을 내밀었다. 신발이 지어지자 신어 보니 맞았다." "동쪽 울타리 밑에 심은 국화를 따다"(采菊東籬下)라는 구절은 그가 지은 「음주」(飮酒) 시 제5수에 나온다.

69) 도잠의 「술을 말하다」(述酒)라는 시는 남송 탕한(湯漢)의 주석에 의하면, 그것은 당시 가장 중대한 정치사변, 즉 진(晉)과 송(宋)이 교체되는 사건을 두고 지은 것이라고 한다. 주석에서 이렇게 말했다. "진 원희(元熙) 2년(420) 6월에 유유(劉裕)가 공제(恭帝 ;

사마덕문司馬德文)를 폐하여 영릉왕(零陵王)이 되게 했고, 이듬해 독주 한 항아리를 장위(張偉)에게 주어 왕을 죽이라고 하자, 장위는 자신이 마시고 죽었다. 이어 다시 군졸을 시켜 담을 넘어 들어가 약을 바쳤으나 왕이 마시지 않자 마침내 살해했다. 이 시는 바로 이 일 때문에 지었으므로 「술을 말하다」라고 이름을 붙인 것이다. 시구가 모두 은유적인 언어로 되어 있어 읽는 사람은 내용을 깨닫지 못했다.…… 나는 거듭 상세히 고증한 후에야 영릉(零陵 ; 영릉왕을 가리킴)을 애도한 시라는 것을 알았다."(『도정절시주』陶靖節詩注 권3에 나옴)

70) 묵자(墨子, 약 B.C. 468~376)는 이름이 적(翟)이고, 춘추전국시대 노나라 사람이며, 묵가(墨家)의 창시자이다. 그는 "천하가 서로 사랑하면 다스려지고 서로 미워하면 어지러워진다"라고 생각하여 '겸애'(兼愛)의 학설을 제창했다. 현존하는 『묵자』 책에는 「겸애」 상·중·하 3편이 있다.
양자(楊子)는 양주(楊朱)이며, 전국시대의 사상가이다. 그의 학설의 중심은 '위아'(爲我)인데, 『맹자』 「진심상」(盡心上)에서 "양자는 위아를 취했는데, 터럭 하나를 뽑아 천하를 이롭게 하여도 나는 그렇게 하지 않는다"라고 했다. 그는 남겨 놓은 저작이 없으므로 후대 사람들은 선진 시기의 책을 통해 그의 학설의 대강을 대략적으로 알 수 있을 뿐이다.

71) 도잠의 시문에서 '죽음'을 언급한 곳은 매우 많다. 예컨대, 「기유년 9월 9일」(己酉歲九月九日)에서 이렇게 말했다. "만물의 변화를 헤아리자니 인생이 어찌 수고롭지 않겠는가. 예로부터 죽음은 누구에게나 있는 일, 생각하면 마음이 애달프다." 또 「자엄 등에게 주는 글」(與子儼等疏)에서 이렇게 말했다. "천지가 명을 부여하니, 태어나면 반드시 죽게 된다. 자고로 성현 중에 이를 벗어난 이 그 누구인가."

사소한 잡감[1]

꿀벌은 침을 한번 사용하면 자신의 생명을 잃게 된다. 냉소주의자犬儒[2]의 침은 한 번 사용하면 자신의 생명을 겨우 부지해 나간다.

그들은 이처럼 다르다.

존 밀[3]은 전제專制가 사람들을 냉소를 짓게 만든다고 말했다.

그러나 공화共和가 사람들을 침묵하게 만든다는 것은 몰랐다.

전쟁터에 나가려면 군의관이 되고, 혁명을 하려면 후방으로 가고, 살인을 하려면 망나니가 되는 것이 좋겠다. 영웅스러우면서도 안전하다.

유명 인사로 알려진 학자와 이야기를 나눌 때는 그들이 말한 내용에 대해 가끔 알아듣지 못하는 부분이 있는 척해야 한다. 너무 알아듣지 못하면 얕보게 되고 너무 알아들으면 미움을 산다. 가끔 알아듣지 못하는 데가 있어야 피차에게 가장 좋다.

대체로 세상 사람들은 지휘도指揮刀가 무사를 지휘하는 것으로만 알고 있지만, 문인도 지휘할 수 있다는 것을 생각하지 못한다.

또 강연록이요, 또 강연록이다.[4]

그러나 애석하게도 그가 어째서 이전과 크게 다르게 되었는지 분명하게 밝히지는 않았다. 그가 강연할 때 스스로 자신의 말을 정말 믿는지 그렇지 않은지 역시 분명하게 밝히지는 않았다.

부유한 현자는 모두 어제 죽은 것과 같다.[5]

가난한 바보는 모두 실제로 어제 죽었다.

과거에 잘살았던 사람은 과거로 돌아가려 하고, 지금 잘살고 있는 사람은 현재를 유지하려 하고, 잘살지 못하고 있는 사람은 미래를 혁신하려 한다.

대체로 이러하다. 대체로!

그들의 이른바 복고는 그들이 기억하고 있는 몇 해 전으로 돌아가는 것이며, 결코 우순虞舜, 하우夏禹, 상탕商湯, 주무왕周武王의 시대는 아니다.

여인의 천성 속에는 모성이 있고 여아女兒 본성이 있지만 아내 본성은 없다.

아내 본성은 강요된 것이요, 모성과 여아 본성의 혼합물일 뿐이다.

기만당하지 말자.

자칭 도둑이라고 하는 사람에 대해서는 대비할 필요가 없으니, 반대로 해석하면 오히려 그는 착한 사람이다. 자칭 정인군자라고 하는 사람에 대해서는 반드시 대비해야 하니, 반대로 해석하면 그는 바로 도둑이다.

아래층의 한 사나이가 병으로 죽어가고 있는데, 옆집에서는 유성기를 틀어 놓았고, 맞은편에서는 아이를 달래고 있다. 위층에서는 두 사람이 미친 듯이 웃고 있으며, 마작을 하는 소리도 들린다. 강물에 떠 있는 배 위에는 어머니를 여읜 여인이 통곡을 하고 있다.

인류의 슬픔과 기쁨은 결코 서로 통하지 않으며, 나는 그저 그들이 시끄럽게 떠들어 댄다고 느낄 뿐이다.

남루한 옷을 입은 사람이 지나가면 발바리가 짖어 대는데, 사실 발바리 주인이 의도하거나 시킨 일은 아니다.

발바리는 종종 그 주인보다 더 사납다.

아마도 언젠가는 해진 무명 적삼을 입지 못하게 할 날이 있을 것이며, 무명 적삼을 입으면 공산당이다.

혁명, 반反혁명, 불不혁명.

혁명가는 반혁명가에게 죽임을 당한다. 반혁명가는 혁명가에게 죽임을 당한다. 불혁명가는 혁명가로 간주되어 반혁명가에게 죽임을 당하거나 반혁명가로 간주되어 혁명가에게 죽임을 당하거나 아무것으로도 간주되지 않아 혁명가 또는 반혁명가에게 죽임을 당한다.

혁명, 혁혁명, 혁혁혁명, 혁혁…….

사람은 적막을 느낄 때 창작을 하게 되며, 정결할 때는 창작욕이 없어지는데, 그에게는 더 이상 사랑할 만한 것이 아무것도 없기 때문이다.

창작은 언제나 사랑에 뿌리를 두고 있다.

양주楊朱는 저서가 없다.[6]

창작은 비록 자신의 마음을 서술한다고 말하지만, 아무래도 남들이 보아 주기를 바라는 것이다.

창작은 사회적인 것이다.

그러나 때로는 오직 한 사람, 즉 좋은 친구 또는 사랑하는 사람만으로도 족하다.

사람들은 종종 스님을 증오하고, 비구니를 증오하고, 회교도를 증오하고, 기독교도를 증오하지만 도사道士는 증오하지 않는다.

이러한 이치를 이해하는 자는 중국의 태반을 이해한 것이다.

자살하려는 사람도 바다가 드넓음을 두려워하고, 여름이라 시체가 쉽게 썩을 것을 두려워한다.

그러나 맑고 고요한 깨끗한 연못이나 시원한 가을밤을 만나면 종종 자살을 하게 된다.

무릇 당국에 의해 '죽임'을 당하는 자는 모두 '죄'가 있다.

유방劉邦은 진秦나라의 가혹한 제도를 철폐하려고 "나이 많은 어른들에게 세 가지 법령을 약속했다".

그런데 나중에는 여전히 멸족이 있었고 책 소장所藏을 금지했으니, 진나라 법 그대로였다.[7]

세 가지 법령이라는 것은 말뿐이었다.

짧은 옷소매를 보면, 즉각 흰 팔을 생각하고, 즉각 전라全裸를 생각하고, 즉각 생식기를 생각하고, 즉각 성교를 생각하고, 즉각 잡교雜交를 생각하고, 즉각 사생아를 생각한다.

중국인의 상상은 오직 이런 측면에서만 이토록 비약적으로 발전할 수 있다.

9월 24일

주)

1) 원제는 「小雜感」이며, 1927년 12월 17일 『위쓰』 제4권 제1기에 처음 발표되었다.
2) 냉소주의자(犬儒)는 원래 고대 그리스의 시니시즘(cynicism) 철학자를 가리킨다. 그들은 금욕적이고 초라한 생활을 했는데, 사람들로부터 가난한 개라고 비웃음을 샀고 그래서 견유(犬儒)학파라고 불린다. 이들은 자기만 생각할 것을 주장하면서 사람은 마땅히 자유로워야 한다고 여겨 일체의 윤리도덕을 부정하고 냉소와 풍자의 태도를 취했다. 루쉰은 1928년 3월 8일에 장팅첸(章廷謙)에게 보낸 편지에서 "견유(犬儒) = Cynic, 그것의 '자'(刺)는 바로 '냉소'이다"라고 했다.
3) 존 밀(John S. Mill, 1806~1873)은 영국의 철학자, 경제학자이다.
4) 여기서 말한 '강연록'은 연이어 나온 장제스, 왕징웨이, 우즈후이, 다이지타오(戴季陶) 등의 강연록을 가리킨다. 루쉰은 이 글을 쓴 후 이틀째(9월 25일)에 타이징눙(臺靜農)에

게 보내는 편지에서 "현재는 다이지타오의 강연록이 널리 팔리고 있으며(장제스의 강연록도 한때 유행했었음)"라고 말했다. 그들이 당시 각지에서 발표한 강연은 그 내용이 '4·12'정변 이전의 강연록과 아주 달랐다. 그들은 정변 이전에 쑨중산(孫中山)의 연아(聯俄), 연공(聯共), 농공부조(農工扶助)의 3대 정책을 옹호했으나 정변 이후에는 방향을 바꾸어 반소(反蘇), 반공(反共), 공농압박(工農壓迫)을 고취했다.

5) "부유한 현자(聰明人)는 모두 어제 죽은 것과 같다"라는 말도 장제스, 왕징웨이 등을 가리킨다. '어제 죽은 것과 같다'라는 말은 쩡궈판(曾國藩)의 다음 말에서 인용한 것이다. "이전의 갖가지 일은 모두 어제 죽은 것과 같고, 이후의 갖가지 일은 모두 오늘 새로 태어난 것과 같다."(지난 과거를 잊어버리고 새롭게 시작한다는 뜻) 1927년 8월 18일 광저우의 『국민일보』는 장제스·왕징웨이의 반공(反共)에 보조를 맞추어 발표한 사론(社論)에서 쩡궈판의 이 구절을 인용하여 이렇게 말했다. "이전의 갖가지 일은 모두 어제 죽은 것과 같고, 이후의 갖가지 일은 모두 오늘 새로 태어난 것과 같다. 오늘 이후로 짊어질 책임은 더욱 크고도 어려우니, 이것이야말로 성실하고, 타협하지 않고, 투기하지 않는 우리 동지들로 하여금 지난 일을 염두에 두지 않고 진정으로 단합하도록 만든다."

6) '양주'는 '위아'(爲我)를 주장했으므로 저서를 쓸 필요가 없었다. 그래서 "양주(楊朱)는 저서가 없다"라고 한 것이다.

7) "나이 많은 어른들에게 세 가지 법령을 약속했다"(與父老約, 法三章耳)라는 말은 『사기』 「고조본기」(高祖本紀)에 나온다. "한나라 원년(B.C. 206) 10월, 패공(沛公; 즉 유방劉邦)의 병사들이 드디어 제후들보다 먼저 패상(霸上)에 도착했다.…… 드디어 서쪽으로부터 함양(鹹陽)으로 들어갔고 …… 군사를 돌려 패상으로 돌아왔다. 각 고을의 나이 많은 어른들과 지방 유지들을 불러 모아 이렇게 말했다. '어른들께서는 진나라의 가혹한 법령으로 오랫동안 고통을 받았으니, 비방가는 족멸을 당하고 불평가는 거리에서 죽임을 당한 채 그대로 버려졌습니다. 저는 제후들과 약속하길 먼저 관내(關內)로 들어가는 자가 왕이 된다고 했으니 제가 마땅히 관중(關中)의 왕입니다. 이제 어른들께 세 가지 법령을 약조하건대, 사람을 죽이는 자는 사형에 처하고 사람을 다치게 하는 자와 도적질하는 자는 그 죄에 따라 처벌할 것입니다. 저는 진나라의 법을 모조리 제거하겠습니다.'" 또 『한서』 「형법지」(刑法誌)에는 이렇게 기록되어 있다. "한나라가 흥하여, 고조(高祖)가 처음으로 관내로 들어가서 세 가지 법령을 약속했다.…… 그후 사방 오랑캐가 따르지 않고 전쟁이 끝나지 않아 세 가지 법령으로는 사악함을 다스릴 수 없었다. 그리하여 재상 소하(蕭何)가 진나라 법령을 수집하여 시대에 적절한 것을 취해 법률 9장을 만들었다."

다시 홍콩에 관한 이야기[1)]

따져 보면 내가 '위험한 길'이라고 생각한 홍콩에 다녀간 것은 9월 28일이 세번째였다.

첫번째는 짐을 좀 들었지만 결코 아무런 일이 없었다. 두번째는 혼자 다녀왔는데, 그때의 상황에 대해서는 이전에 약간 서술했었다. 이번은 이전의 두 차례에 비해 불안을 느꼈던 것 같다. 왜냐하면 『창조월간』에 실린 왕두칭 선생의 통신[2)]에서 영국에 고용된 중국 동포가 배에 올라와 '세관검사'를 하면서 위협하며 욕을 하거나 그렇지 않으면 때리고 또 돈까지 요구한다는 것을 보았기 때문이다. 그런데 나는 책상자 10개는 일반선실에 두었고 책상자 6개와 옷상자는 내가 탄 특별선실에 가지고 있었다.

영국 깃발을 내건 동포의 수완을 보는 것도 물론 일종의 경험이라 말할 수 있겠지만, 달리 생각해 보니 그 대가가 크다. 짐들이 풀어헤쳐진 뒤에 다시 정리하고 묶는 데만 반나절 이상이나 걸릴 것이다. 시험 삼아 조사한다면야 그저 한두 개만 하면 가장 좋을 것이다. 그렇지만 이미 이렇게 된 이상 그가 하는 대로 내버려 둘 수밖에 없다. 돈을 줄 것인가, 아니면 그가 하나하나 검사하도록 내버려 둘 것인가? 만약 검사를 한다면 나 혼자서 짧은 시간에 어떻게 짐을 다 꾸릴 수 있을까?

배는 28일에 홍콩에 도착 예정이었는데, 그날은 무사했다. 이튿날 오후 심부름꾼이 황급히 달려와서 선실 밖에서 손짓으로 나를 부르며 이렇게 말했다.

"세관검사요! 상자를 여시오!"

나는 열쇠를 가지고 일반선실로 들어갔다. 과연 보아 하니 짙은 녹색 제복을 입은 영국령 동포 두 명이 쇠꼬챙이를 손에 들고 상자더미 옆에 서 있었다. 나는 이 속에는 헌책이 들어 있다고 말했으나 그는 못 알아들은 척 꽥 하고 소리를 질렀다.

"여시오!"

"하긴 그렇지." 나는 생각했다. "그가 생면부지인 내 말을 어떻게 믿을 수 있겠는가."

당연히 열어야 했고, 그래서 심부름꾼 두 명의 도움을 받아 열었다.

그가 손을 대자마자 나는 즉각 홍콩과 광저우의 세관검사가 다르다는 것을 느꼈다. 나는 광저우를 나올 때도 검사를 받았었다. 그러나 그쪽의 검사원은 얼굴에 혈색이 돌고 있었고, 내 말도 알아들었다. 종이 한 뭉치나 책 한 부씩을 꺼내어 본 후 원래대로 집어넣었으므로 조금도 헝클어지지 않았다. 확실히 검사였다. 그러나 '영국인의 낙원'인 이 홍콩은 크게 달랐다. 낯빛이 푸르뎅뎅한 검시원은 내 말도 알아듣지 못하는 것 같았다. 그는 상자의 내용물을 쏟아 낸 다음 한바탕 뒤지다가 종이로 싼 것이 나오면 그 종이봉지를 찢어 버렸다. 그 바람에 그가 마구 뒤져 놓은 책 한 상자는 상자 높이보다 예닐곱 치나 더 높았다.

"여시오!"

다음은 두번째 상자였다. 나는 시험 삼아 '해볼 테면 해보라'라고 생각했다.

"안 봐도 되지 않을까요?" 나는 나지막한 목소리로 말했다.

"10위안을 주시오." 그도 나지막한 목소리로 말했다. 그는 내 말을 알아들었던 것이다.

"2위안 드리지요." 나는 원래 몇 위안 더 줄 생각이었다. 왜냐하면 사실 이 검사법은 까탈스러워 열 상자의 책을 잘 꾸리는 데만 적어도 5시간은 걸릴 것이기 때문이었다. 애석하게도 나는 1위안짜리 지폐가 2장뿐이었고, 그 외에도 10위안이면 거액지폐였으니 나는 그때까지도 내놓을 생각은 없었다.

"여시오!"

심부름꾼 두 명이 두번째 상자를 바닥에 메기 시작했고, 그는 앞서 했던 방법 그대로 책 한 상자를 한 상자 반으로 만들었고 두터운 종이봉지 몇 개도 찢어 놓았다. 한편으로는 '세관검사'를 진행하고 한편으로는 교섭을 했는데, 나는 5위안까지 늘려 제시했고 그는 7위안까지 줄어들었으나 더 이상 줄이려고 하지 않았다. 그때는 이미 다섯번째 상자를 열었고, 사방 둘레에는 볼거리를 구경하는 사람들로 가득 찼다.

이미 상자를 절반 열었으니 아예 그가 하는 대로 내버려 두자라고 생각하면서 협상을 그만두고 오직 '열기'만 했다. 그런데 나의 두 동포는 다소 염증이 난 모양인지 점점 종전처럼 상자를 뒤집어 샅샅이 뒤적이지는 않았고 상자마다 이삼십 권의 책을 뽑아서 상자 윗면에 내던지고 검사가 끝났다는 기호를 그렸다. 그중에 옛 편지 한 묶음이 나오자 그들은 꽤 흥미를 느낀 듯이 정신을 바짝 차렸으나 네댓 통을 본 뒤에는 그것도 내려놓았다. 그 다음에 한 상자를 더 열었으며, 그들은 곧 헝클어진 책 무덤을 떠났다. 이것으로 검사가 끝난 것이다.

자세히 살펴보니 이미 여덟 상자를 열었으며, 두 상자는 전혀 손대지 않았다. 이 두 개의 큰 수확은 전부 푸위안[3]의 책상자로서 내가 그를 위해 상하이로 가지고 가는 중이었다. 내 물건은 모조리 엉망진창이 된 것이다.

"운 좋은 사람은 하늘이 알아본다더니 푸위안은 정말 복이 많다! 그러나 나의 화개운華蓋運은 아직도 가시지 않았으니, 원, 참……." 이런 생각을 하면서 쪼그리고 앉아 손 가는 대로 흩어진 책을 꾸렸다. 얼마 지나지 않아 심부름꾼이 또 선실 입구에서 큰소리로 나를 불렀다.

"당신의 개인선실도 세관검사를 하니 상자를 여시오!"

나는 책상자를 꾸리는 일을 일반선실 심부름꾼에게 맡겨 놓고 개인선실로 달려갔다. 과연 영국령 동포 두 명이 벌써 거기서 나를 기다리고 있었다. 침대 위 이불은 이미 어지럽게 들추어져 있었고, 걸상 하나가 이부자리 위에 누워 있었다. 내가 문 안으로 들어서자 그들은 곧 내 몸의 가죽지갑을 수색했다. 나는 명함을 보고 이름을 알고자 하는 것으로 생각했다. 그렇지만 결코 명함을 보지 않고 안에 있는 10위안짜리 지폐 2장을 꺼내보고는 곧 나에게 돌려주었다. 그러고는 내가 잃어버릴까 봐 걱정하는 듯이 나에게 잘 간수하라고 당부를 했다.

그 다음으로는 옷만 가득 들어 있던 들가방에서 10여 벌의 옷을 끄집어내어 침상 위에 어지럽게 쌓아 놓았다. 그 다음은 손바구니를 보았는데, 은전 7위안을 싼 종이봉지가 나오자 열어서 한번 세어 보고는 묵묵히 말이 없었다. 10위안을 싼 봉지 하나가 바닥에 더 있었으나 발견되지 않아

법망에서 벗어났다. 그 다음은 긴 의자 위에 있는 수건보였다. 그 속에는 각전角錢(1자오角, 2자오의 은전) 10위안을 싼 뭉치, 낱돈 4, 5위안 동전 수십 매가 들어 있었는데, 본 다음에는 역시 묵묵히 말이 없었다. 그 다음은 옷상자를 열었다. 이번에는 조금 두려워졌다. 내가 열쇠를 찾는 것이 다소 늦어지자 동포는 이미 쇠꼬챙이를 들고 경첩을 망가뜨릴 태세였다. 다행히도 제때 열쇠를 가져와서 안전했다. 그 속에는 역시 옷이 들어 있었는데 당연히 방금처럼 어지럽게 펼쳐 놓았음은 더 말할 나위가 없다.

"10위안을 주면 우리는 당신을 수색하지 않겠소." 한 동포가 옷상자를 수색하면서 한편으로 이렇게 말했다.

나는 수건보 속에 있던 낱돈과 각전을 집어 그에게 건넸다. 그러나 그는 받지 않았고, 고개를 돌리더니 다시 '세관검사'를 진행했다.

이야기가 두 갈래로 갈라진다. 이쪽 한 동포가 들가방과 옷상자를 조사할 때 저쪽 한 동포는 손바구니를 조사하고 있었다. 그러나 검사법이 일반선실에서 책상자를 조사할 때와는 아주 달랐다. 그때는 헝클어 놓는 데 불과했지만 이번에는 훼손하는 것으로 달라진 것이다. 그는 먼저 어간유가 들어 있는 종이갑을 찢어서 바닥에 내동댕이쳤고, 장징싼[4] 군이 나에게 준 여지 향기가 나는 찻잎이 들어 있는 병을 쇠꼬챙이로 쑤셔 구멍을 뚫었다. 한편으로 쑤시고 한편으로 주위를 둘러보더니 탁자 위에 있는 작은 칼을 발견했다. 이것은 베이징에 있을 때 10여 개의 동전을 주고 백탑사白塔寺에서 사온 것인데 광저우까지 가지고 와서 이번에 복숭아를 깎아 먹었던 것이다. 나중에 재어 본 것이지만 자루의 길이까지 중국자로 5치 3푼이었다. 그렇지만 듣자 하니 법에 걸린다는 것이었다.

"이것은 흉기로서 당신은 법에 걸리오." 그는 작은 칼을 들고 가리키며 나에게 이렇게 말했다.

나는 말대꾸를 하지 않았고, 그는 곧 작은 칼을 내려놓았다. 그리고 소금으로 끓인 땅콩이 들어 있는 종이봉지를 손가락으로 후벼 구멍을 하나 뚫었다. 이어서 또 모기향 한 갑을 하나 집어 들었다.

"이게 뭐요?"

"모기향입니다. 갑 위에 씌어져 있지 않나요?" 나는 말했다.

"아니오. 이건 좀 이상하오."

그는 그리하여 하나를 꺼내서 냄새를 맡아 보았다. 나중에 어찌되었는지 알 수 없지만 이 동포가 이미 옷상자의 수색을 마쳤으므로 나는 두번째 상자를 열어야 했다. 이번에는 나는 대단히 난처했다. 그 두번째 상자에는 옷이나 서적이 아니라 잡동사니 물건들이었다. 사진, 필사본, 내 번역 원고, 다른 사람의 원고, 오려놓은 신문, 연구할 자료…… 등등이었다. 만약 훼손되거나 헝클어진다면 그 손실은 너무 심각하다고 생각했다. 그런데 동포가 이때 갑자기 또 수건보를 한번 쳐다보는 것이었다. 나는 얼른 알아차리고 결심하여 수건보에서 10위안으로 맞추어 포장한 각전을 꺼내서 그에게 보여 주었다. 그는 고개를 돌려 문밖을 바라보았고, 그런 다음 손을 뻗어 받아들었다. 두번째 상자에 조사를 마쳤다는 기호를 그리고 저쪽 한 동포에게도 다가갔다. 아마 암호를 한 것 같았다. ―그렇지만 이상하게도 그는 결코 돈을 가져가지 않고 오히려 베개 밑에 쑤셔 넣고 혼자 나가 버렸다.

이때 저쪽 한 동포는 떡 같은 것을 담아 놓은 단지의 봉한 입구를 쇠꼬챙이로 흉악하게 찔러 넣고 있었다. 나는 그가 암호를 들었으면 곧 중지할 것으로 여겼다. 그러나 그렇지 않음을 어찌 예상했으랴. 그는 여전히 작업을 계속하며, 봉한 입구를 후벼서 덮개로 덮여 있던 나무판을 바닥에 내동댕이쳐서 두 조각으로 부수어 놓았고, 그런 다음 떡을 하나 꺼내어 손가락으로 만져 보고 단지 속으로 던져 넣었다. 그제야 훌쩍 가 버렸다.

천하가 태평했다. 연기와 먼지가 뽀얗고, 엉망진창이 된 작은 방에서 나의 그 두 동포가 저질러 놓은 소란은 결코 악의가 아니라는 것을 깨달았다. 설사 값을 흥정하기 위한 것이었다 하더라도 좀더 뒤죽박죽으로 만들어 놓아야 했는데, 이는 이렇게 헝클어졌으니 검사를 했겠구나 하게끔 '사람의 이목을 가리려는' 것이었다. 왕두칭 선생이 말하지 않았던가? 동포 이외에 코가 높고 피부가 하얀 주인님 한 분이 더 있는 것이다. 돈을 받을 때 문밖을 먼저 본 것은 아마도 이 때문일 것이다. 그러나 나는 줄곧 이 주인님을 보지는 못했다.

나중의 훼손은 약간 악의가 있는 것이었다. 그렇지만 10위안짜리 지폐를 꺼내 주지 않고 은전의 각전을 주었던 나 자신을 도리어 탓해야 할지도 모르겠다. 은전의 각전을 제복의 주머니에 집어넣으면 축 늘어져서 틀림없이 주인님에게 쉽게 발각될 것이며, 그래서 잠시 베개 밑에 놓아두지 않을 수 없었던 것이다. 아마 일이 다 끝나고 나면 다시 와서 돈을 찾아갈 것이라고 나는 생각했다.

구두 소리가 뚜벅뚜벅 하면서 멀리서 가까워지더니 내 방 바깥에 멈추어 섰다. 내다보니 꽤 뚱뚱한 백인이 서 있었고, 두 동포의 주인님인 듯했다.

"검사가 끝났소?" 그는 히죽히죽 웃으면서 나에게 물었다.

확실히 주인님의 말투였다. 그러나 한눈에 보아도 알 수 있는데, 왜 물었을까? 내 짐이 특별히 엉망진창이 된 것을 보고 나를 위로하려고, 아니면 나를 조롱하려고 그랬을까?

그는 방 바깥으로부터 『대륙보』[5]의 부록으로 보내온 그림 한 장을 집어 들었다. 그것은 본래 어떤 물건을 쌌던 것으로 동포가 찢어 내버렸던 것인데, 벽에 기대어 잠시 동안 보더니 이내 천천히 가 버렸다.

주인님이 이미 가 버렸으니 '세관검사'는 이제 끝마쳤겠거니 생각하고 우선 첫번째 옷상자를 정리하여 잘 묶었다.

그런데 뜻밖에도 아직 끝나지 않은 것이었다. 한 동포가 또 와서 검사하겠다며 나더러 '열라'고 했다. 이어서 이렇게 문답이 오고갔다.──

"그 사람이 이미 살펴보았어요." 내가 말했다.

"검사하지 않았소. 아직 열지 않았소. 여시오!"

"내가 방금 잘 묶은 것이요!"

"믿지 못하겠소. 여시오!"

"여기에 검사했다는 부호가 그려져 있지 않소?"

"그러면 돈을 줬소? 당신은 뇌물로……"

"……"

"얼마나 줬소?"

"가서 동료들에게 물어보시오."

그는 가 버렸다. 얼마 후 그쪽의 한 사람이 다시 바삐 오더니 베개 밑에서 돈을 꺼내 갔다. 이 이후로는 더 이상 나타나지 않았다.──진정으로 천하가 태평했다.

나는 그제야 다시 천천히 짐을 꾸렸다. 탁자 위에는 몇몇 물건, 즉 가위, 통조림 따는 공구, 그리고 나무자루가 달린 작은 칼 등이 놓여 있었다. 아마 만약 저 작은 은전 10위안이 없었다면 이건 '흉기'요, '이상한' 향이

요, 하면서 나를 위협했을 것이다. 그러나 그 모기향은 탁자 위에 없었다.

배가 움직이기 시작하자 도리어 배는 온통 더욱 고요해졌다. 심부름꾼은 나와 이야기를 나누면서 샅샅이 수색을 당한 이번 일을 내 탓으로 돌렸다.

"당신이 너무 말라서 그들이 당신을 아편 판매하는 사람으로 의심한 것입니다"라고 말했다.

나는 깜짝 놀랐다. 정말로 사람의 수명은 일정하지만 '세상사'는 끝이 없다. 사람들과 밥그릇을 빼앗으려고 다투면 난관에 부딪히겠지만 밥그릇이 아니면 괜찮을 것이라고 나는 여태껏 생각하여 왔다. 작년에 샤먼에 있을 때, 밥 먹는 것도 물론 어렵지만 먹지 않아도 '학자'[6]의 기분이 상할 수 있어 본분을 지키지 않는다는 비난을 받게 된다는 것을 비로소 알았다. 수염의 형태도 국수와 유럽식의 구별이 있어 어떻게 할지 쉽지 않다는 것을 일찍부터 알고 있었다. 금년에 광저우에 갔을 때 비로소 낯빛조차 자유롭게 하기 어렵다는 것을 알게 되었다. 어떤 사람은 신문을 통해 내 수염은 회색으로 변해서도 안 되고 붉은색으로 변해서도 안 된다고 경고했다.[7] 사람은 너무 말라서도 안 된다는 것을 홍콩에 도착하고서야 깨닫게 되었는데, 이전에는 꿈에도 생각지 못한 일이었다.

확실히 동포의 '세관검사'를 감독하던 그 서양인은 정말로 잘 먹어 피둥피둥 살쪄 있었다.

홍콩은 비록 하나의 섬에 불과하지만 중국의 많은 지역의 현재와 미래를 보여 주는 작은 사진을 생생하게 그려 주고 있다. 중앙에는 몇몇 서양인 높은 윗분들이 있고, 그 수하에는 공덕을 칭송하는 약간 '높은 화인華人'과 앞잡이 노릇을 하는 한 무리 노예동포가 있다. 이외에는 전부 묵묵히 고생하고 있는 '토인'들인데, 참을성이 있는 사람은 서양인 조계에서 죽고 참을성이 없는 사람은 깊은 산중으로 도망칠 것이니 묘족과 요족[8]이 우리의 본보기일 것이다.

9월 29일 밤, 상하이

주)

1) 원제는 「再談香港」이며, 1927년 11월 19일 『위쓰』 제155기에 처음 발표되었다.
2) 왕두칭(王獨淸, 1898~1940)은 산시(陝西) 시안(西安) 사람이며, 일본과 프랑스에서 유학했고 창조사의 성원이다. 그의 이 통신은 『창조월간』(創造月刊) 제1권 제7기(1927년 7월 15일)에 발표되었는데, 제목은 「거안」(去雁)이며 그가 그 해 5월에 청팡우(成仿吾)·허웨이(何畏) 두 사람에게 써서 보낸 것이다. 편지의 말미에 그가 광저우에서 상하이로 가는 도중 홍콩을 거칠 때 어느 영국인이 중국인 두 명을 데리고 배에 올라 '세관검사'를 하면서 상자를 뒤집어엎고 마음대로 승객을 때리고 욕했는데, 어떤 이는 그에게 5위안의 뇌물을 바쳤다는 등의 이야기가 씌어 있다. 『창조월간』은 창조사가 주관하던 문예간행물인데, 위다푸, 청팡우 등이 편집하여 1926년 3월 상하이에서 창간되었으며 1929년 1월에 정간되었다. 도합 18기를 발간했다.
3) 푸위안(伏園)은 쑨푸위안(孫伏園)이다.
4) 장징싼(蔣徑三, 1899~1936)은 저장 린하이(臨海) 사람이며, 당시 중산대학 도서관직원, 역사언어연구소 조리원(助理員)이었다.
5) 『대륙보』(大陸報)는 미국인 밀러드(Thomas F. Millard)가 1911년 8월 23일 상하이에서 창간한 영문(英文) 일간지이다. 1926년 무렵 영국인이 인수하여 경영했고, 1930년대 초에 중국인이 인수하여 경영했다. 1948년 5월에 정간되었다.
6) '학자'는 구제강(顧頡剛) 등을 가리킨다.
7) 수염의 형태에 관해서는 『무덤』 「수염 이야기」(說胡須) 참조. 다음에 나오는 수염의 색깔에 대한 경고는 당시 광저우 『국민신문』(國民新聞)의 부간 「신시대」(新時代)에 발표된 스이(尸一)의 「루쉰 선생이 찻집에서」(魯迅先生在樓上)라는 글을 가리킨다. 내용은 이렇다. "그의 수염을 연구해 보면, 그는 검은색에서 회색으로 회색에서 흰색으로 될 것이라는 것이 나의 결론이다. 그것이 '붉은 수염'으로 변하지 않을까 희망하거나 염려하는 사람도 있지만, 나로서는 감히 알 수 없는 바이다." 스이는 량스(梁式, 1894~1972)인데,

필명이 스이이고 광둥 타이산(台山) 사람이다. 당시 광저우 『국민신문』의 부간 「신시대」의 편집인이었고, 항일전쟁 시기에 상하이에서 왕징웨이 가짜정부(汪僞; 일본제국주의가 중국을 침략한 뒤 왕징웨이를 앞세워 난징에서 만든 가짜정부)의 신문 『중화』(中華)의 부간 기고자였다.

8) 묘족(苗族)과 요족(瑤族)은 중국의 소수민족이다. 그들은 옛날에 창장(長江) 유역으로부터 황허(黃河) 유역에 이르는 중국의 중부에 거주하고 있었으며, 나중에는 점차 밀려서 서남(西南) · 중남(中南) 일대 산지로 이주했다.

혁명문학[1]

금년에 남방에서는 모두들 '혁명'이라고 외치고 있는데, 작년에 북방에서 모두가 '빨갱이 토벌'이라고 외치던 소리처럼 대단히 우렁차다.

그런데 이 '혁명'은 문예계까지도 침입했다.

최근에 광저우의 신문에서도 우리들에게 지시하는 글 한 편을 실어서 우리더러 네 명의 혁명문학가, 즉 이탈리아의 단눈치오,[2] 독일의 하웁트만,[3] 스페인의 이바녜스,[4] 중국의 우즈후이를 모범으로 삼아야 한다고 했다.

두 사람은 제국주의자, 한 사람은 본국 정부의 반역자, 한 사람은 국민당 구호운동의 발기인인데,[5] 이들을 모두 혁명문학의 모범으로 삼아야 하는 탓에 혁명문학은 더욱 종잡을 수 없게 되었다. 그것은 그야말로 지난한 사업이기 때문이다.

그러니 부득이하게 세상에서는 종종 두 종류의 문학을 혁명문학으로 오해하게 되었다. 하나는 일방一方의 지휘도指揮刀의 엄호 아래서 그의 적수를 욕하는 경우요, 하나는 지면에 '부숴라, 부숴라', '죽여라, 죽여라',

'피, 피'라는 말을 수두룩이 써 놓은 경우이다.

만약 이것이 '혁명문학'이라면 '혁명문학가'가 되는 것은 그야말로 가장 통쾌하고도 안전한 일이다.

지휘도 아래에서 그 바깥으로 욕을 내뱉고 재판관석으로부터 그 아래로 욕을 내뱉고 관영의 신문에서 욕을 퍼뜨리니, 정말 위대하기 짝이 없는 일세의 영웅이요, 이상해서 욕먹는 자는 감히 입을 열 수가 없다. 그런데 어떤 사람은 이렇게 감히 입을 열지 못하니 얼마나 비겁한 것이냐고 말한다. 상대가 '살신성인'[6]의 용기가 없는 것이 두번째 죄상이 되니, 이로 말미암아 혁명문학의 영웅스러움이 더욱 돋보이게 된다. 애석한 것은 이 문학이 결코 승리자에 대한 혁명이 아니라 패배자에 대한 혁명이라는 점이다.

당나라 사람들은 가난한 선비가 영화로운 시를 지으려고 '금'이야 '옥'이야 '비단'이야 하는 글자를 많이 사용하여 스스로 호화롭다고 여기지만, 오히려 자기도 모르는 사이에 가난을 드러내고 있다는 것을 일찍부터 알고 있었다. 진짜 부귀한 광경을 묘사할 수 있는 사람은 "생황의 노랫소리 정원에 맴돌고, 등불은 누대 아래를 비추네"[7]라고 읊으면서 화려한 글자를 전혀 사용하지 않았다. '부숴라, 부숴라', '죽여라, 죽여라'라고 하면 듣기에는 참으로 용맹스럽지만 혼자서 치는 북에 지나지 않는다. 설사 전고戰鼓라 할지라도 만약 앞에는 적군이 없고 뒤에는 아군이 없어 결국 혼자 치는 북에 지나지 않을 뿐이다.

나는 근본 문제는 작자가 '혁명인'인가 하는 데 달려 있다고 생각한다. 만약 혁명가라면 어떤 사건을 묘사하든 어떤 재료를 사용하든 모두 '혁명문학'이다. 샘에서 흘러나오는 것은 모두 물이요, 혈관에서 흘러나오는 것은 모두 피이다. '부득혁명, 오언팔운'賦得革命, 五言八韻[8]이라는 것은 눈먼 시험관試驗官이나 속일 수 있을 뿐이다.

하지만 '혁명가'는 드물다. 러시아 10월혁명 때는 확실히 혁명에 몸을 던진 문인이 많았었다. 하지만 불어닥친 실제 현실은 마침내 그들을 어찌할 수 없게 만들었다. 명백한 예로서 시인 예세닌[9]의 자살이 있으며, 또 소설가 소볼[10]이 남긴 최후의 말은 "못살겠다!"였다는 점이다.

혁명시대에 '못살겠다'라고 크게 외치는 용기가 있어야 혁명문학을 쓸 수 있다.

예세닌과 소볼은 끝내 혁명문학가가 아니었다. 왜 그런가? 러시아는 실로 혁명을 하고 있었기 때문이다. 혁명문학가들이 폭풍처럼 거세게 일어나는 곳에서는 사실 결코 혁명이 없는 것이다.

주)______

1) 원제는 「革命文學」이며, 1927년 10월 21일 상하이의 『민중순간』(民衆旬刊) 제5기에 처음 발표되었다.

2) 단눈치오(Gabriele d'Annunzio, 1863~1938)는 이탈리아 작가이다. 그는 제1차 세계대전 때 제국주의전쟁을 옹호하고 참가했으며, 나중에 또 무솔리니 정권을 옹호하고 파시스트당의 추앙을 받았다. 그는 육체의 쾌감을 추구하면서 항시 불안에 괴로워하는 향락주의자의 심리를 시와 같이 응축된 문체로 묘사했다. 극작으로 『죽은 도시』(*La città morta*, 1899), 『프란체스카 다 리미니』(*Francesca da Rimini*, 1902), 『요리오의 딸』(*La figlia di Jorio*, 1904) 등이 있다.

3) 하웁트만(Gerhart Johann Robert Hauptmann, 1862~1946)은 독일의 극작가이다. 초기에는 『해 뜨기 전』(*Vor Sonnenaufgang*, 1889), 『직조공들』(*Die Weber*, 1892) 등 사회적으로 의미 있는 작품을 썼다. 제1차 세계대전 기간에 그는 독일 황제 윌리엄 2세의 무력정책에 동조했으며 독일군이 벨기에에서 행한 폭력행위를 변호하기도 했다.

4) 이바녜스(Vicente Blasco Ibáñez, 1867~1928)는 스페인 작가이며, 스페인 공화당의 지도자이다. 왕당(王黨)을 반대했기 때문에 두 차례나 스페인 정부로부터 감금되었다. 1923년에는 쫓겨나서 프랑스에서 살았다. 주요 작품으로는 소설 『농가』(*El Pueblo*, 農家), 『계시록의 네 기사(騎士)』(*Los Cuatro Jinetes del Apocalipsis*, 1916) 등이 있다.

5) 우즈후이(吳稚暉)는 1927년에 장제스의 뜻을 받들어 국민당중앙감찰위원회에 국민당을 '구호한다'라는 명분으로 '청당'(淸黨)을 일으킬 것을 제안했다.

6) '살신성인'(殺身成仁)이라는 말은 『논어』 「위령공」에 나온다. "공자께서 말씀하셨다. '뜻있는 선비와 어진 사람은, 삶을 추구하기 위하여 인을 해치는 일은 없고 자신을 죽여서라도 인을 이룬다.'"(子曰 : '志士仁人, 無求生以害人, 有殺身以成仁.')

7) "생황의 노랫소리 정원에 맴돌고, 등불은 누대 아래를 비추네"(笙歌歸院落, 燈火下樓臺)라는 구절은 당대 백거이(白居易)가 지은 「연산」(宴散)이라는 시에 나온다. 송대 구양수(歐陽修)의 『귀전록』(歸田錄) 권2에서 이렇게 말했다. "안원헌공(晏元獻公)은 시를 비평하기 좋아하여 항상 이렇게 말했다. '늙어 허리에 황금이 무겁게 느껴지고 나른하여 옥을 베니 시원하다'라는 구절은 부귀함을 나타내는 말이 아니며, '생황의 노랫소리 정원에 맴돌고, 등불은 누대 아래를 비추네'라는 구절보다 못하다. 이 구절이야말로 부귀를 표현한 멋진 말이다. 사람들은 모두 정확한 평가라고 여겼다."

8) 과거시험 시대의 시첩시(試帖詩)는 대체로 고인(古人)의 시구(詩句)와 성어(成語)를 사용했는데, '부득'(賦得)이라는 두 글자를 머리에 써 시제(詩題)로 삼았다. 청대에는 또 매 수(首)가 오언팔운(五言八韻)이 되도록 규정되어 있었다. 즉, 1구에 5글자, 1수에 16구로 하고, 2구마다 1운을 하도록 규정되어 있었다. 여기서는 혁명구호만 있고 내용이 없이 공허한 작품을 가리킨다.

9) 예세닌(Сергей Александрович Есенин, 1895~1925)은 구소련의 시인이다. 종법(宗法)제도하의 농촌 전원생활을 묘사한 서정시로 이름이 높았다. 10월혁명 때 혁명에 기울어 혁명을 찬양하는 시, 예컨대 「소비에트 러시아」 등의 시를 썼다. 그러나 혁명 이후 고민에 빠져 1925년 12월에 자살했다.

10) 소볼(Андрей Соболь, 1888~1926)은 구소련의 작가이다. 그는 10월혁명 후에 혁명에 다가갔으나, 끝내 당시 현실에 대한 불만으로 인해 자살했다. 주요 작품으로는 장편소설 『먼지』, 단편소설집 『벚꽃 필 무렵』 등이 있다.

『진영』 제사[1]

나 개인적으로는 중국이 현재 거대한 시대大時代를 향해 나아가고 있는 시대라고 생각한다. 그러나 이른바 '거대하다'라고 하는 것은 꼭 그로부터 생을 얻을 수 있다는 것을 가리키는 것은 아니며, 오히려 그로부터 죽음을 얻을 수도 있다.

이미 사랑을 위해 헌신한 많은 사람들이 그 때문에 죽음을 얻었다. 그는 죽음에 앞서 의식적인 혹은 무의식적인 피의 유희를 통해 쾌락과 만족, 단순한 볼거리와 구경거리를 모인 방관자들에게 선사했다. 하지만 동시의 일부 사람들에게는 중압감을 주기도 했다.

이 중압감이 제거될 때는 죽음이 아니라 생이다. 이것이 바로 거대한 시대이다.

이성異性 속에서 사랑을 보고, 백합화 속에서 천당을 보고, 석탄재를 줍는 노파의 영혼 속에서 배금주의를 보고,[2] 세계는 지금 늘 기관총의 비호를 받고 있는 인의仁義에 의해 다스려지고 있어, 지금 이곳에서 이런 소식을 듣고 있노라면 나는 좋은 술을 마신 듯이 정말로 몸과 마음이 편안하다. 그렇지만 『진영』[3]이 보여 주고 있는 것은 오히려 중압감이다.

현재의 문예계는 종종 사람들을 불편하게 만들고 있는데, 어쩔 수 없다. 그렇지 않으면 스스로 문예로부터 도망치거나 아니면 문예로부터 인생을 밀어내지 않을 수 없다.

그 무엇이 인의仁義와 돈에 대해 더 잘 묘사하고 삼도혈三道血의 '흉칙함'을 더 핍진하게 그려 내겠는가?[4] 나는 『진영』이라는 작품을 보았는데, 그것은 쾌락과 중압감을 각양각색의 사람들에게 남겨 주는 것이었다.

그렇지만 결말의 '진영'을 통해 나는 오히려 한 모금 좋은 술을 마신 것 같았다.

작품 결말에서는 아들 샤오바오小寶가 남게 되었는데, 후에 그가 죽는지 아니면 살아남는지 밝혀 주지 않았다.[5] 작가는 우리에게 너무 중압감을 받게 하고 싶지 않았으리라. 하지만 이것은 훌륭한 것이다. 왜냐하면 중국은 현재 거대한 시대를 향해 나아가고 있는 시대라고 나는 생각하기 때문이다.

1927년 12월 7일,

루쉰이 상하이에서 적다

주)

1) 원제는 「『塵影』題辭」이며, 1927년 12월 상하이 카이밍서점에서 출판한 『진영』(塵影)이라는 책에 들어 있었다. 얼마 후에 다시 1928년 1월 1일 상하이의 『문학주보』(文學周報) 제297기에 게재되었다.

2) 이것은 후스의 '배금주의를 제창하는' 글을 겨냥하여 한 말이다. 후스의 글 내용은 이렇다. "미국인들은 달러를 숭배하기 때문에 이미 '밤에는 문을 걸어 잠그지 않고, 길에는 떨어진 것이 있어도 줍지 않는' 진정한 이상세계를 이루었다.…… 우리는 달러를 숭배

하는 사람들을 욕할 자격이 없다. 고개 돌려 우리 자신들이 숭배하고 있는 것은 무엇인지를 돌아보자? 한 노파가 대광주리를 짊어지고 철 막대를 들고 매일 골목을 누비며 쓰레기통을 쑤시면서 타다 남은 알탄 한두 개, 더럽고 다 해진 천 한두 조각을 찾고 있는 것이다.—이런 사람들이 숭배하고 있는 것은 무엇인가!"(1927년 11월 『위쓰』 제156기 「수감록 3」에 의거함)

3) 『진영』(塵影)은 중편소설이며 리진밍(黎錦明)의 작품이다. 이 작품은 1927년 장제스 국민당의 4·12정변 전후 남방의 한 작은 현성(縣城)의 정세를 묘사했다. 이 작은 현성은 대혁명 중에 '현집행위원회'(縣執行委員會)와 '농공규찰대'(農工糾察隊)를 성립시키고 지주호신(地主豪紳)들과 투쟁했다. 그러나 4·12정변 때 그곳의 토호와 각종 반동인물들이 국민당 군관과 결탁하여 많은 혁명가와 노동자·농민 군중을 살해했다.

4) 『진영』에 이런 묘사가 나온다. 대토호(大土豪) 류바이쑤이(劉百歲)가 체포되자 군중들은 그를 사형에 처할 것을 요구했다. 그의 아들이 수천 원으로써 훈진현(混進縣) 당부(黨部)의 위원을 맡고 있는 구관료 한빙유(韓秉猷)에게 뇌물을 주고 구원을 간청했다. 한빙유는 뇌물을 받은 후 연회를 베풀고 당과 상의하면서 "그 사람은 효도를 행하니, 나는 인의(仁義)를 베풀어야 하겠군요"라고 말했고, 마침내 류바이쑤이를 풀어주기로 결정했다. '삼도혈'(三道血)은 책에 나오는 주요 인물인 현집행위원회 주석이자 혁명가인 숑뤼탕(熊履堂)이 시국이 역전된 뒤 피살될 때 뿌린 피이며, '흉칙함'(難看)은 구경꾼들이 한 말이다.

5) 『진영』의 마지막 장(章)에서는 숑뤼탕이 피살될 때 그의 아들 샤오바오(小寶)가 마침 유치원 수업을 마치고 나오면서 '열강을 타도하고, 군벌을 제거하자'라는 노래를 부르고 있는 장면을 묘사했는데, 하지만 나중의 결과가 어떻게 되었는지 명확하게 서술하지는 않았다.

타오위안칭 군의 회화전시회 때[1]
—내가 말하려는 몇 마디 말

내가 처음으로 타오위안칭[2] 군의 회화전시회에 간 건 베이징에서였다. 그때 이런 의미의 말을 했던 것으로 기억한다.[3] 그는 새로운 형태, 특히 새로운 색으로써 그 자신의 세계를 묘사해 냈지만, 그 속에는 여전히 중국의 지금까지의 영혼—글자의 뜻이 허황함으로 흐르지 않게 하면, 즉 민족성—이 담겨 있다고.

이 말은 상하이에서도 적용된다고 본다.

확실히 요즘 중국 사람 중 일부는 고민이 많다. 이는 오래 묵은 나라 청년들의 늙은 데서 오는 감정이라고 생각한다. 세계의 시대조류는 이미 사방팔방으로 침략해 오고 있는데, 삼천 년이나 해묵은 질곡 속에 스스로를 가두어 놓고 있다. 그러니 각성하고, 몸부림치고, 반역하며, 나와서 세계적인 사업—나는 범위를 좀 좁혀서 '문예 사업'을 말하고자 한다—에 참여해야 한다. 만약 중국이 세계에서 낙오하고 있다고 여겨지지 않으려면 이렇게 하는 것이 역시 옳다고 생각한다.

그런데 현재 다른 나라의 많은 예술계 인사들은 이미 자연에 대해 반역하여 자연을 갈라놓고 개조해 놓았다. 그리고 문화예술사계文藝史界 인사들은 여태껏 사용해 와서 '영구적'이라고 여겼던 묵은 잣대를 버리고, 각 시대 각 민족의 고유한 잣대로써 각 시대 각 민족의 예술을 달리 재고 있다. 그리하여 이집트 무덤 속의 회화에 대해 감탄하고 흑인의 칼자루에 새겨진 조각에 대해 고개를 끄덕이고 있다. 이는 우리로 하여금 종종 오해를 불러와서 다시 옛날의 질곡으로 되돌아가야 한다고 여기도록 만들고 있다. 그리고 신예술가들의 용맹스런 반역은 우리들의 이목을 깜짝 놀라게 하며 때때로 탄복하지 않을 수 없게 만든다. 그러나 우리는 늙어 버렸고 앞서 해야 할 일에 참여한 적이 없으므로 정중하게 수용할 수밖에 없고 또다시 외부의 존경할 만한 새로운 질곡을 만들게 되었다.

타오위안칭 군의 회화는 이런 이중의 질곡은 없다. 즉 안팎 양면이 모두 세계의 시대조류와 화합하고 있으며 또 중국의 국민성을 질식시키지도 않았다.

나는 예술계의 일에 대해서는 문외한이나 다름 없으며, 문자와 관련된 일에 대해서는 좀더 매진하고 있다. 예컨대 백화白話로부터, 이른바 세상에서 말하는 '유럽화된 문체'에 대해 언급하고자 한다. 어떤 사람은 이런 식으로 비난한다. "당신은 이런 문체를 사용하지만 애석하게도 피부는 하얗지 않고 콧대는 높지 않구먼!" 참으로 이 교훈은 가혹한 것이다. 그러나 피부가 하얗고 콧대가 높으면 그가 사용하는 것은 대개 유럽 글이지 유럽화된 문체는 아닐 것이다. 피부도 하얗지 않고 코도 높지 않으면서도 '구어체인 더아마니的啊嗎呢'를 고집하고, 게다가 한 구절에서 많은 '더'的자를 사용하고 있는, 바로 이것이 세상으로부터 조롱을 받는 오늘날 중국의 우리들이다.

그러나 나는 유럽화된 글을 가지고 타오위안칭 군의 회화를 비유하려는 것은 결코 아니다. 그 의미는 다음과 같은 데 있다. 그는 결코 '고문투의 지호자야之乎者也'가 아니다. 왜냐하면 그는 새로운 형태와 새로운 색을 사용하고 있기 때문이다. 또한 'Yes', 'No'도 아니다. 왜냐하면 그는 어쨌든 중국인이기 때문이다. 그래서, 미터자를 사용하여 재어도 맞지 않다. 하지만 또한 한대의 여치척[4] 또는 청대의 영조척[5]을 사용할 수도 없다. 왜냐하면 그는 이미 현재의 사람이기 때문이다. 생각건대, 반드시 현재에 존재하면서 세계적인 사업에 참여하고자 하는 중국인의 마음속의 잣대로 재어야 비로소 그의 예술을 이해할 것이다.

1927년 12월 13일, 루쉰이 상하이에서 적다

주)______

1) 원제는 「當陶元慶君的繪畫展覽時 — 我所要說的幾句話」이며, 1927년 12월 19일 상하이 『시사신보』의 부간 「청광」(靑光)에 처음 발표되었다.
2) 타오위안칭(陶元慶, 1893~1929)은 자가 쉬안칭(璿卿)이고 저장 사오싱 사람이며, 미술가이다. 저장 타이저우 제6중학(浙江台州第六中學) · 상하이 리다학원(上海立達學園) · 항저우 미술전과학교(杭州美術專科學校)의 교원을 역임했다. 루쉰의 전기 저역서인 『방황』(彷徨), 『아침 꽃 저녁에 줍다』(朝花夕拾), 『무덤』, 『고민의 상징』(苦悶的象徵) 등의 책 표지를 그가 그렸다.
3) 루쉰이 타오위안칭의 제1회 회화전시회 때 한 말은 바로 1925년 3월 16일에 지은 「'타오위안칭 씨 서양회화전시회 목록' 서」('陶元慶氏西洋繪畫展覽會目錄'序 ; 『집외집습유』에 수록)이다.
4) 여치척(慮傂尺)은 동한 장제(章帝) 건초(建初) 6년(81)에 제작한 일종의 구리자이다.
5) 영조척(營造尺)은 청나라의 공부(工部)가 건축공정에 사용하던 자이며, '부척'(部尺)이라고도 불렀다. 당시에 표준적인 길이 단위로 사용되었다.

루소와 취향[1]

『민약론』民約論을 지은 루소[2]는 그가 살아 있을 때도 사람들로부터 비난과 박해를 받았고, 지금까지도 비난이 멈추지 않는다. '민약'民約과 아무런 관계도 없는 중화민국에서조차도 그런 장면을 연출하고 있다.

예를 들어 상우인서관에서 출판한 『에밀』[3]의 중국어 번역본의 서문에서는 이렇게 말했다.

> …… 본서의 제5편, 즉 여자교육에서 그의 주장은 철저하지 못할 뿐만 아니라 여자의 인격을 인정하지 않아서 앞의 4편에서 인류를 존중하는 것과 서로 모순된다.…… 그래서 오늘의 관점에서 그의 인류에 대한 정당한 주장은 절반만 성립되었을 뿐이라고 볼 수 있다.……

그렇지만 푸단대학復旦大學이 출판한 『푸단순간』復旦旬刊 창간호에서 량스추[4] 교수의 뜻은 오히려 "조금 달랐다". 사실 '조금'일 뿐이겠는가. "루소의 교육론은 옳은 데가 하나도 없지만 오직 여자교육론은 확실히 정확하고 적절하다"는 것이었다. 왜냐하면 그것은 "남녀의 성질·체격의 차별에 근거한 것이었기" 때문이다. 그리고 근대 생물학과 심리학의 연구 결과는 천하에 차별 없는 두 사람은 없다는 것을 증명하고 있으며, 어떤 사람이든 그 사람에게 맞는 교육을 실시해야 한다는 것이다.[5] 그래서 량梁 선생은 이렇게 말했다.—

> '사람'人이라는 글자는 근본적으로 자전字典으로부터 영원히 말소하거나 정부로 하여금 영원히 사용하지 못하게 해야 한다고 생각한다. 왜냐하면 '사람'이라는 글자의 의미가 너무 모호하기 때문이다. 더없이 총명한 사람도 우리는 사람이라 부르고 소처럼 미련한 사람도 마찬가지로 사람이라고 부르며, 바람이 불어도 쓰러질 듯 약한 여자도 사람이라고 부르고 거칠고 강한 남자도 사람이라고 부르니, 온갖 종류의 사람들 속에서 사람이 아닌 자가 하나도 없다. 근대의 데모크라시 사상, 평등의 관념은 그 기원이 바로 인류의 차별을 허용하지 않은 데서 비롯된 것이다. 인격은 추상명사이며 한 개인의 몸과 마음 모든 부분의 특징의 총화이다. 사람의 몸과 마음 각 부분의 특징은 차별이 있는 이상 인격상에도 차별이 있다. 이른바 인격을 모욕하는 것은 바로 한 개인의 특유의 인격을 인정하지 않는 것인데, 루소가 여자는 여자의 인격이 있다고 인정했으니 루소는 바로 여자의 인격을 존중한 것이다. 여자 본래의 특성을 말살하는 것은 여자의 인격을 모욕하는 것이다.

이런 논리로 나아가면 당연히 다음과 같은 결론을 얻게 된다.—

……정당한 여자교육은 마땅히 여자로 하여금 완전한 여자가 되게 하는 것이다.

그렇다면, 이른바 정당한 교육자는 또한 '바람이 불어도 쓰러질 듯 약한' 자를 완전히 '바람이 불어도 쓰러질 듯 약하게' 만들어야 하고, '소처럼 미련한' 자를 완전히 '소처럼 미련하게' 만들어야 하는 것이다. 그래야만 각 사람各人——이 글자는 아직 자전으로부터 영원히 말소하거나 정부로 하여금 영원히 사용하지 못하도록 명하기 전이므로 잠시 사용한다——의 인격이 모욕당하지 못하게 할 수 있을 것이다. 루소의 『에밀』 앞부분 4편의 주장은 이렇지 않아서 '옳은 데가 하나도 없으니' 의심할 바 없다고 할 수 있다.

그러나 이른바 '옳은 데가 하나도 없다'라는 것도 오로지 '더없이 총명한 사람'에 대해서 한 말이며, '소처럼 미련한 사람'에게는 오히려 '정당한' 교육인 것이다. 왜냐하면 그러한 주장을 보아야 그로 하여금 더욱더 완전히 '소처럼 미련한' 데로 점점 가까워지게 할 수 있기 때문이다. 이것도 그의 인격을 존중하는 것이다.

그렇다고 해서 이러한 주장이 완전히 결론지어지는 것은 아니다. 그 이유는 첫째, 설사 '자연적인 불평등'[6]을 말하는 것이라고 알고 있어도 진정한 '자연적인 것'과 '점차적인 인위에 의해 자연적인 것처럼 보이는 것' 사이의 차이를 구분하기 쉽지 않기 때문이다. 둘째, 모든 학설은 흔히 "우리 취향에 맞으면 그것을 용납하고, 게다가 그것을 선전하기도 하기"[7] 때문이다.

2년 전에는 상하이의 한 구석에서 아널드[8]를 크게 떠벌리더니 금년에는 배빗[9]을 크게 떠벌리고 있는데, 아마도 취향 때문일 것이리라.

많은 문제들은 대개 '취향'에 의해 발생하는데, 취향의 차별도 '사람'이라는 글자와 마찬가지이다——사실 이 두 글자도 정부에 신청해서 '영원히 사용하지 못하도록 명해야' 한다. 나는 그저 역시 미국인인 업턴 싱클레어(Upton Sinclair)[10]의 한 단락을 베껴서 또 다른 종류의 인격을 존중하고자 한다.——

루소의 비평가라면 어느 누구든지 반드시 해결해야만 하는 문제가 있다. 무엇 때문에 당신은 그와 언쟁하는가? 그의 이상향인 서 자유, 평등, 화합을 위해 길을 열어 놓으려는 것인가? 아니면 루소가 세상을 향해 내놓은 새로운 사상과 새로운 감정의 격류激流를 두려워하기 때문인가? 부권 확립을 위한 그의 노력을 무색케 하는, 그의 개인주의운동 전체에 대해 회의하게 만들어 자녀는 부모에 복종하고 노예는 주인에 복종하고 아내는 남편에 복종하고 신민은 교황과 황제에 복종하고 대학생은 전혀 의문을 품지 않고 교수의 강의에 감탄하는, 선량한 과거로 회귀하는 것이 바로 당신의 목적인가?

아이阿嶷 부인이 "마지막 구절은 마치 배빗 교수를 겨냥한 화살 같아요"라고 하자,

그녀의 남편은 "이상하네. 그 사람도 자기 성姓을 가지고 있을 텐데 …… 틀림없이 하느님의 심판인걸"이라고 말했다.[11]

원래의 뜻과 비교해서 다른 점이 있을지도 모르겠다. 일본어 번역문을 중역한 것이기 때문이다. 책의 원제목은 『맘몬아트』(Mammonart)이

며, 캘리포니아(California)의 파사데나(Pasadena)[12]에서 저자 자신이 출판했는데, 취향이 비슷한 사람들은 스스로 구해서 보기 바란다. 맘몬(Mammon)[13]은 그리스 신화 속의 재신財神이며, 아트(art)는 누구나 알고 있듯이 예술이다. '재신의 예술'로 번역할 수 있으리라. 일본의 번역은 '배금예술'拜金藝術로 되어 있는데, 이것도 괜찮다. 이 글자는 저자가 억지로 만든 것으로서 정부도 공포 시행을 명하지 않았고 자전에도 아직 편입되지 않았을 것이므로 잠시나마 여기서 좀 해석해 둔다.

12. 21.

주)

1) 원제는「盧梭和胃口」이며, 1928년 1월 7일『위쓰』제4권 제4기에 처음 발표되었다.

2) 루소(Jean-Jacques Rousseau, 1712~1778)는 프랑스의 계몽사상가이다. 그는 주요 저작『사회계약론』(*Du contrat social*, 1762년 출판. 중국에서는『민약론』民約論으로 번역 출판)에서 '천부인권' 학설을 제기했고, 봉건전제제도를 공격하여 18세기 유럽 부르주아 혁명 시기에 커다란 영향을 끼쳤다.

3)『에밀』(*Émile*)은 루소가 쓴 교육소설로서 1762년에 출판되었다. 앞의 네 편은 주인공 에밀을 묘사하면서 인간은 '자연 상태'하에서 모두 평등하므로 자연발전을 존중해야 한다고 주장했다. 그러나 제5편에서 소피아의 교육에 대해 서술할 때, 작가는 "사람은 차이가 있으므로 인격에도 차이가 있다. 여자에게는 여자의 인격이 있다"라고 말했다. 이 책은 반봉건(反封建), 반종교(反宗教)의 색채가 짙기 때문에 출판된 후 파리회의에 의해 불태워졌다. 중국어판은 웨이자오지(魏肇基)가 번역하여 1923년 6월 상우인서관에서 출판되었으며, 서문은 역자가 쓴 것이다.

4) 량스추(梁實秋, 1902~1987)는 저장 항현 사람이며, 작가·번역가이고 신월사의 중요한 구성원이다. 미국에서 유학했고, 신인문주의자인 배빗의 학생이었다. 귀국한 후에 지난대학(暨南大學), 푸단대학(復旦大學) 등의 교수를 역임했다. 그의「루소의 여자교육론」이라는 글은 원래 1926년 12월 15일『천바오 부간』에 발표되었으며, 후에 약간의 수정을 거쳐서 1927년 11월『푸단순간』창간호에 다시 실렸다. 그는 여자교육에 관한 루소의 의견에 대해 "근래의 남녀평등의 학설을 충분히 바로잡을 수 있다"라고 했다.

5) 량스추는 「루소의 여자교육론」에서 이렇게 말했다. "근대 생물학과 심리학 연구의 결과는 남자와 여자가 차별이 있을 뿐만 아니라 남자와 남자, 여자와 여자 또한 차별이 있음을 증명해 주고 있다. 간단히 말하면, 천하에 차별이 없는 두 사람은 없다. 어떤 사람이든 그 사람에게 맞는 교육을 실시해야 한다."

6) 루소는 『인간 불평등의 기원과 기초』(*Discours sur l'origine et les fondements de l'inégalité parmi les hommes*, 1754)라는 책에서 이렇게 말했다. "인류에게는 두 종류의 불평등이 있다. 하나는 내가 자연적인 또는 생리적인 불평등이라고 부르는 것인데, 왜냐하면 그것은 자연에 기초하기 때문이다. 연령·건강·체력 및 지혜 또는 심령의 성질의 다름으로 말미암아 생겨나는 것이다. 다른 하나는 정신적인 또는 정치적인 불평등이라 부를 수 있는데, 왜냐하면 그것은 일종의 협약에 기인하기 때문이다. 그것은 사람들의 동의에 의해 설정되는 것이며, 적어도 그것의 존재가 모든 사람들로부터 용인을 받은 것이다."(1926년 상우인서관에서 출판된 리창산李常山의 번역본에 의거함)

7) "우리 취향에 맞으면 그것을 용납하고, 그리하여 그것을 선전하기도 하기"의 두 구절은 량스추의 「루소의 여자교육론」이라는 글에 나오는 말이다.

8) 아널드(Matthew Arnold, 1822~1888)는 영국의 시인, 문예비평가이다. 량스추는 「문학비평변」(文學批評辯), 『문학의 기율』(文學的紀律) 등에서 아널드의 견해를 인용했다.

9) 배빗(Irving Babbitt, 1865~1933)은 미국 근대에 이른바 '신인문주의'(新人文主義) 운동의 지도자 중 한 사람이며, 하버드대학 교수였다. 그는 『루소와 낭만주의』(*Rousseau and Romanticism*, 1919)라는 저서에서 루소를 공격했다. 량스추가 루소는 "옳은 데가 하나도 없다"라고 말한 것은 배빗의 견해에 근거한 것이다.

10) 업턴 싱클레어(Upton Sinclair, 1878~1968)는 미국의 소설가이다. 본문의 『맘몬아트』(*Mammonart*), 즉 『배금예술』(拜金藝術)은 그가 경제 관점을 사용하여 역사상 각 시대의 문예를 해석한 저작이며 1925년에 출판되었다.

11) 이 인용문은 기무라(木村生死)의 일본어 번역본 『배금예술』(1927년 도쿄 금성당金星堂 출판)에 의거하여 루쉰이 번역한 것이다. 인용문에 나오는 아이(阿嶷)는 이 책에 나오는 원시시대 예술가의 이름이다.

12) 캘리포니아 주(州)의 파사데나 시(市)이다.

13) 맘몬(Mammon)이라는 단어는 고대 서아시아의 아람어에서 나온 것으로 그리스어를 거쳐 근대 서유럽의 각국 언어로 옮겨 갔는데, 재부(財富)나 재신(財神)을 가리키며, 나중에는 이익을 추구하고 재물을 탐하는 악마의 의미로 전이되었다. 고대 그리스 신화에 나오는 재신(財神)은 플루토스(Ploutos)이다.

문학과 땀 흘림[1]

상하이의 모 교수는 사람들에게 문학을 강의하면서 문학은 영원히 변하지 않는 인성을 묘사해야 하며 그렇지 않으면 오래가지 않는다고 했다.[2] 예컨대, 영국의 셰익스피어 및 다른 한두 사람은 영원히 변하지 않는 인성을 묘사했기 때문에 그것이 지금까지 전해 오고 있으며, 그 나머지 것들은 그렇지 않기 때문에 모두 소멸되었다는 것이다.

이것이야말로 "말하지 않을 때는 그래도 명백하던 것이 말하면 말할수록 더욱 모호해진다"는 격이다. 영국에서 이전의 많은 문장들이 전해 오지 않는다는 것은 어쨌든 있을 수 있는 일이라고 생각한다. 그러나 그것들이 소멸된 이유가 영원히 변하지 않는 인성을 묘사하지 않았기 때문이라는 것은 미처 생각지도 못했다. 지금 이러한 측면을 알게 되었다 하더라도 그것들은 이미 소멸되었으니 지금의 교수들이 어떻게 볼 수 있었으며, 영원히 변하지 않는 인성을 묘사한 것이 아니라고 어떻게 단정할 수 있었는지 더욱 모를 일이다.

유전되고 있는 것이라면 좋은 문학이고, 소멸된 것이라면 나쁜 문학이다. 천하를 빼앗으면 왕이 되고, 천하를 빼앗지 못하면 적이다. 이건 중국식의 역사론이며 중국인들의 문학론과도 소통되는 것이 아닌가?

과연 인성은 영원히 변하지 않는 것인가?

유인원類人猿, 유원인類猿人, 원인原人, 고인古人, 금인今人, 미래인未來人…… 만약 생물이 정말 진화하는 것이라면 인성도 변하는 것이 당연하다. 유원인은 말하지 않더라도 그들의 기질을 우리는 아마 예측하기 매우 어려울 것이며, 그런즉 우리의 기질을 아마 미래인도 잘 알지 못할 것이다. 영원히 변하지 않는 인성을 묘사한다는 건 실로 어려운 노릇이다.

예컨대, 땀 흘림의 경우를 보자. 생각건대 옛날에도 있었고, 지금도 있고, 미래에도 틀림없이 잠시 동안 있을 것이니, 당연히 '영원히 변하지 않는 인성'으로 간주할 수 있을 것이다. 그렇지만 '바람이 불어도 쓰러질 듯 약한' 아가씨가 흘리는 땀은 향기로운 땀이요, '소처럼 미련한' 노동자가 흘리는 땀은 역겨운 땀이다. 만약 세상에 길이 남을 글을 지어 세상에 길이 남을 문학가가 되려면 향기로운 땀을 묘사해야 좋을까, 아니면 역겨운 땀을 묘사해야 좋을까? 이 문제를 먼저 해결하지 않으면 장래에 문학상의 지위가 그야말로 "아슬아슬 위태로울 것이다".[3]

듣자 하니, 영국의 경우, 예전 소설은 대체로 마님과 아가씨들에게 보여 주기 위해 씌어졌으므로 그 속에는 당연히 향기로운 땀이 많았다. 19세기 후반에 이르러 러시아문학의 영향을 받아서 역겨운 땀 냄새가 조금 많아졌다. 어느 것의 명이 더 길 것인지 현재로서는 아직 미지수이다.

중국에서 도사가 도道를 논하고 비평가가 문文을 말하는 것을 듣고 있노라면 모공毛孔이 경련을 일으켜 도저히 땀이 흘러나오지 않는다.[4] 그렇지만 이것이야말로 중국의 '영원히 변치 않는 인성'이리라.

1927년 12월 23일

주)______

1) 원제는 「文學和出汗」이며, 1928년 1월 14일 『위쓰』 제4권 제5기에 처음 발표되었다.
2) 량스추(梁實秋)를 가리킨다. 그는 1920년 10월 27, 28일의 『천바오 부간』에 발표한 「문학비평변」이라는 글에서 이렇게 말했다. "물질의 상태는 변하고, 인생의 태도는 일치하지 않는다. 그러나 인성(人性)의 바탕은 보편적이고, 문학의 맛은 고정되어 있다. 그래서 위대한 문학작품은 시대와 지역의 시련을 이겨 낼 수 있다. 『일리아드』도 오늘날 사람들이 읽고 있고 셰익스피어의 연극도 오늘날 사람들이 공연하고 있는데, 보편적 인성이 위대한 작품의 기초가 되기 때문이다." '인성론'은 량스추가 1927년을 전후한 몇 년 동안에 쓴 문예비평의 근본사상이다.
3) "아슬아슬 위태로울 것이다"(岌岌乎殆哉)라는 말은 『맹자』 「만장상」(萬章上)에 나온다. "천하가 위태로우니, 아슬아슬하구나!"(天下殆哉, 岌岌乎!) 이것은 공자가 한 말로서 위험하고 불안하다는 뜻이다.
4) "땀이 감히 흘러나오지 않는다"라는 말은 『세설신어』 「언어」(言語)에 나온다. "부들부들 떠니, 땀이 감히 흘러나오지 않는다."(戰戰栗栗, 汗不敢出)

문예와 혁명[1)]

문예를 다루기 좋아하는 사람들은 어느 혁명지革命地에서나 "문예는 혁명의 선구이다"라는 말을 즐겨한다.

나는 이를 매우 의심스럽게 여긴다. 어쩌면 외국은 그렇겠지만 중국은 당연히 특수한 나라 사정이 있어서 반드시 예외에 놓일 것이다. 지금 함부로 나열하며 동지들에게 질문을 던진다.—

1. 혁명군. 우선 군인이 있어야만 혁명을 할 수 있는 만큼, 무릇 혁명이 이루어진 곳에서는 모두 군대가 먼저 도착한다. 이것이 선구이다. 아마도 대군관大軍官은 약간 늦게 도착하겠지만, 당연히 선구임은 더 말할 필요가 없다. (이보다 앞서, 때로는 어떤 청년들이 잠입하여 선전하고 노동자들이 일어나 몰래 도왔겠지만 이런 사람들은 대개가 이미 죽었을 것이므로 조사할 길이 없어 더 이상 논하지 않는다.)

2. 인민대표. 군관들이 도착하면 인민대표들이 기차역에 운집하여 환영하면서 손에 국기를 들고 입으로 "혁명의 분위기가 대단히 무르익었도다"라는 구호를 외친다. 이것이 두번째 선구이다.

3. 문학가. 그리하여 혁명문학, 민중문학, 동정同情문학,[2] 비등飛騰문학 등 모든 것이 등장하고 위대하고 밝은 명칭의 간행물들도 등장하여 청년들을 지도한다. 이것 ── 매우 애석한 일이지만 그다지 중요하지 않음 ── 이 세번째 선구이다.

외국에서는 혁명군이 일어나기 직전에 외국으로 추방당한 루소가 있고, 북극으로 유배당한 코롤렌코[3]가 있다…….

그렇다. 만일 억지로 낙관하더라도 괜찮다. 왜냐하면 우리는 항상 이른바 문학가가 출국한다는 소식을 듣고서 신문지상의 기사와 광고를 보며, 시를 보며, 문장을 보기 때문이다. 비록 출발은 하지 않았지만 우리들에게 '장래에 학學을 완성하고 귀국할 것이니 얼마나 대단한가!'라는 예감을 가져다준다 ── 희망은 어느 누구라도 가지고 싶어 하는 것이다.

12월 24일 밤 0시 1분 5초

주)

1) 원제는 「文藝與革命」이며, 1928년 1월 28일 『위쓰』 제4권 제7기에 처음 발표되었다.
2) 1927년 봄에 쿵성이, 펑진가오(馮金高) 등이 광저우의 『국민일보』 부간 「현대청년」에 공산당을 배반하는 '참회'의 시문(詩文)을 연속적으로 발표하고 동시에 그들의 배신행위에 대해 서로 '동정'을 표시했다. 3월 사이에 셰라유(謝拉猷)는 또 「현대청년」에 「혁명문예를 말하다」(談談革命文藝), 「혁명과 문예」(革命與文藝) 등의 글을 발표하여, 문예는 "인류 동정의 외침", "인류 동정의 감응"이라고 운운했다. 이른바 동정문학이란 바로 이런 글을 가리킨다.
3) 코롤렌코(Владимир Короленко, 1853~1921). 러시아 작가. 혁명 활동에 참가했기 때문에 6년 동안 시베리아로 추방되었다. 중편소설 『맹인 음악가』(Слепой музыкант, 1886), 문학회상록 『나의 동시대 사람들 이야기』(История моего современника) 등을 썼다.

이른바 '궁중 문서'에 대한 이야기[1]

이른바 '궁중 문서'[2]라는 것이 청나라의 내각內閣에 삼백여 년 동안 보관되어 있었고, 공묘孔廟에 십여 년 동안 박혀 있었으나 누구도 그에 대해 한마디도 언급하지 않았다. 역사박물관이 그 잔여 부분을 종이가게에 팔면서부터 종이가게는 뤄전위[3]에게 팔았고 뤄전위는 일본인에게 팔아넘기자 마치 국보를 잃어버려 나라의 운명이 다하고 있는 듯이 큰소리로 울며 호들갑을 떨고 있다. 몇 년 전에 나도 몇 사람의 의론을 본 적이 있다. 기억나는 사람은 진량金梁인데, 『동방잡지』[4]에 게재되었다. 그리고 뤄전위와 왕궈웨이[5]는 그 즉시 감개를 토로했다. 최근의 것으로는 『베이신 반월간』에 게재된 장이첸蔣彝潛 선생의 「문서 판매를 논함」[6]이라는 글이다.

내 생각에 그들의 의론은 모두 그다지 정확하지 않다고 생각한다. 진량은 본래 항저우의 주둔군 기인旗人으로서 일찍이 배한排漢을 주장한 사람이었으며, 민국 이래로 유로遺老가 되어 민국이 하는 모든 일에 대해 당연히 가증스러운 것이라고 여겼다. 뤄전위는 어떤 사람인가? 역시 유로로서 국문國門[수도의 성문]을 보지 않겠다고 맹세했으나 나중에는 베이징과 톈진을 번거롭게 오가면서 후생들이 옛것을 좋아하지 않는다고 질책했으며 공교롭게도 골동을 외국인에게 팔아먹은 사람이다. 그의 서문과 발문을 보면 대체로 '광고'의 냄새가 코를 찌르고 있으니 이것이 '무엇을 뜻하는지'於意雲何 알 수 있다. 유독 왕궈웨이만이 이미 물 속에서 유로생활을 끝마쳤으니[7] 정직한 사람이다. 그러나 그의 탄식은 종종 뤄전위의 콧구멍으로부터 뿜어진 것과 동일한 것이다. 뿜어져 나온 탄식은 진짜냐 가짜냐의 구분이 있지만 말이다. 그래서 그는 광고의 샌드위치(Sandwich)로 취급되기 일쑤였는데, 왜냐하면 그는 햄처럼 고지식했기 때문이다. 장蔣 선생은 예외로서 내가 보기에는 결코 유로가 아니며, 단지 좀 센티멘털(sentimental)[8]했기 때문에 뤄전위로부터 속임을 당한 것이다. 생각해 보라, 그가 그것을 일본인에게 팔려고 했으니 그것은 보물이 아니다.

그렇다면, 이것은 좋은 물건이 아닌가? 좋지 않다면 어째서 당신도 사려 하고 나도 사려 하는가? 이것은 누구라도 던질 수 있는 질문이라고 생각한다.

대답컨대, 그렇기도 하고 그렇지 않기도 하다. 이것은 몰락한 대부호 집안의 한 무더기 폐지와 같이 좋다고 말해도 괜찮고 쓸모가 없다고 말해도 괜찮다. 폐지이기 때문에 쓸모가 없고, 몰락한 대부호의 것이기 때문에 아마 좋은 물건이 섞여 있을 것이다. 하물며 이와 같이 이른바 좋다, 좋지 않다 하는 것도 보는 사람에 따라 다르다. 내가 사는 집 근처의 어느 쓰레기통에는 주민들이 버린 쓸모없는 것들이 들어 있지만, 아침 일찍부터 몇몇 대광주리를 짊어진 사람들이 그 속에서 한 조각 한 조각, 한 뭉치 한 뭉치 무언가 골라내는 것을 보았으니 어쨌든 쓸모가 있는 것이다. 하물며 지금의 황제 역시 여전히 존귀하여 '궁궐 내'大內에 며칠 동안 놓아두었다거나 '궁'宮이라는 글자가 붙어 있으면 사람들은 쉬 다른 눈으로 보게 되는 건 당연하지 않은가. 이것은 정말이지 말을 해도 믿지 않을 것이다. 민국임에도 불구하고 말이다.

'궁중 문서'라는 것도 '국조'[9]의 고실故實에 정통한 뤄羅 유로의 말에 따르면, 그것은 그의 '국조' 때 내각에 쌓여 있던 폐지들인데, 사람들이 불태워 없애야 한다고 주장했으나 그가 애써 노력한 덕에 이렇게 보존하게 되었다는 것이다. 그러나 그의 '국조'가 퇴위한 민국 원년에 이르러 내가 베이징에 이르렀을 때, 그것들은 이미 마대 팔천(?) 자루에 포장되어 공묘 속의 경일정敬一亭에 넣어졌으니, 확실히 수북하게 정자의 절반 이상을 가득 채웠다. 그때 공묘에는 역사박물관 주비처籌備處가 설치되었고, 처장은 후위진[10] 선생이었다. '주비처' 운운하는 것은 바로 그 속에 '역사박물'이 전혀 없다는 뜻이다.

나는 교육부에 있었으므로 마대들과는 약간의 관계가 있었고, 그것들의 흥망성쇠를 눈으로 보았다. 화가 나거나 우스운 일도 있었으나 대부분은 하찮은 놀이였다. 나중에 바깥의 의론이 허황되게 오가는 것을 보고 몇 마디 일의 경과를 쓰고 싶어서 내가 목도한 사정을 서술했다. 그러나 담이 작아 관련된 세도가들이 여럿 있어서 붓을 움직이지 못했다. 이것은 내가 '세상물정에 밝다'는 것인데, 중국에서의 처세는 민족을 욕하고, 국가를 욕하고, 사회를 욕하고, 단체……를 욕하는 것은 모두 괜찮으나 이름과 성이 있는 개인을 언급해서는 안 된다. 광저우의 어느 간행물에서는 내가 발바리만 때리고 군벌은 욕하지 않는다고 말했다. 뜻하지 않게도 나는 바로 발바리를 욕했기 때문에 결국 베이징에서 달아나야 할 운명이 된 것이다. 군벌을 마구 욕하면 누가 와서 간섭을 하는가? 군벌은 잡지를 보지 않으니, 발바리가 냄새 맡고 후보 발바리가 짖어 대는 것을 참고한다. 이런, 계속 말하다 보니 또 좋지 않게 되었으니 얼른 그만두자.

지금은 남방에 살고 있으니 아마 몇 마디 말을 해도 무방할 것이며, 이 일들은 어쩌면 앞으로 달리 언급하는 사람이 없을지도 모른다. 그러나 나는 체면과 관련 있는 인물에 대해 여전히 실명을 사용하지 않고 로마자로 대체할 것이다. 유럽화도 아니요, '악을 감추고 선을 드러내는 것'도 아니며, 단지 '신상에 해 끼치는 것을 피하기' 위하는 데 지나지 않는다. 이것도 내가 '세상물정에 밝다'는 것인데, 자신은 남방에 있고 그들은 북방에 있거나 혹은 소재를 알 수 없어 그들을 깔보고 있다고 생각해선 안 된다. 정말 신기하게도 그들은 문득 당신의 눈앞에 성큼 나타날 것이다. 이때에는 어쩌면 영문을 모른 채 죽게 될 것이다. 그래서 얌전해야 하며, 침묵하는 것이 가장 좋지만, 나는 지금 '절충해서', 말하지 않는 것도 아니고 다 말하지도 않는 로마자로 대체하는 것이다.——만약 이렇게 해도 여전히 부적절하다면 그야 운명을 하늘에 맡기는 수밖에 없다. 하느님, 나의 영혼을 평안하게 하소서!

그런데 이들 마대가 경일정에 누워 있으므로 역사박물관 주비처 처장 후위진 선생은 몹시 걱정하여 잡부들이 방화를 하지 못하도록 주야로 방비를 했다. 왜 그런가? 이 일을 이야기하자면 다소 복잡하다. 이른바 '국학'을 조금이라도 다룬 사람이라면 대개 알고 있듯이, 후 선생은 원래 남청서원[11]의 수재여서 구학舊學을 깊이 연구했을 뿐만 아니라 전조前朝의 고실에도 깊은 식견을 가지고 있었다. 그는 청조의 무영전武英殿에 구리 활자가 한 벌 저장되어 있다는 것을 알았는데, 나중에 내시들이 너나 할 것 없이 '다투어' 훔쳐 갔고, 왕나리王爺들이 와서 조사할 시점이 되자 불을 질러 버렸다. 당연히 무영전조차도 없어졌으니 더욱이 구리 활자가 얼마나 되는가는 알 수 없다. 불행하게도 경일정 속의 마대도 항상 감소하는 듯했는데, 잡부들은 국학자가 아니라서 안에 담긴 보배를 땅에 쏟아 버리고 마대만 가지고 가서 팔아먹었다. 후 선생은 이 때문에 무영전에 불이 난 사건을 생각하고는 마대가 많이 줄어든 후 경일정도 예전과 같이 불태워질 것을 몹시 걱정하여 교육부를 찾아가, 옮기거나 정리하거나 폐기하는 방법을 상의했다.

이런 일을 관장하던 부서는 사회교육사社會教育司였다. 그런데 사장은 샤쩡유 선생[12]이었다. '국학'을 조금이라도 다룬 사람이라면 대개 알고 있듯이, 우리는 그의 다른 논문을 볼 필요도 없이 그가 엮은 두 권의 『중국역사교과서』를 보면 그가 중국인을 어느 정도로 분명하게 보고 있는지 알 수 있다. 그는 중국의 모든 일은 전혀 '처리할' 수 없다는 것을 알고 있는 것이다. 문서만 하더라도 되는 대로 내맡겨 놓아 썩고 곰팡이 슬고 좀먹고 도둑맞고, 심지어는 불태워지더라도 오히려 천하태평이다. 만일 인위적인 힘을 가해 '처리하려'고 하면 여론이 비등하여 매듭을 지을 수가 없다. 결과적으로는 일을 처리하는 사람이 뭇사람들의 공격 목표가 되어 소문과 비방이 들끓으니 입이 백 개라도 변명할 수 없게 된다. 그래서 그의 주장은 '이 물건은 절대로 움직일 수 없다'는 것이었다.

'처리해야 한다'와 '처리하지 말아야 한다'라고 주장한 고실에 밝은 두 노선생은 이로부터 모두 각자의 뜻을 알고 이래저래 웃으면서 말했고…… 그러나 결국은 시간을 끌면서 지연시켰다. 그리하여 마대들은 또다시 평안하게 10여 년을 누워 있게 되었다.

이번에는 F선생[13]이 교육총장이 되었는데, 그는 장서藏書와 '고고'考

古로 유명한 사람이었다. 생각건대, 그는 어떤 소문을 듣고서 마대 속에는 틀림없이 좋은 송판본宋板本 — '국내 유일본'이 들어 있다고 생각했다. 이런 류의 소문은 늘 있어 왔는데, 사람들이 그 속에는 어떤 왕비의 꽃신과 어떤 왕의 두골이 들어 있다고 말하는 것을 나도 일찍이 들었다. 어느 날 그가 명령을 내려 나와 G주사[14]더러 마대를 살펴보라고 했다. 그날 당장에 20개를 서화청西花廳에 옮겨 놓고 우리 두 사람은 먼지구덩이 속에서 보배를 찾았다. 대체로 하표賀表와 황릉봉黃綾封이었으며, 괜찮은 것이라 한다면 역시 괜찮은 것이라 할 수 있겠지만 너무 많아서 도리어 희귀하게 느껴지지 않았다. 상주문도 있었는데 작은 형사소송 사건이 대부분이었으며, 문자는 만주어와 한자가 반반으로 되어 있었고 특별한 것도 몇 개 있었으나 눈에 보이는 것이 모두 그런 것이어서 진저리가 났다. 전시[15]의 답안은 하나도 없었다. 상자 몇 개가 더 있었는데, 원래 교육부에 있었던 것으로 모두 두세 갑甲의 답안지뿐이었다. 듣자 하니 그것보다 석차가 더 높은 것은 청나라 때에 이미 사람들이 훔쳐가 버렸다고 하니 하물며 장원의 답안지는 더 말할 필요가 있겠는가. 송대 판본의 책의 경우, 있기는 있었으나 너덜너덜해진 반 권짜리 책이거나 찢어진 몇 장일 뿐이었다. 청초清初의 황방黃榜[16]도 있었고, 실록實錄의 고본稿本도 있었다. 조선의 하정표賀正表[17]도 내 기억으로는 한 장 발견한 것 같다.

우리는 나중에 또 이틀을 더 보았는데, 마대의 숫자는 분명하게 기억할 수는 없지만 이상하게도 이때에 구미 교육의 고찰로 명성을 떨치던 Y차장,[18] 허풍을 떨어서 유명해진 C참사[19]는 갑자기 모두 고고학자로 변했다. 그들과 F총장은 모두 "밤낮으로 고심하며"[20] 먼지구덩이와 파지破紙 옆을 떠나지 못했다. 우리가 탁자 위에 골라 놓은 것을 그들은 살펴보겠다고 말하며 모두 안으로 가져갔다. 되돌려 받았을 때는 종종 원래보다 좀 줄어들어 있었다. 하늘에 맹세컨대, 그것은 분명 사실이다.

아마도 송대 판본의 책 몇 쪽 때문에 생긴 일이겠지만, F총장은 대대적으로 정리하고자 교육부 직원 수십 명을 파견했는데, 다행히도 나는 포함되지 않았다. 그때 역사박물관 주비처는 이미 오문[21]으로 옮겼고, 처장은 이미 YT[22]로 바뀌었다. 마대들은 곧 오문 위에서 정리되었다. YT는 기인旗人으로서 베이징 발음이 극히 훌륭했고 문자에 대해서는 여태껏 언급하지 않았던 사람이었다. 하지만 신기하게도 그 역시 갑자기 고고학자로 변하여 이 일에 대해 흥미진진해했다. 나중에 송대 판본의 『사마법』[23]이라고 하는 것이 소중하게 보존되어 있는 것을 발견했는데, 애석하게도 한 쪽 귀퉁이가 떨어져 나갔지만 이미 고색古色의 종이로 때워져 있었다.

그때의 정리 방법을 나는 그다지 잘 기억하지 못하지만, 요약하면 '보존'과 '폐기', 즉 '쓸모있는 것'과 '쓸모없는 것' 두 부분으로 나누는 것이었다. 이때부터 부원部員 수십 명이 매일 먼지구덩이와 파지 속에 출몰해서 점차 일을 완성해 나갔다——며칠이나 출몰했는지 나도 분명하게 기억하지 못한다. '보존'할 부분은 나중에 그 태반을 베이징대학에게 주었다. 그 나머지는 박물관에 그대로 보관했다. 필요 없는 것은 당시 오문의 문루門樓에 방치해 두었다.

그렇다면 이들 필요 없는 것들은 실화失火가 생기지 않도록 마땅히 폐기해도 상관없는가. 그렇지 않다. '고등관료교과서'의 내용에 따르면 이처럼 소홀하게 처리해서는 안 된다. 부원 수십 명을 파견하여 처리했으니 만약 후환이 있다고 하더라도 그들이 책임져야 하므로 총장과는 무관하다. 그러나 어쨌든 하나의 부部이니만큼 바깥에서 말을 하게 되면 모부某部라고 지적하지 모부의 모모 사람이라고 지적하지는 않을 것이다. '부'라고만 지적하는 이상 총장과 무관하다고 말할 수도 없다.

그런 까닭에 공무 처리를 위해 각 부서에서 직원을 파견하여 합동으로 다시 조사하도록 했다. 이런 공무는 기민해서 2주일도 채 안 되어 각부에서 둘 내지 넷을 파견했는데, 그중에는 해외로부터 돌아온 유학생이 매우 많았고 말쑥한 양복을 차려입은 자도 있었다. 그리하여 엎치락뒤치락 먼지와 폐지 사이를 들락날락했다. 그러나 다시 말하기도 이상한 일이지만 여러 명의 말쑥한 유학생이 갑자기 고고학자로 변하여 너덜거리는 종잇장, 비단조각을 양복 주머니에 쑤셔 넣었다——그러나 이것은 전해들은 말이지 내가 목격하지는 않았다.

이러한 의식儀式이 거행된 이상, 후환이 생기면 각 부서가 모두 책임을 져야 하고 초연하고 무책임하게 말할 수는 없을 것이다. 이때부터 오문의 문루 위의 분위기는 더 이상 이전처럼 긴장되지 않았다. 단지 큰 무더기 폐지만이 적막하게 바닥에 펼쳐져 있었고, 이따금 한두 일꾼이 손에 긴 막대기를 들고 휘저으면서 비단 표지나 그들이 필요로 하는 다른 물건들을 주워 내었다.

그렇다면 이들 필요 없는 것들은 실화를 피하기 위해 마땅히 폐기해도 상관없는가. 그렇지 않다. F총장은 '고등관료학'에 정통한 사람이니, 절대로 불태울 수 없다는 것을 알고 있었다. 사람이 죽으면 부고문에는 최고로 멋진 사람이 되는 것처럼 불태우자마자 그것이 보배로 된다는 것을 알고 있었다. 하물며 그의 생각主義이 결코 불을 피하는 데 있지 않았음에랴. 그래서 그는 상관하지 않았고, 곧이어 그도 '하야'下野하게 되었다.

이들 폐지는 이때부터 더 이상 언급하는 사람이 없었다. 역사박물관이 직접 팔아 버린 뒤에야 한바탕 신비한 풍파가 일어났다.

나의 말은 정말이지 흥을 깨뜨리는 것이 아닌가. 이 잔여 폐지에는 아무런 보배가 없는 듯이 말하는 것 같다. 그렇다면 다른 나라에서 깜짝 놀랄 만한 당화唐畵니, 촉석경蜀石經[24]이니 송대 판본의 책이니 하는 것은 어디서 나온 것이란 말인가? 이것도 반드시 다른 나라 사람들이 던지는 질문이라고 생각한다.

생각건대, 그것은 바로 이렇다. 잔여분의 폐지 속에는 이른바 빠뜨려 놓은 것들이 아무래도 없지는 않았겠지만 촉각蜀刻과 송대 판본이 있을 리 없다. 왜냐하면 이것은 분명코 사람들이 주의 깊게 뒤졌던 것이기 때문이다. 현재 좋은 물건이 계속해서 나오고 있는 원인은 다음과 같다. 첫째, 세도가들이 이전에 계속해서 훔쳐 갔던 것들인데 원래 감히 사람들에게 보여 줄 수 없었으나 이제 발표할 수 있는 기회를 얻었기 때문이다. 둘째, 많은 가짜 골동이 마대 팔천 자루 속에서 나온 것이라는 간판을 내걸고 시장에 나왔기 때문이다.

그리고 장蔣 선생은 국립도서관이 "민국 5, 6년 이래로 지금까지 줄곧 전쟁의 와중에 아무래도 많이 망가졌다"라고 여기고 있지만, 꼭 그렇지는 않다. 민국 원년부터 민국 15년에 이르기까지 매번 전쟁이 있었으나 도서관은 손실을 입지 않았다. 단지 위안스카이가 황제로 즉위했을 때 황실皇室 내의 한 사람이 탈취하려는 사건이 있었던 것 같으나 다행히 모면했다. 도서관의 액운은 좋은 책이 세도가에 의해 비슷한 책으로 바꿔치기 당하고 세월이 오래 지나면 완전히 딴판이 된다는 점인데, 그러나 나는 여기서 말을 많이 하고 싶지는 않다.

중국의 공공 물건은 실로 보존되기 어렵다. 만약 당국자가 문외한이라면 물건을 모두 망쳐 놓고 전문가라면 물건을 다 훔쳐가 버린다. 그리고 사실은 결코 서적이나 골동에만 국한되는 것은 아니다.

1927. 12. 24.

주)

1) 원제는 「談所謂'大內檔案'」이며, 1928년 1월 28일 『위쓰』 제4권 제7기에 발표되었다.
2) 궁중 문서(大內檔案)는 청나라의 내각대고(內閣大庫)에 보관하여 놓은 조령(詔令), 주장(奏章), 주유(朱諭), 칙례(則例), 외국의 표장(表章), 역과전시(歷科殿試)의 답안 및 기타 문건을 가리킨다. 내용은 매우 잡다한데, 청나라 역사와 관련된 원시자료이다.
3) 뤄전위(羅振玉)는 신해혁명 이후의 글에서 우창봉기(武昌起義)에 대해 "후베이에서 도적이 일어났다"며 악담을 퍼부었고, 스스로는 "국문(國門)을 차마 볼 수 없다"라고 말했다. 그러나 후에 톈진에 거주하면서 베이징과 톈진 사이를 왕래했으며, 자주 고궁(故宮 ; 자금성)에 가서 폐위된 황제 푸이(溥儀)를 '알현'했고 또한 청나라 때의 유신들 무리와 일본 제국주의자들과 함께 복벽(復辟)을 추진했다. 1922년 봄에 역사박물관이 궁중 문서의 잔여분을 베이징 퉁마오쩡(同懋增) 종이가게(紙店)에 4천 위안의 가격으로 팔았는데, 얼마 후 다시 뤄전위가 1만 2천 위안에 샀다. 1927년 9월에 뤄전위는 다시 그것을 일본인 마쓰자키(松崎)에게 팔았다.
4) 진량(金梁, 1878~1962)은 자가 시허우(息侯)이며, 항저우에 주둔한 한군 기인(漢軍旗人)이다. 청나라 광서 때 진사가 되어 경사대학당 책임자(提調)와 펑톈신민부(奉天新民府)의 지부(知府)를 역임했다. 민국 후에 복벽을 견지한 완고한 인물이다. 여기서는 그가 『동방잡지』(東方雜誌) 제20권 제4호(1923년 2월 25일)에 발표한 「내각대고 궁중 문서 탐문기」(內閣大庫檔案訪求記)라는 글을 가리킨다. 『동방잡지』는 종합잡지로서 상우인서관에서 출판되었는데, 1904년 상하이에서 창간되어 1948년 12월에 정간되었으며 도합 44권이 나왔다. 청대 만족(滿族)의 군대 조직과 호구 편제를 팔기(八旗)라고 한다. 총군을 각각 기(旗)의 빛에 따라 정황(正黃)·정백(正白)·정홍(正紅)·정람(正藍)·양황(鑲黃)·양백(鑲白)·양홍(鑲紅)·양람(鑲藍)의 팔기로 나눴으며 후에 또 몽고 팔기와 한군(漢軍) 팔기를 추가로 설치했다. '한군 기인'이란 바로 한군 팔기를 가리킨다.
5) 왕궈웨이(王國維, 1877~1927)는 자가 징안(靜安), 호가 관탕(觀堂)이고, 저장 하이닝(海寧) 사람이며, 근대 학자이다. 어렸을 때 일본에서 유학했고, 학부(學部) 도서국(圖書局)의 편집을 맡았다. 저작으로는 『송원희곡사』(宋元戲曲史), 『관당집림』(觀堂集林), 『인간

사화』(人間詞話) 등이 있다. 그는 일생 동안 뤄전위와의 관계가 밀접하여, 그의 영향으로 폐위된 황제 푸이의 부름에 응했고, 청나라 궁궐의 '남서방행도'(南書房行走)를 맡았다. 1927년 6월 베이징 이허위안(頤和園)에 있는 호수 쿤밍후(昆明湖)에 투신자살했다.

6) 장이첸(蔣彝潛)은 미상이다. 그의 「문서 판매를 논함」(論檔案的售出)이라는 글은 1927년 11월 1일의 『베이신』 반월간 제2권 제1호에 게재되었다.

7) 왕궈웨이가 쿤밍후에 뛰어들어 자살했을 때, 멀리서 목격한 위안정(園丁)이 달려와 물에서 끌어냈으나 이미 호흡은 끊겨 있었다고 한다. 당시 왕궈웨이는 칭화대학(清華大學) 국학연구원 교수로 당시 쉰 살이었으며 품에서 유서가 나왔다. 유서에는 "오십 년을 살았다. 죽을 일만 남았다. 변해 가는 세상에서 더 이상 의(義)가 욕을 보게 할 수 없다"라는 내용을 담고 있었다. 왕궈웨이는 청대 고증학의 대미를 장식한 인물이다. 지난 삼백 년간의 학술을 결산하고 향후 팔십 년간의 학술을 개창했다는 말을 듣는 그의 학문 세계는 서양철학에서 출발해 중국 고전문학, 미학, 고고학, 음운학, 금석학, 갑골문에 이르기까지 광범한 영역에 걸쳐 있다.

8) 장이첸의 글에는 "추도"(追悼), "통곡"(痛哭), "가 버렸구나! 일본으로 넘어가 버렸구나! — 청나라의 전 역사가!" 등의 어구로 가득 차 있다.

9) 국조(國朝)는 봉건시대의 신민이 본 왕조를 부를 때 '국조'라고 한다. 여기서는 청조를 가리킨다. 신해혁명 이후 뤄전위는 자신의 글에서 여전히 청조를 '국조'라고 불렀다.

10) 후위진(胡玉縉, 1859~1949)은 자가 쑤이즈(綏之)이며, 장쑤 우현 사람이다. 청말에 학부원외랑(學部員外郎)·경사대학당 문과 교수를 역임했다. 저작으로는 『허경학림』(許廎學林) 등이 있다.

11) 남청서원(南菁書院)은 장쑤 장인(江陰)의 현성 내에 있었으며, 1884년(청 광서 10년)에 장쑤의 학정인 황티팡(黃體芳)이 창립했고, 경사(經史)·사장(詞章)을 학생들에게 가르쳤다. 주로 강의한 사람은 황이저우(黃以周), 먀오취안쑨(繆荃孫) 등이다. '남청서원총서', 『남청강사문집』(南菁講舍文集) 등을 펴냈다.

12) 샤쩡유(夏曾佑, 1865~1924)는 자가 쑤이칭(穗卿)이며, 저장 항현 사람이다. 그는 청말에 탄쓰퉁(譚嗣同), 량치차오(梁啓超) 등과 함께 신학(新學)을 제창했고, 유신운동에 참여했다. 1912년 5월부터 1915년 7월까지 베이양정부 교육부 사회교육사(社會教育司) 사장(司長)을 맡았고, 1916년에는 경사도서관(京師圖書館) 관장을 맡았다. 그가 지은 『중국 역사교과서』는 상고시대부터 수대까지 다루고 있는데, 도합 2권이며 상우인서관에서 출판되었다. 후에 『중국고대사』(中國古代史)로 이름을 고치고, 상우인서관의 '대학총서'(大學叢書)로 편입하여 인쇄했다.

13) F선생은 푸쩡샹(傅增湘, 1872~1949)을 가리킨다. 자는 위안수(沅叔)이고, 쓰촨 장안(江安) 사람이며, 장서가(藏書家)이다. 1917년 12월부터 1919년 5월까지 베이양정부의 교육총장을 역임했다. 저작으로는 『장원군서제기』(藏園群書題記)라는 책이 있다.

14) G주사(主事)는 미상이다.

15) 전시(殿試)는 정시(廷試)라고도 부르며, 황제가 주관하는 과거시험이다. 전시는 삼갑(三甲)으로 나뉘어 선발하는데, 제1갑은 황제가 진사 급제를 주고 세 명(장원狀元, 방안榜眼, 탐화探花)을 선발하며, 제2갑은 진사 출신, 제3갑은 동진사 출신에게 준다.

16) 황제의 공고문을 뜻한다.

17) 조정에 경사스런 일이 있을 때 신하가 황실에 올리는 축하의 글을 가리킨다.

18) Y차장(次長)은 위안시타오(袁希濤, 1866~1930)를 말한다. 자가 관란(觀瀾)이고, 장쑤 바오산(寶山; 지금의 상하이) 사람이다. 장쑤성 교육회 회장을 역임했으며, 1915년에서 1919년 사이에 두 차례 베이양정부 교육부 차장(나중에 한 차례 총장대리를 역임)을 역임했다.

19) C참사(參事)는 장웨이차오(蔣維喬)를 가리킨다. 자가 주좡(竹莊)이며, 장쑤 우진(武進) 사람이다. 1912년부터 1917년까지 베이양정부 교육부 참사를 역임했고, '궁중 문서'의 정리에 참여했다.

20) "밤낮으로 고심하며"(念玆在玆)라는 말은 『상서』「대우모」(大禹謨)에 나온다.

21) 오문(午門)은 베이징의 고궁(故宮), 즉 자금성(紫禁城)에 있는 성문의 하나이며 그 위에 성루가 있다.

22) YT는 옌더(彥德)를 가리키며, 자가 밍윈(明允)이고, 만주의 정황기인(正黃旗人)이다. 청나라 정부의 학부총무사랑중(學部總務司郎中)·경사학무국장(京師學務局長)을 역임했다. 그는 '궁중 문서'에서 촉석경(蜀石經)『곡량전』(穀梁傳) 940여 자(字)를 얻었다(뤄전위도 『곡량전』 70여 자를 얻었는데, 후에 두 사람은 모두 루장廬江의 류티첸劉體乾에게 팔았다. 류티첸은 1926년에 『맹촉성경』孟蜀石經 8권을 영인했다).

23) 『사마법』(司馬法)은 고대의 병서(兵書) 이름이며, 도합 3권으로 되어 있다. 제나라의 사마양저(司馬穰苴)가 지었다고 적혀 있으나, 실제로는 전국 시기에 제나라 위왕(威王)의 여러 신하들이 고대의 사마(군정·군부를 관장하던 관리)의 병법(兵法)을 집록하여 만든 것이다. 거기에는 양저(穰苴)의 용병(用兵) 방법이 첨부되어 있어 『사마양저병법』(司馬穰苴兵法)이라 부르게 되었고, 나중에 『수서』(隋書)「경적지」(經籍志) 등에서 그가 지은 것이라고 여기게 되었다.

24) 촉석경(蜀石經)은 오대(五代) 시기 후촉(後蜀)의 황제 맹창(孟昶)이 재상 무소예(毋昭裔)에게 명해서 해서(楷書)의 『역』(易)·『시』(詩)·『서』(書)·삼례(三禮)·삼전(三傳)·『논어』·『맹자』 등 11경을 돌에 새기고 성도(成都)의 학궁(學宮)에 진열하도록 했다. 이 석각(石刻) 경문(經文)의 탁본을 후대에서는 '촉석경'이라 불렀다. 그것은 역대 석경 중에서 유일하게 주문(注文)이 붙어 있고 오자가 비교적 적어서, 후대에 경학을 연구하는 사람들로부터 중시되었다.

예언의 모방
—1929년에 나타날 자질구레한 일[1]

어느 공민公民 모 갑甲이 상서上書하여 각 현마다 대학 한 곳을 설치하고 감옥 두 곳을 더 설치하도록 건의했으나, 배척당했다.

어느 공민 모 을乙은 상서하여 공산주의자의 재산을 공산公産으로 하고 여자 가족을 공처公妻로 삼아서 일벌백계一罰百戒해야 한다고 건의했으나 반년 동안 비준이 없었다. 모 을은 분개하여 혁명에 반대했고 친한 친구에게 고발당해 조계로 도망쳤다.

많은 수의 유명한 학자와 문예가들이 해외로부터 귀국했는데, 외국의 모든 정속政俗·학술·문예에 대해 모두 이미 본국 사람보다 더 정통하고 학위를 받았다. 그러나 훨씬 뛰어난 사람은 학교에 들어가지 못했다.

과학, 문예, 군사, 경제의 연합전선이 완성되었다.

정월 초하루 상하이에서 여러 가지 새로운 간행물이 출판되었는데, 가장 장대한 책으로는 다음과 같다.—

문예우부흥文藝又復興. 문예진정노부흥文藝眞正老復興. 우주宇宙. 기대무외其

大無外, 지고무상至高無上, 태태양太太陽, 광명지극光明之極, 백열이상白熱以上, 신신생명新新生命, 신신신생명新新新生命, 동정同情, 정의正義, 의기義旗, 찰나刹那, 비사飛獅, 지진地震, 아하阿呀, 진진미선眞眞美善…… 등등.

같은 날 미국의 부자들이 연명으로 베이징의 석탄재를 조사하는 할머니들에게 축하의 전보를 보내어 '동지'라고 불렀는데, 배달되지도 못하고 이튿날 반송되었다.

정월 초사흘에 철학과 소설은 동시에 멸망했다.

'일아주의'一我主義를 제창한 사람이 하마터면 구금당할 뻔했다. 나중에 그의 주장이 결코 신기하지 않고 하찮은 주장조차 없다는 것이 밝혀져 그냥 내버려 두었다.

어느 공민 모 병丙은 논저를 통해 "당으로써 나라를 다스린다"[2]라고 했는데, 즉각 비평가들로부터 "오랫동안 그리해 왔는데도 그런 주장을 펼치니 실로 대세를 알지 못하여 혼미하고 흐리멍덩하다"라고 통렬하게 반박당했다.

남녀 젊은이 사만일천 구백이십육 명이 실종되었다는 소문이 퍼졌다.

몽고가 적화 러시아와 친밀해지자 공동 결정으로 5족族에서 내쫓고 러시아 화교로 보충하여 여전히 '5족 공화共和'를 이루었는데, 각계에서는 등불을 들고 경축했다.

『소설월보』小說月報는 '세계문학에 편입된 2주년 기념'호를 내고 1년 정기구독자 각자에게 정가의 15% 할인으로 책을 구매할 수 있는 우대권을 1장씩 보냈다.

『고금사의대전』[3]이 출판되자 명인학자들이 왕래한 서신·우편물과 비평·송사頌辭는 도합 이천오백여 통이었고 편집자의 자서전 이백오십여 쪽에 대한 광고가 『예술계』藝術界에 실렸는데, 사용된 우표는 헤아릴 수 없으니 그 가치를 알 수 있다.

미국에서 「옥당춘」[4] 영화가 상연되었고, 배빗 교수는 비평하여 루소가 결코 다다를 수 있는 것이 아니라고 비평했다.

중국의 파우스트[5]는 동정심 한 짐을 짊어지고 궈모뤄郭沫若를 방문했는데, 궈郭가 너무 가난한 것을 보고 실망하고 돌아갔다.

조정에 있던 여러 사람들이 하야했고, 재야에 있던 많은 사람들이 구덩이에 빠졌다.

납치회사의 주식이 세배 반으로 값이 올랐다.

여성들이 유방이 커지거나 잘릴 위험이 있다고 여겨 여전히 가슴을 묶고 있으니, 가장家長은 대부분 은전 50위안의 벌금을 물어야 하고 국고國庫는 더욱 부유해질 것이다.

어느 박사가 '경제학 정의精義'를 강의하면서 두 구절, 즉 "동판銅板은 자오角 은전으로 바꾸고, 자오 은전은 위안元 은전으로 바꾸다"[6]라는 말을 사용하자 전 세계가 경탄했다.

어느 혁명문학가가 마르크스 학설을 뒤집는 데 오직 한 구절을 사용하여 "무슨 마르馬크스니 소르牛크스니"라고 하자[7] 전 세계가 경탄했으며 유태인들이 크게 부끄러워했다.

신시新詩에서 '고용인이 거짓으로 엉엉 울어 대는 시체詩體'가 유행하고 있다.

차茶 가게, 목욕탕, 꽈배기 판매대는 모두 『현대평론』을 위탁판매하고 있다.[8]

빨갱이가 완전히 소멸되었으니 무정부주의는 앞으로 498년 후에 실행될 것이다.[9)]

주)

1) 원제는 「擬豫言 — 一九二九年出現的瑣事」이며, 1928년 1월 28일 『위쓰』 제4권 제7기에 처음 발표되었고, 추관(楮冠)으로 서명되어 있다.
2) "당으로써 나라를 다스린다"(以黨治國)라는 말은 장제스가 4·12정변을 일으킨 후에 독재통치를 실시하면서 내건 슬로건이다. 그는 1927년 4월 30일에 발표한 「전국 민중들에게 알리는 서한」(告全國民衆書)에서 이렇게 말했다. "우리가 주장하는 '당으로써 나라를 다스린다'는 것은 중국을 구할 수 있는 유일한 출로이다." "우리 국민당은 책임 있는 정당이므로 공산당이 그 속에 섞이는 것을 허용하지 않겠으며,…… 우리의 '당으로써 나라를 다스린다'라는 주장은 당연히 고심(苦心)에서 나온 깊은 뜻이 있다."
3) 『고금사의대전』(古今史疑大全)은 구제강의 『고사변』(古史辨)을 암시하기 위해 허구적으로 만들어 낸 책 이름이다. 1926년 6월에 구제강은 『고사변』 제1권을 출판했는데, 거기에는 자신이 후스 등과 중국고대사를 토론한 글과 주고받은 편지를 수록하고 있다. 책 앞부분에는 자신의 경력, 환경, 수학과정과 학문방법 등을 상세하게 기록한 103쪽에 달하는 자서(自序)가 있는데, 이것은 그의 자서전과 같다. '사의'(史疑)는, 주관적인 태도로 고대 인물과 사실(史實)을 취급하는 것을 풍자적으로 지적한 것이다.
4) 「옥당춘」(玉堂春)은 기녀 소삼(蘇三; 옥당춘)의 운명을 서술한 이야기이다. 가장 먼저 『경세통언』(警世通言) 「옥당춘락난봉부」(玉堂春落難逢夫)에 나오며, 후에 탄사(彈詞), 경극(京劇), 평극(評劇), 영화 등으로 개작되었다. 배빗 문예사상의 추종자 량스추가 루소의 여자교육에 대한 의견을 논할 때, "남녀의 '인격'에는 차이가 있으며 정당한 여성교육은 마땅히 여성으로 하여금 완전한 여성이 되게 하는 것이다"라고 말한 바 있다(이 문집의 「루소와 취향」 참조). 여기서는 옥당춘과 같은 '인격이 짓밟힌 여성'이 바로 량스추의 이론에 가장 잘 부합하는 '완전한 여성'에 해당한다는 것을 말하고 있다.
5) 중국의 파우스트는 가오창훙을 가리키는 것으로 보인다. 파우스트는 독일의 작가 괴테(Johann Wolfgang von Goethe)의 시극 『파우스트』(*Faust*)의 주인공이며, 유럽의 전설에서 모험적인 인물이다. 가오창훙은 「1925년 베이징출판계 형세지장도」에서 이렇게 말했다. "루쉰은 항상 궈모뤄가 오만하다고 말하지만, 나는 오히려 궈모뤄의 태도와 재능이 훌륭하여 괴테와 비슷하다고 생각한다." 또한 이렇게 말했다. "듣자 하니 어느 한 친구는 말하길,…… 궈모뤄가 취해서 한 폭의 대련(對聯)을 써서 저우쭤런(周作人)에게

주었는데, 그것은 문호가 되고 부동산을 장만하라 따위의 내용이었다고 한다." 글에 나오는 동정심이라는 말도 가오창훙의 말이다. 가오창훙이 말한 "루쉰이 항상 궈모뤄가 오만하다고 말했다는 것"(『먼 곳에서 온 편지』, 73 참조)과 "궈모뤄가 저우쭤런에게 대련을 써 주었다는 것"은 모두 근거 없는 말이다.

6) '어느 박사'란 마인추(馬寅初)를 가리킨다. 루쉰은 『먼 곳에서 온 편지』 58에서 이렇게 말했다. "마인추 박사가 샤먼에 와서 연설하게 되었는데, 이른바 '베이징대학 동인(同人)'은 넋이 나갔고 줄서서 환영했다. 나는 본래 '북대(北大) 동인'의 한 사람이었고 은행이 돈을 벌 수 있다는 것을 모르는 것은 아니었으나 '동전(銅子)은 10전(毛錢)으로 바꾸고, 10전은 1위안짜리 은전(大洋)으로 바꾸다'라는 학설에 대해 실로 아무런 흥미도 없었고, 그래서 참가하지 않았다."

7) 우즈후이를 가리킨다. 그는 국민당의 '청당'을 전후하여 이런 반공(反共)적인 말을 자주 발표했다. 이 구절은 그가 1927년 5월, 7월에 왕징웨이에게 보낸 편지에 여러 차례 나온다. 광저우의 신문에서는 우즈후이를 '혁명문학가'라고 불렀다.

8) 『현대평론』은 판로를 확대하기 위해서 특별증간 제1호(1925년 10월 28일)에 '『현대평론』 위탁판매소' 표 하나를 실었는데, '경내'(京內), '경외'(京外), '국외'(國外) 등 세 난으로 나누어 위탁판매소 백 곳을 상세하게 열거했다. 그중에는 백화점, 약국, 실업공사(實業公司), 동선사(同善社) 등이 포함되어 있었다.

9) 이것은 자칭 무정부주의자라고 말한 국민당 정객 우즈후이에 대한 풍자이다.

[부록]

50명을 하나하나 들추어내다[1)]

3월 18일 돤치루이, 자더야오賈德耀, 장스자오는 위병衛兵으로 하여금 민중을 총살하고 이른바 '폭도의 우두머리' 다섯 명을 지명수배한 뒤 신문을 통해 그들이 두번째로 지명수배할 사람들의 명단을 유포시켰다. 이 명단의 편찬자에 대해 나는 지금 절대로 연구하고 싶지는 않다. 그러나 이 사람들의 적관籍貫·직무를 조사해서 나열하면 취사선택이 상당히 교묘하다는 것을 느낄 것이다. 우선 여섯 명을 열거하겠지만, 맡은 직무에 대해 나의 견문이 제한적이므로 아마 누락된 것이 있을 것이다.

1. 쉬첸徐謙(안후이) : 러시아의 경자庚子배상금반환위원회 위원, 중어대학교中俄大學校 교장, 광둥외교단廣東外交團 대표주석.

2. 리다자오李大釗(즈리) : 국립 베이징대학교 교수, 교장실 비서.

3. 우징헝吳敬恒(장쑤) : 청실선후위원회淸室善後委員會[2)] 감리監理.

4. 리위잉李煜瀛(즈리) : 러시아배상금위원회 위원장, 청실선후위원회 위원장, 중파대학中法大學 대리교장代理校長, 베이징대학 교수.

5. 이페이지易培基(후난) : 전 교육총장教育總長, 현 국립 베이징여자사범대학 교장.

6. 구자오숑顧兆熊(즈리) : 러시아배상금위원회 위원, 베이징대학 교무장教務長, 베이징교육회 회장.

4월 9일 『징바오』에서는 이렇게 말했다. "성명에는 동그라미와 점 등의 부호가 있는데, 그 의미는 알 수 없다. …… 쉬徐·리李 등 다섯 사람의 이름에는 각각 세 개의 동그라미가 있고, 우즈후이[우징헝]는 비록 명단의 세번째로 열거되어 있으나 점이 하나뿐이다. 그 나머지는 동그라미 두 개, 동그라미 하나 또는 점 하나로 되어 있는데, 자세한 내용은 기록하지 않는다." 그런 까닭에 어떤 사람은 우 선생에게 점이 하나뿐인 까닭은 장스자오가 그래도 중시하고 싶었기 때문이며 또 다른 원인 등등 때문이라고 추측했다. 내 생각에는, 이것은 모두 직무를 열거하지 않았고 또한 천위안의 「한담」을 아직 보지 않았기 때문이다. 위 글을 보면 동그라미·점의 차이는 '빈자리'가 '우수한'가[3] 그렇지 않은가를 나타내는 데 지나지 않는다. 감리는 물건을 점검·조사하는 감독자이고 또 아무런 월급도 없는데, 그래서 점 하나가 어울리는 것이다. 그러나 다른 사람의 '빈자리'는 크므로 당연히 동그라미 세 개의 값을 가진다. "그 자세한 내용은 기록하지 않은" 나머지 사람은 이에 근거해 유추하면 대략 엇비슷할 것이다. 허울 좋은 '학풍정돈'이라는 간판을 내건 커다란 사업은 이런 식으로 하는 것일 뿐이며, 비록 너무 살풍경하여 '정인군자'에게 미안하지만 나의 안광은 이러하고 또 달리 생각할 방법이 없다. 더 써내려가 보자. 열거하면 이렇다.

7. 천유런陳友仁(광둥) : 전 『민보』 영문기자, 현 『국민신보』國民新報 영문기자.

8. 천치슈陳啓修(쓰촨) : 중어대학 교무장, 베이징대학 교수, 여자사범대학 교수, 『국민신보 부간』 편집.

9. 주자화朱家驊(저장) : 베이징대학 교수.

10. 장멍린蔣夢麟(저장) : 베이징대학 교수, 대리교장.

11. 마위짜오馬裕藻(저장) : 베이징대학 국문과 주임, 사범대학 교수, 전 여자사범대학 총무장 현 교수.

12. 쉬서우창許壽裳(저장) : 교육부 편심원編審員, 전 여자사범대학 교무장 현 교수.

13. 선젠스沈兼士(저장) : 베이징대학 국문과 교수, 청실선후위원회 위원, 여자사범대학 교수.

14. 천위안陳垣(광둥) : 전 교육차장, 현 청실선후위원회 위원, 베이징대학 지도교사.

15. 마쉬룬馬敘倫(저장) : 전 교육차장, 교육특세教育特稅 감독, 현 국립사범대학 교수, 베이징대학 강사.

16. 사오전칭邵振青(저장) : 『징바오』 총편집.

17. 린위탕林語堂(푸젠) : 베이징대학 영문과 교수, 여자사범대학 교무장, 『국민신보』 영문부 편집, 『위쓰』 기고자.

18. 샤오쯔성蕭子升(후난) : 전 『민보』 편집, 교육부 비서, 『맹진』 기고자.

19. 리쉬안보李玄伯(즈리) : 베이징대학 법문과 교수, 『맹진』 기고자.

20. 쉬빙창徐炳昶(허난) : 베이징대학 철학과 교수, 여자사범대학 교수, 『맹진』 기고자.

21. 저우수런周樹人(저장) : 교육부 첨사僉事, 여자사범대학 교수, 베이징대학 국문과 강사, 중궈대학中國大學 강사, 『국부』國副 편집, 『망위안』 편집, 『위쓰』 기고자.

22. 저우쭤런周作人(저장) : 베이징대학 국문과 교수, 여자사범대학 교수, 옌징대학燕京大學 부교수, 『위쓰』 기고자.

23. 장펑쥐張鳳擧(장시) : 베이징대학 국문과 교수, 여자사범대학 강사, 『국부』 편집, 『맹진』 및 『위쓰』 기고자.

24. 천다치陳大齊(저장) : 베이징대학 철학과 교수, 여자사범대학 교수.

25. 딩웨이펀丁維汾(산둥) : 국민당.

26. 왕파친王法勤(즈리) : 국민당, 의원.

27. 류칭양劉淸揚(즈리) : 국민당 부녀부장.

28. 판팅간潘廷乾

29. 가오루高魯(푸젠) : 중앙관상대장中央觀象臺長, 베이징대학 강사.

30. 탄시훙譚熙鴻(장쑤) : 베이징대학 교수, 『맹진』 기고자.

31. 천빈허陳彬和(장쑤) : 전 핑민중학平民中學 교무장, 전 톈진 난카이학교南開學校 총무장總務長, 현 중어대학 총무장.

32. 쑨푸위안孫伏園(저장) : 베이징대학 강사, 『징바오 부간』 편집.

33. 가오이한高一涵(안후이) : 베이징대학 교수, 중산대학中山大學 교수, 『현대평론』 기고자.

34. 리수화李書華(즈리) : 베이징대학 교수, 『맹진』 기고자.

35. 쉬바오황徐寶璜(장시) : 베이징대학 교수, 『맹진』 기고자.

36. 리린위李麟玉(즈리) : 베이징대학 교수, 『맹진』 기고자.

37. 청핑成平(후난) : 『세계일보』世界日報 및 『완바오』晩報 총편집, 여자사

범대학 강사.

38. 판윈차오潘蘊巢(장쑤) : 『익세보』益世報 기자.

39. 뤄둔웨이羅敦偉(후난) : 『국민완바오』國民晚報 기자.

40. 덩페이황鄧飛黃(후난) : 『국민신보』 총편집.

41. 펑치췬彭齊群(지린吉林) : 중앙관상대 과장, 『맹진』 기고자.

42. 쉬쉰徐巽(안후이) : 중어대학 교무위원회校務委員會 위원장.

43. 가오랑高穰(푸젠) : 변호사, 여자사범대학 학생들이 장스자오張士釗·류바이자오劉百昭를 고소한 사건을 맡은 적이 있음.

44. 량딩梁鼎

45. 장핑장張平江(쓰촨) : 여자사범대학 학생.

46. 장사오모董紹謨(저장) : 전 교육부 비서.

47. 궈춘타오郭春濤(허난) : 베이징대학 학생.

48. 지런칭紀人慶(윈난) : 다중공학大中公學 교원.

이상은 48명으로서 50명 중에 2명이 부족하다. 잘못 베꼈는지 아니면 96개의 엽전처럼 이것은 족천[4]으로 간주할 수 있는 것인지 알 수 없다. 직무에 관해서는 누락 이외에 아마도 잘못이 있을 것이며 또한 몇 사람은 내가 한동안 조사할 수 없었던 사람이다. 그러나 이것만으로도 이미 충분하니, 벌써 많은 비밀을 찾아낼 수 있다.—

갑, 두 개의 기관을 개편하다 :

1. 러시아의 경자배상금반환위원회

2. 청실선후위원회.

을, 세 개 반의 학교를 '청소하다' :

1. 중어대학

2. 중파대학

3. 여자사범대학

4. 베이징대학의 일부분.

병, 네 종의 신문을 박멸하다 :

1. 『징바오』

2. 『세계일보』 및 『완바오』

3. 『국민신보』

4. 『국민완바오』.

정, 두 종의 부간을 '압박하여 죽이다' :

1. 『징바오 부간』

2. 『국민신보 부간』.

무, 세 종의 정기간행물을 방해하다 :

1. 『맹진』

2. 『위쓰』

3. 『망위안』.

'구퉁 선생'은 '정인군자'와 비슷한 부류의 사람이므로 '같으면 한패가 되고 다르면 공격하는' 데까지는 이르지 않을 것이며 '사소한 원한'조차도 앙갚음하지는 않을 것이다. 그러나 조자앙의 말 그림[5]은 먼저 거울을 마주보고 형태를 모방한 것이라고 하지 않았던가? 위의 거울에 의거하여 내 눈은 테두리 바깥의 형태를 볼 수 있었다.—

1. 여자사범대학 학생들을 위해 장스자오를 고발한 변호사조차도 미움을 사게 되었음은 위에서 이미 말했다.

2. 천위안의 '유언비어' 속의 이른바 '모 적'某籍[6]은 열두 명으로 전체 숫자의 4분의 1을 차지한다.

3. 천위안의 '유언비어' 속의 이른바 '모 계系'(내 생각으로는 베이징대학 국문과國文系를 가리키는 것 같다)는 다섯 사람을 헤아린다.

4. 장스자오 반대 선언을 발표한 적이 있는 베이징대학 평의원 열입곱 명[7] 중에 열네 명이 포함되어 있다.

5. 양인위 반대 선언을 발표한 적이 있는 여자사범대학 교원 일곱 명 중에 세 명이 포함되어 있으며 모두 '모 적' 사람이다.

이 지명수배가 만약 실행된다면 나는 둥자오민샹 또는 톈진으로 달아날 생각을 해야 하는 것이다.[8] 그렇게 할 수 있을지는 당연히 또 다른 문제이다. 이러한 행동은 비록 '정인군자'들의 비웃음을 사겠지만 나는 오히려 이런 놈들의 칭찬을 널리 얻으려고 '구퉁 선생'의 깃발 아래로 가서 자수하는 그런 일은 하고 싶지 않다. 그러나 이것은 아무래도 나중에 다시 말해야겠다. 왜냐하면 요 며칠 동안 '구퉁 선생'도 "정객, 부자, 그리고 혁명을 향해 돌진하는 자 및 민중의 우두머리"와 마찬가지로 "둥자오민샹으로 안거했기" 때문이다.[9]

이 글은 1926년 4월 13일에 지은 것으로 그 해 4월 『징바오 부간』에 실렸으며, 명단은 『징바오』에 보인다. '50의 숫자'[10]로 긁어모은 사람들을 체포하려는 원인을 '유반사관'[11]의 시각으로 탐구하면, 결코 특별하지는 않겠지만 지금 시점에서는 '볼거리가 없지는 않을 것'이라고 생각한다. 원래 『화개집속편』에 편입하려는 것이었으나, 나 스스로는 베이징을 빠져나왔다고 하나 그중 많은 사람들이 여전히 군벌 세력하에 있었으므로 굳이 과거의 잘못을 새로 인쇄하여 발바리들로 하여금 기억나게 할 필요가 있겠는가 하는 생각이 문득 들었다. 그래서 빼 버렸다. 그러나 현재는 정세가 이미 달라졌다. 비록 그중에서 이미 두 명은 피살되었고[12] 여러 명은 실종되었으나 지명수배령을 내리는 권위가 이미 돤段과 장章 제공諸公이 소유하고 있는 것이 아니며 오히려 그들이 신중하지 않으면 이전에 수배당한 사람들에 의해 수배당할 수 있을 것이다. 이전의 몇몇 수배당한 사람의 좌전座前에는 도리어 지금 누군가가 서류를 작성하여 다른 사람을 수배하라고 요청할지도 모른다. 『현대평론』도 혁명이 성공하지 않을 것으로 더 이상 예상하지 않을 뿐만 아니라 광고를 실어 "현재 국민정부는 베이핑을 수복했는데, 본 주간은 다시 판매의 기회(삼가 주석을 붙이자면, 절묘하다)를 갖게 되었다"라고 했다.[13] 그러나 저장성 당무지도위원회는 126호 명령을 내려 『위쓰』를 '엄격히 금지시켰다'.[14] 그것이 혁명을 했기 때문이리라. 위탕의 『전불집』[15] 안에서 이 글을 언급한 것을 보고 곧 작은 상자에서 찾아내 말미에 덧붙여 보존하여 기념으로 삼는다.

1928년 10월 20일, 루쉰이 적다

주)______

1) 원제는 「大衍發微」이며, 1926년 4월 16일 『징바오 부간』에 처음 발표되었다.
2) 선후(善後)라는 말은 뒤처리를 하다라는 뜻이다.
3) '우수한 빈자리'(優美的差缺)라는 말은 천시잉의 말을 인용한 것이다.
4) 옛날에 엽전 백 잎 묶음을 1천(串)이라 했는데, 족천(足串)이란 엽전 백 잎 한 묶음에 충분히 해당한다라는 의미이다.
5) 천시잉은 「즈모에게」에서 이렇게 말했다. "자네는 조자앙(趙子昻)이 ── 그가 아닌가? ── 말을 그린 이야기를 들어 보았겠지? 그가 말의 어느 한 자세를 그리려면, 거울을 마주보고 땅에 엎드려서 직접 그런 자세를 취했던 걸세. 루쉰 선생의 글 또한 그의 큰 거울을 마주보고 쓴 것이라서 자기에게 직접 적용해 보지 않은 욕설은 어느 누구에게도 하지 않는 걸세."
6) 1925년 5월 27일에 루쉰과 마위짜오(馬裕藻), 선인모(沈尹默), 리타이펀(李泰棻), 첸쉬안퉁(錢玄同), 선젠스(沈兼士), 저우쭤런 일곱 명은 양인위가 여사대 학생자치회 직원 여섯 명을 제적시킨 행위에 대항하여 연명으로 「베이징여자사범대학 소요사태에 대한 선언」(對於北京女子師範大學風潮宣言)을 발표했다. 같은 달 30일에 천시잉은 『현대평론』 제1권 제25기의 「한담」에서 이 선언을 공격했는데, 거기에 이런 내용이 있다. "이전에 우리는 여사대 소요사태는 베이징 교육계에서 가장 큰 세력을 차지하고 있는 모 적(籍) 모 계(系)의 사람들이 암암리에 선동한 것이라는 말을 항상 들었다." '모 적'은 저장성(浙江省)을 가리키고, 모 계의 계는 전공을 가리킨다.
7) 1925년 8월에 베이징대학 평의회는 장스자오가 불법으로 여사대를 해산시킨 데 대해 반대하기 위해 교육부와 관계를 끊기로 의결하고 독립을 선언했는데, 열일곱 명의 교원은 「본교 동료들에게 보내는 서한」(致本校同事公函)을 발표한 적이 있다.
8) 1926년 봄과 여름 사이에 펑위샹(馮玉祥) 국민군과 펑계 군벌인 장쭤린 등이 전쟁하던 시기에 국민군은 돤치루이가 펑군(奉軍)과 결탁한 것을 알아차리고 4월 9일에 집정부(執政府)를 포위하고 호위대의 무기를 몰수했는데, 돤치루이와 장스자오는 둥자오민샹(東交民巷; 당시 외국대사관이 있던 곳)으로 달아났다. 또 1925년 5월에 장스자오는 애국학생들이 '오칠'(五七) 국치일을 기념하는 것을 금지했는데, 베이징 학생들은 7일과 9일에 장스자오의 파면을 요구하는 시위를 벌였고 장스자오는 이때 톈진의 조계지로 달아났다.
9) 천시잉은 『현대평론』 제3권 제17기(1926년 4월 10일)의 「한담」에서 당시 북방의 혁명역량에 대해 풍자하면서 이렇게 말했다. "매번 비행기(펑톈 군벌 군대의 비행기)가 내 머리 위로 날아오를 때면, 나는 둥자오민샹에서 안거(安居)하고 있는 정객, 부자, 그리고 혁명에 맹진(猛進)하는 자 및 민중의 지도자가 부러울 따름이다."
10) 『주역』 「계사전상」에는 "대연의 숫자는 50이다"(大衍之數五十)라는 말이 나오는데, 나

중에 '대연'(大衍)은 50의 대명사로 사용되었다.

11) '유반사관'(唯飯史觀)은 천시잉을 풍자한 말이다. 천시잉은 『현대평론』 제2권 제49기(1925년 11월 14일)의 「한담」에서 이렇게 말했다. "나는 유물사관을 믿지 않지만, 중국의 정치는 실로 유물관으로 해석할 수 있으며 또한 그렇게 해석할 수밖에 없다고 믿는다. 갖가지 전쟁, 갖가지 정변은 모두 '반완문제'(飯碗問題 ; 밥그릇 문제)라는 네 글자를 벗어나지 못한다."

12) 리다자오(李大釗)와 사오전칭(邵振青)을 가리킨다. 리다자오는 1927년 4월 28일 베이징에서 펑계 군벌 장쭤린에게 교살당했고, 사오전칭은 1926년 4월 26일 베이징에서 펑계 군벌 장쭝창(張宗昌)에게 총살당했다. 사오전칭(邵振青, 1888~1926)은 자가 퍄오핑(飄萍)이고, 저장 진화(金華) 사람이다. 『징바오』의 창립자이자 총편집인이었다.

13) 『현대평론』의 이 광고는 1928년 9월 12일 베이징 『신 천바오』(新晨報)에 실렸다.

14) 1928년 9월 국민당 저장성 당무지도위원회(黨務指導委員會)는 "언론이 터무니없어, 반동의 마음을 품었다"(言論乖謬, 存心反動)는 죄명으로 출판물 열다섯 종을 금지했는데, 『위쓰』도 그중 하나였다.

15) 린위탕(林語堂, 1895~1976)은 이름이 위탕(玉堂)이고 푸젠 룽시(龍溪) 사람이며, 작가이다. 위쓰사(語絲社)의 성원이었다. 미국·독일에 유학했고, 베이징대학·베이징여자사범대학 교수, 샤먼대학 문과 주임을 역임했다. 그는 베이징에서 학생들을 가르칠 때 청년학생들의 장스자오 반대 투쟁에 대해 지지를 표시했다. 1930년대 그는 상하이에서 『논어』(論語), 『인간세』(人間世) 등의 잡지를 펴내면서 '유머'와 '한적'을 제창했다. 『전불집』(翦拂集)은 그가 1924년부터 1926년 사이에 창작한 잡문의 모음집이며, 1928년 12월 베이신서국에서 출판되었다. 모음집에 실린 「'하나하나 들추어내기'와 '비밀고발'」('發微'與'告密')이라는 글에서 루쉰의 이 문장을 언급했는데, "루쉰 선생이 신비한 요술거울로 한 번 비추기만 하면 각종 추태가 모두 비쳐 나온다" 등의 말이 있다.

삼한집 三閑集

魯迅：三閑集

『삼한집』(三閑集)에는 작가가 1927년에서 1929년에 걸쳐 쓴 잡문 34편이 수록되어 있고 말미에 1932년에 쓴 「루쉰 저서 및 번역서 목록」 한 편이 첨부되어 있다. 1932년 9월 상하이(上海)의 베이신서국(北新書局)에서 초판이 출판되었다. 작자 생전에 모두 네 차례 인쇄되었다.

서언[1)]

나의 네번째 잡감집 『이이집』而已集의 출판도 따져 보면 어느덧 4년 전이다. 작년 봄 몇몇 친구들이 그후의 잡감雜感을 묶어 내라고 나를 독촉했다. 근래 몇 해 동안의 출판계를 살펴보면 창작과 번역, 혹은 거대한 주제의 장편 문장들은 그래도 희소하다고 말할 수 없으나, 생각나는 대로 쓴 짤막한 비평문들, 이른바 '잡감'은 확실히 보기 드물었다. 나 자신도 한동안은 그 까닭을 말하지는 못했다.

그러나 대충 생각해 보면 아마도 '잡감'이라는 두 글자가 뜻과 취향이 높고 속세를 초월한 작가들에게 혐오감을 주기에, 그것이 가까이 있을까 두려워서 피해 버린 듯하다. 일부 사람들은 매번 나를 야유하고 싶을 때면 종종 나를 '잡감가'雜感家라고 불렀는데, 이는 고등문인들의 안중에서는 멸시한다는 것을 뚜렷하게 드러내는 바로 그 증거이다. 또한 내 생각에 유명한 작가들도 비록 반드시 이름을 바꾸지 않고도 이러한 종류의 글을 썼겠지만, 아마도 그것이 사사로운 원한을 풀려는 것에 지나지 않아서 다시 거론하면 자신들의 존귀한 이름을 더럽힐 수 있거나, 혹은 다른 깊은 뜻이 있어서 그것을 까발리면 전투에 해로울 것 같아 그런 글이 없어지는 대로 내버려 두었을 것이다.

어떤 사람들은 나에게 '잡감'이 '고질'이 되었다고 간주했고, 나도 확실히 그것 때문에 고초를 겪었지만, 어떻든 책으로 묶어 내야 한다고 생각하고 있었다. 간행물들을 뒤적거려서 그것을 오리고 붙여서 책을 만들면 되지만 그것조차도 퍽이나 귀찮아서 그럭저럭 반년이나 미루면서 끝까지 손을 대지 못했다. 1월 28일 밤, 상하이에서 전투가 벌어졌다.[2] 전투가 점점 치열해져서 우리는 마침내 서적과 신문들이야 말끔하게 타 버려도 별 도리가 없다고 여기고 선생터에 남겨 둔 채 맨몸으로 피신하지 않을 수 없었다. 그렇게 되면 나도 이 '불의 세례'의 영혼을 빌려 '현 상태에 불만을 품고 있는' 잡감가[3]라는 흉한 시호를 씻어 버릴 수 있으리라 생각했다. 그런데 정말로 뜻밖에도 3월 말에 옛 거처로 돌아와 보니 서적과 신문들이 아무 손상 없이 그대로 있어서, 여기저기를 뒤져서 찾아 가지고 편집하기 시작했다. 마치 중병을 앓고 난 사람이 자기의 홀쭉하게 여윈 얼굴을 더 비춰 보고 싶고 메마른 살가죽을 더 만져 보고 싶어 하듯이.

먼저 1928년부터 29년 사이에 쓴 글들을 묶어 보았더니 몇 편 되지 않았다. 대여섯 차례 베이핑[4]과 상하이에서 행한 강연[5]은 원래 기록이 없기에 제외하면, 별로 빠진 글들이 없는 듯했다. 생각해 보니 이 두 해 동안은 정말로 내가 글을 극히 적게 썼고 투고할 곳도 없던 시기였다. 나는 27년 피바람에 아연실색해서 겁을 먹고 광둥을 떠났는데,[6] 그 당시 사실대로 말할 용기가 없어 어물어물 얼버무린 글들은 모두 『이이집』에 수록했다. 그러나 내가 상하이에 도착하자 오히려 창조사,[7] 태양사,[8] '정인군자'正人君子 무리의 신월사[9] 구성원이었던 문호들의 날카로운 포위공격에 처하게 되었는데, 모두들 나를 나쁘다고 했다. 게다가 어떤 문인 파벌에도 휩쓸리지 않는다고 표방했던, 지금은 대부분 작가나 교수로 승급한 선생들까지도 자신들의 고상함을 보여 주기 위하여 글 가운데서 늘 나를 암암리에 몇 마디씩 야유했다. 처음에는 '유한有閑, 즉 돈 있는 계급', '봉건 잔재', 혹은 '낙오자'에 지나지 않았는데 나중에는 그만 청년들을 살해할 것을 주장하는 파쇼주의자로 판명되었다.[10] 그때 스스로 광둥에서 화를 피해서 피난 왔다고 하면서 우리 집에 기숙하고 있던 랴오廖[11]군마저 툴툴거리면서 "친구들이 모두 저를 업신여기고, 저와 왕래를 하지 않아요. 내가 그런 사람과 함께 살고 있다고 말하면서요"라고 말했다.

그 당시 나는 '그런 사람'이 되어 버렸다. 내가 편집하고 있던 『위쓰』[12]에 대해서도 실제로는 아무런 권한이 없어서 기피당했을 뿐만 아니라(이 책 뒷부분에 있는 「나와 『위쓰』의 처음과 끝」에서 상세히 볼 수 있다) 다른 곳에서도 나의 글은 시종 '배척당하다가' 겨우 실리는 형편이었고, 게다가 그 당시에는 한창 '포위 토벌'을 당하고 있는 상황이었으므로 투고한다고 해서 무슨 소용이 있었겠는가. 그래서 나는 글을 극히 적게 썼다.

이제 나는 그때 쓴 글들을 잘못된 것이건 이제 와서 볼만한 것이건 가리지 않고 모두 이 한 권에 수록했다. 나의 적수의 글은 『루쉰론』, 『중국문예논전』[13]이란 책 속에 더러 있는데 그것은 모두 높은 관冠을 쓰고 넓은 허리띠를 차고서 공식석상에서나 사용하는 공개적인 걸작들이어서, 거기에서는 전체를 살펴볼 수가 없다. 그래서 나는 별도로 '잡감'류의 작품을 수집하여 다른 책을 한 권 편집하고 이름을 '포위토벌집'이라 붙이면 어떨까 생각한다.[14] 만약 그 책을 나의 이 책과 대비하면서 읽는다면 독자들은 흥취가 증가할 뿐만 아니라 다른 한 면, 즉 어두운 면의 별의별 전법들을 더 잘 알 수 있을 것이다. 이러한 방법들은 아마도 한순간에 사라지지 않고 전승되는 듯하니, 작년에 "좌익작가들은 모두 루블을 위해서 일한다"[15]는 설도 그들의 오래된 족보 속에 있는 것이다. 문예와 약간이라도 관련이 있다고 생각하는 청년들은 이런 것을 굳이 본받을 필요는 없겠지만, 알아 두는 것이 좋으리라.

사실은 어떠한가? 나는 자신을 반성해 보았으나, 내가 소설에서나 단평에서 청년들을 "죽여라, 죽여라, 죽여라"[16]라고 주장한 흔적이 없을 뿐만 아니라, 그런 마음을 먹은 적도 없었다. 나는 줄곧 진화론을 믿어 왔으므로, 반드시 미래가 과거를 능가하고 젊은 세대가 늙은 세대를 능가한다고 생각했으며, 청년들을 더없이 소중히 여긴 나머지 종종 그들이 나를 칼로 열 번을 찌르더라도 나는 화살 한 발을 쏘았을 뿐이다. 하지만 후에 나는 그렇게 한 내가 오히려 잘못이라는 것을 깨달았다. 그것은 유물사관의 이론이나 혁명문예 작품들이 나를 현혹했기 때문이 아니라, 같은 청년이지만 두 진영으로 갈라져서 누구는 투서와 밀고를 하고 누구는 관청을 도와 사람을 체포하는 사실을 광둥에서 내가 직접 목격했기 때문이다! 이로 인해 내 사고의 방향이 파멸되었으며 그후부터는 자주 의혹에 찬 눈으로 청년들을 바라보았고, 다시는 무조건 경외하지 않았다. 그러나 그후에도 처음으로 출전하는 청년들을 위해서는 몇 마디 성원의 외침을 지르기도 했으나 큰 도움은 되지 않았다.

이 문집에 수록한 글은 아마 2년 동안 쓴 글의 전부일 것이다. 다른 책의 서문들 중에서 다소나마 참고가 될 만하다고 생각되는 것을 몇 편 골라 넣었다. 책과 신문을 뒤지다가 1927년에 쓴 글인데 『이이집』에 수록되지 않은 것을 몇 편 우연히 발견하였다. 그때 아마 「밤에 쓴 글」夜記은 따로 책을 묶을 생각으로 빼놓았고 강연과 주고받은 편지들은 내용이 천박하거나 요긴하지 않다고 생각되어 그 당시 수록하지 않은 듯하다.

지금 그 문장들을 앞부분에 수록하여 『이이집』의 보충으로 삼는다. 나는 또 다르게 이런 생각이 들었다. 그것은 강연과 편지 가운데 한 편만 인용해 보아도 그 당시 홍콩의 면모를 명확하게 알 수 있으리라는 것이다. 나는 두 차례 강연을 했다. 첫날에는 「진부한 곡조는 이미 다 불렀다」[17]라는 강연이었는데 지금 그 원고를 찾지 못하였고, 이튿날에는 「소리 없는 중국」이라는 강연이었는데, 그렇게 천박하고 속된 것인데도 오히려 놀랍게도 '사악한 연설'이라고 신문지상에 발표하지 못하게 했다. 바로 이런 홍콩이었다. 그런데 지금은 이런 홍콩이 거의 온 중국에 퍼져 나갔다.

한 가지 일만은 창조사에 감사드려야겠다. 나는 그들의 '강요에 의해' 과학적 문예론을 몇 권 읽어 보고서, 이전에 문학사가들이 수없이 말했지만 종잡을 수 없었던 의문들을 풀었다. 또 이로 인해 플레하노프의 『예술론』[18]을 번역해서 나의 — 또 나로 인해 다른 사람에게 미친 — 진화론만 믿던 편견을 바로잡았다. 그렇지만 내가 『중국소설사략』을 펴낼 때 모았던 자료들을 청년들이 자료 찾는 품을 덜어주기 위하여 『소설구문초』라는 책으로 인쇄 출판했을 때, 청팡우[19]가 무산계급[20]의 이름으로 나를 '유한자'有閑者라고 지칭했는데, 게다가 그 '유한'이라는 말을 세 번이나 곱씹었다. 이 일을 아직도 잊어버릴 수가 없다. 나는 무산계급은 도필[21]의 재간을 배우지 않았기 때문에 주도면밀한 문장을 이용하여 죄를 뒤집어씌우지는[22] 못한다고 생각한다. 편집을 끝마치고 책의 제목을 『삼한집』이라 붙여서 청팡우를 풍자하는 바이다.

1932년 4월 24일 밤, 편집을 끝내고 적음

주)______

1) 원제는 「序言」.
2) 1·28 상하이사변을 지칭한다. 1932년 1월 28일 밤, 일본군이 자국 교민들을 보호한다는 명분으로, 자베이(閘北)지구의 중국 수비군에게 공격을 가했고, 중국 국민군 제19로군이 격렬히 저항하여 격전이 월 말까지 계속되었다. 일본군은 계속 병력을 증강했으나 중국군은 증원과 지원을 받지 못해 압박을 받아 후퇴했다. 3월 3일에 정전했고, 국민당 정부는 일본과 치욕적인 '쑹후정전협정'(淞滬停戰協定)을 5월 5일에 체결했다. 저자는 당시 전쟁이 벌어진 지역 인근의 베이쓰촨로(北四川路) 끝에 거주하고 있어서 전쟁이 발생한 후 즉시 영국 조계에 있는 우치야마서점(內山書店)의 지점으로 피신했다. 3월 19일 원래의 거주지로 돌아왔다.
3) 량스추(梁實秋)가 『신월』(新月) 월간 제2권 제8기(1929년 10월)에 발표한 「'현 상태에 불만을 품고서', 그렇다면 어떻게 해야 하는가?」라는 글에 이런 구절이 있다. "어떤 종류의 사람은 줄곧 '현 상태에 불만'일 뿐으로, 오늘은 여기가 문제가 있다고 말하고, 내일은 저기가 문제가 있다고 말한다. 셀 수 없을 정도의 문제가 있어서 무궁무진한 잡감이 있고, 누군가가 처방전을 내놓기를 기다려서 그는 특히 더 불만을 드러내는데 …… 만약 일단 현 상태가 그를 만족시켜 준다면 그는 곧 쓸 만한 잡감이 없는 꼴이 될 것이다."
4) 베이핑(北平). 중국 역사에 있어서 베이징(北京)을 베이핑(北平)으로 불렀던 적이 몇 차례 있다. 현대에는 1928년 난징(南京)에 국민당 정부가 수립된 후 베이징의 징(京)자를 핑(平)으로 바꾸어 베이핑으로 불렀다. 1949년 중화인민공화국이 수립되고 수도를 베이핑으로 정한 후에 다시 베이징으로 바꿔 불렀다.
5) 루쉰은 1927년 10월 광저우에서 상하이로 온 후 학교 강연에 차례로 응했다. 10월 25일에는 노동(勞動)대학에서 「지식계급에 관해」라는 강연을 했고(『집외집습유보편』集外集拾遺補編에 수록), 28일에는 리다학원(立達學園)에서 「위인의 화석(化石)」이라는 강연을 했는데 원고는 미상이다. 11월 2일에는 푸단(復旦)대학에서 「혁명문학」이라는 강연을 했는데 샤오리(蕭立)가 기록한 강연 원고가 있고, 1928년 5월 9일 상하이 『신문보』(新聞報) '학해'(學海)란에 발표되었다. 16일에는 광화(光華)대학에서 강연을 했는데 훙사오퉁(洪紹統), 궈쯔슝(郭子雄)의 기록 원고가 있고, 『광화』(光華) 주간 제2권 제7기(1927년 11월 28일)에 발표되었으며 편집자가 '문학과 사회'라는 제목을 덧붙였다. 17일에는 다샤(大夏)대학에서 강연했는데 제목과 강연 원고는 미상이다. 12월 21일에는 지난(暨南)대학에서 「문예와 정치의 기로」라는 강연을 했는데 나중에 『집외집』에 수록되었다. 그후 1928년 5월 15일에는 장완(江灣) 푸단실험중학교에서 「늙지만 죽지 않음을 논함」이라는 강연을 했지만 원고는 미상이다. 11월 10일에는 대륙(大陸)대학에서 강연을 했으나 제목 및 강연 원고는 미상이다. 1929년 12월 4일 지난대학에서 「이소(離騷)와 반(反)이소」라는 강연을 했는데 궈보(郭博)의 기록 원고가 있고 『지난교간』(暨南校刊) 제

28~32기(1930년 1월 18일) 합간호에 발표되었다. 1929년 5월 베이핑으로 와서는 22일 옌징(燕京)대학에서 「오늘날의 신문학 개관」이라는 강연을 했으며 후에 이 문집에 수록되었다. 29일에는 베이징대학 제2캠퍼스에서, 6월 2일 오전에는 제2사범대학에서, 그날 저녁에는 제1사범대학에서 강연을 했으나 제목과 강연 원고는 모두 미상이다.

6) 광저우(廣州) 국민당 당국은 장제스의 '청당'(淸黨) 지시를 집행하고자 '4·15'사변을 일으켜서 공산당 관련자들과 혁명인사 이천여 명을 체포하여 그중에서 이백여 명을 살해했다. 당시 저자는 중산(中山)대학 문학과 주임 겸 교무주임을 맡고 있어서 체포된 학생들을 구제하고자 했으나 무위로 끝나자 분노하여 일체의 직무를 사직하고 8월에 광저우를 떠나 상하이로 향했다.

7) 창조사(創造社). 1921년 6월 도쿄에서 성립한 문학단체로 주요 구성원은 궈모뤄(郭沫若), 위다푸(鬱達夫), 청팡우(成仿吾) 등이다. 이 단체의 초기 문학 경향은 낭만주의로 반제(反帝) 반봉건(反封建) 색채를 지니고 있었다. 제1차 국내혁명전쟁 기간에 궈모뤄, 청팡우 등은 혁명에 참가하여 실제 공작을 했다. 1927년 이 단체는 프롤레타리아 혁명문학운동을 제창했고, 동시에 펑나이차오(馮乃超), 펑캉(彭康), 리추리(李初梨) 등 외국에서 돌아온 이들을 보강했다. 1928년 창조사와 프롤레타리아 문학을 제창한 또 다른 단체인 태양사의 루쉰에 대한 비평과 루쉰의 그들에 대한 반박이 혁명문학 문제의 중심적 논쟁을 형성했다. 1929년 2월 이 단체들은 국민당에 의해 폐쇄되었다. 이 단체는 『창조』(創造; 계간), 『창조주보』(創造週報), 『창조일』(創造日), 『홍수』(洪水), 『창조월간』(創造月刊), 『문화비판』(文化批判) 및 '창조총서'(創造叢書) 등의 간행물을 차례로 편집 출판했다. 혁명문학 논쟁에 대해서는 이 문집의 「'취한 눈' 속의 몽롱」 및 주1)을 참조.

8) 태양사(太陽社). 1928년 상하이에서 성립한 문학단체로 구성원은 장광츠(蔣光慈), 첸싱춘(錢杏邨), 훙링페이(洪靈菲) 등이다. 1928년 1월 『태양월간』(太陽月刊)을 출판하여 혁명문학을 제창했다. 1930년 중국좌익작가연맹 성립 후에 이 단체는 스스로 해산했다.

9) 신월사(新月社). 1923년 베이징에서 성립한 문학 및 정치 단체로 주요 구성원은 후스(胡適), 쉬즈모(徐志摩), 천위안(陳源), 량스추, 원이둬(聞一多), 뤄룽지(羅隆基) 등이다. 명칭은 인도 시인 타고르의 『신월집』(新月集)에서 취했다. 일찍이 이 단체는 1926년 4월 1일부터 6월 10일까지 베이징 『천바오 부간』(晨報副刊)의 「시전」(詩鐫; 주간)을 출판했고 현대 격률시를 제창했다. 1927년 봄에 상하이에서 신월서점을 열었고, 1928년 3월 종합적 성격의 『신월』 월간을 출판하면서 '영국식' 민주정치를 주장했다. 주요 구성원들이 『현대평론』(現代評論) 잡지를 출판했기 때문에 이로 인해 '현대평론파'라고 불리기도 했다. '정인군자'라는 말은 1925년 베이징여자사범대학 사건 때 베이양(北洋)정부를 옹호하는 『대동완바오』(大同晚報)의 8월 7일자의 보도 중에 천위안 등을 '둥지샹파(東吉祥派)의 정인군자'라고 일컬은 데에서 기인한다. 둥지샹파란 현대평론파 구성원들이 베이징의 둥지샹(東吉祥)이라는 골목에 함께 살았기 때문에 붙인 이름이다.

10) '유한, 즉 돈 있는 계급'(有閑卽是有錢)이란 문구는 『문화비판』 제2호(1928년 2월)에 실린 리추리의 「어떻게 혁명문학을 건설할 것인가」라는 글에 보인다. 이 글은 청팡우가 루쉰 등에 대해서 '유한계급'이라 말한 것을 인용하고, "우리는 알고 있다. 현재의 자본주의 사회에서 유한계급은 곧 유전(有錢)계급이라는 것을"이라고 말했다.
'낙오자'(沒落者)는 『창조월간』 제1권 제11기(1928년 5월)에 실린 스허우성(石厚生; 청팡우의 필명)의 「틀림없이 '취한 눈으로 도도해졌을 것이다'」라는 글에 보인다. "듣자하니 그(루쉰을 지칭함)가 근래에 사회과학 서적을 제법 사서 읽었다고 하는데, '그러나 즉시 또한 약간의 작지 않은 문제가 있다.' 그는 진정으로 사회과학의 충실한 신도가 되고자 한단 말인가? 아니면 그저 색깔만 칠하고서 자신의 몰락을 보기 좋게 감추어 버리고자 하는 것인가? 이후의 오직 한 길은 눈 가리고 아웅 하는 식의 행위일 뿐이거나 아니면 더욱 극심하고 더욱 치료할 약조차 없는 몰락일 뿐이다."
'봉건 잔재'와 '파쇼주의자'는 『창조월간』 제2권 제1기(1928년 8월) 두취안(杜荃; 궈모뤄)의 「문예전선에 있어서 봉건 잔재」라는 글에 보인다. "그는 자본주의 이전의 하나의 봉건 잔재이다. 자본주의는 사회주의에 대한 반혁명이므로, 봉건 잔재는 사회주의에 대한 이중의 반혁명이다. 루쉰은 이중성을 지닌 반혁명 인물이다. 이전에는 루쉰은 신구 과도기에서 동요하는 사람이라고 말했고, 그는 인도주의자라고 말했으나, 이것은 완전히 잘못된 것이다. 그는 뜻이 없는 파시스트이다!"
11) 랴오군(廖君)은 랴오리어(廖立峨, 1903~1962)로 광둥 싱닝(興寧) 사람이다. 원래는 샤먼대학 학생이었으나 1927년 1월 루쉰을 따라 중산대학으로 편입하였다. 1928년 부인과 함께 상하이로 와서 루쉰의 집에 기기했다.
12) 『위쓰』(語絲). 문예주간지. 쑨푸위안(孫伏園) 등의 편집으로 1924년 11월 17일 베이징에서 창간되었으나, 1927년 10월 펑톈파 군벌 장쭤린(張作霖)의 사찰과 폐쇄로 상하이로 이전하여 속간했다. 1930년 3월 10일 제5권 52기를 마지막으로 정간되었다. 루쉰은 이 잡지의 주요 투고자이자 지원자였다. 이 잡지는 상하이에서 출판된 후인 1927년 12월 17일 제4권 1기에서 1929년 1월 7일 제4권 52기까지 루쉰이 편집을 맡았다.
13) 『루쉰론』(魯迅論), 『중국문예논전』(中國文藝論戰). 모두 리허린(李何林)이 편집했고 상하이 베이신서국(北新書局)에서 1930년 3월과 1929년 10월에 출판되었다. 앞의 책에는 1923년에서 1929년 사이에 루쉰 및 그의 작품에 관한 평론 24편이 수록되었고, 뒤의 책에는 1928년 혁명문학운동 중 각 파의 논쟁적 문장 46편이 수록되어 있다.
14) '포위토벌'이란 말은 1930년부터 국민당 군대가 루이진(瑞金)을 중심으로 중앙소비에트를 수립한 공산당에 대해 5차례에 걸친 포위토벌전을 전개한 것에서 유래했다.
15) 이것은 당시 일부 신문과 잡지가 진보작가들에 대해 자행한 모함이다. 예를 들면 1930년 5월 14일 상하이 『민국일보』(民國日報)의 「각오」(覺悟)에 게재된 「중국문단을 해방시키자」라는 글에서 "진보작가는 적색제국주의의 뇌물을 받았고, 소련으로부터 루블

화로 보조금을 받는다"는 내용이 있었고, 1931년 2월 6일 상하이 소보(小報)의 『다이아몬드신문』에는 「루쉰이 좌련에 가맹한 동기」라는 글이 실렸는데, "공산당은 처음에는 매월 팔십만 루블로 상하이 지역의 문예선전비를 충당했고 이른바 프로문예를 조성했다"는 내용이다.

16) 이 말은 두취안이 「문예전선에 있어서 봉건 잔재」라는 글에서 한 말이다. "죽여라! 죽여라! 죽여라! 두려운 청년들을 죽여 없애 버려라! 게다가 매우 빠르게! 이것이 이 '늙은이'(루쉰을 지칭함)의 철학이다. 그러나 '늙은이'는 오히려 죽지 않는다."

17) 「진부한 곡조는 이미 다 불렀다」는 1927년 3월 광저우 『국민신보』(國民新報) 「신시대」(新時代)에 발표되었다. 후에 쉬광핑(許廣平)이 『집외집습유』(集外集拾遺)에 편입했다. 루쉰의 일기에 의하면 이 강연은 1927년 2월 19일, 즉 작가가 홍콩에 도착한 둘째날로, 첫째날의 강연 제목은 「소리 없는 중국」이다.

18) 플레하노프(Георгий Валентинович Плеханов, 1856~1918). 러시아 초기의 맑스주의 이론가로 후에는 멘셰비키와 제2코민테른의 지도 인물이었다. 『예술론』에 대해서는 『이심집』 「『예술론』 역본의 서문」 및 주 1)을 보라.

19) 청팡우(成仿吾, 1897~1984). 필명은 스허우성(石厚生). 후난(湖南) 신화(新華) 사람. 문학평론가로 창조사의 주요 구성원이었다. 초기에는 문예는 '자아의 표현'이라고 주장하면서 '순문예'를 추구했다. 후에 전향하여 혁명문학을 이끌었다. 그는 『홍수』 제3권 제25기(1927년 1월)의 「우리들의 문학혁명을 완성하자」라는 글에서 "루쉰 선생은 화개(華蓋)자리에 앉아서 그의 소설구문(小說舊聞)을 베끼고 있고", 이것은 일종의 "취미를 위주로 하는 문예"로 "그 배후에는 반드시 일종의 취미를 위주로 하는 생활 기조가 자리 잡고 있다"고 말했다. 또한 "이것이 암시하는 바는 일종의 작은 천지(天地) 속에서 자기가 자기를 속이면서 자족(自足)하는 것이다. 그것이 긍지로 삼는 바는 한가(閑暇), 한가(閑暇), 세 개의 한가(閑暇)이다"라고 말했다.

20) '무산계급'(無産階級)의 번역은 '프롤레타리아트', 혹은 '프롤레타리아계급'으로 옮기는 것을 원칙으로 했지만, 루쉰의 글의 의도를 살릴 필요가 있는 경우('무산/유산/유한' 등과 같은 대비를 중시해야 할 경우 등)에는 한자음으로 옮겼다.

21) 도필(刀筆). 여기서는 도필리(刀筆吏; 송사를 담당하는 사람)가 사람에게 죄를 뒤집어씌우는 수법을 지칭한다. 『창조월간』 제2권 제2기(1928년 9월)에 커싱(克興)의 「간런(甘人)의 '조리 없는 글 한 편'」에서 루쉰에 대해 "그(루쉰을 지칭함)의 본래 도필을 끄집어내서 신랄하고 매몰차게 냉정한 조소와 뜨거운 욕을 했다"고 말했다.

22) 원문은 '단련주납'(鍛鍊周納)으로 의미는 죄명을 뒤집어씌워서 타인을 함정에 빠뜨리는 수법을 말한다. 이 말은 『한서』(漢書) 「노온서전」(路溫舒傳)에 나온다. "(황제에게) 상주하고 두려워하며 물러났지만, 주도면밀한 문장으로 죄를 뒤집어씌웠다."

1927년

소리 없는 중국[1)]
—2월 16일 홍콩청년회[2)]에서의 강연

아무것도 들을 내용이 없는 따분한 저의 강연을 듣기 위하여, 그것도 이렇게 비가 세차게 쏟아지고 있는 무렵에 여러분께서 이처럼 많이 와 주셨으니 우선 정중한 감사의 뜻을 전합니다.

제가 오늘 강연할 제목은 「소리 없는 중국」입니다.

지금 저장, 산시에서는 전쟁을 하고 있는데[3)] 그곳에 살고 있는 사람들이 울고 있는지 웃고 있는지 우리는 모릅니다. 홍콩은 매우 태평한 것 같은데 여기에 살고 있는 중국 사람들이 편안한지 그렇지 않은지 다른 사람들은 모릅니다.

자기의 사상과 감정을 발표하여 여러 사람들이 알게 하려면 글을 써야 합니다만, 그런데 문장을 가지고 의사를 표현하는 일을 현재 일반적인 중국 사람들은 할 수 없습니다. 이것은 우리를 탓할 것이 아닙니다. 일차적으로 그것은 우리의 선조들이 우리에게 전해 내려준 그 문자가 무척이나 두려운 유산이기 때문입니다. 사람들이 수년간 열심히 노력해도 사용하기가 힘듭니다. 어렵기 때문에 많은 사람들이 이해하지 못하고 심지어는 자기의 성이 장張씨인지 장章씨인지 명확하게 쓰지 못하거나, 혹은 전혀 쓸 줄 모르거나 혹은 그저 Chang이라고 말할 뿐입니다. 비록 말은 하지만 겨우 몇 사람이 알아들을 수 있을 뿐 먼 지방 사람들은 알지 못하므로 결국은 소리가 없는 것이나 마찬가지입니다. 또 한편으로는 글자가 어렵기 때문에 일부 사람들은 그것을 보배처럼 여기고 요술을 하듯이 지호자야之乎者也[4] 하기 때문에 겨우 몇 사람이 알 뿐,—사실은 정말로 이해하고 있는지 알 수 없고, 게다가 대다수의 사람들은 이해하지 못하므로 결국 소리가 없는 것이나 마찬가지입니다.

문명인과 야만인의 구별에 있어서 첫째는 문명인에게는 문자가 있어서 그들의 사상과 감정을 문자를 빌려서 대중에게 전달하고 후세에 남기는 것입니다. 중국에 문자가 있기는 하지만 지금은 이미 모든 사람들과 상관이 없게 되어, 사용하는 것은 알기 어려운 고문이고 말하는 것은 케케묵은 옛날의 뜻이기 때문에, 모든 소리가 다 과거의 소리이고 모두가 없는 것이나 마찬가지입니다. 그렇기 때문에 모든 사람이 서로 이해하지 못하고 산산이 흩어진 모래알과 같습니다.

글을 골동품으로 간주하여 아무도 알아보지 못하고 아무도 이해하지 못하게 하는 것이 좋다면, 그것 또한 흥미로운 일일지도 모릅니다. 그러나 결과는 어떻습니까? 우리는 이미 우리가 하고 싶은 말을 하지 못하게 되었습니다. 우리는 손해를 보고 모욕을 당하고도 언제나 해야 할 말을 못하고 있습니다. 최근의 사정을 예로 들어 봅시다. 중일전쟁, 권비사건, 민원혁명[5]과 같은 큰 사건이 있은 후 오늘에 이르기까지 우리는 이렇다 할 저작을 한 권이라도 내놓은 것이 있습니까? 민국民國[6] 이후에도 여전히 누구도 소리를 내지 않았습니다. 오히려 외국에서는 중국에 대한 말을 자주

하고 있지만 그것은 모두 중국 사람 자신의 목소리가 아니라 외국인의 목소리입니다.

말을 못하는 이 흠결이 명나라 때에는 그래도 이렇게까지 심하지 않았습니다. 그들은 그래도 비교적 하고 싶은 말을 할 수 있었습니다. 만주인이 이민족으로서 중국에 침입해 들어와서부터 역사에 대한 이야기, 특히 송나라 말기의 일을 이야기하는 사람은 살해당하였으며 시국에 대한 이야기를 하는 사람도 물론 살해당하였습니다. 그렇기 때문에 건륭 연간에 이르러서는 인민들이 모두 감히 글로써 의사표시를 하지 못했습니다.[7] 이리하여 이른바 선비들은 부득불 집구석에 처박혀서 경서를 읽고 옛날 책을 교정하고 당시와는 아무런 관계도 없는 옛글을 쓰고 있었습니다. 조금이라도 새로운 뜻을 담아서는 안 되었습니다. 한유를 본받거나 아니면 소식을 배울 뿐이었습니다. 한유와 소식[8]은 그들 자신의 글로써 당시에 하고 싶었던 말을 한 것이니 그것은 물론 당연한 것입니다. 그러나 우리는 당, 송 시대의 사람이 아니므로 어떻게 우리와 아무런 관계도 없는 시대의 글을 지을 수 있겠습니까? 설사 비슷하게 짓는다 하더라도 그것은 당, 송 시대의 소리이며 한유와 소식의 소리이지 우리 시대의 소리가 아닙니다. 하지만 중국 사람은 지금까지도 이런 옛날 연극놀이를 하고 있습니다. 사람은 있으나 소리가 없으니 적막하기 짝이 없습니다.—사람이 소리를 내지 않을 수 있습니까? 소리를 내지 않으면 죽은 것이라고 할 수 있습니다. 좀더 겸손하게 말하면 이미 벙어리가 된 것입니다.

이처럼 여러 해 동안 소리 없던 중국을 소생시키자면 쉬운 일이 아닙니다. 그것은 마치 죽은 사람을 보고 "너 살아오라!"고 명령하는 것과 같습니다. 나는 비록 종교를 모르지만 그것은 마치 종교에서 말하는 소위

'기적'이 나타나기를 바라는 것과 같습니다.

맨 처음 이러한 작업을 시도한 것은 '5·4운동' 한 해 전에 후스즈 선생이 제창한 '문학혁명'[9]이었습니다. '혁명'이란 이 두 글자를 여기에서도 두려워하는지 모르겠습니다만, 어떤 곳에서는 듣기만 해도 겁을 냅니다. 그러나 문학이란 두 글자와 결합한 '혁명'은 프랑스혁명[10]의 '혁명'처럼 그렇게 무서운 것이 아닙니다. 그것은 혁신에 불과합니다. 글자 한 자를 바꾸어 놓으니 매우 평화스러워집니다. 우리도 차라리 '문학혁신'이라고 부릅시다. 중국 글에는 이런 속임수가 많습니다. 그 문학혁신의 내용도 별로 무서울 것은 없습니다. 그저 이제부터는 머리를 다 짜내서 고대의 죽어 버린 사람의 말을 익히고 쓸 것이 아니라 현대의 살아 있는 사람의 말을 하자, 글을 골동품으로 간주하지 말고 알기 쉬운 백화문으로 글을 쓰자는 것이었습니다. 하지만 단순히 문학혁신만으로는 부족했습니다. 왜냐하면 썩어빠진 사상은 고문으로도 쓸 수 있을 뿐만 아니라 백화문으로도 쓸 수 있기 때문입니다. 그래서 후에 어떤 사람이 사상혁신을 창도했습니다. 사상혁신의 결과로 사회혁신운동이 일어났습니다. 이 운동이 일어나자 다른 한편에서 반동이 나타나게 되었으며 이리하여 전투가 차츰 차츰 무르익었습니다.

그런데 중국에서는 문학혁신이 일어나자마자 바로 반동이 생겼습니다. 그럼에도 불구하고 백화문은 점점 보급되었고 커다란 방해를 받지 않았습니다. 이것은 무엇 때문이겠습니까? 그것은 그때 첸쉬안퉁 선생이 한자를 폐지하고 로마 자모로 대체하자는 주장을 제창했기 때문입니다.[11] 이것도 사실 문자혁신에 불과한 것으로 아주 평범한 일이었지만, 개혁을 싫어하는 중국 사람이 들었을 때는 대단한 일이었습니다. 그래서 그들은 비교적 온건한 문학혁명을 젖혀 놓고 첸쉬안퉁에게 마구 욕설을 퍼부었습니다. 백화문은 수많은 적들이 사라진 기회를 틈타서, 오히려 방해가 없어지게 되어 유행할 수 있었습니다.

중국 사람의 성미는 언제나 타협과 절충을 좋아합니다. 예를 들어 이 집이 너무 어두워 여기에 반드시 창문을 하나 만들어야겠다고 하면 모두들 절대 안 된다고 할 것입니다. 그러나 만약 지붕을 뜯어 버리자고 하면 그들은 곧 타협하여 창문을 만들기를 바랄 것입니다. 더욱 치열한 주장을 하지 않으면 그들은 언제나 온건한 개혁마저도 하려 하지 않습니다. 그때 백화문이 보급될 수 있었던 것은 바로 중국 글자를 폐지하고 로마 자모를 쓰자는 의론이 있었기 때문입니다.

사실 문언문과 백화문의 우열에 대한 토론은 벌써 끝났어야 하지만, 중국에서는 무슨 일이나 얼른 끝내기를 좋아하지 않으므로 지금까지도 의미가 없는 수많은 의론이 존재하고 있습니다. 예를 들면 어떤 사람은 고문은 각 성省 사람들이 다 이해할 수 있으나 백화문은 곳곳마다 다르기 때문에 오히려 서로 이해하지 못한다고 합니다. 그러나 그들은 교육이 보급되고 교통이 발달하기만 하면 이 문제가 해결된다는 것을 모르고 있습니다. 그때에 이르면 사람마다 비교적 쉽게 이해하는 백화문을 알게 될 것입니다. 그러나 고문은 각 성 사람들이 다 알아보기는 고사하고 한 성에 속하는 사람조차 이해하는 이가 많지 않습니다. 어떤 사람은 만일 모두 백화문을 쓴다면 사람들이 고서古書를 볼 수 없게 되므로 중국 문화가 사멸될 것이라고 합니다. 사실 말이지 현재 사람들은 고서를 볼 아무런 필요가 없으며 설사 고서에 정말 훌륭한 내용이 있다 해도 그것을 백화문으로 번역해 놓으면 되므로 그렇게 겁이 나서 벌벌 떨 필요는 없습니다. 그들 가운데 어떤 사람은 또 외국에서까지 중국의 책을 번역하는 것을 보면 그것이 좋은 것임을 알 수 있는데 우리 자신은 오히려 보지 말아야 한단 말인가라고 의문을 말합니다. 그러나 외국 사람들은 이집트의 고서도 번역하고 아프리카 흑인들의 신화도 번역합니다. 여기에는 또 다른 의미가 있다는 것을 그들은 모르고 있습니다. 그러므로 설사 번역한다 하여도 별로 영광스러운 일이 못 됩니다.

근래에 또 한 가지 설이 있는데 사상개혁이 요긴하고 문자개혁은 부차적이므로 차라리 좀더 평이한 문언문으로 새로운 사상을 담은 글을 쓰면 반대도 적게 받는다는 주장입니다. 이 말은 일리가 있는 것 같기도 합니다. 하지만 긴 손톱조차 깎아 버리려 하지 않는 사람은 절대 변발을 자르지 않는다는 것을 우리는 알고 있습니다.[12]

우리가 고대의 말을 하고 있고, 말해 보았자 여러 사람들이 알지 못하고 듣지 못하는 말을 하고 있기 때문에, 이미 흩어진 모래알처럼 되어 서로 깊은 관심을 지니지 않고 있습니다. 우리가 소생하려면 우선 청년들이 더는 공자, 맹자와 한유, 유종원[13]이 한 말을 되풀이하지 말아야 합니다. 시대가 달라졌고 사정도 다릅니다. 공자시대의 홍콩은 이렇지 않았습니다. 공자의 말투로 '홍콩론'을 쓸 수는 없습니다. "오호! 아득하구나. 홍콩이여!"라고 한다면 그것은 웃음거리에 지나지 않을 것입니다.

우리는 현 시대의 자신의 말을 해야 합니다. 살아 있는 백화문으로 자신의 사상과 감정을 솔직하게 말해야 합니다. 그러나 이것도 선배 선생들의 비웃음을 받습니다. 그들은 백화문은 천하고 가치가 없다고 하며 청년들의 작품은 유치하여 유식한 사람들의 웃음거리가 된다고 합니다. 우리 중국에 문언문을 지을 줄 아는 사람이 몇 사람이나 될까요? 나머지 사람들은 모두 백화문밖에 할 줄 모르는데, 도대체 그 많은 중국 사람이 다 천하고 가치가 없단 말입니까? 더구나 유치한 것은 수치가 아닙니다. 이는 노인 앞에 나선 어린애가 조금도 수치스러울 바 없는 것과 마찬가지입니다. 유치한 것은 자라날 수 있고 성숙할 수 있으므로 노쇠하거나 부패하지 않으면 됩니다. 만약 성숙해지기를 기다려서 그후에야 착수할 수 있다고 한다면, 시골의 아낙네라도 그렇게 멍청한 주장을 하지는 않을 것입니다. 그 아낙네의 아이가 걸음마를 배우다가 설령 넘어졌다고 하더라도 아이더러 침대에 누워 있다가 걸음을 걷는 법을 배우고 난 후에 내려오라고는 하지 않을 것입니다.

청년들은 무엇보다도 먼저 중국을 소리 있는 중국으로 만들어야 합니다. 대담하게 말하고 용감하게 나아가면서 모든 이해관계를 잊어버리고 옛사람들을 밀어 치우고 자기 진심의 말을 해야 합니다.—진실, 이것은 물론 쉽지 않습니다. 예를 들면, 태도를 진실하게 취하기도 쉽지 않습니다. 강연을 하고 있는 나의 태도는 진실한 태도가 아닙니다. 왜냐하면 내가 친구나 아이와 이야기할 때는 이런 태도로 말하지 않기 때문입니다.— 그러나 어쨌든 비교적 진실한 말을 할 수 있으며 비교적 진실한 소리를 낼 수 있을 것입니다. 오로지 진실한 소리만이 비로소 중국 사람들과 세계 사람들을 감동시킬 수 있으며 진실한 소리가 있어야만 비로소 세계의 사람들과 이 세상에서 함께 살아 나갈 수 있습니다.

지금 소리가 없는 민족이 얼마나 되는지 우리 생각해 봅시다. 우리는 이집트 사람의 소리를 들어 보았습니까? 베트남, 조선의 소리를 들어 보았습니까? 인도에서는 타고르[14]를 제외하고 다른 사람의 소리를 들어 보았습니까?

이제부터 우리 앞에는 확실히 두 갈래 길이 있을 뿐입니다. 하나는 고문을 부둥켜안고 죽는 길이고, 다른 하나는 고문을 내버리고 사는 길입니다.

주)

1) 원제는 「無聲的中國」, 이 글은 홍콩의 신문(신문 이름과 날짜는 알 수 없다)에 처음 발표되었으며 1927년 3월 23일 한커우(漢口) 『중앙일보』(中央日報)의 부간에 전재되었다. 루쉰의 일기에 따르면 이 강연은 2월 18일에 행해졌다.
2) 기독교청년회를 지칭함.
3) 저장(浙江) · 산시(陝西)에서 전쟁을 하고 있다는 것은 1926년 말부터 1927년 초에 베이양군벌 쑨촨팡(孫傳芳)이 저장에서 광저우 국민정부와 연계가 있는 천이(陳儀), 저우펑치(周鳳岐) 등의 부대를 공격한 전쟁과 1926년 12월에 펑위샹(馮玉祥) 소속의 국민군이 산시에서 베이양군벌 전쑹(鎭嵩)의 군대와 싸워 이긴 전쟁을 말한다.
4) 지, 호, 자, 야(之乎者也) 네 글자는 문언문(文言文; 古文)에서 상용하는 조사이다. 여기서는 알아듣기 어려운 글을 의미한다.
5) 중일전쟁(中日戰爭)은 1894년(갑오년) 일본 군국주의 세력이 중국을 침략하여 발발한 전쟁을 가리킨다. 권비(拳匪)사건은 1900년 중국의 북방지역에서 폭발한 의화단(義和團)운동을 지칭한다. 민원혁명(民元革命)은 1911년(신해년)에 쑨중산(孫中山; 즉 쑨원)의 영도로 청 왕조를 뒤엎고 중화민국을 건립한 민주혁명을 가리킨다.
6) 1911년 신해혁명 이후 수립한 중화민국을 일반적으로 '민국'이라 지칭하고 1911년을 민국 원년으로 삼았다.
7) 청나라 초기의 통치자들이 한족에게 뒤집어씌운 필화사건(文字獄)을 가리킨다. 그중에 비교적 유명한 것은 강희(康熙) 연간의 '장정롱 필화사건'(莊廷鑨之獄), '대명세(戴名世) 필화사건', 옹정(擁正) 연간에는 '여유량(呂留良) 증정(曾靜) 필화사건', 건륭(乾隆) 연간에는 '호중조(胡中藻) 필화사건' 등이 있었다. 이러한 필화사건은 모두 이들이 자신들의 저작에 한족이 (특히 송조 말기와 명조 말기에) 이민족의 압박에 반항한 사실을 기록했거나 청나라의 통치를 위반했다는 혐의를 받아서 박해받고 살육당한 일이다.
8) 한유(韓愈, 768~824). 자는 퇴지(退之)이고 허양(河陽; 현재의 허난성 멍孟현) 출신으로 자칭 군망창려(郡望昌黎)라고 했다. 당나라 때의 문학가이며 저서로는 『한창려집』(韓昌黎集)이 있다. 소식(蘇軾, 1037~1101)의 자는 자첨(子瞻), 호는 동파거사(東坡居士)이며 메

이산(眉山 ; 현재는 사천성에 속함) 출신으로서 송나라 때 문학가이며 저서로는 『동파전집』(東坡全集) 등이 있다.

9) 후스즈(胡適之, 1891~1962). 이름은 스(適), 자는 스즈(適之), 안후이(安徽) 지시(績溪) 사람. '5·4' 시기 신문화운동의 대표적 인물 중에 하나였다. 여기에서 그가 '문학혁명'을 제창했다고 한 것은 『신청년』 제4권 제4호(1918년 4월)에 발표한 「건설적 문학혁명론」이라는 글을 가리킨다. 후스가 '문학혁명'을 제창한 최초의 글은 1917년 1월 『신청년』 제2권 제5호에 발표한 「문학개량추의」(文學改良芻議)이다.

10) 1789년부터 1794년에 진행된 프랑스 부르주아 혁명을 가리킨다. 프랑스의 봉건제를 뒤엎고 자본주의의 발전을 추진하였으며 유럽 여러 나라들의 혁명을 추동했다.

11) 첸쉬안퉁(錢玄同, 1887~1939). 저장 우싱(吳興) 사람. 문자학자로 '5·4' 시기에 신문화운동에 적극적으로 참여했다. 그는 1918년 1월에 출판된 『신청년』 제4권 제1호에 「주음자모론」(注音字母論)을 게재하여 "고급 수준의 자전과 중학교 이상 정도의 수준 있는 서적에는 모두 로마자로 음을 달아야 한다"고 주장했다. 같은 해 4월에 출판된 『신청년』 제4권 제4호에 발표한 「중국의 이후 문자 문제」라는 '통신'(通信)에서는 "한문을 폐지하고" 세계어로 대체하자는 주장을 제기했다.

12) 청나라 시대 중국의 부유한 계층들은 손톱을 깎지 않고 길렀으며, 변발을 고수했는데, 이는 봉건시대를 상징하는 풍습이라 할 수 있다.

13) 공자(孔子, B.C. 551~479). 이름은 구(丘), 자는 중니(仲尼), 춘추 말기 노(魯)나라 추읍(陬邑 ; 오늘날 산둥성山東省 취푸曲阜) 출신으로 유가학파의 창시자이다. 그의 주요한 언행은 『논어』에 기재되어 있다.

맹자(孟子, B.C. 약372~289). 이름은 가(軻)이고 자는 자여(子輿)이며 전국 중기 추(鄒 ; 오늘의 산둥성 저우鄒현) 출신으로 공자 이후의 유가를 계승한 대표 인물이다. 그의 중요한 언행은 『맹자』에 기재되어 있다.

유종원(柳宗元, 773~819)의 자는 자후(子厚)이며 허둥(河東 ; 오늘의 산시山西성 윈運성) 출신으로서 당나라 때 문학가이며 저서로는 『유하동집』(柳河東集) 등이 있다.

14) 타고르(R. Tagore, 1861~1941). 인도의 시인, 시집으로 『신월집』(新月集), 『비조집』(飛鳥集), 장편소설로 『가라앉은 배』(沈船)가 있다.

어떻게 쓸 것인가?[1)]
— 밤에 쓴 글夜記 1

무엇을 쓸 것인가는 하나의 문제이며, 어떻게 쓸 것인가도 또 하나의 문제이다.

올해는 그다지 글을 쓰지 않았는데, 그중에서도 『망위안』 잡지에 대한 기고는 특히 적었다. 나 자신은 그 원인을 명확히 알고 있다. 말을 하자면 무척 우스운 이야기인데 그것은 그 잡지의 종이가 너무 고급스러웠기 때문이다. 어떤 때 무언가 잡감이 써지더라도 자세히 들여다보면 그리 대단한 의미도 없다고 느껴져서, 저런 새하얀 종이를 더럽히지 않고자 곧 낙담해서 그만두어 버렸다. 좋은 글 또한 없었다. 나의 머릿속은 그만큼 황량하고 천루淺陋하며 공허하다.

물론 논의할 만한 문제는 우주에서 비롯하여 사회, 국가에 이르기까지 얼마든지 있다. 그밖에도 문명이나 문예 등 형이상학적인 문제도 있다. 예로부터 많은 사람들이 이야기해 왔으며, 이후에 이야기할 사람들도 마찬가지로 무궁무진할 것이다. 하지만 나는 그 어느 것도 이야기할 수 없다. 생각건대 작년에 샤먼厦門에 죽치고 있을 무렵, 남들이 나를 몹시 꺼려

하여 마침내 "귀신을 공경하되 이를 멀리하는"[2] 식의 대우를 받고 도서관 이층의 한 방에 모셔졌다. 낮에는 그래도 도서관 관원이나, 파손된 책을 수리하는 직원, 열람하는 학생들이 있었지만 밤 아홉 시가 지나면 모두 뿔뿔이 돌아가 버려 거대한 양옥 속에 나밖에는 아무도 없었다. 나는 정적 속으로 가라앉아 갔다. 정적은 술처럼 진해지고 가벼운 취기를 느끼게 했다. 뒤편의 창으로 바라보면 우뚝 솟은 바위산에 숱한 하얀 점이 보인다. 무덤 무더기이다. 외따로 노란 불빛이 보이는 것은 난푸퉈사南普陀寺의 유리등이다. 앞쪽은 바다와 하늘이 하나가 되어 어슴푸레하고, 흑색 솜과 같은 밤의 색깔은 곧장 가슴 깊은 곳까지 덮쳐 온다. 나는 돌난간에 기대어 먼 데로 눈을 돌리고 나 자신의 심장 소리에 귀 기울인다. 아득한 사방에서 헤아릴 수 없는 비애와 고뇌와 영락과 사멸이 이 정적 속으로 뒤섞여 들어와 그것을 약주藥酒로 바꾸어 빛깔과 맛과 향기를 더한다. 그럴 때 나는 무엇인가 쓰고 싶었는데 쓸 수 없었고, 쓸 도리도 없었다. 이것도 내가 말했던 "침묵하고 있을 때 나는 충실함을 느낀다. 입을 열려고 하면 공허함을 느낀다"[3]의 예이다.

바로 이것이 세계고뇌[4]라는 게 아닐까? 라는 생각이 들 때도 있었지만 아마도 그렇지 않은 것 같았다. 그것은 담담한 애수이며 더구나 얼마쯤의 유쾌함마저 포함하고 있었다. 나는 그것에 접근하려 했지만, 그것은 점점 더 아득해져서 끝내는 나 혼자 돌난간에 기대고 있는 것을 발견할 뿐이었다. 그외에는 아무것도 없었다. 내가 나 자신의 노력을 잊어버린 그후에야 비로소 담담한 애수를 느낄 수 있었다.

그 종말은 대체로 그다지 신통치 못하다. 발에 바늘로 찔리는 듯한 통증이 생겨서, 생각할 겨를도 없이 나는 철썩하고 손으로 따끔한 데를 때린다. 동시에 모기가 물고 있구나 하고 생각할 뿐이다. 애수니, 밤의 색깔이니, 모두 구천의 저편으로 날아가 버린다. 게다가 기대고 있던 돌난간마저 이제는 마음속에 없다. 더구나 그것은 지금 생각해 보니 그렇다는 것이지, 회상해 보면 그 당시에는 돌난간조차 염두에 없었다는 것도 깨닫지 못했다. 역시 생각할 겨를도 없이 방으로 들어가 하나뿐인 반당의자半躺椅 — 반듯하게는 누울 수 없는 등나무 의자 — 에 앉아서 모기에 물린 자국을 문지른다. 문지르는 사이에 통증이 가려움으로 변하고 조그마한 혹으로 부풀어 오른다. 나도 문지르다가 긁적거리거나 꼬집거나 하는 것으로 바뀐다. 그러다가 가려움이 아픔으로 바뀌면 어느 정도 편해진다.

그 다음은 더욱 신통치 못하다. 전등 아래 앉아서 유자를 먹는 정도이다.

한낱 모기가 문 것에 지나지 않지만 자신의 몸에 일어난 일은 역시 절실하다. 쓰지 않아도 된다면 물론 그쪽이 편하지만, 만약 꼭 써야만 한다면 생각건대 이런 작은 일을 쓸 수 있을 뿐이다. 게다가 또한 그날 몸으로 겪은 일을 결코 명확하고 절실하게 쓸 수도 없다. 하물며 천 번 만 번 물린다 하더라도 혼자서 해결해야 하기 때문에 좀처럼 써지지 않는다.

니체는 피로 써진 책을 읽고 싶어 했다.[5] 그렇지만 피로 써진 문장은 아마 없으리라고 나는 생각한다. 문장은 어차피 먹으로 쓰는 것이다. 피로 써진 것은 혈흔에 불과할 것이다. 물론 그것은 문장보다 더욱 감동적이며, 더욱 직접적이고 분명하긴 하겠지만, 그러나 빛이 바래기 쉽고 지워지기 쉽다. 이 점은 아무래도 문학의 힘에 의지할 수밖에 없다. 그것은 마치 무덤 속의 백골이 예전부터 지금까지 그 영구성을 근거로 소녀의 연분홍색 볼을 경멸하는 것과 마찬가지이다.

쓰지 않아도 된다면 물론 그쪽이 편하지만, 만약 꼭 써야 한다면 생각건대 제멋대로 써야 한다. 어쨌든 이렇게밖에는 할 수 없다. 이것들은 시간과 더불어 사라져 가야 한다. 설사 혈흔보다도 오랫동안 선명하다 하더라도 그것은 문인이 행운아이며 총명하고 기지가 뛰어나다는 것을 증명할 뿐이다. 다만 진짜 피로 써진 책은 물론 예외이다.

내가 이런 생각을 할 때에는 '무엇을 쓸 것인가?'는 전혀 아무런 문제가 없었다.

'어떻게 쓸 것인가?' 하는 문제를 나는 여태까지 생각해 본 일이 없었다. 이런 문제가 세상에 존재하는 것을 알게 된 것은 불과 2주일 전이다. 그때 우연히 거리에 나가, 우연히 딩부ㄱㅏ서점에 들러, 우연히 『이렇게 하라』[6]라는 책 무더기를 보고서 바로 한 권을 샀다. 잡지 종류였는데, 표지에는 말을 탄 소년 병사가 그려져 있었다. 여태까지 나는 일종의 편견이 있었는데, 그것은 책 표지에 이와 같은 병사나 해머나 쇠스랑을 들고 있는 농민이나 노동자 등이 그려져 있는 간행물은 그다지 선호하지 않는다는 점이다. 왜냐하면 선전물처럼 보이기 때문이다. 물론 자기의 의견을 피력하고 그 결과로 선전의 기미가 있는 입센[7] 같은 이의 작품이라면 읽어도 기분이 나쁘지 않다. 그렇지만 처음부터 '선전'이라는 커다란 두 글자를 제목으로 삼고서 그후에 의론을 전개하고 있는 문예 작품은 언제나 전혀 서로 어울리지 않아서 순순히 받아들여지지 않는 모양이 교훈문학을 낭송할 때와 비슷하다. 그렇지만 이 『이렇게 하라』만은 특별한 이유가 있었는데, 그것이 나와 관계가 있다고 신문에 보도된 것을 기억하고 있었기 때문이다. 무릇 자기와 관계가 있는 일에는 마음이 쓰이는 법인데, 이것도 그 한 예이리라. 나는 표지의 기마 영웅을 두려워만 할 수 없게 되어 그 잡지를 샀다. 집에 돌아와서 스크랩을 해두었던 지난 신문을 살펴보니 아직 있었는데, 3월 7일자였다. 유감스럽게도 신문 이름이 기입되어 있지 않았지만 『민국일보』나 『국민신문』[8] 중 어느 한쪽인 듯하다. 나는 당시에 이 두 가지 신문밖에 구독하지 않았기 때문이다. 아래에 신문 기사를 조금 인용한다.

> 루쉰 씨의 남하 후, 광저우 문학은 적막을 일소하고, 『무엇을 할 것인가』[9]와 『이렇게 하라』 두 잡지가 서로 앞서거니 뒤서거니 창간되었다. 듣자 하니 『이렇게 하라』는 혁명문학사의 정기 출판물의 하나이며, 내용은 혁명 문예 및 우리 당의 주장과 주의의 선전에 중점을 둔다는 것.……

처음 부분의 두 구절은 좀 애매하다. 들었다는 일과 내가 모두 관계가 있다는 것처럼 말하는 것도 같고, 내가 '남하'했기 때문에 다른 사람이 창간했다고 해도 의미가 통한다. 그러나 나는 속사정을 전혀 모른다. 처음에 신문을 스크랩해 둔 것도 아마 조사해 볼 속셈이었겠지만, 그후에 잊어버리고 그냥 그대로 놔두었다. 그러고 보니 생각나지만 『무엇을 할 것인가』는 출판 후에, 내게 다섯 권을 보내 왔었다. 나는 이 단체는 공산 청년이 주재하는 거겠지 라고 생각했다. 속에는 '젠루'堅如, '싼스'三石란 서명이 있었는데 이는 분명히 비레이[10]일 것이다. 연락처도 그 앞으로 되어 있었다. 그는 그외에도 『소년선봉』[11]도 열 권쯤 내게 보내 준 적이 있었는데 그 간행물의 내용은 분명히 공산 청년이 쓴 것이었다. 과연 비레이 군은 확실하게 공산당이었던 모양으로 4월 18일에 중산대학에서 체포되었다. 내 추측으로 그는 이미 이 세상에는 없을 게 틀림없다. 아주 몸집이 작고 여윈

날쌔고 용감해 보이던 후난 출신의 청년이었다.

『이렇게 하라』는 2주일 전에야 비로소 접했는데, 벌써 7, 8기期를 합병한 책까지 나와 있었다. 제6기는 눈에 띄질 않는다. 발행금지라고도 하고 간행되지 않았다고도 하는데, 어느 쪽인지 모르겠다. 나는 7, 8기 합병호 한 권과 제5기를 샀다. 신문기사로 알 수 있듯이 이것은 『무엇을 할 것인가』에 반대하거나 또는 대립하고 있다. 집에 가지고 와서 잡지를 뒤쪽에서부터 거꾸로 읽어 보니 통신란에 이렇게 기재되어 있다. "일반적으로 CP[12]의 기염이 왕성하게 성장하고 있는 시기이나…… 그러나 제군들은 각성하자마자 즉시 CP를 탈퇴하고, 또한 탈퇴하는 데만 그치지 말고 CP로 하여금 울화통이 터지게 만들고, 그리하여 파천황처럼 제2, 제3의 연이은 공산당 탈퇴 성명을 신문에 게재하고.……" 과연 확실히 그러했다.

여기에서 또 하나의 의문이 즉시 생긴다. 이렇게 정반대인 두 종류의 간행물이 왜 나의 "남하"에 의하여 "서로 앞서거니 뒤서거니 창간"되었는가? 이것은 나 자신으로서는 쉽게 해답할 수 있다. 나는 새로 온 사람이면서 더구나 회색분자였기 때문이다. 하지만 그걸 말하기 시작하면 이야기가 길어질 듯싶어 지금은 잠시 보류하겠다. 기회가 생기면 다시 언급하고자 한다.

여기에서는 내가 『이렇게 하라』를 읽은 일에 관하여 쓰겠다. 통신란을 본 다음 책장을 거꾸로 넘기기가 귀찮아져서 목차를 펴 보았다. 그러자 "위다푸 선생은 끝장이다"[13]라는 제목이 문득 눈에 띄었기에 또다시 호기심이 일어서 즉시 본문을 보았다. 이것도 역시 아무튼 자질구레한 일이라도 자신과 밀접한 것은 세계의 슬픔보다 더 마음이 끌리는 늘 하던 방식에 따른 행위이다. 다푸 선생은 내가 아는 사람인데, 왜 그가 '끝장'이 나야 하는지? 빨리 알고 싶었다. 만약 화제의 주인공이 흔한 평범한 사람이거나, 혹은 친교가 없는 위인이라면 솔직히 말해서 이렇게까지 마음에 걸리지는 않았을 것이다.

본래는 다푸 선생이 『홍수』[14]지에 「방향 전환의 도중에」라는 글을 발표하여 이번 혁명은 계급투쟁 이론의 실현이라고 했는데, 오히려 기자는 민족혁명 이론의 실현이라고 생각한다는 내용이다. 그밖에도 영웅주의는 오늘날 적합하지 않다는 등의 발언도 있었던 것 같다. 그 때문에 '중상모략'이라 간주되고, 또 '이간질을 도발'한다고 여겨졌으며, '끝장'이 나지 않을 수 없었던 것이다.

나는 전등 아래에서 회상해 보았다. 나는 다푸 선생을 여러 차례 만났으며 여러 번 이야기를 나눈 적이 있었는데, 온화하고 평화로운 인품으로 남에게 미움 살 만한 사람이 아니었고, 하물며 국가로부터 죄를 받을 만한 사람은 아니었다. 어찌하여 또 갑자기 그렇게 '과격'한 흐름에 따르게 되었는지? 나는 『홍수』를 읽어 보고 싶어졌다.

이 잡지는 듣자 하니 광시廣西에서는 금지되었다지만, 광둥廣東에는 아직 나와 있다. 내가 입수한 것은 제3권 제29기부터 제32기까지이다. 늘 하던 나쁜 버릇대로 32기부터 거꾸로 읽어 가는데 이윽고 첫번째 문장인 「일기문학」이 나타났다. 이것도 다푸 선생이 쓴 것이다. 그래서 「방향 전환의 도중에」를 찾는 것을 그만두고 이 문학론을 읽기로 했다. 나의 이런 애매모호한 책읽기가 좋지 않다는 것을 나도 확실하게 알고 있지만, 그러나 "어떻게 쓸 것인가"의 문제는 사실 여기에 나와 있었다.

필자의 의견은 대략 다음과 같다. 무릇 문학가의 작품이라는 것은 다소나마 자서전적인 색채를 띠지 않을 수 없는 것이라서, 3인칭을 써서 쓰더라도 흔히 실수하여 1인칭으로 해버리는 수가 있다는 것이다. 그뿐만 아니라 이 3인칭 주인공의 심리를 너무 상세하게 묘사하면 독자는 다른 사람의 심리를 작자가 어떻게 그렇게 세밀하게 탐지할 수 있었을까 하고 의심을 품게 되고, 그렇게 되면 일종의 환멸감이 생겨서 그 때문에 문학의 진실성이 상실된다는 것이다. 그러므로 산문 작품에 가장 합당한 형식은 일기체이며, 다음은 서간체라는 것이다.

이것은 논의할 만한 문제이다. 다만 나는 형식은 그다지 중요한 문제가 아니라고 생각한다. 위 문장의 첫번째 결점은 독자의 부주의에 관한 것이다. 작품은 대체로 작자가 남을 빌려서 자신에 관하여 서술했거나 그렇지 않으면 작자 자신이 남을 추측한 것이라는 점을 독자가 알게 된다 하더라도 환멸을 느끼는 데까지는 도달하지 않는다. 설사 어떤 경우에는 사실과 일치하지 않더라도 그러나 그 또한 진실이다. 그 진실은 3인칭을 사용해야 할 경우에 그릇되게 1인칭을 사용했을 때도 조금도 다를 바 없다. 만약 독자가 형식에 구애되어 파탄이 없는 것만을 요구한다면 신문기사나 읽는 편이 낫기 때문에, 오히려 문예에 환멸을 느끼는 게 당연하다. 게다가 그 환멸도 애석해할 만한 가치가 없는데, 왜냐하면 이것이 진짜 환멸이 아니기 때문이다. 마치 대관원大觀園의 유적을 발견하지 못했다고 해서 『홍루몽』[15]에 불만을 품는 것과 같다. 만약 작자가 그 때문에 묘사의 자유를 희생했다면, 아무리 작은 부분이라도 그것은 발을 깎아서 구두에 맞추는 격에 다름이 아니다.

두번째 결점은 중국에서도 예부터 문제가 되어 왔다. 기효람이 포유선의 『요재지이』[16]를 공격한 것도 이 점이다. 두 사람만의 밀어를 아무에게도 알리지 않고 제3자에게도 들키지 않았는데 작자는 어떻게 알았는가? 그 때문에 기효람은 그의 『열미초당필기』에서 온 힘을 다해 사실만을 적고, 마음속의 생각이나 밀어는 피하고 있다. 그렇지만 때로는 스스로 설치한 함정에 빠지는 수가 있어서 그 때문에 『춘추좌씨전』에 나오는 '혼양부渾良夫의 꿈속의 호소'[17]를 가지고서 변명할 수밖에 없었다. 기효람이 궁지에 몰리게 된 원인은 서술된 모든 것을 독자에게 사실이라 믿게 하려 했으며, 사실에 의존하여 진실성을 구하려 한 데에 있었다. 이 때문에 한번 사실성이 무너지면 이와 더불어 진실성마저 소멸된다. 만약 그가 서술된 것은 모두 창작이며, 그 개인의 허구라는 것을 미리 의식하고 있었다면 이런 근심은 일체 없었을 것이다.

일반적으로 환멸의 비애란 거짓 때문에 일어나는 게 아니라 거짓을 진실로 여기는 데서 발생한다고 나는 생각한다. 기억해 보면 어린 시절 나는 마술 보기를 매우 좋아했다. 원숭이가 양을 타는 모습, 돌이 비둘기로 바뀌는 것, 그리고 마지막에는 어린이를 칼로 푹 찔러서 이불을 덮고 강북[18] 사투리의 사나이가 관중에게 동전을 뿌리는 시늉을 하면서 Huazaa! Huazaa![19] 하고 소리친다. 누구나 알고 있는 일이지만 어린이는 죽은 게 아니고 피가 뿜어 나온 것처럼 보인 것은 칼자루에 장치한 소목의 즙[20]이다. Huazaa!가 충분하게 모이면 그는 곧 일어난다. 그래도 넋을 놓고 열중해서 관람한다. 이건 마술이라고 의식하면서도 몸과 마음 전부가 그 마술 속에 녹아 들어가 있다. 가령 마술사가 진실인 양 꾸미려고 작은 나무관을 사서 어린이를 그 안에 넣고 울면서 짊어지고 간다면 도리어 흥미가 없어질 것이다. 그렇게 되면 마술의 진실마저 사라진다.

나는 『홍루몽』이라면 읽지만 새로 나온 『임대옥일기』[21]는 읽을 마음이 없다. 그 한 페이지는 나를 한나절이나 불쾌하게 만들 것이다. 『판교가서』[22]도 나는 보고 싶지 않고, 그의 『도정』을 읽는 편이 낫다. 내가 좋아하지 않는 까닭은 '가서'家書라는 두 글자를 제목으로 붙였기 때문이다. '가서'라면 왜 출판하여 많은 사람에게 보였나? 아무래도 부자연스러운 데가 있다. 환멸의 원인은 거짓에서 진실을 발견하기 때문이 아니라 진실에서 거짓을 발견하기 때문인 경우가 많다. 일기체나 서간체는 쓰는 데 편리한 점은 있겠지만 매우 쉽게 환멸감도 일어난다. 그리고 한번 환멸감이 생기면 대체로 대단히 심한 정도에 이르는데, 왜냐하면 무엇보다 우선 진실이라는 선입견이 들어가 있기 때문이다.

『월만당일기』[23]는 요즈음 대유행이지만 나는 볼 때마다 늘 뒷맛이 좋지 않았다. 왜 그런가? 첫째는 임금의 말을 베끼고 있는 것이다. 아마 하작何焯[24]의 이야기에서 영향을 받았기 때문이겠지만, 언젠가 '어람'御覽해주실 날이 있을 것을 계산하고 있다. 둘째는 심하게 먹으로 칠해 놓은 것이다. 일단 쓴 것마저 깡그리 먹칠을 해놓았으니, 쓰지 않은 내용이 많다는 것인가? 셋째는 일찍부터 사람들에게 보이고 베끼게 하고, 스스로 저작인 양 여기고 있었던 일이다. 나는 그 속에서 이자명李慈銘의 마음은 발견할 수 없었고 오히려 인위적인 조작을 느꼈고 속은 듯한 기분이었다. 소설을 들여다보았다면 아무리 황당하고 천루淺陋하며 불합리한 것이라도 이런 느낌은 들지 않았을 것이다.

듣자 하니 후에 후스즈 선생도 일기를 쓰고 계시며,[25] 또한 남에게 보이고 다닌다고 한다. 문학 진화의 이론에서 본다면 틀림없이 좋은 일이다. 아무쪼록 예정을 앞당겨서 잇달아 출판하시길 바란다.

다만 내 생각으로는 산문의 형식은 사실 아무래도 상관없다. 파탄이 있어도 좋다. 꾸며 낸 서간체나 일기체도 아마 파탄을 벗어나지 못할 것이고, 한번 파탄하면 수습 못할 파멸에 빠진다. 파탄을 예방하느니 파탄을 잊는 게 좋다.

주)______

1) 원제는 「怎麽寫」, 1927년 10월 10일 베이징 『망위안』(莽原) 반월간 제18, 19호 합본호에 발표했다.
2) 『논어』 「옹야」(擁也)에 나오는 구절. "번지가 안다는(知) 것이 무엇인지 물었다. 공자께서 '백성의 의로움에 힘쓰고 귀신을 공경하되 이를 멀리하는 것이 안다는 것이라 할 수 있다'고 말했다."
3) 루쉰의 『들풀』(전집 3권)에 수록된 「제목에 부쳐」의 첫머리 구절.
4) 독일어 벨트슈메르츠(Weltschmerz)의 번역어로 헝가리 태생의 오스트리아 시인 레나우(Nikolaus Lenau, 1802~1850)가 쓴 말이다. 사람들이 사는 세상은 고뇌(苦)라는 의미이며, 훗날 일부 문예가들이 이 말을 인용하여 문예를 해석했는데, 창작의 원인은 이러한 종류의 고뇌의 감각이라고 했다.
5) 니체(Friedrich Nietzsche, 1844~1900)는 『차라투스트라는 이렇게 말했다』(*Also sprach Zarathustra*)에서 "모든 저작 중에서 내가 사랑하는 것은 오로지 피로 쓴 저작이다"라고 말했다.
6) 『이렇게 하라』(這樣做). 순간(旬刊), 1927년 3월 27일 광저우에서 창간되었고, 쿵성이(孔聖裔)가 주편했다. '혁명문학사'에서 편집하여 발행했다. 이 잡지는 "혁명문화의 선전을 위해 노력한다"고 자칭했지만, 오히려 국민당의 반공정책에 어울렸다.
7) 입센(Henrik Ibsen, 1828~1906)은 노르웨이의 극작가이다. 그의 작품은 부르주아계급 사회의 허위와 저속함을 비판하고, 혼인·가정·사회 등의 개혁문제를 제기했다. 주요 작품으로는 『인형의 집』(*Et Dukkehjem*, 1879), 『민중의 적』(*En Folkefiende*, 1882) 등이 있다.
8) 『민국일보』(民國日報)은 1923년 국민당이 광저우에서 창간한 신문으로, 1937년 『중산일보』(中山日報)로 개명했다. 『국민신문』(國民新聞)은 1925년 국민당 사람들이 광저우에서 창간한 신문으로 초기에는 혁명을 선전했으나, '4·12'정변 후에는 국민당 당국의 통제를 받았다.
9) 『무엇을 할 것인가』(做什麼). 중국공산당 광둥구위원회 학생운동위원회의 기관지로 1927년 2월 7일 창간된 주간지이다. 비레이(畢磊)가 주편했으며 광저우 국광(國光)서점에서 발행했다.

10) 비레이(畢磊, 1902~1927). 필명은 젠루(堅如), 싼스(三石), 후난 평(澧)현 사람. 당시 중산대학 영문과 학생으로 중국공산당 광둥구위원회 학생운동위원회 부서기였으며 광저우의 '4·15'반공사변 중에 체포되어 희생당했다. 루쉰은 4월 18일에 체포되었다고 기술하고 있으나, 실제로는 4월 15일에 체포되어 4월 22일 한밤중에 처형되었고 시체는 냇가에 버려졌다.

11) 『소년선봉』(少年先鋒). 순간, 중국공산주의 청년단 광둥구위원회의 기관지. 1926년 9월 1일 리웨이썬(李偉森) 등의 주편으로 창간했고 광저우 국광서점에서 발행했다.

12) 영어 Communist Party의 줄임말로 공산당을 지칭한다.

13) 위다푸(鬱達夫, 1896~1945). 저장 푸양(富陽) 사람, 작가, 창조사의 주요한 구성원 중 한 사람. 그는 『홍수』 제3권 제29기(1927년 4월)에 「방향 전환의 도중에」라는 글을 발표했는데, 제1차 국내혁명전쟁을 "중국 전 민중의 해방운동의 요구이며", "맑스의 계급투쟁 이론의 실현이며", 게다가 "우리들의 현재 혁명운동의 최대 위험인 봉건시대의 영웅주의를 타파하기에 족하다"고 인식했다. 게다가 "오직 한두 명의 영웅에 의지하여 민중을 지도하고 민중을 이용하는 것은 천부당만부당한 일이다. 진정으로 시대의 임무를 인식하는 혁명영도자는 마땅히 한 걸음도 민중과 유리되어서는 안 되며, 민중의 이해(利害)를 이해로 삼고 민중의 적을 적으로 삼아서 모든 일은 민중의 지휘를 받아야 하고 민중의 명령에 복종해야만 비로소 나아갈 수 있다. 만약 한두 명의 영웅에 의존한다면 이것은 현실에 맞지 않는 이야기이다. 당신들은 보지 않았는가, 게다가 당신들은 개인 독재의 고압정책이 얼마나 지속될 수 있는지를 보지 않았는가"라고 말했다. 『이렇게 하라』 제7, 8기 합간호(1927년 6월)에는 궁성이의 「위다푸 선생은 끝장이다」라는 글이 발표되었는데, "나는 전혀 이해하지 못한다. 위다푸 선생의 논조를 결코 이해하지 못하겠다. 아마도 고생하고 공덕이 높은 장제스(蔣介石) 동지를 공산당이 공격하는 논조가 틀림없다. 무슨 영웅주의, 개인 독재의 고압정책인가", "위다푸 선생! 귀하는 현재 공산당의 도구가 되어 있든지, 아니면 우한(武漢) 방면으로 달려가 관직을 얻고 돈을 벌려고 하든지, 특히 공산당의 앞잡이로 특사 짓을 하고 있는 것인가"라고 공격했다. '우한 방면으로 달려가다'는 구절은 당시 우한에 장제스의 국민당 우파와 대립하는 우한정부가 수립되어 있었기 때문에 이런 식으로 공격한 것이다.

14) 『홍수』(洪水). 창조사의 간행물. 1924년 8월 20일 상하이에서 창간했다. 처음에는 주간이었으나 한 차례만 출간되었고, 1925년 9월 반월간으로 바뀌어 1927년 12월까지 출간되었다.

15) 『홍루몽』(紅樓夢). 청대 조설근(曹雪芹)의 장편소설. 일반적으로는 120회본이 있으며, 후반부 40회는 고악(高鶚)이 이어서 썼다고 알려져 있다. 대관원(大觀園)은 작중인물들이 생활하는 장소이다.

16) 기효람(紀曉嵐, 1724~1805). 이름은 균(昀), 자는 효람. 즈리(直隸) 셴(獻)현(지금의 허베

이) 사람으로 청대의 문학가. 필기소설인 『열미초당필기』(閱微草堂筆記; 『난양소하록』灤陽消夏錄, 『여시아문』如是我聞, 『괴서잡지』槐西雜志, 『고망청지』姑妄聽之, 『난양속록』灤陽續錄 다섯 종류가 포함되어 있다)의 저자이다. 그의 문하인 성시언(盛時彦)이 『고망청지』의 발문에서 기효람이 『요재지이』(聊齋志異)를 비판한 말을 기록했다. "선생(기균을 지칭함)께서는 일찍이 '『요재지이』가 한때 성행했으나 재주꾼의 글이지 정통의 올바른 군자의 글은 아니다. …… 소설은 견문을 기술하는 것이므로 서사에 속한다. 연극 무대의 절정은 마음대로 꾸미는 것이니 이와는 비할 바가 못 된다. …… 연인들이 다정히 속삭이는 말이나 음란한 자태나 세밀한 우여곡절을 생생하게 묘사하는데, 이를 자신의 말로써 하는 바이니 이런 이치는 없는 것이다. 작자가 이를 대신하여 말을 하는 것이라면 어디서 그런 것을 듣고 보았는지 또한 해명할 수 없는 바이다'라고 말씀하셨다."
포유선(蒲留仙, 1640~1715). 이름은 송령(松齡), 자는 유선. 산둥 쯔촨(淄川; 현재의 쯔보淄博) 사람으로 청대 소설가. 『요재지이』는 그의 단편소설집이다.

17) 기효람은 『열미초당필기』의 『괴서잡지』에서 주변 사람들이 말한 어떤 선비가 귀신에게 희롱당한 이야기를 기록했다. 말미에 "나는 다음과 같이 밝힌다. '이 선생은 세상을 희롱하는 우언을 말하고 있다. 이런 말은 친히 들어 보질 못했고, 또한 주변에서도 들은 바가 없다. 이 선비도 어찌 귀신에게 조롱당했다고 스스로 말을 할 수 있겠는가?' 선생께서는 수염을 나부끼며 말했다. '서마(鉏麑)는 홰나무 아래에서 말했다고 하고, 혼양부는 꿈속에서 호소했다고 하는데, 누가 그것을 들었겠는가!'"
'혼양부의 꿈속의 호소'(渾良夫夢中之譟)라는 말은 『춘추좌씨전』(春秋左氏傳) '애공(哀公) 17년'에 보인다. "(가을 7월) 위후(衛侯)가 북쪽의 궁전에서 꿈을 꾸었는데, 어떤 사람이 곤오(昆吾; 궁전의 명칭)의 관망대에 올라서, 긴 머리카락을 휘날리며 북쪽을 향해 호소하며 말했다. '이 곤오의 폐허(국가가 망할 것임을 암시함)에 올라보니 끊임없이 오이가 주렁주렁 매달려 있습니다. 저는 혼양부입니다. 하늘에 맹세코 저는 결백합니다.'" 살펴보니 혼양부는 본디 위(衛)의 신하로 그해 봄에 위 태자에게 살해당했다. 그래서 책에서는 위후가 꿈에 보니 혼양부가 머리를 풀고서 크게 소리 질렀다고 말했다.
'서마가 홰나무 아래에서 말했다'는 구절은 『춘추좌씨전』 '선공(宣公) 2년'에 보인다. "폭군인 진(晉)의 영공(靈公)이 서마에게 중신인 선자(宣子)를 살해하라고 명했는데, 서마는 선자의 위엄 때문에 살해하지 못했다. 서마는 물러나서 탄식하면서 '삼가 깊이 살펴보니 선자는 대신(大臣)으로, 대신은 백성을 어여삐 여기는 사람인데, 이를 살해하는 것은 불충이다. 군주의 명령을 어기는 것은 불신이다. 그러니 나의 길은 오직 하나 죽는 일이다'고 말하고서 홰나무에 목을 매어 자살했다."

18) 강북(江北). 장쑤성의 창장강 이북 지역. 요술쟁이나 이야기꾼 같은 예인 중에는 강북 사람이 많다.

19) 로마자로 쓴 의성어로 음은 '후아차'(嘩嚓)에 가깝다. 동전을 흩뿌릴 때 나는 소리이다.

20) 소목(蘇木)은 상록 소교목으로 나무의 목질부 내부를 '소방'(蘇方)이라 부른다. 소목의 즙은 소방을 사용하여 제조한 붉은색의 용액으로 염료로 사용한다.

21) 『임대옥일기』. 『홍루몽』의 주인공인 임대옥(林黛玉)의 어조를 빌려서 엮은 일기체 소설. 유혈륜(喩血輪)의 작품. 1918년 상하이 광문서국(廣文書局)에서 출판되었다.

22) 『판교가서』(板橋家書). 청대 정섭의 작품. 정섭(鄭燮, 1693~1765)은 자가 극유(克柔), 호는 판교(板橋), 장쑤 싱화(興化) 사람으로 문학가이며 서화가이다. 그의 『가서』(家書)에는 편지 10통이 수록되어 있다. 그외에 『도정』(道情)에는 「늙은 어부」(老漁翁), 「노투타」(老鬪陀) 등 10수가 수록되어 있다. 도정(道情)은 원래 도사들이 창을 하는 가곡인데 후에는 일종의 민간 곡조로 변해 버렸다.

23) 『월만당일기』(越縵堂日記). 청대 이자명(李慈銘)의 저작, 1920년 상우인서관(商務印書館)에서 영인본이 출판되었다.

24) 하작(何焯, 1661~1722). 자는 기첨(屺瞻), 장쑤 창저우(長洲; 지금의 우吳현) 사람. 청대의 고증학자. 강희황제 때 관직이 편수(編修; 한림원의 벼슬)에 이르렀는데, 죄를 지었다 하여 하옥되었다. 소장한 서적(그 자신의 저작을 포함하여)이 모두 몰수되었다. 강희황제가 이 책들을 친히 검사하여 죄증을 발견하지 못하여 면죄해 주고 장서를 반환해 주었다.

25) 후스(후스즈)의 일기 『장휘실차기』(藏暉室箚記)는 1916년부터 1918년 사이에 『신청년』 잡지에 연재되었다. 1939년 상하이 야둥(亞東)도서관에서 출판되었다. 문학은 시대와 더불어 진화한다는 것은 후스의 지론이다.

종루에서[1]

—밤에 쓴 글 2

역시 내가 샤먼에 있을 때의 일이다. 바이성[2]이 광저우에서 와서 아이얼[3] 군도 그곳에 있다는 소식을 알려 주었다. 아마 새로운 생명의 길을 찾아보려고 그랬을 것이다. 아이얼은 예전에 자신의 과거와 미래의 소망을 적은 사연이 긴 편지를 써서 K 위원[4]에게 보낸 일이 있었다.

"자네는 아이얼이란 사람을 아나? 그가 사연이 긴 편지를 내게 보내왔는데 나는 채 다 보지 않았네. 사실 말이지 그렇게 문학가 연하는 꼴을 하고서는 긴 편지를 쓰다니, 이것이 곧 반혁명일세!" 어느 날 K 위원이 바이성에게 한 말이었다.

또 어느 날 바이성이 그 일을 아이얼에게 말했더니 그는 펄쩍 뛰었다.

"뭐? …… 무슨 이유로 나를 반혁명이라고 해?"

샤먼은 바야흐로 따뜻한 늦가을이었다. 산에는 들석류화가 피어 있고 아래층에는 노란 꽃—이름이 무엇인지는 모르지만—이 피어 있었다. 화강암 담벼락에 둘러싸인 이층집 방안에 앉아서 이 짤막한 이야기를 듣고 있었는데, 눈살을 찌푸린 K 위원의 엄숙한 얼굴과 활발하면서도 그늘이 비낀 아이얼의 젊은 얼굴이 동시에 눈앞에 떠올랐다. 그리고 눈살을 찌푸린 K 위원 앞에서 아이얼이 펄펄 뛰고 있는 듯했다.—그래서 나도 모르게 창문 너머 먼 하늘을 바라보면서 실소를 머금었다.

그러나 이와 동시에 소비에트 러시아의 저명한 시인, 『열둘』의 저자 블로크[5]의 말을 떠올렸다.

> 공산당은 시를 쓰는 것을 방해하지 않는다. 그러나 자신이 대작가라고 생각하는 것은 오히려 창작에 방해가 된다고 느낀다. 대작가란 자신의 모든 창작의 핵심이 자신 안에서 법칙을 지키는 데 있다고 생각하는 자를 말한다.

나는 생각했다. 공산당과 시, 혁명과 장편서신이 정말 이렇게도 용납될 수 없는 것인가?

이상은 그때의 나의 생각이다. 지금 나는 또 여기에 몇 마디 의론을 덧붙일 필요가 있다고 생각한다.

나는 변혁과 문예가 용납될 수 없다는 것을 말할 뿐이지 결코 그때의 광저우정부가 공산당정부라거나 그 위원이 공산당이라고 말하는 것은 아니다. 이런 일에 대해서 나는 조금도 모른다. 그저 이미 '처형'당한 몇몇 사람들 가운데 지금까지 억울함을 토로하는 사람도 없고 하소연하는 원귀도 없는 것으로 보아, 틀림없이 정말 공산당인 것 같다고 생각할 뿐이다. 그리고 일부 사람들은 비록 한때 다른 쪽으로부터 이런 시호를 받기는 하였지만, 후에 쌍방이 만나서 술잔을 주고받으며 이야기를 나누어 보니 이전의 일은 모두 오해였다는 것이 밝혀져서 사실은 본래부터 서로 합작할 수 있는 처지였다.

필요한 의론이 끝났으니 마음 놓고 화제를 본 주제로 돌리고자 한다. 얼마 후에 나는 아이얼 군에게서 그가 일자리를 구했다고 알리는 편지 한 통을 받았다. 편지는 그리 길지 않았는데, 억울하게 '반혁명'으로 지목된 아픔이 채 가시지 않아서 그런 모양이다. 그러나 또 불평을 늘어놓고 있었다. 첫째는 자기에게 밥솥 옆에나 앉아 있으라고 하니 무료하기 짝이 없다는 것이며, 둘째는 언젠가는 풍금을 치고 있는데 웬 낯선 처녀가 주전부리를 한 봉지 가져다주는 바람에 신경과민증에 걸렸다는 것이었다. 그는 북방 여자들은 너무 딱딱하고 남방 여자들은 너무 활달하다고 생각되어 '탄식하는'[6] 것을 금할 수 없었다고 했다.

첫번째 문제에 대하여 나는 가을 모기의 포위공격 속에서 쓴 답장에서 대답을 주지 않았다. 자기 앞에 밥솥이 없어서 무료함을 느끼고 고통을 느낀다면 그것은 인간의 보편적인 감정이라고 하겠지만, 밥솥이 있게 되었는데도 무료하다고 하니 그것은 틀림없이 혁명 열병에 걸린 것이다. 솔직히 말해서 먼 곳에서 혁명이 일어났다거나 내가 모르는 사람이 혁명을 한다고 하면, 나는 그런 이야기를 기쁘게 듣는다. 하지만——별수 없으니 솔직히 말하자——만일 내 신변에서 혁명이 일어난다거나 내가 잘 아는 사람이 목숨命을 혁革하려 한다면 나는 그런 이야기는 그렇게 기쁘게 듣지 않는다. 어떤 사람이 나더러 목숨을 내걸고 혁명을 하라고 하면 나는 물론 감히 싫다고 하지 못하겠지만, 만일 나에게 가만히 앉아서 통조림 우유를 마시라고 하면 나는 더욱더 감격할 것이다. 그러나 아이얼에게 한사코 밥솥의 밥만 퍼먹으라고 하자니 꼴불견인 것 같고, 그렇다고 밥솥을 떠나서 목숨을 걸고 싸우라고 하자니 아이얼은 나와 극진한 사이인지라 입이 떨어지지 않는다. 이리하여 부득불 신선들 이야기에서나 전해 내려온 방법대로 귀를 틀어막고 못 들은 척하는 수밖에 없었다. 그러나 두번째 문제에 대해서는 호되게 훈계하였다. 대체로 말하면 '딱딱'한 것과 '활달'한 것을 모두 다 찬성하지 않는다면 여성은 이러지도 저러지도 말아야 한다는 것과 똑같은 주장인데, 그것은 절대 옳지 못하다는 내용이었다.

대략 달포가 지나서 내가 아이얼과 비슷한 꿈을 안고 광저우에 가서 밥솥 옆에 앉았을 때, 그는 이미 그곳에 있지 않았고, 아마도 내 편지를 받지 못한 듯했다.

나는 중산대학에서 제일 가운데이고 제일 높은 '대종루'大鐘樓라는 곳에 거처를 정하였다. 한 달 후에 머리에 눌러쓰는 수박처럼 생긴 전통식 둥근 모자를 쓴 비서한테서 듣고서야 안 일이지만, 그것은 제일 우대를 받은 것으로 '주임'급 정도가 아니고는 머물지 못하는 곳이었다. 그러나 후에 그곳에서 이사를 나온 다음에, 어느 사무원이 그곳으로 이사 갔다고 들었으니, 그 오묘한 바를 헤아릴 수가 없다. 하지만 내가 그곳에 머물던 동안만은 어쨌든 주임급 정도가 아니고는 입주하지 못하는 곳이었으므로 사무원이 이사해 들어갔다는 사실을 알게 된 그날까지는 늘 감격했고 송구스러웠다.

그러나 그 특등실은 살기가 그리 좋은 곳은 아니었다. 최소한의 결점은 잠을 제대로 잘 수 없다는 것이었다. 밤만 되면 10여 마리 — 혹은 20여 마리인지도 모르는데, 나는 그 수를 딱히 알 수 없었으니까 — 의 쥐가 나와서 마치 문단에서 살판이 난 듯이 아무것도 아랑곳하지 않았다. 그놈들은 먹을 수 있는 것은 다 먹고 상자의 뚜껑까지 열 줄 알았다. 광저우 중산대학에서 주임급 정도가 아니고는 살지 못하는 이층집에서 사는 쥐는 각별히 더 총명한지 다른 곳에서는 그런 것을 보지 못하였다. 새벽에는 또 '노동자 동무'工友들이 내가 알아들을 수 없는 노래를 고래고래 불러 댔다.

낮에 찾아오는 광둥성 출신의 청년들은 대체로 큰 호의를 품은 이들이었다. 몇몇 개혁에 열성적인 이들은 내가 광저우의 폐단에 대해 맹렬히 공격해 주기를 바라기까지 하였다. 그 열성에 대단히 감동되기는 하였지만, 나는 결국 아직 광둥지방의 사정에 익숙하지 못하며 또 이미 혁명을 하고 있으니 별로 공격할 것이 없다는 말로써 슬쩍 피해 버렸다. 그로 인해서 그들이 자못 실망하였을 것은 당연하였다. 며칠 후에 스이[7]군이 「신시대」에서 다음과 같이 말하였다.

> …… 우리들 가운데 몇몇은 그의 이 말에 대하여 매우 마뜩하지 않게 생각한다. 우리는 우리들 자신도 욕을 먹어야 할 점이 많다고 생각하며 스스로를 욕하려 하는데, 하물며 루쉰 선생이 우리의 결함을 보지 못한단 말인가? ……

사실 나의 말 가운데서 절반은 진담이다. 나라고 어찌 광저우를 이해하고 광저우를 비평할 생각이 없었겠는가? 그러나 어찌하랴, 대종루 위에 떠받들어진 다음부터 노동자 동무들은 나를 교수로 모시고 학생들은 나를 선생으로 모시고 광저우 사람들은 '타관내기'로 간주하는 바람에 고독하게 혈혈단신이 되어 우뚝 서 있는 형편이라 고찰할 방도가 없었다. 역시 가장 큰 장애는 언어였다. 내가 광저우를 떠날 때까지 내가 아는 말이라곤 하나, 둘, 셋, 넷…… 하는 셈을 제외하고, 그저 '타관내기'들에게는 너무나 특수하기 때문에 누구나 다 기억하게 되는 Hanbaran(모두)이라는 말 한

마디와 타고장의 말을 배울 때는 누구나 제일 쉽게 배우고 잘 기억하는 욕 한마디 Tiu-na-ma[8]뿐이었다.

이 두 마디가 때로는 쓸모가 있었다. 그것은 내가 바이윈로白雲路에 있는 거처로 옮긴 후였다. 어느 날 순경이 전등을 훔치는 도적을 하나 붙잡았는데 저택을 관리하는 천陳씨가 도적을 쫓아가면서 욕설을 퍼붓고 때렸다. 숱한 욕을 퍼붓는데 나는 이 두 마디를 알아들었다. 하지만 나는 흡사 다 알아들은 듯한 느낌이 들었고, 속으로 "그의 말인즉 대체로 바깥의 전등을 거의 Hanbaran인 그에게 도둑맞았으므로 Tiu-na-ma라고 하는구나"라고 생각했다. 그래서 마치 큰 문제가 풀린 것처럼 마음이 후련해서 제자리로 돌아와 나의 『당송전기집』唐宋傳奇集 편집을 계속하였다.

그러나 정말 그런지 아닌지는 알 수 없었다. 나 혼자 추측하는 것은 무방하겠지만, 이에 근거하여 광저우를 논하는 것은 신중하지 못하다고 하지 않을 수 없다.

그러나 나는 이 단 두 마디에서 나의 스승인 타이옌 선생[9]의 오류를 발견하였다. 선생이 일본에서 우리에게 문자학을 강의해 주던 때라고 기억된다. 그때 선생은 『산해경』에 나오는 "그것의 주는 꼬리에 있다"는 말의 '주'州는 여자 생식기로, 이 고어가 지금 광둥말에 남아 있는데 Tiu 비슷하게 읽으므로 Tiuhei라는 두 글자는 '주희'州戱라고 적어야 하며 명사가 앞에 붙고 동사가 뒤에 놓였다고 하였다. 선생이 그후에 이 설명을 『신방언』이란 책에 써넣었는지 어쨌는지는 기억나지 않는다. 그러나 지금 볼 때 '주'는 명사가 아니라 동사이다.

그건 그렇다 치고, 내가 별로 공격할 점이 없다고 한 말은 확실히 빈말이다. 사실은 그때 나는 광저우에 대한 애증이 없었기 때문에 기쁘거나 슬플 것도 없었으며 치켜세우거나 깎아내릴 것도 없었다. 꿈을 안고 왔다가 현실에 부딪히자 꿈의 세계에서 추방되어 적막만 남았다. 나는 광저우도 어쨌든 중국의 한 부분으로 비록 그곳의 기이한 화초나 특이한 언어가 나그네의 이목을 현란케 할 수는 있지만, 사실 내가 가 본 다른 고장들과 크게 다른 점이 없었다. 만약 중국을 인간 세상과는 다른 한 폭의 그림이라고 한다면, 각 성들의 모양은 사실 똑같고 다른 것은 색깔뿐이다. 황허 이북의 여러 성들은 황색과 회색으로 칠해져 있고, 장쑤소성과 저장성은 담흑색과 담록색, 샤먼은 담홍색과 회색, 광저우는 심록색과 심홍색이다. 그 당시 나는 사실상 여행을 하지 않았다는 것을 깨닫고, 특별한 비난의 언사를 오로지 재스민과 바나나에게만 쏟아부을 수가 없었던 것이다. ―그러나 그때는 사실 이런 분명한 감각도 없었으니, 이 역시 훗날 회상에서 얻은 감각인지도 모른다.

나중에는 다소 바뀌어서 이따금 용기를 내어 흉을 몇 마디씩 하기도 하였다. 하지만 무슨 소용이 있었는가? 한번은 강연에서 광저우 사람들은 역량이 없기 때문에, 이곳은 '혁명의 책원지'로도 될 수 있고 반혁명의 책원지로도 될 수 있다고 하였더니…… 광둥말로 통역할 때는 그 구절을 빼 버린 것 같았다. 한번은 어느 곳에 글[10]을 써 보내면서, 청천백일기가 멀리 꽂혀 나갈수록 틀림없이 신봉자가 많아질 것이라고 했다. 그러나 대승불교[11]가 그러하듯이 거사[12]들마저 불교의 제자로 헤아릴 때는 종종 계율이 혼란스러워지는데 이것은 불교의 대대적 보급인지 불교의 패배인지 알 수 없다?…… 고 썼는데, 그러나 이 글은 끝내 인쇄되지 않았고, 어디로 갔는지 알지도 못했으니…….

광둥의 꽃과 과일이 '타관내기'의 눈에는 물론 여전히 기이하다. 내가 제일 좋아하는 것은 역시 '양타오'[13]였다. 표면이 미끌미끌하면서 사각사각하고 새콤하면서도 달았다. 통조림으로 만들면 제맛을 완전히 잃어버린다. 산터우汕頭의 것은 '싼렌'[14]이라고 하는데 크지만 맛이 별로 없다. 나는 양타오의 공덕을 늘 선전하였는데, 먹어 본 사람은 대체로 찬동했는바 이것이 내가 이 일 년 사이에 거둔 가장 탁월한 성과이다.

종루에 거주하던 두번째 달부터는 내가 '교무주임'이라는 종이감투[15]를 쓰고 바삐 보낸 때였다. 학교의 큰일이란 여느 학교들과 마찬가지로 보충 시험을 보고 강의를 시작하는 것 따위에 지나지 않았다. 그것 때문에 머리를 끄덕이며 회의를 열고 시간표를 짜고 통지서를 발송하고 시험문제를 비밀리에 보관하고 시험지를 나누어 주고…… 등의 일들을 하였다. 그리하여 또 회의를 열고 토의하고 점수를 매기고 성적을 공포해야 했다. 노동자 동무들은 규정에 의하여 오후 5시 이후에는 일을 하지 않으므로 한 사무원이 수위의 도움을 받아 밤새 길이가 열 자도 넘는 시험방문을 내다 붙여야 했다. 그러나 이튿날 아침에 보면 찢어지거나 없어져서 또다시 써야 했다. 그러고 나면 변론이었다. 점수가 높으냐 낮으냐의 변론, 급제하느냐 못 하느냐의 변론, 교원이 사심이 있느냐 없느냐의 변론, 혁명적 청년을 우대해 주는데 우대의 정도와 나는 이미 우대해 주었는데 당신은 아니라는 변론, 낙제생을 구원하는데 내게 그런 권한이 없다고 말했는데 당신은 내가 권한이 있다고 하고 나는 방법이 없다는데 당신은 있다고 하는 변론, 시험문제의 난이 정도를 두고 어렵지 않다느니 너무 어렵다느니 하는 변론, 그리고 또 친족이 대만에 있기 때문에 자기도 대만 출신이라고 할 수 있는데 '피압박민족'이 향유하는 특권이 있느냐 없느냐 하는 변론, 또 인간은 본래 이름이 없으므로 그의 이름을 도용했다는 말이 옳지 않다는 현학적인 변론……이 진행되었다. 이렇게 하루하루를 보내는데 저녁마다 10여 마리 ─ 혹은 20여 마리 ─ 의 쥐가 살판이 났고, 새벽에는 노동자 동무 셋이 우렁차게 노래를 불렀다.

지금 그때 변론하던 일을 생각하면 사람이란 제한된 생명을 가지고 농짓거리를 너무 하는구나 하는 생각이 든다. 하지만 그때 다른 원망은 없었다. 다만 유별나게 변했구나 하는 생각이 드는 일이 한 가지 있었는데, 즉 장편서신에 대하여 점점 증오하게 된 것이다.

이런 종류의 장편서신은 자주 받고 있었기에 줄곧 그리 이상하게 생각하지 않았다. 그러나 이때에는 점점 그 길이에 대해 혐오하기 시작해서 한 장을 다 읽어도 본의가 나오지 않았을 경우에는 바로 짜증이 났다. 때로 친한 사람이 곁에 있으면 그에게 주어서 다 읽어 본 다음에 편지의 요지를 알려 달라고 부탁하였다.

"그렇구나. '긴 편지를 쓰는 것이 곧 반혁명이구나!'" 나는 한편 이렇게 생각하였다.

그때 나도 K위원처럼 눈살을 찌푸렸는지 어쨌는지 거울을 보지 않아서 알 수 없다. 다만 회의를 하고 변론을 하는 나의 생애도 '혁명을 하고 있다'고 하기 어려울 것 같은 자각이 그 즉시 들어서, 자신의 편의를 생각해서 이전에 내린 판결을 수정하였다는 것만 기억난다.

"아니다, '반혁명'이라고 하기에는 너무 심하므로 '불不혁명'이라고 해야겠다. 한데 그것도 너무 심하다. 사실 말이지 ─ 긴 편지를 쓰는 것은 밥을 먹고 너무 한가해서 하는 짓에 불과한데."

문화를 부흥시키려면 여유가 있어야 한다고 하는 사람이 있는데, 종루에서의 나의 경험에 의하면 대체로 옳은 듯하다. 한가한 사람들이 창조한 문화란 물론 한가한 사람들에게만 맞는 것은 당연한 일이다. 요즈음 일부 사람들이 대단한 기세로 크게 불평을 토로하는 것도 이상한 일은 아니다.—사실 이 종루 자체도 기묘하게 만들어졌다고 하지 않을 수 없다. 그러나 4억의 남녀 동포들, 화교들, 귀화한 이족 동포 가운데는 "온종일 배불리 먹고도 마음 쓰는 곳이 없는"[16] 사람도 많고, "온종일 무리지어 함께 있으면서도 말이 의義에 미치지 않는"[17] 사람도 많다. 그런데 어째서 이렇다 할 문예작품이 나오지 않는가? 문예라고만 말한 것은 범위를 한정시켜 쉽게 창작하기 위해서이다. 따라서 결론은 이렇게 된다. 여유가 있다고 해서 반드시 창작할 수 있는 것은 아니지만, 창작을 하려면 반드시 여유가 있어야 한다. 그렇기 때문에 "꽃이여, 달이여" 하는 말이 굶주리고 헐벗은 사람들의 입에서는 나올 수 없으며, 고역에 시달리는 노동자나 외지에 나가서 고생하는 노동자들로서는 "혼자서 중국 문단의 토대를 세울"[18] 엄두를 내지 못할 것이다.

나는 이 학설이 퍽 마음에 들었는데, 나 스스로도 이미 오랫동안 붓을 들지 않았다고 느끼고 있었지만, 이 일에 대한 죄를 바빴던 탓으로 돌릴 수 있을 터이니 말이다.

아마 바로 이 무렵이라고 생각된다. 「신시대」에 「루쉰 선생은 어디에 숨어 버렸는가」라는 글이 발표되었는데, 쑹윈빈[19] 선생이 쓴 것이었다. 그 글 가운데에는 다음과 같은 나에 대한 경고가 있다.

> 그는 중산대학에 온 후로 '외침'吶喊의 그 용기를 되살리지 않을 뿐만 아니라 흡사 "북방에 있을 때는 온갖 압박과 자극을 받았는데 이곳에 와서는 압박도 자극도 없기 때문에 할 말도 없어졌다"고 하는 듯하다. 아아!

괴상하도다! 루쉰 선생은 오늘의 사회를 도피하여 쇠뿔의 끝 속으로 숨어 버렸다. 낡은 사회가 사멸하는 고통, 새 사회가 태어나는 진통이 무수히 그의 눈앞에 드러나 있는데도 그는 못 본 척하고 있다! 그는 인생의 거울을 감추어 버렸으며 자신을 이전 시대로 되돌아가게 하였다. 아아! 괴상하도다! 루쉰 선생은 숨어 버렸다.

그런데 편집자는 상냥하게도 이 글은 나에 대한 호의적인 희망과 충고이지 결코 악의적인 조소나 욕설이 아니라는 설명을 달았다. 이는 나로서도 잘 알고 있는 일이어서, 기억하건대 그 글을 보고 자못 감동했다. 따라서 그 글에서 말한 것처럼 글을 좀 써서 내가 비록 '외치지'는 못하지만, 그것은 변론과 회의 때문에 때로는 밥 한 끼만 먹을 경우도 있고 때로는 물고기 한 마리밖에 못 먹을 경우도 있다는 점, 아직 용기를 잃지는 않았다는 점을 밝힐 생각도 했다. 「종루에서」가 그때 생각한 제목이다. 그러나 첫째는 역시 변론과 회의 때문이었고, 둘째는 쑹윈빈의 글 첫머리에 라데크[20]의 말을 인용했는데, 이로 인해 말하고 싶은 잡다한 감상이 많이 떠올랐기 때문에 오히려 끝내 붓을 놓고 말았던 것이다. 거기에 인용한 말이란 다음과 같은 구절이다.

가장 큰 사회적 변혁의 시대에 처한 문학가는 방관자가 될 수 없다!

그러나 라데크의 이 말은 예세닌[21]과 소볼[22]의 자살을 두고 한 말이다. 그의 『정처 없는 예술가』가 어느 잡지에 번역 게재되었을 때 나는 그것을 보고 잠깐 사색에 잠기었다. 나는 그 글에서 무릇 혁명 이전의 환상이나 이상을 품은 혁명적 시인은 흔히 자신이 노래하고 기대한 현실에 부딪혀 죽을 운명에 처해 있으며, 만일 현실적 혁명이 이런 부류의 시인들의 환상과 이상을 분쇄하지 못한다면 그 혁명은 헛된 소리를 떠든 것에 지나지 않는다는 것을 알게 되었다. 그러나 예세닌과 소볼을 그르다고 할 수는 없다. 그들은 앞서거니 뒤서거니 하면서 자신의 만가를 불렀고, 따라서 그들은 진실했다. 그들은 자신의 침몰로써 혁명의 전진을 실증해 주었다. 그들은 결국 방관자가 아니었다.

그러나 내가 광저우에 처음 도착했을 무렵에는 때때로 확실히 다소 안성된 느낌을 받았다. 몇 해 전 북방에 있을 때는 당원을 억압하고 청년들을 체포·살해하는 것을 자주 보았는데, 그곳에 도착해서는 그런 것을 보지 못하였다. 후에 이것은 "성지聖旨를 받들고 혁명하는"[23] 현상에 지나지 않음을 깨달았다. 그러나 꿈속에 있을 때는 확실히 좀 편안했다. 가령 내가 이 「종루에서」라는 글을 좀 일찍 썼더라면 글이 이렇지는 않았을 것이다. 그러나 어쩔 수 없이 오늘에 이르게 되었다. 게다가 '반혁명을 타도하는' 사실까지 목격하고 나니, 오로지 그때의 심정을 뒤쫓아 포착할 방법은 실제로 없게 되었다. 이제는 이렇게 하는 수밖에 없다.

주)

1) 원제는 「在鐘樓上」, 이 글은 1927년 12월 17일 상하이에서 간행된 『위쓰』 제4권 제1기에 처음 발표되었다.

2) 바이성(柏生). 쑨푸위안(孫伏園, 1894~1966)을 지칭한다. 저장 사오싱(紹興) 사람. 일찍이 베이징에서 『천바오 부간』, 『징바오 부간』(京報副刊), 『위쓰』의 편집을 맡았다. 이 당시에는 샤먼대학에 근무하고 있었다.

3) 아이얼(愛而). 리위안(李遇安)을 지칭한다. 허베이 사람으로 『위쓰』, 『망위안』의 기고자였다. 1926년 광저우 중산대학의 직원으로 있다가 얼마 후에 그곳을 떠났다.
4) K 위원 구멍위(顧孟餘, 1888~1972)를 지칭한다. 이름은 자오슝(兆熊), 자는 멍위로 허베이 완핑(宛平 ; 현재는 베이징에 속함) 사람이다. 1926년 하반기에 중산대학위원회 부주임위원을 담당했다. 후에 국민당 중앙집행위원회 상무위원 등의 직책을 역임했다.
5) 알렉산드르 블로크(Александр Александрович Блок, 1880~1921). 러시아 상징주의 유파의 대표적인 시인. 그의 『열둘』(Двенадцать, 1918)은 10월혁명을 반영한 장편시로 페테르부르크의 거리를 행진하는 12명의 적위군(赤衛軍) 병사를 묘사하고 있다. 여기에 인용한 말은 나데즈다 파블로비치(Надежда Александровна Павлович, 1895~1980)의 저서 『블로크를 회상하며』(모스크바 횃불출판사, 1922년)에 있는 말이다.
6) '탄식하다'(感慨系之矣)는 말은 진(晉)나라 시기 왕희지(王羲之)의 『난정집서』(蘭亭集序)에 나온다.
7) 스이(屍一). 량스(梁式, 1894~1972)를 지칭한다. 광둥 타이산(臺山) 사람. 당시 광저우 『국민신문』의 부간 「신시대」를 편집하고 있었으며, 항일전쟁 시기에 왕징웨이의 매국신문 『중화 부간』의 편집을 맡았다. 여기에 인용한 말은 그의 글 「루쉰 선생이 찻집에서」(魯迅先生在樓上)에 있다.
8) 한자어로는 '走哪媽'이다. 광둥어의 욕설로 그 의미는 '니미랄', '제기랄' 등과 유사하다.
9) 타이옌(太炎)은 장빙린(章炳麟, 1896~1936)의 호. 저장 위항(餘杭) 사람으로 청조 말기의 혁명가이자 학자이다. 루쉰이 일본에서 유학할 때 그의 『설문해자』 강의를 들었다. 『신방언』(新方言)은 언어문자에 관한 장타이옌의 저서 중 하나로 모두 11권으로 되어 있다. 권말에는 『영외삼주어』(嶺外三州語)라는 한 권이 첨부되어 있는데, 지금은 '장씨총서'(章氏叢書)에 수록되어 있다. "그것의 주는 꼬리에 있다"는 말은 원래 『산해경』(山海經) 「북산경」(北山經)에 나온다. 장타이옌의 '주'(州)에 대한 해석은 『신방언』 「석형체」(釋形體)에 있다.
10) 「상하이와 난징의 수복을 경축하는 다른 한 측면」이라는 글을 가리킨다. 이 글은 1927년 5월 5일 『국민신문』의 부간 「신출로」(新出路)에 실렸으며 지금은 『집외집습유보편』에 수록되어 있다.
11) 대승불교는 기원 1~2세기 사이에 형성된 불교의 한 종파이다. 대승이란 소승을 상대해서 하는 말이다. 소승불교는 '자기해탈'을 주장하며 고행 수련할 것을 요구하고, 대승불교는 '모든 중생을 구제할 것'을 주장하며 누구나 다 부처가 될 수 있고 모든 수행은 남을 위하는 것이어야 한다고 강조한다.
12) 여기서는 집에서 수행하는 불교신봉자를 가리킨다.
13) 양타오(楊桃). 오렴자(五斂子)라고도 하며 새콤하고 단맛이 나는 별 모양의 단면을 지닌 열대 과일. 영어로는 'carambola'라고 한다.

14) 싼롄(三廉)은 양타오와 비슷하면서 좀 큰 과일이다.

15) 가오창훙(高長虹)은 『광풍』(狂飇) 제5호(1926년 11월 7일)에 발표한 「1925년 베이징출판계 형세지장도」(1925北京出版界形勢指掌圖)란 글에서 "실제적인 반항자가 통곡소리 속에서 부득불 교문을 나간 후 …… 루쉰은 종이로 만든 권위자란 가짜 월계관을 쓰고 심신에 교대로 병이 덮친 꼴이 되고 말았다!"고 하면서 루쉰을 공격하였다.

16) '飽食終日, 無所用心'. 『논어』 「양화」에 있는 말.

17) '群居終日, 言不及義'. 『논어』 「위령공」에 있는 말.

18) 1927년 봄 신월(新月)서점을 설립할 무렵, '개막기념호, 새로운 책의 출판 예고' 중에서 쉬즈모의 시집을 소개하면서 쉬즈모를 "혼자서 중국 문단의 토대를 세웠다"고 떠받들어 올렸다.

19) 쑹윈빈(宋雲彬, 1897~1979). 저장 닝하이(寧海) 출신의 작가로 당시 『황푸일보』(黃埔日報)의 편집을 맡고 있었다.

20) 라데크(Карл Бернгардович Радек, 1885~1939). 폴란드계 유태인 소련 정치가, 공산주의 이론가. 볼셰비키 당원으로 활동했으며, 독일에서 공산당을 조직하는 일을 하기도 했다. 1937년에 '소련전복음모죄'로 10년형을 선고받고 강제수용소로 보내졌으며, 암살당한 것으로 전해진다. 그의 저서 『정처 없는 예술가』는 류이성(劉一聲)의 번역으로 『중국청년』(中國靑年) 제6권 제20, 21호 합간호(1926년 12월)에 실렸다.

21) 예세닌(Сергей Александрович Есенин, 1895~1925). 소련의 시인. 그는 종법(宗法)제도하의 농촌 전원생활을 묘사한 서정시로 이름이 높았다. 10월혁명 때 혁명에 기울어 혁명을 찬양하는 시, 예컨대 「소비에트 러시아」 등의 시를 썼다. 그러나 혁명 이후 고민에 빠져 1925년 12월에 자살했다.

22) 소볼(Андрей Соболь, 1888~1926). 소련의 '동반자' 작가. 그는 10월혁명 후에 혁명에 가까이 다가갔으나, 당시의 현실에 만족하지 못하고 끝내 자살했다.

23) 원문은 '奉旨革命'. 관에서 공인하는 혁명이라는 의미이다.

구제강 교수의 '소송을 기다리라'는 사령[1)]

보내온 편지

루쉰 선생님

얼마 전에 등기 우편 하나를 보냈습니다. 선생님의 주소를 몰라서 중산대학교를 통해 보내 드렸습니다. 이어 선생님께서 받지 못할 우려가 있어 선생님 댁 주소를 알아내 별도로 한 부 보냅니다.

건강하십시오.

16. 07. 24. 제강 올림

[사본鈔件]

루쉰 선생님

제가 무슨 연유로 인해 선생님께 죄를 범하게 되어, 선생님께서 저를 이렇게 강렬하게 공격하고 가르침조차 받지 못하고 있는지 몰라서 진실로 마음 졸이고 있습니다. 이틀 전에 한커우의 『중앙일보 부간』에서 선생님과 셰위성[2] 선생이 통신한 내용을 보고서, 처음으로 선생님을 비롯한 사람들이 저를 반대하는 까닭을 알게 되었는데, 모두들 국민당과 중화민국의 대의를 널리 펼치고자 하는 이 무렵에, 오히려 제가 지은 죄악은 세상이 용납하지 않는다고 하니 그저 몹시 당황스러울 뿐입니다. 송구스럽게도 이 내용의 옳고 그름은 글이나 말로 명확하게 할 수 있는 게 아니지요. 9월 중순 광저우로 돌아갈 것이니 그때 소송을 제기하여 법적으로 해결되도록 기다리겠습니다. 만약 제가 정말 반혁명의 사실이 있다면 사형의 결과가 나온다 하여도 기꺼이 받아들이겠습니다. 그렇지 않다면 선생님들은 단연코 발언에 대한 책임을 져야 할 것입니다. 선생님과 셰 선생님께서 당분간 광저우를 떠나지 마시고 재판이 시작할 때까지 기다린다면 대단히 감사하겠습니다.

건강하시고 셰 선생님께도 함께 전해 주십시오.

중화민국 16년 7월 24일

답하는 편지

제강 선생님

보내온 편지 내용을 신중히 잘 보았소. 심지어 탄복하도록 놀랐지요. 구 선생은 제가 8월 중에 광저우를 떠난다는 소식을 항저우에서 들었을 것이오. 그래서 순간 묘책을 떠올려 난제를 명령했나 보오. 명에 따른다면, 저는 어려운 처지임에도 반드시 집을 빌리고 쌀을 사야 할 듯하구려. 이리저리 변통해서 살림을 꾸려 나가야 할 것 같은데, 무슨 까닭으로 소송을 늦게 제기하는지 모르겠으나 공손히 기다려야겠지요. 명에 따르지 않는다면, 선생께서 제가 징벌이 두려워 도망친다고 여기시면 되겠소. 하물며 예전에 그랬듯이 이 소식은 일一에서 십十으로 십十에서 백百으로 빨리 퍼지지 않겠습니까? 하지만 저는 이미 결정을 해서 8월 중에 떠나 9월에는 상하이에 있을 것입니다. 장쑤성과 저장성 지역은 당국이 통치하는 지역에 속하니 당연히 광저우와 법률이 다르지 않을 것입니다. 따라서 선생께서 아직 길을 떠나지 않았으면 특별히 편지를 보내서 소송을 제기할 필요가 없을 듯하오. 차라리 가까운 저장에서 소송을 제기하는 것이 더 낫겠소. 그때 저는 반드시 항저우로 가서 그 책임을 지겠소. 만약 서적을 저당 잡히거나 옷을 팔아서라도, 생활비가 극히 비싼 광저우에서 거주해야 한다면 월말까지는 기다려야 소송이 제기될 터인데, 세상에 이런 바보 같은 사람이 어디 있겠소! 『중앙일보 부간』은 본 적이 없소. 셰위성 군에게는 전하지 않을 것이오. 이런 꼭두각시 역할은 하지 않을 수 있으면 안 할 뿐, 별다른 은밀한 계획은 없소. 그럼 여기서 줄일 테니 잘 지내시오.

안녕히!

루쉰

주)______

1) 원제는 「辭顧頡剛教授令'候審'」, 이 글은 이 문집에 수록하기 전에 게재된 적이 없다.
구제강(顧頡剛, 1893~1980). 장쑤 우(吳)현 출생, 역사학자. 1926년 루쉰과 함께 샤먼대학에서 교수직을 역임했다. 1927년 루쉰이 광저우에 도착한 지 얼마 지나지 않아 구제강도 중산대학에서 강의를 시작했다. 그해 여름 방학에 항저우로 출장 가서 학교의 도서를 구매했다.

1927년 5월 11일 한커우의 『중앙일보』 부간 제48호에 편집자 쑨푸위안의 「루쉰 선생님 광둥 중산대학을 떠나다」는 글이 발표됐는데 이 중에 셰위성(謝玉生)과 루쉰이 편집자에게 보낸 두 통의 편지가 인용되었다. 셰위성은 편지에서 "루쉰 선생님은 이번 달 20일에 이미 중산대학에서 맡은 여러 직무를 모두 그만두었다. 중산대학 교무위원회 및 학생들은 현재 적극적으로 루쉰 선생님을 만류하고 있다. 그러나 선생님께서 그만두고자 하는 의지가 강하기 때문에 만류할 가능성은 사실 없다. 선생님께서 이번에 사직한 이유는 바로 구제강이 이번 달 18일에 갑자기 샤먼에서 중산대로 와서 교수직을 맡게 된 데 있다. 구 선생이 오자마자 루쉰 선생님이 사직하는 것은 구제강과 함께하지 않으려는 뜻을 나타낸다. 구제강은 지난해에 샤먼대학에서 헛소문을 조작하여 루쉰 선생님의 명예와 지위를 손상시켰다. 샤먼대학에서 풍파가 발생한 후, 지금까지 구제강은 또 린위탕(林語堂) 선생을 배신하고 린원칭(林文慶)의 모사꾼이 되어 장싱랑(張星烺), 장이(張頤), 황카이쭝(黃開宗) 등과 연합하여 학생들을 퇴학시켜야 한다고 주장했고, 이 학생들은 지금도 아직 의지할 곳 없이 떠돌아다니는 형편이다. 이는 루쉰 선생님이 제일 마음 아파하는 일이다"라고 말했다. 루쉰은 편지에서 "나는 정말로 생각지도 못했다. 샤먼에서 그렇게까지 국민당을 반대하고 점잖게 학문에 연마하는 선비들을 매우 화나게 만든 구제강이 여기까지 와서 교수를 할지는. 그렇다면 여기의 상황이 샤먼대와 같이 되는 것을 피하기 어려울 것이다. 정직한 자는 쫓아내고 개혁하는 자는 해고해 버릴 것이다. 게다가 내가 보기에 또한 샤먼대보다 더 심할 수도 있으니, 이것은 내가 느낀 것이다. 나는 이미 지난 주 목요일에 모든 직무에서 손을 떼고 중산대에서 벗어났다"고 말했다.

2) 셰위성(謝玉生). 후난 라이양(耒陽) 사람, 루쉰이 샤먼대학과 중산대학에서 가르칠 때의 제자이다.

비필 세 편[1)]

오늘날의 '정인군자'는 사물을 논할 때 종종 '동기'[2)]를 즐겨 말한다. 동기를 따진다면, 이 세 편의 글이 충직과 온후를 손상하지 않을 수 없다는 것을 나 자신은 알고 있다. 노잣돈이 거의 바닥이 나서 밥벌이를 찾아야만 하는데, 많은 분들은 이미 내가 8월 중순에 광저우를 떠나려 한다는 걸 알고 있다. 7월 말에 소위 '학자'라는 사람의 편지를 받았는데, 편지 내용은 내가 쓴 글이 그에게 죄를 범했다는 것이다. 그래서 "9월 중에 광저우로 가서 소송을 제기할 테니 법적인 해결을 기다리고 있어야 한다"는 내용이었다. 그리고 나에게 "당분간 광저우를 떠나지 말고 재판을 기다리십시오"라고 말했다. 피고는 타지에서 배를 곯아 가며 공손히 기다리라 명령하고, 자신은 의젓하고 점잖게 일들을 안배한 후 천천히 재판을 시작하겠다는 투인데, 정말로 패도霸道가 볼만하다. 이튿날 우연히 신문에서 페이톈후飛天虎가 아묘亞妙에게 보낸 편지를 보았는데, "비수를 조심하라"는 말이 있어서 왠지 모르게 갑자기 흔쾌한 웃음이 나왔다. 또한 다른 두 편이 생각나서 꼭 함께 소개하는 품을 들이고자 한다. 이러한 서로 밀고 당기며 연관이 있고 부합하는 듯하면서도 부합하지 않는 생각은, 나 자신도 너무 각박하다고 느꼈지만——하지만 그냥 내버려 두고자 한다——, 다행스럽게도 '재판 시작' 때에는 결론이 있을 것이다.

내 짐작으로는 이런 문장의 가치는 문인학자의 명문에 있지 않다. 전에도 대여섯 편을 수집한 적이 있는데, 그후 베이징의 『평민주간』[3]에 교도소의 한 모범수의 자술[4] 한 편만 발표했고, 나머지는 내가 베이징을 떠난 후 어떻게 되었는지 알 수 없지만, 지금도 계속 수집하고자 한다. 과장해서 말하자면, 이런 글도 학술적으로 쓸모가 없는 것은 결코 아니다. Lombroso[5]가 펴낸 책——아마도 『천재와 광인』인 것 같은데, 독자들께서는 내가 이 책이 없어서 확인할 수 없는 점을 이해해 주기 바란다——의 뒷부분에 수많은 미친 사람의 작품이 첨부되어 있다. 그러나 이런 황금으로 글자를 새긴 간판을 우리 같은 사람은 걸어 놓을 필요가 없다.

이번에 최근 수집한 세 편을 소개할까 한다. 모두 홍콩의 『순환일보』[6]에서 가져왔다. 또한 모두 운문이 아니기 때문에 완阮씨의 『문필대』[7]의 설을 취하여 제목을 '필'筆이라 한다. 이에 관심 있는 사람이 나에게 자료를 보내 준다면 매우 환영한다. 그러나 이후에는 운율이 있든 없든 제한 없이 범위를 넓혀 토비, 사기꾼, 범인, 미친 사람 등의 창작도 받아들이겠다. 하지만 문인이 다듬은 것이나 위조 작가가 작성한 것은 받지 않겠다.

사실 예컨대, 고대 진섭이 비단으로 쓴 글,[8] 미무제자,[9] 근래 의화단의 전단,[10] 동선사가 나무로 점을 치는[11] 것 등은 모두 이런 종류에 포함된다. 내 생각에는 모든 고대 저서에 나타난 것을 모아서 한 권으로 편집하고 싶은데, 사상이나 수단이 어떻게 다른지 현재의 것과 대조해 볼 수 있을 것이다.

베이신서국에 편지를 보내 우수한 것을 채택하여 발표하도록 부탁하고자 하나, ── 그러나 이는 내가 "재판을 기다리는데" 바쁘지 않거나, 혹은 감옥에 잡혀 들어갔을 때의 이야기이다. 그렇지 않다면 내 자신의 문장도 재료이기 때문에 굳이 이러저러한 자료를 수집할 필요가 없다.

잡담은 그만하고 이야기 본론으로 들어가겠다.

1. 인질 살해 포고

판핑潘平

광저우 포산佛山 강와란缸瓦欄 웨이신維新 부두에서 낡고 작은 배 한 척이 발견됐으며, 물에 잠겨 있었는데 도롱이로 남자 시신 한 구를 덮어 놓았고, 손발이 나와 있고 그 옆에 조악한 그릇 하나, 흰색 깃발 하나 등등이 있었다고 보고서는 밝혔다. 육구六區의 수상 경찰이 시신과 함께 작은 배를 서의원西醫院 근처로 옮겨 정박시켰다. 부검 결과 그 시신의 목에 총구멍이 있고 코 부분까지 관통한 것으로 보아 생전에 총살당했음을 알 수 있다. 사망자는 대략 30세 정도이고 짧은 면바지를 입고 상고머리를 한 사람이다.

남해南海 자동紫洞 판핑의 포고

포고에 관한 일 : 지난 4월 26일 뤼부祿步에서 시골사람 총 10여 명을 체포했는데 구류당한 지 한 달이 넘었으니 보석금을 지불하겠다는 소식을 기다린다. 현재 뤼부 쑨동筍洞 사향沙鄉에서 성은 쉬許씨이고 이름은 진훙進洪이라는 사람을 대중 앞에서 총살했다. 사방의 군자에게 특별히 글을 써서

알리니 절대로 재물에 목숨을 걸지 마라! 이에 포고하는 바이다.

(7월 13일자 『순환보』에서)

2. 신녀[12] 아무개에게 보내는 편지

진댜오퉁金吊桶

광시 우저우梧州 둥톈洞天호텔 관상가 진댜오퉁, 본명은 황줘성黃卓生이고 신후이新會 사람이다. 최근에 천서언陳社恩, 황신黃心, 황쭤량黃作梁 부부에게 금전증표를 사기 쳐서, 경비사령관에게 체포당했다. 그후 수색하던 중 봉해진 편지 한 통을 압수했는데, 아무것도 없는 백지인 편지지를 불에 쪼인 결과 다음과 같은 내용이 실려 있었다.

오늘 민국 16년 5월 29일, 여순양呂純陽 선사先師[13]께서 하강하셔서, 당신이 신녀信女로서 광시 사람이라는 것을 밝히셨다. 당신은 현세에서 인품이 착하고 청결하여, 오늘 하늘에 계신 옥황상제께서 당신에게 4천 500냥의 은을 하사하고자 하시니 당신은 행복을 누리면서 자식을 잘 양육하면 된다. 그러나 이 재물은 8회로 나누어 수여될 것인데, 올해 7월 말쯤 백학표[14] 도박판에서 승리할 것이며 750위안 정도를 획득하게 될 것이다. 늘그막에 늦둥이를 보게 되는데, 셋째는 관운이 계속 발달하니 높은 관직을 얻게 될 것이다. 하지만 당신은 평생 대삼방[15]에서 첩으로 살게 되고 본처의 자리를 차지하지는 못한다. 이승의 생명운은 매우 좋다. 당신은 전생에 백호白虎,[16] 오귀五鬼,[17] 천구성天狗星[18]을 범했기 때문에, 만약 횡재하고 자녀가 만사형통하려면 진댜오퉁 선생에게 6위안 6자오

角를 드려 당신을 대신해서 액을 풀어 주도록 해야만 평안무사하게 지낼 수 있다. 만약 풀어 주지 않으면 그대의 운명에는 남편복, 자녀복이 전혀 없을 것이고, 자녀가 생기면 자녀가 죽고, 남편이 생기면 남편이 죽는다. 그러니 편지를 본 후 선생님께 꼭 당신과 함께 이 흉액을 풀어 달라고 요구해야만 가능할 것이다. 당신이 재물과 자녀를 얻고 싶고, 남편에게 복이 오고 권세가 있도록 하려면, 당신이 선생님께 함께 의례를 올리자고 청하여 음양이 한두 차례 교합해야만 비로소 평안무사할 수 있다. 만약 선생님을 따르지 않으면 당신의 운명에는 좋은 일이 없을 것이고, 안락할 수가 없다.……

(7월 26일자 『순환보』에서)

3. 묘항을 힐문하는 편지

페이톈후

홍콩 융러가永樂街 여의如意다방에 묘항妙嫦이라는 여종업원이 있는데, 나이 20세, 융지가永吉街 30호 2층에 거주하고 있다. 7월 29일 저녁 11시쯤 일을 끝내고 다른 여종업원 서너 명과 함께 귀가하는 도중 큰 길 건너 융지가 입구에서 서너 명의 사내들과 우연히 마주쳤다. 사내들은 길을 막으면서 묘항에게 따져 물었다. "그대가 묘령妙玲인가?" 묘항은 감히 대답하지 못하고 피해 지나갔다. 그러자 사내들이 가지 못하게 막으면서 묘항에게 두 주먹을 사용하여 거칠게 구타했다. "당신이 말을 하지 않아도 전부터 당신 얼굴을 알고 있었다"고 말했다. 묘항은 맞고 울기 시작했다. 귀가한 후 사내들이 찾아서 때리려고 했던 사람은 묘령이라고 생각하고, 자기는 여전히 억울하게 모욕당했다고 원망했다. 뜻밖에 이튿날 이른 아침에 협박 편지를 받았다. 적힌 주소를 가지고 우체국에 가서 확인해 보니, 어제 저녁에 그들이 때리고자 했던 상대방이 자신임을 확실하게 알게 되어, 바로 형사에게 이 일을 비밀리에 전해 주며 의심되는 사람을 알려 주고 그를 체포해서 한을 풀어 달라고 부탁했다.

나쁜 묘 여종업원 보거라! 알리는 말 : 얼마 전에 여의다방에서 교묘한 말로 내 형제를 모욕하고 끓는 물을 루陸씨 형제에게 뿌렸지. 입에 침이 마르도록 그렇게 하지 말라고 권유해도 아랑곳하지 않고 오히려 계속 크게 화를 내며 말싸움을 하고, 악담하며 거친 말을 계속 내뱉었지. 어젯밤 그 자리에서 두 사람이 당신을 때렸지만, 개의치 않는 바이니, 이는 그저 사소한 것에 지나지 않는다. 이제 너는 일주일 안에 이 일을 제대로 해결하길 바란다. 만약 답을 주지 않으면 아침저녁 출입할 때 비수를 조심하라. 기어이 대응할 터이니 목숨을 보존하기가 어려울 것이다. 미리 통보하지 않았다고 탓하지 말거라. 사지死地의 위험에 놓여 있다. 더 이상 길게 말하지 않겠다. 말로는 해결하기 어려운 일이다. 이번에는 위험할 것이니 조심하거라.

7월 1일 밤 36의 벗友 페이톈후 드림

(8월 1일자 『순환보』에서)

주)

1) 원제는 「匪筆三篇」. 이 글은 1927년 9월 10일 베이징 『위쓰』 제148호에 최초로 발표했다. 내용을 살펴보면 '비필'(匪筆)은 '도적놈들의 글' 이란 의미로 새길 수 있을 듯하다.

2) '동기'(動機). 천위안의 말. 『현대평론』 제3집 제48호(1925년 11월 7일)의 「한담」(閑話)에

"하나의 예술품의 생산은 순수한 창조 동기 외에 늘 다른 동기도 섞여 있는 것이 아닌가? 당연히 다른 불순한 동기가 섞여야 하는 것 아닌가?"라는 말이 보인다.

3) 『평민주간』(平民週刊), 즉 『민중문예』(民衆文藝). 베이징 『징바오』(京報)에서 출간한 주간지, 1924년 12월 9일 창간. 루쉰은 이 주간지의 기고자였으며, 또한 창간호부터 제16호까지의 일부 원고를 교열하기도 했다.

4) 한 모범수의 자술은 「한 '범죄자'의 자서」로, 이 원고에 루쉰이 설명을 덧붙여 『민중문예』 제20기(1925년 5월 5일)에 발표했고 그후 『집외집습유』에 수록되었다.

5) 롬브로소(Cesare Lombroso, 1835~1909). 이태리 정신의학자로 범죄인류학의 창시자이다. 그는 '범죄'는 인류의 출현 이래 장기적으로 유전된 결과라고 인식하고, '선천적 범죄'설을 제기했고 '선천적 범죄'자에 대하여 사형, 종신형, 생식기능제거 등을 통해 '사회를 보위'해야 한다고 주장했다. 주요 저서는 『천재와 광인』(*Genio e follia*, 1864), 『범죄인론』(*L'uomo delinquente*, 1876) 등이 있다. 그의 이론을 일찍이 독일 파시스트가 채용했다.

6) 『순환일보』(循環日報). 홍콩에서 출판된 중문 신문, 1874년 1월 왕타오(王韜)가 창간, 대략 1947년 휴간.

7) 『문필대』(文筆對). 청나라 완복(阮福)이 부친 완원(阮元)의 질문에 대답하기 위하여 만들었다. 이 책은 "육조(六朝)와 당(唐) 사람들의 이른바 문(文)과 이른바 필(筆), 송명(宋明)의 설(說 ; 문장의 한 종류)과 같지 않은 것 중 서(書)와 사(史)에 보이는 것을 종합하여 연대나 유형별로 분류하지 않고 그 체제를 명확하게 하였다." 완복은 "정(情), 사(辭), 성(聲), 운(韻)이 있는 것이 문"이고 "직접적인 언어로 문채(文采)가 없는 것이 필"이라고 여겼다. 이 문장들은 그가 편집한 『문필고』(文筆考)에 수록하였고 또한 완원의 『연경실삼집』(揅經室三集) 「학해당문필책문」(學海堂文筆策問)에서도 볼 수 있다.

8) 진섭(陳涉) 백서(帛書). 진섭(?~B.C. 208)은 이름은 승(勝), 자가 섭(涉), 양성(현재 허난 덩펑登封 동남) 사람으로 진(秦)나라 말기 농민봉기의 영수이다. 진 2세 원년(B.C. 209) 그는 오광(吳廣)과 함께 어양(漁陽)을 수비하라는 명에 따라 파견되어 기(蘄)현 대택(大澤 ; 현재 안후이성 수宿현 동남)까지 가던 도중에 비가 많이 와서 기한을 지키지 못하게 되었다. 만약 그렇게 되면 진나라 법에 따라 참수당하게 되기 때문에 결국 무기를 들고 봉기를 일으켰다. 『사기』(史記) 「진섭세가」(陳涉世家)에 봉기 전날 밤 "붉은 글씨로 흰 비단에 '진(陳)이 왕을 이긴다'고 쓰고서, 그것을 사람에게 시켜 그물에 잡힌 물고기 배 속에 집어넣었다"고 기록되어 있다.

9) 미무제자(米巫題字). 『후한서』 「유언전」(劉焉傳)에 의하면 동한시대 장릉(張陵)은 "순제 시기에 촉(蜀) 지방에서 떠돌아다니다가 학명산(鶴鳴山) 속에서 도를 익혀 부적을 써서 백성을 미혹하였다. 그의 도를 받은 사람은 언제나 쌀 5말을 내놓아야 했기 때문에 '쌀 도둑'이라 불렀다"고 기록되어 있다. 후에 장릉은 '장천사'(張天師)라고 존경받았고, 도

교의 창시자로 받들어 모셔졌다. 그의 제자들은 모두 무술인처럼 부록(符籙)을 사용하여 술법을 부렸다. 부록은 종이나 천에 그린, 글자 같기도 하고 아닌 듯도 한 도형이다. '제사', '치유', '귀신 쫓기' 등에 사용했다.

10) 의화단(義和團)은 일부 선언문이나 전단에서 주문 등을 빌어 대중들에게 호소한다. 예를 들면 "입으로 주문을 외우면 진언(眞言)을 배울 수 있고, 기도문을 쓴 황색 종이를 신 앞에서 불사르고 향을 피우면 여러 신들이 나타난다. 신(神)은 동굴에서 나오고, 선(仙)은 산에서 내려와 인간들이 권법을 배우도록 도와준다. 병법을 쉽게 가르치고 권법을 배우게 하여 귀신을 쫓아내는 데 전혀 어려움이 없다" 등이다(『권비기사』拳匪紀事 참조).

11) 동선사(同善社). 미신적인 도교(道教) 조직. 나무로 점치기는 나무를 잡은 사람은 귀신이 내려왔다고 가장하여 두 사람이 정(丁)자형의 나무를 잡고 아래로 드리워진 나무 망치를 사용하여 모래판에 그린 '문자'를 말한다. 내용은 사람끼리 서로 호응하거나 길흉을 보여 주거나 또는 환자에게 처방을 내주거나 하는 등이다.

12) 신녀(信女). 불교를 신봉하는 미혼의 여인을 일컫는 말.

13) 도교의 팔선(八仙) 중에 한 사람. 당나라 때 경조(京兆) 사람으로 이름은 엽(嵒), 자는 동빈(洞賓), 호는 순양자(純陽子)이다. 황소(黃巢)의 난리 무렵 종남산(終南山)에 거주했다가 그후에는 행방불명되었다. 일반적으로 여동빈이라고 부른다.

14) 백학표(白鶴票)는 예전에 광동지방에서 성행하던 도박의 한 종류.

15) 대삼방(大三房)은 매우 큰 집이라는 의미로 일반적으로 120m² 이상의 규모를 말함.

16) 중국 고대 민간신앙에서의 흉신(凶神).

17) 도교에서 신봉하는 염병신(瘟神)으로, 오온(五瘟)이라고도 한다. 봄 역병신은 장원백(張元伯), 여름 역병신은 유원달(劉元達), 가을 역병신은 조공명(趙公明), 겨울 역병신은 종사귀(鍾士貴)라 부른다. 이를 총괄하는 신은 사문업(史文業)이다.

18) 견성(犬星) 또는 천랑성(天狼星)이라고도 하며, 인간이 두려워하는 흉신(凶神) 악살(惡煞)이다.

모필 두 편[1)]

어제 또 운 좋게 특이한 광고 두 편을 보았는데, 여기에 소개하는 수고를 좀 해볼까 한다. 구두점은 내가 추가한 것인데, 문맥이 잘 읽히게 하기 위해서이다. 이 글은 무슨 글이라고 해야 할지, 이틀 내내 생각해 봐도 마땅한 결과가 나오지 않았다. 일단 '모필'이라고 하겠는데, 박학다식하고 고매하신 군자들의 교정을 기다리는 바이다. 이번의 '동기'는 비교적 순수하고 정당한 편이니, '눈 있는 사람이면 누구나 함께 감상하기'를 바랄 뿐 딱히 다른 의도는 없다. 하지만 또 하나의 망상이 생겼다. 기억하자면 청나라 때, 여러 신문 잡지에서 좋은 논설을 전문적으로 골라 편집해 내는 신문이 있었는데, 『선보』[2)]라고 했다. 지금도 관심 있는 사람이 있으면 이런 종류의 간행물을 창간할 수 있다. 각 성에 조사원 몇 명을 두고서 현지 신문의 신기하고 이상한 사론이나 문예, 광고 등을 전문적으로 수집하여 책으로 만들어 세상에 알리는 일이다. 이는 여러 가지 '사회상相'을 보여 주는 바이니, 기행문 같은 글보다 더 정확성이 높을 것이다. CF신사[3)]께서는 어떻게 생각하시는지?

1927년 9월 22일 오찬 전에

하나. 슝중칭熊仲卿

방명榜名[4]은 문울文蔚. 민국 시기 현장縣長, 소장, 처장, 국장, 청장廳長 역임. 유교에 능통하고 명성이 높은 관리였으며 또한 뛰어난 명의로, 특히 부인과에 뛰어나다. 본 항구의 경마장 황니용도黃泥湧道 문패 55번지 1루樓 중의원 슝의 집에 거주하고 있고, 매일 오후에 진료하거나 왕진한다. 전화는 교환대 5270.

(9월 21일자 홍콩 『순환일보』 참조)

상세 조사 : 내가 들은 바에 의하면, 종래에 세의世醫라 불리는 것은 대대로 의사 노릇을 해서이고, 유의儒醫라 불리는 것은 그가 예전에 팔고를 한 적이 있었기 때문이고,[5] 관의官醫라 불리는 것은 관가에 고용되었기 때문이고, 또한 어의御醫라 불리는 것은 그가 태의원[6]에 들어간(?) 적이 있기 때문이다. 그런데 "현장, 소장, 처장, 국장, 청장을 역임. 유교에 능통하면서 명성이 높은 관리"였고, 또 "뛰어난 명의까지 겸행"하니, 이는 그야말로 오랜 옛날부터 나타난 적이 없던 사람이다. 게다가 5개의 "장"을 모두 해본 사람은 더더욱 드물다고 한다.

둘. 부모 구인 광고

나는 현재 이미 중등교육을 받은 상태이고 품행이 단정하며 나쁜 취미가 전혀 없습니다. 불행하게도 부모가 연이어 돌아가셨고 나 혼자 집안 재산을 갖고 광저우에 공부하러 왔습니다. 제 스스로 생각하기에도 자식 홀로는 너무 적막하다는 느낌이 들었습니다. 그래서 자원해서 타인의 아들이 되고자 합니다. 따라서 저의 재산을 들여서 사방의 인사들에게 자녀가 없는 분을 구하는 바입니다. 상당한 가정이면서 아들을 원하는 분은 편지를 보내 알려 주시면 좋겠고(가정 상황이나 경제적 위상이 어떠한지), 또한 연락 주소를 명확히 적어 주시길 바랍니다. 저의 답장을 기다린 후 만나서 상의하면 좋겠습니다. 신문을 보신 여러분께서 저에게 소개해 주시고, 이 일이 성공하면 후한 사례를 드릴 것입니다. 성공하지 못해도 감사드립니다. 신申 106, 통신 주소 : 광둥성립 제일중학교 위시청於希成 배.

(같은 날 광저우 『민국일보』 참조)

상세 조사 : 우리가 살고 있는 이 야박한 세상에서 '배우자 구함' 등과 같은 광고는 이미 흔히 있는 일이라서 특별하지 않다. 예전에 모반림이 쓴 『고효자전』을 읽은 적이 있다. 세 명의 남주인공이 있는데 모두 어머니가 없다. 그래서 모르는 노인을 셋이서 함께 어머니로 모셨다는 특이한 일이 있었다.[7] 그러나 그때는 효렴방정[8]에 의해 관직을 맡을 수 있어 자못 다른 의도가 있다고 의심할 수 있다. 하지만 이 광고는 자기 돈을 들여 가족을 구하는 광고로서 백금을 걸고 추천하기를 기다린다. 내가 반복해서 낭송해 보니, 어찌 사람의 마음이 순고淳古로 돌아가서 기쁘지 아니할소며, 이것이 밖으로 드러나 세상의 도의가 남아 있음을 알리는 것을 생각하지 않을 수 있으며, 아비를 구타하고 어미를 욕하는 자에게 권고하지 않을 수 있겠는가? 특히 신문을 본 여러분들 중 누가 광저우에 아들을 원하는 사람이 있는지 알고 계시는가? 알고 있으면 소개시켜 주고, 설령 좋은 일을 이루지 못한다 하더라도 꼭 '감사'드린다.

주)

1) 원제는 「某筆兩篇」. 이 글은 1927년 11월 26일 『위쓰』 제156호에 발표했다. '모필'(某筆)은 '어떤 글'로 새길 수 있으나, 앞의 '비필'(匪筆)과의 관련을 고려하여 한자음 그대로 옮긴다.
2) 『선보』(選報). 1902년(청 광서 28년)에 상하이에서 출판한 잡지.
3) CF신사는 리샤오펑(李小峰, 1897~1971)을 가리킨다. 장쑤성 장인(江陰) 사람. 당시 베이신서국의 경영자. 이 출판사에서 남아프리카공화국의 슈레이너(Olive Schreiner)가 창작한 『꿈』(*Dreams*, 1890)의 중국어 번역본을 출판했는데, 장진펀(張近芬)이 번역했고 서명은 CF여사라고 했다. 여기서는 리샤오펑을 이에 대한 대칭형으로 부른 것이다.
4) 방명(榜名)은 주홍색이나 짙은 홍색의 선지(宣紙)에 시험 성적 순서대로 쓴 명단에 들어 있는 이름. 즉 과거시험에 합격한 사람의 이름.
5) 팔고를 했다는 말은 청나라 시대 과거시험 준비를 위한 팔고문(八股文)을 학습하며 유학을 공부했다는 의미이다.
6) 태의원(太醫院)은 궁궐의 의료기구.
7) 『고효자전』(古孝子全). 청나라 모반림(茅泮林)이 유서(類書 ; 중국 고대의 일종의 백과전서와 같은 성격을 지닌 책)에서 유향(劉向), 소광제(蕭廣濟), 왕흠(王歆), 왕소지(王韶之), 주경무(周景式), 사각수(師覺授), 송궁(宋躬), 우반우(虞盤佑), 정집(鄭緝) 등의 이미 산일된 『효자전』을 수집하여 편집한 책이다. 여기에 기술한 내용은 이 책에는 「오군효자」(五郡孝子)편에 있다. '세 명'(三男)은 '다섯 명'(五男)이라고 해야 할 것이다.
8) 효렴방정(孝廉方正). 한나라 시기 관리를 선발할 때 효렴과 현량방정(賢良方正)이라는 과목이 있었다. 지방에서 조정으로 추천하는 '효자', '잘못을 바로잡고 직언하는 자' 중에 선발하여 관직을 수여한다. 청나라에 와서 효렴과 현량방정을 합하여 '효렴방정과'(孝廉方正科)라고 하였다.

홍콩의 공자 탄신 축하를 말하다[1]

기자記者 선생님

문선왕대성지성선사[2] 공자님 탄신을 축하하는 일이 지금까지는 홍콩에서 아주 성대하다고 일컬어져 왔습니다. 무릇 북방[3]은 고작 동린[4]의 고취를 얻었을 뿐이지만, 이곳은 홍콩 총독의 감독과 영도가 실사구시적으로 가르치고 인도하여 반듯하게 되었습니다. 홍콩 교포僑胞 역시 본국의 지성至聖[5]을 숭배하고 동방 문명을 보존할 줄 알았기 때문에 더욱 확대 발전시켜 일시에 매우 성행하게 되었습니다. 금년 공자님 탄신일에는 더욱 홍성하여 문인과 고아한 선비들이 도원陶園에 모여 즉석에서 우아하게 붓을 휘두르며 중국 문화의 정수를 드러냈습니다. 각 학교에서는 모두 공자님 탄신 축하 의식을 거행했는데 각계의 참관을 환영했고, 야간에는 신극新劇을 공연하거나 영화를 상영하면서 공자님 탄신의 흥을 돋우었습니다. 몇몇 빼어난 학교에서는 매년 공자님 탄신을 축하하며 의례적으로 신식 대련對聯[6]을 문어귀에 붙이는데 금년에 제작된 것이 더욱 출중합니다. 이제 삼가 받들어 기록하여 밝히니, 내지에 드러나도록 강구함으로써 제국주의자를 타도하고자 주장하는 것을 부끄럽게 여기는 바입니다.

건乾. 남학교 문어귀의 대련

노魯나라 역사에 근거해 『춘추』[7]를 지으셨고, 제齊나라 전항田恒을 벌하신 것은 천지의 대의이며, 나라를 어지럽히는 불충한 무리를 타도하셨도다. 아비를 규탄하고 효를 원수로 삼고, 공동으로 생산하고 아내를 공유하여 삼강오륜의 도리를 파괴하는 적화赤化[8]의 선전을 면하게 하셨도다.

도성都城 셋을 무너뜨리고, 신하의 개인적 군사를 없애 버리고,[9] 소정묘少正卯를 죽여,[10] 신속하고 맹렬하게 탐관오리를 제거하시고, 젊은이의 덕육德育을 훈련케 하시고, 몸을 닦고 집안을 가지런히 하시고, 어버이를 사랑하고 어른을 공경하시어, 세상의 도리와 인심을 만회했도다.

곤坤. 여학교 문어귀의 대련

어머니는 자식이 귀하게 되는 것에 기대고, 아내는 남편의 영광에 의지하도다. 바야흐로 지금 공자님 탄신을 성심으로 축원하는 바이니, 바로 삼종지도[11]를 삼가 따라야 마땅하도다. 어찌 입을 열어도 자유이고 입을 닫아도 자유라고 떠들고 있는가. 그저 자유를 오해하여 시세에 편승하는 물 같은 성질[12]이 되었도다.

남자는 하늘乾의 강함을 받고, 여자는 땅坤의 순함을 지키니[13] 차제에 공자 존중주의를 받들어 절대로 사덕[14]을 어기지 말지어다. 걸핏하면 무슨 말할 바가 있고 무슨 말할 바가 없다고 말하고, 심지어는 무슨 말을 한지도 모르고 사회의 풍조를 따라서 주제넘게 나서고 있도다.

'매'埋라는 글자는 입을 다문다는 의미이고, '먀'乜라는 글자는 무엇인가 말한다는 의미이고, '유'冇는 말이 없다는 의미이니, 대개 여자는 소인이라 규범적인 교훈을 모르기 때문에 속자俗字를 썼을 뿐입니다.[15] 여론 중에는 훌륭한 것이 더욱 많아, 이제 『순환일보』에 앞으로 게재하려는 것 한 편을 베껴 실으니 대요를 살펴보아 주십시오.

공자님 탄신에 대한 소감

페이헝佩蘅

가을바람은 상쾌함을 주고, 찬 이슬은 가을을 놀라게 하도다. 눈 깜짝할 사이에 공자님 탄신 시기가 되었도다. 요즘 공자님 가르침이 쇠락해지고, 사설邪說이 판을 치는구나. 예禮로써 공자님을 떠받드는 일은 오직 홍콩 인사들만이 계승하여 봉행하는도다. 내지에 이르러서는 대다수가 아무런 주의도 기울이지 않는 바이다. 대개 새로운 학설이 나오면 옛 도덕은 나날이 사라지며, 새로운 인물이 나오면 옛 성현은 모두 도태되는 바이다. 일반 학생은 레닌, 맑스 등의 갖가지 잘못된 말들을 숭배하고 특이하게 여기면서, 이천여 년 된 해와 별처럼 밝은 공자님의 가르침은 애석해하지 않는데, 그것을 타파하여 일소시켜야 하는 바이도다. 이를 꾸짖는 사람에게는 썩었다고 하지 않으면, 곧 노후했다고 말하는구나. 실제로 그들은 어려서 세상 물정을 잘 몰라 행동이 거칠고 무책임하도다. 새로운 학설을 가장하여 그 개인적인 의도를 손쉽게 꾀하는 것을 애석해하지 않는 바이다. 그러나 그들은 옛 선인들의 대의와 뜻이 깊은 말은 마치 몸에 가시가 박히고 눈에 못이 박힌 듯 여기고 있도다. 그래서 반드시 뽑아 버려야 되고 그래야만 상쾌하다고 생각하고 있도다. 공자님 또한 타도의 대열에 들어 있는데, 더욱이 어떻게 공자님의 탄신에 대해 말할 수 있겠는가? 오호라! 오래도록 이렇게 나아갔도다. 형세는 인도人道가 금수禽獸와 같아지지 않는 한 그치지 않을 것이도다. 그러나 얼마나 다행인가! 이 바다 한 모퉁이 땅에서 고풍이 사라지지 않고, 경經과 교敎가 아직 살아 있어서, 이곳에서는 공자님의 탄신을 축하하는 예의가 엄숙하고 정중하게 일시에 거행되고 있도다. 우리들의 공자님 탄신 축하는 특히 형식에 맞춘 기념이다. 마땅히 공교孔敎의 정신을 더욱 중시해야 하는 바이도다. 공교는 윤리倫理를 중시했고, 실행實行을 중시했도다. 이른바 제가치국평천하齊家治國平天下는 가까운 곳에서부터 먼 곳까지, 안으로부터 밖에까지 모두 따라야 하는 궤도軌道인 것이도다. 하늘이 변하지 않으면 도道 역시 변하지 않는 바이다. 예로부터 확실한 근거가 있도다. 비록 포악한 백성이 날뛰고 공자님의 가르침을 손상시켰지만 뜬구름의 그늘이 어찌 해와 달의 밝음에 해를 줄 수 있겠는가? 우매하고 세도가 쇠미해진[16] 지경에서, 우리는 오늘을 근심하고 옛날을 생각해 맨 민지 대의를 발휘해야 하는 바이다. 뜻이 깊은 말을 좌우에서 보좌해야 하는 바이다. 자여씨[17]가 양묵楊墨을 멀리한다고 말하는 이는 성인의 무리라고 했도다. 지금 세상은 온갖 말이 어지러이 섞이고, 기이한 학설이 서로 다투고 있도다. 뭇 사람의 입이 쇠를 녹일 듯하고, 좋지 않은 일이 거듭되나 당연한 것으로 여겨지고 있도다. 공자님의 가르침에 따르는 것에 비난을 가하는 자들은 지금껏 그저 양묵뿐이도다. 나아가 말씀詞을 귀하게 여기고, 그것을 펼쳐 나가야 하는 바이다. 우리들의 도를 위해 방패와 성벽을 만들고, 중류에 지주砥柱[18]를 세워야 하는 바이다. 마치 이목을 장황하게 만들고, 예의와 형식을 도식塗飾하고, 무성의한 마음으로 관례대로 예의를 거행하는 것은, 성인을 축하하는 여러분들에게 바라는 바가 아니도다. 그래서 느낀 점을 이처럼 서술하는 바이다.

홍콩 공성회孔聖會는 이날 태평극장太平戲院에서 밤낮으로 대요천반大堯天班을 공연합니다. 그 광고는 다음과 같습니다.

큰 성인의 탄신을 축하하는 날에 균천[19]을 연주하고 사람들에게 정교正教를 찬양하니, 그 기쁨이 온 대지에 비등합니다. 우리나라는 수천 년 동안 공교孔教를 숭상하고 받들어 왔고, 매우 성실하게 성인의 도를 지키면서 풍속의 교화를 유지할 수 있었고, 인심을 구제할 수 있었습니다. 본회에서는 이번 달 27일에 대요천반을 공연하기로 결정했습니다. 이날 「가관대송자」加官大送子, 「유룡희봉」遊龍戲鳳을 공연합니다. 밤을 새워 신극 「육국대봉상」六國大封相 및 「풍류황후」風流皇后를 공연합니다. 「풍류황후」라는 극은 줄거리가 신기하고 구성이 정교합니다. 이 극은 오로지 철야로 공연하지 않으면 종결할 수 없기 때문에 이날 밤은 홍콩 정부의 특별허가증을 발급받습니다. 공연은 새벽까지 이어집니다. …… 예매처는 할리우드 길 중화서원 공성회 사무소에 있습니다.

정묘년(1927) 8월 24일 홍콩 공성회 삼가 아룀

「풍류황후」라는 제목은 비록 전아함이 없으나 "공자가 남자南子를 만났다"[20]는 일을 『논어』에서는 숨기지 않았습니다. "이 바다 한 모퉁이 땅[21]에서 고풍이 사라지지 않았으니", 이 뜻을 능히 알 수 있을 것입니다. 그외로 각종 영화의 경우에는 아주 뛰어난 것이 많은데, 신극장에서 공연하는 「제공전」濟公傳 4집, 예고한 「제천대성대료천궁」, 신세계의 「무송살수」[22]는 모두 나라의 정수로 국가의 위상을 드높이기에 충분합니다. 황후극장의 「가면신랑」假面新娘은 비록 이웃나라에서 만들었으나, 그 광고를 보면 "공자 말씀에 '처음에는 내가 남에 대하여 그 말을 듣고서 그 행실을 믿었는데, 지금 나는 남에 대하여 그 말을 듣고서 그 행실을 살펴보게 되었다. 재여 때문에 이것을 고치게 되었다'[23]가 있는데 당신이 오늘 와서 「가면신랑」을 보면 공자의 말씀이 증명되고 그런 연후에 성인의 한마디 말이 천하의 법이 되어 만세의 사표로 불리는 것이 부끄럽지 않음을 알게 될 것이다"라고 말하고 있는데, 정말로 공자님의 가르침에 도움이 되는 것입니다.

오호라! 뗏목을 타고 바다를 항해하려 한다[24]는 공자님의 뜻이 깊은 말씀을 일찍이 들은 적이 있어 옳음을 숭상하고 사악함을 멀리하여 다행히 대영大英의 덕정德政[25]이 베풀어졌습니다. 나라를 사랑하고 옛 학문 연구에 힘쓰는 선비는 마땅히 이마에 손을 얹고 멀리서 축하하며 "가게 한 채를 얻어서 백성이 되지"[26] 못하는 것을 한탄하는 바입니다.

이에 특별히 알리는 바입니다. 편집국의 행복을 축원합니다.

공자 탄신 뒷날 화웨써[27]가 삼가 아룁니다

주)

1) 원제는 「述香港恭祝聖誕」. 이 글은 1927년 11월 26일 『위쓰』 제156기에 처음 발표되었다. 발표 때 편자(編者)에게 보내는 서신 형식으로 "보내온 편지를 그대로 게재하다"(來函照登)란에 게재한 것으로 제목은 본서에 수록할 때 붙였다.

2) 문선왕대성지성선사(文宣王大成至聖先師). 이는 봉건 황제들이 공자에게 덧붙인 시호(諡號)이다. 당(唐) 개원(開元) 27년(739)에 공자에게 문선왕(文宣王)이란 시호를 붙였다. 뒤에 송(宋) · 원(元) · 명(明)의 각 왕조에서 모두 시호를 더했고, 청(淸) 순치(順治) 2년(1645)에 또 '대성지성문선선사'(大成至聖文宣先師)라는 시호를 덧붙였다.

3) 북방(北方). 여기서는 공자의 탄생지인 중국을 의미함.

4) 동린(東隣). 일본을 가리킨다. 일본은 메이지유신(明治維新) 이후에 일부 사람들이 '사문회'(斯文會)를 조직하고 유교를 우러러 받들었다.

5) 지성(至聖). 공자를 의미함.

6) 대련(對聯). 운율과 글자수를 맞추어 서로 쌍이 되는 문구를 종이에 써서 걸어 놓거나 붙이는 예술형식.

7) 『춘추』(春秋). 춘추시대의 편년체 역사서. 전하는 바에 의하면 공자가 노(魯)나라 사관이 편찬한 『춘추』를 개정해서 완성했다고 한다. "제나라 전항을 벌주다"(罪齊田恒)는 『춘추좌씨전』 '애공 14년'의 "제(齊)나라 진항(陳恒)이 그 임금 임(壬)을 서주(舒州)에서 시해하자 공자가 3일을 재계하고서 제나라를 토벌하자고 3번 청했다"에 근거한 것인데, 진항(陳恒)이 바로 전항(田恒)이다. 그가 기원전 485년 제나라 간공(簡公; 임壬)을 죽이자, 공자가 그를 난신적자(亂臣賊子)로 여기고 노나라 애공에게 출병해서 토벌하자고 간절하게 요구했다.

8) 적화(赤化). 당시 공산당에 반대하는 측에서는 공산주의자들은 "공동으로 생산하고 아내를 공유한다"(共產公妻)고 중상하면서 악선전을 했다.

9) 『사기』 「공자세가」(孔子世家)의 기록에 근거하면 공자가 노나라 사구(司寇)가 되었을 때 맹손(孟孫) · 숙손(叔孫) · 계손(季孫) 세 집안이 실권을 장악하고, 각각 자신들의 도성을 세운 것이 마치 각기 하나의 나라를 세운 듯한 것을 보고, 노나라 정공(定公)에게 만일 "신하에게 사적인 군사가 없게 하고, 대부에게 백치(百雉)의 성이 없게 하고 아울러 중유(仲由; 공자의 제자 자로子路)에게 계씨(季氏)의 재(宰)가 되게 한다면 장차 세 개의 도성(성郕 · 후郈 · 비費)을 무너뜨릴 수 있습니다"라고 진언했다. 그 결과 숙손씨의 후도(郈都), 계손씨의 비도(費都)가 무너졌다.

10) 『사기』 「공자세가」의 기록에 의하면 노나라 정공 14년(B.C. 497)에 공자가 노나라에서 "대사구(大司寇)로서 재상의 일을 대신했는데…… 노나라 대부로 정사를 어지럽힌 소정묘(少正卯)를 죽였다"고 나와 있다.

11) 삼종지도(三從之道). 봉건시대 여자가 지켜야 할 세 가지 규범으로, "미혼에는 아버지에게 복종하고, 결혼해서는 남편에게 복종하고, 남편이 죽으면 아들에게 복종해야 한다"는 말. 『의례』(儀禮)에 나온다.

12) 둥둥 떠다닌다는 의미.

13) 『주역』(周易) 「계사전」(繫辭傳)에 "건도(乾道)는 남이 되고, 곤도(坤道)는 여가 된다"고

했고, 또 「설괘전」(說卦傳)에 "건(乾)은 굳세고(健), 곤(坤)은 순하다(順)"고 했다.

14) 사덕(四德). 봉건시대 아녀자가 지켜야 할 네 가지 덕목으로 부덕(婦德), 부언(婦言), 부용(婦容), 부공(婦功).

15) 이 문장의 원문은 "埋猶言合, 乜猶言何, 冇猶無言"이다. 여기에서 사용한 한자 '埋, 乜, 冇'는 격조 있는 문장에서는 사용하지 않는다는 의미를 강조하고자 한 것이다.

16) 원문은 '몽천박과'(蒙泉剝果)이다. 몽(蒙), 박(剝)은 『주역』의 두 괘 이름이고, 천(泉)과 과(果)는 이 두 괘의 해석에 사용되는 비유이다. 대략적인 뜻은 사람들이 우매하고 세도가 쇠미함을 가리킨다.

17) 자여씨(子輿氏). 맹자. 여기에서 인용한 그의 말은 『맹자』「등문공하」(滕文公下)에 나온다. "양묵을 멀리한다고 말하는 이는 성인의 무리이다." 양묵(陽墨)은 양주(楊朱 ; 양자)와 묵적(墨翟 ; 묵자)이다.

18) 지주(砥柱). 황허(黃河)의 중류에 있는 바위의 이름. 강한 물살에도 조금도 움직이지 않고 있어서 난세에도 의연하고 절의를 지키는 사람을 지칭한다.

19) 균천(鈞天). 『열자』(列子) 「주목왕」(周穆王)편에 "하늘에서 연주하는 음악의 이름"이라는 구절이 나온다.

20) 『논어』 「옹야」(雍也)에 나온다. "공자가 남자(南子)를 만나자 자로가 기뻐하지 않았다. 공자가 맹세하며 말하길, '내가 떳떳하지 않다면 하늘이 나를 버릴 것이다. 하늘이 나를 버릴 것이다.'" 남자는 춘추 시기 위나라 영공(靈公)의 부인이다.

21) 홍콩을 지칭함.

22) 「제천대성대료전궁」(齊天大聖大鬧天宮)은 '손오공이 천궁에서 큰 소란을 피우다'로 『서유기』의 한 대목이고, 「무송살수」(武松殺嫂)는 '무송이 형수를 죽이다'로 『수호전』의 한 대목이다. 이 시기 중국은 전통소설을 바탕으로 시대물 영화를 대량으로 만들었다.

23) 『논어』 「공야장」(公冶長)에 나온다. 재여(宰予)는 공자의 제자.

24) 『논어』 「공야장」에 나온다. "공자가 '도가 행해지지 않으니, 뗏목을 타고 바다를 향해 하겠다.'"

25) 당시 홍콩은 영국의 식민지였기 때문에 "대영제국의 덕정이 베풀어졌다"고 했다.

26) 『맹자』 「등문공상」에 나온다. "먼 곳의 사람도 임금의 어진 정치를 듣고서 가게 한 채를 얻어서 백성이 되기를 원한다."

27) 화웨써(華約瑟). 루쉰의 필명으로 이 작품 이외에는 사용하지 않았다. 외국인이 얕보는 중국인이란 의미가 있는 듯하다.

애도와 축하[1)]

『위쓰』가 베이징에서 출판 금지된 후 한 지인이 신문에서 오려 낸 문장을 나에게 보냈다. 11월 8일자 베이징 『민국완바오』民國晚報의 '화등'華燈란에 실린 문장인데, 내용은 이러하다.

조문의 글[2)]

쿵보니[3)]

근래 벗이 하는 말을 듣건대, "『위쓰』가 이미 정간되었다"고 하니, 그것이 과연 어찌된 연유인고? 살펴보니 『위쓰』가 세상에 나온 지 삼 년여가 되었는데, 본래 무궁한 윤택潤澤은 없었고, 풍파는 많았도다. 오랫동안 그저 쇠미함에 이르렀다고 들었도다. 더욱더 강인하고 건장해지기를 기대했건만, 어찌 중도에 붕괴하게 되었는고? '한담'이 진실함을 잃고, '수감'[4)]이 풍속을 해쳐서인가? 그게 아니라면 다른 이유가 있어서인가? 치밍 노인네[5)]도 더 이상 풍랑을 일으키지 못하고, 반도叛徒의 수괴[6)]도 이제 더 이상 명령을 내리거나 위엄을 과시하지 못하도다. 충신효자忠信孝

子들은 혹여 분노가 남아 있다면 조금이라도 펼쳐 내야 할 것이며, 인의지사仁義志士들은 우물에 빠진 사람에게 돌을 던져 넣어 크게 위해를 가해야 마땅하다.[7] '위쓰파'가 이미 멸망했으니, 대중의 분노도 잠시 사그라졌도다. '옹기당'이 여전히 존재하니, 어찌 오색 깃발을 염려하리오?[8] 이제 광란은 평정되고 사설邪說도 섬멸되었다. 풍속의 교화에 관한 일이 참으로 경미하지 않도다. 『위쓰』가 정간되었으니 어찌 아름답지 아니한가? 애석한 일은 잔재가 깡그리 사라지지 않은 것이고, 화근이 아직도 남아 있어서 다시 옛 작태가 싹틀 수 있으니, 진실로 예방에 힘써야 하리라. 이제부터 마땅히 악을 제거하는 데 힘을 다해야 하리니, 어찌 임시변통으로 간신 같은 무리들을 양육하는 일을 용납할 수 있겠는가? 인의仁義의 군대를 일으켜서 초무招撫를 병행해야 한다. 필화사건文字獄을 만들어서 상벌을 분명하게 해야 한다. 이단을 타도하고 화근의 수괴를 징벌해야 한다. 민심을 안돈시키고 대중들의 소망에 부응해야 한다. 어찌 그 공이 불후하여 전해지지 않을 것이며, 어찌 그 덕이 백성들에게만 미치겠는가? 그렇지 않다면 또한 국기를 영화롭게 한다고 하겠는가? 『광풍』[9]의 과거의 예를 본받고, 『위쓰』의 애도사를 쓰는 바이다. 어진 일에 대해서는 양보하지 않아야 마땅한 것이니, 나를 제외하고 누가 하겠는가? 조야의 군자들이여, 바라건대 이를 절대 홀시하지 말지어다.

아직 표점은 폐지하지 않았으나 어체는 이미 금지되는 때이다.[10] 양력 그믐날, 행단에서.[11]

전에는 생각하지 못했는데, 이번에 모두 기억해 냈다. 작년에 샤먼에 있을 때, 어떤 친구가 나에게 문장을 보낸 적이 있었다. 베이징의 『매일평론』每日評論인데, 날짜는 "병인년 12월 20일……", 양력 날짜는 오려져 나갔다. 내용은 다음과 같다.

광풍사를 슬퍼하노라[12)]

옌성[13)]

뜻밖에도 내가 「광풍을 읽고」라는 글을 쓴 후 『광풍』이 상하이에서 곧바로 결국 목숨을 다했다[14)]는 부고가 뒤이어 전해져 왔다. 원래 『광풍』의 수명이 길지 않으리라는 것은 우리들이 일찍이 짐작했던 일이지만 이렇게 빨리 요절한 것은 확실히 "예상 밖이었다." 특히 '사상계의 권위자'[15)]와 정면 투쟁을 하고 있을 때 갑자기 이런 결과가 나타나게 되었으니, 의심이 많은 사람이라면 아마 권위자의 반격 전략을 의심할지도 모른다. "이 말은 물론 확실하지 않다", '하지만' 자유 비평가들이 가지 못하는 광화서점光華書店을 '사상계의 권위자'는 능히 갈 수 있다. 그리하여 『광풍』은 정간당했으며, 그래서 『광풍』은 부득불 정간하지 않을 수 없었다.

그런데 요즘 세상은 권위가 많은 듯하다. 『광풍』에 원한을 품은 자가 글쎄 남방의 강자인가? 북방의 강자인가? 그렇지 않으면 ……인가?

사상가는 필경 무인武人처럼 호쾌하지 못하다. 『광풍』이 정간했지만 창훙[16)]은 결국 무사히 베이징까지 갈 수 있었으니, 이는 오히려 우리가 창훙을 축하할 일이다.

오호라! 비종교대동맹[17)]을 돌이켜 보면 기세가 드높을 때에는 교수 다섯 명이 흔쾌히 사상의 자유를 옹호하는 선언에 서명했었는데, 얼마 되지 않아 자유 비평은 이미 반동가의 유일한 구호가 되어 버렸다. 자유야! 자유! 이는 선장본[18)]을 따라 구덩이로 파묻히게 되었구나! 히히! 낄낄!

『위쓰』는 원래 몇몇 사람이 선정한 것이 아니지만, 아첨과 공격, 저주를 받으면서, 작가와 간행물의 영고성쇠가 모두 이 몇 사람이 짊어지게 된 출판물이다. 하지만 이번의 금지는 결국 옌징燕京에서 북쪽에 머리를 두었다는北寢[19] 부고이지만 '아마도' '권위자의 반격 전략으로 의심'하지 않을 것이다. 정말이지 나도 "사상가는 필경 무인보다 호쾌하지 못하다"고 생각한다.

그렇지만, 이것은 도리어 내가 옌성과 오색국기를 축하해야만 한다.

12월 4일 상하이 정침正寢

주)

1) 원제는 「弔與賀」, 이 글은 1927년 12월 31일 『위쓰』 제4집 제3호에 처음 발표했다.
2) 원문은 '弔喪义'.
3) 쿵보니(孔伯尼). 본명은 아닐 것으로 추측되며, 누구인지도 알려져 있지 않다. 공자(孔子)의 성(姓)을 사용했고, 중니(仲尼)라는 공자의 자(字)를 빗대어 '伯尼'라고 한 듯하다. 고대 중국에서는 형제의 순서에 따라 '백(伯), 중(仲), 숙(叔), 계(季)'의 순으로 불렀다.
4) '한담'(閑話)과 '수감'(隨感)은 『위쓰』 잡지에 실린 칼럼을 의미한다. '위쓰파'는 잡감(雜感), 단평(短評), 소품산문(小品) 위주의 문장을 발표하여 독특한 풍격의 '위쓰문체'를 형성했는데, 유머와 풍자가 풍부했다.
5) 치밍(豈明), 즉 저우쭤런(周作人, 1885~1967)은 루쉰의 동생으로 저장성 사오싱 출신이며, 『위쓰』의 편집자이자 주요 기고자였다. 항일전쟁 시기에는 일본에 협력했다.
6) '반도의 수괴'는 루쉰을 가리킨다. 1925년 9월 4일 『망위안』 주간 제20호에 메이장(徽江)이 루쉰에게 보낸 편지를 게재하였는데, 그중에 '청년 반도의 영도자'라는 말이 있다. 천시잉(陳西瀅)이 1926년 1월 30일 『천바오 부간』에 「즈모(志摩)에게」라는 글을 발표하여 이 글을 비난하면서, 루쉰이 '청년 반도의 수괴'가 될 자격이 없다고 하였다.
7) 원문은 '하정투석'(下井投石). '우물에 빠진 사람에게 돌을 던져 넣다'는 말로 '남의 위기를 틈타 위해를 가하다'는 의미이다.

8) '옹기당'(擁旗黨). 국가주의파를 가리킨다. 그들은 베이양군벌을 지지하고 혁명을 반대하며 오색기를 보호하는 '호국운동'을 일으키기도 했다. 오색기는 1911년에서 1927년까지 중화민국의 국기로 홍, 황, 남, 백, 흑 다섯 가지 색을 가로로 배열한 것이다.

9) 『광풍』(狂飇). 문학 주간지, 광풍사(狂飇社)의 가오창훙 등이 편집했다. 1926년 10월 상하이에서 창간하여 1927년 1월 제17호까지 발간 후 정간했다. 광화서국(光華書局)에서 출판했다.

10) 표점(標點)은 문장부호를 의미하고, 어체(語體)는 백화문을 의미한다.

11) 행단(杏亶)은 공자가 제자들에게 학문을 강의하던 장소를 말한다. 학교라는 의미로 사용한다.

12) 원문은 '挽狂飇'.

13) 옌성(燕生 ; 창옌성常燕生, 1898~1947). 이름은 나이더(乃德), 산시 위치(榆次) 출신, 국가주의파 구성원. 광풍사에 참가한 적이 있다.

14) 원문은 정침(正寢). 궁전의 한가운데에 있는 사무를 보던 곳을 지칭하기도 하고, 수명을 다하고 죽은 경우라는 의미로도 사용된다.

15) 1925년 8월 4일 베이징 『민보』(民報)는 『징바오』(京報)와 『천바오』(晨報)에 각각 광고를 게재했다. 내용은 "중국 사상계의 권위자인 루쉰을 기고자로 특약(特約)했으니, …… 여러 선생님들께서도 수시로 부간(副刊)을 위해 투고하시기 바랍니다"이다. 그 후 어떤 사람은 이 말을 인용하여 루쉰을 풍자했다.

16) 가오창훙(高長虹, 1898~1956). 산시성(山西省) 멍(盂)현 출신. 광풍사 주요 구성원. 한때는 루쉰과 가깝게 지냈지만 루쉰이 베이징을 떠나 샤먼으로 간 후 상하이에서 『광풍』 주간을 이용하여 루쉰을 함부로 공격하고 비방했다.

17) 비종교대동맹(非宗教大同盟). 1922년 초 세계기독교학생동맹이 베이징에서 제11차 대회를 열기로 결정하자, 중국 일부 지식인들이 강렬히 반대하며 상하이·베이징 등지에서 '비종교대동맹'을 결성했다. 이 단체는 중국 사회주의청년단의 지도 아래 1922년 3월 15일 상하이의 『선구』(先驅) 반월간에 선언, 공개 전보, 규정을 발표했고, 대중들에게 전단지를 배포하고 연설회를 조직하여 제국주의가 기독교를 이용하여 중국에 문화적인 침략을 행하는 것을 반대하였다. 당시 베이징대학의 저우쭤런, 첸쉬안퉁, 선스위안(沈士遠) 등 다섯 명의 교수가 '동맹'에 반대하는 의견을 같은 해 3월 31일자 『천바오』에 「종교 자유인의 선언을 주장한다」라는 내용으로 발표하여 "인간의 신앙은 절대로 자유여야 하고 누구의 간섭도 받지 않는다"고 주장했다.

18) 선장본(線裝本). 중국 고대의 서적 장정 방법. 실로 페이지를 꿰매어 책으로 만듦.

19) 앞의 '정침'(正寢)에 대한 풍자의 단어로 루쉰이 만들어 사용했다고 짐작된다.

1928년

'취한 눈' 속의 몽롱[1]

음력으로 따지든 양력으로 따지든 올해가 상하이의 문예가들에게 특별한 자극력을 가진 듯, 신과 구, 두 개의 정월이 연이어 지나가자 잡지들이 계속해서 나타났다. 그들은 대개 위대와 존엄이라는 명분에 온 힘을 다 쏟을 뿐, 내용을 압살하는 것을 애석하게 여기지 않는다. 창간된 지 일 년이 채 안 되는 간행물들까지도 죽기 살기로 누쟁하고 돌변하는 모습을 보여주고 있다. 저자의 면면을 보면 몇몇은 처음 보는 이름이지만 대부분은 눈에 익은 이름들인데, 그렇지만 때때로 생소하게 느껴지는 까닭은 그들이 일 년이나 반년쯤 붓을 놓았기 때문이다. 그들이 이전에는 무엇인가를 하고 있다가 왜 올해 들어서 일제히 붓을 들었는가? 말을 하자면 길어질 것 같다. 간단히 말하자면, 이전에는 붓을 들지 않아도 되었으나 지금은 붓을 들지 않을 수 없어서인데, 여전히 예전의 무료한 문인, 문인의 무료함 그대로이다. 이런 점을 의식적이든 무의식적이든 모두들 약간씩 자각하고 있기 때문에, 언제나 독자들에게 '장래'에는 '출국'할 거라든지, '연구실에 들어갈' 거라든지, 그렇지 않다면 '민중을 쟁취하겠다'고 큰소리치고 있다. 그들이 세운 공훈과 업적이 현재는 없지만, 일단 귀국하거나 연구실에서 나오거나 민중을 쟁취한 다음에는 대단할 것이다. 물론 멀리 내다보는 식견이 있는 사람, 조심성이 있는 사람, 겁이 많은 사람, 투기꾼들은 지금 미리 '혁명에 대한 경례'를 드리는 게 나을 것이다. 일단 '장래'가 다가오면, 그때 가서는 '후회막급'일 터이니.

그런데 각종 간행물들이 표현 형식은 각기 다르다 하여도 모두가 한 가지 공통점을 가지고 있는데, 그것은 다소 몽롱하다는 점이다. 내가 보건대, 이 몽롱의 발원지는 ── 비록 펑나이차오의 소위 '흐뭇하게 취한 눈'[2]이기는 하지만 ── 역시 더러는 사랑하고 더러는 미워하는 사람들이 있는 관료배와 군벌이다. 이들과 얽히고설켜 있거나 혹은 얽히고설키려 생각하는 자들은 글에서 왕왕 웃는 낯을 보이며 누구에게나 화기애애하다. 하지만 그들은 또 예측하는 능력이 있어서, 꿈속에서도 망치와 낫을 겁내므로 지금의 상전을 아주 내놓고 공손하게 섬기지도 못한다. 이리하여 여기서 얼마간 몽롱이 나타난다. 다른 한편 그들과 인연을 끊었거나 본래부터 얽히지 않고 대중을 향해 나아가는 사람들은 사실 아무 우려 없이 말을 할 수 있다. 그래서 글에서는 아주 씩씩한 모양이라 모두에게 영웅인 양 보여진다 하더라도, 그들의 지휘도를 잊어버리는 멍청이는 많지 않다. 이리하여 여기에도 얼마간 몽롱이 나타난다. 그래서 몽롱하게 하려다가 마침내 본색을 드러내 보이는 것과 본색을 보이려다가 마침내 몽롱하게 되는 것이 한 곳에서 동시에 나타났다.

사실 몽롱하다 해도 대단하지는 않다. 가장 혁명적인 나라라고 해도 문예 방면에 어찌 몽롱한 점이 없겠는가. 하지만 혁명가는 자기를 비판하기를 결코 두려워하지 않으며, 그들은 명확히 알고 있고 용감하게 명시적으로 말한다. 오로지 중국만 유별나다. 남을 따라서 톨스토이를 '추접스러운 설교자'[3]라고 말할 줄은 알면서도, 중국의 '현 상태'에 대해서는 "사실상 사회의 각 방면이 바야흐로 먹장구름과 같은 어두운 세력의 지배를 받고 있다"[4]는 것을 느낄 뿐 '정부의 폭력, 재판 행정의 희극적인 가면을 찢어 버린' 톨스토이의 몇 분의 일만큼의 용기도 없다. 인도주의가 철저하지 못하다는 것을 알면서도 "사람을 풀 베듯 소리 없이 죽일"[5] 때에는 인도주의적인 항쟁도 없다. 가면을 찢어 버리거나 항쟁을 한다는 것도 '문자유희'에 지나지 않으며 결코 '직접적인 행동'[6]은 아니다. 나는 글 쓰는 사람이 직접 행동할 것을 결코 바라지는 않는다. 글 쓰는 사람은 거개가 글을 쓸 줄밖에 모른다는 것을 나는 알고 있다.

좀 늦은 것이 유감이다. 창조사가 재작년에 출자자를 모으고 작년에 변호사를 초빙했는데[7] 금년에야 비로소 '혁명문학'의 깃발을 내들었다. 그리고 부활한 비평가 청팡우는 드디어 '예술의 궁전'을 호위하던 직업을 버리고[8] "대중을 쟁취하며" 혁명문학가에게 "최후의 승리를 확보해 주려"[9] 하고 있다. 이 비약은 필연적이라고 할 수도 있다. 문예를 하는 사람들은 대체로 민감하여 시시각각 자신의 몰락을 예감하고 또 그것을 미연에 방비하려고 애쓰며 마치 망망대해에서 표류하는 사람처럼 결사적으로 아무것이나 붙든다. 20세기 이후로 표현주의,[10] 다다이즘,[11] 무슨 무슨 주의들이 한쪽이 흥하면 다른 쪽이 망한 사실이 그 증거이다. 지금은 큰 시대, 동요하는 시대, 전환의 시대로 중국 이외의 나라에서도 대체로 계급대립이 매우 첨예화되었으며 노농대중의 힘이 날로 커지고 있다. 그러므로 만일 자신을 몰락에서 구원하려면 두말할 것 없이 그들에게로 기울어져야 한다. 하물며 "오호라! 프티부르주아계급에게는 두 개의 영혼이 있으니……" 부르주아계급 쪽으로 기울어질 수도 있지만 프롤레타리아계급 쪽으로 기울어질 수도 있는 법, 더 말해 무엇하랴.

이런 일이 중국에서는 아직 맹아상태라서 신기해 보이기 때문에 반드시 「문학혁명에서 혁명문학으로」라는 거창한 제목의 글을 써야 하지만, 공업이 발달하고 빈부의 차가 극심한 나라들에서는 이미 보통 일이 되었다. 어떤 이는 장래는 노동자의 세상이라는 것을 예견하고 달려갔고, 어떤 이는 강자를 도울 바에는 차라리 약자를 돕겠다고 달려갔으며, 어떤 이는 이 두 가지가 뒤섞여 작용하여 달려갔다. 어떤 이는 공포로, 어떤 이는 양심 때문이라고 말할 수 있다. 청팡우는 사람들에게 프티부르주아계급의 근성을 극복하라고 설교하면서 '대중'을 끌어다가 '베풀기'와 '유지'의 재료로 삼고 있는데, 글을 끝맺으면서 큰 의문을 하나 남겨 놓았다.

만일 '최후의 승리를 확보하기' 어려울 경우에는 갈 것인가, 가지 않을 것인가?

이것은 실로 청팡우의 축하를 받아 금년부터 나오기 시작한 『문화비판』에 실린 리추리의 글[12]에서 프롤레타리아계급 문학을 주장하지만, 반드시 프롤레타리아계급 자신이 쓸 필요가 없으며 어느 계급 출신이든 어떤 환경에 처해 있든 간에 "프롤레타리아계급 의식에서 나온 일종의 투쟁문학"이기만 하면 된다고 한 것보다 간단명료하지 못하다. 그러나 리추리는 "취미를 중심으로 하는" 밉살스러운 '위쓰파' 사람들의 이름이 눈에 띄기만 하면, 곡절불문하고 여전히 "간런 군君에게 묻노니, 루쉰은 제몇 계급에 속하는 사람인가?"[13]라는 식이다.

나의 계급은 이미 청팡우에 의하여 다음과 같이 판정되었다. "그들이 긍지로 삼는 것은 '한가閑暇, 한가, 세번째도 한가'이며, 그들은 한가한 부르주아계급 혹은 북鼓 속에서 잠자고 있는 프티부르주아계급을 대표하고 있다. …… 만일 베이징의 오염되고 혼탁한 공기를 10만 냥의 연기 없는 화약으로 폭파하지 않는다면 그들은 영구히 그렇게 살아갈 것이다."[14]

우리의 비판자들이 창조사의 공훈을 적어 내고 거기에 '부정의 부정'을 가하는 것으로써 '대중을 쟁취하려' 할 때[15] 벌써 '10만 냥의 연기 없는 화약'을 생각하게 되었고, 게다가 나를 '부르주아계급' 속에 밀어 넣으려는 듯하므로(왜냐하면 '유한이란 곧 돈이 있는' 것이라니까) 나는 자못 위태롭다는 느낌이 든다. 그러다가 후에 리추리가 "작가라면 그가 제1, 제2, …… 제100, 제1000 계급이든지 상관없이 다 프롤레타리아계급 문학운동에 참가할 수 있다고 나는 생각한다. 그러나 우리는 먼저 그들의 동기를 심사해야 한다 ……"[16]라고 한 글을 보고서야 겨우 마음이 좀 놓였다. 그러나 나에게는 여전히 계급을 따질까 봐 우려된다. '유한한 것은 곧 돈이 있는 것이다.' 만일 돈이 없을 경우에는 응당 제4계급[17]에 속할 것이므로 '프롤레타리아계급 문학운동'에 참가할 수 있을 것이다. 그러나 그때에 가면 또 '동기'를 따진다는 것을 나는 알고 있다. 요컨대 가장 요긴한 것은 '프롤레타리아계급의 계급의식을 획득하는 것'이다. ── 이번에는 '대중을 쟁취하는' 것만으로 다 되는 게 아니다. 이러나 저러나 명확하지가 않다. 그러니 리추리에게 "예술의 무기로부터 무기의 예술에 이르게"[18] 하고, 청팡우에게 반조계지에 가 앉아서 '연기 없는 화약 10만 냥'을 모으게 하고, 나는 의연히 '취미'를 추구하는 것이 제일 나은 듯하다.

청팡우가 이를 갈며 '한가, 한가, 세번째도 한가'라고 외치는 소리가 내게는 재미있게 들린다. 왜냐하면 나는 이전에 어떤 사람이 나의 소설을 비평하면서 "첫째도 냉정, 둘째도 냉정, 셋째도 역시 냉정"[19]하다고 한 것이 기억나기 때문이다. '냉정'하다는 것은 결코 좋은 평은 아니다. 그런데 어떻게 된 일인지 마치 도끼로 이 혁명적 비평가의 기억 중추[20]를 쪼개놓은 것처럼 '한가'도 세 개가 되었다. 만일 네 개라면 『소설구문초』小說舊聞鈔마저도 쓰지 못할 것이며, 혹은 두 개뿐이라면 비교적 바쁜 축에 속해서 '아우프헤벤'[21]('제거'된다는 뜻으로, Aufheben에 대한 창조파의 음역이다. 그런데 어째서 그렇게 어렵게 번역했는지 나는 이해할 수 없다. 제4계급으로서는 틀림없이 원문을 그대로 베껴 쓰기보다도 더 힘들 것이다) 되는 지경에까지는 이르지 않을 것이다. 그런데 유감스럽게도 세 개이다. 그러나 이전에 들씌웠던 '자신을 표현하려는 노력을 기울이지' 않은 죄[22]는, 아마 청팡우의 '부정의 부정'과 함께 소거된 듯하다.

창조파들은 '혁명을 위하여 문학을 한다'. 그러므로 의연히 문학이 필요하며 문학이 지금 제일 요긴한 것이다. 왜냐하면 앞으로 "예술의 무기로부터 무기의 예술로" 가게 되는데 일단 "무기의 예술"에 도달하였을 때는, 바로 "비판의 무기로부터 무기에 의한 비판에 이르렀을"[23] 때와 마찬가지로 세계에 전례가 있다시피 "동요하는 사람은 찬동하는 사람으로 변하고 반대하는 사람은 동요하는 사람으로 변하여"[24] 버리기 때문이다.

그러나 당장 적지 않은 문제가 하나 있다. 어째서 직접 '무기의 예술' 에 이르지 않는가?

이것은 "유산자가 내보낸 소진의 유세"[25]와 매우 흡사하다. 그러나 현재 "무산자가 유산자의 의식에서 해방되기 전"[26]이므로, 부르주아계급의 군대가 후퇴하든지, 아니면 반격하려는 독계이든지 간에, 어쨌든 이 문제는 반드시 제기될 수밖에 없다. 왜냐하면 이것은 극히 철두철미하고 용맹한 주장이면서 동시에 의심스러운 싹이 숨어 있기 때문이다. 이에 대한 해답은 오직 다음과 같을 수밖에 없다. 즉, 저쪽에 '무기의 예술'이 있기 때문에 이쪽은 '예술의 무기'일 수밖에 없다.

이 예술의 무기라는 것은 정말 부득이한 것이다. 무저항의 환영으로부터 빠져나와 종잇장에서의 전투라는 새로운 꿈속으로 빠져 들어갔다. 그러나 혁명적 예술가는 이 종잇장의 전투에서만 자신의 용기를 확보하는 수밖에 없으므로, 그는 그저 그렇게 할 뿐이다. 만일 그가 그의 예술을 희생하고 이론을 그대로 옮긴다면 아마 혁명적 예술가가 되지 못할 것이다. 그러므로 필연코 프롤레타리아계급 진영 속에 앉아서 '무기의 철과 불'이 나타나기를 기다려야 한다. 그것이 나타나는 것과 때를 같이하여 '무기의 예술'을 내놓는다. 만일 그때에 철과 불의 혁명가들이 '한가'한 틈이 있어서 그들의 공훈에 대한 자술을 들어준다면, 그들은 동등한 전사가 된다. 최후의 승리이다. 하지만 사회에는 다양한 층이 있기 때문에 문예란 역시 시비가 명확하게 갈리지 않는다. 이 점은 선진국들의 역사적 사실이 뒷받침하고 있다. 최근의 예를 들면 『문화비판』은 이미 업턴 싱클레어(Upton Sinclair)[27]를 끌어당기고 있으며 『창조월간』도 비니(Vigny)를 업고 '앞으로 가고'[28] 있다.

그때 가서 만일 "불不혁명은 곧 반反혁명"이라거나 혁명이 지체된 것은 '위쓰파'의 소행 때문이라고만 하지 않는다면, 남의 집 청소부 노릇을 해도 빵 반 조각을 얻어먹을 수 있으므로, 나는 여덟 시간 일을 하고 난 여가에 컴컴한 방구석에 들어앉아서 계속 나의 『소설구문초』를 초록할 것이며 몇몇 나라들의 문예에 대하여도 이야기하려고 한다. 왜냐하면 내가 좋아하는 것이기 때문에. 다만 청팡우네들이 정말 블라디미르 일리치[29]처럼 '대중을 쟁취할'까 봐 겁이 날 뿐이다. 그렇게 되면 그들은 아마 더욱

비약에 비약을 거듭하게 될 것이며, 나까지 귀족이나 황제계급으로 끌어 올려 적어도 북극권에 유배를 보낼 것이다. 그리고 번역이나 저작이 금지 당할 것은 더 말할 나위도 없다.

머지않아 틀림없이 큰 시대가 도래할 것이다. 지금 창조파의 혁명문학가들과 프롤레타리아계급 작가들이 비록 부득이하게 '예술의 무기'를 가지고 놀고 있지만 '무기의 예술'을 가지고 있는 비혁명적 무학武學가들도 그것을 가지고 놀고 있다. 몇 가지 미소를 띤 잡지들[30]이 바로 그것이다. 그들 자신도 자기 손에 쥐고 있는 '무기의 예술'을 크게 믿지 않는 것 같다. 그렇다면 이 최고의 예술──'무기의 예술'이 지금 도대체 누구의 손에 들어 있는가? 오직 그것을 찾아내기만 하면 중국의 곧 다가올 미래를 알 수 있을 것이다.

2월 23일 상하이에서

주)

1) 원제는 「'醉眼'中的朦朧」, 이 글은 1928년 3월 12일 잡지 『위쓰』 제4권 제11호에 처음 발표되었다. 이 글은 루쉰이 1928년 초에 창조사와 태양사가 그를 비평한 사실을 염두에 두고 쓴 것이다. 당시에 창조사 등의 루쉰 비평과 이에 대한 루쉰의 반박은 혁명문학 진영 내에서 혁명문학 문제를 중심으로 한 논쟁을 야기했다. 이 논쟁으로 혁명문학운동의 영향이 확대되었고 혁명문학 문제가 문화계의 주목을 끌게 되었다. 그러나 창조사와 태양사의 일부 성원들은 맑스주의 원리를 중국 혁명의 실제와 문예 영역에 적용해 보려고 시도하는 과정에 엄중한 주관주의 및 종파주의 경향을 보이며 루쉰에 대하여 그릇된 분석을 함으로써 루쉰을 배척하고 심지어는 무원칙적으로 공격하는 태도를 취하였다. 후에 이들은 루쉰을 배척하던 입장을 고쳐서 루쉰과 함께 중국좌익작가연맹을 조직했다.

2) 펑나이차오(馮乃超, 1901~1983). 광둥성 난하이(南海) 사람, 시인, 문학평론가, 후기 창조사의 구성원. '흐뭇하게 취한 눈'(醉眼陶然)이란 말은 『문화비판』 창간호(1928년 1월)에

발표한 펑나이차오의 글「예술과 사회생활」에 보인다. "루쉰이란 이 늙은이는──내가 문학적 표현을 사용하는 것을 용서하라──늘 어두침침한 술집 한 구석에 앉아서 흐뭇하게 취한 눈으로 창밖의 인생을 내다본다. 세상 사람들이 칭찬하는 그의 장점이라면 다만 원숙한 수완뿐이다. 하지만 그는 이따금 흘러간 옛날을 못 잊어서 몰락한 봉건 정서를 추모한다. 결국 그가 반영하는 것은 사회변혁기의 낙오자의 비애뿐이며, 무료하기 짝이 없게 자기의 동생을 따라서 인도주의적인 미사여구를 몇 마디 할 뿐이다. 이것은 도피주의이다! 그러나 톨스토이처럼 추접스러운 설교자가 되지 않은 것은 다행한 일이다."

3) 톨스토이(Лев Николаевич Толстой, 1828~1910). 러시아 작가. 장편소설『전쟁과 평화』(Война и мир, 1865~69)『안나 카레니나』(Анна Каренина, 1875~77),『부활』(Воскресение, 1889~99) 등이 있다. 펑나이차오는「예술과 사회생활」이라는 글에서 레닌이 쓴「레프 톨스토이는 러시아혁명의 거울이다」의 다음과 같은 단락을 인용하였다. "톨스토이는 한편으로 자본주의의 착취를 조금도 거리낌 없이 비판하고, 정부의 폭력, 재판 및 행정의 희극적인 가면을 찢어 버리고 국부의 증대 및 문화의 성과들과 빈곤의 증대, 노동대중의 고통 사이의 모순을 폭로하였다. 다른 한편 미욱하게도 폭력으로 죄악에 반항하지 말라고 설교하였다. 한편으로는 가장 각성한 현실주의에 발을 딛고 서서 온갖 가면을 찢어 버렸으나, 다른 한편에서는 부끄럽게도 이 세상에서 가장 추접스러운 일──종교의 설교자가 되었다." 이 번역문은 현재 통행되는 판본과 완전히 일치하지는 않는다.

4) 이는 펑나이차오가「예술과 사회생활」에서 한 말이다. "북벌군이 창장강으로 진출한 이래 중국 국민혁명의 하나의 특징은 대중적 정치운동이 치열해진 것이다. 그러나 당면한 현재의 상태를 살펴볼 때 표면적으로는 혁명세력이 정체된 듯하고, 사실상 사회의 각 방면이 바야흐로 먹장구름과 같은 어두운 세력의 지배를 받고 있다."

5) "사람을 풀 베듯 소리 없이 죽이다". 이는 명나라 때 심명신(沈明臣)이 쓴『요가십장』(鐃歌十章)「개가」(凱歌)에 있는 말이다. "좁은 골목 육박전에서 사람을 풀 베듯 소리 없이 죽인다." 원래는 전쟁터의 공로를 찬양한 말인데 여기서는 국민당 당국이 공산당 사람과 혁명 군중을 도살한 죄행을 지적하는 데 사용했다.

6)『문화비판』제2호(1928년 2월)에 실린 리추리의 글「어떻게 혁명문학을 건설할 것인가」에 나온다. "우리는 사회의 일부 상식적인 선동가들이 틀림없이 우리를 비웃고 있는 것을 알고 있다. 당신들은 말끝마다 혁명을 부르짖는데 어째서 직접적인 행동은 하지 않고 문자유희인 문학을 주무르고 있는가 하고 그들은 말한다. 우리는 이것이 그들의 간악한 사기라는 것을 간파해야 한다. 이것은 그들의 병사를 후퇴시키는 계책이며 유산자가 보내온 소진(蘇秦; 춘추전국시대의 저명한 유세가)의 유세이다."

7) 창조사가 1926년에 회사의 자금을 장만하기 위하여 출자자 모집 규정을 만들었다.

1927년에는 류스팡(劉世芳)을 회사 변호사로 초빙했다. 그후 창조사가 당국의 억압을 받게 되자 류스팡이 창조사 및 그 출판부를 대표하여 신문에 다음과 같은 성명을 발표하였다. 즉 "본사는 순수한 신문예 단체이며 본출판부 역시 순수한 문예출판물의 발행 기관으로, 지금까지 그 어떤 정치단체와도 아무런 관련이 없다", "앞으로 본사 및 본출판부를 모함하는 자가 있을 경우에는 정당한 법적 보장을 받기 위하여 소송할 것이다." (1928년 6월 15일부 상하이 『신문보』에 실림)

8) 창조사가 창립되던 초기에 청팡우는 문학은 "내심에서 우러나오는 요구이므로 원래는 그 어떤 예정된 목적이 필요 없다"고 주장하면서, 문학의 '완전'함과 '미'를 추구하고 '예술을 위한 예술'의 경향을 지니고 있었다. 그러다가 1926년에 북벌전쟁에 참가하고 1928년에 다시 상하이로 돌아와서 '혁명문학' 운동에 뛰어들었다. 때문에 여기서 그는 '부활한 비평가'이며 "드디어 '예술의 궁전'을 호위하던 직업을 버렸다"고 말하였다.

9) "대중을 쟁취하다", "최후의 승리를 확보해 준다"라는 말들은 모두 『창조월간』 제1권 제9호(1928년 2월)에 발표된 청팡우의 글 「문학혁명에서 혁명문학으로」(從文學革命到革命文學)에 있는 말이다. "명료한 의식으로 자기 사업에 힘씀으로써 대중들에게 끼친 부르주아계급의 '이데올로기'의 여독과 영향을 청산하고, 대중을 쟁취하여 그들에게 부단한 용기를 줌으로써 그들의 자신감을 확보해 주어야 한다! 당신이 전체 전선의 한 분야에 서 있다는 것을 잊지 말아야 한다! 전쟁터에서 보고 들은 농민과 노동대중의 극렬한 비분, 영웅적 행동과 승리의 기쁨을 진지한 열성으로 묘사해야 한다! 이렇게 해야만 당신은 최후의 승리를 보장할 수 있다. 당신은 뛰어난 공훈을 세울 수 있고 떳떳한 전사가 될 수 있다."

10) 표현주의(expressionism). 20세기 초 30년대에 구미에서 성행한 문예유파이다. 객관적인 사실보다 사물이나 사건에 의하여 야기되는 주관적인 감정과 반응을 표현하는 데에 중점을 두어 심리분석, 잠재의식, 꿈 등의 표현수법을 많이 사용했으며, 사회 현실에 대한 비판과 변혁 요구, 사물의 내재적인 실질 등을 강조하는 사상·예술 경향을 띠었다. 표현주의 소설의 대표작가로는 카프카(Franz Kafka, 1883~1924 ; 체코 출신)와 제임스 조이스(James Joyce, 1882~1941 ; 아일랜드 출신) 등이 있고, 희곡에서는 아우구스트 스트린드베리(Johan August Strindberg, 1849~1912 ; 스웨덴의 극작가, 소설가)와 유진 오닐(Eugene O'Neill, 1888~1953 ; 미국의 극작가) 등이 있다.

11) 다다이즘(dadaism). 제1차 세계대전 중에 출현한 문예유파로 후고 발(Hugo Ball), 트리스탕 차라(Tristan Tzara) 등이 대표적인 예술가이다. 차라는 1916년 '다다'라는 이름의 단체를 조직하고 '선언' 중에서 이렇게 말했다. "다다, 다다, 이것은 참을 수 없는 고통의 절규이다. 각종 속박, 모순, 황탄한 것들과 논리에 맞지 않는 사물들의 교직이다." 다다이즘은 전통적 문명이 세계대전이라는 비극의 원인임을 주장하며 일체의 전통과 상식, 규범에 반대하였고, 무정부주의적인 반항심을 표현하였다.

12) 『문화비판』은 월간지. 창조사의 이론성 간행물. 1928년 1월에 창간되어 모두 5호를 냈다. 창간호에 청팡우의 「축사」가 실렸다.

리추리(李初梨, 1900~1994). 쓰촨성(四川省) 장진(江津) 사람. 문예평론가이며 창조사의 후기 구성원이다. 여기서는 그의 「어떻게 혁명문학을 건설할 것인가」라는 글을 지칭한다. 그 글에서 "프롤레타리아계급 문학의 작가는 반드시 프롤레타리아계급 출신이어야 하는 것은 아니며 프롤레타리아계급 출신이라고 해서 꼭 프롤레타리아계급 문학을 써낼 수 있는 것도 아니다"고 언급했다. 또 다음과 같이 말했다. "프롤레타리아계급 문학은 그 주체계급의 역사적 사명을 수행하기 위하여 방관적-표현적인 태도가 아니라 프롤레타리아계급의 계급적 의식에서 나온 일종의 투쟁문학이다."

13) 반월간지 『베이신』(北新) 제2권 제1호(1927년 11월)에 간런(甘人)이라는 필명으로 발표한 「중국 신문학의 미래와 나 자신의 인식」이라는 글에 루쉰은 "우리 시대의 저자"라는 글귀가 있다. 리추리는 「어떻게 혁명문학을 건설할 것인가」라는 글에서 이에 반대하며 다음과 같이 말했다. "나는 간런 군에게 묻고 싶다. 루쉰은 도대체 제몇 계급이며 그가 쓴 작품은 또 제몇 계급의 문학인가? 루쉰이 예전에 성실하게 발표했다는 것은 또 제몇 계급 인민의 고통인가? '우리의 시대'란 또 제몇 계급의 시대인가? 간런 군은 '중국 신문예의 미래와 그 자신'에 대하여 그야말로 조금도 인식하지 못하고 있다."

14) 이 인용문은 청팡우의 「문학혁명에서 혁명문학으로」에 있다.

15) 청팡우는 「문학혁명에서 혁명문학으로」라는 글에서 초기 창조사에 대하여 다음과 같이 평했다. "창조사의 작가들은 그들의 반항정신과 청신한 작풍으로 사오 년 사이에 문학계에서 일종의 독창적인 정신을 길러 내었으며 일반 청년들에게 적지 않은 자극을 주었다. 그들은 앞장서서 나아가면서 문학혁명의 방침을 지도하였으며 모든 거짓 문예비평을 일소하였고 일부 질이 나쁜 번역 작품을 몰아냈다. 그들은 낡은 사상과 낡은 문학을 가장 철저하게 부정하였으며, 진지한 열성과 비판적인 태도로 모두 문학운동을 위하여 분투했다." 그리고 '문학혁명의 앞날의 진전'을 내다보면서 또 다음과 같이 말하였다. "우리가 만일 혁명적 '인텔리겐치아'의 책임을 감당하려고 한다면 자신을 다시 한번 부정해야 하며(부정의 부정), 계급의식을 획득하기 위하여 힘써야 하며, 우리의 언어매체를 공농대중의 언어와 접근시켜야 하며 공농대중을 우리의 대상으로 삼아야 한다."

16) 리추리의 글 「어떻게 혁명문학을 건설할 것인가」에 있다. "작가라면 그가 제1, 제2, …… 제100, 제1000 계급이든지 상관없이 누구나 다 프롤레타리아계급 문학운동에 참가할 수 있다고 나는 생각한다. 그러나 우리는 먼저 그들의 동기를 심사해야 한다. 즉 그가 '문학을 위하여 혁명을 하는가' 아니면 '혁명을 위하여 문학을 하는가'를 보아야 한다."

17) 제4계급, 즉 프롤레타리아계급. 예전에 역사학자들은 프랑스혁명 시기의 프랑스 사회

를 3개 계급('신분'이라고 번역해야 옳을 것이다)으로 나누었다. 즉 제1계급은 국왕, 제2계급은 성직자와 귀족, 제3계급은 당시의 피지배계급으로 부르주아계급, 프티부르주아계급, 노동자, 농민 등을 포괄했다. 그런데 후에 어떤 사람이 노동계급을 제4계급이라고 하였다.

18) "예술의 무기로부터 무기의 예술에 이르다". 이 말은 리추리의 글 「어떻게 혁명문학을 건설할 것인가」에 있다. "유산자가 모든 예술을 자기의 지배 도구로 이용하는 한, 문학은 당연히 무산자의 중요한 전쟁터이다. 그러므로 우리의 작가들은 '문학을 위하여 혁명을 할' 것이 아니라 '혁명을 위하여 문학을 해야' 하며 우리의 작품은 '예술의 무기로부터 무기의 예술에 이르러'야 한다."

19) 이것은 장딩황(張定璜)의 말로 『현대평론』 제1권 제7, 8호(1925년 1월)에 연재된 「루쉰 선생(하)」이라는 글에 있다. "우리는 루쉰 선생이 의학을 도대체 어느 정도까지 배웠는지, 해부실에나 들어가 보았는지 알 수가 없다. 그러나 그에게는 세 가지 특색이 있는데 그것은 풍부한 수술 경험을 가진 노련한 의사의 특색으로서 첫째도 냉정, 둘째도 역시 냉정, 셋째도 역시 냉정이다."

20) 이는 리추리의 말을 빌려 온 것이다. 리추리는 1928년 4월 『문화비판』 제4호에 「중국의 돈키호테의 난무(亂舞)를 보라」라는 글에서 "역시 아마도 '문예를 다루는 사람은 민감한' 모양이다. 우리의 돈(Don) 루쉰은 어디에서 보았는지는 모르겠으나, 어떤 간행물에서 'XX는 일종의 예술적인 말인데, 이 말이 어찌된 셈인지 마치 도끼로 이' 돈키호테의 '기억 중추'를 쪼개놓아 버렸다는 내용을 본 듯하다. 이때부터 풍차가 거인으로 변해 버렸다. '무기의 예술'도 곧 돈 루쉰의 취한 눈 속에서 몽롱한 적으로 변해 버렸다."

21) 원문은 '奧伏赫變'. 독일어 Aufheben의 음역인데, 자주 사용하지 않는 한자로 음역한 것을 비꼬는 말이다.

22) 청팡우는 『창조』 계간 제2권 제2호(1924년 1월)에 발표한 「『외침』에 대한 평론」이란 글에서, 『외침』에 수록된 소설을 '재현적'인 것과 '표현적'인 것 두 가지로 나누었다. 전자는 '평범하고', '용속한' 것으로 저자의 '실패작'이며, 후자 예컨대 「단오절」과 같은 소설은 "그 표현방법이 바로 나의 몇몇 친구들의 작풍과 같으며", "저자가 자신을 표현하려고 한 그 노력은 우리에게 접근해 있다"고 하였다.

23) "비판의 무기로부터 무기에 의한 비판에 이르다". 맑스의 저서 『헤겔 법철학 비판』 서론에 있다. "비판의 무기는 당연히 무기의 비판을 대신할 수 없으며, 물질적 힘은 바로 물질적 힘에 의하여 전복되어야 한다. 그러나 이론이 대중을 장악하면 물질적 힘이 된다."

24) 이 인용문의 출처는 알 수 없다.

25) 이 글의 주 6) 참조. 소진은 전국 시기의 종횡가로서 제, 초, 연, 조, 한, 위 등 여섯 나라

가 연합하여 진(秦)나라에 대항할 것을 유세하였다.

26) 리추리의 글 「어떻게 혁명문학을 건설할 것인가」에 있다. "어떤 사람은 프롤레타리아 계급의 문학은 무산자 자신이 써낸 문학이라고 한다. 그렇지 않다. 무산자가 유산자의 의식에서 해방되기 전에 그가 써낸 것은 의연히 유산자의 문학이기 때문이다."

27) 업턴 싱클레어(Upton Sinclair, 1878~1968)는 미국의 소설가이다. 작품으로는 『정글』(*The Jungle*, 1906), 『용의 이빨』(*Dragon's Teeth*, 1942) 등이 있다. 『문화비판』 제2호(1928년 2월)에 싱클레어의 『배금예술』(*Mammonart*, 1925)의 발췌 번역문이 실렸다. 번역자는 펑나이차오로 그는 번역문의 머리말에서 싱클레어는 "우리와 같은 입각점에 서서 예술과 사회계급의 관계를 천명하였으며 …… 그는 예술의 계급성을 설파하였을 뿐만 아니라 앞날의 예술의 방향까지 천명하였다"고 말하였다.

28) 알프레드 빅토르 드 비니(Alfred Victor de Vigny, 1797~1863)는 프랑스 시인. 작품으로는 『고금 시집』(*Poèmes antiques et modernes*, 1826), 『운명집』(*Les Destinées*, 1864) 등이 있다. 『창조월간』 제1권 제5, 7, 8, 9호에 무무톈(穆木天)의 논문 『비니와 그의 시』가 연재되었다. '앞으로 가다'는 청팡우의 글 「문학혁명에서 혁명문학으로」에 있는 말이다. 원래는 다음과 같다. "앞으로 가자, 그 누추한 농공대중을 향하여!"

29) 블라디미르 일리치 레닌(Vladimir Ilyich Lenin, Владимир Ильич Ленин)을 가리킨다.

30) 당시 국민당 당국에서 펴낸 『신생명』(新生命) 같은 간행물들을 지칭한다.

쓰투차오 군의 그림을 보고[1]

내가 쓰투차오司徒喬 군의 이름을 알게 된 것은 4, 5년 전이다. 베이징에 있을 때였는데, 그가 학업에 상관하지 않고 지도교수도 찾지 않고 자신의 힘으로 온종일 옛 사당, 흙산, 파손된 집, 가난한 사람, 거지…… 등을 그리는 것을 알았다.

이러한 것들은 남쪽에서 올라온 나그네의 마음에 자연히 가장 감동을 준다. 누런 먼지 가득한 인간 세상에서는 모든 것이 싯누렇게 보인다. 그래서 인간은 자연과 싸운다. 진홍색과 진청색을 띤 처마, 백색의 난간, 금색의 불상, 두터운 솜옷, 검붉은 색의 얼굴, 깊게 접힌 얼굴의 주름……. 이 모든 것은 인간이 자연에 대하여 굴복하지 않고 아직도 투쟁하고 있다는 것을 말하고 있다.

베이징의 전시회[2]에서 나는 이미 작가가 중국인의 이런 자연에 대한 고집스런 영혼을 나타낸 작품을 보았다. 나는 그의 「네 명의 경찰과 한 여자」[3]라는 그림을 받은 적이 있다. 지금도 「예수 그리스도」[4]를 기억하는데, 한 여자가 그의 가시관에 입을 맞춘 장면이다.

이번에 상하이에서 만나서 나는 그에게 질문했다.

"그 여성은 누구입니까?"

"천사"라고 그는 대답했다.

이 답은 나를 만족시키지 못했다.

그것은 내가 이번에 작가가 북방의 풍물—인간이 자연과 싸워 형성된 풍물—에 대하여 또 투쟁을 가한 것을 알게 되었기 때문이다. 그는 가끔 자신만의 고유한 맑음과 아름다움으로 누런 먼지를 비추어 없애 버린다. 최소한 '환희'(Joy)의 맹아를 느낄 수 있게 한다. 옆구리의 창상에서는 피를 흘리고 있지만 면류관에는 천사—그가 말한 것처럼—의 입술이 있다. 어쨌든 이는 승리를 의미한다.

그후 창작한 작품, 청량한 장쑤와 저장江浙 지역의 풍경, 열렬한 광둥의 풍경 등은 오히려 작가의 원래 모습이다. 북부 지역의 경치와 대조해 보면 그가 남방의 풍경을 그릴 때 더욱 익숙하고 즐겁다는 것을 알 수 있다. 이는 오랜만에 옛 친구를 만난 듯하다. 하지만 나는 누런 먼지가 좋다. 여기서 아름다운 마음을 가진 작가가, 인간이 자연과 싸우는 오랜 전쟁터에 얼마나 놀랐으며 그 자신도 이 싸움에 참여했다는 것을 알 수 있기 때문이다.

전 중국은 반드시 하나가 되어야 한다. 미래에 분할되지 않으려면 청년이 역사를 짊어지고서 누런 먼지가 낀 중국 색채를 반드시 털어 버려야 한다. 나는 이것이 최우선이라고 생각한다.

1928년 3월 14일 밤 상하이

주)

1) 원제는 「看司徒喬君的畫」, 이 글은 1928년 4월 2일 『위쓰』 제4집 제4호에 최초로 발표되었다. 1928년 봄 화가 쓰투차오(司徒喬; 광둥 카이핑開平 사람)는 상하이에서 '차오(喬)의 작은 화실 봄 시즌 전시회'를 개최하였는데, 이 글은 루쉰이 이 전시회목록에 쓴 서문이다.
2) 1926년 6월 쓰투차오가 베이징 중앙공원(현 중산공원) 수사(水榭)에서 개최한 전시회를 가리킨다.
3) 「네 명의 경찰과 한 여자」(四個警察和一個女人)의 원 제목은 「다섯 경찰과 하나의 영(0)」(五個警察一個0).
4) 「예수 그리스도」(耶穌基督)의 원 제목은 「면류관의 입맞춤」(冠上的親吻).

상하이에서 루쉰의 공고[1]

약 한 달 전, 카이밍서점에서 M 여사[2]의 편지를 전해 왔는데, 거기에는 다음과 같은 내용이 있었다.

"1월 1일 항저우 구산孤山에서의 이별 후 오랫동안 뵙지 못했습니다. 전에는 자주 편지하고 지도를 받을 수 있다는 허락을 받고……"

나는 곧바로 편지를 보내 내가 항저우에 가지 않은 지 이미 10년이 되었으니 절대로 구산에서 누구랑 작별한 적이 없고, 그녀가 본 사람은 아마 다른 분일 것이라고 하였다. 두 주 전에 M 여사와 같이 나의 강의를 들은 적이 있는 두 학생이 와서 만난 일이 있었는데, 세 사람이 증명하건대 구산에 있는 자가 확실히 다른 '루쉰'이었다고 했다. 그런데 M 여사는 또 나에게 만수[3] 선생님의 묘에 제목을 붙인 네 구절의 시를 보여 주었다.

당신이 잠든 고요한 거처에 왔는데,

누구의 영혼을 깨울 것인가?

산림의 길을 찾아 떠돌아다니니

언젠가 공을 뒤따라갈 때를 기다립니다.

민국 17년 1월 10일

루쉰이 항저우를 기행하며 옛 친구 만수를 추모하여 쓴 시

그리하여 나는 항저우에 거주하고 있는 H군[4]에게 편지를 보내 알아보았는데 그저께 회신을 받았다. 확실히 그런 사람을 본 이가 있는데 시외에서 학생을 가르치고 자신이 저우周씨라고 하며 『방황』[5]을 써서 8만 부를 판매하였다고 하면서, 그러나 자신은 그다지 만족하지 못해 머지않아 곧 더 좋은 작품을 발표할 거라는 등의 말을 했다고 전했다.

중국에 본성이 저우씨거나 아니거나를 막론하고, 저우씨가 되려고 하고 이름도 루쉰이라는 사람이 또 있다고 해도, 나는 아무런 방법이 없다. 그러나 그가 쓴 자서를 보면 거의 반이 내가 쓴 것과 같아서 어떤 점에서는 나를 난감하게 만들고 있다. 위의 시가 그다지 고명하지 못하니 굳이 더 말할 필요는 없다. 게다가 기어코 다른 사람을 대신하여 만수에게 "언젠가 공을 뒤따라갈 때를 기다립니다"라고 말했는데, 이는 아무래도 너무 독단적이다. '가는' 것은 물론 언젠가 꼭 '갈' 것이지만 만수를 '뒤따라'간다는 것은 나 자신 또한 꿈에도 생각하지 못한 것이다. 허나 이건 단지 사소한 일일 뿐이다. 특히 감당하기 어려운 것은 타인에게 오히려 '지도' 같은 것을 예약한 것이다……

내가 상하이에 온 후로 비록 몇몇 신문에서 내가 '서점을 연다'거나 '항저우를 유람했다'는 설을 게재했다. 사실 나는 서점도 연 적이 없고 항저우에도 가본 적이 없다. 그저 여전히 집에서 몇 권의 책을 번역할 따름이다. 난 수레를 끌 줄도 모르고 연기 없는 화약을 만드는 법을 배운 적도

없어서 어쩔 수 없이 집필하여 생계를 도모해야 했다. 이렇게 밥벌이를 하고 있기 때문에 때로는 '선구'로 추앙을 받거나 '낙오'로 배척되기도 한다.[6] 자업자득이라고 할 수밖에 없지만 뭐가 어떻든 상관없다. 그러나 만약 또 하나의 '루쉰'이 나타나 나를 대신하여 강의하고 시를 짓지만, 결국에는 나 혼자 모든 책임을 감당해야 한다면, 이는 정말로 '한가, 한가, 또 한가'할 수가 없다. 심지어 책을 번역할 시간조차 없게 된다.

그래서 이번에 또 하나의 공고를 게재하겠다. 내용 : 올해에 나를 제외한 최소한 또 한 명의 다른 '루쉰'이 있다고 하는데, 하지만 그 '루쉰'의 언행은 『방황』이라는 책을 내고 8만 부까지 판매되지 못한 루쉰과는 무관하다는 것을 밝히는 바이다.

3월 27일 상하이

주)

1) 원제는 「在上海的魯迅啓事」, 1928년 4월 2일 『위쓰』 제4집 제14호에 처음 발표했다.
2) M 여사는 마샹잉(馬湘影)을 가리킨다. 당시 상하이 법정대학교 학생이었다. 루쉰의 1928년 2월 25일 일기에 "오후에 카이밍(開明)서점에서 …… 마샹잉의 편지를 전달받았고, 즉시 회신"이라는 대목이 있다.
3) 만수는 쑤만수(蘇曼殊, 1884~1918). 이름은 쉬안잉(玄瑛), 자는 쯔구(子穀). 출가 후 법호를 만수(曼殊)로 하였고 광둥 중산(中山)현 사람으로 문학가이다. 저작으로는 『만수전집』이 있다. 그의 묘지는 항저우 시후(西湖) 구산(孤山)에 있다.
4) H군은 쉬친원(許欽文, 1897~1984)을 가리킨다. 저장성 사오싱 사람이며 당시의 청년작가이다. 저작으로는 소설집 『고향』 등이 있다.
5) 루쉰의 두번째 소설집(루쉰전집 2권 수록).
6) '선구'라는 말은 가오창훙이 1926년 8월호 『신여성』에서 발간한 '광풍사 광고'에서 『광풍』은 "사상계의 선구자 루쉰 및 소수의 가장 진보적인 청년들이 공동으로 창간한 것이다"에 나온다. '낙오'는 펑나이차오가 루쉰을 비난하는 말에서 온 것이다. 이 문집의 「'취한 눈' 속의 몽롱」 주2) 참조.

문예와 혁명[1)]

보내온 편지

루쉰 선생님

『신문보』[2)] '학해'란에서 「문학과 정치의 기로」라는 제목의 선생님 강연을 읽었습니다. 선생님께서는 강연에서 문학가와 정치가가 서로 대립하여 화목하지 못한 원인을 정치가는 목전의 안녕을 얻는 것으로 만족해하는데, 그 만족이 감각이 예민한 문학가가 볼 때는 명료하지 못하고 철저하지 못해서 실망하게 되므로, 마침내 정치가가 문학가를 기피하게 되어 입신하지 못하고 일생을 망치게 된다고 하였습니다. 이것은 세계 어느 나라에서나 통례로 되어 있는 사실이라고 저는 생각합니다. 요즈음 또 『위쓰』에서 「민중주의와 천재」[3)]라는 글과 「'취한 눈' 속의 몽롱」이라는 선생님의 글을 읽었습니다. 이 두 편의 글은 확실히 지금 사이비와 같은 평범주의平凡主義 및 혁명문학의 단꿈을 꾸고 있는 사람들에게 몽롱한 점이 적지 않다는 것, 적어도 나 자신은 그러하다는 것을 일깨워 주었습니다.

문예사조가 어떻게 변하든 간에 예술 자체에는 무한한 가치의 등급이 존재한다고 저는 믿습니다. 이것은 부정할 수 없습니다. 그러니까 문예라는 것이 최초의 어떤 주의로부터 지금의 어떤 주의에 이르기까지, 그 묘사된 내용은 아무리 다르다 해도 세련되고 숙련된 기교로 비할 데 없이 아름다운 문예작품을 창작해 냈다는 점에서는 언제나 마찬가지입니다. 창장長江강의 상류와 하류의 형상은 비록 같지 않지만 그것은 역시 하나의 창장강입니다. 전답을 관개해 주고 선박이 다닐 수 있는 넓고 깊은 창장강의 하류를 보고 그것을 넓고 깊게 해준 원천을 망각한다면 그것은 한없이 어리석기 짝이 없는 일입니다. 게다가 더 나아가서 지금 우리가 창장강의 하류는 이용할 수 있고 우리의 부를 증대시켜 주기 때문에 그것만 필요하고, 상류는 없어도 되며 무용지물이라고 할 수도 있습니다. 이것은 전적으로 경제적 가치로써 창장강 그 자체의 전반적인 가치를 평가하는 것입니다. 이런 평가가 경제적 가치에만 착안하는 상인의 입에서 나온 것이라면 이상할 것이 없지만, 예술적 가치에 착안하는 문예가의 입에서 나왔다면 혼란을 피할 수 없을 뿐만 아니라 구제할 약조차 없는 일입니다. 왜냐하면 예술적 가치로써 창장강의 상류를 평가할진대 그것이 무의미할 수 없으며, 그 자연 경치의 기이하고 웅위한 점은 오히려 하류보다 나을지도 모르기 때문입니다.

진眞과 미美는 성공적인 예술작품을 구성하는 두 요소입니다. 그런데 이 진과 미를 최고 등급에 이르게 함으로써 최고급의 예술적 가치를 가진 예술품을 창작하려면 최고급의 천재가 없어서는 안 됩니다. 만일 이 결론을 부인할 수 있다면, 우리는 무엇 때문에 호메로스, 단테, 셰익스피어와 괴테를 칭송하고 있습니까? 우리에게도 현상을 관찰하는 눈이 있고 사색하는 두뇌가 있고 붓을 놀리는 손이 있는데, 우리는 무엇 때문에 그들과 동등한 문예작품을 창작해 내지 못하고 있습니까?

지금 인생을 떠나서 예술을 논하는 것은 물론 상아탑에 숨어서 시대를 망각하였다는 혐의를 받을 수 있을 겁니다. 그러나 예술을 떠나서 인생을 논한다면 그것은 정치가나 사회활동가의 본성으로, 그들은 예술을 논할 필요가 없습니다. 이렇게 말한다면, 혁명에 열심인 사람은 아예 혁명적 대중 속에 뛰어들어 가서 돌격하는 것도 좋고 후방사업을 하는 것도 좋지만, 하필 문예를 가지고 안전하게 혁명적인 수작을 하는 것일까요?

혁명문학을 창도하고 있는 수많은 이른바 혁명문예가들은 인생을 표현한다는 이 말을 곡해하고 있다고 저는 생각합니다. 그들은 19세기 이래 문예에 표현된 것은 모두 현실적인 인생으로 거기에는 시대적 정신이 뚜렷이 담겨 있다고 생각하는 것 같습니다. 문예가가 이른바 '상아탑'의 꿈에서 깨어난 후에는 모두 시대적 환경에 따라 줄달음쳐야 하며, 시대를 떠나 문예 창작을 하는 것은 독선주의 혹은 귀족주의적 문예라고 생각하는 것 같습니다. 그들은 입센의 위대함을 보고, 도스토예프스키의 심각함을 보고, 특히 러시아혁명 시기의 작가들인 예세닌과 고리키의 열정적이고 감동적인 것을 보고, 지금부터 문예가들은 모두 현 시대의 생활 현상을 저주하고 정확히 그려 냄으로써 사회를 개조하고 혁명할 기회를 만들고 문예를 민중의 혁명적 문예로 만들어야 한다고 생각합니다. 이른바 '세기말'적인 현대 사회에 살고 있는 사람으로서 신경이 마비된 사람이 아니라면 고민과 비애를 느끼지 않을 수 없을 것입니다. 문예가라면 어쨌든 일반 사람들보다 감각이 좀더 예민합니다. 그들 앞에 놓인 사회가 이러한 사회이니 그들 마음속의 감정인들 어떠하겠습니까! 그들에게는 그것을 표현하고 그려 낼 재간이 있기 때문에 그것을 여실히 써내면 그것은 무의식 중에 이 시대의 사회적 호소가 됩니다. 그렇지만 그들은 자신에게 충직하고 자신의 예술에 충직하며 자신의 감정과 사상에 충직했습니다. 입센이 사회개혁의 선구자로 불리고 도스토예프스키가 인도주의의 극점까지 이르렀다고 불리게 된 것은, 그들에게 특출하고 정묘한 재간이 있었고 진실을 알고 밝은 견해를 가진 몇몇 비평가들이 그들을 옳게 평가해 주었기 때문입니다. 하지만 진실로 그들의 예술을 이해할 수 있는 사람은 필경 소수입니다. 예세닌이 자신의 희망의 비석에 부딪혀 사망했다는 것은 더 말할 것도 없고, 듣자 하니 고리키도 이제는 약간 잿빛을 띠기 시작했다고 합니다. 이런 것은 더 말하지 않기로 하겠습니다. 예술 그 자체를 놓고 말할지라도 그인들 어찌 진실하고 세련된 기교를 숭상하지 않았겠습니까? 나는 예전에 절실하지 못한 시인의 시를 비웃는 그의 시를 한 수 보았습니다. 하물며 예술적 가치로써 그의 작품을 평가한다 해도 그가 대단한 작가인가 아닌가 하는 것은 결국 의문입니다.

사실 말이지 예술가는 사회를 저버리지 않을 것이며 그들은 민중 속에 서 있습니다. 조건을 부정하는 어떤 문예비평가는 시대 조건에 대한 텐(Taine)[4]의 이론을 부정하였는데, 그 이유는 문예가는 50년을 내다보기 때문이라는 것입니다. 문예가가 50년을 내다본다 하더라도 역시 그 시대에 입각하여 그때의 생활 환경을 지반地盤으로 해서 출발한다고 저는 생각합니다. 그러므로 그는 결국 그 시대 민중의 일원으로서 몽롱하고 평안한 가운데 결함과 파멸을 간파할 것입니다. 그들은 자신의 능력이 미치는 범위에서 세련된 기교로 그 결함과 파멸을 묘사함으로써 예술에 있어서 높은 가치를 이룩할 것입니다. 그들이 창작할 당시에는 예술의 섬세하고 미묘한 점만 집중하고, 어떻게 하면 민중을 격동시키고 강렬한 자극으로 그들의 피가 끓어넘치게 하여 혁명에 뛰어들게 하느냐는 점은 결코 생각하지 않습니다.

만약 예술이 독자적이며 무한한 가치를 지니고 있음을 인정하고, 예술가에게는 예술 자체의 최종 목적을 달성할 필요성이 있다는 것을 인정한다면, 예술적 가치를 젖혀 놓고 예술가의 태도를 책망할 수 없으며 또 그렇게 하지도 말아야 합니다. 이는 예술가의 현실적 행위를 가지고 그의 예술작품을 평가하는 것과 마찬가지로 가소로운 것입니다. 보들레르의 시는 그 시인의 광포함으로 인해 가치가 삭감되지는 않습니다. 천박한 이들은 혹시 그를 인류에게는 뱀이나 전갈과 같다고 욕할지도 모르지만, 사실 그가 인생을 증오하는 것은 바로 그가 인생을 목마르게 흠모하는 반면적인 고백이라는 것을 모르고 있습니다. 우리가 평소에 어떤 사람을 비웃을 경우에는 그의 깊은 곳까지 관찰해야 합니다. 그렇지 않으면 천박하고 비속함을 보여 주기 쉽습니다. 자신의 사이비 같은 기준을 가지고 그의 깊은 곳도 관찰하지 않고 예술의 가치를 평가하는 기준도 포기해 버리고, 예술에 충직한 사람을 터무니없이 공격하는 것은 정말 무지해서일까요, 아니면 다른 심보를 가진 것일까요? 여기서 우리는 지금의 중국 문예계는 정말 운운할 가치도 없다는 것을 느끼게 될 뿐입니다. 비평으로 이름이 알려지고 창작자로 자부하는 이른바 문예가란 자들이 이렇게도 공리주의를 숭상하고 있으니 말입니다!

저는—물론 그 무슨 문예가가 아닙니다—고급 문예작품을 즐겨 읽기 때문에 오래된 것이 많은데, 그래서 옛것에 미련을 둔 시대의 포기자라고 하는 사람이 적지 않습니다. 그들은 저를 보고 지금은 민중문예가 발흥하고 있으며 제4계급이 감상할 수 있는 참신한 문예가 발흥하고 있다고 말합니다. 저는 그것 때문에 한참 동안 놀랐습니다만, 그들을 보고 이렇게 물었습니다. 민중문예는 어떻게 쓰는가? 문예가는 어떤 수단으로 민중들이 다 감상할 수 있게 하는가? 지금 민중문예가 몇 부나 나왔는가? 혁명이 성공한 후에 이른바 민중문예를 감상할 수 있는 민중이 몇 분의 몇이나 되겠는가? 그렇지 않다면 지금 새로운 『삼자경』 혹은 새로운 『신동시』[5]가 대량으로 출판되었단 말인가? 저는 정말 문예를 어떻게 민중화하는지 모르겠습니다. 내용을 민중화한다면 우리에게는 본래부터 민중의 생활을 보여 준 문예가 있으며, 예술적 기교를 민중화한다면 국민혁명가[6] 한 수로 충분할 것입니다. 들어 보십시오. "국민혁명이 성공했다.…… 다 같이 노래하자.……" 얼마나 우렁차고 내용이 명백합니까! 우리에게 왜 또 다른 문예가 필요한가? 이에 대하여 그들은 명확한 대답을 주지 않았으며 저도 오늘까지 아리송합니다. 이번에 「민중주의와 천재」라는 글에서 비로소 답안을 얻었는데 그것은 다음과 같습니다.

> 민중예술이 아무리 예술의 일반성과 평등성을 주장한다고 해도 예술작품 그 자체는 무어라고 하든지 무한한 가치의 차이가 있다는 사실을 부정할 수 없다. 이른바 일반성이요, 평등성이요 하는 따위의 말은, 예술의 내용이 광범위한 민중의 민간생활 혹은 인생의 보편적인 사실적 형상에 관한 것이어야 하며 이런 내용의 예술이 있어야만 일반 민중들이 감상할 수 있다는 의미에 불과하다. 예술에 이런 의미에서의 일반성과 평등성이 있다는 것은 두말할 나위도 없지만, 예술작품에는 역시 무한한 가치의 차이가 존재한다. 이상에서 말한 그런 비교적 고급 예술품은, 일정

한 정도에서는 일반 민중들이 감상할 수 있다고 해도 모든 사람이 꼭 같은 정도로 세밀하게, 심각하게, 미묘하게 — 바꾸어 말해서 절대적으로 평등하게 그것을 감상한다는 것은 무어라 하든지 간에 사실이 아니다.[7]

누군가 이런 말을 한 것이 기억납니다. 즉 가장 선진적인 사상은 오직 가장 높은 계층에 있는 소수의 선진적인 인물들만이 이해할 수 있으며, 그 사상이 대중 속에 침투되었을 때는 이미 선진적인 사상이 아니다. 이 말은 우리들 중생 가운데 대부분은 역시 감각이 예민하지 못하다는 것을 말합니다. 세상에 이런 불평등이 있는 이상 우리가 조물주의 불공평을 저주하는 외에 그 누구를 원망하겠습니까? 이것은 사실입니다. 만일 사실이 아니라면 인류의 발전사를 몽땅 말살할 수 있을 것이며 혁명도 일어날 수 없을 것입니다. 세계문화가 발전하는 것은 전적으로 소수의 선각자들이 억세게 싸워 나가는 덕입니다. 만약 각자의 총명과 지혜가 다 같다면 문화는 벌써 극도로 발달했을 것이며 세계는 대동세계로 들어갔을 것이니 소위 '나선식 발전'이란 말도 헛말이 아니겠습니까? 예술은 문화의 한 부분이므로 문화가 진퇴하는 이상 예술도 물론 예외가 아닐 것입니다. 예술 자체에 무한한 가치 차이가 있다고 할 때 민중화한 예술이란 것은 절대 성립될 수 없습니다. 물론 문예를 빌려 혁명을 한다는 잠꼬대도 결국 잠꼬대에 지나지 않습니다.

이상이 저의 견해입니다. 선생님께서는 어떻게 생각하시는지요?

1928. 3. 25. 둥펀[8]

답하는 편지

둥펀 선생님

나는 비평가가 아니며 따라서 또한 예술가도 아닙니다. 왜냐하면 지금 무슨 '가'로 행세하려면 자신이 직접 비평가를 겸하거나 혹은 자기를 잘 알고 있는 다른 사람이 비평가를 하지 않으면 안 되기 때문입니다. 패거리가 없이는 안 됩니다. 적어도 오늘의 상하이 바닥에서는 그러합니다. 나는 예술가가 아니므로 예술을 특별히 숭고하다고 생각하지도 않습니다. 그것은 고약을 팔지 않기 때문에 권법을 하면서 고약 자랑을 하지 않는 것과 마찬가지입니다. 예술은 일종의 사회적 현상에 불과하므로 시대의 인생기록이라고 나는 생각합니다. 인류가 만일 진보하게 되면 그가 외표外表를 썼든 내심을 썼든 간에 결국은 낡아지며 나아가서는 사멸에 이르고 맙니다. 그런데 요즘 비평가들은 사멸이란 이 두 글자를 매우 두려워하면서, 어떻게 해서든지 문학에서 신선이 되려고 하는 듯합니다.

각종 주의主義란 명칭의 발흥도 역시 필연적인 현상입니다. 세상에서는 때때로 혁명이 일어나고 있으니 자연히 혁명문학이 있을 것입니다. 세계의 민중은 퍽 각성하였습니다. 비록 많은 사람들이 수난을 당하고 있지만, 권력을 쥔 사람이 더러 있으므로 자연히 민중문학도 있을 것입니다.—좀더 철저하게 말해서 제4계급의 문학입니다.

중국 비평계의 추세가 어떠한지 나는 잘 모르며 또 신경을 쓰지도 않았습니다. 그저 보고 들은 바에 의하면 여러 전문가들이 사용하는 기준이 매우 많고, 영국과 미국의 기준, 독일의 기준, 러시아의 기준, 일본의 기준이 있으며, 물론 중국의 기준도 있고, 여러 가지 기준을 겸해 쓰는 분도 있습니다. 어떤 사람은 진실해야 한다, 어떤 사람은 투쟁해야 한다, 어떤 사람은 시대를 초월해야 한다고[9] 말하기도 하고, 어떤 사람은 남의 뒤에 숨어서 몇 마디 야유를 간략하게 하기도 합니다. 또 어떤 사람은 자신은 문예비평가의 허세를 부리면서 다른 사람이 창작을 고취하는 것을 증오하고 있습니다. 만일 창작이 없다면 무엇을 비평할 작정인지? 이것이 내가 그의 심사를 가장 이해할 수 없는 부분입니다.

다른 것은 지금 언급하지 않겠습니다. 오늘날 혁명문학가로 자처하는 사람들은 투쟁을 부르짖으며 이른바 시대를 초월할 것을 주장하고 있습니다. 시대를 초월한다는 것은 사실상 도피를 의미합니다. 현실을 올바르게 바라볼 용기가 없으면서 혁명이란 간판을 내걸자니, 의식적이든 무의식적이든 간에 필연적으로 그 길로 들어서게 됩니다. 몸은 이 세상에 있으면서 어떻게 그곳을 떠날 수 있단 말입니까? 이것은 자신의 손으로 자신의 귀를 올려 당기며 지구를 떠날 수 있다고 말하는 것과 마찬가지로 사람을 기만하는 일입니다. 사회가 정체되어 있는데 문예가 독자적으로 비약할 수는 절대 없습니다. 만일 이 정체된 사회에서 확실하게 성장했다면 그것은 사회에서 포용된 것으로, 이미 혁명을 떠난 것입니다. 그 결과는 잡지 몇 권을 더 팔거나 큰 상점의 간행물에 원고를 실을 수 있는 기회를 얻은 데 지나지 않을 것입니다.

투쟁하는 것은 옳다고 나는 생각합니다. 사람이 압박을 받으면서 왜 투쟁하지 말아야 한단 말입니까? 정인군자 따위들은 이것을 매우 두려워하며 '과격함'이 가증스럽다[10]고 욕을 퍼붓습니다. 그러면서 사람들은 마땅히 서로 사랑해야 하는데 지금 나쁜 무리들이 잘못 가르쳐서 사람들을 망쳤다고 인정합니다. 그들 배부른 자들은 혹시 배곯는 사람들을 사랑할

는지 몰라도 배곯는 사람들은 배부른 자들을 사랑하지 않습니다. 황소의 난 시절에 사람들이 서로 잡아먹었다[11]는 사실을 보면 배곯는 사람도 배곯는 사람을 사랑하지 않습니다. 그러나 이는 사실 투쟁문학의 농간이 아닙니다. 나는 문예가 세상을 쥐락펴락하는 힘을 가지고 있다고 믿지 않습니다. 그러나 어떤 사람들이 그것을 다른 면에 적용하려고 한다면 이는 가능하다고 생각합니다. ── 예컨대 '선전'이 그렇습니다.

미국의 싱클레어는 모든 문예는 선전이라고 말했습니다. 우리의 혁명적 문학가들은 그것을 보배처럼 여겨 큰 활자로 찍어 낸 적이 있습니다.[12] 그런데 엄숙한 비평가들은 또 그를 "천박한 사회주의자"라고 했습니다. 그러나 나는 ── 역시 천박합니다만 ── 싱클레어의 말을 믿습니다. 모든 문예는 선전입니다. 당신이 다른 사람들에게 보여 주고자 한다면. 설령 개인주의적인 작품이라 해도 써내기만 하면 선전이 될 가능성이 있습니다. 글을 쓰지 않고 말을 하지 않는다면 몰라도. 그렇다면 그것을 혁명에 적용하여 일종의 도구로 삼는 것도 물론 가능합니다.

그러나 무엇보다도 먼저 내용을 충실히 하고 기교를 높여야지 간판을 내걸기에 급급할 필요가 없다고 나는 생각합니다. '도향촌'과 '육고천'[13]은 이미 사람들의 마음을 끌지 못하고 있으며, 내가 보기에는 '황태후皇太后 구두가게' 손님이 '황후皇后 구두가게' 손님보다 더 많은 것 같지 않습니다. 혁명문학가들은 '기교'란 말만 하면 짜증을 냅니다. 그러나 나는 모든 문예는 물론 선전이지만 모든 선전이 죄다 문예인 것은 아니라고 생각합니다. 이것은 마치 모든 꽃은 다 색깔이 있지만(나는 흰 것도 색으로 칩니다) 모든 색깔이 다 꽃이 아닌 것과 같습니다. 혁명이 구호, 표어, 포고문, 전보문, 교과서…… 외에도 문예를 이용하는 것은 바로 그것이 문예이기 때문입니다.

그러나 중국의 소위 혁명문학이란 것은 달리 논하여야 할 것 같습니다. 간판은 내걸었지만 덮어놓고 한패거리의 글이나 추어올릴 뿐 당면한 폭력과 암흑에 대해서는 감히 정시하지 못하고 있습니다. 작품이 더러 발표되기는 했어도 왕왕 신문기사보다도 못하거나 각본의 동작과 대사를 몽땅 배우인 '어제의 문학가'[14]에게 밀어 버립니다. 그러면 남은 사상 내용은 필시 아주 혁명적이겠지요? 펑나이차오 극본의 마지막 명구 두 구절을 당신에게 보여드리겠습니다.

창녀: 저는 다시는 암흑을 두려워하지 않아요.

도적: 우리 반항합시다!

4월 4일, 루쉰

주)

1) 원제는 「文藝與革命」. 이 글은 1928년 4월 16일 『위쓰』 제4권 16호에 처음 발표되었다.
2) 『신문보』(新聞報). 1893년 2월 17일에 상하이에서 창간된 일간신문으로 1949년 5월 27일에 폐간되었다. 1928년 1월 29일과 30일자 『신문보』는 1927년 12월 21일 상하이 지난대학에서 한 루쉰의 강연 「문예와 정치의 기로」를 연재하였다. 이 강연은 후에 『집외집』에 수록하였다.
3) 「민중주의와 천재」는 일본 작가 가네코 지쿠스이(金子筑水, 1870~1937 ; 가네코 우마지金子馬治)의 논문으로 YS의 번역문이 『위쓰』 제4권 제10호(1928년 3월 5일)에 게재되었다.
4) 텐(Hippolyte Taine, 1828~1893). 프랑스의 문예이론가. 그는 민족, 환경, 시대가 문학예술에서 결정적인 세 개의 중요한 요소라고 주장했다. 이 견해는 그의 저서 『예술철학』(*Philosophie de l'art*, 1865~82)에 뚜렷하게 나타나 있다.
5) 『삼자경』(三字經). 세 글자로 한 문장을 만든 중국 전통의 기초 학습서. 예를 들면, '人之初, 性本善' 식으로 글자와 문장, 그리고 내용을 공부하는 학습서. 『천자문』, 『백가성』(百家姓)과 함께 3대 초급학습서이다.

『신동시』(神童詩). 송나라 때 왕수(汪洙)가 만든 5언시집. 계몽적이고 교훈적인 내용의 시들로 자신의 작품과 다른 시인의 작품을 모아 편찬했다.

6) 국민혁명가(國民革命歌). 황푸(黃埔)군관학교의 군관이 만든 행진곡. 국민혁명(북벌전쟁) 시기인 1926년 7월 1일 중화민국 국민정부의 국가로 반포되었다.

7) 원문은 가네코 지쿠스이의 논문으로 『예술의 본질』(芸術の本質, 東京堂書店, 1925)에 수록되어 있다.

8) 둥펀(冬芬)은 둥추팡(董秋芳, 1897~1977). 저장 사오싱 사람, 번역가로 당시 베이징대학 영문과 학생이었다.

9) 당시 혁명문학운동의 일부 사람들이 제기한 문학 주장이다. 예를 들면 첸싱춘은 잡지 『태양월간』 1928년 3월호에 발표한 그의 논문 「죽어 버린 아Q시대」에서 "어떤 나라의 문학을 막론하고 진정한 시대적 작가의 저작은 시대를 돌아보지 않은 것이 없으며 시대를 대표하지 않는 것이 없다. 시대를 초월한 정신, 그것이야말로 시대적 작가의 유일한 생명이다!"라고 하면서 루쉰의 작품은 "시대를 초월하지 못하였다"고 비평하였다.

10) 신월사의 사람들을 지칭한다. 그들은 월간잡지 『신월』 창간호(1928년 3월)의 발간사 「『신월』의 태도」라는 글에서 혁명문학은 '과격하다'고 공격하면서 그것은 자기들의 "태도로서는 용납되지 않는다"고 했다. 그리고 또 "우리는 그 어떤 과격도 숭상하지 않는다. 왜냐하면 우리는 사회의 기강은 적극적인 감정에 의하여 유지되는 것이며 정상적인 사회의 천칭에서 사랑이 틀림없이 증오보다 더 무거우며 상호 부조의 정신이 반드시 상호 박해나 상호 참살의 동기를 능가한다는 것을 믿기 때문이다"고 했다.

11) 황소(黃巢). 차오저우(曹州) 위안쥐(寃句; 현재 산둥 차오현) 사람. 당나라 말기 농민봉기군의 수령. 대제(大濟)정권을 수립했다. 신, 구 『당서』(唐書) 「황소전」(黃巢傳)의 기록에 의하면 중화 3년(883)에 황소가 봉기군을 이끌고 창안(현재의 시안)에서 물러나와 퇴각하던 도중에 적의 포위로 식량이 떨어졌는데 그때 봉기군들이 "포로를 잡아먹었다"고 되어 있다.

12) 싱클레어는 『배금예술』(예술의 경제학에 대한 연구)에서 "모든 예술은 다 선전"이라고 했다. 『문화비판』 제2호(1928년 2월)에서 펑나이차오의 번역문을 실을 때 이 구절을 큰 활자로 표시하였다. 레닌은 일찍이 『영국의 평화주의와 영국의 증오 이론』이라는 책에서, 싱클레어는 "감정은 있으나 이론적 수양이 없는 사회주의자"라고 하였다.

13) '도향촌'(稻香村)과 '육고천'(陸稿薦)은 과거 상하이 등 대도시에 있는 유명한 식료품 상점과 육류 상점의 이름이다.

14) '어제의 문학가'. 펑나이차오는 단막극 「함께 어둠 속의 길을 걸어간다」(1928년 1월 『문화비판』 제1호)의 '부언'에서 "희곡의 본질은 인물의 동작에서 찾아야 하며 세련된 대사나 심각한 사실 같은 것은 어제의 문학가들의 노력에 맡겨야 한다"고 했다. 본문의 마지막에 인용한 것이 바로 이 극본의 대사이다.

편액[1)]

중국 문예계에서 두려운 현상은 앞을 다투어 우선 명사名詞를 들여오고는 그 명사의 함의를 전혀 소개하지 않는 일이다.

그리하여 제각기 그 뜻을 풀이하고 있다. 작품을 읽어 보아서 자신을 많이 이야기했다면 표현주의라 부르고, 남을 많이 이야기했다면 사실주의, 아가씨의 종아리를 보고 지은 시는 낭만주의, 아가씨의 종아리를 보고도 시를 짓지 못하게 하면 고전주의, 하늘에서 머리가 하나 떨어지고 머리 위에 소 한 마리가 올라서 있고, 사랑이여, 바다 한가운데 청천벽력이여…… 하는 것은 미래주의…… 등등.

그런 가운데 이로부터 또 논쟁이 벌어진다. 어느 주의는 좋고 어느 주의는 나쁘다…… 등등.

시골에는 예로부터 우스운 이야기가 하나 있다. 두 명의 근시안이 시력을 겨루었는데 누구 눈이 더 좋은지 입증할 도리가 없어서 관제묘[2)]에 가 그날 새로 걸기로 한 편액을 보기로 했다. 그들은 둘 다 미리 칠장이를 찾아가서 글귀를 물어보았다. 그러나 알아본 정도가 서로 같지 않았다. 큰 글씨만 알아본 사람은 수긍하지 않고 작은 글씨를 본 사람이 거짓말을 한다고 다투기 시작했다. 이번에도 입증할 도리가 없어 길가는 사람에게 함께 물어보는 수밖에 없었다. 그 사람이 한번 쳐다보고 나서 "아무것도 없소. 편액은 아직 내걸지도 않았구먼" 하고 대답했다.[3)]

내 생각에 만약 문예비평에서 시력을 겨루려면 역시 무엇보다도 편액이 먼저 걸려 있어야 할 것이다. 공허하게 논쟁을 해서는 사실 당사자 쌍방이 자기 속만 알 수 있을 뿐이다.

4월 10일

주)

1) 원제는 「扁」, 1928년 4월 23일 『위쓰』 제4권 제17호 '수감록'란에 발표했다.
2) 관제묘(關帝廟). 『삼국연의』에 나오는 관우(關羽)를 모시는 사당.
3) 이 우스운 이야기는 청나라 때 최술(崔述)이 지은 『고신록제요』(考信錄提要)에 비슷한 기록이 있다.

길[1)]

고골(Gogol)[2)]이 지은 『검찰관』 이야기가 다시 떠오른다.

중국에서도 번역하여 출판되었다. 어느 시골에 갑자기 황제의 사자가 몰래 방문할 것이라는 소문이 퍼졌다. 관리들은 모두 두려운 나머지 객사에서 엇비슷한 사람을 찾아내자 억지로 끌어내어 한바탕 융숭하게 영접했다. 실컷 대접을 받은 다음 그 사람은 도망쳐 버렸는데, 사자가 정말 도착했다는 소식을 듣고서 무대의 모든 사람들은 벙어리가 되어 무언극을 하고는 막이 내린다.

상하이 문예계는 올해 프롤레타리아계급 문학이라는 사자를 삼가 영접하느라 시끌벅적한데, 곧 올 거라고 말하고 있다. 인력거꾼에게 수소문해 보았으나 인력거꾼은 아직 파견되지 않았다고 말했다. 이 인력거꾼은 자기 계급의 이데올로기가 글러먹었군, 진즉 다른 계급에 의해 왜곡되어 버렸구먼. 잘 알고 있는 다른 사람이 있을 터인데, 반드시 노동자라 할 수는 없고. 그래서 하는 수 없이 대갓집에서 찾아보고, 여관에서 찾아보고, 서양사람 집에서 찾아보고, 책방에서 찾아보고, 커피숍에서 찾아보고……

문예가의 안목은 시대를 초월해야만 하기 때문에, 사자가 올지 안 올지는 알 수 없다 하더라도 모름지기 우선 빗자루를 집어 들고 길을 깨끗하게 청소하거나, 혹은 허리를 굽혀 받들어 맞이해야만 한다. 그래서 점점 사람 노릇 하기가 어려워지는데, 입으로 '무산'無産을 말하지 않으면 곧바로 '비非혁명'이다. 이건 그래도 괜찮다. '비혁명'은 즉시 '반反혁명'으로 몰아붙이니. 이거야말로 위험천만하다. 이래서야 정말 활로가 없다.

요즘 인간세상도 여전히 "염라대왕은 오히려 만나 보기 쉬우나, 그 잡귀들의 횡포는 더 견디기 힘든" 곳이다. 활로는 있는 법이다. 어째서 없다고 하는가? 그저 뒤에서 장난을 치는 수많은 귀신들, 그들이 모든 길을 전부 짓뭉개 버렸기 때문이다. 이런 것들을 모두 거부해야 비로소 활로가 있다. 자신이 아주 솔직담백하게 방법이 없었기 때문에 하는 수 없이 포탄의 뒤꽁무니에 잠시 동안 간판을 좀 걸어 두었노라고 밝힌다면, 오히려 활로의 맹아가 열린다.

> 땅불이 땅속에서 운행하며 치달린다. 용암이 터져 나오면 들풀과 큰키나무들을 깡그리 태워 없앨 것이다. 그리하여 썩을 것도 없게 될 것이다. 그러나 나는 평안하고, 기껍다. 나는 크게 웃고, 노래하리라.[3)]

나도 그저 말만 조금 했을 뿐인데 혁명문학가분들께서는 감히 쳐다보지도 않는다. 만약 이것 때문에 활로가 없어졌다고 생각한다면 그거야말로 정말 너무나 가련한 것이니, 나로서도 차마 더 이상 붓을 들 기운이 없다.

4월 10일

주)______

1) 원제는 「路」, 1928년 4월 23일 『위쓰』 제4권 제17기에 발표했다.
2) 고골(Николай Гоголь, 1809~1852). 러시아 작가로 장편소설 『죽은 혼』(Мёртвые души, 1842), 희극 『검찰관』(Ревизор, 1836) 등 수많은 작품을 남겼다.
3) 루쉰의 산문시집 『들풀』 「제목에 부쳐」 중에 있음.

머리[1)]

3월 25일 『선바오』에 량스추[2)] 교수의 「루소에 관하여」[3)]라는 글 한 편이 실렸는데, 싱클레어의 말을 끌어와서 배빗[4)]을 비난하는 짓은 "남의 칼을 이용하여 사람을 죽이는" 것으로 "꼭 좋은 방법은 아니"라고 여긴다는 내용이다. 게다가 그가 루소[5)]를 비난하는 두번째 이유는 바로 "루소 개인의 부도덕한 행위는 이미 일반 낭만주의 문인들 행위 양태의 대표가 되어 버렸고, 루소에 대한 도덕적 비난은 일반적인 낭만주의 사람들의 행위에 대한 공격이라고 말할 수 있다……"고 썼다.

그렇다면 이는 비록 "남의 칼을 이용하여 사람을 죽이는 것"은 결코 아니지만, "남의 머리를 길거리에서 대중에게 보여 주는" 짓이 되었다. 만약 그가 "일반 낭만주의 문인들 행위 양태의 대표"가 되지 않았다면, 멀고도 아득한 중국에까지 와서, 그의 머리를 내걸어 중국인들에게 보여 주지는 않았을 것이다. 일반 낭만주의 문인들은 자신들이 멀리서나마 숭배하는 창시자에게 해를 끼쳐, 결국은 루소가 죽어서도 편안하지 못하게 만들었다. 그가 지금 받고 있는 벌은 영향을 끼친 죄 때문이지 본래의 죄가 아니니, 이는 한탄할 수밖에 없도다!

이상의 말은 '조심스럽거나 주도면밀'하지 않다. 왜냐하면 량 교수는 글로써 성토하려 했을 뿐, 반드시 루소의 머리를 매달아야 한다는 말은 하지는 않았기 때문이다. 머리를 매단다는 말은, 오늘 『선바오』에서 후난의 공산당원인 궈량을 "사형 집행"한 후 그의 머리를 이곳저곳에 매달아 놓고 "창사와 웨양을 누비며"[6] 다녔다는 기사를 보고서, 무심코 떠오르게 된 것이다. 아쉽게도 후난 당국에서는 의외로 레닌(혹은 위로 거슬러 올라가 맑스, 혹은 더 위로 거슬러 올라가 헤겔까지 등)의 도덕적인 죄상에 대해서는 묻지 않았다. 포고문에는 바로 영향의 죄만 게시하였다. 후난에는 비평가가 너무나 부족한 듯하다.

기억하건대 『삼국지연의』[7]에는 원술(?)이 죽은 후에 후세 사람들이 시를 지어 한탄한 것이 기록되어 있다. "길게 읍揖을 하고 용감히 칼을 뽑아드니, 장군은 일대의 영웅이로다. 머리가 만 리를 여행했으니, 잘못은 전풍을 죽였기 때문이리라."[8]

세 번이나 한가한 틈을 타서 억지로 시 한 수를 지어 루소를 추모하는 바이다.[9] "모자를 벗고 품고 있던 연鉛[10]을 꺼냈지만, 선생은 일생을 궁핍하게 지냈도다. 머리가 이역만리까지 오게 됐으니, 그 잘못은 어린이를 위한 탓이리라."[11]

4월 10일

주)

1) 원제는 「頭」, 1928년 4월 23일 『위쓰』 제4집 제17호에 처음 발표했다.

2) 량스추(梁實秋, 1902~1987). 본적은 저장 항현(현 위항), 베이징 출생. 신월사의 주요 구성원이다. 그는 늘 배빗의 신인문주의 이론을 선전했다.
3) 량스추의 「루소에 관하여—위다푸에게 답하는 글」은 1928년 3월 25일 상하이 『시사신보』(時事新報)의 '서보춘추'란에 게재하였는데, 루쉰이 『선바오』(申報)라고 잘못 적었다. 『시사신보』는 1907년 12월 상하이에서 창간했고 최초 이름은 『시사보』이다. 1911년 5월 18일부터 『시사신보』로 개명했으며 1949년 5월 정간했다.
4) 배빗(Irving Babbitt, 1865~1933). 미국 문학비평가로 신인문주의 미학의 가장 유력한 창시자이며, 하버드대학 교수 시절 량스추가 그의 학생이었다. 그는 문학은 반드시 유럽 고전의 휴머니즘(인문주의) 전통을 회복해야 한다고 주장하며, 낭만주의와 비판적 현실주의에 내포된 자연주의 경향을 부정했다. 주요 저서로는 『신 라오콘』(*The New Laokoön*, 1910), 『루소와 낭만주의』(*Rousseau and Romanticism*, 1919) 등이 있다.
5) 루소(Jean-Jacques Rousseau, 1712~1778). 프랑스의 계몽사상가로 『사회계약론』(*Du contrat social*, 1762년 출판. 중국에서는 『민약론』民約論으로 번역 출판), 『에밀』(*Émile*) 등의 저작을 남겼다.
6) 궈량(郭亮, 1901~1928). 후난성 창사 사람. 후난 노동운동의 지도자 중 한 사람으로 후난성 노동조합 총연합회 위원장, 중국공산당 후난성 위원회 서기, 샹어간(湘鄂贛 ; 후난, 후베이, 장시의 별칭)지역 소비에트지구 특별위원회 서기 등의 직무를 역임했다. 1928년 3월 27일 반역자의 밀고로 웨양(岳陽)에서 국민당 당국에 체포되어 29일 창사에서 장렬히 희생당했다. 『선바오』 4월 10일에 게재한 「궈량 후난 사형 집행 속문」에서 "궈량의 수급(首級) 운송은 수급을 나무로 만든 조롱에 넣고 사령부 정문 앞에 며칠 동안 매달아 놓았다. 공산당을 소탕하려는 법원은 궈량이 퉁관(銅官) 사람이고 현지에서 나쁜 짓을 더 많이 했기 때문에 어제 특별히 궈량의 수급을 퉁관으로 우송하여 3일 동안 대중에게 보이고 기한이 되면 다시 웨저우(岳州)로 옮겨 길거리에서 보여서, 궈량의 수급은 창사와 웨양 등을 편력하게 된다"고 보도했다.
7) 『삼국지연의』(三國志演義). 원말명초 시기 나관중(羅貫中)이 지은 장편 역사소설로 통행본은 120회이다. 여기서 원술(袁術)은 원소(袁紹)가 맞다. 제30, 31회에 원소가 전풍(田豊)을 살해한 사건이 있는데, 전풍은 원소의 모사(謀士)로, 조조를 공격하지 말라고 만류한 적이 있다. 원소는 전풍이 군대의 사기를 저하시킨다고 여겨 그를 구금하였는데, 후에 조조에게 패배한 후 결국 그를 죽였다. 제35회는 원소의 아들 원희(袁熙), 원상(袁尙)이 요동군벌의 공손강(公孫康)에게 도망가서 의탁하는 장면이다. 서로 만났을 때 원상은 의자에 자리를 깔아 달라고 요구했다. 이에 공손강은 호통을 치며 "너희 둘의 머리가 장차 만 리(萬里)를 갈 것이다! 무슨 자리가 필요한가?"라고 말한 뒤 즉시 수하에게 그들의 목을 베라고 명령을 하여 이저우(易州)에 있는 조조에게 보냈다.
8) 이 시는 청나라 때 왕사진(王士禛)이 창작한 『영사소악부 30수』(詠史小樂府三十首) 「살

전풍」(殺田豊)이다(『대경당전집』帶經堂全集의 『을사고』乙巳稿 참조). "길게 읍(揖)하고 칼을 뽑아드네"는 『후한서』(後漢書) 「원소전」(袁紹傳)에 나온 말이다. 동한(東漢) 헌제(獻帝) 때 동탁(董卓)이 황제를 폐위하려 모사를 꾸몄는데, 원소는 이를 반대했다. 동탁은 "다시 말하지만 '유(劉)씨' 가족은 대를 이을 씨가 없다." 이에 원소는 화를 내며 "천하에 뛰어난 영웅이 어찌 동(董)공뿐이겠는가!"라고 하면서 칼을 빼들고 길게 읍을 한 후 나가 버렸다. 그리고 부절(관직을 나타내는 증명품)을 동문 위에 매달아 놓은 후 지저우(冀州)로 달려갔다.

9) "세 번이나 한가한 틈을 타서"라는 구절은 청팡우가 루쉰을 비판할 때 사용한 말이다. 여기서는 루쉰이 이를 자신을 나타내는 것으로 사용했다.

10) 연(鉛)은 중국 고대의 글 쓰는 도구 중 하나이다. 진(晉)나라 때 갈홍(葛洪)이 쓴 『서경잡기』(西京雜記)에는 한(漢)나라 때 양웅(揚雄)이 "연을 품고 참(槧; 글씨를 쓰는 커다란 나무판)을 들고" 다니며 여러 지방의 방언을 수집하는 이야기가 실려 있다.

11) 루소는 1762년 교육소설 『에밀』을 출판했는데, 어린이의 심신을 자유롭게 발전시켜야 한다고 제창하고 봉건 귀족과 교회의 교육제도를 비판했다. 당시 프랑스 당국에서는 이 책을 불태워 버리고 작가를 체포하라는 명령을 내렸다. 루소는 어쩔 수 없이 스위스, 영국 등지로 도망갔고, 1770년에야 다시 파리로 돌아올 수 있었다.

이 시를 좀더 의미가 통하게 "저명한 『참회록』을 썼지만 루소는 일생을 어렵게 살았도다. 게다가 어린이들을 위한 『에밀』을 지은 죄로 (량스추에 의해) 이역만리에서 머리가 조리돌림을 당하게 되었구나"로 번역할 수 있다.

통신[1)]

보내온 편지

루쉰 선생님

정신도 육체도 이미 이 지경까지 지쳐 빠진 ── 아마 다시는 더 이상 이야기할 생각도 떠오르지 않으며, 형용도 못할 상태인 ── 저는, 병든 몸을 부여잡고 '존경하는 선생님'[2)]을 향해서 최후의 외침을 발하지 않을 수 없습니다! ── 아니, 도움을 청하는 것인지도 모르며, 심지어는 경고입니다!

마침 선생님 자신도 매우 잘 아시다시피 선생님은 다른 사람에게 주연을 베풀면서 '살아 있는 새우로 술을 담그는'[3)] 분이며, 저는 기한이 제한되어 있는 그 한 마리 취한 새우입니다.

저는 프티부르주아 집안의 귀한 자식으로 온실의 꽃처럼 소중하게 자랐습니다. 아무런 불편없이 아주 안락하게 살아왔습니다. 오로지 '사각모자'를 손에 쥐는 것을 꿈꿔 왔으며, 그것이 손에 들어오자 만족했을 뿐, 정말로 다른 소망은 아무것도 없었습니다.

그때 『외침』吶喊이 출판되고, 『위쓰』가 발행되었습니다(유감스럽게도 『신청년』新青年 시대에 대해서는 아직도 이해하지 못합니다). 「수염 이야기」며 「사진 찍기 따위에 대하여」[4] 등 선생님의 글이 차례차례 저의 신경을 자극했습니다. 그 무렵 저는 청년이라기보다는 풋내기였지만, 그런 까닭에 동료들의 천박과 맹목을 느꼈습니다. "혁명! 혁명!" 하는 외침이 거리에 가득 차 넘치고 이에 따라 이른바 혁명세력이 갑작스레 팽배해졌습니다. 저는 도리어 거기에 이끌렸습니다. 당연하게도 제가 청년들의 천박을 싫어했기 때문에, 제 인생에 있어서 한 줄기 출로를 찾아보고 싶었기 때문이었습니다. 그것이 저에게 인류의 기만, 허위, 음험陰險……과 같은 본성을 인식하게 해주리라고 어찌 알았겠습니까! 과연 군벌이나 정객들은 변장한 의복을 벗어 던지고 흉악하고 교활한 정체를 곧바로 드러냈습니다. 그리고 저는 이른바 '청당'[5]의 소리와 더불어 정열에 불타 끓어오르던 제 마음마저 깨끗이 청소해 버렸습니다. 그때 저는 "'본디 돈후하고 순박한' 제4계급과 '세상을 등진 사람'인 그런 '학자'들만은 아직 친구가 될지 모른다"라고 생각했습니다. — 아, 그런데 절묘하게도 '영제'令弟인 치밍 선생의 말씀처럼 "중국에 비록 계급은 있지만 사상은 서로 같아서 모두가 관리가 되고 돈을 벌고자"[6] 할 뿐입니다. 그래서 저는 제가 마치 기원 전의 사회에 살고 있는 듯합니다. 그런 어리석은, 사슴이나 돼지보다도 어리석은 언행(혹은 국수주의자는 이거야말로 국수라고 여기겠지만)에는 정말로 망연해지는 것을 금할 수 없습니다. — 망연해진 저는 무엇을 해야 좋을까요?

날카롭기로 친다면 실망의 화살만큼 날카로운 것은 없습니다. 저는 실망했습니다. 실망의 화살이 심장을 꿰뚫었고, 그리하여 저는 피를 토했습니다. 침대 위에서 엎치락뒤치락하며 움직이지 못하기를 벌써 수개월 째입니다.

맞습니다. 희망이 없는 인간은 마땅히 죽어야 합니다. 그렇지만 제겐 그럴 용기도 없고, 나이도 아직 젊은 불과 21세입니다. 게다가 사랑하는 사람도 있습니다. 죽지 않는 한, 정신도 육체도 괴로워하면서 살아갈 수밖에 없습니다. 거의 1초 1초가 그렇습니다. 사랑하는 사람도 생활에 짓눌려 있습니다. 제 자신의 얼마 되지 않는 재산도 이미 '혁명'에 털려 버렸습니다. 그래서 서로 위로하기는커녕 상대방의 눈치를 살피며 한숨지을 뿐입니다.

아무것도 모르는 게 행복했습니다. 저는 그로 인해 괴로워하고 있습니다. 그러나 이 독약을 베푼 사람은 선생님입니다. 저는 사실 선생님에 의해 완전히 '술에 담겨져' 버렸습니다. 선생님, 저를 기왕 여기까지 이끌어 오셨으니, 어쩔 수 없이 선생님께 제가 가야 할 최후의 길을 지시해 달라고 요구합니다. 그럴 수 없다면, 저의 신경을 마비시켜 주십시오. 아무것도 모르는 게 행복하니까요. 다행히도 선생님은 의학을 공부하셨으니, "내 머리를 돌려주세요!"라고 한다 해도 선생님께는 틀림없이 어려운 일이 아닐 겁니다. 저는 량위춘 선생의 말을 흉내 내서 크게 외칩니다.[7]

마지막으로 더욱 권고드릴 것이 있습니다. '존경하는 선생님', 이젠 좀 쉬십시오. 군벌들을 위하여 맛있는 요리를 만들어 주는 일을 중지하시고, 저와 같은 처지에 있는 다른 청년의 안전을 지켜 주십시오. 만약 생계에 어려움이 많으시다면 '옹호'라든가 '타도'라든가 하는 말을 늘어놓는 글을 더 쓰시면 됩니다. 선생님의 문명文名이라면 부귀가 미치지 못할까 걱정할 필요가 없습니다. '위원'이든 '주임'이든 성공이 보장될 것입니다.

빨리 제게 교시를 내려 주십시오. 아무쪼록 '아무런 좋은 일을 못하고 생을 마치는' 식의 교시는 절대 안 됩니다.

『베이신』이나 『위쓰』 잡지에 답을 주셔도 됩니다. 될 수 있으면 이 편지는 공개하지 말아 주십시오. 남에게 웃음을 사니까요.

병중이라 피로가 심하여 난필이 되었음을 용서하시기 바랍니다.

당신에게 중독된 청년 Y. 침대에서

3월 13일

답하는 편지

Y군

회답을 드리기 전에 먼저 양해를 얻어야겠소. 왜냐하면 나는 당신의 부탁과는 달리 편지를 공개하지 않을 수 없기 때문이오. 보내온 편지의 의도는 나의 공개된 회답을 바라고 있소. 그러지 아니하고 만약 보내온 편지를 공표하지 않는다면, 내가 쓰는 것은 전부 '제목이 없는 백 개의 운이 넘는 시'[8]가 되어 사람들이 뭐가 뭔지 모르게 되겠지요. 더구나 내가 보기에 이건 부끄러워할 필요가 없는 것이오. 물론 중국에는 혁명을 위하여 죽은 사람도 많이 있고, 지금껏 괴로움을 견디며 여전히 혁명을 계속하고 있는 사람도 많이 있소. 그리고 혁명은 했으나, 오히려 유복해진 사람도…… 혁명에 참여했으나 죽지 않은 사람은 그만큼 혁명에 철저하지 않았다고 할 수도 있겠고, 특히 죽은 자에 대하여 어찌할 도리가 없는 것도 당연하겠지만, 그러나 살아 있는 사람이라면 누구라도 그 사람을 나쁘게 말할 수는 없을 것이오. 서로 운 좋게, 또는 교활하거나 약삭빠르게 굴어 살아남았을 뿐이니까요. 그들이 자기 얼굴을 거울에 조금이라도 비추어 보기만 한다면, 아마 영웅 같은 면모를 거두어들일 것이오.

나는 이전부터 원래 글을 써서 호구지책을 삼고자 할 생각은 없었소. 붓을 들기 시작한 것은 친구의 요구에 응해서였다오. 그런데 아마 그 전부터 마음속에 일말의 불평이 있었던 탓인지, 붓을 움직이자마자 언제나 분노에 넘치고 과격한 말이 나오는 것을 피할 수 없었고, 하여 청년을 선동하는 꼴에 가까워졌다오. 돤치루이[9]가 집정했을 무렵 사람들이 꽤나 중상모략을 했지만, 내가 감히 말하건대, 내가 쓴 그것들은 결코 다른 나라의 루블을 반 푼도 받지 않았고 부자로부터 한 푼의 원조도 없었으며, 때로는 서점으로부터의 원고료마저도 받지 않았다오. 나는 '문학가'가 될 마음 같은 건 없었기 때문에 동료인 비평가를 회유하여 좋게 말하는 것도 하지 않았고, 몇 권의 소설이 만 권이 넘게 팔릴 줄이야 꿈에도 생각하지 않았소.

중국이 개혁하기를 희망했고, 변화가 이루어지기를 바라는 마음은 분명히 조금 있었소. 나를 가리켜 사람들은 출로가 없는—하하, 출로라, 장원급제하는 걸 말하는가—작가라느니, '독필'毒筆 문인이라느니 하지만, 여태까지 나는 모든 것을 말살하는 따위의 그런 짓을 한 적이 없다는 것을 자신하오. 다만 나는 언제나 하층 인간이 상층 인간보다, 청년이 노인보다 뛰어나다고 생각했기 때문에 여태까지 한번도 내 붓끝의 피를 그들 위에 쏟은 적이 없소. 나도 물론 일단 이해관계가 얽히면 그들이라 해도 상층 인간이나 노인과 똑같이 되는 경우도 드물지 않다는 것을 알고 있지만, 오늘날과 같은 사회조직 구조에서는 부득이한 일이오. 더욱이 그들을 공격하는 인간은 무수히 많으니, 나까지 일부러 나서서 투석에 가세할 필요는 없소. 그런 까닭으로 나는 어둠의 한쪽 면만을 폭로하는 결과가 되었지만, 본의는 사실 청년 독자를 속일 속셈은 아니었소.

이상은 내가 아직 베이징에 있을 무렵, 즉 청팡우가 말하는 "아무것도 듣지 못하여 사정을 통 알 수 없는 처지"[10]였던 프티부르주아 시기의 일이오. 그럼에도 불구하고 신중하지 못한 글 때문에 밥줄이 끊기고 도망치지 않을 수 없게 되었소. 그래서 '연기 없는 화약'[11]이 꽝 하고 터지는 것을 기다릴 것도 없이 이리저리 떠돌다가 '혁명근원지'를 더듬어 겨우 도착한 셈이오. 그곳에서 두 달을 거주하면서 나는 질겁했소. 이전에 들었던 것은 새빨간 거짓말에 지나지 않았소. 거기는 군인과 상인이 지배하는 나라였소. 이윽고 '청당'이 닥쳤소. 상세한 사실은 신문에는 거의 보도되지 않았고 풍문만이 떠돌았다오. 나는 신경이 과민한지라, 이건 마치 '섬멸작전'[12]이라 생각되어 애통함을 금할 수 없었소. 물론 이것이 '천박한 인도주의'[13]이며, 이미 이삼 년 전부터 유행에 뒤진 것이라는 건 알고 있지만, 유감스럽게도 프티부르주아 근성이 말끔히 청산되지 않아서 마음이 즐겁지 않았던 것이오. 그때 나는 나도 주연을 베푸는 사람 중에 하나일지도 모른다고 생각했기 때문에 유헝有恒 선생에게 답하는 편지에 몇 마디를 토로한 것이오.

이전의 나의 글들이 패배한 건 사실이오. 선견지명이 없었기 때문에 패배한 것이오. 아마 그 원인은 내가 오랫동안 "유리창 너머로 취한 눈으로 몽롱하게 인생을 바라본"[14] 탓이었겠지요. 그렇다 하더라도, 그처럼 급격한 풍운의 변화는 어쩌면 이 세상에서 보기 드문 일이니, 내가 그걸 예상 못하고 글로 쓰지 않았다는 점에서, 오히려 '독필'과는 매우 거리가 있다는 걸 알 수 있을 것이오. 무엇보다도 당시의 추세는 설사 교차로에 있었거나, 민간이나, 관계나, 50년 앞을 내다볼 수 있는 초시대적인 혁명문학가조차도 예견할 수 없었던 것이오. 그래서 앞서 나간 '이론 투쟁'이 전혀 없었소. 만약 그것이 있었더라면 많은 인명이 구제되었을 텐데. 내가 지금 여기서 혁명문학가를 예로 든 것은 일이 다 끝나 버린 후에 그들의 어리석음을 비웃고자 함이 아니오. 그러나 내가 말하고 싶은 바는, 내가 장래의 변화를 예견 못한 것은 나에게 냉혹함이 부족해서 착오가 생긴 것이며, 게다가 그 일로 내가 어떤 사람과 논의한 바도 없고, 또 내가 무엇인가 하고자 의도적으로 남을 속인 것도 아니라는 것이오.

그러나 의도가 어찌되었건 사실과는 관계가 없소. 나는 고통을 겪은 사람들 중에 내 글을 읽고 자극을 받아 혁명에 헌신하게 된 청년이 전혀 없었던 것은 아닐는지 의문스럽고, 그래서 사실 매우 고통스럽소. 그렇지만 이 또한 내가 타고난 혁명가가 아니기 때문이오. 만약 거물 혁명가라면 이만한 희생은 문제 삼지도 않을 것이오. 무엇보다도 우선 자기가 살아 있어야 하고, 살아 있는 한 지도할 수 있소. 지도가 없이 혁명은 성공하지 못하오. 보시오, 혁명문학가들은 모두 상하이의 조계 주변에 살고 있소. 거기에는 서양귀신들이 둘러친 철조망이 있어서 일단 무슨 조짐이 있으면 조계 밖의 반혁명문학과의 사이가 차단돼 버리오. 그때 철조망의 안쪽에 연기 없는 화약──십만 냥쯤──을 꽝 하고 한 방 내던지면 모든 유한계급有閑階級을 아우프헤벤 할 수 있소.

그들 혁명문학가 대부분은 올해 들어서 대량으로 생겨난 사람들이오. 비록 여전히 한편끼리 서로 칭찬하고 한편끼리 서로 배척하고 있으나, 도대체 '혁명은 이미 성공했도다'라는 문학가인지 아니면 '혁명은 아직 성공 못했도다'[15]라는 문학가인지 난 분간할 수 없소. 그럼에도 불구하고 그들은 나의 『외침』이나 『들풀』이 출판되었기 때문에, 또는 우리가 『위쓰』를 간행했기 때문에 혁명이 아직 성공하지 못했고, 혹은 청년들이 혁명에 태만해졌다고 말하는 듯하오. 이 주장만은 혁명문학파 거의 전체가 일치하고 있소. 이것이 올해의 혁명문학계의 여론이오. 나는 이 여론에 대해 화가 나기도 하고 가소롭게 여기기도 하지만, 또 한편으로는 유쾌하기 짝이 없소. 왜냐하면 설사 혁명을 늦추었다는 죄는 뒤집어쓴다 하더라도, 청년을 꾀어내어 죽게 했다는 양심의 가책은 면하는 셈이오. 그러므로 모든 사망자, 부상자, 수난자는 나와 관계없는 것이오. 여태까지는 정말로 나의 책임이 아닌 것도 책임을 느끼고 있었던 셈이오. 나는 강연도 그만두고, 강의도 그만두고, 논쟁도 그만두고, 나의 이름을 세상에서 지워 버림으로써 속죄할 생각이었소. 그런데 올해 들어 마음이 가벼워져서 다시 조금 활동을 할까 생각하게 되었소. 예상치도 못하게 당신의 편지를 받게 되어 다시 마음이 무거워지기 시작하오.

무겁다고는 하지만 이제는 작년만큼 무겁지는 않소. 이 반년 남짓 세론에 비추어 보고, 경험에 비추어 보니, 혁명의 여부는 인간에 있지, 글에 있지 않다는 것을 알게 되었소. 당신은 내가 당신을 중독시켰다고 말했소. 그런데 이곳의 비평가는 이구동성으로 내가 쓰는 것이 '비혁명적'이라고 말하오. 만약 문학이 사람을 움직일 수 있다면, 그들이 내 글을 읽은 이상 틀림없이 혁명문학을 단념하려 할 게 아니겠소. 지금 그들은 내 글을 읽고 '비혁명적'이라 단정하면서, 여전히 실망하지 않고 혁명문학가가 되고자 하고 있소. 이를 보아도 글이 사람에게 실제로는 아무런 영향을 주지 않는다는 걸 알 수 있소.──유감스럽게도 동시에 혁명문학이라는 문패도 깨져 버렸소. 그렇지만 당신은 나와 일면식도 없는 분이고, 아마 나에게 죄를 뒤집어씌우는 일은 결코 하지 않을 줄로 여겨지기 때문에, 그래서 나는 다른 측면에서 다시 생각해 보기로 하겠소. 첫째로 당신은 너무 대담한 듯하오. 다른 혁명문학가들은 나의 어두운 면에 대한 묘사에 혼비백산해서 출로가 없다고 생각하고서는, 최후의 승리를 이야기하면서 얼마를 지불해야 최후에 얼마의 이익을 볼 것인지를 따지고 있소, 마치 생명보험에 가입한 것처럼. 그러나 당신은 이런 것은 염두에 두지 않고 곧장 암흑에 부딪쳐 갔소. 이것이 고통을 받는 한 원인이오. 그리고 너무 대담하여, 곧 두 번째로 이어지는데, 그것은 지나치게 진지하다는 것이오. 혁명이라 해도 여러 가지가 있소. 당신의 유산은 혁명에 날아갔지만, 혁명에서 재산을 얻은 자도 있을 것이오. 생명마저 혁명에 빼앗긴 자도 있으며, 혁명에서 급료나 원고료를 얻고, 그 대신 혁명가의 직함을 잃은 자도 있소. 이런 영웅들도 당연히 진지하오. 그렇지만 만약 원래보다 더 많이 손해를 보았다면, 나는 그 병의 뿌리는 바로 '지나침'에 있다고 생각하오. 셋째로 당신은 미래를 지나치게 밝게 생각하기 때문에 한번 장애물에 부딪히면 곧 큰 실망에 빠지오. 만약 미리 필승을 기대하지 않는다면 설사 실패하더라도 고통은 아마 더 작을 것이오.

그렇다면 나는 전혀 죄가 없는가? 있소. 지금 많은 정인군자와 혁명문학가가 음양으로 창과 활을 들고서 나의 혁명 및 불不혁명의 죄를 판정 중이오. 가까운 시일 안에 내가 받은 상처의 총계 중에서 일부를 떼어 내어 당신의 존귀한 '머리'를 변상하겠소.

여기서 한 구절, 고증을 덧붙이겠소. "내 목을 돌려다오"라는 말은, 『삼국지연의』에 의하면 관운장이 한 것이고, 아마 량위춘 씨의 것이 아닌 듯하오.

솔직히 말하면 이상에서 이야기한 것은 모두 실없는 소리요. 당신의 개인적인 문제 쪽으로 다가가서 말한다면, 도저히 손대기가 어렵소. 이것은 "전진하라! 죽여라! 청년이여!"와 같은 영웅적 기세가 넘치는 문자로는 결코 해결할 수 있는 것이 아니오. 진실된 말은 나도 공개하고 싶지 않소. 왜냐하면 오늘날에는 언행이 그다지 일치하지 않는 게 바람직하기 때문이오. 그러나 보낸 편지에는 주소가 없어 답장을 쓸 수 없기에 여기서 몇 마디만 말하고자 하오. 첫째로 생계를 도모해야 하오. 생계를 도모하기 위해서는 수단을 가리지 않아야 하오. 아니 기다리시오. 요즈음 '목적을 위해서는 수단을 가리지 않는다'가 공산당만의 특기라고 믿고 있는 돌대가리들이 많이 있는데, 이것은 커다란 잘못이오. 이처럼 하는 사람이 아주 많소. 다만 그들은 입 밖으로 말하지 않을 뿐이오. 소련의 학예교육인민위원인 루나차르스키[16]가 쓴 작품『해방된 돈키호테』에서, 이런 수단을 작중 인물인 공작에게 사용하게 하고 있으니, 그것이 귀족적인 것이며 위풍당당한 것임을 알 수 있소. 둘째는, 사랑하는 사람을 위로해 주는 일이오. 이것도 여론에 의한다면 혁명의 길과는 정반대라고 하지만, 걱정할 필요 없소. 그저 혁명적 글을 몇 편 쓰되, 혁명적 청년은 연애에 관한 일을 당연히 입에 담아서는 안 된다고 주장하면 그걸로 족하오. 그렇지만 만약 권력자나 적수가 나와서 당신을 문책할 때, 이것도 아마 하나의 죄상으로 간주될 수 있을 것이니까, 당신은 경솔하게 내 말을 신뢰한 것을 후회할지도 모르오. 그래서 미리 말해 두오. 문책당하는 때가 되면, 설령 이 일이 아니더라도 그들은 다른 안건을 찾아낼 것이오. 무릇 천하의 일은 먼저 문책이 결정되어 있고, 거기에 맞추어 죄상(보통 10개 조에 달하는데)[17]이 후에 수집되는 법이오.

내가 이처럼 장황하게 써 왔지만 결국은 나의 잘못을 얼마쯤 가리는 것뿐이었소. 왜냐하면 이 일로 나는 또 많은 상처를 받을 것이오. 맨 먼저 혁명문학가가 끝없이 울부짖을 것이오. "허무주의자야, 당신 이 악당아!" 오호라, 신중하지 못하게, 또 새로운 영웅의 코끝에 가루분을 덕지덕지 칠해 버렸소. 이 기회를 빌려 미리 변명해 둡시다. 작은 소리에 깜짝 놀랄 일은 아니오. 요컨대 수단을 가리지 않는다는 수단에 지나지 않는 것으로 무슨 주의主義는 아니오. 설사 주의라 하더라도 내가 감히 써내고, 거리낌 없이 쓰는 것은 결코 악인이 아니기 때문이오. 만일 내가 악인이 된다면, 이런 중요한 일은 뱃속에 넣어 두고 수많은 돈을 긁어모아 안전지대에 숨어 살면서, 다른 사람에게는 기꺼이 희생을 해야 한다고 설교할 것이오.

잠시 놀고 계실 것을 권하는 바요. 아주 조금 입에 풀칠할 것만 생각하고. 그렇다고 당신이 영원히 '몰락'하는 것을 나는 바라지 않소. 개혁할 수 있는 곳은 크건 작건 간에 아무 때나 닥치는 대로 개혁할 일이오. 나도 명령에 따라 '쉴' 뿐만 아니라 놀기까지 할 거요. 그렇지만 이것은 당신의 경고를 따른다기보다는 사실 전부터 이런 뜻이 있었소. 내가 좋아하는 취미를 찾아 한가한 시간을 더욱 찾고 싶은 생각이오. 우연히 무언가 지장이 있는 발언이 있다면, 그것은 문자가 소홀해진 것이지, 나의 '동기'나 '양심'은 아마 그렇지 않을 것이오.

종이가 다 되어서 이것으로 회신을 마치오. 아무쪼록 조섭을 잘하시기 바라오. 그리고 당신의 애인이 굶주리는 일이 없기를 기원하오.

4월 10일, 루쉰

주)______

1) 원제는 「通信」, 이 글은 1928년 4월 23일 『위쓰』 제4권 제17호에 처음 발표되었다.
2) 원문은 '你老'로 존칭의 말이다.
3) '술에 담근 새우'(醉蝦)라는 말은 루쉰이 「유형 선생에게 답함」(『이이집』에 수록됨)이란 글에서 한 말이다.
4) 모두 『무덤』(전집 1권)에 수록되어 있는 글이다.
5) '청당'(淸黨)이란 정당에서 반대파를 배제한다는 의미이다. 여기서는 1924년 1월 쑨원의 지도로 국민당과 공산당이 합작하여 공산당원이 개인 자격으로 국민당에 참여하여 국공합작 및 혁명전쟁을 함께 수행하기로 했으나, 1927년 장제스가 4·12정변을 일으키고 '청당결의안'을 공포하면서 공산당원 및 좌파 인사들을 숙청하고 처형한 사건을 지칭한다.
6) 여기서 인용한 치밍의 말은 『위쓰』 제4권 제9호(1928년 2월 27일)에 발표한 「폭죽」(爆竹)에 나온다. "사실상 중국에는 '유산'(有産)과 '무산'(無産)이라는 두 종류가 있으나, 그 사상감성은 사실 차이가 없다. 유산자는 관리가 되어 돈을 벌고 있는 도중이면서 더욱 출세하고 더욱 벌기를 희망하고, 무산자는 장래에 관리가 되고 돈을 벌기를 희망한다. 그러므로 생활에 있어서는 두 계급이 있지만, 사상적 측면에서는 오직 하나의 계급이 있는데, 바로 관리가 되고 돈을 벌고자 하는 사상이다."
7) "내 머리를 돌려다오"(還我頭來)라는 말은 『삼국지연의』에서 관우(관운장)가 한 말이다. "관운장이 징저우(荊州)전투에서 패배하고, 밤에 맥성(麥城)으로 도주하다가 살해되었다. 오나라 병사가 관우의 수급을 베어 낸 후에도 여전히 '그 영혼이 흩어지지 않았다.' 옥천산(玉泉山)의 보정(譜靜)화상에게 해원(解寃)을 부탁하니 '내 머리를 돌려다오'라고 크게 외쳤다."(『삼국지연의』 77회에 나온다)
   량위춘(梁遇春, 1904~1932). 푸젠 푸저우 사람으로 당시의 청년작가이다. 그는 「"내 머리를 돌려다오" 및 기타」(1927년 8월 『위쓰』 제146호에 실림)라는 제목의 글에서 이 이야기를 인용했다.
8) 원문은 '無題詩N百韻'으로, 제목이 없는 시에 운이 백 개가 넘다는 의미이다. 근체시에서 운은 짝수 구에 다는 것이 원칙이므로, 백 운이라면 이백 구가 된다. 주제가 없는 긴 문장이라는 의미로 루쉰이 사용했다고 보여진다.
9) 돤치루이(段祺瑞, 1865~1936). 안후이 허페이(合肥) 출신, 베이양군벌 환계(皖系)의 우두머리. 위안스카이(袁世凱)가 죽은 후에 일본제국주의의 지원 아래 몇 차례 베이양정부를 장악했다. 1924년에서 1926년에 베이양정부의 '임시집정'에 추대되었다.
10) 원문은 '蒙在鼓裏'이다. 청팡우의 「문학혁명에서 혁명문학으로」(從文學革命到革命文學)에 나온다. 당시 혁명문학을 주장하던 혁명문학파의 입장에서 루쉰을 비판했던 대표적인 말 중에 하나이다.

11) 이 말도 청팡우의 「문학혁명에서 혁명문학으로」에 나온다. 이 문집의 「'취한 눈' 속의 몽롱」 참고.

12) 원문은 '聚而殲旃'(취이섬전)으로 『좌전』 '양공(襄公) 28년'에 나온다. 여기서 '전'(旃) 자는 조사로 의미는 '지언'(之焉)이다.

13) 정보치(鄭伯奇)가 1923년 말에서 1924년 초에 『창조주보』 제33호에서 제35호에 연재한 「국민문학론」(國民文學論) 중에서, 5·4신문학운동과 '평민문학'(平民文學)을 제창한 사람들을 비판하며 다음과 같이 말했다. "국민의식이 아직 깨이지 않았고, 국민감정이 아직 타오르지 않은 신문학가들은 일반 국민의 생활에 대해 여전히 연구의 흥미를 지니지 않고 있다. 결과적으로 그저 몇 편의 천박한 인도주의 작품을 창작했을 뿐이며, 신문학운동의 제1기는 곧 폐막했다."

14) 이 말도 청팡우의 「문학혁명에서 혁명문학으로」에 나온다. 이 문집의 「'취한 눈' 속의 몽롱」 참고.

15) 원문은 '革命尙未成功'으로, 이 말은 본래 1923년 국민당 당대회에서 쑨원(孫文)이 "혁명이 아직 성공하지 않았으니, 동지들은 여전히 노력해야만 한다"(革命尙未成功, 同志仍須努力)라고 한 제사(題詞)이다.

16) 루나차르스키(Анатолий Васильевич Луначарский, 1875~1933). 소련의 문예평론가. 일찍이 소련 교육인민위원부의 인민위원(부장)직을 역임했다. 저서로는 『예술과 혁명』(Искусство и революция, 1924), 『실증미학의 기초』(Основы позитивной эстетики, 1923)와 희곡 『해방된 돈키호테』(Освобожденный Дон-Кихот, 1922) 등이 있다. 루쉰은 그의 『예술론』을 번역해서 1929년 6월 상하이 대강서포(大江書鋪)에서 출판했다.

17) 루쉰은 1928년 7월 20일 샤오전(曉眞), 캉쓰췬(康嗣群)에게 보낸 답장에서(『집외집습유보편』) "왜냐하면 나는 공격자들의 전단지 위에 나열된 죄상을 늘 보기 때문입니다. 종종 10개 조에 달하는데, 그래서 법률이 아닐지라도, 내가 헤아릴 수 있는 것이 아니군요, 라고 말할 뿐입니다"라고 말했다.

태평을 바라는 가요[1)]

4월 6일자 『선바오』에 다음과 같은 기사가 실렸다.

> 난징시에 요즘 갑자기 황당무계한 요언이 떠돌고 있다. 그것은 총리의 능묘[2)]가 이제 곧 준공되는데 석수장이들이 어린아이의 혼을 빼 가서 낙성식을 마무리하려 한다는 것이다. 이런 거짓말이 한입 두입 건너 시민들 속에 퍼지는 바람에 모두 두려워하고 있으며 집집마다 어린아이들의 왼팔에 노래 네 구절씩 쓴 붉은 헝겊조각을 하나씩 달아서 액땜을 하고 있다. 거기에 쓴 노래는 대략 세 가지가 있다. ①남의 혼 부르지 말고 제 혼이나 불러 가거라. 불러도 갈 사람 없으니 자신이 가서 무덤 돌 받쳐 주어라. ②돌이 돌 화상和尙을 부르니 자기가 자기를 불러 가거라. 어서 빨리 집으로 돌아가자, 무덤의 고임돌 되지 말자. ③네가 중산묘를 만드는데 나와 무슨 상관이냐? 불러도 갈 사람 없으니 자신이나 불러 가라. (이하 생략)

이 노래 3수는 어느 것이나 20자[3]를 넘지 않지만 그것들은 시민들의 견해, 즉 혁명정부에 대한 관계와 혁명가에 대한 감정을 남김없이 보여 주었다. 사회의 어두운 면을 폭로하는 데 제아무리 능란한 문학가라 하여도 이렇게 간단명료하고 절절하게 써내기는 힘들 듯하다. "불러도 갈 사람 없으니 자신이 가서 무덤 돌 받쳐 주어라." 여기에는 많은 혁명가들의 전기와 중국 혁명의 역사가 일부 포함되어 있다.

어떤 사람들의 글을 읽어 보면 현재를 '여명 직전'이라고 단언하는 듯하다. 하지만 시민의 형편이 이러할진대 여명이든 황혼이든 간에 혁명가들은 어쨌든 이러한 시민들을 등에 업고 전진하지 않으면 안 된다. 닭갈비[4]는 버리자면 아깝고 먹자면 맛이 없다. 이런 상태가 그냥 지속되고 있다. 50년 후, 100년 후에 출로가 보일지 아닐지도 전혀 파악할 수 없다.

근래의 혁명문학가들은 왕왕 암흑을 유달리 무서워하며 그것을 덮어 감추지만, 시민들은 조금도 사양하지 않고 스스로 그것을 보여 주었다. 한쪽의 가볍고 약아빠진 것과 다른 한쪽의 둔중한 무감각이 서로 부딪쳐 혁명문학가들로 하여금 사회 현상을 감히 정시할 용기를 잃게 하였으며, 길조인 까치의 울음소리는 좋아하고, 흉조인 올빼미의 울음소리는 싫어하는 노파가 되어 버리게 했다. 이리하여 그들은 자그마한 길상의 징조를 얻어 가지고 자아도취에 빠지며 그것으로 시대를 초월했다고 생각한다.

축하받을 만한 영웅이여, 그대는 앞서 나아가라. 버림받은 현실적인 현대는 뒤에서 당신의 진군을 전송해 줄 것이다.

그러나 사실은 그냥 함께 있는 것이고 당신이 눈을 감았을 뿐이다. 하지만 눈을 감으면 '무덤 돌을 받쳐 주는' 일은 하지 않아도 되며 이것이 곧 당신의 '최후의 승리'이다.

4월 10일

주)______

1) 원제는 「太平歌訣」, 이 글은 1928년 4월 30일 『위쓰』 제4권 제18호에 처음 발표되었다.
2) 쑨원(쑨중산) 능묘는 난징 자금산(紫金山)에 있으며, 1926년에 정초식을 올리고 1929년에 준공되었다.
3) 5글자씩 4구절로 되어 있음.
4) 닭갈비(계륵 雞肋). 『삼국지』(三國志) 「위서(魏書) · 무제기(武帝紀)」 및 배송지(裵松之)의 주에서 인용한 『구주춘추』(九州春秋)에 있는 말이다. 건안(建安) 24년(219) 3월에 조조는 장안(長安)에서 사곡(斜穀)으로 나와 병사들이 한중(漢中)에 이르렀을 때 유비의 군사를 만나 승부를 가리지 못하던 차 철병할 작정으로 "'닭갈비'라고 군호를 내렸는데 관속들은 그 뜻을 알지 못했다. 그런데 주부 양수(揚修)가 혼자 행장을 꾸리기에 모두 놀라며 '어떻게 알았소?' 하고 물었다. 그러자 양수가 '닭갈비라는 것은 버리기는 아깝고 먹자면 맛이 없는 것이오. 한중을 닭의 갈비와 같다고 하였으니 왕(조조)이 회군하려 한다는 것을 알 수 있소'라고 하였다."

공산당 처형의 장관[1]

같은 4월 6일자 『선바오』에 또 '창사통신'[2] 한 편이 실렸는데 거기에는 후난성 공산당 성위원회 위원이 검거되어 "사형에 처한 자가 30여 명, 황화절[3]에 참수된 자가 8명"이라고 기록되어 있다. 그 통신에 몇 군데 문필이 극히 훌륭한 데가 있어 그것을 여기에 베껴 놓는다.

> …… 이날 사형을 집행한 후, 마馬(수춴淑純 16세, 즈춴志純 14세)와 푸傅(펑쥔鳳君, 24세) 세 죄인은 모두 여성으로, 전 도시의 남녀 구경꾼들이 종일 인산인해를 이루었고 길이 붐벼 막혔다. 더군다나 공산당 괴수 궈량郭亮의 머리를 사문구司門口에 효시했기 때문에 구경하는 사람이 더욱 많았다. 사문구의 팔각정 일대는 이리하여 교통이 두절되었다. 남문 일대의 민중은 궈량의 머리를 구경하고 나서 교육회로 가서 여자의 시체를 구경하고, 북문 일대의 민중은 교육회에서 여자의 시체를 구경하고 나서 사문구로 가 궈량의 머리를 구경하였다. 온 시내가 떠들썩했고 이 때문에 공산당 처형의 분위기가 한층 높아졌다. 온종일 밀려들던 구경

꾼들이 밤이 되어서야 낮보다는 붐비지 않았다.

베껴 놓고 보니 자못 부당한 느낌이 든다. 그것은 내가 의론을 좀 발표할 생각이 있었으나, 한쪽에서는 내가 조소하고 있다고 의심하는 사람이 있는 듯하고(나에 대해서 조소하기 좋아한다고 말하는 사람이 있다), 또 다른 한쪽에서는 암흑을 퍼뜨린다고 나에게 죄를 책임지라고 하면서 나더러 그 암흑을 짊어지고 땅 밑으로 들어가 멸망해 버리라고 저주하는 사람이 있는 듯한 생각이 들었기 때문이다. 그러나 나는 참을 수가 없으니 ─ 다른 이론은 작작 발표하기로 하고 다만 '예술을 위한 예술'[4]의 견지에서 말해 보고자 한다. 보라, 불과 150~60자 되는 이 글이 얼마나 힘이 있는가. 나는 이 기사를 한 차례 읽고서 흡사 사문구에 괴수의 머리가 하나 걸려 있고 교육회 앞에 머리 없는 여자 시체 셋이 놓여 있는 정경을 눈으로 보는 듯했다. 뿐만 아니라 그 시체들은 적어도 팔뚝은 드러난 듯하다. ─ 하지만 이것은 나의 억측일지도 모른다. 나 자신이 너무도 어둠 속에 처해 있으니까. 그리고 숱한 '민중'이 한 무리는 북에서 남으로, 한 무리는 남에서 북으로 시끌벅적하게 떠들면서 밀려간다……. 군더더기를 좀 더 붙이면 그들의 얼굴에는 혹은 뭔가 기대에 차 있거나, 혹은 흡족해하는 기색이 흘러넘친다. 내가 본 '혁명문학'이나 '사실주의문학' 중에는 이처럼 강력한 문학의 예가 지금까지 없었다. 비평가 로가체프스키는 "안드레예프는 우리들을 공포에 떨게 하려고 애썼지만 우리들은 공포를 느끼지 않는다. 그러나 체호프는 그렇지 않은데도 우리들은 오히려 공포를 느낀다"[5]고 하였다. 이백여 자 되는 글이 한 무더기의 소설보다 가치가 있다. 하물며 그것은 또한 사실을 쓴 것이다.

이만하겠다. 이제 더 말하면 아마도 일부 영웅들이 또 암흑을 퍼뜨리면서 혁명을 방해한다고 나를 질책할지 모른다. 일리가 있기는 하다. 지금은 혐의를 받기 쉬운 때라, 충실한 동지가 공산당으로 오인되어 감금되기도 하고 석방되기도 하는 것을 신문지상에서 종종 보게 된다. 혹시 운수가 사나워 억울한 죄명이라도 쓰는 날이면 그건 정말……. 자꾸 이런 말만 하면 용사들의 사기를 저하시킬지도 모른다. 혁명이 머리를 잘렸기 때문에 후퇴하는 일은 매우 드물다. 혁명이 끝장나는 것은 대개 기회주의자의 잠입 때문이다. 즉 내부에서 좀이 먹기 때문이다. 이것은 결코 적화赤化를 두고 하는 말은 아니다. 어떤 주의의 혁명이나 다 그러하다. 그러나 바로 어둡기 때문에, 앞길이 없기 때문에 혁명을 하는 것이 아니겠는가? 만일 앞에 '광명'과 '앞길'이 있다는 보증서가 붙어 있는 것을 보고서야 용맹스럽게 혁명에 뛰어든다면 혁명가이긴 고사하고 기회주의자만도 못하다. 기회주의자도 승패 여부는 점치지 못한다.

마지막으로 또 암흑을 좀 폭로해야겠다. 우리 중국의 현재(시대를 초월해서가 아니라 현재!)의 민중들은 사실 어떤 당인가는 상관없이 '수급'首級과 '여자의 시체'라면 구경한다. 누구의 것이든 그런 것이 있기만 하면 구경한다. 권비의 난, 청조 말엽의 당옥,[6] 민국 2년,[7] 작년과 금년, 이 짧디짧은 이십 년 사이에 나는 여러 번 눈으로 보고 귀로 들었다.

4월 10일

주)

1) 원제는 「鏟共大觀」, 1928년 4월 30일 『위쓰』 제4권 제18호에 처음 발표되었다.
2) 창사통신(長沙通信). 『선바오』에 실린 이 통신의 제목은 「후난성(湘省) 공산당(共産黨) 성위원회(省委員會) 검거」로 되어 있으며 그 아래에 인용한 두 마디는 부제이다.
3) 1911년 신해혁명의 반년 전인 1911년 4월 27일 동맹회가 광저우에서 무장봉기했으나 패배했다. 희생자의 유체는 광저우시 교외의 황화강(黃花岡)에 묻혀 있다. 이날을 기념하는 날이 황화절이다. 루쉰은 「황화절의 잡감」(黃花節雜感; 『이이집』에 수록)을 쓰기도 했다.
4) '예술을 위한 예술'은 19세기 프랑스 작가 고티에(Théophile Gautier, 1811~1872)가 그의 소설 『모팽 양』(*Mademoiselle de Maupin*, 1835) 서문에서 주장한 문예론이다. 그는 예술은 일체의 공리를 초월하여 존재한다고 인식했고, 창작의 목적도 예술 자체에 있으며 사회정치와는 관련이 없다고 인식했다. 창조사도 초기에는 이와 유사한 주장을 제기한 적이 있다.
5) 로가체프스키(В. Львов-Рогачевский, 1874~1930). 소련 문학사학자이다. 그는 1925년에 출판한 『현대 러시아문학—체호프와 새로운 길』(Новейшая Русская литература)에서 다음과 같이 말했다. "톨스토이는 안드레예프를 비평하면서 '그는 우리들을 공포에 떨게 하려고 애썼지만 우리들은 두렵지 않다.' 그러나 체호프에 대해서는 그 반대로 말할 수 있다. 즉 '그는 우리를 놀라게 하지 않지만 우리는 매우 두렵다.'"
6) 청나라 정부가 장타이옌, 추융(鄒容) 등을 감금하고 추근(秋瑾), 서석린(徐錫麟) 등을 살해한 것과 같이 혁명당 사람들을 박해한 사실을 의미한다.
7) 민국 2년(1913) 쑨중산은 광둥, 장시, 안후이 등지에서 위안스카이 토벌을 이끌었는데, 이를 '2차혁명'이라 지칭한다. 이후 위안스카이는 국민당 대리 이사장 쑹자오런(宋教仁) 등 수많은 혁명가를 살해했다.

나의 태도와 도량, 나이[1)]

용맹한 간행물이 꼬리를 물고 계속 출간되어 '문예 분야'[2)]는 확실히 왁자지껄해졌다. 일간신문 광고에 있는 『전선』이라는 이름도 자못 사람들의 주의를 이끌어서, 얼핏 보기만 해도 거기에 모여 있는 이들이 모두 전사戰士라는 것을 알 수 있다. 어떤 친구가 세 권이나 부쳐 준 덕분에 약간의 화약 연기를 볼 수 있었고, 게다가 뤄서우弱手[3)]가 쓴 「중국 현재의 문학계를 말한다」라는 글 속에 있는 총알 한 발은 명백하게 나를 겨누고 쏜 것이었다. 왜 그럴까? 우선 「'취한 눈' 속의 몽롱」이 잘못되었기 때문이라고 한다. 듣자 하니 잘못된 곳이 세 군데인데, 첫째는 태도이고, 둘째는 도량이며, 셋째는 나이다. 고쳐 쓴다면 진실이 사라지기 쉽기 때문에 그 총알을 아래에 그대로 옮겨 놓고자 한다.

> 루쉰의 그 글은, 아주 실례이지만, 태도가 매우 글러먹었다. 루쉰이 지금까지 논쟁해 온 것을 돌이켜 볼 때 그는 도량이 너무 좁다고 말하지 않을 수 없다. 최초에(알고 있는 바에 의하면) 루쉰이 시잉西瀅과 논쟁하고 뒤

이어 창훙長虹과 논쟁했을 때,[4] 우리는 올바른 도리가 그에게 있다고 생각했는데, 한편으로는 그의 언사가 지나치게 신랄하고 냉혹하다고 느꼈다. 또한 현재 창조사와의 논쟁에서 그의 언사는 여전히 신랄하나 올바른 도리는 반드시 그에게 있지 않은 듯하다. 물론 팡우와 추리 두 사람의 루쉰에 대한 비평에 대해서는 반박할 여지가 있지만, 이는 마땅히 엄정하게 진행되어야 한다. 그 이유는 그들이 나아가고 있는 방향이 틀렸다고 할 수 없기 때문이다. 냉정한 야유와 열렬한 풍자는 우둔하고 무지한 이에게만 필요하다. 왜냐하면 그들에게는 도리로 설명할 수 없기 때문이다. 용감하게 전진하는 사람에게는 절대로 이러한 태도를 취해서는 안 된다. 그의 이러한 태도는, 비록 그 자신은 매우 통쾌하게 욕을 했다고 생각할지 모르지만, 그런 말투는 사실 이 '영감탱이'는 정말 막돼먹었다는 것을 보여 주는 데 족할 뿐이다. 그만하자, 이런 일이란 본래 강요할 필요나 가능성도 없는 것이니까 각자에게 제 갈 길을 가게 하면 된다. 우리는 '5·4' 시기의 린친난[5] 선생을 떠올리지 않을 수 없다!

이 단락은 시비는 가르지 않고 그저 태도, 도량, 말투를 가지고 "이 영감탱이는 정말 막돼먹었군"이라고 단정함으로써 자연스럽게 나의 그 글을 말살해 버렸을 뿐이다. 얼핏 보면 그것은 마치 제삼자의 객관적 비평 같은데 내가 볼 경우 '신랄 냉혹'한 부분도 적지 않다. 필자는 아마 청년으로 '늙은이' 티가 없을 것이므로, 이것은 아마 내가 '우둔하고 무지하기' 때문에 부득이 그렇게 했거나, 혹은 나 자신도 느끼지 못했기 때문일 것이다. 그렇지만 성을 감추고 이름을 숨긴 이 뤄서우 선생이 사실은 창조사 편이라는 것을 나는 지적해야겠다. 이 전사들이 대체로 창조사에 자주 드나든다거나 혹은 예술대학[6]에서 밥벌이를 하고 있다는 것을 말하는 것이 아니라, 그들은 서로 기맥이 통하는 한 부류라는 것을 밝힐 뿐이다. 그렇기 때문에 이른바 『전선』이라는 것도 역시 창조사의 전선에 불과하다. 내가 시잉, 창훙과 논쟁하고 있을 때 그는 비록 내 글의 올바른 도리를 인식했으나 아무런 소리를 내지 않고 있다가, 이제 창조사와 논쟁하게 되자 언사가 신랄한 것만 보고 갑자기 전사의 신분으로 출현한 것이다. 사실 앞의 두 차례 논쟁에서 내게 '올바른 도리'가 있었다고 인정하는 것 역시 죽은 지 이미 이천여 년이 되는 영감탱이 노담 선사先師의 "취하고자 한다면 반드시 먼저 베풀어라"[7]라는 전략으로, 나는 그런 공평함에는 결코 감격하지 않는다. 천시잉도 이런 전법을 알고 있어서 그는 나의 단평을 때려눕히기 위하여 나의 소설을 칭찬함으로써 자신의 공정성을 드러내 보였다.[8]

설사 정말 앞서 두 번은 내게 올바른 면이 있었다는 것을 인정한다 해도, 그것은 역시 뤄서우 선생이 시잉이나 창훙들과 같은 계파, 같은 사단, 같은 파벌, 같은 부류였기 때문은 아니다. 그들의 측면에서 볼 때 사정은 전혀 다르다. 내가 '시잉과 논쟁'한 후 현대평론파인 탕유런은 『위쓰』의 언론은 모스크바의 명령[9]을 받은 것이라고 하였다. '창훙과 논쟁'한 후 광풍사의 창옌성은 『광풍』이 폐간된 것은 나의 음모 때문인지도 모른다고 하였다.[10] 그러나 이러한 일은 우리 쌍방을 제외하고는 아마 별로 유의하지 않았거나 기억하지 못할 것이다. 자기와 상관없는 일은 쉽게 지나쳐 버리는 법이므로.

이번에 창조사에 대해서는 확실히 '실례가 많았고', 그다지 '엄정하지' 못한 점도 없지 않으며, 나로서는 올바른 도리를 말했다고 생각하지만 그들로서는 역시 '신랄 냉혹'하다고 생각할 수 있을 것이다. 이리하여 '논전'이 그만 '태도전', '도량전', '나이전'으로 되어 버렸다. 그런데 청팡우 무리들의 나에 대한 '태도'에 대해서, 전사들은 비록 유의하지도 않겠지만 나 자신은 명백하다. 나에게는 동생이 있는데, 내 스스로는 '이치를 따질 수 없다'고 생각하지는 않지만, 그 비평가는 『외침』이 출판되었을 때 "이번에는 그의 영제令弟가 편집하여 출판했기 때문에 정말 괜찮게 되었다"[11] 라고 풍자하였다. 이 전통이 5년 후에 가서 펑나이차오의 논문에 다시 나타났는데, 그는 "무료하기 짝이 없게 자기의 동생을 따라서 인도주의적인 미사여구를 몇 마디 하였다"라고 말했다.[12] 내 주장이 어떤가 하는 것은 논하지 않더라도, 설사 주장이 같아서 같은 말을 했다 하여 어째서 '무료하기 짝이 없는' 것이 된단 말인가? '동생'이 한 명 있으면 꼭 그를 반대하지 않으면 안 되어서, 하나가 혁명을 주장하면 하나는 보황保皇을 주장해야 하고, 하나가 지리를 전공하면 하나는 천문을 전공해야 한단 말인가? 그리고 내가 한 해 동안의 잡감을 묶어서 『화개집』을 출판하고, 그 전에 초록했던 소설 사료들을 묶어서 『소설구문초』를 출판한 것은 서로 아무 관련이 없다. 그런데 청팡우 선생은 "우리의 루쉰 선생은 화개 밑에 앉아서 그의 '소설구문'을 한창 초록하고 있다"라고 한데 묶어서 말하고 있다. 이로 인해서 리추리는 몹시 기뻐했으며 금년에는 또 그것을 『문화비판』에 베껴 놓고 좋아서 어쩔 바를 모르며 "그(청팡우)의 이 글은 '취미문학'보다도 더 아취가 있다"[13]라고 말했다. 그러나 이것으로도 부족하여 그들은 내가 사오싱 출신이고 사오싱에는 술이 산출되기 때문에, 내가 "술에 취한 흐리멍덩한 눈으로 즐거이 지내고 있다"醉眼陶然고 했다. 나의 나이가 그들보다 많으므로 나를 '영감탱이'라고 하고서 "만약 문학적 표현을 허용한다면"이라는 주석까지 덧붙였다. 그리고 이 '영감탱이'의 잘못은 『전선』의 뤄서우 선생에 의하여 '정말 막돼먹은 사람'의 근원이 되어 버렸다. 나는 창조사에 대해서는 그들의 호적, 가족, 나이 등을 조롱의 자료로 삼지 않았음을 자신하며, 올해 우연히 그들의 글에 나타난 모순과 웃음거리를 지적한 글을 처음으로 한 편 썼을 뿐이다. 그런데 '태도' 문제가 나오고 '도량' 문제도 나왔으며 심지어 전사들까지도 신랄하고 냉혹하다고 생각했다. 그러니까 나는 혁명문학가들이 '추접하다'고 말하는 톨스토이를 본떠서 조금도 대항하지 않거나, 혹은 "프티부르주아계급 혹은 부르주아계급인 신臣 루쉰이 혁명적 '인텔리겐치아'[14] 나으리 각하의 성은이 황공하여 삼가 올리나이다"라는 상주문을 올려야만 '정말 막돼먹은 놈'이 되지 않는단 말인가?

내가 '영감탱이'라는 것은 확실히 나의 곤란한 점이다. '창훙과의 논전'에서 그도 나의 이 큰 오류를 지적해 준 바 있으며 이외에도 내가 병든 것까지 비웃었다.[15] 이것도 사실로서 나는 확실히 병을 앓은 적이 있다. 이번에 뤄서우라는 그 '젊은 녀석'은 내 병에 대해서는 말하지 않았는데, 이를 보면 그래도 어떤 청년들은 마음이 순박하고 자못 너그럽다는 것을 알 수 있다. 그렇기 때문에 그는 '냉정한 조소와 열렬한 풍자'의 용도를 구분해서 '용감히 전진하는' 자에 대해서는 우대하는 조건을 정해 놓았던 것이다. 유감스럽게도 나는 너무 일찍 태어나서 이미 그 부류에 들지 못하며 같은 대우를 받을 수 없다. 그러나 다행스럽게도 나는 젊은 시절에 참다운 전선에 나가 본 적이 없고 부상을 입지 않았다. 만일 몸이 불구라도 되었더라면 말썽거리가 하나 더 생겨 지금 얼마나 많은 야유를 받을지 모른다. 이것은 '혁명을 하지 않은' 장점으로서 마땅히 나 자신에게 감사를 드려야 하겠다.

정말 이번에 '막돼먹게' 된 것은 나 자신이 '막돼먹었기' 때문이지 나이와는 상관없다. 톨스토이, 크로포트킨,[16] 맑스는 비록 언행이 '추접한지, 아닌지'의 여부는 있지만, 어쨌든 한평생 분투한 사람들로 그들의 사진을 보니 모두 텁석부리였다. 나 하나 때문에 모든 '영감탱이'들을 다 말살한다는 것은 아마 공평하지 못할 것이다. 하지만 중국은 형편이 다소 특수한 만큼 '막돼먹은' 일이 많다. 젊은이들도 늙은 티가 나기도 하고, 늙은이는 물론 늙은 티가 난다. 린친난 선생은 정말 마땅히 기억해야만 할 것이다. 그가 후에는 정말 노망이 들어 백화문을 반대하다가 논쟁에서 이기지 못하자 에둘러서 한 무사가 개혁자를 구타하는 영사影射소설[17]을 썼기 때문이다.──좀 '아름답게' 말하면 '무기의 문예'에 정신이 쏠렸던 것이다.

낡은 것과 새 것 사이에는 때때로 매우 유사한 점이 있다. 예컨대 개인주의자나 사회주의자 모두 때로는 부르주아계급을 반대하며, 보수주의자와 개혁주의자 모두 때로는 인생의 예술을 주장하고 암흑을 말하기 꺼리며, 파시스트와 공산주의자는 모두 인도주의를 증오하는 점 등이다. 린친난 선생의 일도 하나의 증거이다. 그가 곤란하게 된 원인은 전적으로 그가 너무 일찍 태어났기 때문이며, 이 계급이 '아우프헤벤'[18] 당할 줄을 모르고 일찍 계략을 바꾸지 않아 결국 분명한 파시스트의 본질을 드러냈기 때문이다. 그러나 '영감탱이'가 그렇다고 하여도 우려할 게 없다고 나는 생각한다. 그는 어쨌든 청년보다 먼저 죽기 때문이다. 린친난 선생은 이미 죽은 지 오래다. 우려되는 일은 앞으로 기둥이 될 청년들이 그를 본받아 우왕좌왕하는 것이다.

말을 하다 보니 도량이 더 좁아졌다. 이제 말을 계속하면 도량이 더 좁아질 것이고 '올바른 도리'가 반드시 이편에 있지 '않거나', 또는 틀림없이 이편에 있고자 하지도 않을 것이다. 그리고 그동안 말한 것은 모두 나 자신의 일이며 결코 '대단히 가난한'[19] 민중의 일이 아니다. …… 그러나 설사 개인의 일만 말하였다고 해도, 일부 사람들은 물론 개인만을 보겠지만, 어떤 사람들은 그 배경이나 환경을 볼 것이다. 예를 들어 『광둥에서의 루쉰』이란 책에 대하여 전사들은 올해 갑자기 편집자와 피편집자가 불후를 도모했다고 하면서,[20] 그래서 더욱 매우 '초조'해하면서, '우둔하고 무지한 이'에 대해 약간의 조소를 퍼붓기도 하였다. 나는 그것은 너무나 관념론적인 편견이라고 생각한다. 거기에는 불후란 것은 없으며 또 불후를 도모한다고 해서 어쩌겠는가? 오늘날 대부분의 사람들은 이를 알고 있다. 이 책이 출판된 이유는 사실 흰 종이에 검은 글자를 찍어서 책으로 만들어 상품으로 파는 데 불과하다. 어떤 제작법을 사용했다 해도 이른바 '루쉰'이란 사람은 그저 종종 어떤 자료로 충당될 뿐이다. 이런 방법은 '걷고 있는 방향이 틀렸다고는 할 수 없는' 창조사라 해도 피할 수 없다. 트로츠키가 비록 지금은 '몰락'하였지만, 그는 이해관계가 들어 있지 않은 글은 장래의 다른 사회 제도에서나 있을 것이라고 일찍이 말했다.[21] 나는 그의 이 말이 여전히 옳다고 생각한다.

4월 20일

주)______

1) 원제는 「我的態度氣量和年紀」, 이 글은 1928년 5월 7일 잡지 『위쓰』 제4권 제19호에 처음 발표되었다.
2) 이는 당시 창조사의 구성원들이 늘 쓰던 말이다. 예를 들면 『문화비판』 제2호(1928년 2월)에 실린 「그들을 몰아내자」(打發他們去)라는 글에서 청팡우는 "문예 분야에서 우리

의 사회의식을 마비시키는 일체의 마약과 우리의 적을 찬양한 기사들을 완벽하게 조사하여 그것들의 작가에게 돌려주고 그들을 몰아내자"고 했다.

3) 『전선』(戰線). 문예주간잡지로 1928년 4월 1일에 상하이에서 창간되어 제5호까지 내고 폐간되었다. 뤄서우라고 서명된 이 문장의 원 제목은 「중국 현재의 문학계를 말한다」(談現在中國的文學界)이며, 이 잡지 제1호에 발표되었다. 뤄서우(弱手)는 판쯔녠(潘梓年, 1893~1972)으로 장쑤(江蘇) 이싱(宜興) 출신 철학자이다.

4) 1925년부터 1926년 사이에 루쉰은 현대평론파의 천시잉과 베이징여자사범대학사건, 5·30 학살사건, 3·18 학살사건을 둘러싸고 치열한 논전을 진행했다. 또한 1926년 말 루쉰이 가오창훙의 비방에 대하여 반격을 가한 것을 가리킨다.

5) 린친난(林琴南, 1852~1924). 이름은 수(紓), 호는 웨이루(畏廬), 푸젠(福建) 민허우(閩侯; 지금의 푸저우에 속함) 사람. 일찍이 다른 사람의 구술에 근거해서 문언문으로 구미의 문학작품 백여 종을 번역하여 당시에 영향력이 매우 컸고, 후에 『린역 소설』(林譯小說)로 편집했다. 그는 만년에 5·4신문화운동을 반대한 수구파의 대표 인물이다.

6) 상하이예술대학을 가리킨다. 저우친하오(周勤豪)가 창설한 회화를 전문으로 가르치는 학교였는데, 1928년 창조사와 합작하여 문학, 미술, 사회과학 등 3개 학과를 개설했으며 주요 교과과정은 창조사의 동인들이 분담하였다.

7) 노담(老聃, B.C. 571~?), 즉 노자(老子). 성은 이(李), 명은 이(耳), 자는 담(聃), 춘추 말기의 초나라 사람으로 도가(道家)학파의 창시자이다. 여기에서 인용한 말은 『도덕경』의 "빼앗고자 한다면 반드시 주어야 한다"이다.

8) 천시잉(陳西瀅, 1896~1970). 이름은 위안(源), 자는 퉁보(通伯), 필명은 시잉. 장쑤 우시(無錫) 사람으로 현대평론파의 주요 동인이다. 일찍이 베이징대학, 우한대학(武漢大學) 교수를 역임했다. 그는 『현대평론』 제3권 제71호(1926년 4월 17일)의 '한담'에서 먼저 루쉰의 『외침』은 신문학 첫 10년 동안 단편소설의 '대표적 작품'이라고 한 다음, 이어서 루쉰의 잡문에 대해서는 다음과 같이 말했다. "내가 루쉰 선생의 인격을 존경하지 않는다고 해서 그의 소설까지 나쁘다고 말할 수 없으며, 또한 내가 그의 소설에 탄복하였다 하여 그의 다른 글까지 칭찬할 수는 없다. 그의 잡감은 『열풍』(熱風)에 수록된 두세 편을 제외하고는 사실 일독할 가치도 없다고 나는 생각한다."

9) 탕유런(唐有壬, 1893~1935). 후난 류양(瀏陽) 사람. 『현대평론』의 고정 집필진으로 후에 국민당 정부 외교차장을 역임했다. 1926년 5월 12일 상하이 『징바오』(晶報)에 「현대평론은 매수되었는가?」라는 뉴스가 게재되었는데, 이 뉴스는 『위쓰』 제76호에 『현대평론』이 돤치루이가 주는 보조금과 연관되어 있다는 글을 인용했다. 탕유런은 5월 18일 『징바오』에 해명하는 편지를 보내면서 "『현대평론』이 매수되었다는 소식은 러시아 모스크바에서 나왔다"라고 하였다.

10) 창옌성(常燕生)에 관해서는 이 문집의 「애도와 축하」 참조.

11) 청팡우는 『창조』 계간 제2권 제2호(1924년 1월)에 발표한 「『외침』에 대한 평론」이라는 글에서 다음과 같이 말하였다. "『외침』이 출판되고 난 후, 온갖 출판물들이 거의 일제히 『외침』을 위해 외쳐 대고 있으며 사람마다 이야기하는 것도 늘 『외침』이다. 정말 대단히 공들여서야 겨우 한 권을 구입할 수 있었다. 거기에 수록된 것들은 대부분 신문이나 잡지에서 본 것들이었는데 대부분 저자의 제자들이 편집하였기 때문에 형편이 없었으나, 이번에는 그의 아우인 저우쭤런 선생이 편집해서 정말 괜찮게 되었다."

12) 펑나이차오의 「예술과 사회생활」. 이 문집의 「'취한 눈' 속의 몽롱」 참조.

13) 리추리의 「혁명문학을 어떻게 건설할 것인가」(『문화비판』 제2호, 1928년 2월)에 있음.

14) 러시아어 'Интеллигенция'의 음역으로 지식인이란 말이다.

15) 가오창훙은 『광풍』 제5호(1926년 11월 7일)에 발표한 「1925년 베이징출판계 형세지장도」라는 글에서 루쉰을 '세상물정을 잘 아는 늙은이'라고 일컬으며 동시에 루쉰을 '심신에 병이 교차로 든 상황'이라며 비웃었다.

16) 크로포트킨(Пётр Алексеевич Кропоткин, 1842~1921)은 러시아의 아나키스트이다.

17) 린친난의 이 영사소설의 제목은 『형생』(荊生)이며 1919년 2월 17일 상하이 『신선바오』(新申報)에 게재되었다.

18) 독일어 Aufheben은 '지양하다'는 뜻이다.

19) 뤄서우는 「중국의 현재 문학계를 말한다」라는 글에서 다음과 같이 말하였다. "중국에는 비록 대단히 가난한 자와 덜 가난한 자가 있을 뿐 뚜렷한 계급은 없다고 하지만 덜 가난한 자라고 해도 남들의 자본계급만큼 될 자격은 없으며 대단히 가난한 자는 남들의 무산계급의 자격이 되고도 남음이 있다!" '대단히 가난하다'(大貧)는 말은 쑨중산의 『삼민주의』(三民主義) 「민생주의」(民生主義)에 처음 나왔다. "중국은 모두 가난뱅이로서 부자가 없으며 그저 대단히 가난한 자와 덜 가난한 자의 구별이 있을 뿐이다."

20) 『광둥에서의 루쉰』(魯迅在廣東). 중징원(鐘敬文)이 편집한 책. 루쉰이 광둥에 도착한 후 당시 신문 잡지에 실렸던 루쉰에 관한 문장 12편과 루쉰의 잡문 4편, 강연 기록 4편을 수록하여 1927년 7월 상하이 베이신서국에서 출판한 책이다. '불후'(不朽)에 관한 말은 주간지 『전선』 제1권 제2호(1928년 4월 8일)에 티광(薙光)이라는 필명으로 발표한 글 「'내가 와서……'와 '내가 가서……'」에 있다. 거기에서 "『광둥에서의 루쉰』이란 책을 보니, 그저 사람을 유혹하는 책 이름일 뿐…… 루쉰은 불후할 것이며 편찬자 중징원도 불후할 것이다"라고 말하고 있다.

21) 트로츠키(Лев Давидович Троцкий, 1879~1940). 레닌과 함께 러시아 10월혁명을 이끈 볼셰비키당 지도자. 소비에트 연방의 혁명군사위원회 주석 등의 직을 맡았으며 붉은 군대의 창립자이다. 레닌 사후 스탈린과의 권력투쟁에서 밀려 1929년에 축출당한 후 멕시코에서 죽었다. 본문에 인용한 말은 『문학과 혁명』(Литература и революция) 제8장 「혁명적 예술과 사회주의 예술」 참조.

혁명 커피숍[1]

혁명 커피숍의 혁명적 광고 형식의 문자[2]를 어제 신문에서 보았는데, 네 번째 '유한'有閑[3]에 기대어 우선 아래의 한 단락을 옮겨 놓는다.

"…… 하지만 독자 여러분, 저는 우리가 꿈꾸던 그런 낙원 한 곳을 찾아냈습니다. 저는 두 번 갔는데, 그곳에서 현재 문예계의 유명인사 궁빙루,[4] 루쉰, 위다푸 등을 만났습니다. 게다가 멍차오, 판한넨, 예링펑[5] 등과 인사를 나누게 되었습니다. 그들 중 어떤 사람들은 거기서 한껏 자신들의 주장을 수준 높게 논의하고, 어떤 사람은 묵묵히 사색에 잠겨 있습니다. 그 속에서 저는 많은 교훈과 이익을 얻었습니다.……"

한번 상상해 보면, 서양식 건물이 우뚝 솟아 있고, 앞에는 넓은 도로가 마주하고 있으며, 문 앞에는 반짝반짝 빛나는 유리간판, 위층에는 "우리들 현재 문예계의 유명인사들"이 열정적으로 논의하거나 사색하고 있으며, 코앞에는 따끈따끈한 프롤레타리아계급 커피가 놓여 있고, 먼 곳에는 많은 "천한 농민과 노동자 대중"[6]들, 그들은 마시고 생각하고 담화하고 지도하고 획득하고 있으니, 그래서 당연하게도 이런 것들이 확실히

"이상의 낙원"인 듯하다.

더군다나 커피도 마시고 '교훈과 이익'도 얻는다니? 상하이의 길거리에는 원래 일거양득 식의 장사가 많다. 크게는 잡지 몇 권을 출판하면 혁명에 종사하는 것이고, 작게는 책을 약간 사면 인조 실크 양말을 증정하거나 아이스크림을 먹으라고 한다——나는 지금도 상점을 찾아다니는 사람들이 정말로 책을 보려고 방문하는 건지 아니면 양말을 받으려는 건지 짐작을 할 수 없다. 그리고 커피숍에 관해서는 오직 이전에 무희, 여종업원을 동시에 구경하면서 "눈요기 실컷 할 수 있다"고 들은 적이 있을 뿐이다. 그런데 이번에는 "유명인사"가 사람들에게 "교훈과 이익"을 주고, "수준 높은 논의", "묵묵한 사색" 등과 같은 여러 가지 재밌는 놀이를 보여 줄 줄이야 누가 생각했을 것인가, 참으로 현실의 낙원이다.

그러나 난 몇 마디 밝히고자 한다.——

즉, 이런 커피숍을 나는 올라가 본 적이 없다. 그 작가가 "만난" 것은 전혀 다른 사람이다. 이유는 첫째, 나는 커피를 마시지 않는다. 나는 늘 이것이 서양인들이 마시는 것(하지만 이는 나의 '시대착오'[7]일 수도 있다)이라고 여기기 때문에 좋아하지 않았으며, 그래서 여전히 녹차가 좋다. 둘째, 나는 '소설구문' 같은 것을 베껴야 하기 때문에 이런 한가로운 낙원의 행복을 즐길 여유가 없다. 셋째, 이러한 낙원에 나는 감히 올라가지 못한다. 혁명문학가는 젊고 아름다우며 건강해야 한다. 판한녠, 예링펑 같은 무리들처럼. 이것이 바로 타고난 문호이고 낙원의 재료들이다. 나 같은 사람은 이미 『전선』으로부터 "온 입에 가득한 누런 치아"[8]라는 죄를 선포당한 적이 있는데, 그곳에 가서 소리 높여 논쟁한다면 어찌 '프롤레타리아계급 문학'을 모독하는 것이 아니겠는가? 그리고 또 네번째가 있는데, 내가 올라가려 해도 거기까지 이르지 못할까 두렵기 때문이다. 기껏해야 가게 후문의 멀리 떨어진 곳에서 방황彷徨하고 방황하면서 커피찌꺼기 냄새나 맡을 뿐이다. 그 안에 전선에 나선 적지 않은 문호들이 있다는 것을 당신은 보았지 않은가. 나는 그저 '낙오자'에 지나지 않으므로 절대로 같은 공간에 앉아 있을 수 없다.

이상의 말은 모두 진담이다. 예링펑 같은 혁명예술가도 예전에는 나의 초상화[9]를 그렸었는데, 이제는 술독 뒤에 숨었다고 한다. 이것이 사실인지 아닌지는 말하지 않겠다. 지금 밝히고자 하는 내용은 오직 내가 그 낙원 속에 가지 않았고 또한 가기도 싫고, 결코 커피잔 뒤에 숨어서 누구를 속이지도 않겠다는 것이다.

항저우에 또 다른 루쉰이 있었을 때, 나는 광고 한 편을 게재했는데, '혁명문학가'는 바로 빈정댔다.[10] 하지만 지금도 나는 여전히 혼자서 해결해야 한다. 첫째로 나는 커피가 아니기 때문에 혁명 가게의 장식이 되기를 원하지 않는다. 둘째로 나는 창조사처럼 일만 생기면 변호사를 한두 명씩 초빙할 수 있을 만큼 부유하지 않다.

8월 10일

주)

1) 원제는 「革命咖啡店」. 이 글은 1928년 8월 13일 『위쓰』 제4집 제33호에 실린 위다푸의 「혁명광고」(革命廣告)의 뒷부분에 「루쉰 부기」(魯迅附記)라는 제목으로 처음 실렸다. 본 저서에 수록할 때 현재의 제목으로 변경했다. 위다푸의 「혁명광고」는 혁명 커피숍을 빈정거리는 내용으로, 혁명 커피숍은 창조사 사무실 2층에 있었다.

2) 1928년 8월 8일 『선바오』(申報)의 '본부증간'(本埠增刊)에 게재된 「커피좌(座)—상하이 커피」를 가리킨다. 작가의 서명은 선즈(慎之).

3) 청팡우가 루쉰을 빈정거리며 '유한, 유한, 셋째도 유한'이라고 평한 것을 빗대어 '네번

째 유한'이라는 말을 사용했다.

4) 궁빙루(龔冰廬, 1906~1955). 장쑤 충밍(崇明; 현재의 상하이) 출신의 창조사 구성원으로 좌익작가연맹에 참여한 작가이다.

5) 멍차오(孟超, 1902~1976)는 산둥성 주(諸)현 출신의 작가로 태양사 구성원이었다. 판한녠(潘漢年, 1906~1977)은 장쑤 이싱(宜興) 출신의 작가이다. 예링펑(葉靈鳳, 1904~1975)은 장쑤성 난징 출신의 작가이자 화가이다. 이들은 모두 창조사에 참여한 적이 있다.

6) "천한 농민과 노동자 대중"은 청팡우가 한 말이다. 『창조월간』 제1집 제9호(1928년 2월 게재)에 발표한 「문학혁명에서 혁명문학으로」에서 "자신의 프티부르주아계급의 근성을 극복하고, 당신의 등을 아우프헤벤(Aufheben)한 계급과 맞대고 앞으로 나가라. 그 천한 농민과 노동자 대중 속으로!"라고 주장했다.

7) 청팡우가 『홍수』 제3집 제25호(1927년 1월)에 발표한 「우리의 문학혁명을 완성하자」에서 당시의 문학 출판물은 "창작 면에서는 시대착오적인 재밌는 허풍이고 논평 면에서는 교만하고 허튼소리를 하는 혼란이다"라고 하였다.

8) "온 입에 가득한 누런 치아"(滿口黃齒). 『유사』(流沙) 제3호(1928년 4월 15일)에 저자가 신광(心光)이라고 서명한 「상하이의 루쉰」이라는 글이 게재됐는데, 그 가운데 "보아라, 그는 요즘 '화개'(華蓋) 아래에서 '술에 취한 몽롱한 눈'이라는 말을 홍얼거렸다. 하지만 루쉰은 그 문장에서 소극적으로는 청팡우 등의 잘못을 비판하지 않았고, 적극적으로는 또 우리 청년들에게 출로를 가리켜 주는 것을 하찮게 여겼다. 그는 옆에 있는 다른 사람의 노력을 보면 질투한다. 오직 온 입에 가득한 누런 치아를 드러내며 한쪽에 서서 냉소할 뿐이다"라는 내용이 있다.

9) 예링펑의 그림은 상하이 『과벽』(戈壁) 제1집 제2호(1928년 5월)에 등재되었다. 『과벽』은 반월간으로 1928년 상하이에서 창간되었고 4호까지 출판한 후 정간되었다.

10) 광고는 이 문집에 수록된 「상하이에서 루쉰의 공고」를 가리킨다. '혁명문학가'는 판한녠을 가리킨다. 그는 『전선』 주간 제1집 제4호(1928년 4월 22일)의 「가짜 루쉰과 진짜 루쉰」에서 루쉰의 공고를 비웃으며 "그 젊은 원로 선생이 루쉰의 이름이 마음에 들어 만수 스님의 묘지 근처에서 '루쉰이 항저우를 기행하며 옛 친구를 추모하다'는 장난스런 시를 M 여사의 면전에서 지었는데, 지금 상하이에 있는 루쉰은 일부러 공고를 냈다. …… 이는 명명백백하게 나중에 지도를 구하거나 방문하려는 여사들에게 본점의 유서 깊은 간판은 오직 한 상점일 뿐 전혀 분리된 바가 없다는 것을 확실히 인식시켜 주는 일이 아니겠는가? 비록 상하이에서의 루쉰의 공고는 그 대무대(大舞臺; 상하이의 가장 오래된 경극 극장)와 겨루면 어찌될지는 모르겠지만, 게시한 바가 얼마나 강경한가. 적어도 그 '본래 성이 저우(周)씨거나 아니거나, 혹은 저우씨가 되고 싶어 하는' 또 다른 루쉰의 정체가 완전히 드러나 벌벌 떨게 할 수 있다. 이것이 바로 가짜 관우 공이 진짜 관우 공을 만나고, 가짜 루쉰이 진짜 루쉰을 만난 것이다!"라고 말했다.

문단의 일화[1]

보내온 편지

편집인 선생님

최근에 상하이에 있는 한 친구가 나에게 "상하이의 문예계가 근래에 와서 혁명문학 문제로 인해 매우 시끌벅적하다"고 알려 주었습니다. 매우 흥미가 있습니다! 작년 추석 전후에 청두[2]의 문예계에서도 마찬가지로 이 문제로 격렬하게 논쟁이 벌어진 적이 있습니다. 그러나 그다지 시끄럽지 않았고 전투지역도 그렇게 확대되지 않은 채 종결되었습니다. 아마 청두를 제외하고 다른 지역에서는 이 일에 대하여 잘 알지 못할 것입니다.

그럼 제가 간략하게 말해 보려 합니다.

이 논쟁의 기원은 이미 오랫동안 그 발효과정을 거쳤습니다. 쌍방의 주체는──혁명문학을 찬성하는 것은 국민일보國民日報입니다. 그들이 말하는 이른바 혁명문학을 의심하는 것은 구오일보九五日報입니다.──처음에는 그저 암암리에 서로 대치하고 있었습니다. 국민정부가 창장강 일대에서 점차 세력을 확대하고 있다는 것을 알고 청두의 혁명문학가는 마치 투기를 하듯 '혁명문예연구사'를 창립하여 있는 힘을 다해 프롤레타리아 문학을 고취했습니다. 마침 그때 장스이張拾遺 군이 서명한 「혁명문학을 말하다」라는 논문이 나타났습니다. 이 논문이 일부 혁명문학가의 분노를 불러일으켰고, 쌍방 간 전쟁이 발생하여 공격하기 시작했습니다.

두 세력의 전략에 관해서 살펴보면, 혁명문학가는 모든 것을 반드시 혁명해야 하며, 혁명이 있어야 비로소 진보가 있고 비로소 시대의 흐름에 따를 수 있다고 여깁니다. 혁명을 하지 않으면 곧 봉건사회의 잔재이며 제국주의의 수하입니다. 창조사와 마찬가지로 역사적 유물론을 근거로 하고 있습니다.—하지만 그들처럼 철저하지 못하고 '문학혁명'과 '혁명문학'을 함께 논의하고 있습니다.—반대편은 '혁명문학'과 '평민문학', '귀족문학'을 문학에 있어서 하나의 명사로 간주할 뿐 문학혁명과는 상관이 없다고 받아들입니다. 그리고 저들이 아주 그럴싸하게 신성불가침하게 만들고 있다는 의심을 지니고 있습니다. 게다가 문학은 이렇게 협의해서는 안 되며, 하물며 혁명을 소재로 한 것이 반드시 많지도 않다고 여깁니다. 설령 있다 하더라도, 구두를 신고서 발을 긁는 것처럼 써 내려간 것으로 반드시 좋은 작품도 아니라고 여깁니다. 이는 어느 정도는 '예술을 위한 예술'이라는 논법에 가깝습니다. 이 논쟁의 진영에 가입한 사람들은, 혁명문학 방면에는 대부분 '동일한 생각의' 회원이 많지만 반대편은 절반 이상이 안면이 없는 사람들입니다.

이번 혼전의 결과는 '혁명문예연구사' 쪽에서 전선을 연장하고자 하지 않고 스스로 원해서 휴전했습니다. 하지만 무엇 때문에 휴전했는지 국외자로서는 추측하기 힘듭니다.

그때의 문건에 관해서는 '문헌 부족'으로 인해 어쩔 수 없이 생략합니다.

상하이는 이번에는 틀림없이 매우 볼만한 광경인 듯합니다. 제 친구가 적어 온 목차를 보면 이미 꽤나 근사한 모습인 듯합니다! 아쉽게도 충칭重慶에서는 이런 간행물을 구경할 눈요깃거리가 없습니다.

이 편지는 오로지 미래 '문단의 일화'를 위해서 준비한 것이므로 도발하거나 어느 쪽을 지지하려는 뜻은 전혀 없습니다.

쓸데없는 소리를 많이 했는데, 그럼 이만 줄이겠습니다.

건강하고 안녕히 계십시오.

민국 17년 7월 8일

충칭에서, 쉬원[3]

답하는 편지

쉬원 선생

'문단의 일화'를 써서 보내 주신 아름다운 마음에 감사드립니다. 시간을 계산해 보면 쓰촨의 '혁명문학'은 아마도 여전히 작년에 출판한 『혁명문학논집』[4](책 이름이 대략 이와 같습니다, 정확하게 기억나지 않지만. 딩딩이 편집했습니다)의 여파인 듯합니다. 상하이의 올해의 '혁명문학'은 제2막이 올랐다고 말할 수 있습니다. '시끄러운가' 혹은 '시끄럽지 않은가'에 관해서는, 그것은 듣는 자의 청각의 예민한 정도에 따라 정해질 것입니다.

나는 '혁명문학'의 전쟁터에서 '낙오자'이기 때문에 중심과 미래의 상황을 알 수 없습니다. 그러나 그들의 엉덩이 쪽에서 바라보면, 청팡우 사령관의 『창조월간』,[5] 『문화비판』,[6] 『유사』[7] 등이 있고, 장광X(이미 한 글자가 변경된 것을 현재 모르고 있는 점을 용서하길 바랍니다)가 주관한 『태양』,[8] 왕두칭이 이끈 『우리』,[9] 청년혁명예술가 예링펑이 홀로 노래한 『과벽』,[10] 또 다른 청년혁명예술가 판한넨이 편찬한 『현대소설』[11]과 『전선』이 있고, 다른 하나는 정말 "동생 뒤를 따라다니며 허울 좋은 말만 하는" 판쯔넨이 신속하게 만든 『홍황』[12]이 있습니다. 그런데 며칠 전 K군과 일본인이 한 담화(『전기』 7월호)[13]에서 판한넨, 예링펑 같은 무리들은 '혁명문학'에 포함되지 않는다는 것을 알게 되었습니다.[14]

모호하게 '혁명문학'이라고 말하면 당연히 철저하지 않습니다. 그래서 올해 상하이에서 내건 간판이 프롤레타리아 문학입니다. 유물사관을 근거로 한 것인지 아닌지에 관해서는 내가 비전문가이기 때문에 알 수 없습니다. 하지만 일단 프롤레타리아 문학을 말하면 문학 투쟁으로 귀납하지 않을 수 없고, 투쟁이라면 가장 높은 수준의 정치 투쟁의 일익一翼이라고 말할 수밖에 없습니다. 러시아는 노동자 농민 독재 정치이므로 이는 정당합니다. 일본에서도 여전히 문제가 되지는 않습니다. 왜냐하면 어쨌든 조금이나마 출판 자유가 있기 때문에 노동정당을 조직할 수 있다고 확실하게 말할 수 있습니다. 중국은 그렇지 않습니다. 두 달 전에 상황이 바뀌었습니다. 그래서 '신문예'新文藝로 이름을 바꾸었을 뿐만 아니라, 부르주아 사회의 법률에 근거하여 변호사를 초빙하고 대대적으로 광고를 등재하여 사람들을 놀라게 했습니다.

'혁명적 지식계급'은 옛것을 타도해야 한다고 부르짖으면서, 한편으로는 옛것을 가져와서 자신을 보호합니다. 혁명가의 명성이 있기를 바라면서, 혁명가라면 종종 피하기 어려운 고생은 하나도 하지 않으려 합니다. 그래서 웃음과 울음이 전부 허위적일 뿐만 아니라 좌우가 같지도 않습니다. 예링펑이 표절한 「음양의 얼굴」[15]도 그들 자신을 남김없이 드러내기에 부족합니다. 나는 이것이 매우 가련하다고 생각하고, 매우 적막하게 느껴지기도 합니다.

그러나 이는 대국大局을 말한 것입니다. 만약 개인이라면 벌써 좋은 결과를 얻었습니다. 예를 들면, 청팡우는 '앞으로 내딛는 발걸음'과 '그들을 내쫓다'라는 제목의 글을 쓰고 또 이름을 바꾸어서(스허우성石厚生) '돈 루쉰'[16]을 집필했습니다. 그후 일본 프롤레타리아 문예월간 『전기』 7월호에 등재하였습니다. 그는 바로 수선사修善寺의 온천 근처를 거닐고(목욕을 했는지 안했는지는 모르겠습니다만) 있으면서, 그곳에서 '존경받을 만한 프롤레타리아 작가', '중국 노동자 · 농민이 선출한 그들의 예술가'로 존경받고 있습니다.

8월 10일 루쉰

주)

1) 원제는 「文壇的掌故」. 이 글은 1928년 8월 20일 『위쓰』 제4집 제34호에 처음 발표했다. 원래의 제목은 「통신 1」(通信 · 其一)이었는데, 문집에 수록할 때 현 제목으로 변경했다.
2) 청두(成都). 당시 쓰촨성의 성도(省都).
3) 쉬윈(徐匀). 본명은 자오쉰보(趙循伯, 1908~1980). 예전에는 자오청즈(趙承志)라는 이름을 사용한 적이 있다. 쉬윈은 필명, 충칭 바(巴)현 출생, 극작가.
4) 『혁명문학논집』(革命文學論集)의 바른 이름은 『혁명문학론』이다. 딩딩(丁丁) 편집. 당시 혁명문학에 관해 토론한 논문 17편을 수록하여, 1927년 상하이 대신(大新)서국에서 출판했다.

5) 『창조월간』(創造月刊). 창조사의 주요 간행물 중 하나. 1926년 3월 상하이에서 창간, 1929년 1월 정간.

6) 『문화비판』(文化批判). 창조사의 주요 간행물, 1928년 1월 상하이에서 창간.

7) 『유사』(流沙). 창조사의 종합성 반월간지, 1928년 3월 상하이에서 창간, 제6호 출간 후 정간.

8) 『태양』(太陽), 즉 『태양월간』. 태양사의 주요 문학 간행물 중 하나. 1928년 1월 상하이에서 창간, 제7호 출간 후 정간.

장광X는 장광츠(蔣光慈)를 지칭하는데, 장광츠(蔣光赤)라고 한 적이 있다(1924년에서 1927년에 이르는 북벌전쟁, 즉 대혁명 혹은 국민대혁명 실패 후 赤을 慈로 변경). 안후이성 류안(六安) 사람으로 태양사의 주요 구성원이자 작가이다. 주요 저서로는 시집 『신몽』(新夢), 소설 『반바지 당』(短褲黨), 『들판의 바람』(田野的風) 등이 있다.

9) 『우리』(我們), 즉 『우리 월간』. 1928년 5월 상하이에서 창간, 제3호 출간 후 휴간. 창간호의 첫 글은 왕두칭의 「축사」이다. 왕두칭(王獨清, 1898~1940)은 산시(陝西) 시안(西安) 사람으로 창조사 성원이다.

10) 『과벽』(戈壁). 반월간, 1928년 5월 상하이에서 창간, 제4호까지 간행 후 정간.

11) 『현대소설』(現代小說). 월간지, 1928년 1월 상하이에서 창간, 1930년 3월 정간.

12) 『홍황』(洪荒), 즉 『홍황반월간』, 1928년 5월 상하이에서 창간, 제3호 발간 후 정간. 판쯔녠(潘梓年)은 판한녠의 형으로 베이징대학 철학과를 졸업했다. 1927년 상하이의 베이신서국에서 잡지 출판 등을 담당했다.

13) K군은 궈모뤄(郭沫若, 1892~1978)를 가리킨다. 쓰촨 러산(樂山) 사람으로 문학가이자 역사학자. 창조사의 주요 발기인으로 1926년 북벌전쟁에 참여했다가 대혁명 실패 후 일본으로 망명했다. 항일전쟁이 시작한 후 귀국하여 항일운동에 종사했다. 궈모뤄와 청팡우가 일본의 전기사 작가 후지에다 다케오(藤枝丈夫) 등과 한 대담 내용은 『전기』(戰旗) 1928년 7월호에 게재되었다. 『전기』는 당시 전(全)일본 프롤레타리아 예술연맹의 기관지였다. 1928년 5월 창간했고, 1930년 6월 정간했다.

14) 『전기』 1928년 7월호에 야마다 세이자부로(山田清三郎)의 「중국의 두 작가를 방문하다」와 후지에다 다케오의 「중국의 신흥문예운동」이 실렸다. 궈모뤄에게 후지에다가 현재 일을 함에 있어서 주요하게는 어떤 사람들이 있냐고 질문하자, 궈모뤄는 잡지의 이름을 일일이 답해 주었는데, 이 글에서 루쉰이 언급한 『과벽』, 『현대소설』, 『전선』, 『홍황』 등의 이름은 언급하지 않았다.

15) '음양검'(陰陽臉). 『과벽』 제2호(1928년 5월)에 예링펑이 서유럽 입체파를 모방하여 루쉰을 풍자하는 만화를 그렸는데, 거기에 "루쉰 선생님은 음양의 얼굴을 가진 노인이다. 자신의 과거 업적을 내걸고 술독 뒤에 숨어 '예술의 무기'를 휘두르며 분분하게 밖으로부터 오는 모욕을 막아 내고 있다"는 설명을 덧붙였다.

16) 스허우성(石厚生)은 청팡우의 필명 중 하나이다. 'Don 루쉰'이란 말은 『창조월간』 제1집 제11호(1928년 5월)에 게재된 청팡우의 「틀림없이 '취한 눈으로 도도해졌을 것이다'」를 가리킨다. 그 가운데 "우리는 아주 큰 호기심을 품고 곧 나타날 용감한 사람들의 얼굴을 만나기를 기다린다. 우선 튀어나오는 것이 제국주의 국가의 무슨 문학 따위를 연구하는 교수나 유명인사가 아니면, 기필코 이런 사람들의 영향에 의해 나타난 패기 없는 젊은이들일 것이다. 보아라, 아이고, 이것 참 이상하네! 이 수염 있는 선생님은 우리 중국의 돈키호테로구나—돈 루쉰!"이라는 문장이 있다.

문학의 계급성[1)]

보내온 편지

루쉰 선생님

스헝侍桁 선생이 하야시 기미오의 「문학에 있어서 개인성과 계급성」[2)]을 번역하였는데, 원래는 정말 좋은 글입니다만 아쉬운 점은 문장 끝에 유물사관의 문제를 언급한 부분의 이론이 좀 억지스러운 것입니다. 아마 이는 저자의 유물사관에 대한 오해 때문인 듯합니다.

그는 "이런 이유로 해서 계속 추론해 간다면 유산자의 개인성과 무산자의 개인성은 '완전히' 다르다. 즉 유산자와 무산자 사이에 공통의 인성人性이 있다는 점을 인정하지 않는다. 바꾸어 말해 유산자와 무산자는 단지 계급성이 있을 뿐 개인성은 완전히 결여되어 있다"고 말하고 있습니다.

이게 무슨 말입니까! 유물사관의 이론이 어찌 이렇게 간단할 수 있습니까. 유물사관 이론은 개인성을 부정하지 않기 때문에 사상, 도덕, 감정, 예술도 부정하지 않습니다. 하지만 성격, 사상, 도덕, 감정, 예술은 모두 경제의 지배를 받습니다. 하야시 씨의 문장이 개인성에 집중하고 있으므로 우리도 개인성을 중심으로 논의해 보는 게 어떨는지요. 예를 들어, 농촌경제 중심의 종법사회에서 아내는 남자의 재산이었지만, 문화가 발전한 오늘의 사회에서는 아내가 일정한 인격이 있다고 인정합니다. 이 관념은 물론 유산자와 무산자가 공통으로 생각하는 부분입니다. 공통적이지만 천부적인 것은 아닙니다. 여전히 경제의 지배를 벗어날 수 없습니다. 유산자와 무산자는 물질생활에 있어서 경제적 영향에 따라 차등이 있으며, 개인성도 마찬가지로 경제적 영향을 받는 점에서는 공통적입니다. 그러나 유산자와 무산자의 인성이 공통적인 것이 아니라, 경제제도의 영향을 받지 않는다는 것이 공통적인 것입니다.

하야시 씨는 이 점을 들어 유물사관을 논박할 수 있습니다. 그러면 어째서 "인간은 모두 같은 둥근 머리, 네모난 발이고, 밥 먹고 잠을 자야 하는데, 이는 유산자와 무산자가 모두 공통이다"라는 점을 들어 유물사관을 논박하지 않을까요. 명쾌하기 짝이 없는데요.

마지막으로 '나는 자본주의 제도 하의 직공이다'는 점을 반드시 밝히고자 합니다. 직공이기 때문에 학식이 천박한 것은 누구나 다 인정합니다. 이 글에도 당연히 의미 전달이 안 됐거나 타당하지 않은 점이 적지 않을 것입니다. 그러므로 나는 맑스 학설을 더 잘 이해하는 분이 유물사관을 위해 논쟁을 벌였으면 합니다.

학자라는 의심을 피하기 위하여 편지 형식으로 루쉰 선생님께 보냅니다. 발표할 것인지 아닌지는 편집자의 특권입니다.

1928년 7월 28일 상하이, 카이량[3)]

답하는 편지

카이량 선생

유물사관에 대하여 난 문외한이기 때문에 뭐라고 말할 수 없습니다. 그런데 하야시 씨의 그 부분의 논문에 대해 논하자면, 그는 말을 두 번 바꾸어, '그저 있을 뿐이다'는 말이 '완전히 결여됐다'로 됐는데, 너무 빨리 결정한 듯합니다. 문학을 다루면서 더불어 유물사관을 논하는 사람이, 기본적인 저서에서 하나하나 끄집어내어 작업하는 경우는 아마도 그리 많지 않을 것입니다. 보통 몇 권의 타인의 저서의 제요만 검토하고 말지요. 또한 이런 제요는 작가의 학식과 의미에 따라 달라집니다. 어떤 작가는 계급의식을 명료하고 예리하게 하려 합니다. 전력을 다해 계급성에 대해서 말합니다. 하지만 다른 면은 사람들의 오해를 쉽게 사게 됩니다. 나는 본문의 근거가 되는 하야시 씨의 다른 논문을 본 적이 없어서 그 사람이 반대의 극단으로 갔다고 판단할 수 없습니다. 그러나 중국에는 확실히 이러한 예가 있습니다. 개성, 공동적 인간성(즉 하야시 씨가 말하는 소위 개인성), 개인주의, 즉 이기주의와 혼합해서 말함으로써 자신이 유물사관을 질책한다고 여기는 경우가 있습니다. 만약 또 누가 이것에 근거하여 유물사관을 논한다면 그것은 정말 이루 다 말할 수 없이 엉망이 됩니다.

편지의 내용에 "밥 먹고 잠자다"는 비유는 비록 농담에 지나지 않지만, 트로츠키는 일찍이 예나 지금이나 사람에게는 '죽음의 공포'[4]가 공통이라는 점을 들어, 문학은 계급성을 띠지 않는다는 점을 설명한 적이 있습니다. 그 방법은 사실 비슷합니다. 나 자신은 성격이나 감정 등이 모두 '경제의 지배를 받는다'(경제조직에 근거한다고 하거나 경제조직에 의존한다고 말할 수 있습니다만)는 학설의 근거를 받아들이기 때문에 이러한 것들은 반드시 계급성을 띠고 있습니다. 하지만 '모두 지니다'이지 '그저 있을 뿐이다'가 아닙니다. 그러므로 모든 것이 계급을 초월했다는 것을 믿지 않고, 해와 달처럼 영원한 대문호의 문장도 믿지 않습니다. 또한 서양식 건물에 살면서 커피를 마시고 "나만이 무산계급의식을 파악하고 있기 때문에 나는 진정한 프롤레타리아다"라고 말하는 혁명문학자를 믿지 않습니다.

맑스에 대한 학식이 있는 사람이 유물사관을 위하여 싸우는 것은, 이 시점에서, 나는 찬성하지 않습니다. 다만 현실적인 사람이 세계적으로 이미 정평이 나 있는 유물사관에 관한 몇 권의 저서 ── 적어도 간단하고 이해하기 쉬운 책 한 권, 정밀한 책 두 권 ── 또한 반대하는 저서 한두 권을 번역하기를 기대합니다. 그렇게 해서 논쟁하게 되면 많은 말을 생략할 수 있습니다.

8월 10일 루쉰

주)

1) 원제는 「文學的階級性」, 이 글은 1928년 8월 20일 『위쓰』 제4집 제34호에 처음 발표했다. 원제는 「통신 2」(通信·其二)였으나, 문집에 수록할 때 현재의 제목으로 바꾸었다.
2) 스헝(侍桁), 즉 한스헝(韓侍桁, 1908~1987). 본명은 한윈푸(韓雲浦), 톈진시 출신, 당시의 문학청년. 그가 번역한 하야시 기미오(林癸未夫)의 글은 『위쓰』 제4집 제29호(1928년 7월)에 실렸다. 원문은 일본의 『신조』(新潮) 제9호(1926년)에 실렸는데, 번역문은 원문의 첫 단락일 뿐이다. 작가는 문장 속에서 "나는 '유물사관을 부정'하는 입장에 서 있다"라고 표명하였다. 하야시 기미오(1883~1947)는 일본의 경제학자이자 사회학자이다.
3) 카이량(愷良)은 리카이량(李愷良, 1907~1987). 저장 퉁샹(同鄉) 출생, 1927년 상하이에 와서 가게의 점원을 했고, 업무 외에 에스페란토어 번역에 종사했다. 번역서로는 『게일』(加尔)이 있다.
4) '죽음의 공포'에 대해서는 트로츠키 『문학과 혁명』 제8장 「혁명적인 예술과 사회주의 예술」 참조.

1929년

'혁명군 선봉'과 '낙오자'[1]

시후박람회[2]장에 선열박물관을 설치하려고 유물을 모집하고 있다. 이는 없어서는 안 될 위대한 사업이다. 선열들이 없었다면 지금까지 변발을 달고 다닐지도 모르며 지금처럼 자유스러울 수가 없을 것이다.

그런데 모집하는 마지막 항목에 '낙오자의 추악사醜史'가 들어 있는 것은 좀 괴이한 일이다. 그것은 마치 물을 마시고 우물 판 사람을 생각하고서는 구정물을 한 모금 마셔서 시원한 맛을 보게 한 다음에 역한 맛을 보게 하는 것과 같다.

그리고 '낙오자의 추악사'를 모집하는 목록에 '추용[3]에 관한 사실'이 들어 있는 것은 더욱 괴이한 일이다. 만일 인쇄가 잘못되지 않았고 추용이 다른 사람이 아니라면 내가 알고 있는 바는 대체로 다음과 같다.

그는 만청晩清 시기에 『혁명군』[4]이라는 책을 써서 청을 배격할 것을 고취했다. 그래서 그는 스스로 "혁명군의 선봉 추용"이라고 서명했다. 그 후 일본에서 귀국하여 상하이에서 체포되었으며 조계지의 감옥에서 죽었다. 그때가 1902년이었다. 물론 그는 민족혁명을 주장하였을 뿐 공화제를 생각하지 못했고 더욱이 삼민주의[5]는 알 리 없었으며, 당연히 공산주의도 알지 못했다. 그러나 이것은 모두가 양해해야 한다. 왜냐하면 그가 너무 일찍 죽었기 때문이다. 그가 죽은 이듬해에야 비로소 동맹회[6]가 창립되었다.

듣자 하니 중산 선생의 자술에도 그가 언급되었다고 한다.[7] 이번에 목록을 만든 여러 인사들이 여가를 내서 한번 찾아보면 좋지 않겠는가?

후배 열사들의 전진이 어찌도 빠른지 25년 전의 일을 까마득히 잊어버렸으니, 과연 아름다운 역사라고 할 수 있을는지.

2월 17일

주)______

1) 원제는 「"革命軍馬前卒"和"落伍者"」. 이 글은 1929년 3월 18일 『위쓰』 제5권 제2호에 처음 발표했다.

2) 시후(西湖)박람회는 당시 국민당의 저장성 성 정부 건설청에서 개최한 물자교류 성격의 전시회였다. 1929년 6월 6일에 항저우시 시후에서 개막되었으며 전시회 안에 '혁명 기념관'이 설치되어 있었다. 전시회가 개막되기 전에 신문에 '혁명 기념물 모집' 광고가 실렸다.

3) 추융(鄒容, 1885~1905). 자는 울단(蔚丹)이며 쓰촨성 바(巴)현 사람으로 청조 말기의 혁명가이다. 1902년에 일본에 유학하여 청 정부를 반대하는 혁명을 적극 선전하였으며 귀국한 후 1903년 7월에 청 정부와 결탁한 상하이 영국 조계지 당국에 체포되어 2년 금고형을 언도받고 1905년 4월에 옥사하였다.

4) 『혁명군』(革命軍). 모두 7장으로 된 추융의 저서. 장빙린이 머리말을 썼고 청조 광서 29년(1903)에 출판되었다. 청조의 잔혹한 통치를 폭로하고, '자유와 독립'의 '중화공화국'을 건립할 이상을 제기하여 혁명 선동에 커다란 역할을 했다. 저자는 머리말을 쓴 다음 "황한(皇漢)민족이 나라를 잃은 지 260년이 되는 계묘년 3월 혁명군의 선봉 추융 적음"이라고 썼다.

5) 삼민주의(三民主義). 쑨중산이 중국 부르주아계급 민주주의혁명을 위하여 제기한 원칙과 강령으로서 그 내용은 민족주의, 민권주의, 민생주의이다. 쑨중산은 1924년에 중국공산당의 도움으로 국민당을 재조직하고 러시아와의 연합, 공산당과의 연합, 노동자·농민 지원이라는 삼대 정책을 확정하여 삼민주의를 신삼민주의로 다시 해석하였다. 그러나 장제스는 삼대 정책을 포기하고 삼민주의 학설에 대해서도 수정을 가하였다.
6) 동맹회(同盟會) 즉 중국혁명동맹회로 부르주아계급 혁명정당이다. 동맹회는 1905년 8월에 쑨중산의 영도 아래 흥중회(興中會)와 화흥회(華興會)를 토대로 하고 광복회(光復會)와 연락하여 일본 도쿄에서 창립되었다. 동맹회의 정치 강령은 청조를 뒤엎고 부르주아계급 민주주의공화국을 창립하는 것이었다.
7) 쑨중산은 『자전』(自傳)에서 청조 말기의 반청운동을 언급하면서 다음과 같이 말했다. "상하이에서는 장타이옌, 우즈후이(吳稚暉), 추용 등이 『소보』(蘇報)를 이용하여 혁명을 선동하다가 청조에 의해 탄압당했는데, 장타이옌과 추용은 조계지 감옥에 구금되고 우즈후이는 유럽으로 망명했다. 이 사건은 청조 황제 개인과 관련이 있으며 조정에 대하여 인민들이 송사를 제기한 것은 청조 이래 처음이다. 청 조정이 비록 소송에서 이기기는 하였지만 장타이옌과 추용은 2년 금고형을 언도받았을 뿐이다. 이리하여 백성들의 사기가 드높아졌다. 추용은 저서 『혁명군』을 출판했는데 만청을 배격하는 가장 격렬한 언사로 된 그 저서는 화교들에게 큰 환영을 받았으며 화교들의 사기를 높이는 데 대단히 큰 공을 세웠다."

『근대 세계 단편소설집』의 짧은 머리말[1)]

한 시대의 기념비적인 문장은 문단에서 자주 나타나지 않는다. 있다고 해도 대부분이 거대한 작품이다. 한 편의 단편소설로 시대의 정신이 깃들어 있는 대궁궐이 되는 것은 아주 보기 드물다.

오늘에 이르기까지 우뚝 솟아 빛나는 거대한 기념비적인 문학 옆에 단편소설도 여전히 존재할 충분한 권리가 있다. 거대한 것, 세밀한 것, 높은 것, 낮은 것이 서로 의지하면서 생명을 이어 간다. 예를 들어 거대한 가람[2)]에 들어가 보면, 전체적으로는 매우 웅장하고 화려하여 보는 이들의 눈을 부시게 하고 마음을 들뜨게 한다. 그러나 자세히 보면 난간의 조각이나 작은 그림 하나하나가 비록 매우 작지만 더욱 명확하게 보인다. 그리고 다시 이것들이 전체에까지 영향을 미쳐서 한층 더 적절하게 느껴지기 때문에 결국 사람들이 관심을 쏟고 중시한다.

단편소설이 자연스럽게 번성하는 큰 원인 중에 하나는 오늘날의 환경에서 사람들이 생활에 바빠 장편을 볼 여유가 없기 때문이다. 단지 잠깐 사이지만 여전히 부분을 통해 전체를 보고 한순간을 통하여 전체적 정신을 전하게 된다. 수많은 찰나를 통해 갖가지 스타일, 여러 작가, 여러 인물과 사물, 사건을 알게 된다면 얻는 것이 적지 않다. 따라서 편리하고 쉽게 이루어지고, 요령을 피우는…… 이런 원인이 아직 외부에 존재한다.

중국에 세계 모든 대작의 번역본은 적지만 단편소설의 번역이 매우 많은 것도 대부분 상술한 원인 때문이다. 우리 — 번역자들이 이 책을 인쇄하는 것도 그 원인은 여기에 있다. 힘은 적게 들이면서 소개는 많이 하는 것을 탐내고, 어떤 것은 온 힘을 소진하지 않은 것도 있으니, 이는 아마도 피할 수 없다고 자문하는 바이다. 그러나 꽃 한 송이를 키워 낼 수 있다면 썩어 가는 풀이 되어도 나쁘지 않다는 점은 있을 것이다. 그리고 분산되어 있는 소품들을 한 권에 모아 쉽게 흩어져 없어지지 않게 하는 점도 있다.

우리 — 번역자들은 모두 공부하면서 일을 하는 사람이다. 이 작은 일조차 힘에 부치고 선별이 부당하거나 번역이 잘못된 부분 또한 틀림없이 피할 수 없으리라 생각한다. 우리는 독자와 비평가의 가르침을 받아들이고자 한다.

1928년 4월 26일, 조화사 동인 씀

주)

1) 원제는 「『近代世界短篇小說集』小引」. 이 글은 1929년 4월에 출판한 『근대 세계 단편소설집(1)』에 처음 수록되었다. 『근대 세계 단편소설집』은 루쉰과 러우스(柔石) 등이 창립한 조화사(朝花社)의 출판물 중 하나로, '기이한 검(奇劍) 및 기타'와 '사막에서'의 두 집(集)으로 나뉘어 있다. 벨기에, 체코, 프랑스, 헝가리, 러시아와 소련, 유태민족, 유고슬로비아, 스페인 등의 국가와 민족의 단편소설 24편이 수록되어 있다.

2) 가람(伽藍). 범어 Sangharama(승가람마)의 약칭, '중원'(衆園) 혹은 '사원'이라 번역하기도 한다. 스님들이 거하는 정원을 가리킨다. 후에는 일반적으로 절을 가리킨다.

오늘날의 신문학 개관[1)]

—5월 22일 옌징대학 국문학회에서의 강연

요 일 년 남짓 청년 여러분 앞에서 이야기한 적이 거의 없었습니다. 왜냐하면 혁명[2)] 이래로 언론의 장이 매우 좁아져서, 과격으로 몰리거나 그렇지 않으면 반동으로 몰리는 형편이니 이래서는 누구에게도 이로운 점이 없기 때문입니다. 그런데 이번에 베이핑[3)]에 돌아오니까 옛 친구들이 여기에 온 김에 무엇인가 말을 하라기에 딱 잘라 거절하기도 난감하여 어쩔 도리 없이 몇 마디 하러 나왔습니다. 그렇지만 여러 가지 잡무에 얽매여서 무얼 이야기할까 아직 결정하지 못했습니다—제목조차 없습니다.

실은 제목을 차 안에서 정할 작정이었습니다. 그런데 도로가 나빠서 자동차가 한 자나 높게 뛰어오르는 형편이라 도저히 생각할 겨를이 없었지요. 그래서 문득 외래 문물은 한 가지만 도입해서는 안 되는구나, 자동차도 좋은 도로와 함께 들여와야만 하는구나, 모든 일은 환경의 영향을 벗어날 수가 없구나, 하는 생각이 들었습니다. 문학—중국에서 신문학이라 불리는 것, 또 혁명문학이라 불리는 것도 이와 마찬가지입니다.

어떤 애국자일지라도, 하여튼 중국의 문화가 어느 정도 낙후되어 있음을 인정하지 않을 수 없을 것입니다. 새로운 사물은 모두 밖에서 들어옵니다. 새로운 세력이 들어왔지만, 대다수의 사람들은 어찌된 영문인지도 모릅니다. 베이핑은 아직 이 정도는 아니겠지만, 상하이의 조계지를 예로 든다면 대충 다음과 같습니다. 먼저 한가운데에 외국인이 있습니다. 그들을 둘러싸고 바깥쪽에 통역, 스파이, 순경, 보이[4]…… 등등 외국어를 알고 조계의 법률을 잘 알고 있는 패들이 있습니다. 그리고 많은 일반 민중이 이 원의 바깥쪽에 있습니다.

일반 민중이 서양 상점이 즐비한 이곳에 와 봤자 무엇이 어찌되는지 알 턱이 없습니다. 만일 외국인이 "예스"라고 하면, 통역이 "따귀를 올려붙이겠다고 말하는 거야"라고 말합니다. 외국인이 "노"라고 하면, 이건 "총살에 처한다"는 의미라고 번역합니다. 이런 잔인한 괴로움에서 벗어나고 싶다면, 우선 조금이라도 더 많이 알아서 이 포위망을 돌파해야만 합니다.

문학계도 마찬가지입니다. 우리는 알고 있는 것이 너무나 적고, 또 우리의 지식을 보완하기 위한 재료도 너무나 적습니다. 량스추에겐 배빗이 있고, 쉬즈모[5]에겐 타고르가 있고, 후스즈에겐 듀이[6]가 있고——아, 쉬즈모에겐 또 한 사람, 맨스필드 부인[7]이 있었군요. 그는 부인의 무덤 앞에 엎드려 울었던 적이 있습니다——창조사엔 혁명문학, 즉 요즈음 유행하는 문학이 있습니다. 그렇지만 추종하는 사람이나 창작하는 사람은 매우 많으나, 연구하는 사람은 많지 않습니다. 그 때문에 지금도 몇몇 제창자들에게 둥글게 포위당하고 있습니다.

어떤 문학이든 모두 환경에 대응하여 생기는 것입니다. 문예지상주의자는 문예에는 세상의 풍파를 선동하는 힘이 있다고 말하고 싶겠지만,

사실은 정치가 선행하고, 그 다음에 문예가 변합니다. 문예가 환경을 변화시킬 수 있다고 생각하는 것은 일종의 '관념론'으로서 문학가가 예상하는 대로 사태가 진행되는 일은 거의 없습니다. 따라서 거대한 혁명은 그 이전의 이른바 혁명문학자가 반드시 멸망하게 합니다. 혁명이 일단락되어 숨쉴 겨를이 생긴 다음에야 비로소 새로운 혁명문학이 생깁니다. 왜냐하면 구사회가 붕괴되려는 즈음에는 항상 혁명성을 띤 것처럼 보이는 문학작품이 나타나지만, 그러나 그건 참된 혁명문학이 아니기 때문입니다. 이를테면 어떤 사람은 구사회를 증오합니다. 그러나 증오할 뿐이며 장래에 대한 이상은 지니고 있질 않습니다. 또 열심히 사회 개조를 외치는 사람이 있지만, 그럼 어떤 사회로 개조하고 싶으냐고 물어보아도 대답은 실현 불가능한 '유토피아'[8]밖에 없습니다. 혹은 또 생활이 몹시 무료하다 못해 무언가 자극이 필요해서 거대한 변화를 공상하는 사람도 있습니다. 이는 실컷 먹고 마신 뒤 고추를 먹어 입가심을 하고자 하는 생각과 같습니다. 더 내려가면, 본래 낡아빠진 인간으로 사회에서 실패하고서 새로운 간판을 내걸고 신흥세력을 이용하여 더 좋은 자리를 노리는 사람도 있습니다.

혁명을 기다리고 바라던 문인이 혁명이 도래함과 동시에 침묵해 버린 사례는 일찍이 중국에도 있었습니다. 청말의 '남사'[9]가 그렇습니다. 혁명을 고취한 문학단체로, 그들은 한漢민족이 억압받고 있음을 슬퍼하고 만주족의 횡포에 분노하여 '황금시대의 부활'을 갈망했음에도 불구하고, 막상 중화민국이 성립되자 완전히 침묵해 버렸습니다. 내 생각에 그 원인은, 그들의 이상은 혁명 이후에 '한나라 시대 관복의 위세를 재현'[10]하는 것이었는데 실제로는 그렇게 되지 않았기 때문에 반대로 재미없고 따분해져서 집필할 생각이 사라진 것입니다. 러시아의 경우는 더욱 두드러집니다. 10월혁명 당시 많은 혁명문학가들은 대단히 기뻐하며, 이 폭풍우의 기습을 환영했고, 폭풍과 천둥의 시련을 감수하고자 했습니다. 그런데 후에 시인 예세닌, 소설가 소볼은 자살했고, 최근에는 유명한 소설가 예렌부르크[11]마저 반동화됐다는 소문이 있습니다. 이건 어째서일까요? 사면에서 엄습한 것은 폭풍우가 아니었고, 밀어닥친 시련도 우레가 아니라, 에누리 없는 진짜 '혁명'이었기 때문입니다. 공상이 무참히 깨져 버렸고 사람들도 살아갈 수 없게 된 것입니다. 차라리 옛날 시인[12]들처럼 죽으면 혼이 승천하여 상제上帝 곁에 앉아 조촐한 빵이나 과자를 먹게 된다고 믿는 편이 행복할지 모릅니다. 왜냐하면 그들은 목적을 이루기도 전에 죽었으니까요.

듣자 하니, 중국에서 혁명은 이미 끝났다고 합니다. 혁명은 끝났다——정치 면에서는 그럴지 모릅니다. 그러나 문예 면에선 조금도 변화가 없습니다. 어떤 이는 "프티부르주아 문학이 대두擡頭했다"[13]라고 말합니다. 그러나 '프티부르주아 문학'이라는 게 어디에 있습니까? '머리'頭조차 없는데 어찌 '들어올릴'擡 수 있을까요. 따라서 지금까지 말씀드린 바에 의해 추론한다면, 문학이 변화도 없고 활기차지도 못한 것은 혁명도 없고 진보도 없는 것의 반영입니다——혁명가가 들으면 기분이 상하겠지만.

창조사가 주장하는 더욱 철저한 혁명문학——프롤레타리아계급 문학이라는 것은 그저 단순한 간판에 불과합니다. 여기저기서 금지된 왕두칭의 시[14]는 상하이의 조계지에서 아득히 먼 광저우의 폭동을 바라보고 쓴 것으로, 'Pong! Pong! Pong!'이라는 구절은 갈수록 활자가 커져 갑니다. 이는 그가 영화의 자막과 상하이 식료품점의 간판에서 감명을 받았다는 걸 나타낼 뿐이며, 블로크의 『열둘』[15]을 모방하려 했으나, 힘과 재능이

미치지 못했을 따름입니다. 궈모뤄의 「한쪽 손」[16]이라는 작품을 많은 사람이 널리 칭찬하고 있습니다. 그 작품은 한 혁명가가 혁명으로 한쪽 손을 잃었으나 남은 한 손으로 혁명 후에 애인과 악수할 수 있었다는 줄거리인데, '잃어버린' 것이 좀 지나치게 기교적인 측면이 있습니다. 만약 오체五體나 사지四肢 중 하나를 잃어버려야 한다면, 사실 손 한쪽을 잃는 것이 제일 낫습니다. 한쪽 발이면 불편하고, 머리는 더 말할 필요가 없습니다. 한쪽 손만을 잃을 작정으로 전투한다면 그만큼 용감성이 없어질 수 있습니다. 제 생각에 혁명가는 한층 더 많은 희생도 감수할 것이므로 틀림없이 이런 것에 국한되지는 않을 것입니다. 「한쪽 손」 역시 가난한 수재가 과거에 떨어져 고생하지만, 후에는 결국 장원 급제하여 미인과 화촉을 밝힌다는 예의 낡은 가락 그대로입니다.

그러나 이것은 중국의 현상을 반영한 것입니다. 최근 상하이에서 출판된 혁명문학 중 책 표지에 삼지창 그림이 있는 책이 한 권 있습니다. 이 그림은 『고민의 상징』[17]의 표지에서 가져온 것인데, 그 창의 가운데 날 끝에 해머가 박혀 있습니다. 이 해머는 소비에트의 깃발에서 가져온 것입니다. 하지만 이런 합성을 해가지고선 결과적으로 찌를 수도 없고 두드릴 수도 없습니다. 기껏해야 이 작가의 어리석음을 나타낼 뿐—아니, 이런 부류의 문예가 패거리의 휘장徽章으로 안성맞춤입니다.

물론 어떤 계급에서 다른 계급으로 옮기는 것은 있을 수 있는 일이지만, 이 경우 가장 바람직한 것은 의식이 어떠한지 솔직히 피력하여 대중 앞에 드러내고 적인지 친구인지 대중의 판단에 맡기는 것입니다. 머릿속에 낡은 찌꺼기가 많이 있으면서도, 그걸 일부러 숨기고 연극하는 것처럼 자기의 코를 손가락질하며 "나야말로 무산계급이다!" 하고 자칭하는 건

좋지 않습니다. 요즈음은 모두 신경과민이 되어 있어서 '러시아'의 '러'라는 말을 듣기만 해도 기절할 지경입니다. 이제 입술조차 붉은 것은 허가받지 못할 수도 있습니다. 출판물만 하더라도 이것도 두렵고, 저것도 두려운 형편입니다. 그런데도 혁명문학가는 외국의 이론이나 작품을 충분히 소개하려 하지 않고 이렇게 자기의 코만 손가락질하고 있습니다. 이래서는 청나라 시절 '칙명勅命에 의한 질책'[18]과 마찬가지로 결국은 뭐가 뭔지 모르게 될 것입니다.

아마 여러분은 이 '칙명에 의한 질책'이라는 말을 몇 마디 설명이 있어야 비로소 이해할 수 있을 것입니다. 이것은 황제시대의 일입니다. 어떤 관리가 과실을 저질렀을 경우 어쩌고저쩌고 하는 문 밖에 그 관리를 무릎을 꿇게 합니다. 그리고 황제가 파견한 환관이 그 사나이를 엄하게 꾸짖습니다. 그때 뇌물을 주면 꾸지람의 정도가 적게 끝나지만, 그렇지 않으면 그는 먼 조상부터 시작하여 자손에 이르기까지 욕을 먹습니다. 황제께서 친히 내리는 꾸중이지만, 도대체 무엇 때문에 이처럼 욕을 먹는지 감히 황제에게 물으러 갈 수는 없습니다. 작년 일본 잡지의 기사[19]에 의하면, 청팡우는 중국의 노동자·농민 대중에 의해 선발되어 독일에 희곡을 연구하러 간 것으로 되어 있지만, 어떻게 선발되었는지를 우리는 들으러 갈 수 없습니다.

그러니까 더 잘 알고 싶다면, 내가 자주 말하는 것이지만, '외국의 책을 잘 읽고' 자기를 둘러싼 포위망을 돌파할 수밖에 없겠지요. 그리고 이 일은 여러분에게 있어선 간단합니다. 신흥문학에 관하여 영어로 쓰인 책이나 영어로 번역된 책은 그리 많지 않지만 조금은 있습니다. 그리고 그것들은 충분히 믿을 수 있다고 생각합니다. 외국의 이론이나 작품을 잘 읽고서 중국의 신문예를 헤아려 본다면 더욱 명확히 알 수 있습니다. 더욱더 바람직한 것은 그것을 중국에 소개하는 것입니다. 번역은 변변찮은 창작보다 어렵지만, 신문학의 발전을 위해선 더 효과적이며 많은 사람에게 유익합니다.

주)

1) 원제는 「現今的新文學的概觀」. 이 글은 1929년 5월 25일 베이핑 『웨이밍』(未名) 반월간 제2권 제8호에 처음 발표되었다.
2) 여기서 '혁명'이라 함은 1927년 4월 12일 장제스의 쿠데타를 의미한다.
3) 베이핑(北平), 즉 베이징(北京)을 말한다. 장제스가 이끌었던 북벌군은 1927년 4월 난징을 수도로 정하고, 다음해 6월 베이징에 입성하여 베이핑으로 명칭을 바꿨다. 루쉰이 베이핑에 도착한 것은 1929년 5월 22일이다.
4) 원문은 '서새'(西崽)로 당시 서양인에게 고용된 중국 남자 하인을 경멸스럽게 불렀던 칭호다.
5) 쉬즈모(徐志摩, 1897~1931). 저장 하이닝(海寧) 출신의 시인으로, 신월사의 주요 구성원이다. 저서로 『즈모의 시』(志摩的詩), 『맹호집』(猛虎集) 등이 있다. 1924년 타고르가 중국을 방문했을 때 통역을 담당했고, 『소설월보』(小說月報)에 여러 차례 타고르를 찬양하는 글을 발표했다.
6) 듀이(John Dewey, 1859~1952). 미국의 철학자, 실용주의의 창시자. 1919년에서 1921년 사이에 중국에 와서 강연을 했는데, 후스(후스즈)가 통역을 담당했다. 듀이는 객관세계와 주관의식을 인식하는 것은 모두 '경험'이라는 통일체 속에 포함되며, '경험'은 이 양자의 상호작용이라고 주장했다. 사상은 객관세계의 반영이 아니라 인간이 자신의 필요에 근거하여 제기한 '가설'과 설계한 '도구'이며 '가치를 태환(兌換)'할 수 있고 유용한 것이 곧 진리라고 주장했다. 주요 저작은 『철학의 개조』(*Reconstruction in Philosophy*, 1919), 『경험과 자연』(*Experience and Nature*, 1925) 등이 있다. 후스는 미국 유학 시절 컬럼비아대학에서 듀이를 사사하여 실용주의 철학의 선전자가 되었다.
7) 맨스필드 부인(Katherine Mansfield, 1888~1923). 영국의 작가로 『독일의 하숙에서』(*In a German Pension*)와 『행복』(*Bliss*), 『비둘기 둥지』(*The Doves' Nest*) 등의 소설을 발표했다. 쉬즈모는 그녀의 작품을 번역한 적이 있는데, 자신의 『자아해부집』(自剖集) 「유럽

여행만기」(歐遊漫記)에서, "내가 이번에 유럽에 온 것은 전적으로 그녀를 추모하기 위해서였다. 저명할 뿐만 아니라 나와 관련이 있는 무덤이다. …… 퐁텐블로에 있는 맨스필드의 무덤이다"라면서 자신이 프랑스에서 맨스필드 부인의 묘를 방문한 적이 있음을 말했다.

8) 중국어 원문은 '烏托邦'으로 Utopia의 음역. 영국 토머스 모어(Thomas More)가 1516년에 쓴 소설 『유토피아』에서 기인했다. 내용은 공상(空想)사회주의의 이상을 담고 있다. 이로 인해 유토피아는 '공상'과 동의어로 사용되었다.

9) '남사'(南社)는 1909년에 리유야즈(柳亞子, 1887~1958), 가오톈메이(高天梅) 등이 중심이 되어 쑤저우(蘇州)에서 설립되었다. 세력을 떨칠 때는 구성원이 천 명이 넘었다. 그들은 시와 문장으로 반청혁명을 고취했다. 신해혁명 후에 갈라지기 시작하여, 어떤 이는 위안스카이에 협조했고, 어떤 이는 안복계(安福系; 베이양군벌 시기 환계군벌 수장인 돤치루이를 중심으로 결성된 관료와 정객집단), 연구계(研究系) 등의 정객단체에 가입했고, 극히 소수만 진보적 입장을 견지했다. 이 단체는 부정기 간행물인 『남사』를 발행하여 구성원의 시와 문장 등을 발표했고, 22집까지 출판되었다. 1923년에 해산했다.

10) 원문은 '한관무위'(漢官武威). 한나라 시대 숙손통(叔孫通) 등이 제정한 예의제도를 지칭한다. 『후한서』「광무제기」(光武帝紀)에 다음과 같이 기재되어 있다. 왕망(王莽)이 찬위에 실패하여 피살당한 후, 사예교위(司隷校尉) 유수(劉秀; 훗날의 광무제)가 관리들을 데리고 창안(長安)에 도달했다. 그 지역의 관리들이 "사예교위와 예하 관리들을 보고서 모두가 대단히 기뻐했다. 늙은 관리가 눈물을 흘리며 '오늘에 이르러 한나라 관복의 위세를 다시 볼 줄이야 생각지도 못했구나'라고 말했다."

11) 에렌부르크(Илья Григорьевич Эренбург, 1891~1967). 소련 작가. 1910년 문학 활동을 개시했고 10월혁명 후에 소비에트 정부에 참여했다. 1920년대의 소설은 자본주의 사회를 분석하고 비판했으며 자신의 모순되고 복잡한 심리상태를 반영했지만, 혁명에 대한 회의와 동요의 정서를 드러내 보여 문예계의 비판을 받았다. 1930년대 후반에는 소련 사회주의 건설을 반영하고 반파시스트 주제의 작품을 창작했다. 대표작으로는 대하소설 『파리 함락』(Падение Парижа, 1941), 『폭풍우』(Буря, 1947), 『아홉번째 파도』(Девятый вал, 1950) 등이 있다. 『해빙』(解氷, Оттепель, 1954)은 그를 자유화 운동의 선구자 또는 그 상징적 인물로 부각시킨 작품이며, 스탈린 시대의 흑막을 실감나게 묘사한 그의 회고록 『인간 · 세월 · 생활』(Люди, годы, жизнь, 1960~65)은 소련 지식인의 정신사(精神史)라 평가된다.

12) 독일 시인 하이네(Heinrich Heine, 1797~1856)의 시집 『환향기』(還鄕記) 제66번째 시에는 이러한 구절이 있다. "나는 내가 하느님이 되어 있는 꿈을 꾸었네. 의젓하게 천당에 높이 앉아 있네. 천사들이 내 주변을 감싸고 있으면서, 끊임없이 나의 시를 칭찬하네. 나는 빵과 사탕을 먹고 술을 마시네. 천사들과 함께 향연을 즐기고, 나는 이러한 맛

있는 음식을 맛보네. 한 푼도 소비하지 않고서……."

13) 리추리의 「이른바 '프티부르주아계급 혁명문학'의 대두에 대해 프롤레타리아 문학은 마땅히 자기를 방어해야 한다」(1928년 12월 『창조월간』 제2권 제6기)에 나온다.

14) 왕두칭의 장시 「II Dec」(12월 11일)를 지칭함. 1928년 11월에 출판되었다(출판사는 표기되어 있지 않다). 왕두칭은 일본과 프랑스에서 유학한 후에 창조사에 참여했다.

15) 왕두칭의 「II Dec」(12월 11일)은 광둥코뮌을 상징하는 날짜이다.

16) 단편소설로 1928년 『창조월간』 제1권 제9호에서 제12호까지 연재되었다. 소설의 내용과 루쉰이 여기서 말하는 것과는 차이가 있다. 이 소설은 소년 노동자가 노동하는 도중 기계에 한 손이 절단되고, 노동자 폭동을 일으키는 것을 묘사했다.

17) 『고민의 상징』(苦悶的象徵)은 문예논문집으로, 일본의 문학평론가 구리야가와 하쿠손(廚川白村)의 저작이다. 루쉰은 이 저작을 번역하여 1924년 12월에 베이징의 신조사(新潮社)에서 출판했다. 중국어 번역본 표지의 장정은 타오위안칭(陶元慶)의 작품이다. 청동으로 만든 삼지창이 여성의 혀를 찌르는 그림으로 '인간의 고통'을 상징한다.

18) 원문은 '봉지신척'(奉旨申斥)으로, 천자의 명을 받들어 질책한다는 의미이다.

19) 일본의 잡지 기사란 『전기』 제1권 제3호(1928년 7월)에 실린 야마다 세이자부로의 「중국의 두 작가를 방문하다」를 가리킨다(이 문집의 「문단의 일화」 참조).

황한의학[1)]

혁명 성공[2)] 후 '국술'國術, '국기'國技, '국화'國貨, '국의'國醫가 시끄럽게 난장판을 이루고 있는 시기에, 일본인인 유모토 규신이 펴낸 『황한의학』[3)]의 번역본도 곧 기회를 봐서 출판될 예정이다. 광고[4)]는 다음과 같이 선전하고 있다.

> 일본인 의사 유모토 규신 씨는 메이지 34년에 가나자와金澤 의학전문학교를 졸업한 후 여러 해에 걸쳐 중국과 서양 의술이 각각 장단점이 있다는 것을 느꼈다. 그는 반드시 공통점과 차이점을 비교하여 단점은 버리고 장점을 취하지 않으면 안 되겠다고 생각했다. 그래서 열심히 한漢의학을 학습하고 18년 동안 중국 역대의 여러 의학저서를 수집하면서, 이웃나라 인사들과 함께 연구하여 한의학과 한약학에 대해 깊이 깨닫고서 『황한의학』이라는 저서를 출판했다. 이 저서는 인용한 책이 100여 종이 넘고 널리 증거들을 찾아 논증을 충족시켜서 집대성했다.……

우리 '황한'[5] 사람은 정말 이상한 성격을 갖고 있다. 외국인이 우리의 단점을 논하면 듣기 싫어하고 좋은 말을 하면 믿고, 과학을 얘기하면 아무런 언급도 않다가 몇몇 신神을 말하고 귀鬼를 봤다면 바로 소개한다. 이것도 마찬가지의 경우로 가나자와 의학전문학교를 졸업한 자가 어찌 천여 명을 넘어서지 않을 것이며, 서양의학을 공부한 사람도 열 몇 명 정도에 지나지 않을 것인가. 하지만 우리는 『무쌍보』[6]에 수록할 만한 유모토 선생의 『황한의학』을 유달리 새로운 안목으로 보게 된다.

젊은 친구 판얼[7]이 일본 도쿄 노점에서 4자오角를 주고 오카 센진이 쓴 『관광여행기』[8]를 샀다. 메이지 17년(1884)에 중국을 기행한 일기이다. 판얼은 일기를 본 후 책의 서론 끝에 몇 마디 불평의 말을 적어 나한테 보냈다. 마침 그 몇 구절을 아래에 베껴 놓는다.

23일 유메카夢香와 다케마코竹孫가 방문했다.…… 유메카는 다키多紀 씨[9]의 의학 서적을 대단히 칭찬했다. 이에 나는 "우리나라에 서양의학이 성행하고 있어 더 이상 다키 씨의 저서를 갖고 싶어 하는 사람이 없기 때문에, 그 원판을 상하이의 서점에 팔아 버렸습니다. 오래되어 아무 쓸모 없는 개[10]와 같습니다"라고 말했다. 그는 "다키 씨의 책은 중경仲景[11] 씨의 오묘한 의도를 풀어 쓴 것으로, 언젠가 일본사람들은 이 일을 반드시 후회할 것입니다"라고 말했다. 나는 "우리나라의 의학 기술이 크게 발전했고, 번역본도 계속 나오므로 십년 후에는 중국사람들이 우리나라의 번역본을 다투어 살지도 모르는 일입니다"라고 말했다. 유메카는 침울한 표정이었다. 나는 홉슨의 의서醫書(『전체신론』[12]을 지칭함)가 닝보[13]에서 인쇄된 것을 생각하며, 닝보는 여기에서 매우 가까운 거리에 있는 도시인데 유메카는 말끝마다 계속 다키 씨만 말하고 홉슨에 대해서는 한마디도 하지 않는데, 무엇 때문에 그러는지?…… (3장 「쑤저우와 항저우 일기」 2쪽 아랫부분)

오카 씨는 여기까지 말했지만 마지막은 명료하지 않다. 이는 "사천여 년의 역사를 지닌 오랜 국가의 오래된"[14] 국민이 "녹슬고 폐기된 동철銅鐵기를 구입"[15]하는 것과 같은 성격이다. 그러므로 문인은 '다키 씨를 크게 칭찬'하고 무인은 낡고 폐기된 포와 총을 사서 '오래되어 아무 쓸모 없는 개'芻狗처럼 외국에게 길을 열어 준다.

오카 씨는 메이지유신[16] 이후 얼마 지나지 않아서까지 개혁의 용맹과 기개가 있어서 그의 일기에는 늘 호의의 고언苦言이 있다. 혁명적 비평가가 세기 말의 자질구레하고 불분명한 말을 하는 것보다는, 역대 어떠한 민족이 왕조를 세운 글을 보는 것이 낫기 때문에, 이 일을 증명하는 것은 꽤나 일리가 있다.

7월 28일

주)______

1) 원제는 「黃漢醫學」, 이 글은 1929년 8월 5일 『위쓰』 제5집 제23호에 처음으로 실렸다. '황한의학'은 일본에서 중의학의 원리를 응용하여 치료하는 의학을 지칭한다.
2) 국민당이 1927년에 '4·12 쿠데타'를 일으킨 이후 난징에 '국민정부'를 건립하고 '혁명이 성공'했다고 자칭한 것을 의미한다.
3) 유모토 규신(湯本求真, 1867~1941). 일본인 의사, 한(漢)의학자. 저서로는 『황한의학』, 『일본 의학의 한방 응용 해석』 등이 있다. 『황한의학』은 중의학 이론을 기초로 중의 치료의 효력을 서술하였다. 전반부는 중국 동한 시기 장기(張機)의 의학서를 위주로 주석

을 했고 후반부는 중의학 처방의 주요한 치료 증상을 서술하였다. 저우즈쉬(周子敍)의 중국어 번역본이 있는데, 1930년 9월 상하이 중화서국(中華書局)에서 출판했다.

4) 이는 중화서국의 '『황한의학』 출판 예고'이다. 1929년 7월 17일 상하이 『신문보』에 등재되었다.

5) '황한'(黃漢)은 중국인들이 자신들에 대해 황제(黃帝)의 자손으로서 우월한 한(漢)족이라는 의미로 사용하는 말이다.

6) 『무쌍보』(無雙報). 청나라 때 김고량(金古良)이 편집한 그림책으로, 한부터 송까지의 충효(忠孝), 재능과 지조(才節), 공적,…… 요사나 아첨에 있어서 세상에 보기 드문 인물 40명의 초상화에 악부시(樂府詩) 한 수를 각각 덧붙여 그 '일생의 대강'을 기록한 책.

7) 판얼(梵兒), 즉 리빙중(李秉中, 1905~1940). 쓰촨성 펑(彭)현 사람. 원래 베이징대학 학생으로 후에 황푸군관학교에 입학했으며, 소련과 일본에 유학을 가서 육군 수업을 받은 이후 국민당 군관을 지냈다. 초기에는 루쉰과 통신이 빈번했다. 루쉰은 1929년 7월 22일 일기에서 "리빙중이 일본에서 보낸 『관광여행기』(觀光紀游) 1부 3권을 받았다"고 기록했다.

8) 오카 센진(岡千仞, 1832~1913). 한학자로 도쿄도서관 관장을 역임했고, 청나라 말기 중국을 여행한 적이 있다. 「상하이」(滬上), 「쑤저우와 항저우」(蘇杭), 「옌징」(燕京), 「광둥」(粤南) 등 열 권의 일기가 있는데, 총 명칭은 『관광여행기』(觀光紀游)이며 1885년 자비로 출판했다.

9) 다키 란케이(多紀藍溪, 1731~1801), 즉 다키 모토노리(多紀元德)는 일본 내과의사이다.

10) 원문은 추구(芻狗). 노자 『도덕경』 5장에 나오는 "천지는 인자하지 않으니, 만물을 추구로 삼는다"에서 나온 말로, 추구는 고대에 제사 지낼 때 풀로 만든 개를 뜻하는데, 제사가 끝나면 바로 버리기 때문에 비천하고 쓸모없는 물건을 비유한다.

11) 중경(仲景). 장기(張機), 자가 중경, 난양(南陽; 현 허난河南성 난양시) 출생, 동한 시기 의학자. 헌제(獻帝) 건안(建安) 연간에 창사(長沙)에서 태수(太守)직을 맡은 적이 있다. 저서로는 『금궤요략』(金匱要略), 『상한론』(傷寒論)이 있다.

12) 홉슨(Benjamin Hobson, 1816~1873). 영국 교회의 전도사·의사, 1839년(청 도광 19년)에 중국에 와서 의료행위를 했다. 『전체신론』(全體新論)은 그가 중국에 있을 때 펴낸 생리학 저서이다(진수당陳修堂 역, 1851년, 광둥 금리부金利埠 혜애惠愛의원에서 석판 인쇄했고, 그후 닝보寧波 등 지역에서 출판했다). 루쉰이 1929년 10월 22일 장사오위안(江紹原)에게 보내는 편지에 "괄호 안 『전체신론』 하(下)에 '제5종' 세 글자를 삽입한다"는 언급이 있다.

13) 닝보(寧波). 저장성의 항구도시, 상하이가 개항하기 전에는 닝보가 중국 동남부의 중요한 대외항구였다.

14) 청나라 황준헌(黃遵憲)의 『출군가』(出軍歌), "사천여 년의 역사를 가진 오랜 국가는 오

래되어, 나는 완전히 흙에 지나지 않는다"에서 나온 말이다(1902년 10월 『신소설』 제1호 게재).

15) 공자진(龔自珍)의 『항대종일사상』(杭大宗逸事狀), "을유(乙酉)년 순(純)황제가 남방을 순시했다. 황제를 맞이하는 대종(大宗)들을 소견하며 '그대들은 무엇으로 살아가는가?'라고 황제가 물었다. '신 세준(世駿)은 옛 물품 노점상을 열고 있습니다'라고 대답하였다. 순황제가 '무엇을 옛 물품 노점상이라 하는가?'라고 물었더니 대답하기를 '낡은 동과 폐기한 철을 사서 길바닥에 벌여 놓고 팝니다'라고 하였다. 황제는 크게 웃으면서 친필로 '녹슬고 폐기된 동철기 구입'(賣買破銅爛鐵)이라는 글자를 써서 그에게 하사해 주었다"에서 나온 말이다.

16) 일본 메이지(明治) 시기(1867~1912)에 발생한 유신운동. 이 운동은 봉건 왕조인 도쿠가와 막부를 종식시키고 일본에서 자본주의의 발전을 촉진했다.

우리나라의 러시아 정벌사의 한 페이지[1]

사람들이 모두 러시아와 전쟁을 벌이자거나[2] 혹은 '자원해서 선구자가 되겠다'거나 혹은 '후원자가 되겠다'고 말하고 있다. 심지어 중국문학에만 온전하게 의존하는 신월서점[3]조차도 러시아에 관한 서적을 두 종류 판매한다고 광고했으니, 전국이 한마음으로 적을 미워하는 것도 알 수 있다. 물론 대세가 이러하니 필자도 당연히 시기에 맞춰 무엇이든지 해야만 낙오되는 신세에 이르지 않을 듯했다. 나는 우연히 7월 26일 『신문보』의 '쾌활림'快活林란에서 제목이 「우리나라의 러시아 정벌사의 한 페이지」라는 문장을 봤는데, 서술이 상세하면서도 한편으로는 혼란스러워 감당하기 어려운 글이지만, 편폭이 제한되어 있어서 다음과 같이 축약해서 베껴 놓을 수밖에 없다.

…… 이리하여 일찍이 역사를 읽어 보다가 원나라 칭기즈 칸[4]에 이르렀도다. 몽골에서 시작하여 중하中夏[5]로 들어왔도다. 개국 이후 점유하고 있던 킵차크, 카스피 해 등지의 여러 부족들이 발호하자, 수부타이에게

메르키트[6]를 소탕하라고 명하였도다. 다시 병사들을 이끌고 카스피 해를 공격했고 캅카스 산맥 너머까지 전쟁을 벌였다. 태종 7년에 이르러, 또 수부타이를 앞장세워, 제후 왕 바투를 수행하여, 황태자 귀위크, 황제의 조카 몽케 등[7]과 함께 서역을 원정하라는 명을 내렸도다. 10년에 걸쳐 대대적으로 러시아를 원정하여 랴잔[8]까지 돌진하였고 모스크바를 공략했도다. 태조의 큰아들 주치[9]는 현지에서 즉시 칸의 자리에 올랐는데, 이는 역사상 유례가 없는 기록이구나. 일대의 영명한 군주로 새로운 왕조를 창조할 시에는 전쟁에서 승리한 적의 영지를 취했고, 강한 군대의 위세를 이용하여 천하를 통일하는 건 어려운 일이 아니었도다. 역사책의 기록에는, 종으로 끝까지 영토를 확장하여 중국의 강역 전반을 차지했고, 서쪽의 사막까지 공격했고 북쪽으로는 요遼를 절멸하고 그 영역을 모두 공백으로 만들었도다. 그뿐만이 아니다. 다시 여세를 몰아 용감하게 군대를 이끌고 유럽까지 쳐들어갔도다. 그리하여 유럽과 아시아가 혼합된 세력을 얻게 되었도다. 어찌 우리나라의 전쟁 역사상 최고로 영광스럽고 명예로운 일이 아니라 하겠는고? ……

그 결론은 다음과 같다

…… 직언하자면, 원나라 군대 세력은 유럽과 아시아의 중요 지역을 제어할 뿐만 아니라 천하를 장악하려는 기세가 있었도다. 우리나라 후세들의 용기를 충분히 키울 수 있도다. 마땅히 우리의 것을 견지해야 하는 바이다. 내가 이 일화를 있는 그대로 상세히 서술하는 것은 시국에 대처하여 변경을 튼튼하게 보위하고자 알려 주기 위함이다.

이는 이 글의 작가인 '칭취'清臒 선생이 몽골사람이어야 그런대로 말이 된다. 그렇지 않으면 칭기즈 칸이 '중하의 통치자'가 되고 주치가 모스크바에서 '군주의 자리에 오르고' 했던 그때, 우리 중국과 러시아 양국은 똑같은 처지로, 바로 모두 몽골인에게 정복당한 것인데 왜 중국인은 지금 굳이 '원나라 사람'을 자신의 선조라고 여기고, 마치 매우 영예롭고 영광스러운 듯이 같은 처지에서 억압받은 슬라브족을 교만하게 대하는가?

이러한 논법에 의한다면 러시아인도 '우리나라의 중화 정벌사의 한 페이지'라는 글을 써서 그들이 원나라 때 중국의 영토를 차지했다고 말할 수 있다.

또한 이런 논법에 의하면 설령 러시아인이라 할지라도 지금 당장 '중하의 주인'이면서 '유럽과 아시아의 혼합 세력'이며, '충분히 우리나라 후세를 키우는' 후세의 '용기 있는 자'라고 할 수 있다.

아이고, 적색 러시아도 정벌하지 못했는데 벌써 백치가 나타났으니, 전혀 "우리나라 전쟁 역사상 최고로 영광스럽고 명예로운 한 페이지에 속하지 않도다!"

7월 28일

주)

1) 원제는 「吾國征俄戰史之一頁」, 이 글은 1929년 8월 5일 『위쓰』 제5집 제22호에 처음 발표되었다.
2) 1929년 7월 국민당 당국은 무력으로 중·소가 함께 건설한 중동(中東)철도를 접수하였다. 쌍방 사이에 충돌이 일어났고 국민당은 이 기회를 틈타 '반러운동'을 일으켰다.
3) 신월서점은 신월사에서 운영하는 서점으로, 1927년 봄 상하이에서 창립했다. 이 서점은 '반러운동'에 협조하여 세계실주인(世界室主人)이라 서명한 『소비에트 러시아 평론』

과 쉬즈모의 『자부』(自剖; 제3집이 「러시아 기행」이다)를 재출판하여 선전광고를 실었다.

4) 칭기즈 칸(1162~1227). 이름은 테무친, 고대 몽골족의 수령. 13세기 초 몽골족의 여러 부족을 통일하고 예케 몽골 울루스(큰 몽골 나라)를 세웠다. 군주로 추대받아 칭기즈 칸이라 불렸고, 남송을 멸망시키고 원을 수립하여 원(元) 태조라 불린다. 몽골 제국의 영토를 중앙아시아 지역 및 러시아 남부 지역까지 확장하였고, 그의 후세들은 러시아를 정복하고 킵차크 한국을 건립하였다.

5) 중국에 대한 다른 칭호.

6) 수부타이(1176~1248). 몽골 칸국의 대장. 1216년 봄 칭기즈 칸으로부터 메르키트를 정복하라는 명을 받았다. 메르키트는 요-금 시기 셀렌강 유역의 유목 부족.

7) 바투(1209~1256). 몽골 제국의 장군, 칭기즈 칸의 손자, 주치의 아들, 킵차크 한국의 1대 군주.

귀위크(1206~1248). 원 태종 오고타이(1185~1241)의 장자, 후에 원 정종이 되었다.

몽케(1208~1259). 오고타이의 조카, 후에 원 헌종(憲宗)이 되었다.

8) 현재의 랴잔으로, 모스크바의 남쪽에 위치하고 있다.

9) 주치(1177?~1227). 몽골 제국의 장군, 칭기즈 칸의 장자.

예융친의 『짧은 십 년』 머리말[1)]

이 책은 한 청년작가가 현대를 살아가는 청년을 주요 인물로 그의 10년 동안의 행적과 생각을 묘사한 저서이다.

낡은 전통과 새로운 사조가 그의 한 몸에 뒤섞여 있다. 애증의 뒤얽힘, 감정과 이성의 충돌, 우유부단함과 결단의 교체, 기쁨과 절망의 기복 등이 모두 이 '짧은 십 년'을 따라 전개되어, 한 권의 감상적인, 개인적인 책으로 만들어졌다. 하지만 시대가 현대이기 때문에 낡은 가정에서 기대하는 '출세'에서 혁명으로 건너가고, 교통이 불편한 작은 현에서 '혁명 발원지'인 광저우까지 건너가고, 자기 자신의 자유롭지 못한 혼인에서 위대한 사회 개혁까지 건너간다——그러나 나는 그 사이의 교량을 발견하지 못했다.

한 혁명가는 곧——또한 확실히 이미(!)——대중의 행복을 위해 투쟁하려 한다. 그러나 유독 맨 처음 자신을 억압한 가족을 관대하게 용서한다. 총구를 사면이 적으로 이루어진 주변으로 움직여 보지만 또한 사면은 적이 보이지 않는 낡은 사회이다. 또 다른 혁명가는 자신과 타인의 해방을 위하여 싸운다. 하지만 사랑하는 사람을 잃었을 때는 그녀가 혼자 책임지길 바라고, 또한 혁명이라는 이유를 위하여 자신에게 연적戀敵이 생기는 것을 원하지 않는다——바람이 커질수록 희망도 커져서 온 힘을 쏟아 활동할 곳이 적어지고 자기를 변명해야 할 곳은 많아진다——결국, 심지어 자신의 현재 찰나만이 유일한 현실이라는 하나의 어두운 그림자가 나타난다. 이곳에 우뚝 홀로 서 있는 개인주의자가 집단주의라는 커다란 깃발을 바라보지만 '다시 출정의 길을 나서'[2]기 전에, 나는 그 사이를 이어 주는 교량을 발견하지 못했다.

석가모니의 출가 후 살을 떼어 내 매의 먹이로 주고, 몸을 던져 호랑이의 먹이가 되는 것은 소승小乘이고, 아득하고 망망하게 설교하는 것은 대승大乘이라 할 수 있다. 이후 지속적으로 발달하기 시작했고, 내 생각에, 그 최초의 조짐은 아마도 여기에 있을 것이다.

이 책의 생명은 오히려 바로 여기에 있다. 그는 전통을 짊어지고 또한 세계의 사조思潮에 의해 격동하는 일부 청년의 마음을 그려 냈다. 차츰차츰 묘사해 나가면서 숨기는 것도 없고 꾸민 것도 없다. 비록 간혹 어느 정도의 변명이 있지만, 그러나 이런 변명은 도리어 바로 자신의 옷을 벗어 버린 셈이다. 적어도 현재를 위해 깨끗한 일면의 거울이 되고 미래를 위해 일종의 기록을 남기는 것은 의심할 바 없으리라. 몇몇 위대한 문패가 작년부터 모든 문단에 내걸렸다. 하지만 채 1년도 되지 않아 다른 형태로 변하거나 내용이 없다는 것을 드러내어 자신의 전반적인 기만을 고발했다. 중국에 아직도 문예가 있다면, 당연히 이렇게 먼저 자신이 본래 지니고 있는 내용을 직접 말하는 작품으로 기만 이후의 공허를 물리쳐야 한다. 이는 문예가는 적어도 자기의 견해를 솔직하게 표현하는 진심과 용기가 있어야 하기 때문이다. 본심을 보여 주지 않는다면 무슨 의식 같은 것은 더욱이 말할 필요조차 없다.

내가 느끼기에 제일 의의가 있는 대목은 점차 전쟁터로 나아가는 부분이다. 의식이 어떠하든, 한마디로 많은 청년이 동강東江[3]에서 시작하여 상하이, 우한, 장시까지 혁명을 위해 싸운다. 그중 일부는 여러 형태의 희망을 품고 전쟁터에서 사망하여, 저 높은 곳에 놓여 있는 것이 황금의자인지 호피의자인지를 더 이상 볼 수 없게 되었다. 갖가지 혁명이 모두 이렇게 진행되기 때문에, 붓과 먹을 가지고 노는 일은 실천가의 입장에서 볼 때 어쨌든 그래도 한가한 사람의 일에 지나지 않는다.

이 책의 성과는 일찍이 혁명에 참가했으나 목숨을 잃지 않은 청년에 의해 이루어졌다. 지금 살아 있으면서 소설을 읽은 사람들 중에는 공감하는 사람들이 당연히 많을 것이라고 나는 생각한다.

문장의 기교도 나긋나긋하게 꾸며 내지 않았다. 사건은 연대별로 서술한 것이기 때문에 문장도 줄줄 써 내려 작자가 「후기」에서 소설[4]이라 칭하지 않으려고 할 정도다. 하지만 소설은 소설이다. 내가 부담스럽게 생각하는 것은 오히려 이치를 따지는 데가 너무 많아서 수정하면서 좀 삭제했는데, 이것이 원작을 손상한다면 그건 바로 감수하는 사람의 책임이다. 그리고 어떻게 보면 결점이 장점이 된 부분도 있는데, 그것은 풍부하지 않은 어휘이다. 신문학이 발전하기 시작해서, 나처럼 오래 축적된 습관을 잊지 않고 늘 관용어를 사용하는 버릇이나, 창조사의 문자처럼 일부러 못되게 아무도 알아보지 못하는 생소한 단어를 사용하는 것은 모두 문예와 대중을 갈라놓게 하였다. 이 책은 이러한 것을 모두 없애고 독자들이 쉽게 이해할 수 있도록 했으나, 중간에 이를 방해하는 새로 만든 명사도 여전히 많이 존재한다.

이 책을 다 읽게 된 건 이미 한 달 전이었다. 몇 줄 쓰지 않으면 안 되기 때문에 지금까지 기억하고 있는 대로 몇 자 적어 본다. 나는 어떤 단체가 지정한 '투쟁'하는 '비평가' 중에 한 사람이 아니다. 단지 자신이 하고 싶은 말을 직접적으로 했을 뿐이다. 나는 이 진실한 작품을 중국에 소개할 수 있어서 정말 행복하고 또한 '다시금 출정하여' 새로운 작품의 빛을 볼 수 있기를 희망한다.

1929년 7월 28일 상하이,

루쉰 쓰다

주)______

1) 원제는 「葉永蓁作『小小十年』小引」, 이 글은 1929년 8월 15일 상하이 『춘조월간』(春潮月刊) 제1집 제8호에 발표했다.
   예융친(葉永蓁, 1908~1976). 본명은 예후이시(葉會西), 저장 러칭(樂淸) 사람, 제1차 국내혁명전쟁 시기 황푸군관학교 제5기 학생이었고, 혁명 실패 후 한동안 상하이에서 기거했다. 그후 다시 국민당 군대의 군관이 되었다. 『짧은 십 년』은 그의 자서전체 장편소설이며 1929년 9월 상하이 춘조서국(春潮書局)에서 출판하였다.
2) '다시 출정의 길을 나서다'는 『짧은 십 년』의 마지막 장이다.
3) 광둥성 동부를 흐르는 주장(珠江)강의 지류.
4) 소설의 작가는 「후기」에서 "여기까지 쓰다 보니 마침내 몇만 자가 되었다. 그런데 나도 무엇을 썼는지 모르겠다. 소설인가? 아닌 것 같다! 산문인가? 아닌 것 같다!"고 말했다.

러우스의 『2월』 서문[1)]

돌격하는 전사, 순진한 고아, 젊은 과부, 열정적인 여인, 각각의 주의主義를 지닌 신식 공자公子들. 죽은 듯이 움직임이 없는 분위기에서 서로 머리를 맞대고 귀를 기울이며 소곤거리는 구舊사회. 그러나 그것은 마치 거미가 거미줄을 쳐 놓고 날아오르는 나그네들을 한결같이 기다리고 있는 것만은 결코 아니다. 그래서 안정을 추구하는 청년의 눈에는 오히려 불안한 큰 고통으로 변했다. 이 큰 고통은 바로 사회의 불쌍한 양념으로서, 전사나 고아 등의 무리처럼, 무료한 사회에 조금이나마 맛을 넣어 주어 그들이 계속 따분하게 살아갈 수 있도록 하였다.

혼탁한 파도가 치는 바닷가, 언덕에 서 있는 사람은 흩어지는 포말을 상관하지 않고, 파도 타는 사람은 머리가 파도에 젖어도 개의치 않는다. 오직 단정한 옷차림으로 해변을 거니는 사람만이 물방울만 튀면 옷이 젖을까 봐 난처해한다. 이런 두 종류의 사람들을 보면 모두 의아하다는 느낌이 든다. 그러나 책 속의 청년 샤오蕭 군이 바로 이런 상황 속에 처해 있다. 그는 열정을 품고 무엇인가를 매우 이루고 싶어 하지만, 그러나 신중함과 지나친 긍지로 인해 결국 몇 년 동안 안주할 수 있는 곳도 얻지 못했다. 그는 사실 대형 기어gear를 따라 움직이는 작은 톱니바퀴조차 되지 못하고, 그저 외부에서 굴러 들어온 작은 돌덩이에 지나지 않아 몇 번 밀쳐지고 몇 번 소리를 내다가 여불산女佛山——상하이로 밀려났다.

다행스럽게도 그는 그나마 단단하여 기어의 윤활유로 변하지 않았다.

그런데, 석가모니는 한밤중에 깨어나 궁녀들의 잠자는 추태를 직접 보고 나서 바로 출가하였지만, 하우젠슈타인[2]은 취한 후의 구토라고 여긴다. 그러면 샤오 군이 도주하려고 결심한 것은 아마도 위가 약해서 금식했기 때문이 아닌가 싶다. 나는 그 원인이 본래의 체질 때문인지 아니면 전쟁 후에 잠시 생긴 피곤함 때문인지는 아직 알 수 없다.

작가가 우수한 기교를 사용하여 써낸 최초의 원고에서, 나는 근대 청년 가운데 이런 전형적인 인물을 보았다. 주변에서 마주치는 인물들도 모두 생동적이어서 이에 대한 약간의 인상을 묘사하여 서문으로 삼는다. 아마 명민한 독자라면 마땅히 나보다 얻는 것이 많을 것이다. 또한 읽으면서 생기는 이질감과 동감으로 자신의 모습을 비추어 볼 수 있지 않겠는가? 이는 사실 매우 의미 있는 일이다.

1929년 8월 20일 상하이에서, 루쉰

주)

1) 원제는 「柔石作『二月』小引」, 이 글은 1929년 9월 1일 상하이 『조화순간』(朝花旬刊) 제1집 제10호에 발표되었다. 러우스(柔石)에 대해서는 『이심집』 「러우스 약전」을 참고. 『2월』(二月)은 중편소설로 1929년 11월 상하이 춘조서국에서 출판하였다.

2) 하우젠슈타인(Wilhelm Hausenstein, 1882~1957). 독일의 예술사가. 여기서는 그의 석가모니에 대한 해석을 인용했다. 그의 『예술과 사회』 「인도의 사회와 예술」을 보라.

『어린 피터』 번역본 서문[1]

이 연작 동화 6편은 본디 일본의 하야시 후사오[2]의 번역본(1927년 도쿄 교세이가쿠曉星閣 출판)이며, 역자에게 일본어를 배우게 할 목적으로 내가 선택한 것이다. 차츰 배워 나가는 김에 한 편씩 순서에 따라 번역을 진행하여, 결국 중국어 책이 한 권 완성됐다. 그렇지만 일반적으로 외국어를 배울 때, 학습한 지 얼마 되지 않아 동화를 선택하는 것은 잘못이라고 생각하지는 않지만, 다만 처음부터 번역에 착수하는 것은 적절하지 않은 점이 꽤 있다고 생각한다. 왜냐하면 자칫 원문에 얽매이게 되어 의역하지를 못해서 독자들이 읽기 힘들게 만들기 때문이다. 이 번역본도 처음에는 그 폐단이 많이 드러났다. 그래서 내가 교열할 때 상당히 과감하게 손을 보아 제법 매끄럽게 되었다.—그러니까 이 말은 만일 이로 인해 적절치 못한 곳이 생기면 그건 교열자의 책임이라는 의미이다.

작자 헤르미니아 추어 뮐렌(Hermynia Zur Muehlen)[3]은 이름으로 보면 독일인이나 오스트리아인 같은데, 나는 그녀의 경력을 모르겠다. 같은 역자인 하야시 후사오가 번역한 같은 작가의 다른 동화 『진리의 성城』

(난소쇼인南宋書院 출판, 1928년) 서문에 의하면 헝가리 출신의 여류작가로서 지금은 오직 독일에서 활동하고 있는 듯하며, 모든 전투적이며 과학적인 사회주의 간행물——특히 전적으로 청년과 소년을 위해 마련한 페이지에서는 늘 그녀의 이름을 볼 수 있다. 작품 수도 많고, 치밀한 관찰과 견실한 문장으로 참된 사회주의 작가라 부를 만하고, 또 그녀가 세계적으로 유명한 것은 그 독창적인 동화 때문이라 일컬어진다.

말할 것도 없이, 작가의 본의는 노동자의 아이들이 읽도록 하는 데에 있다. 하지만 중국에 들어오면 결과가 달라진다. 가장 큰 이유는 노동자의 아이들은 교육을 받을 기회가 주어지지 않아서, 그 네모난 글자와 격자 무늬의 문장을 모르기 때문이다. 또 책을 살 돈이 없다든가 읽을 겨를이 없다는 점은 말할 나위가 없으니, 그들은 이 책과는 아무런 인연이 없다. 그리고 설사 교육을 받은 아이의 눈에도 그 결과는 역시 다른 나라와 같지는 않을 것이다. 왜 그런가? 첫째로 역시 문장이 문제인데, 이 책의 다섯번째 이야기에서 풍자적으로 전개되는 이야기 방식의 결점[4]이 중국어 번역본의 경우에는 전편에 모두 해당된다. 둘째로, 앞의 네 편의 이야기는 탄갱과 삼림과 유리공장과 염색공장이 배경이니, 대다수의 독자는 잘 알지 못하는 세계라서 선명한 인상을 남길 수가 없다. 셋째로, 작자가 '참된 사회주의 작가'로 인정받는 이유를 이 작품 중 "모든 사람에게 생존권이 있다" (제2편), "모든 것은 전투에 의하여 획득된다"(제6편의 말미) 등의 주장을 통하여 엿볼 수 있으리라고 생각되는데, 다만 거기에 동화라는 의상이 입혀져 있기 때문에 얼룩덜룩한 피와 땀이 어느 정도 가려지고 있다. 더욱이 중국에는 이런 종류의 동화는 극소수 드문드문 나와 있을 뿐이며, 이를 떠받쳐 주는 읽을 거리도 없는 실정이다. 다시 말하면 제5편에 나오는 은으로 만든 찻주전자 이야기는 너무나 섬세하고 자질구레하며 게다가 여성적인 색채를 띠고 있어서 지금의 중국에서는 공감을 부를지 모르지만, 실은 마땅히 무시되어야 한다. 넷째로, 이야기에 나오는 물건이 구미에선 흔한 것이지만 중국에서는 중산계급이라도 좀처럼 구경할 수 없는 것들이다. 스토브도 그 하나이며, 플라스크와 컵, 요컨대 목이 가늘고 배가 불룩한 유리병과 둥글고 홀쭉한 유리컵 등은 우리 형편에선 서양 요리점의 테이블과 기선의 2등 선실에서나 볼 수 있다. 또 파설초破雪草도 우리에게 낯익은 식물은 아니다. 있기는 있으나, 약학책에서 '장이세신'獐耳細辛이라고 부르는데(얼마나 번거로운 이름인가!), 벚나무과의 화초이며, 잎에 털이 있고, 겨울이 끝나 갈 무렵에 흰색 또는 담홍색의 작은 꽃을 피우고 '겨울이 머잖아 끝난다는 좋은 소식'을 가져온다. 일본에서 '설할초'雪割草라 부르는 바로 그것이다. 파설초는 일본 이름의 의역이다. 전에 『연분홍 구름』[5]에서 사용한 것을 여기에도 그대로 사용했다. 예스러운 '장이세신'보다는 나을 듯하다.

요컨대 이 작품이 일단 옮겨짐으로 해서 작자가 의도했던 효과가 대폭 줄어들게 된다. 만약 굳이 그 의미를 찾는다고 하면, 기껏해야 성인이 되어도 갓난아기의 마음을 잃지 않는 사람, 또는 비록 노동의 경험은 없지만 근로 대중의 일을 잊지 않는 사람들에게 한번 읽게 하거나, 혹은 세계문학에 두루 관심 있는 사람들에게 현대의 노동자 문학엔 이런 작가도 있으며, 이런 작품도 있다는 걸 보고하는 정도가 고작일 것이다.

원역본에 있는 게오르게 그로스(George Grosz)[6]의 삽화 6매도 그대로 전재했다. 다만 여러 번 거듭한 복제와 중국 제판 기술의 미숙함 및 제판자의 무책임에 의하여 원작의 좋은 점이 거의 다 상실되어 ―특히 두번째 그림—헛된 명목만의 소개로 끝났다. 그로스는 독일인이며, 본디 다다파(Dadaismus)의 한 사람이었는데 후에 좌익으로 변했다. 헝가리의 비평가 마차(I. Matza)[7]에 의하면 그의 예술은 내용, 즉 사상이 있는데, 다다이즘의 굴레에 얽매이지 않은 결과라 한다. 유럽대전에서 독가스가 전장에 등장했을 때, 그는 십자가에 달린 그리스도의 입에 가스 마스크를 씌운 풍자화를 그려서[8] 한바탕 비난을 받았다. 이건 유명한 이야기로 지금도 기억하고 있는 이가 많다.

1929년 9월 15일, 교열을 마치고

주)

1) 원제는 「『小彼得』譯本序」, 이 글은 1929년 11월 상하이 춘조서국에서 출판한 『어린 피터』(小彼得)의 중국어 번역본에 처음으로 실렸다. 『어린 피터』의 원명은 『어린 피터의 친구들이 한 이야기』로 쉬샤(許霞; 즉 쉬광핑)의 번역을 루쉰이 교정했다. 「석탄 이야기」, 「성냥갑 이야기」, 「물병 이야기」, 「모포 이야기」, 「쇠 주전자 이야기」, 「파설초 이야기」 등 6편으로 구성되어 있다.
2) 하야시 후사오(林房雄, 1903~1975). 일본 작가, 일찍이 일본 무산계급문예연맹과 전일본무산자예술연맹에 참가했으나, 1930년 체포된 후에 '전향' 성명을 발표하고 천황제와 군국주의를 옹호했다.
3) 헤르미니아 추어 뮐렌(Hermynia Zur Mühlen, 1883~1951). 독일 여류작가. 비엔나에서 출생했고 어린 시절에는 부친을 따라 동유럽의 여러 국가를 돌아다녔다. 그녀는 노동자 생활에 익숙했고, 독일 프롤레타리아계급 문학 활동에 참여했다. 1933년 독일 나치당의 압박으로 장기간 외국에 망명했다. 그녀의 작품은 『어린 피터』(*Was Peterchens Freunde erzählen*, 1921)와 본문에 나온 『진리의 성』(*Das Schloß der Wahrheit*, 1924) 외에 『장미』(*Der Rosenstock*, 1922), 『융단직공 알리』(*Ali, der Teppichweber*, 1923) 등이 있다.

4) 『어린 피터』의 다섯번째 이야기는 「쇠 주전자 이야기」이다. 성냥갑과 물병이 이야기를 하는데, 피터는 전혀 알아듣지 못한다. 곁에서 쇠 주전자가 참견하며, 외국어나 '제도'니 '자본주의'니 하는 용어를 쓰지 말고, 어린이가 알아들을 수 있는 말로 이야기하도록 주의를 준다.

5) 『연분홍 구름』(Облако Персикового Цвета, 桃色的雲)은 러시아 예로센코(Василий Яковлевич Ерошенко)가 쓴 동화극. 루쉰의 중국어 번역본은 1923년 7월 베이징의 신조사에서 출판되었다.

6) 게오르게 그로스(George Grosz, 1893~1959). 독일의 풍자화가, 디자이너. 1933년 미국으로 이주했다.

7) 마차(Ivan Matza, 1893~1974). 헝가리 문예비평가로 체코에서 살았다. 1923년 소련으로 이주하여 예술이론 교육과 연구 작업에 종사했다. 그의 그로스에 대한 평론은 그가 쓴 『현대 유럽의 예술』(펑쉐펑馮雪峰의 중역본이 1930년 6월 상하이 대강서포에서 출판됨)을 보라.

8) 그로스가 1923년에 그린 「예수 수난상」을 지칭한다. 1925년에 그는 「자본계급의 거울」을 그려서 독일 당국으로부터 심문을 받았다.

부랑배의 변천[1)]

공자孔子나 묵자墨子도 모두 현 상태에 불만을 품고 개혁하려 했다. 그런데 그 첫걸음은 군주를 설득하여 움직이게 하는 데 있었고, 군주를 굴복시키려 사용한 도구는 모두 '천'天[2)]이었다.

공자의 제자들은 유儒였고, 묵자의 제자들은 협俠이다.[3)] "유儒는 부드럽다는 뜻"[4)]이니, 당연히 위험할 리가 없다. 그렇지만 협은 지나치게 올곧아서 묵자의 말류末流들은 심지어 '죽음'[5)]을 최종적 목적으로 삼기에 이르렀다. 후에 와서 정말 올곧은 이들은 점차 다 죽어 버리고 교활하게 행동하는 협객들만 남았으며, 한나라 때의 대협객들은 이미 제후나 권세가와 결탁하여[6)] 위급할 때에 호신부로 이용하려 대비했다.

사마천은 "유儒는 글로써 법을 어지럽게 하고, 협은 무로써 금기를 범한다"[7)]고 말했다. '어지럽게' 하거나 '범하는' 것은 결코 '뒤집어엎는'叛 것이 아니며, 그저 소란을 피우거나 보잘것없는 소동을 일으킨 데 불과하다. 하물며 '다섯 제후'[8)]와 같은 권력자가 있음에랴.

'협'이라는 말이 점차 쇠약해지자 강도가 흥기했다. 그러나 그들도 협객과 같은 부류로서 그들의 기치는 "하늘을 대신하여 도를 행한다"는 것이었다. 그들은 천자가 아니라 간신을 반대했고 장군이나 대신이 아니라 평민을 약탈했다. 이규가 사형장을 들이칠[9] 때 선두에 서서 큰 도끼로 찍으면서 나아갔는데 찍힌 사람들은 오히려 구경꾼들이었다. 『수호』水滸에서는 아주 명백하게 말하고 있다. 천자를 반대하지 않았기 때문에 대군이 다다르자 그만 초안招安을 받아들이고 나라를 위해 다른 강도 ― "하늘을 대신하여 도를 행하지" 않는[10] 강도를 치러 갔다고. 결국은 노예였던 것이다.

만주족이 중국을 침략해 들어오자, 중국은 점차 굴복했고, '협객의 기풍'이 있는 사람들까지도 다시는 감히 탈취할 마음을 일으키지 못하고, 감히 간신을 꾸짖지 못하고, 감히 직접 천자를 위하여 충성을 다하지 못하게 되었다. 그리하여 한 명의 높은 관리나 흠차대신[11]을 따르면서 그를 호위하거나 그를 대신해서 도적을 체포했다. 『시공안』[12]에 아주 명백히 쓰여져 있으며, 『팽공안』[13]이나 『칠협오의』[14] 따위들이 지금까지 사라지지 않고 있다. 그들은 출신이 청렴하고 전력도 흠잡을 데가 없다. 비록 흠차대신보다는 낮은 신분이지만 필경 평민보다는 높기 때문에, 한편으로는 당연히 위의 명령에 따라야 했지만, 평민들에 대해서는 대단히 거들먹거릴 수가 있어서 신분의 안전도가 증가되었고 이에 따라 노예근성도 더욱 심해졌다.

그런데 도적노릇을 하자면 관병들에게 얻어맞고, 도적을 체포하는 노릇을 하자면 강도에게 맞게 된다. 매우 안전한 협객노릇을 하자면 어느 쪽도 마땅하지 않았다. 이리하여 부랑배가 나왔다. 그들은 스님이 술을 마시면 가서 두들겨주고, 남녀가 간통하면 와서 붙잡기도 하고, 사사로이 매음을 하거나 물건을 팔면 와서 모욕을 주었다. 그것은 풍기를 유지하기 위해서였다. 그들은 조계지의 규정을 모르는 시골사람을 보면 업신여기고 모욕했는데, 그것은 무지를 경멸하기 때문이다. 그들은 단발한 여인에게는 욕설을 퍼붓고 사회의 개혁자를 증오했는데, 그것은 질서를 소중히 여기기 때문이다. 그들은 전통이라는 배경을 등에 업었고 적수들도 또한 대단한 강적이 아니었으므로 그 사이에서 거드름을 피울 수 있었다. 지금 나오는 소설들 중에는 아직 이런 전형을 그린 것이 없는데, 『꼬리 아홉 개를 가진 거북』[15]에 나오는 장추곡章秋穀이 자기가 기생을 못살게 군 것은 기생이 바가지를 씌우거나 재물을 뜯어내기 때문에 벌을 주는 것이라고 생각했다는 따위의 서술만이 이와 좀 비슷한 것이리라.

현 상태에서 좀더 타락하게 된다면 아마 이런 부류의 인간이 문예작품의 주인공이 될 것이다. 나는 '혁명적 문학가' 장쯔핑[16] '씨'의 근작을 기다리고 있다.

주)

1) 원제는 「流氓的變遷」, 이 글은 1930년 1월 1일 상하이에서 발간한 『맹아월간』(萌芽月刊) 제1권 제1호에 처음 발표되었다.

2) '천'(天). 유가(儒家)나 묵가(墨家)의 저서들에 나오는 이른바 '천명'(天命), '천의'(天意)를 지칭한다. 예를 들면 『논어』 「계씨」(季氏)에서는 "군자는 세 가지를 두려워한다. 즉 천명을 두려워하고 대인을 두려워하고 성인의 말을 두려워한다"(君子有三畏, 畏天命, 畏大人, 畏聖人之言)라고 했으며, 『묵자』 「천지」(天志)에서는 "천의를 따르는 자는 서로 사랑하고 서로 도우므로 반드시 상을 받으며 천의를 어기는 자는 서로 미워하고 서로 해치므로 반드시 벌을 받는다"(順天意者兼相愛, 交相利, 必得賞. 反天意者別相惡, 交相賊, 必得罰)라고 했다.

3) 묵자(墨子, B.C. 468~376). 이름은 적(翟), 춘추전국시대 노(魯)나라 사람. 묵가학파의 창시자. 그의 언행을 제자 및 후학들이 모아서 『묵자』에 삽입했다. 묵자의 제자들은 대부분 무예를 숭상하였다. 묵자가 죽은 후 그의 학파는 분화가 생겼으며 송견(宋鈃), 허행(許行) 등을 대표로 하는 정통파들은 진·한대에 와서 유협(遊俠)으로 변하였다.

4) 이 말은 허신(許身)의 『설문해자』(說文解字)에 나온다. "유는 유순하다는 뜻으로, 술사(여기서는 전문적으로 장례에 관한 일을 맡아 보는 사람을 지칭)에 대한 칭호이다."(儒者, 柔也, 術士之稱)

5) 이른바 "그 말에는 믿음이 있고, 그 행동에는 결과가 있으며, 언약한 것은 반드시 성실히 실천하고 그 몸을 아끼지 않는다"(其言必信, 其行必果, 已諾必誠, 不愛其軀. 『사기』「유협열전」에 나옴)고 하는 일종의 협(俠)의 정신이다. 이런 방랑협객들은 종종 자기를 감싸주는 권세가들을 위해 살아갔다. "선비는 자기를 알아주는 사람을 위해 죽는다"(士爲知己者死)는 것이 그들의 도덕관념이다.

6) 한나라 때의 대협객들은 대부분 권세가들과 결탁했다. 예컨대 『한서』「유협전」에는 다음과 같은 기록이 있다. 진준(陳遵)은 "장안에 살았는데 여러 제후의 측근들이나 존귀한 친척들이 모두 그를 존대했다. 지방의 벼슬아치로 부임할 때나, 여러 군(郡)의 호걸들이 경사(京師; 수도)에 오면 꼭 그의 집을 방문하지 않는 자가 없었다."

7) "유는 글로써 법을 어지럽게 하고, 협은 무로써 금기를 범한다."(儒以文亂法, 而俠以武犯禁) 이 말은 『한비자』(韓非子) 「오두」(五蠹)에 있는 말인데 사마천도 『사기』「유협열전」에서 이 말을 인용했다.

8) '다섯 제후'(五侯). 한나라의 성제(成帝; 즉 류오劉驁) 하평(河平) 2년(B.C. 27)에 외척 왕담(王譚), 왕봉시(王逢時), 왕근(王根), 왕립(王立), 왕상(王商) 등 다섯 형제를 같은 날에 제후로 봉해서, 당시에 그들을 '다섯 제후'라고 했다. 『한서』「유협전」에 따르면 '다섯 제후'들은 많은 유자(儒者)와 협객들을 비호했는데 그중에서 대협객인 루호(樓護; 즉 군경君卿)가 제일 신임을 받았으며 '다섯 제후의 상객(上客)'이었다.

9) "이규(李逵)가 사형장을 들이치다". 이규는 『수호전』에 나오는 주인공 중 하나로, 120회본 『수호전』 제40회에 있다.

10) 『수호전』(水滸傳)은 원말명초에 시내암(施耐庵)이 쓴 작품으로, 북송(北宋) 시기에 송강(宋江)이 영도한 농민봉기군을 소재로 한 장편소설이다. 그 내용 중에 송강이 조정의 초안을 받은 다음 방랍(方臘) 등 농민봉기군을 진압한 부분이 있다. "하늘을 대신하여 도를 행한다"는 것은 송강이 내건 기치이다.

11) 흠차대신(欽差大臣). 특정한 중대 사건을 해결하기 위해 황제를 대신하여 파견된 관리, 혹은 외교상의 공사나 대사.

12) 『시공안』(施公案). 청대의 공안소설(公案小說; 재판이나 의협적인 사건에 관한 이야기가 주된 내용의 소설). 모두 97회로 되어 있으며 저자는 미상이다. 내용은 강희 연간에 시

사윤(施仕倫)이 장두(江都; 장쑤성 장두현)의 지현에서 조운총독(漕運總督; 수상운송을 총괄하는 관리직)을 담당하는 기간 동안 황천패(黃天霸; 녹림인물로 강희황제를 도왔다고 알려짐)가 시사윤을 위해 송사를 해결하는 이야기로 1838년에 출판되었다.

13) 『팽공안』(彭公案). 청대의 공안소설. 탐몽도인(貪夢道人)의 작품으로 모두 100회이다. 강희 연간에 한 무리의 강호 협객들이 싼허(三河; 현재의 허난성 중북부의 도시)의 지현 팽붕(彭鵬)을 위해 사건을 해결하는 이야기로, 1891년에 출판되었다.

14) 『칠협오의』(七俠五義). 원명은 『삼협오의』(三俠五義)로 청조 때의 협객소설. 석옥곤(石玉昆)이 지었다. 입미도인(入迷道人)이 수정 편찬한 것으로 되어 있으며, 모두 120회로 되어 있다. 1879년에 출판되었으며 후에 유월(兪樾)이 수정하여 1889년에 재판을 펴내면서 『칠협오의』라고 개명했다. 전반부는 포증(包拯, 999~1062; 송대 사람으로 진사에 합격한 후 감찰어사를 지냈다. 청렴결백한 관리이자 외압에 굴하지 않고 백성들의 어려움을 해결한 관리로 알려져 있음)이 사건을 심리한 이야기가 주 내용이고 후반부는 주로 강호협객들이 활동한 이야기이다.

15) 『꼬리 아홉 개를 가진 거북』(九尾龜). 장춘범(張春帆)이 지은 기생 생활을 묘사한 소설로 1910년에 출판되었다.

16) 장쯔핑(張資平, 1893~1959). 광둥성 메이(梅)현 출신으로서 창조사의 초기 구성원이었으며 삼각연애소설을 많이 썼다. 혁명문학에 관한 논쟁 때는 자칭 '방향을 전환했다'고 했으며 항일전쟁 때에는 왕징웨이(汪精爲)의 친일 정부에서 근무했다. 루쉰은 장쯔핑이 '방향전환'을 통해 혁명문학을 추구한다는 점을 풍자한 것이다.

신월사 비평가의 임무[1)]

신월사의 모 비평가[2)]는 조소와 욕설을 매우 증오한다. 그러나 오로지 조소와 욕설만 하는 부류의 사람들에 대해서만은 조소하고 욕설을 퍼붓는다. 신월사의 모 비평가는 현 상태에 대하여 불만을 품고 있는 사람들을 매우 못마땅하게 생각한다. 그러나 한 가지, 즉 아직도 현 상태에 대하여 불만을 품은 사람이 있다는 점에 대해서만은 불만을 품고 있다.

이것은 아마 "바로 그 사람의 도로써 그 사람의 몸을 다스린다"[3)]는 것으로 눈물을 자아내며 치안을 유지한다는 뜻일 것이다.

예를 들어 사람을 죽이는 것은 부당한 일이다. 그러나 '살인범'을 죽인 사람도 역시 사람을 죽인 것이지만 어느 누가 그를 그르다고 하겠는가? 사람을 때리는 것도 부당한 일이다. 그러나 대감마님이 다른 사람을 구타한 범인의 볼기를 치라고 했을 때 조예[4)]들이 다섯 대에서 열 대의 곤장을 때린다고 해서 그것을 범죄라고 할 수 있겠는가? 신월사의 비평가도 조소하고 욕설을 퍼부으며 불만을 품지만, 유독 그만은 조소하고 욕설을 퍼부으며 불만을 품고 있다는 죄악으로부터 초연할 수 있는 것은 바로 이런 이치라고 나는 생각한다.

그러나 전례대로 망나니와 조예들은 이렇게 치안을 유지하는 임무를 수행하였으니, 사회적으로 다소 위엄을 보일 것이며, 심지어는 허풍을 좀 치며 보통 백성들 앞에서 위풍을 떨친다 해도 무방하다. 그것이 치안에 크게 방해되지만 않는다면 장관 나리들도 짐짓 눈감아 줄 것이다.

지금 신월사의 비평가가 이렇게 애써 치안을 유지하고 있지만, 바라는 것이 '사상의 자유'[5]에 지나지 않으며 그것도 그저 생각해 보는 데 그치고 절대 실현될 수 없는 사상이다. 그런데 천만뜻밖에도 다른 한 가지 치안유지법[6]이 나와서 이제는 생각해 보는 것도 허용되지 않게 되었다. 그러니 앞으로는 아마도 두 종류의 현 상태에 대하여 불만을 품어야 할 것이다.

주)______

1) 원제는 「新月社批評家的任務」. 이 글은 1930년 1월 1일 잡지 『맹아월간』 제1권 제1호에 처음 발표되었다.

2) 신월사의 비평가란 량스추(梁實秋)를 말한다. 그는 월간잡지 『신월』 제2권 제5호(1929년 7월)에 발표한 「비평의 태도에 대하여」(論批評的態度)에서 이른바 "'엄숙한' 비평"을 제창하면서 "유머적인 풍자문장"은 "거친 절규"라고 공격했으며 "현 상태에 불만을 품은" 청년들은 "각박한 언사로 몇 마디 빈정댈 줄밖에" 모른다고 질책했다.

3) "그 사람의 도로써 그 사람의 몸을 다스린다"는 말은 송 주희(朱熹)의 『중용집주』(中庸集註)에 보인다.

4) 조예(皂隸). 봉건시대 관청에서 일하는 역졸들.

5) 당시 신월파는 '사상의 자유'를 제창하였다. 예컨대 량스추는 『신월』 제2권 제3호(1929년 5월)에 발표한 「사상통일을 논함」(論思想統一)에서 "우리는 사상의 통일을 반대하며 사상의 자유를 요구한다"고 했다. 그들은 부르주아계급의 민주주의적 입장에서 이런 주장을 제기하였다.

6) 다른 한 가지 치안유지법이란 국민당의 사상통제를 말한다. 당시 신월파가 요구하는 '사상의 자유'도 허용되지 않았다. 예를 들면 후스는 1929년 『신월』에 「인권과 단속」, 「이해하기도 어렵거니와 실천하기는 더 쉽지 않다」는 등의 글을 발표하였는데 국민당 당국은 그가 "당의 주의를 비평하였고", "총리를 모독하였다"고 하면서 교육부가 후스에 대해 '경고'할 것을 결의했다.

서적과 재물과 여인[1)]

올해 상하이에서 듣자 하니, 전문적으로 어린이들만을 상대로 하는 막대사탕이 있는데, 열에 아홉은 도박성을 지니고 있다 한다. 동전 하나를 내고 한 가지 절차를 거치면 동전 하나 이상의 사탕을 얻을 수 있는 희망이 생긴다. 그러나 학생을 전문적으로 상대하는 서점에서 주는 희망은 더 크고 많다. 이는 그 상대가 학생이기 때문이다.

서적을 정가로 판매하고 '할인가'라는 악습을 없애는 일은 베이징의 신조사——베이신서국[2)]에서 시작했다. 그후 상하이의 많은 서점에서 모방하였다. 무릇 그때는 개혁의 추세가 한창 흥성하고 있을 때라서, 거래하는 쌍방이 모두 개선의 의지가 있는 사람(문화를 소개하는 것을 서점의 역할이라고 자처하는 것을 오늘날의 광고에서 볼 수 있다)이라 여겨서 허위 가격을 먼저 정하고 다시 할인하여 서로 속이는 수단을 쓸 필요가 없다고 생각했다. 하지만 마작을 세계에 전파한 것을 자랑스럽게 생각하는 국민은 이런 간단명료하면서 의외의 이익을 얻을 수 없는 방법은 끝내 억제하지 못했다. 그래서 나쁜 버릇이 또 나타났다. 처음에는 작은 시도로 브로마이 드를 증정하기 시작했다. 이어서 할인을 시작하여 10%에서 50%까지 했는데, 이 역시 오래 할 수 있는 방법이 아니었다. 항상 일정한 시기와 이유가 있어서, 학교 개학일이나 본 서점 개업 1년 반 기념일 같은 때뿐이다. 좀더 다양하게 하는 곳은 스타킹도 증정하고 아이스크림도 주고, 십여 가지 보물이 들어 있는 비단주머니까지 증정하는데, 그 가치를 따질 수 없을 정도였다. 현실적으로는 매우 적절하지만 확실히 놀라운 것은, 1년치 신문을 신청하거나 책 몇 권을 사면 '권학 장학금' 100위안 또는 '유학 경비' 2,000위안을 얻을 수 있는 기회를 주는 것이다. 상하이의 서양거리에서 하는 '룰렛'[3]은 딴 사람에게 돈을 준다. 가장 많이 주는 경우도 1위안 당 36위안을 지불할 뿐이어서 책을 사는 것만 못하니, 크디큰 '희망'과는 아주 멀리 떨어져 있는 셈이다.

우리의 조상이 "책 속에 황금으로 된 집이 있도다"라고 말한 적이 있는데, 지금 바로 점차 실현되고 있다. 그러나 그 뒤 문구는 "글 가운데 옥과 같은 여인이 있도다"[4]인데 어떨는지?

신문 부록으로 보낸 화보에 무엇 때문에 '여고 우등생'과 '여인이 나무 아래에서 독서'하는 사진 같은 것을 실었는지 모르겠지만, 이것은 별도로 따져 본다 해도, 1위안어치의 책을 사면 나체 화보를 증정하는 수작을 부리는데, 이는 분명 책 속에 '옥 같은 얼굴'이 있음을 알려 주는 한 예이다. 의학적으로 '부인과'라는 전문 분야는 없지만, 문예에서 '여류작가'를 다른 한 부류[5]로 분류하는 것은 아무래도 체질의 차별을 남용한 듯하고 조금 특별하다는 느낌이 들게 한다. 그렇지만 제일 노골적인 것은 장징성[6] 박사가 개장한 '미美의 서점'이다. 이전에는 서점 문 앞에 피부가 하얗고 젊은 여점원 두 명이 멍하니 서 있는데, 책 사는 고객들이 여점원에게 "『제3

종의 물』 나왔어요?" 등과 같은 질문을 할 수 있다. 일거양득이다, 예쁜 얼굴도 보고 책도 사고. 아쉽게도 '미의 서점'은 폐쇄됐다. 이에 장박사도 원래의 계획과 방향을 바꾸어 『루소 참회록』[7]을 번역하였다. 장박사의 이러한 상업적 정신이 결국 중도에 쇠약해져 버렸으니 한탄스러운 바이다.

서적 판매의 앞날이 계속 소침해진다면, 내 생각에는 그래도 여점원을 고용하여 여류작가의 작품과 사진을 판매하고, 여전히 경품추첨행사를 하면서 구매자에게 다시 '권학' 및 '유학' 경비라는 희망을 주는 게 좋다.

주)______

1) 원제는 「書籍和財色」, 1930년 2월 1일 『맹아월간』 제1집 제2호에 처음 발표되었다.
2) 신조사(新潮社). 1918년 말 베이징대학 일부 학생과 교원이 구성한 문화단체로, 주요 구성원은 푸쓰녠(傅斯年), 뤄자룬(羅家倫), 양전성(楊振聲)과 저우쭤런 등이다. 1919년 1월 『신조월간』 창간, 이듬해 8월부터 '신조총서' 출판, 1923년부터 '신조사 문예총서' 출판. 베이신서국(北新書局). 1925년 3월 베이징에서 창립, 신조사 구성원이었던 리샤오펑이 주관했으며, 주로 신문예 서적을 출판하였다.
3) '룰렛'은 유럽의 카지노에서 하는 도박의 한 종류, 당시 상하이 조계지에서 성행했다.
4) 송나라 진종(조항趙恒) 황제가 쓴 「권학문」(勸學文)에 전한다. 내용은 "공부! 공부! 공부! 책 속에 황금으로 된 집이 있도다. 공부! 공부! 공부! 책 속에 얼굴이 옥과 같은 여인이 있도다"이다.
5) 장뤄구(張若穀)가 편집한 『여작가 잡지』를 의미하는데, 1929년 9월 상하이 여작가잡지사에서 출판했다.
6) 장징성(張競生, 1888~1970). 광둥 라오핑(饒平) 사람, 프랑스 파리대학 철학박사, 베이징대학 교수를 지냈다. 저서로는 『미(美)의 인생관』, 『미의 사회조직법』 등이 있다. 1926년부터 상하이에서 『신문화』 월간 편집을 맡았다. 1927년 미의 서점(美的書店; 얼마 후 바로 폐쇄)을 개설하여 성문화를 홍보하였다. 미의 서점은 그가 쓴 『제3종의 물』이라는 소책자를 출판했는데, '제3종의 물'(第三種水)은 여성의 애액을 가리킨다.
7) 루소가 1778년에 쓴 자서전 체제의 소설. 장징성은 이 책의 1, 2부분을 번역했고, 1929년 상하이 '미의 서점'에서 출판했다.

나와 『위쓰』의 처음과 끝[1]

내가 비교적 오랫동안 관계를 맺고 있는 간행물은 아마도 『위쓰』라고 할 수 있을 것이다.

아마 이것도 원인 중에 하나라고 생각되는데, '정인군자'들의 간행물[2]에서는 일찍이 나를 '위쓰파의 주장'으로 봉封해 주었고, 급진적인 청년들이 쓴 문장에서조차 지금까지 나를 『위쓰』의 '지도자'라고 말하고 있다. 작년, 루쉰에게 욕설을 퍼붓지 않으면 자신을 몰락으로부터 건져 낼 수 없었던 그 시기에, 나는 익명씨가 보내준 간행 중인 잡지 『산우』山雨 두 권을 받았다. 펼쳐 보니 거기에 짧은 글이 한 편 실렸는데, 대의인즉슨 나와 쑨푸위안 군이 베이징에 있을 때, 천바오사晨報社의 억압을 견디지 못하여 『위쓰』를 창간하였는데, 자신(루쉰을 지칭)이 편집자가 된 지금에 와서는 타인의 원고 뒤에 편집자의 말을 마음대로 달아서 원래의 의미를 왜곡하여 다른 저자들을 억압하고 있다는 것이었다. 그러나 쑨푸위안 군은 절대로 옳은 견해를 가지고 있으므로 이후에는 루쉰이 푸위안의 말을 들어야 한다고 하였다.[3] 그 글은 다른 필명을 사용했지만 듣자 하니 장멍원[4]

선생의 대작이라고 한다. 보기에는 한 무리의 사람들이 모인 듯하지만, 실제로는 한두 사람뿐이다. 지금은 이런 일이 자주 있다.

물론 '주장'主將이나 '지도자'指導者란 결코 나쁜 칭호가 아니며 천바오사의 압박을 받은 것도 치욕이라고 할 수는 없고, 늙은이로서 젊은 사람에게 가르침을 받는다는 것은 더욱 진보하였다는 좋은 현상이므로, 거기에 무슨 더 할 말이 있겠는가. 그러나 '뜻하지 않은 영예'[5]란 '뜻하지 않은 비난'과 마찬가지로 거북스럽다. 만일 평생 한 명의 병사나 반 명의 졸병도 거느려 보지 못한 사람을 보고 어떤 사람이 "당신은 정말 나폴레옹 같습니다!" 하고 지나치게 칭찬한다면, 장래에 군벌이 되고자 하는 영웅의 뜻을 품었다 하더라도 그렇게 흐뭇하지는 않을 것이다. 내가 결코 '주장'이 아니라는 것은 재작년에 이미 변명한 적이 있으므로——비록 효과는 극히 미미한 듯하지만——이번에는 내가 종래로 천바오사의 억압을 받지 않았다는 것과 『위쓰』를 창간한 것은 쑨푸위안 선생과 나 두 사람이 아니란 것을 몇 마디 쓸 작정이다. 그 잡지를 창간한 공로는 쑨푸위안 한 사람에게 돌려야 한다.

그때 쑨푸위안은 『천바오 부간』[6]의 편집자였고 나는 그의 개인 부탁을 받고 드문드문 기고하는 사람이었다.

그런데 내가 기고한 글이 많지 않았기 때문에, 어떤 사람들은 나는 특별기고자여서 투고를 적게 하든 많이 하든 매달 삼사십 위안의 보수를 받는다는 소문을 퍼뜨렸다. 내가 들은 바에 의하면, 천바오사는 확실히 그런 특수한 고급저자가 있는 듯했지만, 나는 그 속에 들지 못했다. 단 우리는 이전에 스승과 제자師生 관계——나의 망령을 용서해 주기 바란다. 잠시 이 '사생'이라는 두 글자를 사용하겠다——여서인지 제법 우대를 받은 듯하다. 즉 첫째로 원고를 보내면 빨리 실어 주었고, 둘째로 일천 자당 2위안 내지 3위안씩 되는 원고료를 월말이 되면 대체로 틀림없이 받을 수 있었으며, 셋째로 짤막한 잡감도 때로는 원고료를 보내 주었다. 그러나 이런 훌륭한 상태가 그리 오래가지 못한 듯하고, 쑨푸위안의 자리도 위태롭게 되었다. 그 이유는 유럽에서 새로운 유학생[7] 하나가 돌아왔는데(불행하게도 나는 그의 이름을 잊어버렸다), 그는 천바오사와 관계가 밀접한 사람으로 『천바오 부간』에 대하여 매우 불만스럽게 생각하면서 그것을 개혁하려고 들었기 때문이다. 뿐만 아니라 그는 전투를 위해서 이미 '학자'[8]의 지시를 받고 아나톨 프랑스(Anatole France)[9]의 소설을 읽기 시작하였다.

그때 아나톨 프랑스, 웰스, 버나드 쇼[10]는 중국에서 명성이 대단하여 금년에 싱클레어가 그런 것처럼 문학청년들을 매우 놀라게 하기에 충분했다. 그렇기 때문에 그때는 말하자면 정세가 대단히 위급한 상황이었다. 그러나 그 유학생이 아나톨 프랑스의 소설을 읽기 시작한 시점부터 쑨푸위안이 씩씩거리며 나의 거처로 달려온 것이 몇 달 후였는지 아니면 며칠 후였는지 지금은 확실하지 않다.

"사직했습니다. 더러워서!"

어느 날 밤에 쑨푸위안이 찾아와서 나를 보자마자 한 첫마디가 이랬다. 그것은 본래 예상했던 일로 별로 이상할 것이 없었다. 다음 절차로 나는 당연하게 사퇴하게 된 원인을 물어보았는데 뜻밖에도 그것은 나와 관계가 있었다. 쑨푸위안의 말에 의하면, 그가 외출한 사이에 그 유학생이 활판소에 가서 나의 원고를 빼 버렸기에 말다툼이 생겼고 사퇴하지 않으면 안 될 정도에까지 이르렀다는 것이다. 그러나 나는 분개하지 않았다. 왜냐하면 그 원고란 「나의 실연」이란 제목으로 쓴 세 연밖에 안 되는 풍자

시였기 때문이다. 그것은 그 당시 "아, 아아, 나는 죽겠노라" 하는 따위의 실연을 그린 시들이 유행하는 것을 보고 일부러 "알아서 하라지"라는 말로 끝맺은 것으로 한번 장난을 쳐본 것이었다. 그 시는 후에 한 연을 더 써서 『위쓰』에 실었고, 또 그후에는 『들풀』에 수록했다. 게다가 여태까지 쓰지 않았던 필명을 썼기 때문에 이름을 처음 듣는 저자의 원고를 싣기 꺼려하는 간행물 측에서 힘 있는 자에 의하여 추방되는 것은 당연한 일이었다.

그러나 쑨푸위안이 나의 원고 때문에 사퇴하였다는 데 대해서는 대단히 미안했고 큼직한 돌에 눌린 듯 마음이 무거웠다. 며칠 후에 그가 자신이 간행물을 꾸리겠다고 하였을 때 나는 두말없이 힘껏 '외쳐'[11] 주겠노라고 승낙했다. 기고자는 모두 쑨푸위안이 혼자서 힘을 다해 청했으며, 모두 16명이라고 기억되는데, 그러나 후에 그들이 다 원고를 보내오지는 않았다. 이리하여 광고를 찍어 곳곳에 내다 붙이고 살포했다. 대략 일주일이 더 지나서 자그마한 주간지가 베이징 — 특히 대학들이 있는 부근 — 에 나타났다. 그것이 『위쓰』였다.

그 제목의 유래는, 듣자 하니 몇 사람이 모여 앉아서 손에 잡히는 대로 책을 한 권 빼서 임의로 펼쳐 놓고 손가락으로 글자를 짚어서 그 짚이는 글자를 가지고 지었다고 한다. 그때 나는 그 자리에 없었기 때문에 단번에 『위쓰』라는 이름을 짚어 냈는지 아니면 몇 번 짚어서 이름이 되지 않는 것은 버리고 골랐는지 알 수 없다. 하지만 요컨대 이것만으로도 이 간행물이 일정한 목표가 없으며 통일된 전선이 없다는 것을 알 수 있다. 그리고 그 16명의 기고자들도 서로 견해와 태도가 달랐다. 예를 들면 구제강 교수는 당면 사회문제를 취급하기 좋아하는 『위쓰』의 성격과는 반대되는 '고고학' 원고를 보내왔다. 처음에 어떤 사람들은 아마도 쑨푸위안과의 정분을 생각해서 마지못해 응낙했던 것 같다. 그래서 두서너 번 원고를 보내다가는 '경원하는' 태도를 취하면서 슬그머니 물러나 버렸다. 나의 기억에 의하면 쑨푸위안 자신도 시작부터 오늘까지 겨우 세 편의 글을 썼으며 그 마지막 편은 『위쓰』를 위해 많은 것을 쓰겠다는 선언서였는데 선언서가 나온 후에는 되려 한 글자도 쓰지 않았다. 이리하여 『위쓰』의 고정된 기고자는 겨우 대여섯 명밖에 남지 않았다. 그러나 이와 동시에 의외로 간행물이 일종의 특색을 보이게 되었다. 즉 아무런 구애도 받지 않고 생각나는 대로 이야기하며 새로운 것의 탄생을 촉진하고 새로운 것에 해로운 낡은 사물은 애써 배격하였다.—하지만 그 탄생할 '새로운 것'이 무엇인가에 대해서는 명백한 표현이 없었으며 일단 위기에 봉착했을 때는 일부러 애매한 표현법을 쓰기도 했던 것이다. 천위안 교수가 '위쓰파'를 심히 질책할 때, 우리를 보고 군벌에게는 감히 직접 욕하지 못하면서 붓대를 놀리는 유명인사들만 트집 잡는다고 말한 것은 바로 그 때문이다.[12] 그러나 사실은 우리도 발바리를 욕하는 것이 그 개의 주인을 욕하는 것보다 더 위험하다는 것을 알고 있었다. 애매한 어휘들을 사용한 것은 주구들이 냄새를 맡고 상전 앞에 달려가 공을 세울 때에, 반드시 상세하게 설명을 해야 하고, 노력과 시간이 상당히 들게 만들어서 곧바로 공을 세우지 못하게 하는 것이 좋을 듯했기 때문이다.

주간지를 처음 꾸리기 시작했을 때는 대단히 힘이 들었다. 그때 일을 했던 사람들 가운데는 쑨푸위안을 제외하고, 샤오펑과 촨다오[13]가 있었다고 기억된다. 그들은 모두 솜털도 가시지 않은 젊은이들로, 직접 인쇄소로 달려가서 교정을 보고 잡지를 접고 또 그것을 직접 대중들이 모인 곳에 가지고 가서 팔기까지 하였다. 이것이야말로 늙은이에 대한 젊은이의 교훈이었으며 선생에 대한 학생의 교훈이었다. 이리하여 머리를 좀 짜서 글이나 몇 구절 쓰고 있는 자신이 너무 편안하다는 느낌을 받았으며, 그들을 힘써 따라 배워야겠다고 생각하게 되었다.

그러나 자체적으로 간행물을 내다 판 성과는 그리 좋지 못하다고 들었다. 제일 잘 팔리는 곳은 그래도 몇몇 학교들이었는데 그중에서도 베이징대학이었으며 베이징대학에서도 제1원院(문과)이었다. 이과는 좀 못하였고 법과에서는 거들떠보는 사람이 그리 없었다. 베이징대학의 법과, 정치과, 경제과 출신 중에 『위쓰』의 영향을 받은 학생이 극히 적다는 것은 아마 그리 틀리지 않은 말일 것이다. 『천바오』에 대한 영향이 어떠했는지는 잘 알 수 없지만 타격을 꽤 준 것 같다. 그들이 쑨푸위안을 찾아와서 화해를 하자고 하는 바람에 쑨푸위안은 득의양양해하며 기뻐서 어쩔 줄 몰라했다. 쑨푸위안이 승리자의 웃음을 지으며 나를 보고 이렇게 말하였다.

"정말 속 시원합니다. 그들은 생각지도 못하고 지뢰를 밟은 셈이죠!"

이 말이 다른 사람에게는 무심하게 들릴 것이다. 그러나 나에게는 그 말이 냉수를 끼얹는 것 같았다. 왜냐하면 나는 대번에 그 '지뢰'가 나를 두고 하는 말이라 느꼈기 때문이다. 머리를 짜서 글을 짓는 것이 결국은 남의 시답잖은 갈등 때문에 분신쇄골이 되기 위해서인가 하는 느낌이 들어 속으로 이렇게 생각하였다.

"아뿔싸, 내가 그만 땅속에 묻히고 말았구나!"

이리하여 나는 '방황'[14]하기 시작하였다.

탄정비[15] 선생이 나의 소설집 제목을 가지고 내가 작품을 쓴 경과를 비평한, 극히 교묘하고 간결한 말이 한마디 있다. 그것은 "루쉰은 '외침'으로 시작하여 '방황'으로 막을 내렸다"(대략적 의미)는 것이다. 나는 이 말이 나와 『위쓰』의 시초부터 오늘까지의 관계를 서술했으며 아주 적절하다고 생각한다.

그러나 나의 '방황'은 오래가지 않았다. 그것은 그 당시까지 니체의 『*Zarathustra*』[16]를 읽은 여운이 좀 남아 있었기 때문이었다. 그리하여 나로부터 글을 짜낼 수만 있다면 — 물론 짜내는 것에 지나지 않지만 — 짜내고 내가 '지뢰'를 조금이라도 만들 수만 있다면 만들어 내자는 생각에서 — 비록 뜻밖에 남에게 이용되는 것에 대해서는 며칠 동안 마음이 가라앉지 않았지만 — 의연히 기고하기로 하였다.

그런대로 『위쓰』의 판매량이 점점 늘어났다. 처음에는 기고자들이 인쇄비용까지 부담하기로 하였는데 내가 10위안을 낸 후로는 더 받으러 오지 않았다. 그것은 이미 수지가 맞아떨어졌고 나중에는 흑자가 되었기 때문이다. 이리하여 샤오펑이 '주인'[17]으로 추대되었다. 그러나 그것은 결코 좋은 의미에서의 추대가 아니었다. 그때 쑨푸위안은 이미 『징바오 부간』[18]의 편집이라는 다른 직업이 있었으나, 촨다오는 아직 응석꾸러기 어린아이였기 때문에, 기고자들은 할 수 없이 눈을 자주 깜박거리고 말수가 적은 샤오펑을 내세워 그런 영예를 주었고, 수입으로 한 달에 한 번씩 기고자들에게 식사대접을 하라고 시켰던 것이다. "가지고 싶거든 먼저 주어라"는 방법은 과연 효험이 있었다. 그후로 시장거리의 찻집이나 요리점의 방문 앞에 때때로 '위쓰사'語絲社라고 쓴 나무패를 볼 수 있었고, 멈추어 서서 들으면 빠르고도 떠들썩한 의고현동[19] 선생의 말소리를 들을 수도 있었다. 그러나 그때 나는 연회를 피하였으므로 내부 형편은 조금도 모른다.

비록 투고를 많이 할 때도 있고 적게 할 때도 있었지만 나와 『위쓰』의 연원과 관계는 그저 이러한 데 불과하다. 그러나 이러한 관계는 내가 베이징을 떠날 때까지 지속되고 있었다. 그때까지도 나는 사실상 누가 편집하는지 모르고 있었다.

샤먼에 온 후로는 투고를 매우 적게 하였다. 첫째로는 멀리 떨어져 있다 보니 독촉을 받지 않아서 책임이 가볍게 느껴졌고, 둘째로는 사람이나 지리가 생소한 곳에 온 데다가 학교에서 부딪치는 일이 거개가 염불하는 노파들 식의 입씨름이라 종이와 묵을 낭비할 가치가 없었기 때문이었다. 「로빈슨의 교원생활」이나 「모기가 고환을 무는 데 대하여」와 같은 글을 썼으면 오히려 흥미를 끌지 모르지만 나에게는 그런 '천재'가 없었다. 그래서 자질구레한 글을 좀 보냈을 뿐이다. 그해 세밑에 광저우로 온 후에도 투고를 매우 적게 했다. 첫째 원인은 샤먼에 있을 때와 같은 것이고, 둘째로는 처음에는 사무에 바쁜 데다가 그곳의 형편도 잘 몰랐기 때문이다. 후에 크게 느끼는 바가 있었지만 적들이 지배하고 있는 곳[20]에다 발표할 생각이 없었기 때문이다.

권력자의 칼 밑에서 그의 권위를 칭송하며 그의 적들을 야유하는 것으로 추파를 던지기를 원치 않는 점 또한 '위쓰파'의 한가지 거의 공통적인 태도였다. 그렇기 때문에 『위쓰』가 베이징에서 돤치루이와 그의 발바리들에게 찢기는 것으로부터는 벗어날 수 있었지만, 결국 '장 대원수'[21]에 의하여 금지되었으며 『위쓰』를 발행하던 베이신서국도 동시에 함께 폐쇄명령이 내려졌다. 1927년의 일이었다.

이 해에 샤오펑이 상하이에 있는 나의 거처로 한번 찾아와서 『위쓰』를 상하이에서 인쇄할 것을 제의하면서 나더러 편집을 맡아 달라고 부탁했다. 이왕의 관계 때문에 거절할 수가 없어서 내가 편집을 맡았다. 이때에야 나는 이전의 편집 방법을 알아보기 시작했다. 그 방법은 아주 간단했다. 무릇 구성원들의 원고는 편집자에게 취사의 권한이 없이 오는 대로 다 실어 주며, 그 밖의 투고에 대하여는 편집자가 선택하여 필요에 따라 간혹 삭제도 했다. 그러므로 내가 할 일이란 후자뿐이었다. 구성원들의 원고는 사실상 십중팔구는 직접 베이신서국으로 투고되어 거기서 직접 인쇄소로 갔기 때문에 나는 그것이 인쇄되어 책으로 나온 후에야 볼 수 있었다. 이른바 '구성원'이란 것도 명확한 경계선이 없었다. 초기의 투고자들은 이미 몇 사람 남지 않았으며, 중도에 나타난 사람들은 홀연히 나타났다가 홀연히 나가 버리곤 했다. 『위쓰』는 또 좌절한 인물들의 불평불만에 찬 글을 잘 실어 주었기 때문에, 처음 등장하여 자기의 발표 자리를 찾지 못한 사람이나 다른 단체에서 의견 충돌이 생겨 반격을 가하려는 사람들도 종종 『위쓰』와 잠시 관계를 맺었으며 자기의 목적을 달성한 후에는 말할 것도 없이 덤덤해지고 말았다. 환경이 변함에 따라 의견 차이가 생겨 나가 버린 사람은 더 많았다. 그렇기 때문에 이른바 '구성원'이란 것이 명확한 경계가 있을 수 없었다. 재작년에 쓴 방법은, 몇 번 투고해서 다 실린 사람에 대해서는 예전의 구성원과 같은 대우를 해주어 그의 원고는 마음 놓고 출판하는 것이었다. 그러나 예전의 구성원의 소개에 의하여 원고를 직접 베이신서국으로 보내는 바람에 인쇄되기 전에 편집자의 눈을 거치지 못하는 일도 간혹 있었다.

내가 편집을 맡은 후부터 『위쓰』가 불운에 빠지기 시작했다. 정부 측으로부터 한번 경고를 받았고, 저장성 당국으로부터 금지령을 받았으며, 창조사 식의 '혁명문학'가들에게 결사적인 포위공격도 당했다. 경고를 받은 이유는, 어떤 사람의 말에 의하면 희곡[22] 한 편을 실었기 때문이라고 하는데 나로서는 전혀 짐작이 가지 않았다. 어떤 사람은 푸단대학의 내막을 폭로한 글을 게재했기 때문이라고 하는데, 그 당시 저장의 당무지도위원 나으리가 푸단대학 출신 사람이었다고 한다.[23] 창조사파들의 공격은 역사가 오래되었다. 그들은 아직 '혁명'을 하기 전인 '예술의 궁전'을 지키고 있던 때에 벌써 '위쓰파' 몇몇 사람들을 눈엣가시처럼 생각했던 것이다. 그것을 여기에 서술하자면 글이 너무 길어지므로 다음 기회로 미루기로 한다.

그러나 『위쓰』 자체도 확실히 침체하기 시작하였다. 첫째로는 사회현상에 대한 비평이 거의 없다시피하고, 이런 방면의 투고도 별로 없었다. 둘째로는 남은 몇몇 오랜 기고자들 가운데서 이 무렵에 또 몇 사람이 줄어들었다. 전자의 원인은 할 말이 없어졌거나 혹은 할 말은 있어도 감히 하지 못하는 데 있다고 나는 생각한다. 경고와 금지령이 바로 그 증거 중에 하나이다. 후자는 아마 내 탓일 것이다. 몇 가지 실례를 들어 보자. 내가 부득이한 형편에서 "임칙서[24]가 포로가 되었다"고 한 류반눙[25]의 오류를 바로잡은 극히 온화한 편지를 한 통 게재한 후부터 류반눙은 한 글자도 보내오지 않았으며, 장사오위안[26] 선생의 소개로 보내온 등사한 원고 「펑위샹 선생……」을 게재하지 않은 후부터는 장사오위안 선생도 원고를 보내오지 않았다. 그리고 그 등사한 원고가 얼마 후에 역시 쑨푸위안이 꾸리는 『공헌』에 실렸는데 거기에는 내가 구실을 달아 게재하지 않은 사유를 설명한 엄숙한 머리말[27]이 실려 있었다.

또 한 가지 뚜렷이 달라진 것은 광고가 난잡해진 것이었다. 광고의 유형을 보면 그 간행물의 성격을 대략 짐작할 수 있다. 예를 들면 '정인군자'들이 꾸리는 『현대평론』에는 금성金城은행의 장기계약 광고가 있으며, 난양南洋의 화교학생들이 꾸리는 『추야』[28]에서는 '호랑이표 약품'[29] 광고를 볼 수 있다. 비록 '혁명문학'이라는 기치를 내건 대중신문이라 해도 거기에 성병약이나 요리점 광고가 태반이라면, 저자나 독자들을 여전히 기생이나 배우에 대해서 흥미를 가지던 신문의 저자나 독자들과 같다고 여길 것이며, 지금은 창기와 배우라는 말 대신에 남성작가요, 여류작가요 하는 말을 쓰며 혹은 추어올리고 혹은 욕설을 퍼붓는 것으로 문단에서 솜씨를 보이고 있다는 것을 알 수 있다. 『위쓰』 창간 초기에는 광고를 매우 엄하게 선택했다. 새로 나온 책이라 해도 구성원들이 보아서 좋은 책이 아니라고 생각될 때는 광고를 내주지 않았다. 동인잡지였기 때문에 기고자들도 이런 직권을 행사할 수 있었다. 들은 말에 의하면 베이신서국에서 『베이신반월간』을 꾸린 이유는 바로 『위쓰』에는 자유롭게 광고를 실을 수 없기 때문이었다고 한다. 그러나 상하이로 이전하여 출판을 한 이후에는 책은 말할 필요도 없고, 의사의 진료에 관한 광고도 나타났고, 양말공장의 광고도 실렸다. 심지어는 유정遺精에 대한 속효약速效藥 광고까지 출현했다. 물론 『위쓰』의 독자들은 유정을 하지 않는다는 것을 누구도 보장할 수 없으며 하물며 유정이 결코 못된 행위는 아니다. 그러나 그에 관한 대책 때문이라면, 『천바오』 같은 종류의 신문이나, 더 확실성을 기하기 위해서는 『의약학보』醫藥學報의 광고에 주의를 기울여야 한다. 나는 이로 인해서 힐문하는 편지를 몇 통 받았으며, 또 『위쓰』에 이런 광고를 반대하는 투고글[30]을 한 편 실었다.

그러나 나는 나의 본분을 다하였다. 양말공장의 광고가 나왔을 때 직접 샤오펑에게 질문했더니, 그는 "광고를 취급하는 사람이 잘못했다"고 대답하였다. 유정약 광고가 나왔을 때는 편지를 썼더니 답신은 없었으나 그후부터 광고는 보이지 않았다. 샤오펑의 견지에서 말하면 그것은 양보였을 것이라고 나는 생각한다. 왜냐하면 그때 이미 베이신서국에서 발행 책임만 지고 있는 것이 아니라, 일부 작가들에게는 원고료까지 보내 주고 있어서 『위쓰』도 순수한 동인잡지가 아니었기 때문이다.

반년 동안의 경험을 쌓은 후 나는 샤오펑에게 『위쓰』를 정간하자고 결연하게 제의했으나, 찬성을 얻지 못하였다. 그래서 나는 편집자의 책임을 벗어 버렸다. 샤오펑이 대신할 사람을 알선해 달라고 하기에 나는 러우스를 추천했다.

그러나 무엇 때문이었던지 러우스도 6개월 동안 편집을 맡아서 제5권의 상반권을 끝내고는 사퇴하고 말았다.

이상이 내가 4년 동안 『위쓰』와 관련하여 부딪쳤던 사소한 일들이다. 초기의 몇 호와 최근의 몇 호를 비교해 보면 거기에 어떤 변화가 있으며 어떤 점이 달라졌는가를 알 수 있다. 가장 뚜렷한 것은 시사문제를 거의 취급하지 않고 그 대신 중편 작품을 많이 싣는 것인데, 그것은 페이지 수를 채우기가 쉽고 또 재난을 면할 수 있기 때문이다. 비록 낡은 사물을 짓부수고 새로운 상자를 파괴하여 그 속에 숨어 있는 낡은 사물을 드러내는 일종의 돌격적인 힘을 가졌다고 하여, 이 잡지가 지금까지도 낡은 인간들, 그리고 새 인간이라고 자처하는 인물들의 증오를 받고 있지만, 그 힘은 옛날 일이 되었다.

12월 22일

주)

1) 원제는 「我和『語絲』的始終」. 이 글은 1930년 2월 1일 『맹아월간』 제1권 제2호에 처음 발표되었으며, 그때는 「'내가 만난 6개 문학단체' 중의 5」라는 부제가 있었다.

2) 신월파(新月派) 및 간행물 『신월』을 의미한다.

3) 『산우』(山雨). 반월간잡지. 1928년 8월에 상하이에서 창간되었다가 같은 해 12월에 정간되었다. 이 잡지 제1권 제4호(1928년 10월)에 시핑(西屏)이라는 필명으로 발표한 글 「세 가지 연상」(聯想三則)에 다음과 같은 내용이 있다. "『산우』가 『위쓰』 제4권 제17호에 부고 한 통(「우상과 노예」偶像與奴才라는 글의 마지막에 첨부한 루쉰에게 보내는 편지에 닝보에서 잡지 『산우』를 창간하려다가 성사하지 못했다고 한 말을 가리킨다)을 발표했는데, 이 일에 대해서는 『산우』 제1호의 발간사에서 이미 언급하였다. 이번에 다시 제기하는 것은 루쉰 선생에 대한 일이다. 루쉰 선생은 그 부고의 마지막에 답장을 첨부하였는데 다음과 같이 말하였다. '보내온 원고를 읽고 나서 어떤 구절에 나는 찬성할 수 없습니다. 그 하나는 나는 나 자신도 서양문예의 수입을 대단히 좋아하는 사람 중에 하나라고 느끼기 때문입니다.……' 이 말은 다름 아닌 나를, 서양문예의 수입을 반대하는 자로, 좀 겸손하게 말하면 대단히 좋아하지 않는 자로 모는 것이다. …… 추측건대 루쉰 선생이 이런 오해를 한 이유는 내가 보낸 그 원고가 너무 형편없기 때문인 듯하다. 왜냐하면 루쉰 선생이 '보내온 원고를 읽고 나서'라고 하였으니 말이다. 글의 제목은 「우상과 노예」였고 글에서 외국 유명인들의 말도 적지 않게 인용했다. …… 그만하면 최소한 내가 완고하며 서양문예의 수입을 반대한다는 혐의는 면할 수 있을 것이라고 생각하였는데,——결과는 역시 면하지 못하였다. 따라서 나는 한 가지 이야기를 연상하게 되었다. 기억에 의하면 쑨푸위안 선생이 『천바오 부간』을 편집하고 있을 때, 유교(儒教)를 타도하자고 주장한 원로 장쑤 우위(吳虞)의 애정시 1수를 실으면서, 명백한 설명을 달지 않아 독자들에게 책망하는 질문이 들어왔는데 쑨 선생은 「천박한 독자」라는 훈계하는 글을 발표했고, 이리하여 또 유머를 제창하게 되었다. 지금 그때 일을 회상해 보면 루쉰 선생도 흡사 쑨푸위안 선생에게 훈계를 받을 독자의 자격은 됨직하다."

4) 장멍원(張孟聞). 필명은 시핑(西屏), 저장성 닝보 출신으로 잡지 『산우』의 편집자 중 하나였다. 1928년 3, 4월경에 그와 루쉰이 「우상과 노예」란 글을 둘러싸고 주고받은 편지는 「통신」(장멍원에게 주는 답장)이라는 제목으로 『집외집습유보편』에 수록되어 있다.

5) 이것은 『맹자』 「이루상」(離婁上)에 있는 말이다. "뜻밖의 영예가 있을 수 있고, 온전하기를 바라다가 비난을 받을 수도 있다."(有不虞之譽, 有求全之毁)

6) 『천바오 부간』(晨報副刊). 연구계(研究系; 당시 베이양군벌을 지지하던 학자, 문인의 모임)의 기관지 『천바오』의 부간이다. 1921년 10월 12일 창간했다. 『천바오』는 정치적으로 베이양정부를 옹호했으나, 『천바오 부간』은 진보적 역량의 추동으로 일정 기간 동안 신문화운동을 찬성하고 도와준 중요한 간행물 중에 하나였다. 1921년 가을에서 1924년 겨울까지 쑨푸위안이 편집을 맡았다.

7) 류몐지(劉勉己)를 가리킨다. 그는 1924년 귀국한 후 『천바오』의 총편집 대리에 임명되었다.

8) '학자'란 천시잉을 가리킨다. 쉬즈모는 1926년 1월 13일자 『천바오 부간』에 발표한 「'한담'에서 나온 한담」('閑談'引出來的閑談)에서 "천위안(즉 천시잉)은 아나톨 프랑스를 '개인적으로 학습'하여 이미 '뿌리가 내렸'으며 시잉과 같은 사람만이 …… '학자'라고 불리기에 손색이 없다"고 했다.

9) 아나톨 프랑스(Anatole France, 1844~1924). 프랑스의 작가. 1921년에 노벨문학상을 받았다. 대표작으로는 『실베스트르 보나르의 죄』(*Le Crime de Sylvestre Bonnard*, 1881), 『타이스』(*Thaïs*, 1890), 『붉은 백합』(*Le Lys rouge*, 1894) 등이 있다.

10) 웰스(H. G. Wells, 1866~1946). 영국 작가. 작품으로는 『세계사 강요』(*The Outline of History*, 1920)와 공상과학소설 『타임머신』(*The Time Machine*, 1895), 『투명인간』(*The Invisible Man*, 1897) 등이 있다.

버나드 쇼(George Bernard Shaw, 1856~1950). 영국의 극작가이자 소설가. 1876년 런던에서 사회문제에 흥미를 가지기 시작하였고, 1884년 시드니 웨브(Sidny Webb) 등이 만든 정치조직인 페이비언 소사이어티(Fabian Society)에서 활동했다. 1차 세계대전 때는 제국주의전쟁을 비난하였고, 10월혁명에 공감을 표시하며 1931년 소련을 방문했다. 『워런 부인의 직업』(*Mrs. Warren's Profession*, 1893), 『인간과 초인』(*Man and Superman*, 1902~03), 『피그말리온』(*Pygmalion*, 1912~13) 등의 작품을 남겼다.

11) 루쉰의 첫번째 소설집 제목 『외침』을 인용한 말. 『위쓰』는 1924년 11월에 창간하여 1927년 12월에 상하이로 이전한 후 1930년 3월에 정간했다.

12) 여기서 천위안이라 한 것은 아마 한루(涵廬; 즉 가오이한高一涵)일 것이다. 1926년 초에 루쉰과 천위안이 논전을 하고 있을 때 한루는 『현대평론』 제4권 제89호(1926년 2월 21일)에 발표한 「한담」(閑話)에서 다음과 같이 말하였다. "나는 일반 문인들이 서로 욕설을 퍼붓는 신기한 재간을 거두어들이기를 간절히 희망한다. …… 만일 욕설을 하는 데 습관이 되어 참을 수가 없다면, 실제로 욕을 하는 사람과 또 실제로 욕을 하기 무서운 사람들하고 한번 재간을 겨뤄 보는 것이 좋을 듯하다. 천교(天橋)에 가는 것이 아마 더 가치가 있을 것이다! 그렇지 않고 천교에는 갈 용기가 없고 또 욕설을 퍼붓지 않을 용기도 없어서 그 재간을 전적으로 총이 없는 계급의 머리를 향해 부린다면, 떳떳하다고 해도 그리 떳떳하지는 못할 것이다." 당시 베이징 천교 부근에 사형장이 있었다.

13) 샤오펑(小峰) 즉 리샤오펑(李小峰, 1897~1971). 장쑤 장인 사람. 베이징대학 철학과 졸업생. 신조사와 위쓰사에 참여했다.

촨다오(川島)는 장팅첸(章廷謙, 1901~1981). 필명이 촨다오이며 저장성 사오싱 출신으로 당시에는 베이징대학 학생이었다.

14) 루쉰의 두번째 소설집의 제목을 인용.

15) 탄정비(譚正璧, 1901~1991). 장쑤성 자딩(嘉定; 현재는 상하이시에 속함) 출신으로 문학사가(文學史家)이다. 그는 『중국문학진화사』(中國文學進化史, 1929년 9월 상하이 광화서

국 출판)라는 저서에서 다음과 같이 말하였다. "루쉰의 소설집은 『외침』과 『방황』인데 쉬친원(許欽文), 왕루옌(王魯彦), 라오서(老舍), 팡차오(芳草) 등이 다 그와 한 유파에 속한다. …… 이 유파의 저자들은 시초에는 대부분 적막감을 이기지 못하여 '외침'을 시작하였으나 그후 거듭되는 실망으로 그저 색다른 공허감을 수확하였을 뿐이며 그리하여 교차로에서 '방황'(彷徨)할 수밖에 없다."

16) 1883~1885년에 집필된 니체의 철학서 『차라투스트라는 이렇게 말했다』를 가리킨다. 책에서는 고대 페르시아의 '성자'(聖者)인 차라투스트라의 초인 학설을 선양하였다. 1920년 8월 10일 루쉰은 니체의 『*Zarathustra*의 서문』을 번역하고 「역자 부기(附記)」를 써서, 9월 『신조』 제2권 제5호에 게재했다. 필명은 탕쓰(唐俟)였다.

17) 원문은 '라오반'(老板)으로 상점의 주인에 대한 칭호이다. 남방지역의 사투리이며, 상하이어로는 '로페이'로 발음된다.

18) 『징바오 부간』(京報副刊). 1918년 10월에 샤오퍄오핑(邵飄萍)이 베이징에서 창간한 신문 『징바오』의 부간으로 1924년 12월에 창간했다. 쑨푸위안이 편집을 맡았으며 1926년 4월에 정간했다.

19) 원문은 의고현동(擬古玄同), 즉 첸쉬안퉁(錢玄同)을 말한다. 이 문집의 「소리 없는 중국」을 참조할 것.

20) 당시 『위쓰』는 베이징에서 발행되고 있었는데 베이징은 군벌이 통치하고 있었다.

21) 장 대원수는 장쭤린(張作霖, 1875~1928)을 지칭한다. 랴오닝성 하이청(海城) 출신으로, 펑톈파 군벌의 수장이었다. 1924년부터 베이양정부를 장악하였으며 1927년 6월에 스스로를 '중화민국 군정부 육해군 대원수'(中華民國軍政府陸海軍大元帥)로 임명했다. 1927년 10월에 그는 베이신서국과 『위쓰』를 폐쇄했다.

22) 『위쓰』 제4권 제12기(1928년 3월 19일)에 게재된 바이웨이(白薇)의 단막극 「혁명신의 수난」(革命神的受難)을 지칭한다. 이 극 중에 혁명신이 한 군관을 힐책하는 대사가 있다. "본래 당신은 중화민국의 영웅으로 혁명군의 총지휘관이 아니었습니까?", "당신은 겉으로는 혁명이라는 미명 하에, 속으로는 사람을 잡아먹은 사실이 있군요." 이는 장제스를 풍자한 것으로, 이로 인해 『위쓰』가 국민당 당국의 '경고'를 받았다.

23) 쉬사오두이(許紹棣, 1898~1980)를 지칭한다. 자는 어루(萼如), 저장성 린하이(臨海) 출신이다. 1924년 푸단대학을 졸업하고, 국민당 저장성 당부 선전부장, 저장성 교육청장 등을 역임했다. 『위쓰』 제4권 제32호(1928년 8월 6일)에 실린 독자 펑야오(馮珧)의 글 「푸단대학을 말한다」에서 푸단대학 내부의 부패상을 폭로했다. 이리하여 푸단대학 출신인 쉬사오두이는 1928년 9월에 국민당 저장성 당무지도위원의 이름으로 "언론이 황당하며 의식적인 반동"이라는 죄를 씌워 저장성에서 『위쓰』를 비롯한 간행물 15종을 차압 금지하였다.

24) 임칙서(林則徐, 1785~1850). 청말 아편 소각을 명령하여 아편전쟁이 발발하게 된 계기

를 일으킨 청의 고급관리. 당시 양광(兩廣; 광둥성과 광시성) 총독이었다. 강직한 관리이자 애국자로 널리 알려져 있다.

25) 류반눙(劉半農, 1891~1934). 이름은 푸(復), 장쑤 장인 사람. 작가. 당시에는 베이징대학 교수였으며 『위쓰』의 단골 기고자 중 한 사람이었다. 그는 『위쓰』 제4권 제9호(1928년 2월 27일)에 발표한 글 「이것저것 살펴보는 글 제16번째(雜覽第·十六)—임칙서가 영국왕에게 보낸 각서의 공문(林則徐照會英吉利國王公文)」에서 임칙서가 영국인에게 포로로 잡혔으며 "법에 근거하여 처형을 받아 인도(印度)에서 그의 시체를 길거리에 효시했다"고 하였다. 『위쓰』 제4권 제14호에는 독자 뤄칭(洛卿)의 편지를 실어 이 오류를 지적했다.

26) 장사오위안(江紹原, 1898~1983). 안후이성 징더(旌德) 출신 사람. 당시에는 베이징대학 강사였으며 『위쓰』의 기고자 중 한 사람이었다.

27) 『공헌』(貢獻). 순간(旬刊) 잡지로 국민당 개조파의 간행물이며 1927년 12월 5일에 상하이에서 창간되었다. 이 잡지 제3권 제1호(1928년 6월 5일)에 젠유원(簡又文)의 글 「내가 알고 있는 펑위샹 및 서북군(西北軍)」을 게재하는 동시에 그것을 소개하는 장사오위안의 글을 실었다. 그는 다음과 같이 말하였다. "나는 근간에 동창생 젠유원 선생이 보내온 서한을 받았는데 그는 자기가 지은 소책자(1927년 11월에 상하이 체류 광둥학교연합회에서 한 강연) 「내가 알고 있는 펑위샹 및 서북군」을 동봉하면서 그것을 『위쓰』에 실을 수 없겠는가 하고 물었다. 그러나 『위쓰』는 예전부터 이미 인쇄된 글을 싣지 않는다(루쉰 선생이 회답에서 한 말이다)고 하기에 나는 이 글을 쑨푸위안 선생이 주필로 있는 『공헌』에 소개한다. 펑위샹 및 그의 군대에 대하여 흥미를 가지고 있는 사람들은 젠유원 선생의 관찰과 견해를 기쁘게 참고할 것이라고 나는 생각한다."

28) 『추야』(秋野). 상하이 지난대학의 화교학생들이 조직한 추야사에서 편집한 잡지로 1927년 11월에 창간되어 이듬해 10월 정간되었다.

29) 호랑이표는 제약회사 호모행(虎貌行)의 상표를 말한다. 푸젠성 출신 후원후(胡文虎, 1883~1954)는 가정 상비약인 '호랑이표 만금유'(虎標萬金油)로 많은 부를 축적했다.

30) 『위쓰』 제5권 제4호(1929년 4월)에 실린 「광고를 철회할 것을 건의한다」를 말한다.

루쉰 저서 및 번역서 목록[1)]

1921년

『노동자 셰빌로프』工人綏惠略夫[2)] (러시아의 미하일 아르치바셰프의 중편소설. 상우인서관商務印書館 간행 '문학연구회총서' 중 하나, 후에 베이신서국北新書局에 귀속되어 '웨이밍총간'未名叢刊 중 하나가 됨. 현재 절판)

1922년

『한 청년의 꿈』一個青年的夢 (일본의 무샤노코지 사네아쓰武者小路實篤의 희곡. 상우인서관 간행 '문학연구회총서' 중 하나, 후에 베이신서국에 귀속되어 '웨이밍총간' 중 하나가 됨. 현재 절판)

『예로센코 동화집』愛羅先珂童話集 (상우인서관 간행 '문학연구회총서' 중 하나)

1923년

『연분홍 구름』桃色的雲 (러시아의 바실리 예로센코의 동화집. 베이신서국 간행 '웨이밍총간' 중 하나)

『외침』吶喊[3] (단편소설집, 1918~22년 작품, 모두 14편. 간행처는 위와 같음.)
『중국소설사략』中國小說史略 상 (베이징대학 문과 강의의 개정판. 간행처는 위와 같음)

1924년
『고민의 상징』苦悶的象徵[4] (일본의 구리야가와 하쿠손廚川白村의 논문. 베이신서국 간행 '웨이밍총간' 중 하나)
『중국소설사략』 하 (간행처 위와 같음. 후에 상편을 합쳐 한 권이 됨)

1925년
『열풍』熱風 (1918~24년의 단평短評. 간행처 위와 같음)

1926년
『방황』彷徨 (두번째 단편소설집, 1924~25년 작품, 모두 12편. 간행처 위와 같음)
『화개집』華蓋集 (두번째 단평집, 모두 1925년 작품. 간행처 위와 같음)
『화개집속편』華蓋集續編 (세번째 단평집, 1926년 작품. 간행처 위와 같음)
『소설구문초』小說舊聞鈔 (구문舊文 집록, 고증 수록됨. 간행처 위와 같음)
『상아탑을 나서며』出了象牙之塔 (일본 구리야가와 하쿠손의 수필 발췌 번역. 웨이밍사 간행 '웨이밍총간' 중 하나, 현재는 베이신서국에 귀속됨)

1927년
『무덤』墳 (1907~25년의 논문 및 수필. 웨이밍사 간행. 현재 출판 압류되어 간

행되지 않음)

『아침 꽃 저녁에 줍다』朝花夕拾 (회상 글 10편. 웨이밍사 간행 '웨이밍신집'未名新集 중 하나. 현재 출판 압류됨. 베이신서국에서 달리 배열되어 간행됨)

『당송전기집』唐宋傳奇集 10권 (집록 및 고증. 베이신서국 간행)

1928년

『작은 요하네스』小約翰, *De Kleine Johannes* (네덜란드의 프레데리크 반 에덴 Frederik van Eeden의 장편동화. 웨이밍사 간행 '웨이밍총간' 중 하나. 현재 출판 압류되어 간행되지 않음)

『들풀』野草 (산문시집. 베이신서국 간행)

『이이집』而已集 (네번째 단평집, 모두 1927년 작품. 간행처 위와 같음)

『사상, 산수, 인물』思想山水人物 (일본의 쓰루미 유스케鶴見佑輔의 수필을 발췌 번역. 간행처 위와 같음. 현재 절판됨)

1929년

『낭떠러지 밑 역총』壁下譯叢 (러시아 및 일본 작가·비평가의 논문집을 번역함. 간행처 위와 같음)

『근대미술사조론』近代美術史潮論 (일본의 이타가키 다카오板垣鷹穗의 작품. 간행처 위와 같음)

『후키야 고지 회화 선집』蕗谷虹兒畵選 (해설 번역. 조화사朝華社 간행 '예원조화'藝苑朝華 중 하나. 현재 절판됨)

『무산계급 문학의 이론과 실제』無産階級文學的理論與實際 (일본 가타가미 노부루片上伸의 작품. 대강서점[5] 간행 '문예이론소총서'文藝理論小叢書 중 하나)

『예술론』藝術論 (소련의 A. 루나차르스키 저서. 간행처 위와 같음)

1930년

『예술론』藝術論 (러시아의 G. 플레하노프 저작. 광화서국光華書局 간행 '과학적 예술론 총서'科學的藝術論叢書 중 하나)

『문예와 비평』文藝與批評 (소련의 루나차르스키의 논문과 연설. 수이모서점水沫書店 간행 '과학적 예술론 총서' 중 하나)[6]

『문예정책』文藝政策 (소련의 문예 관련 회의록 및 결의. 위와 같음)

『10월』十月 (소련의 A. 야코블레프의 장편소설. 신주국광사神州國光社에 넘긴 원고로 '현대문예총서'現代文藝叢書 중 하나. 현재 미간행)

1931년

『약용식물』藥用植物 (일본의 가리요네 다쓰오刈米達夫의 저작. 상우인서관에 넘긴 원고로 『자연계』自然界에 연재 중)

『훼멸』毁滅, *Razgrom* (소련 파데예프의 장편소설. 삼한서옥三閑書屋 간행)

저서 · 번역서 외의 것

교감본

당唐 유순劉恂의 『영표록이』嶺表錄異 3권 (당송의 유서類書와 『영락대전』永樂大典본을 대조하여 교정하고 보유를 덧붙임. 미간행)

위魏 중산대부中散大夫의 『혜강집』嵇康集 10권 (명明대의 총서당초본叢書堂鈔本과 대조하여 교정하고 보유를 덧붙임. 미간행)

집록본

『고소설구침』古小說鉤沈 36권 (주周대부터 수隋대까지의 산일된 소설들을 모아서 편찬. 미간행)

사승謝承[7]의 『후한서』 집록본 5권 (왕문태汪文台의 집록본보다 많음. 미간행)

편집본

『망위안』莽原[8] (주간지. 베이징 『징바오』京報 부록附送, 후에 정간)

『위쓰』語絲[9] (주간지. 베이핑에서 출판이 금지되자, 상하이로 옮겨 출판. 제4권에서 제5권의 반까지 발행. 베이신서국 간행, 후에 폐간)

『분류』奔流[10] (1권 1책에서 2권 5책을 마지막으로 정간. 베이신서국 간행.)

『문예연구』文藝研究[11] (계간지. 제1책만 출간. 대강서점 간행)

선정 및 교정본

『고향』故鄕[12] (쉬친원許欽文 단편소설집. 베이신서국 간행 '오합총서'烏合叢書 중 하나)

『마음의 탐험』心的探險[13] (창훙長虹 잡문집. 위와 같음)

『몽롱한 꿈』飄渺的夢[14] (샹페이량向培良 단편소설집. 위와 같음)

『망천의 물』忘川之水[15] (전우眞吾 시선집. 베이신서국 간행)

교정 및 교열본

『소련의 문예논전』蘇俄的文藝論戰 (소련 추자크 등의 논문. 부록 「플레하노프와 예술문제」. 런궈전任國楨 번역. 베이신서국 간행 '웨이밍총간' 중 하나)

『열둘』十二個 (소련 알렉산드르 블로크, 후샤오胡斅 번역. 위와 같음)

『자유 쟁탈의 물결』爭自由的波浪 (소련의 블라디미르 단첸코의 단편소설집. 둥추팡董秋芳 번역. 위와 같음)

『용사 야노시』勇敢的約翰 (헝가리의 페퇴피 샨도르의 민간고사 시 작품. 쑨융孫用 번역. 호풍서국湖風書局 간행)

『이브의 일기』夏娃日記 (미국 마크 트웨인 소설. 리란李蘭 번역. 호풍서국 간행 '세계 문학명저 역총'世界文學名著譯叢 중 하나)

교정본

『2월』二月 (러우스柔石 중편소설. 조화사 간행, 현재 절판)

『작은 십 년』小小十年 (예융친葉永蓁 장편소설. 춘조서국春潮書局 간행)

『가난한 사람들』窮人 (러시아 도스토예프스키 소설, 웨이충우韋叢蕪 번역. 웨이밍사 간행 '웨이밍총서' 중 하나)

『흑가면 사람』黑假面人 (러시아 L. 안드레예프 희곡, 리지예李霽野 번역. 위와 같음)

『붉은 웃음』紅笑 (러시아 안드레예프 소설, 메이촨梅川 번역. 상우인서관 간행)

『어린 피터』小彼得 (헝가리 H. 뮐렌의 동화. 쉬샤許霞 번역. 조화사 간행, 현재 절판)

『진화와 퇴화』進化與退化 (저우젠런周建人이 번역한 생물학 논문 선집. 광화서국 간행)

『파우스트와 성』浮士德與城 (소련 루나차르스키 희곡, 러우스 번역. 신주국광사神州國光社 간행 '현대문예총서' 중 하나)

『고요한 돈 강』靜靜的頓河 (러시아 미하일 숄로호프 장편소설, 제1권, 허페이賀非 번역. 위와 같음)

『철갑열차 14-69』鐵甲列車第十四一六九 (러시아 이바노프의 소설. 스헝侍桁 번역. 위와 같음, 미출판)

간행본

『시멘트 그림』士敏土之圖 (독일 C. 메페르트 목판화 10폭. 콜로타이프 인쇄)
『철의 흐름』鐵流 (러시아 A. 세라피모비치의 장편소설, 차오징화曹靖華 번역)
『철의 흐름 그림』鐵流之圖 (러시아 I. 피스카레프의 목판화 4폭. 인쇄 도중에 폭격으로 파손)

나의 저서 및 번역서에 관해서는 이전에 징쑹[16]이 만들어 준 목록이 있는데, 『루쉰 및 그 저작에 관하여』[17]에 수록되어 있으나, 완전한 것은 아니었다. 이번에 잡감집을 편집하는 김에 나와 관련이 있는 서적을 보관해 둔 상자를 열고서 목록을 베껴 보았는데 그것이 위와 같다.

나는 이 목록을 『삼한집』의 말미에 덧붙이려고 한다. 그 목적은 나를 위해서이고, 또 어느 정도는 남을 위해서이다. 목록을 곰곰이 바라보니, 내가 과거 10년 동안 기울였던 정력이 실제로 적지 않구나 하고 여겨지기도 한다. 설령 다른 사람의 번역서를 교정할 때조차도 정성껏 한 글자 한 글자 살폈고, 적당히 지나쳐서 번역자나 독자에게 무성의하게 보이게 한 적은 결코 없으며, 게다가 나 자신이 그것을 이용하려는 생각은 털끝만큼도 없었다. 그렇게 할 수 있었는 것은 '유한'有閑하기 때문이라고 말할지 모르지만, 그 무렵 나는 매일 꼬박 여덟 시간은 생활을 위하여 몸을 팔고 있었으므로 저서나 역서, 또는 교정을 위해 쓸 수 있는 시간은 여가뿐이었으니, 거의 하루 종일 쉬지 않는 날이 많았다. 하긴 최근 4, 5년은 그전만큼 정력적이진 못했지만.

그러나 이렇게 지속적으로 생명력을 쏟아부은 결과는 그저 헛수고였을 뿐 아니라 일부 비평가들의 말로는 오히려 엄중한 처벌을 받아야 할 죄악이라고 한다. '비난 공격의 표적'이 된 지 벌써 4, 5년이 지났다. 애초에 '못된 짓'을 저지른 이상, 후에 '보복'을 받아도 당연하다고, 얼마간의 비난과 얼마간의 협박과 얼마간의 꼴좋다는 식의 '충고'를 내게 베풀어 주는 논객論客도 있다. 그러나 나 자신은 전부가 다 그대로라고는 생각지 않는다. 나는 내가 아직까지 존재하고 있다고 생각한다. 하기야 10년 가까이 창작한 게 없는데도, 지금도 나를 '작가'라고 부르는 사람이 있는 것은 오히려 매우 우스운 일이지만.

내 생각에, 이러한 까닭은 내 쪽에도 원인이 있고, 후에 나타난 청년 쪽에도 원인이 있는 듯하다. 내 쪽의 원인이란, 내가 저술이나 번역을 진지하게 했다는 것으로, 요컨대 나를 공격하는 무리들이 꼬투리 잡는 것 같은 위선이나 부당한 사리사욕을 취하지는 않았다는 것이다. 출판했던 많은 책들에 대하여 지금 그 공로와 죄악을 굳이 따지지는 않지만, 설사 그 전부가 죄악이라고 하더라도, 그것은 출판계에 결코 적지 않은 흔적을 남기고 있다. '한 발로 차버리기' 위해선 다리 힘이 제법 세지 않으면 안 될 것이다. 헛된 공격만으론 아마 일시적인 효과는 얻을 수 있을 것이나, 최악의 경우에는 그들 자신도 갑자기 그림자처럼 얇아져서 사라져 버릴 뿐이다.

그렇지만 다시 나의 목록을 검토해 보니, 그 내용이 실로 빈약하기 짝이 없다는 것을 깨닫게 된다. 치명적인 결함은 창작에 있어서 나에게 위대한 재능이 결여되어 있기 때문에 여태껏 장편을 한 작품도 창작하지 않았다는 것이다. 번역 또한 외국어 능력이 모자라기 때문에 배회하며 관망했을 뿐, 세상의 유명한 대작에는 손을 대지 못하고 있다. 뒤에 오는 청년은, 이와 반대되는 일을 하나만 해도 곧바로 나를 타도할 뿐만 아니라 단숨에 능가할 수 있다. 하지만 시후西湖 근처에서 사람을 깜짝 놀라게 할 만한 시를 지으려고 고심하고 있다든가, 외국에서 백만 자에 달하는 거대한 장편소설을 창작 중이라든가 하는 식의 입에 발린 선전으로는 아무것도 되지 않는다. 큰소리치는 자가 실제에 부합하는 경우는 거의 없다. 아무리 뜻이 높다고 해도 전념해서 하지 않는다면, 그것은 영원히 세상을 떠들썩하게 하는 웃음거리로 끝나고 마는 것이 고작이다. 그러므로 조용한 밤에 한번 생각해 보면, 스스로 공허함을 느끼고서, 초조해지기 시작해서, 자기의 앞길에 마치 검은 그림자처럼 내가 가로막아 선 모습이 보여, 그것이 거대한 '장애물'[18]로 여겨질 것이다.

개인적인 이익을 위해서가 아니라 원대한 목적을 위하여 나를 공격하는 사람에 대해선, 그 공격이 어떤 방법으로 이루어지더라도 나는 절대로 그 사람을 원망하지 않는다. 그러나 필묵으로 출세하는 게 목적인 청년에 대해서는, 근래 몇 년의 경험을 바탕으로 나는 지금 성심성의껏 감히 고언의 충고를 드리고 싶다. 그것은 이렇다——끊임없이(!) 노력하라. 일년이나 반년, 몇 개의 잡지에 몇 개의 글을 쓴 정도를 가지고 마치 공전절후의 대大업적을 이룬 것처럼 절대로 생각하지 말라. 또 하나 남을 말살하는 일에만 열중하여 나와 남이 함께 멸망하는 따위의 짓을 절대로 하지 말라. 반드시 앞길을 가로막아 선 앞사람을 넘어 그 앞사람보다 위대해져라. 처음 출발했을 때 유치하고 천박한 것은 걱정할 일이 못 되지만, 반드시 끊임없는(!) 성장에 유념하라. 문예이론을 등한시하고 떠도는 말이나 만들어 평론인 체하는 것, 한가한 말로 자기 마음에 들지 않는 단평短評을 눌러 버렸다고 여기는 것, 몇 편 동화를 약간 번역한 것만으로 일체의 번역을 말살해 버렸다고 믿는 것, 요컨대 이 모든 것은 자기에게 있어서나 남에게 있어서나 "가련하게 무익한 데 정신을 낭비한"[19] 것이며, 이른바 "총명으로 그르친"[20] 소행이다.

내가 '진보적 청년'[21]으로부터 일제히 공격을 받았을 때 나는 '아직 50 이전'이었지만, 지금은 실제로 50세를 지나 버렸다. 르낭(E. Renan)[22]의 설에 의하면, 사람은 나이를 먹으면 더욱 냉혹해진다고 한다. 나는 이 약점을 적극적으로 방어하고 싶다. 왜냐하면, 세계는 나와 함께 죽는 것이 아니며, 희망은 장래에 있음을 충분히 알고 있기 때문이다. 그렇다 하더라도 지금 나는 등불 밑에 홀로 앉아 봄밤의 한기가 한결 더 몸을 찌르는 것을 느끼면서, 온갖 것이 다 고요한 가운데 붓 가는 대로 이 글을 썼다.

1932년 4월 29일

상하이 북쪽의 우거에서 루쉰 쓰다

주)______

1) 원제는 「魯迅譯著書目」. 이 글은 별도로 발표된 적은 없고 『삼한집』을 출판할 때에 말미에 수록했다.

2) 초판 발행은 사실은 1922년이다. 이에 관해서는 『역문서발집』(譯文序跋集)의 「『노동자 세빌로프』의 번역에 대하여」 참조.

3) 초판본(1923년 8월)은 신조사에서 발행했으며 마지막에 「부저우산」(不周山)이 수록되어 작품 수가 15편이었는데, 제9쇄(1928년 3월)를 출판할 때 이를 삭제했다. 1926년 베이신서국에서 재판을 펴낼 때 '오합총서'(烏合叢書)의 하나로 발행됐다. 1930년 제13쇄

를 발행할 때, 「부저우산」을 삭제했고, 후에 「하늘을 땜질한 이야기」(補天)로 제목을 바꾸어 『새로 쓴 옛날이야기』(故事新編)에 수록했다.

4) 초판은 신조사에서 1925년에 발행했다.

5) 대강서점(大江書店)의 정확한 이름은 대강서포(大江書鋪)이다.

6) 이 책은 1929년 10월에 출판되었다.

7) 삼국시대 오나라 사람. 『후한서』 130권 외에 『회계 선현전』(會稽先賢傳) 7권이 있다. 『회계 선현전』에 누락된 글들은 루쉰이 수집하여 『회계군 고서잡집』(會稽郡故書雜集)에 수록했다.

8) 1925년 4월에 창간되었다가 같은 해 11월(32호)에 정간되었다. 다음 해 1월에 반월간으로 웨이밍사에서 발행했다. 1926년 8월 루쉰이 베이징을 떠나면서 웨이쑤위안(韋素園)이 편집을 맡았다. 1927년 12월에 정간했다.

9) 1924년 11월 창간하여 1927년 10월 장쭤린에 의해 발행금지되었다가 상하이로 옮겨서 발행, 1930년 3월에 정간했다. 편집은 쑨푸위안이 1924년 11월에서 1926년 7월까지, 저우쭤런이 1926년 7월에서 1927년 11월까지, 루쉰이 1927년 12월에서 1929년 9월까지, 리샤오펑이 1929년 9월부터 1930년 3월까지 맡았다.

10) 1928년 6월에 창간하여 다음 해 12월에 정간했다. 편집은 루쉰과 위다푸가 맡았다.

11) 출판사의 정확한 이름은 대강서포이며, 1930년에 발행되었다.

12) 1926년에 출판됨. 『차개정잡문 2집』(且介亭雜文二集)의 「『중국신문학대계』(中國新文學大系) 소설 2집(二集) 서(序)」 참조.

13) 본명은 가오창훙. 1926년 발행. 『차개정잡문 2집』의 「『중국신문학대계』 소설 2집 서」 참조.

14) 1926년 발행. 『차개정잡문 2집』의 「『중국신문학대계』 소설 2집 서」 참조.

15) 1929년 발행. 저자의 본명은 추이전우(崔眞吾). 필명은 차이스(采石).

16) 징쑹(景宋). 쉬광핑(許廣平, 1898~1968)의 필명이다. 광둥 판위(番禺) 출신으로 루쉰의 부인이다. 저서로 『기쁘고 위안이 되는 기념』(欣慰的紀念), 『루쉰의 생활에 관하여』(關於魯迅的生活), 『루쉰회억록』(魯迅回憶錄) 등이 있다.

17) 이 책은 타이징눙(台靜農)이 편집했으며, 루쉰의 『외침』에 대한 그 당시의 평론과 루쉰 방문기 등 14편이 수록되어 있다. 1926년 7월 웨이밍사에서 출판했다.

18) 원문은 '반각석'(絆脚石)으로 방해물, 장애물이라는 의미이다. 이 말은 가오창훙이 『광풍』 주간 제10호(1926년 12월 12일)에 게재한 「잡다한 기록 두 가지」(瑣記兩則)라는 글에서 루쉰을 암시하면서 '청년작가'의 '장애물'이라고 말했다. "나의 유일한 희망은 이미 명성을 널리 떨치는 작가, 바로 그들이 청년예술운동을 감상하는 독자적 견해가 없으며, 게다가 또한 청년예술운동을 도와주는 아량도 없기를 바라는 것이다. 아니면 적어도 최소한 역사의 추세에 끼어들지 말고, 또한 청년들의 발아래에서 장애물과 같이

시대에 역행하는 간계를 부리거나, 혹은 외국작품을 소개하면서 한편으로 전갈의 꼬리처럼 청년작가를 중상(中傷)시키려는 강력한 호기를 부리지 않기를 희망한다."

19) 원문은 '可憐無益費精神'. 한유의 시 「최립지 평사에게 기증함」(贈崔立之評事)에 나오는 구절. "가련하게 무익한 데 정신을 낭비했도다. 황금을 쓸데없는 곳에 던지는 것과 유사하구나."(可憐無益費精神, 有似黃金擲虛牝)

20) 원문은 '聰明誤'. 소식의 시 「어린 자식을 씻어 주는 날 놀리면서 지은 시」(洗兒戲作詩)에 나오는 구절. '세아'(洗兒)는 '세삼'(洗三) 혹은 '세삼조'(洗三朝)라고도 하며, 아이가 태어난 지 삼일째 되는 날 거행하는 세례(洗禮)를 지칭함. "사람들은 아이를 키우면서 총명하기를 바라지만, 나는 총명으로 일생을 그르쳤다네."(人皆養子望聰明, 我被聰明誤一生)

21) 가오창훙을 지칭한다. 그는 『광풍』 주간 제5호(1926년 11월 7일)에 게재한 「1925년 베이징출판계 형세지장도」에서 "루쉰은 작년에 겨우 45세에 지나지 않았으나…… 스스로를 노인이라 칭하니 정신이 타락한 것이다!"고 말했다.

22) 르낭(Ernest Renan, 1823~1892). 프랑스의 작가·철학자로 『예수전』(*Vie de Jésus*, 1863), 『이스라엘 민족사』(*Histoire du peuple d'Israël*, 1887~93) 등의 저작을 남겼다.

부록

『이이집』에 대하여

『삼한집』에 대하여

『이이집』에 대하여

『이이집』은 루쉰이 1927년에 쓴 잡문을 모아 1928년 10월 상하이에서 단행본으로 출판한 책이다. '이이집'이라는 제목은 「제사」에 실린 시를 통해 그 의미를 파악할 수 있다. "내게는 '잡감'만 있었을 따름이다而已"라는 구절에서 '따름이다'의 '이이'而已라는 말을 따와 제목으로 삼은 것이다. 그저 잡문('잡감')일 뿐이라는 뜻이다.

좀더 설명이 필요하다. 1926년 초 베이징대학 교수 천시잉陳西瀅이 루쉰의 잡문을 비하하여 "그렇지만 나는 그의 글을 읽고서는 마땅히 가야 할 곳으로 이를 던져넣어 버렸고—솔직히 말하자면 나는 그것들이 거기에서 나와서는 안 된다고 생각한다—그래서 지금 손에는 없다"(『화개집속편』, 「꽃이 없는 장미」)라고 말한 바 있다. 루쉰은 천시잉의 이 말을 비꼬기 위해 1926년의 잡문집 『화개집속편』을 펴내면서 그 말미에 예의 시를 지어 "'잡감'마저도 '마땅히 가야 할 곳으로 던져넣어 버릴' 때면 / 그리하여 '따름'만이 있을 따름이다"라고 했고, 그 시를 다시 『이이집』의 「제사」로 삼은 것이다. 루쉰은 이렇듯 『이이집』을 천시잉의 말처럼 "마땅히 가야 할 곳으로 던져넣어 버리고" 말 그 무엇일 '따름이라' 하였지만, 그것은 겸사謙辭이면서도 실은 고도의 풍자성을 띤 제목이라 하겠다.

루쉰은 1926년 8월 베이징을 떠나 샤먼의 샤먼대학厦門大學 교수로 부임하여 한 학기 강의를 하였고, 1927년 1월 광저우廣州로 옮겨 중산대학中山大學의 문과학장을 맡았으며, 9월에는 다시 광저우를 떠나 상하이上海로 오게 된다. 루쉰은 샤먼과 광저우에 머무르는 동안 중국 문학사와 소설사를 강의하는 한편 『혜강집』嵇康集을 고증하고 『당송전기집』唐宋傳奇集을 엮는 등 고전 정리에 주력하면서 현실문제나 당면한 정치상황과는 일정한 거리를 유지하고 있었다. 이 무렵 5·30운동에 적극적으로 참여한 바 있으며 국민혁명에 가담했다가 장제스蔣介石의 4·12정변을 전후해서 사상문제로 밀려난 스유헝時有恒이 「이 시절에」這時節(1927. 8. 16)라는 글을 발표하여 루쉰에게 이렇게 호소했다. "맹목적인 사상행위에 대해 공격을 가하는 루쉰 선생 등의 글을 오랫동안 보지 못했다.…… 우리는 루쉰 선생이 나서 주기를 간절히 바란다." 이에 루쉰은 「유헝 선생에게 답함」(9월 4일 집필)이라는 글로 답변하면서 자신이 청년들에게 희망을 걸 수 없게 된 상황, 자신의 글이 사람들의 정신을 또렷하게 해서 오히려 고통을 곱절로 느끼게 만든다는 자각, 스스로 공포를 느끼지 않을 수 없는 현 정세 등을 예거하면서 자신이 침묵하는 이유를 밝혔다. 그리고 "한편으로는 몸부림치면서 이후로 점점 엷어질 '담담한 핏자국 속에서' 무언가 좀 찾아내어 종잇조각에 쓰고자 합니다"라는 의사도 밝혔다. 이후 루쉰은 '몸부림치기'掙扎를 실천이라도 하듯이 곧 광저우를 떠나 상하이로 가는데, 『이이집』에 실린 대부분의 글이 「유헝 선생에게 답함」이라는 글 이후에 집중적으로 씌어지고 있음은 매우 주목할 만하다.

이 같은 상황을 감안하면 『이이집』이 씌어진 1927년은 루쉰에게 중대한 변화의 시기임을 감지할 수 있다. 개인적 신변상황이 크게 달라진다는 점뿐만 아니라 사상적 변화도 시작된다는 점에서 그렇다. 신변상황의 변화란 베이징에서 샤먼으로 옮긴 이후 샤먼에서 광저우로, 다시 광저우에서 상하이로 옮기는 등 생활상의 변화가 컸다는 점, 그동안 교육부 직원 또는 대학교수를 겸하면서 문필활동을 했으나 상하이에 정착한 이후부터 오로지 전업 작가로서 생활하게 된다는 점 등이다. 한편 사상적 변화란 '국민혁명'의 발원지인 광둥廣東에서 장제스가 일으킨 4·12정변을 목도하면서 혁명 실패의 충격과 함께 청년들에 대한 무한한 기대와 신뢰가 무너지기 시작했다는 것을 말한다.

루쉰은 자신의 사상적 변화와 관련하여 이렇게 진술한 바 있다. "나는 계속해서 진화론을 믿고 있었으며 그래서 장래는 과거보다 낫고 청년은 반드시 노인보다 낫다고 생각하고 있었다.…… 그런데 이 같은 나의 생각이 잘못이었음을 뒤에 알게 되었다. 그렇다고 하더라도 유물사관의 이론에서 가르침을 받았다거나 혁명문학의 작품에 매혹된 것은 아니다." (『삼한집』, 「서언」) 국민혁명의 과정에서 같은 청년이면서 두 진영으로 나뉘어 투서로 밀고하거나 관헌의 체포에 협력하는 모습 등을 목도한 루쉰은 더 이상 청년들에게 무조건적인 신뢰를 보낼 수 없게 된 것이다. "나의 사고는 이 때문에 폭격을 맞은 듯 무너졌다"(같은 글)라고 하였듯이 루쉰은 진화론적 사고에서 빠져나와 좀더 복잡한 사고를 진행하는 한편 중국의 '혁명'에 대한 입장도 새롭게 가다듬게 되는 것이다. 중국의 봉건적 낙후성이나 군벌 문제 등으로부터 더 나아가 계급성이나 제국주의 문제 등을 적극적으로 고민하기 시작한 것이다.

그렇다고 『이이집』에서 루쉰의 사상적 변화를 곧바로 확인할 수 있다는 의미는 아니다. 그 단초나 조짐을 감지할 수 있다는 정도이다. 『이이집』이 1928년에 출판되고, 이후 『삼한집』(1927년의 잡문 일부 및 1928~29년의 잡문)이 1932년 9월에, 『이심집』二心集(1930~31년의 잡문)이 같은 해 10월에 출판되었으니 그 사이에는 4년의 간극이 있다. 이 4년의 간극이 루쉰의 사상적 변화를 은연중에 표현해 주고 있는데, 그렇기에 『이이집』이 이전에 출판된 잡문집 『무덤』墳, 『열풍』熱風, 『화개집』華蓋集, 『화개집속편』의 연속이라 한다면, 『삼한집』, 『이심집』 등은 루쉰의 사상적 변화를 내용적으로 구현하고 있다고 할 수 있다. 말하자면 『이이집』은 루쉰의 전기前期 잡문의 에필로그이면서 후기後記 잡문으로 나아가는 교량으로서 이전 잡문집과 마찬가지로 중국 또는 중국인의 진면목을 드러내는 데 특장을 보이며 후기 잡문으로 나아가는 그의 사상적 변화의 단초를 포함하고 있다.

「사소한 잡감」을 보자. "혁명, 반反혁명, 불不혁명.// 혁명가는 반혁명가에게 죽임을 당한다. 반혁명가는 혁명가에게 죽임을 당한다. 불혁명가는 혁명가로 간주되어 반혁명가에게 죽임을 당하거나 반혁명가로 간주되어 혁명가에게 죽임을 당하거나 아무것으로도 간주되지 않아 혁명가 또는 반혁명가에게 죽임을 당한다.// 혁명, 혁혁명, 혁혁혁명, 혁혁 ……." 루쉰은 '혁명'을 둘러싼 혼란한 시국의 진면목과 언어의 화려한 수사 뒤에 숨겨진 허위를 유감없이 드러내고 있다. 루쉰은 "나는 27년에 유혈流血에 놀라서 광둥廣東을 떠났던 것인데, 그 무렵 우물쭈물하며 감히 직설하지 못했던 말들은 모두 『이이집』에 실었다"(『삼한집』, 「서언」)라고 했지만, 실은 표면의 현상 뒤에 감춰진 본질을 드러내고 언어의 화려한 수사에 가려진 허위를 폭로하는 데 진력했다. "자칭 도둑이라고 하는 사람에 대해서는 대비할 필요가 없으니, 반대로 해석하면 오히려 그는 착한 사람이다. 자칭 정인군자라고 하는 사람에 대해서는 반드시 대비해야 하니, 반대로 해석하면 그는 바로 도둑이다."(「사소한 잡감」)라고 하였듯이 루쉰은 표면적 언어를 뒤집어 이해해야만 진정한 실체에 도달할 수 있다고 강조했다. 어쩌면 루쉰이 여러 비평가들로부터 쏟아지는 비난을 무릅쓰면서까지 잡문이라는 글의 형식을 고집했던 것도 그것이 표면과 이면을 뒤집어 이해하는 인식태도를 좀더 직접적으로 드러낼 수 있었기 때문이었으리라.

더욱이 루쉰은 '혁명'의 진정성에 집착했다. "나는 근본 문제는 작자가 '혁명인'인가 하는 데 달려 있다고 생각한다. 만약 혁명인이라면 어떤 사건을 묘사하든 어떤 재료를 사용하든 모두 '혁명문학'이다.…… 혁명시대에 '못살겠다'라고 크게 외치는 용기가 있어야 혁명문학을 지을 수 있다."(「혁명문학」) 아무리 '혁명문학'을 내세워도 진정성에 바탕을 두지 않으면 화려한 수사에도 불구하고 그것은 허위에 지나지 않는다는 것이다. 이러한 사고는 단순한 것 같지만 끝까지 견지해 나가기는 대단히 어려운 일이거니와 이후 루쉰의 사상적 변화를 이끌어 가는 원형질을 구성한다는 점에서 중요한 의미를 갖는다. 첸싱춘錢杏邨이 「죽어 버린 아Q시대」라는 글에서 '혁명문학'(무산계급문학)의 입장에서 루쉰의 소자산계급적 낙후성을 비판하면서 루쉰을 두고 "전혀 굴복하지 않고 꿋꿋하게 버티는 봉건시대의 무사와 같다"라고 힐난했지만, 그것은 역설적으로 진정성에 집착하는 루쉰의 정신을 더욱 뚜렷하게 드러내 준다. 루쉰의 잡문은 진정성을 무기로 허위의 가면과 맞서 싸우는 박투의 과정에서 피어나고 자란 꽃이요 열매라고 할 수 있으리라.

끝으로 지적할 것은 루쉰의 언설은 그것이 비록 학술적 내용을 담고 있다고 하더라도 항상 현실과의 관계를 떠나 있지 않다는 점이다. 「위진 풍도·문장과 약·술의 관계」라는 글은 압권이다. 이것은 광저우의 하기 학술강연회에서 행한 강연 원고로서 중국문학사와 관련된 학술적 내용을 담고 있는데, 위진魏晉 시기의 사회상을 매우 예리한 필치로 드러냄으로써 현실에 대한 강렬한 풍자의 효과를 거두고 있는 것이다. 루쉰은 억울하게 예교를 파괴했다는 죄명을 뒤집어쓴 위진 시기의 문인들의 이야기를 소개했다. "위진시대에 예교를 신봉한 사람들을 보면 겉으로는 아주 괜찮은 것 같지만 실제로는 예교를 파괴했고 예교를 믿지 않았습니다. 표면적으로는 예교를 파괴한 자들이 실제로는 오히려 예교를 승인하고 예교를 너무 믿었습니다.…… 예컨대, 조조가 공융을 죽이고 사마의가 혜강을 죽인 것은 그들이 불효와 관계가 있었기 때문입니다만, 실제로 조조와 사마의가 유명한 효자라도 된단 말입니까? 다만 이러한 명의를 빌려 자기를 반대하는 사람에게 죄를 덮어씌운 것일 따름입니다." 루쉰은 북방의 어느 군벌을 빗대어 부연했지만, 실제로는 당시 장제스가 '청당'淸黨이라는 명분으로 공산당원을 몰아내고 진보적인 청년들을 체포·구금한 4·12 정변을 염두에 둔 것이었다. 이른바 '우물쭈물하며 감히 직설하지 못했던 말들'에 속한다고 하겠지만, 실은 역사를 빗대어 현실을 풍자하는, 문학적 효과를 극대화하고 있는 것이다.

요컨대, 루쉰 잡문의 묘미는 신랄한 필치와 더불어 항상 진정성을 바탕으로 사물의 이면을 들여다보게 해준다는 데 있는 것이다. 『이이집』도 예외는 아니다.

옮긴이 홍석표

『삼한집』에 대하여
— 한閑과 망忙, 명命과 혁革

1. '한가하고 한가하고 한가하다'三閑

『삼한집』三閑集은 1932년 9월 상하이의 베이신서국北新書局에서 출판되었다. 여기에는 루쉰이 1927년부터 1929년 사이에 쓴 잡문 34편이 수록되어 있다. 맨 마지막의 「루쉰 저서 및 번역서 목록」과 「서언」은 책의 출판 즈음인 1932년 4월에 썼다.

책의 제목을 『삼한집』이라 붙인 까닭에 대해서는 「서언」에 상세하게 나와 있다. "청팡우가 무산계급의 이름으로 나를 '유한자'有閑者라고 지칭했는데, 게다가 그 '유한'이라는 말을 세 번이나 곱씹었다. 이 일은 아직도 잊어버릴 수가 없다"고 루쉰은 회고하고 있다. 루쉰이 회고하는 '이 일'은 청팡우가 1927년 1월에 발표한 「우리들의 문학혁명을 완성하자」라는 글을 가리킨다. 청팡우는 이 글에서 "루쉰 선생은 화개華蓋자리에 앉아서 그의 소설구문小說舊聞을 베끼고 있고, 이것은 일종의 취미를 위주로 하는 문예로 그 배후에는 반드시 취미를 위주로 하는 생활 기조가 자리 잡고 있다. …… 이것이 암시하는 바는 일종의 작은 천지天地 속에서 자기가 자기를 속이면서 자족自足하는 것이다. 그것이 긍지로 삼는 바는 한가閑暇, 한가, 세 개의 한가이다"라고 루쉰을 비꼬았다.

『삼한집』의 서언을 쓸 당시인 1932년은 중국 문단에서 이른바 좌익작가연맹左翼作家聯盟(약칭 '좌련')이 결성된 지 2년이나 지난 시점이고, 루쉰은 '좌련'의 창립 발기인이자 지도적 역할을 담당하고 있던 때이다. 그리고 좌련에는 1927년부터 극렬하게 루쉰을 비판했던 '청팡우成仿吾, 리추리李初梨, 궈모뤄郭沫若' 등도 다 참여하고 있었다. 그럼에도 불구하고 루쉰은 '잊을 수가 없었던' 것이다. 이 점에서 루쉰의 성격을 부정적으로 말하자면 옹졸하거나 집요하다고 할 수 있고, 긍정적으로 보자면 치밀하고 세심하다고 할 수 있을 것이다.

『삼한집』 말미의 「루쉰 저서 및 번역서 목록」을 보면 창작의 길에 들어선 이후 루쉰은 10여 년간 창작과 번역, 그리고 그외 교감작업 등을 위시한 여러 형태의 작업을 지속적으로 진행해 왔다. 루쉰이 이 글을 쓴 계기도 사실은 '한가하고, 한가하고, 한가하게' 시간을 보내지 않았다는 것을 보여 주기 위해서라고 여겨진다. 이 글에서 루쉰은 "그 목적은 나를 위해서이고, 또 어느 정도는 남을 위해서이다. 목록을 곰곰이 바라보니, 내가 과거 10년 동안 기울였던 정력이 실제로 적지 않구나 하고 여겨지기도 한다"처럼 자술하고 있다. 이 자술이 의미하는 바는 명확하다. 사실 루쉰은 '삼한'三閑했다기보다는 창작, 강의, 사회활동 등으로 인해 '삼망'三忙했다고 할 수 있다.

루쉰은 1926년 8월 26일, 14년간 살아왔던 베이징을 떠났다. 당시 나이는 46세였고, 이로부터 10년 후인 1936년 파란만장한 생을 마감한다.

베이징을 떠나게 된 계기는 일차적으로는 자신의 제자들이 참혹하게 살해당한 '3·18참사'의 배후인물로 자신을 지목하고 신변을 위협하는 군벌통치에서 벗어나기 위해 남쪽으로 향한 것이고, 한편으로는 공식적 결혼은 아니지만 후반생의 반려자가 되는 쉬광핑과의 애정을 확고히 하기 위한 점도 있을 것이다. 당시 루쉰과 쉬광핑의 관계에 대해서 베이징의 청년들 사이에서 이러저러한 말들이 나왔고, 이에 대해 루쉰도 적절하게 대응하기가 어려웠던 상황이었다. 이러한 루쉰의 심경은 쉬광핑에게 보낸 다음의 편지에 드러나 있다. "나는 때로는 내 자신을 부끄럽게 여겼고, 그 한 사람을 사랑하기에는 어울리지 않는다고 두려워도 했소. 그러나 그들(루쉰에 대해 비판하고 루쉰에 관한 거짓말과 소문을 만들어 낸 젊은 층을 지칭함)의 언행과 사상을 보고 나서 곧 나도 그다지 나쁜 인간이 아니라고 느꼈소. 나도 사랑을 할 수 있는 것이오."(『서신』, 1927. 01. 11)" "나도 사랑을 할 수 있다"我可以愛는 루쉰의 고백은 새로운 생의 출발에 대한 하나의 각오이자 전환의 선언이라고도 할 수 있다.

베이징을 떠난 루쉰은 쉬광핑과 함께 톈진, 난징을 경유하여, 8월 29일에 상하이에 도착했다. 상하이에서 잠시 머문 다음 루쉰은 혼자서 9월 4일 샤먼에 도착했다. 샤먼대학에서 교수직을 담당하다가 약 4개월 후에 사직을 하고 1927년 1월 16일 샤먼을 떠나 광저우로 향했다. 당시 샤먼대학 총장은 공자를 떠받드는 인물이었으며, 교원들 중에는 베이징에서 루쉰과 논쟁을 벌였던 현대평론파가 많아 루쉰에 대해 음양으로 모함했고, 루쉰이 계획했던 『고소설구침』도 출판될 전망이 보이지 않았다. 루쉰은 이 시기를 "외딴 양옥에 거주하며 오로지 책을 벗 삼아" 지냈으며, "대학 동료들로부터 네 차례에 걸친 음해"를 받았다고 술회하고 있다.

광저우로 향하는 루쉰은 '혁명의 책원지策源地'인 광저우에 어느 정도 기대와 환상을 품고 있었다. 루쉰이 중산대학에 부임한 후 개학을 맞이하여 행한 치사에는 이런 루쉰의 심정과 생각이 잘 드러나 있다. "중산中山 선생께서 일생 동안 온 힘을 다한 국민혁명의 결과가 커다란 기념으로 남아 있습니다. 그것은 중화민국입니다. 그러나 '혁명은 아직 성공하지 못했습니다' 혁명 책원지인 광저우가 지금은 혁명의 후방이 되어 버렸습니다.…… 여러분은 후방에 있습니다. 중산 선생은 언제나 혁명의 전선前線에 계셨습니다. 나는 중산대학 학생들이 비록 앉아서 공부하더라도 영원히 전선을 기억하기를 바랍니다." '혁명은 아직 성공하지 못했다'는 말은 쑨원의 유촉으로, 루쉰은 후방이 되어 버린 광저우에서 공부하는 학생들에게 '중국혁명'의 과업을 잊어서는 안 된다고 새삼 강조하고 있다. 이 시기 루쉰이 북벌전쟁에 걸고 있던 기대가 얼마나 컸던가를 인식할 수 있다. 그러나 장제스가 주도하여 상하이에서 발발한 4월 12일의 쿠데타의 일환으로 4월 15일 광저우에서 자행된 국민당의 '청당'清黨에 의해 학생들이 체포당하고 살해당하는 것에 항의해서 4월 21일 사직서를 제출했다. 여러 차례의 거절과 만류 끝에 6월 6일에 사직이 처리되었다. 이후 광저우에 머물던 루쉰은 쉬광핑과 함께 1927년 9월 27일 광저우를 떠나 상하이로 향했다. 10월 3일 상하이에 도착한 루쉰은 동생인 저우젠런周建人의 소개로 징윈리景雲裏에 거주하기 시작했다.

마지막 10년을 상하이에서 생활하게 된 루쉰은 대학의 강연에는 응했으나 다시는 정식으로 교직에 몸담지 않고, 오로지 창작과 번역에 치중했다. 1929년 5월 13일 어머니를 방문하러 베이징에 갔다가 6월 5일에 상하이로 돌아왔다(이때 옌징대학에서 한 강연이 「오늘날의 신문학 개관」이다). 이해 9월에 아들 하이잉海嬰이 출생했고, 1928년에 개시된 이른바 '혁명문학논쟁'은 그 막을 내리고 '좌익작가연맹'이 결성되면서 중국 문단도 좌우의 분열과 대립이 형성되었다. 루쉰은 좌련의 영수로 추대되고 결성식에서 강연을 하기도 했으나, 여전히 자신의 고민을 견지하면서 세상에 대해 발언하고 있었다.

2. 잡감

『삼한집』에는 다양한 성격과 내용의 잡감문, 즉 강연기록, 보내온 편지와 이에 답하는 편지글, 신문기사를 그대로 전재하고 소개하거나 분석하는 글, 광고, 다른 사람의 번역서나 창작서에 대한 서문 등이 잡다하게 수록되어 있다.

편지글들은 대부분 젊은 청년들이 자신들의 개인적·시대적 고민을 루쉰에게 묻고자 한 것들이고, 루쉰은 이에 대해 자신의 관점과 생각을 가감 없이 토로하면서 친절하게 답해 주고 있다. 이는 루쉰의 사고 속에 청년층에 대한 관심, 애정, 비판이 지속되고 있다는 것을 보여 준다. 당시 중국의 많은 청년들이 자신들의 문제와 고통을 토로하는 편지를 루쉰에게 보냈는데, 루쉰은 이들의 편지에 성심성의껏 답을 해주었다. 루쉰의 편지가 대략 3천 통 정도 남아 있는데, 창작생활을 한 기간이 20년에 달하니까 약 사흘에 한 통씩 편지를 쓴 셈이다. 이 편지들의 대부분이 청년들이 보내온 편지에 대한 답신이다. 그는 자신의 '사회진화론'적 사고가 파탄되었다고 고백하면서도, 중국의 미래는 그래도 청년들에게 기대해야 하고, 기대할 수밖에 없다는 점을 견지하고 있었다.

이와 같은 맥락에 있는 글들이 젊은 창작자나 번역자들의 저작에 대한 서문 형태의 글들이다. 문학을 꿈꾸거나, '소리 없는 중국'에서 무언가 '외치'고자 하는 청년들에 대한 애정 어린 비판이나 격려가 이런 서문들에 녹아 있다.

신문기사를 스크랩하는 일은 루쉰의 일상사였다. 사회적 문제에 대한 관심의 일환이지만, 한편으로는 그 글들을 어떻게 이해할 것인가, 혹은 그 이면에는 무엇이 숨어 있는가를 밝히는 작업에서 루쉰의 사고양태를 엿볼 수 있기도 하다.

그 외의 글들은 주로 신월사, 창조사 구성원들의 글에 대한 논박이거나, 그들의 비난과 비판에 대한 루쉰의 사고나 입장을 밝히는 글들이다. 이에 관한 보다 논쟁적 글들은 주로 『이이집』에 수록되어 있지만, 1928년에 쓴 「'취한 눈' 속의 몽롱」, 「문예와 혁명」, 「통신」, 「나의 태도와 도량, 나이」, 「문학의 계급성」 등이 이에 해당한다. 4·12쿠데타 이후 급변한 형세 속에서 창조사, 태양사 등은 급속하게 혁명문학(프롤레타리아문학)으로 기울어 갔다. 그리고 1928년부터 이들은 조직적으로 루쉰을 주된 공격 대상으로 삼고 비판하기 시작했다. 여기에는 주로 '방향전환론'이나 '선분리 후결합'이라는 일본의 무산계급문학운동의 이론을 수용한 창조사 구성원들이 주된 역할을 했고, 러시아에서 귀국하여 태양사를 꾸린 구성원들이 합세했다. 루쉰은 이들의 공격에 적극 대응하면서 한편으로는 스스로 소비에트러시아의 문예이론 및 맑시즘 문예이론을 학습하기 시작한다. 「서언」에 나오는 "나는 그들의 강요에 의해 과학적 문예론을 몇 권 읽어 보고서, …… 의문들을 풀었다"라는 언급이 이런 과정을 의미한다.

그러나 루쉰은 창조사나 태양사 구성원들과는 다르게 독자적인 방식으로 맑시즘 문예이론을 습득했다. 초기에는 주로 트로츠키 문예이론──『문학과 혁명』──에 대한 관심에서 출발하여 점차 그 영역을 확대해 나가는 방식이었다. 주로 일역본 서적이지만, 1924년부터 시작된 관련 서적의 구입은 1925년부터 좀더 집중되기 시작해서 상하이에 도착한 1927년부터는 플레하노프와 루나차르스키, 일본의 좌파 문예이론가 등의 문예 서적뿐만이 아니라, 『계급의식이란 무엇인가』, 『러시아 노동당사』, 『유물론과 변증법의 근본개념』, 『변증법과 그 방법』, 『유물사관 해설』, 『계급투쟁이론』, 『레닌의 변증법』, 『유물적 역사이론』, 『맑스의 변증법』 등과 같은 사적 유물론, 변증법, 혁명이론 방면의 서적을 집중적으로 구입한다. 물론 서적의 구입이 바로 그러한 사상이나 방법을 수용했다고 볼 수는 없으나, 루쉰이 이 방면에 대해 관심을 기울이고 독자적으로 학습하고 있었다는 점은 명확하다. 이런 측면에서 본다면, 앞의 「서언」의 언급도 그 이면을 함께 해독할 필요가 있을 것이다.

3. 명命과 혁革

1925년 쑨원이 베이징에서 사망한 이후, 국민당을 장악한 장제스는 1926년 7월 9일 국민혁명군 총사령관에 취임하여 북벌전쟁을 선언했다. 1911년 신해혁명이 위안스카이에 의해 찬탈되고, 위안스카이가 죽은 후에는 각 지역에서 봉건군벌이 할거하여 중국을 분할통치하는 이른바 '반半봉건 반半식민지' 상태에 처해 있는 중국을 하나로 통일하고 진정한 의미의 '민주공화정'을 수립하자는 운동이 신해혁명 이후 15년 만에 다시 점화한 것이다. 이런 혁명적 분위기가 루쉰에게 끼친 영향은 지대했다.

루쉰이 샤먼에 머물고 있던 시기가 바로 북벌전쟁이 진행되던 때였다. 루쉰이 이 시기에 쉬광핑에게 보낸 편지에는 이런 내용이 잘 나타나 있다. 9월 30일의 서신에는 "오늘 신문을 보니 상하이에서 보낸 전보가 실려 있는데, 우창武昌은 아직 항복하지 않아 아마 공격을 할 듯하고, 난창南昌은 몇 차례 맹렬히 공격했으나 아직 빼앗지 못했고, 쑨촨팡孫傳芳이 이미 출병하였고" 등과 같이 북벌군의 일거수일투족에 깊은 관심을 쏟고 있다. "오늘은 쌍십절(1911년 10월 10일 신해혁명이 발발한 것을 기념하는 날)이오. …… 베이징 사람들은 쌍십절을 싫어하여 쥐죽은 듯이 조용하기만 했는데, 이곳처럼 이렇게 해야 쌍십절다운 맛이 나지요. …… 듣자 하니 샤먼 시내도 오늘은 무척 떠들썩했다 하오. 상인들이 모두 자발적으로 국기를 내걸고 …… 베이징과는 같지 않구려 ……", "오늘 이곳 신문의 소식은 더욱 좋았소. 믿을 수 있는 것인지는 알지 못하겠지만. ① 우창은 이미 함락되었다. ② 주장九江도 이미 탈취하였다. ③ 천이陳儀 등이 전보로 평화를 주장했다. ④ 우페이푸吳佩孚는 바오딩保定으로 도망쳤다", "북벌군이 우창과 난창을 탈취했다는 것은 모두 확실하오. 저장浙江도 독립한 것이 확실하고, 상하이 부근에도 아마 작은 전투들이 있는 듯하오"와 같이 하루하루의 전황에 신경을 곤두세우고 있다.

이 시기 북벌전쟁에 중국의 통일에 대한 희망을 기탁하고 있던 사람은 루쉰만은 아니었다. 청년들이 루쉰에게 보낸 편지에서 나타나듯이 많은 지식인, 학생, 청년층 등 모두가 국민혁명의 열기에 휩싸였다. 문학가들 중 당시 궈모뤄는 국민혁명군 총사령부 정치부 비서장이었고, 마오둔茅盾은 국민당 중앙선전부 비서를 맡고 있었으며, 청팡우는 황푸군관학교에서 교편을 잡고 있던 점에서 알 수 있듯이, 지역에 할거하고 있는 봉건군벌을 타도하고 중국의 실질적 통일을 통한 신중국의 탄생에 대한 기대는 전 중국인들에게 무척 컸다.

그러나 '4·12반공쿠데타'는 이런 '국민혁명' 열기에 찬물을 끼얹었을 뿐 아니라, 구체적으로 생명의 위협까지 전 중국에 퍼뜨렸다. 「공산당 처형의 장관」에서 읽을 수 있듯이, 공산당 처벌이라는 명목으로 수많은 사람들이 목숨을 잃었다. 루쉰은 '생명권'을 무시하고 무참히 살해하는 현실에 극히 절망하고 분노했다. 창조사나 태양사 구성원들이 추상적 이데올로기를 강조하면서 민중이 무참히 살해당하는 현실은 도외시하는 태도를 루쉰은 묵과할 수 없었기 때문에 「혁명 커피숍」에서 이들을 극도로 풍자하고 비판하는 것이라 보여진다. 더불어 루쉰은 이 시기에 독자적으로 맑스주의 문예이론 등을 학습하고는 있었지만, '혁명'을 '사회주의 혁명'으로까지 상정하고 있지는 않았다.

1928년 본격적으로 점화된 '혁명문학논쟁'을 일일이 이 자리에서 소개할 수는 없으므로 「서언」에서 "나의 적수의 글은 『루쉰론』魯迅論, 『중국문예논전』中國文藝論戰이란 책 속에 더러 있는데"라고 루쉰이 언급하고 있는 책들의 목차를 소개함으로써 대략적이나마 그 당시 논쟁의 대립구도를 이해하는 데 도움을 주고자 한다.

① 리허린李何林 편, 『중국문예논전』(상하이 베이신서국, 1929)

서언

혁명과 지식계급革命與知識階級 (화스畵室 = 펑쉐펑馮雪峰)

위쓰파語絲派 및 기타

'취한 눈' 속의 몽롱 (루쉰)

「문학혁명에서 혁명문학으로」를 평함 (스헝侍桁)

나의 태도와 도량, 나이 (루쉰)

혁명문학문제—혁명문학에 관한 한 가지 논쟁 (빙찬冰禪)

리추리李初梨 군에게 답하는 난잡한 글 한 편 (간런甘人)

무산계급독재와 무산계급의 문학 (위다푸鬱達夫)

문예와 혁명 (둥펀冬芬)

중국 신문학의 미래와 나 자신의 인식 (간런)

또 하나의 돈키호테의 난무亂舞 (스헝)

개인주의적 문학 및 기타 (스헝)

시대의 입장에서 말하는 무산문학 (가오밍高明)

한 독자의 무산문학가에 대한 요구 (사오셴少仙)

혁명문학에 관하여 (칭젠靑見)

혁명광고 (위다푸)

—부 (루쉰 부기附記)

혁명문학에 관하여 (둥펀)

부정의 부정 (바이무白木)

고증법考證法 (바이무)

두 분의 혁문가革文家 (바이무)

길 (루쉰)

문예만필 (딩환定奐)

부상당한 병사로부터 혁명문학가에 이르기까지를 생각하며 (펑바오風苞)

통신 (쉬윈徐勻)

잡기雜記 한 편 (무명씨)

창조사創造社 및 기타

중국의 돈키호테의 난무를 보라—루쉰의 「'취한 눈' 속의 몽롱」에 답한다

(리추리)
간런의 '조리 없는 글 한 편'—혁명문학의 근본문제 고찰 (커싱克興)
문예전선에 있어서 봉건 잔재—루쉰의 「나의 태도와 도량, 나이」를 비평함 (두취안杜荃=궈모뤄)
틀림없이 '취한 눈으로 도도해졌을 것이다' (청팡우)
소자산계급 문예이론의 오류—마오둔 군의 「구링牯嶺에서 도쿄東京까지」를 평함 (커싱)
량스추의 「문학과 혁명」을 반박함 (펑나이차오馮乃超)
무엇이 '건강'과 '존엄'인가—「신월의 태도」 비판 (펑캉彭康)
비非개인주의 문학 (황야오몐黃藥眠)
자연생장성과 목적의식성 (리추리)
무산계급 예술론 (신치제忻啓介)
예술가의 당면한 임무—「맑스주의 계급 예술론 검토」를 검토 (구인穀蔭)
문학혁명에서 혁명문학으로 (청팡우)
탁자의 난무 (궈모뤄)

소설월보 및 기타

구링에서 도쿄까지 (마오둔)
혁명문학의 내포內包 (지신祭心)
『예환지』倪煥之를 읽고서 (마오둔)

신월

문학과 혁명 (량스추)
『신월』의 태도 (신월사)

현대문화 및 기타

혁명문학 평가 (모멍밍莫孟明)
혁명문학론 비판 (첸디謙弟)

무산계급 문예운동의 오류 (인뤄尹若)

맑스주의 계급 예술론 검토—신치제 군의 무산계급 예술론을 비평함 (류쉬柳絮)

예술의 이론투쟁—'기형'畸形한 구인 군에 대한 답변 (류쉬)

② 리허린 편, 『루쉰론』(상하이 베이신서국, 1930)

서 (편자)

루쉰론 (팡비方璧)

루쉰 (첸싱춘錢杏邨)

혁명과 지식계급 (화스=펑쉐펑)

죽어 버린 아Q시대 (첸싱춘)

아Q시대는 죽지 않았다 (칭젠)

즈모志摩에게 (천위안陳源)

루쉰 선생 (장딩황張定璜)

신중국 사상계의 영수 (R. M. Barten, 스푸石浮 번역)

루쉰 (린위탕林語堂)

루쉰 선생 (진밍錦明)

루쉰 선생 (상궈尙鉞)

제3종 세계의 창조 (이성一聲)

루쉰 선생은 어디로 숨었는가 (쑹윈빈宋雲彬)

루쉰 선생은 어느 곳에 숨었는가 (징쑹景宋)

『외침』을 읽고 (옌빙雁冰)

『외침』을 읽고 (v생生)

『외침』 (시구이西歸)

—부록 : 「아Q정전」이 만들어진 원인

『외침』 (펑원빙馮文炳)

루쉰의 『외침』 (위랑玉狼)

『외침』 (톈융天用)

『외침』의 평가 (청팡우)

루쉰의 『방황』 (런수任叔)

내가 본 「조리돌림」 (쑨푸시孫福熙)

루쉰 선생 저역서 목록 (징숭)

목차에 드러나듯이 앞의 책은 주로 논쟁 당사자들의 글을 단체별로 구분해서 편집했고, 뒤의 책은 루쉰에 관한 평론이거나 관련 글들이다. 이 책을 편한 리허린(1904~1988)은 안후이성 출신으로 난징 국립둥난東南대학을 졸업하고, 1926년 국민혁명군에 참가했다. 1927년 공산당에 가입했고 난창南昌봉기에 참여했다. 이후 그는 고향으로 돌아와서 지하당 활동을 하다가 '웨이밍사'未名社에 가입하여 문예활동에 종사했다. 1929년에 『중국문예논전』, 1930년에 『루쉰론』을 편집하여 출간했다. 이후 그는 톈진의 난카이대학, 베이징사범대학 교수 및 베이징의 루쉰박물관 관장직을 역임하면서 루쉰에 관해 집중적으로 연구하고 저작들을 펴냈다.

혁명문학논쟁은 1930년에 들어와 종식되었고, 루쉰과 창조사, 태양사는 '좌익작가연맹'을 꾸리는 데 함께 한다. 여기에는 펑쉐펑의 역할이 컸다. 공산당원이자 문학평론가였던 펑쉐펑은 같은 입장과 태도를 가진 이들이, 특히 루쉰과 같은 인물을 비판하고 배척하는 것은 옳지 않다는 생각과 공산당의 요구에 의해 혁명문학논쟁을 종식시키고 '좌련'을 결성하는 데 치중한다. 두 권의 책에 공통적으로 수록되어 있는 글이 「혁명과 지식계급」으로 이 글이 바로 펑쉐펑이 쓴 것이다. 특히 『중국문예논전』의 「서언」 바로 다음에 이 글을 배치한 것이 펑쉐펑의 이러한 의도와 노력에 대한 리허린의 편집전략이라 할 수 있다.

루쉰은 1930년 3월 2일에 거행된 '좌련'창립대회에서 어느 날 갑자기 '혁명문학' 간판을 내걸고 '프롤레타리아 작가'가 되는 것에 대해 경계와 경고의 내용을 담아 강연을 행했다. 이는 루쉰이 지니고 있는 기본적 자세이자 사고방식이라 할 수 있고, 이는 '현대평론파', '신월파', '창조사·태양사'들과의 논쟁의 양상을 보여 주는 『삼한집』 잡감문의 내용과 일맥상통한다고 보여진다.

옮긴이 김하림

지은이 루쉰(魯迅, 1881.9.25~1936.10.19)
본명은 저우수런(周樹人), 자는 위차이(豫才)이며, 루쉰은 탕쓰(唐俟), 링페이(令飛), 펑즈위(豊之餘), 허자간(何家幹) 등 수많은 필명 중 하나이다.
저장성(浙江省) 사오싱(紹興)의 명문가에서 태어나 어린 시절 조부의 하옥(下獄), 아버지의 병사(病死) 등 잇따른 불행을 경험했고 청나라의 몰락과 함께 몰락해 가는 집안의 풍경을 목도했다. 1898년부터 난징의 강남수사학당(江南水師學堂)과 광무철로학당(礦務鐵路學堂)에서 서양의 신학문을 공부했고, 1902년 국비유학생 자격으로 일본으로 건너갔다. 고분학원(弘文學院)에서 일본어를 공부하고 센다이 의학전문학교(仙臺醫學專門學校)에서 의학을 공부했으나, 의학으로는 망해 가는 중국을 구할 수 없음을 깨닫고 문학으로 중국의 국민성을 개조하겠다는 뜻을 세우고 의대를 중퇴, 도쿄로 가 잡지 창간, 외국소설 번역 등의 일을 하다가 1909년 귀국했다. 귀국 이후 고향 등지에서 교원 생활을 하던 그는 신해혁명 직후 교육부 장관 차이위안페이(蔡元培)의 요청으로 난징 중화민국 임시정부의 교육부 관리를 지냈다. 그러나 불철저한 혁명과 여전히 낙후된 중국 정치·사회 상황에 절망하여 이후 10년 가까이 침묵의 시간을 보냈다.
1918년 「광인일기」를 발표하면서 본격적인 작품 활동을 시작한 그는 「아Q정전」, 「쿵이지」, 「고향」 등의 소설과 산문시집 『들풀』, 『아침 꽃 저녁에 줍다』 등의 산문집, 그리고 시평을 비롯한 숱한 잡문(雜文)을 발표했다. 또한 러시아의 예로센코, 네덜란드의 반 에덴 등 수많은 외국 작가들의 작품을 번역하고, 웨이밍사(未名社), 위쓰사(語絲社) 등의 문학단체를 조직, 문학운동과 문학청년 지도에도 앞장섰다. 1926년 3·18 참사 이후 반정부 지식인에게 내린 국민당의 수배령을 피해 도피생활을 시작한 그는 샤먼(廈門), 광저우(廣州)를 거쳐 1927년 상하이에 정착했다. 이곳에서 잡문을 통한 논쟁과 강연 활동, 중국좌익작가연맹 참여와 판화운동 전개 등 왕성한 활동을 펼쳤으며, 55세를 일기로 세상을 등질 때까지 중국의 현실과 필사적인 싸움을 벌였다.

옮긴이 홍석표(『이이집』)
서울대학교 중어중문학과를 졸업하고 동 대학원에서 『중국의 근대적 문학의식의 형성에 관한 연구』로 박사학위를 받았으며, 현재 이화여자대학교 중어중문학과에 재직 중이다. 지은 책으로는 『천상에서 심연을 보다—루쉰의 문학과 정신』(2005), 『현대중국, 단절과 연속』(2005), 『중국의 근대적 문학의식 탄생』(2007), 『중국현대문학사』(2009), 『중국 근대학문의 형성과 학술문화담론』(2012) 등이 있다.

옮긴이 김하림(『삼한집』)
고려대학교 중어중문학과에서 『魯迅 문학사상의 형성과 전변 연구』로 박사학위를 받았고, 현재 조선대학교 중국어문화학과에 재직 중이다. 지은 책으로는 『루쉰의 문학과 사상』(공저, 1990), 『중국 문화대혁명시기 학문과 예술』(공저, 2007) 등이 있고, 옮긴 책으로는 『중국인도 다시 읽는 중국사람 이야기』(1998), 『한자왕국』(공역, 2002), 『중국의 차문화』(공역, 2004), 『차가운 밤』(2010) 등이 있다.

루쉰전집번역위원회 명단(가나다 순)
공상철, 김영문, 김하림, 박자영, 서광덕, 유세종,
이보경, 이주노, 조관희, 천진, 한병곤, 홍석표